Diogenes Taschenbuch 23105

Charles Brockden Brown

Arthur Mervyn
oder
*Die Pest
in Philadelphia*

Roman

Diogenes

Titel der 1799 in Philadelphia erschienenen Originalausgabe:
›Arthur Mervyn, or: Memoirs of the Year 1793‹
Herausgegeben und mit einem Nachwort
versehen von Frederik Burwick
Die vorliegende Bearbeitung
der anonymen Übersetzung aus dem Amerikanischen (1859)
von Jochen Reichel erschien erstmals 1992
im Karl H. Henssel Verlag, Berlin
Umschlagillustration
nach Peter Cooper, ›The South East Prospect
of the City of Philadelphia‹,
1730 (Ausschnitt)

Veröffentlicht als Diogenes Taschenbuch, 1999
Alle Rechte vorbehalten
Copyright © 1994
Diogenes Verlag AG Zürich
60/99/8/1
ISBN 3 257 23105 9

Erstes Buch

Erstes Kapitel

Ich lebte während des Jahres 1793 in Philadelphia. Viele Beweggründe trugen dazu bei, mich zurückzuhalten, die Stadt zu verlassen, obgleich die Entfernung leicht und bequem war und meine Freunde sämtlich in mich drangen. Es ist nicht meine Absicht, diese Beweggründe aufzuzählen noch bei meinen gegenwärtigen Verhältnissen zu verweilen, sondern lediglich, einige Ereignisse zu erzählen, mit denen ich bekannt wurde.

Als ich eines Abends etwas später als gewöhnlich nach meiner Wohnung zurückkehrte, wurde meine Aufmerksamkeit in dem Augenblicke, als ich in den Torweg eintreten wollte, durch die Gestalt eines Menschen erregt, der einige Schritte von mir entfernt an der Mauer lehnte. Eine nicht weit davon brennende Straßenlaterne unterstützte meine Augen nur wenig; aber die sitzende Stellung dieses Menschen, die Stunde und der Ort, wo ich ihn fand, erweckten augenblicklich den Gedanken, er müsse krank sein. Die Vermutung lag nahe, seine Krankheit sei die damals wütende Pest, allein ich ließ mich dadurch nicht abhalten, ihm näher zu treten und ihn genauer zu untersuchen.

Er lehnte den Kopf gegen die Mauer; seine Augen waren geschlossen, seine Hände gefaltet, und sein Körper schien nur durch die Kellertüre aufrecht gehalten zu werden, gegen die er mit der linken Schulter lehnte. Die Lethargie, in welche er versunken war, schien kaum dadurch unterbrochen zu werden, daß ich seine Hand und seine Stirn befühlte. Seine klopfenden Schläfen und seine brennend heiße Haut verrieten ein Fieber, und seine bereits abgemagerten Formen ließen vermuten, daß dasselbe bereits seit längerer Zeit dauerte.

Nur ein Umstand hielt mich ab, einen augenblicklichen Beschluß darüber zu fassen, wie dieser Mensch zu behandeln sei. Meine Familie bestand nämlich aus meiner Frau und einem kleinen Kinde. Unser Dienstmädchen war drei Tage zuvor von der herrschenden Krankheit ergriffen und auf ihr eigenes Verlangen nach dem Hospitale gebracht worden. Wir selbst erfreuten uns der besten Gesundheit und hofften mit dem Leben davonzukommen. Unsere Maßregeln zu diesem Zweck waren vorsichtig ergriffen und sorgfältig durchgeführt worden. Sie bestanden nicht darin, die Orte der Ansteckung zu meiden, denn meine Amtspflichten zwangen mich, täglich in der Mitte derselben zu erscheinen; ebensowenig erfüllten wir das Haus mit den Gerüchen von Schießpulver, Weinessig oder Teer. Die Maßregeln beschränkten sich auf Reinlichkeit, mäßige Bewegung und gesunde Diät. Die Gewohnheit hatte ebenfalls dazu gedient, unsere Besorgnisse abzustumpfen. Diesen Menschen in mein Haus zu nehmen und ihm die erforderliche Pflege zu gewähren war mein erster Gedanke. Die Meinung meiner Frau mußte jedoch dabei maßgebend sein.

Ich teilte ihr den Fall mit. Ich deutete auf die Gefahr hin, die ein solcher Hausgenosse uns bringen konnte. Ich ersuchte sie, mit Vorsicht zu entscheiden, und teilte ihr meinen Entschluß mit, mich ihrer Ansicht unbedingt zu fügen.

Sollten wir ihm die Aufnahme verweigern, so durften wir nicht vergessen, daß in der Nähe ein Hospital war, wohin er vielleicht mit seiner Einwilligung gebracht werden konnte und wo er die beste Pflege finden mußte, welche die Zeiten zuließen.

»Nein«, sagte sie, »sprich mir nicht von den Hospitälern. Wenigstens laß ihm die Wahl. Ich für meinen Teil hege keine Furcht, wo die Pflicht so deutlich spricht. Laß uns den armen, unglücklichen Menschen in unseren Schutz und unsere Pflege nehmen, und stelle die Folgen dem Himmel anheim.«

Ich erwartete diese Antwort und war darüber erfreut. Ich kehrte zu dem kranken Menschen zurück, erweckte ihn aus seiner Betäubung und fand, daß er noch seine volle Besinnung hatte. Mit einer Leuchte fand ich Gelegenheit, ihn näher zu betrachten.

Seine Kleidung war einfach, sorglos und verriet den Landmann. Sein Aussehen war schlicht und zeugte von Geist, und sein verfallenes Gesicht trug noch die Spuren einer nicht gewöhnlichen männlichen Schönheit. Er sah aus wie ein Jüngling, der durch Ausschweifungen nicht geschwächt und an das Unglück nicht gewöhnt war. Ich erblickte kaum jemals einen Menschen, der einen so mächtigen und so plötzlichen Anspruch auf mein Mitgefühl und meine Hilfe gewann.

»Sie sind krank«, sagte ich in dem freundlichsten Tone. »Kalte Ziegelsteine und Nachtluft sind schlimme Gefährten für einen Menschen in Ihrer Lage. Ich bitte Sie, stehen Sie auf und kommen Sie in das Haus. Wir wollen versuchen, Ihnen etwas passendere Bequemlichkeiten zu gewähren.«

Bei dieser Anrede richtete er die Augen matt auf mich. »Was wollen Sie von mir?« fragte er. »Ich bin hier ganz gut aufgehoben. Solange ich atme, und das wird nicht mehr lange sein, kann ich hier freier atmen als anderwärts. Lassen Sie mich – ich befinde mich hier sehr wohl.«

»Nein«, sagte ich, »diese Lage ist für einen Kranken unpassend. Ich bitte Sie nur, in mein Haus zu kommen, wo wir Ihnen alle Freundlichkeit erweisen wollen, die in unseren Kräften steht. Fassen Sie Mut, und ich bürge für Ihre Wiederherstellung, vorausgesetzt, Sie befolgen unsere Anordnungen und verhalten sich so, wie wir es wünschen. Stehen Sie auf und kommen Sie mit mir. Wir werden einen Arzt und eine Krankenwärterin ausfindig machen, und alles, was wir dagegen verlangen, ist gute Laune und Nachgiebigkeit.«

»Wissen Sie denn nicht, was für eine Krankheit ich habe?« entgegnete er. »Weshalb sollten Sie Ihre eigene Sicherheit wegen eines Menschen gefährden, dem Ihre Güte doch nichts hilft und der sie durch nichts vergelten kann?«

Es lag in dieser Erwiderung etwas, wodurch mein Vorurteil zu seinen Gunsten noch erhöht wurde und das mich bestimmte, meinen Vorsatz mit noch größerem Eifer zu verfolgen. »Lassen Sie uns nur versuchen, was für Sie geschehen kann«, antwortete ich. »Wenn wir Ihr Leben retten, haben wir Ihnen einen Dienst erwiesen, und was einen Lohn betrifft, so erwarten wir den nicht.«

Nur mit großer Mühe war er zu bewegen, unsere Einladung anzunehmen. Er wurde in ein Zimmer geführt, und da sein Zustand besondere Aufmerksamkeit erforderte, brachte ich die Nacht an seinem Bette zu.

Meine Frau trug Sorge für ihr Kind und für den Haushalt. Der liebliche Säugling war vollkommen gesund, aber die Konstitution seiner Mutter war zart und schwächlich. Wir vereinfachten die Pflichten der Hauswirtschaft soviel als möglich, aber dennoch waren sie sehr drückend für eine Frau, die sich nicht daran gewöhnt und eine luxuriöse Erziehung genossen hatte. Die Vermehrung des Hausstandes durch einen kranken Mann mußte daher viel Anstrengung verursachen. Meine Pflichten gestatteten mir nicht, immer zu Hause zu sein, und der Zustand des Kranken sowie dessen Pflege waren von mancherlei lästigen und widerlichen Umständen begleitet. Mein Vermögen erlaubte mir nicht, einen Beistand zu mieten. Meine Frau, die schwächlich war und unter gewöhnlichen Umständen vor derlei Beschäftigungen zurückbebte, ließ es hier mit der größten Gewissenhaftigkeit ihre Aufgabe sein, ihr Wärteramt mit aller Sorgfalt zu üben.

Meine Nachbarn waren in ihrem wohlgemeinten Eifer sehr dringend und machten mir laute Vorstellungen über die Unbesonnenheit und die Übereilung meiner Handlungsweise. Sie nannten mich anmaßend und grausam, indem ich sowohl meine Frau und mein Kind als mich selbst einer so ungeheuren Gefahr aussetzte, und das noch dazu wegen eines Menschen, der dessen höchstwahrscheinlich unwürdig war und dessen Krankheit ohne Zweifel bereits durch Nachlässigkeit oder falsche Behandlung unheilbar gemacht worden war.

Ich war nicht taub gegen diese Tadler. Ich kannte sehr gut alle die Übelstände und Gefahren, denen ich mich aussetzte. Niemand kannte besser als ich den Wert der Frau, die ich die meinige nannte, oder legte ein höheres Gewicht auf ihr Leben, ihre Gesundheit und ihr Wohlergehen. Die Bösartigkeit und Schnelligkeit der Ansteckung, der gefährliche Zustand meines Kranken und die Ungewißheit über dessen Charakter wurden von mir nicht übersehen, aber dennoch fand mein Benehmen in dieser Angelegenheit meine eigene vollständige Billigung. Alle Vorstellungen meiner Freunde wurden dadurch widerlegt, daß sie selbst das Amt übernehmen wollten. Ich hatte übrigens mehr Vertrauen als andere in die Besiegbarkeit des Übels und in den Erfolg der Mittel, die wir anwendeten, uns davor zu bewahren. Was uns aber auch treffen mochte, wußten wir doch mit Gewißheit das eine: daß das Bewußtsein, diesen Unglücklichen vernachlässigt zu haben, für uns eine Quelle größerer Leiden gewesen wäre, als uns aus unserer Mühe und Sorge entspringen konnten.

Je mehr wir von dem Kranken sahen, desto mehr wünschten wir uns selbst Glück zu unserem Benehmen. Seine Leiden waren heftig und hartnäckig, aber selbst mitten im Delirium schien sein Herz von Dankbarkeit überzuströmen und nur von dem Wunsche erfüllt zu werden, unsere Mühe und unsere Gefahr zu vermindern. Er strengte sich wunderbar an, manche notwendigen Pflichten selbst zu erfüllen. Er unterdrückte seine Gefühle und strebte einen munteren Ton und ein heiteres Gesicht anzunehmen, um die Angst zu beseitigen, die der Anblick seiner Leiden in uns hervorrief. Beständig suchte er Gründe auf, weshalb seine Pflegerin ihn allein lassen sollte, und zeigte sich unzufrieden, sooft sie sein Gemach betrat.

Nach wenigen Tagen schon hatten wir Ursache, ihn außer Gefahr zu glauben, und nach vierzehn Tagen waren nur noch Bewegung und kräftige Nahrung erforderlich, um seine Genesung zu vollenden. Währenddessen hatten wir von ihm nichts erlangt als allgemeine Andeutungen, daß er in Chester County geboren war und daß eine augenblickliche Verpflichtung ihn bewogen hatte, sein Leben dadurch in Gefahr zu bringen, daß er sich in die Stadt wagte, während die Epidemie eben am fürchterlichsten wütete.

Er war alles andere als gesprächig. Sein Schweigen schien das Resultat der Bescheidenheit sowohl als unangenehmer Erinnerungen zu sein. Seine Züge zeichneten sich durch feierlichen Ernst aus und sein Benehmen durch eine Gesetztheit, welche man bei seinem Alter selten findet. Seiner Angabe nach war er erst achtzehn Jahre alt, aber die Tiefe seiner Bemerkungen ließ auf ein viel höheres Alter schließen. Sein Name war Arthur Mervyn. Er sagte, er hätte sein Leben hinter dem Pfluge und auf der Dreschtenne zugebracht, entbehre jeder Schulbildung und sei schon längst der Zärtlichkeit von Eltern und Verwandten beraubt.

Wenn wir ihn fragten, was er nach seiner Genesung anzufangen gedächte, gestand er, daß er darüber noch ohne eine bestimmte Absicht sei. Er erklärte sich bereit, sich durch den Rat anderer und durch das Licht leiten zu lassen, welches reifere Erfahrung ihm gewähren wollte. Das ganze Land lag ihm offen, und er war der Meinung, es gäbe in demselben keinen Teil, wo nicht durch Arbeit der nötige Lebensunterhalt verdient werden konnte. Durch seine Erziehung war er zu jeder freieren Beschäftigung unbefähigt. Seine Armut war ebenfalls ein unübersteigliches Hindernis. Er konnte keine Zeit an die Erlernung irgendeines Geschäftes setzen. Er mußte arbeiten, nicht zu künftigem Vorteil, sondern für den augenblicklichen Lebensunterhalt. Die einzige Beschäftigung, welche seine gegenwärtigen Umstände ihm zu ergreifen gestatteten, war, wie er glaubte, für ihn zugleich die passendste. Ohne Zweifel hatte er nur sehr wenig Erfahrung, und es wäre abgeschmackt gewesen, sich für etwas auszusprechen, wovon er keine Kenntnis hatte; aber wie die Sachen standen, konnte ihm die Überzeugung nicht ausgeredet werden, zu pflügen, zu säen, zu ernten wären die Beschäftigungen, welche sich am besten für ein vernünftiges Geschöpf eigneten, aus denen die reinsten Vergnügungen zu schöpfen wären und die am wenigsten herabwürdigten. Er hatte daher keinen anderen Plan, als, sobald seine Gesundheit es erlaubte, auf das Land zurückzukehren, dort Arbeit zu suchen, wo immer sie zu finden war, und sich durch Treue und Fleiß der eingegangenen Verpflichtungen zu entledigen.

Ich deutete ihm verschiedene Wege an, auf denen er in der Stadt eine seinen Fähigkeiten angemessene Beschäftigung finden konnte. Er hatte gesagt, er wäre mit dem Gebrauche der Feder einigermaßen vertraut. Es gab Stellungen, in denen eine leserliche Handschrift das einzige Erfordernis war. Er konnte noch einige Geschicklichkeit im Rechnen hinzufügen und so vielleicht einen Posten in einem Handelshause oder in einem öffentlichen Amte finden.

Er entgegnete darauf, die Erfahrung hätte ihm gezeigt, daß das Leben mit der Feder für ihn nicht tauge. Er hätte einige Zeit seine Hauptbeschäftigung mit der Feder gefunden, dies aber mit seiner Gesundheit unverträglich gefunden. Er dürfte den Zweck nicht den Mitteln opfern. Hunger sei eine Krankheit, die der Auszehrung vorzuziehen sei. Überdies arbeite er nur, um zu leben, und er lebe nur seines Vergnügens wegen. Wenn seine Beschäftigungen ihm zwar den nötigen Lebensunterhalt gewährten, ihn aber zugleich jeder Befriedigung seiner Neigungen beraubten, dann schadeten sie ihm und müßten als schlimmere Übel als selbst der Tod geflohen werden.

Ich fragte ihn, auf welche Art von Vergnügen er hindeute, und die mit der Beschäftigung eines Schreibers unverträglich wären.

Er antwortete, daß er mir dies kaum zu beschreiben wüßte. Er lese Bücher, wenn sie ihm in den Weg kämen. Er wäre bisher erst auf wenige gestoßen, und das Vergnügen, welches sie ihm gewährten, läge vielleicht ebendarin, daß es so wenige gewesen wären. Demnach müßte er gestehen, daß eine Lebensweise, welche ihm das Lesen gänzlich verböte, durchaus nicht nach seinem Geschmacke wäre. Doch das sei Nebensache. Er wüßte die Gedanken anderer zu würdigen, aber er könnte sich des Vorrechts nicht begeben, für sich selbst zu beobachten und zu denken. Er bedürfe einer Beschäftigung, welche wenigstens neun Zehntel seiner Aufmerksamkeit frei ließe. Wenn sie eine angenehme Verwendung des Teiles seiner Aufmerksamkeit gewährte, den er zu seinem eigenen Gebrauche verwendete, desto besser; wo nicht, so würde er sie beklagen. Er hätte die Beschäftigung als Kopist versucht, und dies zwar unter so günstigen Umständen, wie sie sich ihm schwerlich jemals wieder bieten würden, aber er hätte dennoch gefunden, daß sie die von ihm geforderten Bedingungen nicht erfüllte. Die Beschäftigungen eines Landmannes dagegen wären von Vorteil für die Gesundheit, für die Freiheit und für das Vergnügen.

Die Pest – wenn man die Epidemie so nennen durfte – war nunmehr auf dem Rückzug. Die Gesundheit meines jungen Freundes gestattete ihm, die frische Luft zu genießen und spazierenzugehen. – Ein Freund von mir namens Wortley, der zwei Monate außerhalb der Stadt zugebracht hatte und dem ich in unserem freundschaftlichen Briefwechsel die Vorgänge in meinem Hause mitgeteilt hatte, kehrte von seinem Ausfluge auf das Land zurück. Er wollte am Abend seiner Ankunft einen Besuch bei mir machen, als er Mervyn einholte, der in derselben Richtung ging. Er staunte, ihn vor sich in mein Haus eintreten zu sehen und kurz darauf zu entdecken, daß dies ebender Jüngling war, den ich so oft ihm gegenüber erwähnt hatte. Ich war bei ihrem Zusammentreffen gegenwärtig.

In dem Gesichte Wortleys zeigte sich ein sonderbarer Ausdruck, als ich sie einander vorstellte. Seine Zufriedenheit war mit Überraschung, seine Überraschung mit Unwillen gepaart. Mervyn dagegen verriet eine beträchtliche Verlegenheit. Wortleys Gedanken waren zu sehr mit irgendeinem Gegenstande beschäftigt, um ihm eine lebhafte Unterhaltung zu gestatten. Er entschuldigte sich sehr bald, daß er sich wieder entfernen müsse, stand auf und bat den Jüngling, ihn nach Hause zu begleiten. Die Einladung, die mit einem Tone ausgesprochen wurde, welcher es zweifelhaft ließ, ob sie eine Artigkeit oder eine Drohung sein sollte, vermehrte Mervyns Verwirrung. Er erklärte sich stillschweigend dazu bereit, und beide gingen miteinander fort;

meine Frau und ich blieben zurück, um uns gegenseitig unsere Verwunderung über diesen Auftritt auszusprechen.

Er konnte nicht verfehlen, ein unbehagliches Gefühl bei uns zu erwecken. Beide waren einander offenbar nicht fremd. Der Unwille, der in Wortleys Augen flammte, und die zitternde Verlegenheit Mervyns waren unwillkommene Zeichen. Der erstere war mein teuerster Freund und ebenso ehrenvoll durch seinen Geist wie durch seine Rechtschaffenheit. Der letztere schien dieses Mannes Zorn und Verachtung auf sich gelenkt zu haben. Wir sahen schon die Erschütterung voraus, welche die Entdeckung seiner Unwürdigkeit uns bereiten würde.

Nach einer halben Stunde kehrte Mervyn zurück. Seine Verlegenheit war jetzt der Niedergeschlagenheit gewichen. Ernst war er immer, nun aber trugen seine Züge den Stempel des finsteren Trübsinns. Die Angst, die ich empfand, gestattete mir kein langes Zögern.

»Arthur«, sagte ich, »es gibt etwas mit Ihnen. Wollen Sie sich uns nicht entdecken? Vielleicht haben Sie sich in eine unangenehme Lage gebracht, aus der wir Ihnen helfen können. Ist zwischen Ihnen und Wortley irgend etwas Unangenehmes vorgefallen?«

Der Jüngling antwortete nicht sogleich. Er schien wegen einer passenden Erwiderung in Verlegenheit zu sein. Endlich sagte er, es hätte sich in der Tat etwas Unangenehmes zwischen ihm und Wortley zugetragen. Er hätte das Unglück gehabt, mit einem Manne bekannt gewesen zu sein, von dem Wortley sich hintergangen fühlte. Er hätte an dem Unrecht, welches jener begangen haben sollte, keinen Anteil gehabt, wäre aber dennoch mit übler Behandlung bedroht worden, wenn er nicht gewisse Entdeckungen machte, zu denen er zwar imstande wäre, zu deren Verschweigung er sich indes auf das Heiligste verpflichtet hätte. Diese Entdeckungen würden im übrigen für Wortley von keinerlei Nutzen sein. Eher könnten sie ihm zum Nachteil gereichen, aber dennoch hätte er ihn durch die heftigsten Drohungen dazu drängen wollen, sich zu offenbaren. – Damit endete er.

Wir fragten natürlich nach der Art dieser Drohungen, aber Mervyn bat uns, dieses Gegenstandes wegen nicht weiter in ihn zu dringen. Er sähe die Schwierigkeiten ein, in welche sein Schweigen ihn verwickeln müßte. Das Schlimmste für ihn würde dabei der Verlust unserer guten Meinung sein. Er wüßte nicht, was er von der Feindschaft Wortleys zu fürchten hätte. Die Heftigkeit Mr. Wortleys sei nicht ohne Entschuldigung. Es wäre sein Mißgeschick, einem Verdachte ausgesetzt zu sein, den er nur durch Verletzung heiliger Versprechungen von sich abwenden könne. Aber er wüßte nicht, ob seine Erläuterungen imstande sein würden, die gegen ihn erhobenen Anklagen zu entkräften, und ob er durch die Verletzung seiner heiligen Versprechungen seine Gefahren nicht vermehren würde, statt sie zu vermindern. Es wäre ihm eine schwierige Aufgabe geworden, viel zu schwierig für einen so jungen, unerfahrenen und unvorsichtigen Menschen wie ihn.

Aufrichtigkeit wäre vielleicht das beste; vielleicht würde er sich dazu entschließen, wenn er die Zeit zur Überlegung gehabt hätte; einstweilen bäte er um die Erlaubnis, sich auf seine Stube zurückziehen zu dürfen. Er wäre unfähig, aus seinem Gemüte Gedanken zu verbannen, die, wenigstens für den Augenblick, nicht füglich zum Gegenstande der Unterhaltung gemacht werden könnten.

Die Worte wurden mit Einfachheit und Ernst ausgesprochen und mit allen Zeichen der Traurigkeit.

»Arthur«, sagte ich, »Sie sind in diesem Hause Herr Ihrer Handlungen und Ihrer Zeit. Ziehen Sie sich zurück, wenn Sie es wünschen; aber natürlich werden Sie sich denken, daß wir dringend wünschen, dies Geheimnis aufgeklärt zu sehen. Was dazu dienen kann, Ihren Charakter zu verdächtigen oder anzuschwärzen, muß natürlich unsere Teilnahme erwecken. Wortley ist nicht hastig oder kurzsichtig, jemanden zu verurteilen. Mein Vertrauen in seine Rechtschaffenheit ist so groß, daß ich nicht versprechen kann, meine Achtung einem Menschen gegenüber zu bewahren, welcher diejenige Wortleys unwiderruflich verloren hat. Ich kenne weder Ihre Gründe, etwas zu verbergen, noch das, was Sie zu verbergen haben; aber nehmen Sie das Wort eines Mannes, welcher die Erfahrung besitzt, deren Mangel Sie für sich beklagen, darauf, daß Aufrichtigkeit jederzeit das beste ist.«

Sobald er sich entfernt hatte, trieb meine Neugier mich an, Wortley augenblicklich zu besuchen. Ich fand ihn zu Hause. Er wünschte eine Besprechung mit mir nicht weniger lebhaft als ich und beantwortete alle meine Fragen mit gleicher Hast, wie ich sie ihm gestellt hatte.

»Sie kennen meine verhängnisvolle Geschäftsverbindung mit Thomas Welbeck«, sagte er. »Sie erinnern sich seines plötzlichen Verschwindens im vergangenen Juli, wodurch ich an den Abgrund des Verderbens gebracht wurde. Ich bin selbst jetzt noch nicht gewiß, daß ich die Folgen dieses Ereignisses überleben werde. Ich erzählte Ihnen von dem Jüngling, der seinerzeit bei Welbeck lebte, und durch welche Mittel entdeckt worden war, daß dieser Jüngling in der Nacht, als Welbeck verschwand, in dessen Gesellschaft über den Fluß gesetzt war. Dies nun eben ist der Jüngling.

Das erklärt meine Aufregung, als ich ihm in Ihrem Hause begegnete; ich nahm ihn mit mir. Seine Verwirrung zeigte deutlich, daß er die Art der Verbindung kannte, welche zwischen Welbeck und mir bestanden hatte. Ich befragte ihn nach dem Schicksal jenes Mannes. Die Wahrheit zu gestehen, erwartete ich irgendeine wohlausgeschmückte Lüge; aber er sagte ganz einfach, er hätte versprochen, das Geheimnis über diesen Gegenstand zu bewahren, und müßte deshalb entschuldigt werden, wenn er mir keine Nachrichten gäbe. Ich fragte ihn, ob er wüßte, daß sein Herr oder sein Mitschuldiger, oder in welchem Verhältnis er sonst zu ihm gestanden haben möchte, als mein Schuldner durchgegangen wäre? Er antwortete mir, er wüßte das sehr gut, berief sich aber dennoch auf die Heiligkeit des von ihm geleisteten Versprechens, dessen Versteck nicht zu verraten. Dieses Betragen brachte mich mit Recht auf, und ich behandelte ihn mit der verdienten Strenge. Ich bin beinahe beschämt, meine heftige Leidenschaftlichkeit zu gestehen; ich ging sogar so weit, ihn zu schlagen. Er ertrug meine Schmähungen mit der größten Geduld. Ohne Zweifel ist der junge Bösewicht gehörig unterrichtet, was er zu tun hat. Er weiß, daß er meiner Macht ohne Gefahr trotzen kann. – Von Drohungen ließ ich mich zu Bitten herab. Ich versuchte sogar, ihm die Wahrheit durch Versprechungen zu entlocken. Ich versprach ihm einen Teil der Schuld, wenn er mich in den Stand setzen würde, das Ganze wiederzuerlangen. Ich bot ihm eine beträchtliche Belohnung, wenn er mir nur einen Wink geben wollte, der es mir möglich machte, Welbeck bis in sein Versteck zu verfolgen. Doch alles blieb erfolglos. Er sah bloß verwirrt aus und schüttelte den Kopf zum Zeichen, daß er nicht einwillige.«

Das war der Bericht meines Freundes über diese Unterredung. Sein Verdacht war ohne Zweifel sehr triftig; allein, ich fühlte mich geneigt, Mervyns Benehmen günstiger zu beurteilen. Ich erinnerte mich der hilflosen, vom Gelde gänzlich entblößten Lage, in der ich ihn gefunden hatte, sowie der gleichmäßigen Sanftmut und Rechtlichkeit seines Benehmens während der ganzen Zeit, in der wir ihn beobachten konnten. Diese Gedanken übten einen beträchtlichen Einfluß auf mein Urteil und machten mich ungeneigt, dem Rate meines Freundes zu folgen, welcher darin bestand, Mervyn noch diesen Abend aus meinem Hause fortzuweisen.

Die günstige Meinung meiner Frau war eine noch mächtigere Fürsprecherin für den Jüngling. Sie sagte, sie wollte vor jedem Tribunale für seine Unschuld bürgen; doch bereitwillig stimmte sie mit mir darin überein, ihm die Fortdauer unserer Freundschaft unter keiner anderen Bedingung zu gewähren als der, daß er uns die Wahrheit offenbare. Um uns zu der Forderung dieses Vertrauens zu berechtigen, wollten wir uns unsererseits verpflichten, das Geheimnis zu bewahren, insoweit wenigstens, daß durch die Enthüllung weder ihm noch seinem Freunde Nachteil erwachsen könne.

Am nächsten Morgen beim Frühstück erschien unser Gast mit einem Gesichte, das weniger Verlegenheit verriet, als er am Abend zuvor gezeigt hatte. Seine Aufmerksamkeit wurde hauptsächlich durch seine eigenen Gedanken in Anspruch genommen, und bis das Frühstück vorüber war, wurde nur wenig gesprochen. Dann erinnerte ich ihn an die Ereignisse des vergangenen Tages und bemerkte, daß die Zeit unsere Unruhe deshalb eher gesteigert als vermindert hätte.

»Es steht in Ihrer Macht, mein junger Freund«, fuhr ich fort, »diese Unbehaglichkeit entweder noch zu erhöhen oder sie ganz von uns zu nehmen. Ich hatte keine persönliche Bekanntschaft mit Thomas Welbeck. Von anderen habe ich erfahren, daß sein Charakter für einige Zeit achtungswert war, daß er aber endlich beträchtliche Schulden machte und, statt dieselben zu bezahlen, sich heimlich entfernte; Sie, so scheint es, lebten bei ihm. Man weiß, daß Sie ihn in der Nacht seiner Flucht über den Fluß begleiteten, und jetzt, so scheint es, sind Sie zum ersten Male wieder hier erschienen. Welbecks Benehmen war unehrenhaft. Er sollte ohne Zweifel bis an seinen Zufluchtsort verfolgt und zur Herausgabe seines unredlichen Gewinnes gezwungen werden. Sie gestehen selbst, daß Sie seinen Zufluchtsort kennen, schützen aber das Versprechen vor, das Geheimnis zu bewahren. Wissen Sie nicht, daß es unrecht war, diesem Manne bei seiner Flucht behilflich zu sein? Das Versprechen, sein Versteck nicht zu verraten und durch Stillschweigen seine Straflosigkeit zu sichern, war eine Vermehrung dieses Unrechts. Das ist indes vorüber. Ihre Jugend und Umstände, die bis jetzt noch unbekannt sind, mögen dieses Unrecht entschuldigen; aber ganz gewiß ist es Ihre Pflicht, es zu vergüten, soviel in Ihrer Macht steht. Überlegen Sie, ob Sie dies nicht tun können, indem Sie offenbaren, was Sie wissen.«

»Ich habe den größten Teil der vergangenen Nacht damit zugebracht, über die Angelegenheit nachzudenken«, entgegnete der Jüngling. »Ich war, schon ehe Sie sprachen, zu dem Entschlusse gekommen, Ihnen meine einfache Geschichte anzuvertrauen. Ich begreife, in welche Lage ich geraten bin und daß ich Ihre gute Meinung nur durch volle Offenheit erhalten kann. Ich habe in der Tat ein Versprechen gegeben, welches zu verlangen von einem anderen unrecht oder wenigstens abgeschmackt war, wie von mir, es zu leisten; dennoch können nur Rücksichten von der höchsten Wichtigkeit mich bewegen, es zu brechen. Aus meiner Mitteilung wird Welbeck kein Nachteil erwachsen; wäre dies der Fall, so würde das hinreichend sein, mein Stillschweigen zu bewahren, so unredlich er auch gehandelt haben mag. Wortley wird in keiner Beziehung aus dem, was ich zu sagen vermag, Vorteil ziehen. Ob ich meine Kenntnis der Dinge offenbare oder zurückhalte, mein Betragen wird allein für mein eigenes Glück Folgen haben, und diese Folgen rechtfertigen es, daß ich mich Ihnen mitteile.

Ich empfing Ihren Schutz, als ich freundlos und verlassen war. Sie haben ein Recht zu erfahren, wer es ist, den Sie beschützen. Mein eigenes Geschick ist dem Welbecks verknüpft, und dies sowie die Teilnahme, welche Sie mir so freundlich beweisen, werden meine Erzählung des Anhörens wert machen, die sich weder durch Mannigfaltigkeit der Tatsachen noch durch die Gewandtheit des Vortrages aussprechen.

Wortley mag ein rechtschaffener Mann sein, wenn er auch heftig und mir gegenüber ungerecht ist. Sie, Sir, können ihn später, wenn Sie es für richtig erachten, mit den Einzelheiten über Welbeck vertraut machen, die für ihn von einiger Bedeutung sein könnten; aber zunächst mag Ihre Geduld mich bis an das Ende einer langen, aber einfachen Geschichte begleiten.«

Die Augen Elisens funkelten bei diesem Anerbieten vor Freude. Sie betrachtete den Jüngling mit schwesterlicher Zuneigung und hielt die Aufrichtigkeit, die er in dieser Angelegenheit bewies, für ein unbedingtes Zeichen seiner Rechtlichkeit. Sie war darauf gefaßt, Irrtümer, zu denen Unerfahrenheit und Übereilung ihn verleitet haben mochten, zu hören und zu verzeihen. Ich teilte zwar ihre Befriedigung nicht ganz, war aber nichtsdestoweniger mit großem Eifer bereit, seine Erzählung anzuhören.

Meine Pflichten nötigten mich, dies bis spät am Abend zu verschieben. Dann setzten wir uns zu einem freundlichen Feuer, entfernten jede mögliche Störung von außerhalb, und nachdem unser Kindchen in den süßesten und gesundesten Schlaf gefallen war, begann Mervyn nach einem Moment der Sammlung seine Erzählung.

Zweites Kapitel

Ich bin in Chester County geboren. Mein Vater besaß eine kleine Farm, von deren Ertrag er durch Fleiß und Tätigkeit sich und seine zahlreiche Familie zu erhalten vermochte. Er hat viele Kinder gehabt, aber ein Gesundheitsfehler meiner Mutter war für alle, außer für mich, verhängnisvoll. Sie starben nach und nach, so wie sie das neunzehnte oder zwanzigste Jahr erreichten, und da ich dies Alter noch nicht habe, darf auch ich diesem frühen Tod entgegensehen. Im Frühling des vorigen Jahres folgte meine Mutter ihrem fünften Kinde ans Grab, und drei Monate darauf starb sie selbst.

Meine Konstitution ist von jeher schwächlich gewesen, und bis zu dem Tode meiner Mutter hatte ich mich unbegrenzter Nachsicht zu erfreuen. Ich verrichtete freudig meinen Teil der Arbeit, denn das forderte die Notwendigkeit. Die Zwischenzeiten aber standen zu meiner freien Verfügung, und jede Verwendung derselben, die ich für gut befand, wurde gebilligt und gelobt. Zärtliche Benennungen, freundliche Worte, sorgfältige Aufmerksamkeit und Pflege, wenn ich krank war, Nachgiebigkeit gegen meine Ansichten und Verehrung für meine Talente bilden die Erinnerung, die mir von meiner Mutter bleibt. Ich besaß die Gedankenlosigkeit und die Anmaßung der Jugend, und jetzt, da sie dahin ist, wird meine Reue über tausend

Punkte meines Benehmens gegen sie erweckt. Ich machte mich in der Tat keiner auffallenden Handlungen des Ungehorsams oder der Geringschätzung schuldig. Vielleicht war ihr Benehmen geeignet, bei mir Eigensinn oder Widerspenstigkeit zu erwecken. Meinen Fehlern folgte indes schnell die Reue, und mitten in der Ungeduld oder Leidenschaft war ein zärtlicher Blick des Vorwurfs jederzeit hinreichend, mir Tränen zu entlocken und mich ihrem Willen fügsam zu machen. Wenn der Kummer um ihren Verlust eine Sühne der Kränkungen ist, die ich ihr zufügte, dann ist bereits reichliche Vergütung erfolgt.

Mein Vater ist ein Mann von geringer Fassungskraft, doch von weichem, lenksamem Gemüte. Er war aus Gewohnheit nüchtern und arbeitsam. Er fühlte sich zufrieden dabei, sich durch den überlegenen Geist seiner Frau leiten zu lassen. Unter dieser Leitung gediehen seine Angelegenheiten, als sie ihm aber entzogen wurde, zeigten seine Geschäfte sehr bald Ungeschicklichkeit und Nachlässigkeit. Mein Verstand befähigte mich auch vielleicht, meinem Vater Rat zu erteilen und Beistand zu gewähren, aber ich war durchaus ungewohnt in der Aufgabe der Oberaufsicht. Überdies waren von meiner Mutter auf mich nicht ihre Milde, gepaart mit Festigkeit, vererbt; diese aber sind unerläßliche Eigenschaften für einen Jüngling, welcher seinen weißhaarigen Vater lenken will. Die Zeit hätte mir vielleicht Geschicklichkeit oder ihm Klugheit verliehen, hätte nicht ein sehr unerwartetes Ereignis meinen Ansichten eine andere Richtung verliehen.

Betty Lawrence war ein wildes Mädchen aus den Fichtenwäldern von New Jersey. Im Alter von zehn Jahren war sie in der Stadt in Dienst getreten, und nach Ablauf ihrer Zeit kam sie, einen neuen Dienst suchend, in die Nachbarschaft meines Vaters. Sie wurde für unser Haus als Milchmädchen und Marktweib gemietet. Ihre Züge waren derb, ihr Körper kräftig, ihr Geist vollkommen ungebildet und ihre Moralität mangelhaft in dem Punkte, in welchem die weibliche Tugend vorzugsweise besteht. Sie besaß eine strotzende Gesundheit und die munterste Laune und war eine ganz erträgliche Gesellschafterin beim Heumachen und auf der Dreschtenne.

Nach dem Tode meiner Mutter wurde sie zu einer etwas höheren Stellung befördert. Sie hatte zwar die früheren Geschäfte zu verrichten, aber die Zeit, wann, und die Art, wie sie dieselben besorgen wollte, wurden ihr so ziemlich überlassen. Die Kühe und die Milchwirtschaft bildeten noch immer ihr Gebiet, aber niemand machte ihr dabei Vorschriften. Für dieses Gebiet schien sie auch nicht ungeeignet zu sein, und solange mein Vater mit ihrem Verfahren zufrieden war, hatte ich nichts dagegen einzuwenden.

Dieser Zustand der Dinge währte ohne wesentliche Veränderungen mehrere Monate. Dann zeigte sich in dem Benehmen meines Vaters gegen Betty einiges, was zwar meine Aufmerksamkeit, doch nicht meine Furcht erregte. Die Nachgiebigkeit, die er bei mancher Gelegenheit gegen die Ratschläge oder die Forderungen dieses Mädchens zeigte, schrieb ich der Schwäche zu, die meinen Vater, in welche Stellung man ihn auch bringen mochte, zum Werkzeuge anderer machte. Ich hatte keine Ahnung, daß ihre Ansprüche sich über eine augenblickliche und oberflächliche Befriedigung hinaus erstrecken könnten.

Endlich aber fand eine sichtbare Veränderung in ihrem ganzen Wesen statt. Sie begann eine gewaltige Ziererei und eine lächerliche Würde anzunehmen. Ihrer Kleidung widmete sie größere Aufmerksamkeit, und sie wählte dazu hellere und modernere Farben. Ich necke sie über diese Beweise des Verliebtseins und ergötzte mich daran, die Eigenschaften ihres Liebhabers aufzuzählen. Ein tölpelhafter Bursche besuchte sie öfters. Seine Bewerbungen schienen nicht zurückgewiesen zu werden. Ich bezeichnete ihn daher als ihren Schatz, doch sie wies dies mit großem Unwillen zurück und machte Anspielungen darauf, daß ihre Ansprüche höher gingen. Dieses Leugnen hielt ich bei dergleichen Veranlassungen für üblich und betrachtete die fortgesetzten Besuche des Burschen als eine hinlängliche Widerlegung desselben.

Ich sprach oft mit meinem Vater von Betty, ihrer neu angenommenen Gespreiztheit und der wahrscheinlichen Ursache davon. Wenn ich diesen Gegenstand berührte, verrieten seine Züge eine gewisse Kälte und Zurückhaltung. Er antwortete nur einsilbig und versuchte, entweder das Gespräch auf etwas anderes zu lenken, oder ergriff irgendeinen Vorwand, um mich zu verlassen. Dies Benehmen überraschte mich zwar, ich dachte aber nie ernster darüber nach. Mein Vater war alt; den Eindruck der Trauer, welchen der Tod seiner Frau auf ihn gemacht hatte, schien der Verlauf eines halben Jahres noch kaum etwas verwischt zu haben. Betty hatte ihren Lebensgenossen gewählt, und ich erwartete täglich eine Einladung zu ihrer Hochzeit.

Eines Nachmittags putzte das Mädchen sich gewaltig heraus und schien Vorbereitungen zu irgendeiner Feierlichkeit zu treffen. Mein Vater hatte mir befohlen, die Chaise mit dem Pferde zu bespannen. Als ich ihn fragte, wohin er wollte, antwortete er mir, er hätte Geschäfte in der Entfernung einiger Meilen zu besorgen. Ich erbot mich, statt seiner zu gehen, aber er sagte, das sei unmöglich. Ich wollte eben versuchen, mich von dieser Unmöglichkeit zu überzeugen, als er mich verließ, um auf das Feld zu gehen und nach seinen Arbeitern zu sehen, und mir zugleich befahl, ihn zu holen, wenn der Wagen bereit wäre, und seine Stelle bei der Beaufsichtigung der Arbeiter zu übernehmen.

Dies geschah, aber ehe ich ihn vom Feld abrief, wechselte ich einige Worte mit dem Milchmädchen, die in augenscheinlicher Erwartung, mit dem glänzendsten Gefieder bedeckt, auf einer Bank saß. Ich verhöhnte ihren mutmaßlichen Liebhaber wegen seines Zögerns und gelobte ihnen beiden unvergänglichen Haß dafür, daß sie mich nicht zum Brautführer gewählt hätten. Sie hörte mich mit einem Wesen an, in welchem Verlegenheit zuweilen mit Hochmut und zuweilen mit Bosheit wechselte. Ich verließ sie endlich und kehrte erst zu ziemlich später Stunde in das Haus zurück. Sobald ich eintrat, stellte mein Vater mir Betty als seine Frau vor und sprach das Begehren aus, ich sollte sie in Zukunft mit der Ehrerbietung behandeln, die ihr als meiner Mutter gebühre.

Erst nach wiederholter und feierlicher Versicherung beider ließ ich mich bewegen, an die Wahrheit zu glauben. Die Wirkung auf meine Gefühle ist leicht zu begreifen. Ich kannte das Weib als roh, unwissend und sittenlos. Hätte ich dies Ereignis vermutet, so hätte ich die Kraft meines Vaters stählen und ihm beistehen können, dem Abgrunde zu entfliehen, dem er zutaumelte; aber ich war sorglos gegen die Gefahr gewesen. Der Gedanke, daß ein solches Weib die Stelle meiner angebeteten Mutter einnehmen sollte, war mir unerträglich.

Sie auf eine Weise zu behandeln, welche nicht so war, wie sie es wirklich verdiente, meinen Zorn und Verdruß darüber zu verbergen, daß ich sie in ihrer neuen Stellung sah, das ging über meine Kraft. Zu ihrem Diener herabgewürdigt zu sein, ein Gegenstand für ihre Bosheit und ihre Arglist zu werden, das war mir unerträglich. Ich hatte kein unabhängiges Vermögen, aber ich war das einzige Kind meines Vaters und durfte natürlich hoffen, der Erbe seines Besitztumes zu sein. Auf diese Hoffnung hatte ich tausend angenehme Pläne gebaut. Ich hatte tausend Absichten gehabt, zu deren Erreichung der Besitz des Gutes mich in den Stand setzte. Über die Beschäftigung eines Landmannes und über den Reichtum, den hundert Acker Land gewähren konnten, gingen meine Wünsche nicht hinaus.

Diese Visionen hatten jetzt ihr Ende erreicht. Notwendig mußte das eigene Interesse für dieses Weib das höchste Gesetz sein, und dieses Interesse war mit dem meinigen gänzlich unverträglich. Mein Vater konnte leicht zu einer Handlung bewegt werden, welche mich zum Bettler machte. Ihr Geschmack war roh und verderbt. Sie hatte eine zahlreiche Verwandtschaft, die arm und hungrig war. An diese mußte das Eigentum meines Vaters schnell vergeudet werden. Mich haßte sie, weil sie sich bewußt war, mich beleidigt zu haben, weil sie ferner wußte, daß ich sie verachtete und weil ich sie in dem unzüchtigen Verkehr mit dem Sohne eines Nachbarn überrascht hatte.

Das Haus, in welchem ich lebte, war nicht mehr meines und auch nicht mehr das meines Vaters. Bisher hatte ich in demselben mit der Freiheit eines Herrn gedacht und gehandelt; aber jetzt war ich in meinen eigenen Augen ein Fremder geworden und ein Feind des Daches, unter dem ich geboren worden war. Jedes Band, welches mich an dasselbe gefesselt hatte, war gelöst und in etwas verwandelt worden, das mich daraus fortwies. Ich war ein Gast, dessen Anwesenheit mit Zorn und Ungeduld ertragen wurde.

Ich sah ein, daß ich das Haus verlassen mußte, aber ich wußte nicht, wohin ich gehen oder wie ich meinen Unterhalt finden sollte. Mein Vater war ein schottischer Emigrant und hatte auf dieser Seite des Ozeans keine Verwandten. Die Familie meiner Mutter lebte in New Hampshire, und durch die lange Trennung waren alle verwandtschaftlichen Rechte ihrer Kinder erloschen. Die Erde zu bearbeiten war meine einzige Beschäftigung, und um meine Geschicklichkeit darin nutzbar zu machen, mußte ich ein Tagelöhner im Dienste Fremder werden; aber das war ein Los, mit dem ich mich nicht so plötzlich aussöhnen konnte, nachdem ich so lange das Vergnügen der Unabhängigkeit und des Befehlens genossen hatte. Es fiel mir ein, daß die Stadt mir vielleicht ein Asyl bieten konnte. Eine kurze Tagesreise brachte mich dorthin. Ich war in meinem Leben zwei- oder dreimal dort gewesen, aber immer nur für wenige Stunden. Ich kannte daselbst kein einziges Menschengesicht, und die Gebräuche und Gefahren waren mir fremd. Ich war zu keiner Beschäftigung des Stadtlebens befähigt, außer zu der mit der Feder. Diese war mir stets ein Lieblingsgerät gewesen, und so sonderbar es auch erscheinen mag, ist es doch nicht minder wahr, daß ich beinahe ebenso gut mit dem Federkiel wie mit der Hacke umzugehen verstand. Aber meine ganze Geschicklichkeit bestand darin, deutliche Buchstaben zu machen. Ich hatte sie lediglich dazu angewendet, das abzuschreiben, was andere geschrieben hatten, oder meinen eigenen Gedanken Gestalt zu geben. Ob die Stadt mir Gelegenheit zur Beschäftigung als Kopist bieten würde, die einträglich genug war, das konnte ich nicht wissen.

Mein Entschluß wurde durch das Benehmen meiner neuen Mutter beschleunigt. Meine Vermutungen über das Betragen, das sie gegen mich beobachten würde, waren nicht irrtümlich gewesen. Mein Vater wurde nach kurzer Zeit mürrisch und streng. Seine Weisungen gab er mir in herrischem Tone, und jede Verzögerung in der Ausführung seiner Befehle rächte er mit Härte. Endlich folgten diesem Tadel Hindeutungen, daß ich jetzt alt genug wäre, um für mich selbst zu sorgen; daß es Zeit wäre, an irgendeine Beschäftigung zu denken, durch die ich meinen Lebensunterhalt verdienen könnte; daß es eine Schande für mich wäre, meine Jugend in Untätigkeit hinzubringen; daß er das, was er besäße, durch seine eigene Arbeit gewonnen hätte; daß ich meinen Lebensunterhalt der gleichen Quelle verdanken müßte.

Diese Winke wurden leicht verstanden. Anfangs erweckten sie meinen Unwillen und machten mir Kummer. Ich kannte die Quelle, aus der sie entsprangen, und vermochte kaum, die Äußerung meiner Gefühle in der Gegenwart meiner Stiefmutter zu unterdrücken. Meine Blicke indes waren hinlänglich bedeutungsvoll, und meine Gesellschaft wurde stündlich unerträglicher. Abgesehen davon, blieben auch die Vorstellungen meines Vaters nicht ohne Gewicht. Er hatte mir das Leben gegeben, aber den Unterhalt desselben mußte ich selbst gewinnen. Über die Verwendung dessen, was er durch seine eigenen Anstrengungen erworben hatte, mußte er natürlich seinem eigenen Willen folgen dürfen. Er legte mir durchaus keinen Zwang auf, und weit entfernt, meine Freiheit zu beschränken, ermahnte er mich nur, sie zu meinem eigenen Nutzen zu verwenden, indem ich für meinen Unterhalt sorgte.

Ich überlegte jetzt, was es außer dem Pfluge noch für andere Handbeschäftigungen gäbe. Unter diesen bot keine geringere Nachteile als die eines Zimmermanns oder Tischlers. Ich verstand von diesem Handwerk nichts; aber weder dessen Ausübung noch das Gesetz noch die Unerforschlichkeit irgendeines Geheimnisses verlangten, darauf eine siebenjährige Lehrzeit zu verwenden. Ein Meister dieses Handwerks konnte leicht bewogen werden, mich unter seine Leitung zu nehmen; zwei oder drei Jahre konnten genügen, die notwendige Geschicklichkeit darin zu erwerben. Mein Vater willigte vielleicht ein, währenddessen für meinen Unterhalt zu sorgen. Niemand konnte von weniger leben, als ich zu tun entschlossen war.

Ich erwähnte diese Absicht gegen meinen Vater, aber er machte nur seine Bemerkungen darüber, ohne sich zur Ausführung derselben bereit zu erklären. Er sagte, er hätte für alle Leute auf seiner Farm volle Beschäftigung. Ohne Zweifel würde ein Meister auch für meinen Unterhalt zu sorgen geneigt sein, wenn ich mich für vier oder fünf Jahre binden wollte. Sei dem aber, wie ihm wolle, so dürfte ich doch von ihm nichts erwarten. Ich hätte sehr wenig Rücksicht für sein Glück gezeigt; ich hätte alle Beweise der Achtung jener Frau verweigert, die durch das Verhältnis zu ihm darauf Anspruch hätte. Er sähe nicht ein, weshalb er den als Sohn behandeln solle, der ihm verweigere, was ihm als Vater gebühre. Er halte es für recht, daß ich in Zukunft selbst für mich sorge. Er bedürfe meiner Dienste auf der Farm nicht, und je eher ich das Haus verließe, desto besser.

Ich entfernte mich von dieser Unterredung mit dem Entschlusse, den empfangenen Rat zu befolgen. Ich sah, daß ich künftig mein eigener Beschützer sein müsse, und wunderte mich über die Torheit, die mich so lange unter seinem Dache zurückgehalten hatte. Es zu verlassen war jetzt unvermeidlich geworden, und es gab keinen Grund, meine Entfernung nur für eine einzige Stunde zu verschieben. Ich beschloß, meine Richtung nach der Stadt zu nehmen. Mein Plan war hauptsächlich die Erlernung irgendeines Handwerks. Ich übersah dabei keineswegs die Übel des Zwanges und die Unwägbarkeiten in bezug auf den Charakter des Meisters, den ich wählen würde. Ich war nicht ohne Hoffnung, daß der Zufall es anders fügen und mir augenblicklichen Unterhalt ohne Aufopferung meiner Freiheit gewähren könnte.

Ich beschloß, meine Reise am nächsten Morgen anzutreten. Kein Wunder, daß die Aussicht auf eine so große Veränderung meiner Lage mich des Schlafes beraubte. Ich brachte die Nacht damit hin, über die Zukunft nachzudenken und mir die Abenteuer auszumalen, auf die ich wahrscheinlich stoßen würde. Die Voraussicht eines Menschen steht im Verhältnis zu seinen Kenntnissen. Kein Wunder also, daß ich bei meiner vollkommenen Unwissenheit nicht den geringsten Begriff von den Abenteuern hatte, die ich wirklich bestehen sollte. Ich war wißbegierig, aber es lag in den Szenen, denen ich entgegenging, nichts, was meine Wißbegier reizen konnte oder ihr Befriedigung versprach. Streitigkeiten und üble Gerüche, schlechte Kost, ungesunde Arbeit, unangenehme Gefährten waren meiner Meinung nach die unvermeidlichen Aussichten, welche die Stadt bot.

Meine besten Kleider waren von der einfachsten Art. Mein ganzer Vorrat von Leinen bestand in drei bunten Hemden. Ein Teil meiner Beschäftigung an den Winterabenden hatte seit dem Tode meiner Mutter darin bestanden, für mich selbst Strümpfe zu stricken. Davon besaß ich drei Paar; ein Paar zog ich an, und die übrigen band ich mit zwei Hemden zu einem Bündel zusammen. Drei Vierteldollarstücke machten mein ganzes Vermögen aus.

Drittes Kapitel

Mit Tagesanbruch stand ich auf, und ohne einen Segen zu fordern oder auszusprechen, ging ich auf die Landstraße zur Stadt hinaus, die an unserem Hause vorüberführte. Ich ließ nichts hinter mir, dessen Verlust ich zu beklagen hatte. Meine meisten eigenen Bücher waren von dem Ertrage meiner Nebentätigkeit erkauft worden, und da ihre Zahl natürlich nur klein war, wußte ich durch häufiges Lesen ihren ganzen Inhalt auswendig. Sie hatten deshalb aufgehört, mir von Nutzen zu sein. Ich überließ sie ohne Widerstreben dem Schicksal, das ihnen, wie ich wußte, vorbehalten war: den Mäusen Nahrung und Wohnung zu bieten.

Ich betrat den ungewohnten Pfad mit der ganzen Furchtlosigkeit der Jugend. Obgleich ich hinreichenden Grund zu Niedergeschlagenheit und Besorgnis hatte, waren meine Füße leicht und mein Herz freudig. Jetzt, sagte ich zu mir selbst, bin ich zum Manne gereift. Ich muß mir Namen und Vermögen selbst erwerben. Sonderbar müßte es zugehen, wenn mein Verstand und meine Hände mir nicht den nötigen Unterhalt gewinnen sollten. Zuerst will ich es mit der Stadt versuchen, aber wenn das fehlschlägt, bleiben mir noch andere Hilfsquellen. Ich nehme meinen Platz auf dem Kornfelde und der Dreschtenne wieder ein, zu denen ich jederzeit Zutritt habe und wo ich mich stets glücklich fühlen werde.

Ich hatte einige Meilen meiner Reise zurückgelegt, als ich die Mahnungen des Hungers zu fühlen begann. Ich hätte in jede Farm eintreten und umsonst frühstücken können. Die Klugheit verlangte, mit meinem wenigen Gelde äußerst sparsam umzugehen; aber ich empfand ein Widerstreben, etwas zu erbitten, solange ich bezahlen konnte, und bildete mir ein, daß trockenes Brot und etwas Milch selbst in einem Wirtshause nicht teuer sein würden, da jeder Farmer gern bereit war, dies umsonst zu gewähren. Mein Entschluß wurde durch den Anblick eines Wirtshauses bestärkt. Welche Entschuldigung konnte ich haben, ein Frühstück zu erbitten, während ich ein Wirtshaus in der Nähe und Silber in der Tasche hatte?

Ich machte daher halt, um zu frühstücken. Der Wirt war außerordentlich aufmerksam und gefällig, aber sein Brot war schlecht, die Milch sauer, der Käse erbärmlich. Ich verschmähte es, mich über diese Mängel zu beklagen, da ich natürlich glaubte, daß das Haus nichts Besseres zu bieten hätte.

Als ich meine Mahlzeit beendigt hatte, drückte ich, ohne ein Wort zu sprechen, eines meiner Geldstücke in seine Hand. Ich hielt dies Benehmen für außerordentlich passend und glaubte dadurch einen männlichen Geist zu zeigen. Ich betrachtete einen Knicker von jeher mit Geringschätzung. Er empfing das Geld mit einer sehr höflichen Verbeugung. »Richtig«, sagte er. »Gerade die Zeche, Sir. Sie sind zu Fuß, Sir. Angenehme Art zu reisen, Sir. Ich wünsche Ihnen Glück auf den Weg, Sir.« Damit ging er davon.

Das war mir vollkommen unerwartet. Ich hielt mich für berechtigt, wenigstens drei Viertel des Geldes herauszubekommen. Mein erster Gedanke war, ihn zurückzurufen und die Rechtmäßigkeit seiner Forderung zu bestreiten; aber ein Augenblick der Überlegung zeigte mir die Albernheit eines solchen Schrittes. Ich trat meine Reise mit etwas gedämpftem Mute wieder an. Ich habe von Reisenden und Wanderern in der Wüste gehört, welche geneigt waren, einen Korb voller Edelsteine für einen Becher frischen Wassers zu geben. Ich hatte nicht geglaubt, daß meine eigene Lage in einiger Beziehung ähnlich sein könnte, und dennoch hatte ich soeben ein Drittel meines gesamten Vermögens für ein Frühstück hingegeben.

Zu Mittag machte ich in einem anderen Wirtshause halt. Ich rechnete darauf, ein Mittagessen um den gleichen Preis zu kaufen, da ich mich mit derselben Kost begnügen wollte. Eine zahlreiche Gesellschaft setzte sich eben zu einem dampfenden Mahle nieder. Der Wirt lud mich ein, mich zu den übrigen Gästen zu setzen. Ich nahm an dem Tische Platz, ließ mir aber nur Brot und Milch bringen. Als ich gehen wollte, zog ich den Wirt beiseite. »Was bin ich schuldig?« fragte ich ihn. – »Tranken Sie etwas, Sir?« – »Gewiß, die Milch, die ich verlangt hatte.« – »Sonst nichts, Sir?« – »Nein.«

Er dachte einen Augenblick nach, nahm dann ein uneigennütziges Wesen an und sagte: »Es ist unsere Gewohnheit, das Mittagessen mit dem Getränk zu rechnen; aber da sie nichts tranken, wollen wir das Getränk weglassen. Das Essen kostet einen halben Dollar, Sir.«

Er hatte keine Zeit, auf mein Besinnen zu achten. Nachdem ich bei mir überlegt hatte, was das beste sei, kam ich zu der Meinung, mich zu fügen, und indem ich das Geld auf den Schanktisch legte, ging ich meiner Wege.

Ich hatte noch nicht mehr als die Hälfte meiner Reise zurückgelegt, und dennoch war meine Börse völlig leer. Das war ein Pröbchen von den Kosten des Wirtshauslebens. Kam ich nach der Stadt, so mußte ein Wirtshaus meine Wohnung sein, wenigstens für kurze Zeit; aber mir blieb nicht ein Farthing, meine Rechnung zu bezahlen. Mein Vater hatte früher einmal einen Fremden für einen Dollar die Woche aufgenommen, und im Fall der Not hätte ich gern mit einem härteren Lager und einer geringeren Kost vorliebgenommen, als unserem Gaste geboten wurden. Diese Tatsachen waren die Ursache für meine Nachlässigkeit bei dieser Gelegenheit.

Was war aber nun zu tun? Zu meinem väterlichen Hause zurückzukehren war unmöglich. Das Zweckmäßigste schien zu sein, meine Absicht, die Stadt zu betreten, aufzugeben und eine augenblickliche Zufluchtsstätte, wenn auch nicht dauernde Beschäftigung auf einer der umliegenden Pflanzungen zu suchen. Während ich dies überlegte, verkürzte ich indes meinen Schritt nicht. Ich achtete beinahe gar nicht auf meinen Weg, als ich plötzlich bemerkte, daß ich bei der oberen Brücke durch Schuylkill gekommen war. Ich war jetzt in der Nähe der Stadt, und die Nacht brach an. Ich mußte einen schleunigen Entschluß fassen.

Plötzlich erinnerte ich mich, daß ich den Brückenzoll nicht gezahlt hatte; ich hatte dazu auch kein Geld. Die Forderung der Zahlung würde mich gehindert haben weiterzugehen, und dieser geringe Umstand hätte die wunderbaren Schicksale vereitelt, für die ich bestimmt war. Das Hindernis, welches sich meinem Weitergehen entgegengesetzt hatte, verwehrte mir jetzt auch die Rückkehr. Gewissenhafte Ehrlichkeit konnte nicht von mir verlangen, umzukehren und den Zolleinnehmer darauf aufmerksam zu machen, daß ich nicht bezahlt hatte; denn ich konnte nicht bezahlen und würde also dadurch nur meine Schuld verdoppelt haben. Mag es bleiben, wie es ist, dachte ich. Alles, was die Ehre verlangt, ist, zu zahlen, sobald ich es vermag.

Ich hielt mich in den Nebenstraßen auf, bis ich die Market-Street erreichte. Die Dunkelheit war angebrochen, und eine dreifache Reihe von Lampen bot ein Schauspiel, das für mich bezaubernd und neu war. Meine persönlichen Sorgen vergaß ich einige Zeit über den stürmischen Gefühlen, die sich jetzt in mir regten. Ich hatte die Stadt noch nie zu dieser Stunde gesehen. Bei meinem letzten Besuche war ich noch ein Kind gewesen. Alles, was mich umgab, war daher für mich völlig neu. Ich ging mit vorsichtigen Schritten weiter, betrachtete aber dennoch aufmerksam Gegenstände, an denen ich vorüberkam. Ich erreichte die Markthallen, und in dieselben eintretend, gab ich mich neuem Entzücken und neuer Bewunderung hin.

Ich brauche nicht zu bemerken, daß unsere Begriffe von Glanz und Pracht nur vergleichsweise bestehen; dennoch werden Sie vielleicht lächeln, wenn ich Ihnen sage, daß ich, durch diese Hallen hinschreitend, mich für einen Augenblick in jene Säle versetzt glaubte, »von deren Decken manche Reihe strahlender Lampen und funkelnder Halbmonde, gespeist mit Naphta und Asphalt, herabhängen«. Daß ich hierher aus meiner bescheidenen, stillen Heimat innerhalb weniger Stunden versetzt worden sei, erschien mir als die Wirkung von Zauberei oder eines Wunders zu sein.

Ich ging von einem der Gebäude in das andere, bis ich ihr Ende an der Front-Street erreichte. Hier wurden meine Schritte gehemmt, und ich suchte Ruhe für meine ermatteten Glieder, indem ich mich an einen Marktstand setzte. Kein Wunder, daß ich, wenn auch an körperliche Anstrengung gewöhnt, erschöpft war, denn ausgenommen die wenigen Minuten, welche ich bei dem Frühstück und dem Mittagessen saß, hatte ich in fünfzehn Stunden fünfundvierzig Meilen zurückgelegt.

Ich begann jetzt, mit einigem Ernst über meine Lage nachzudenken. Ich war fremd in der Stadt, ohne Freunde, ohne Geld. Ich konnte weder Nahrung noch Obdach bezahlen und war in keiner Weise an das Betteln gewöhnt.

Hunger war das einzige wirkliche Übel, dem ich mich für den Augenblick ausgesetzt sah. Ich hatte nichts dagegen, die Nacht an dem Orte zuzubringen, wo ich mich jetzt befand. Ich fürchtete mich nicht, durch die Polizeibeamten belästigt zu werden. Es war kein Verbrechen, ohne Obdach zu sein; aber wie konnte ich meinen jetzigen Hunger und den des nächsten Tages befriedigen?

Schließlich fiel mir ein, daß einer unserer Nachbarn wahrscheinlich um diese Zeit in der Stadt war. Neben der Bewirtschaftung seiner Farm trieb er einen kleinen Handel. Er war ein schlichter, gutmütiger Mann, und wenn ich so glücklich war, ihn aufzufinden, so konnte seine Kenntnis der Stadt mir in meiner jetzigen verlassenen Lage eine unendliche Wohltat sein. Seine Großmut ging auch vielleicht so weit, mir soviel zu borgen, als erforderlich war, um eine Mahlzeit zu bezahlen. Ich hatte beschlossen, die Stadt am nächsten Tage zu verlassen, und wunderte mich jetzt über die Torheit, welche mich verleitet hatte, sie überhaupt aufzusuchen; inzwischen aber mußten meine physischen Bedürfnisse befriedigt werden.

Wo sollte ich diesen Mann aufsuchen? Ich erinnerte mich, daß er mir im Laufe eines Gespräches gesagt hatte, wo er einzukehren pflegte. Das war ein Wirtshaus, aber auf den Namen desselben oder den des Wirtes konnte ich mich nicht besinnen.

Endlich fielen sie mir ein. Es war Leshers Taverne. Ich suchte sie sofort auf. Nach manchen Fragen gelangte ich endlich zu der Türe. Ich wollte eben in das Haus eintreten, als ich bemerkte, daß ich mein Bündel nicht mehr hatte. Ich mußte es an dem Marktstande liegengelassen haben. Es gingen dort beständig Menschen hin und her. Kaum ließ es sich erwarten, daß es nicht bemerkt worden war. Wer es gefunden, hatte es ohne Zweifel zu seiner Beute gemacht. Aber es war für mich von zu großem Werte, um mich durch eine bloße Vermutung bestimmen zu lassen. Ich verlor daher keinen Augenblick zurückzukehren.

Mit einiger Schwierigkeit fand ich mich zurecht, aber das Bündel war verschwunden. Die Sachen hatten an sich einen sehr geringen Wert, aber sie machten alle meine Kleidungsstücke aus; und mir fiel jetzt ein, daß sie durch Verpfändung oder Verkauf in Nahrungsmittel hätten verwandelt werden können. Es gab andere, die ebenso hilfsbedürftig waren wie ich selbst, und ich tröstete mich durch den Gedanken, meine Hemden und Strümpfe könnten ihnen das Mittel bieten, ihre Nacktheit zu bedecken. Aber es war in dem Bündel auch eine Reliquie verborgen, deren Verlust ich kaum zu ertragen vermochte. Es war das Portrait eines jungen Mannes, der vor drei Jahren in dem Hause meines Vaters gestorben war und dies Bild selbst gemalt hatte.

Er wurde eines Morgens in unserem Obstgarten gefunden und zeigte viele Spuren des Wahnsinns. Sein Wesen wie seine Kleidung deuteten auf Rang und Reichtum. Das Mitleid meiner Mutter wurde erregt, und da seine Sonderbarkeiten harmlos waren, wurde ihm ein Asyl geboten, obgleich er dafür nicht bezahlen konnte. Er sprach fortwährend auf eine unzusammenhängende Art von einer Geliebten, die ihm untreu geworden war. Seine Reden schienen aber denen eines Schauspielers zu gleichen, der sich in einer seiner Rollen übte. Er war vollkommen sorglos rücksichtlich seiner Person und seiner Gesundheit, und wiederholte Nachlässigkeiten der Art führten endlich ein Fieber herbei, an dem er nach kurzer Zeit starb. Der Name, den er sich beilegte, war Clavering.

Über seine Familie gab er keine bestimmten Nachrichten, deutete aber an, daß sie in England lebte, vornehm und reich sei; sie hätte ihm das Mädchen seiner Liebe verweigert und ihn nach Amerika verwiesen, unter Bedrohung mit dem Tode, wenn er zurückzukehren wagte, und hätte ihm auch alle Mittel zur Existenz in dem fremden Lande verweigert. In seiner wilden, unzusammenhängenden Weise sagte er seinen Tod voraus. Er war sehr geschickt mit dem Pinsel und malte dies Bild kurz vor seinem Tode, schenkte es mir und bat mich, es zum Andenken an ihn zu bewahren. Meine Mutter liebte den Jüngling, weil er liebenswürdig und unglücklich war, und besonders, weil sie fand, daß er mir auffallend ähnlich sei. Ich war noch zu jung, um eine große Zuneigung infolge irgendeines vernünftigen Grundes zu fassen; aber ich liebte ihn mit einer Glut, die bei meinem Alter ungewöhnlich war und die durch dies Geschenk dauernd und teuer gemacht wurde.

Als ich meine Heimat verließ, nahm ich dies Bild mit mir. Ich wickelte es mit einigen elegischen Versen, die ich mit der größten Sorgfalt sehr zierlich geschrieben hatte, in ein Papier. Dies steckte ich in ein ledernes Futteral, welches ich der größeren Sicherheit wegen in der Mitte meines Bündels aufbewahrte. Sie werden vielleicht finden, daß ich vielleicht besser getan hätte, es in eine meiner Taschen zu stecken. Ich war aber anderer Meinung und mußte nun für meinen Irrtum büßen.

Vergeblich wäre es gewesen, meine Nachlässigkeit zu

verwünschen oder die geringen Kräfte, die mir geblieben waren, durch eitle Reue vollends zu erschöpfen. Ich kehrte daher wieder zu der Taverne zurück und fragte nach Mr. Capper, dem Nachbarn meines Vaters, den ich eingangs bereits erwähnt habe. Man sagte mir, daß Capper in der Stadt wäre, daß er in der letzten Nacht hier gewohnt hätte und daß er auch die nächste hier verbringen würde, daß ihn aber vor etwa zehn Minuten ein Gentleman abgeholt, dessen Einladung, die Nacht bei ihm zuzubringen, er angenommen. Sie waren soeben miteinander weggegangen. Ich fragte, wer dieser Gentleman sei. Der Wirt sagte mir, er kenne ihn nicht; er wüßte weder seinen Namen noch seine Wohnung. – Ob Mr. Capper am Morgen wieder hierher zurückkehren würde? – Nein, er hätte den Fremden ihm den Vorschlag machen hören, morgen mit ihm auf das Land zurückzukehren, und Mr. Capper hätte eingewilligt.

Diese Enttäuschung war hart. Ich hatte durch meine eigene Nachlässigkeit das einzige Mittel verloren, welches sich mir bot, einen Freund zu finden. Wäre mein Verlust mir nur drei Minuten später eingefallen, so hätte ich das Haus betreten und Mr. Capper getroffen. Ich wußte weiter nichts ausfindig zu machen, um das gegenwärtige Übel abzuwenden. Mir sank jetzt das Herz zum ersten Male gänzlich. Ich blickte mit namenloser Aufregung zurück auf die Tage meiner Kindheit. Ich rief das Bild meiner Mutter in mein Gedächtnis. Ich dachte an die Schwäche meines Vaters und mit Entsetzen an die Anmaßung der verabscheuenswerten Betty. Ich betrachtete mich als das unglücklichste und elendeste aller menschlichen Geschöpfe.

Ich saß in dem großen Wirtszimmer. Andere Gäste

schlenderten umher, sangen oder pfiffen. Ich achtete nicht auf sie, sondern stützte den Kopf in die Hand und überließ mich den peinlichsten Gedanken. Diesen wurde ich dadurch entrissen, daß sich jemand neben mich setzte und mich anredete: »Entschuldigen Sie, Sir, wer war es, nach dem Sie sich soeben erkundigten? Vielleicht kann ich Ihnen Nachricht geben. Ist dies der Fall, so wird es mir Freude machen.« Ich richtete meine Augen fest auf den Sprechenden. Es war ein junger Mann in teurer, moderner Kleidung und von sehr einnehmendem Äußeren und einem geistreichen Gesichte. Ich beschrieb ihm den Mann, den ich suchte. »Den suche ich selbst auch«, entgegnete er, »aber ich erwarte ihn hier zu treffen. Er mag vielleicht anderwärts übernachten, aber er versprach mir, um halb zehn hier zu sein. Ich zweifle nicht, daß er sein Versprechen erfüllen wird, so daß Sie ihn noch sprechen können.«

Diese Mitteilung war mir sehr angenehm, und ich dankte dem jungen Manne mit großer Wärme. Er bemerkte meine Dankbarkeit nicht, sondern fuhr fort: »Um die Erwartung abzukürzen, habe ich ein Abendessen bestellt; wollen Sie vielleicht so freundlich sein, daran teilzunehmen, wenn Sie nicht schon zu Abend gegessen haben?«

Ich lehnte die Einladung etwas linkisch ab, da ich wußte, daß ich nicht dafür zahlen konnte. Er drang indes in mich, bis ich endlich widerstrebend einwilligte. Mein Hauptzweck war die Gewißheit, Mr. Capper zu sehen.

Mein neuer Bekannter war außerordentlich gesprächig, und seine Unterhaltung wurde durch Offenherzigkeit und gute Laune charakterisiert. Meine Zurückhaltung verminderte sich allmählich, und ich wagte es, ihn in allgemeinen

Ausdrücken von meiner früheren Lage und meinen gegenwärtigen Absichten in Kenntnis zu setzen. Er hörte mir mit Aufmerksamkeit zu und machte sehr verständige Bemerkungen. Seine Worte aber ließen in mir den Mut sinken, länger in der Stadt zu verweilen.

Inzwischen verging die Zeit, und Capper erschien nicht. Ich bemerkte dies mit nicht geringer Unruhe. Er sagte, Capper möchte sein Versprechen vergessen oder außer acht gelassen haben. Sein Geschäft wäre nicht von der größten Wichtigkeit und könnte leicht auf eine spätere Zeit verschoben werden. Er bemerkte, daß meine Lebhaftigkeit durch seine Worte sehr gedämpft wurde. Er drang in mich, ihm den Grund davon mitzuteilen. Als ich ihm endlich meine Verlegenheit offenbarte, machte er sich darüber lustig. Was die Ausgabe für das Abendessen beträfe, so hätte ich daran auf seine Einladung teilgenommen, sagte er, und er müßte deshalb natürlich dafür bezahlen. Was eine Wohnung anginge, so hätte er eine Stube und ein Bett, und das sollte ich mit ihm teilen.

Ich geriet durch das alles in die größte Verwunderung. Jede neue Freundlichkeit dieses jungen Mannes übertraf meine glänzendsten Erwartungen. Ich sah keinen Grund, mit so großem Wohlwollen behandelt zu werden. Ich würde zwar in gleicher Lage ebenso gehandelt haben, aber dennoch erschien mir sein Benehmen überraschend und unerklärlich. Ich wußte nicht, woher meine Begriffe von der menschlichen Natur kamen. Ganz gewiß waren sie nicht die Wirkung meiner eigenen Gefühle. Diese würden mich gelehrt haben, daß Teilnahme und Pflicht in jeder Handlung der Großmut ineinanderfließen.

Ich trat nicht ohne Bedenklichkeiten und Zweifel in die Welt. Ich war mehr geneigt, Freundlichkeit geheimen und heimlichen als offenbaren und löblichen Absichten zuzuschreiben. Ich hielt inne, um über die möglichen Absichten dieses Menschen nachzudenken. Wohin konnte sein Benehmen zielen? Ich war kein Gegenstand für Gewalttat oder Betrug. Ich hatte weder Sachen noch Geld, welche die Betrügerei anderer reizen konnten. Was mir angeboten wurde, war nichts als ein Nachtlager. War das eine Handlung von so ungeheurer Wichtigkeit, daß sie bloßes Wohlwollen unglaublich machte? Meine Kleidung war geringer als die meines Gefährten, aber meine geistigen Fähigkeiten standen mindestens den seinigen gleich. Weshalb sollte ich vermuten, daß er für meine Sorge fühllos wäre? Es mangelte mir an Erfahrung, Geld und Freunden, aber nicht an allen geistigen und körperlichen Gaben. Daß mein Verdienst selbst nach so geringem Verkehr erkannt wurde, hatte sicher nichts Verletzendes für mich.

Während ich so überlegte, bestand mein neuer Freund mit allem Ernste auf meiner Gesellschaft. Er bemerkte mein Zögern, schrieb es aber einer falschen Ursache zu. »Ich kann mir Ihre Einwürfe denken, sie aber auch widerlegen. Sie fürchten sich, in Gesellschaft gebracht zu werden, und Menschen, die ihr Leben so zugebracht haben wie Sie bisher, fühlen eine merkwürdige Antipathie gegen fremde Gesichter; aber es ist jetzt in unserer Familie die Zeit, zu Bette zu gehen, und wir können es daher bis morgen verschieben, Sie derselben vorzustellen. Wir können auf mein Zimmer gehen, ohne von irgend jemandem als den Dienstboten gesehen zu werden.«

An dergleichen hatte ich nicht gedacht. Mein Widerstand entsprang einer anderen Quelle. Aber jetzt, wo die Umstände der Zeremonie gegen mich erwähnt wurden, erschienen sie mir von sehr bedeutendem Gewicht. Ich war froh darüber, daß sie vermieden werden konnten, und willigte ein mitzugehen.

Wir kamen durch mehrere Straßen und bogen um mehrere Ecken. Endlich traten wir auf eine Art von Hof, der hauptsächlich von Ställen umgeben zu sein schien. »Wir wollen durch die Hintertüre gehen«, sagte er. »So vermeiden wir die Notwendigkeit, in den Salon einzutreten, wo vielleicht noch einige Mitglieder der Familie versammelt sind.«

Mein Gefährte war noch immer so gesprächig wie bisher, sagte aber nichts, woraus ich auf die Zahl, den Charakter oder den Stand der Familienmitglieder hätte schließen können.

Viertes Kapitel

Wir kamen zu einer Steinmauer und traten durch ein Tor in einen geräumigen Innenhof. Die Dunkelheit gestattete mir nicht, weiter etwas zu sehen als unbestimmte Umrisse. Im Vergleich zu den zwergenhaften Dimensionen von meines Vaters hölzerner Hütte erschienen die Gebäude vor mir von riesiger Höhe. Die Pferde hatten hier eine viel prachtvollere Wohnung als ich bisher. Durch eine große Türe traten wir in eine hohe Halle. »Bleiben Sie hier, bis ich Licht geholt habe«, sagte er.

Er kehrte mit einer brennenden Kerze zurück, ehe ich soviel Zeit gehabt hatte, über meine sonderbare Lage nachzudenken.

Wir gingen jetzt die Treppe hinauf, die mit Wachsleinwand ausgelegt war. Niemand, dessen Erfahrung geringer ist als die meinige, kann sich einen Begriff von den Eindrücken machen, welche alle die umgebenden Gegenstände bei mir hervorriefen. Die Höhe dieser Treppe, ihre Breite, ihre Verzierungen schienen mir eine Verbindung all dessen zu sein, was Pracht und Reichtum zu bieten vermochten.

Wir blieben erst im dritten Stockwerk stehen. Hier öffnete mein Gefährte eine Stube und ließ mich eintreten. »Dies«, sagte er, »ist mein Zimmer; erlauben Sie mir, Sie darin willkommen zu heißen.«

Ich hatte noch keine Zeit gehabt, mich im Zimmer umzusehen, als ein Zufall das Licht auslöschte. »Verwünscht sei meine Sorglosigkeit«, sagte er. »Ich muß hinuntergehen und das Licht wieder anzünden. Im Nu bin ich zurück. Inzwischen können Sie sich ausziehen und zu Bette gehen.« Er ging und verschloß, wie ich später merkte, das Zimmer von außen.

Ich war nicht abgeneigt, seinem Rate zu folgen, aber zuvor wollte ich meine Neugier durch eine Untersuchung des Raumes befriedigen. Seine Höhe und seine Größe ließen sich allenfalls bei dem Sternenlichte sowie bei einem hereinfallenden Schimmer der Straßenlaternen erkennen. Der Fußboden war mit einem Teppich ausgelegt, die Wände mit glänzenden Tapeten behangen. Das Bett und die Fenster hatten reiche Vorhänge von dunkler Farbe. Bisher hatte ich von dergleichen Dingen nur gelesen. Ich kannte sie als die Verzierungen des Reichtums, und als ich sie betrachtete und mich daran erinnerte, wer und wo ich am vergangenen Tage gewesen war, konnte ich kaum glauben, ich sei wach und meine Sinne nicht von einem Zauber befallen.

Wie wird das Abenteuer endigen? dachte ich. Ich stehe morgen mit Tagesanbruch auf und eile wieder auf das Land. Wenn ich mich dieser Nacht erinnere, wird sie mir wie ein Traumgesicht erscheinen! Erzähle ich die Geschichte am Feuerherde, so wird man meine Glaubwürdigkeit in Zweifel ziehen. Ich werde den Märchenerzählern von Shiras und Bagdad beigestellt werden.

Obgleich mich diese Gedanken beschäftigten, blieb der Verlauf der Zeit von mir nicht unbemerkt. Es kam mir vor, als blieb mein Gefährte ungewöhnlich lange aus. Er war hinabgegangen, um das Licht wieder anzuzünden, aber er hätte das jetzt schon wenigstens zehnmal gekonnt. Irgendein unvorhergesehenes Ereignis mußte dieses Zögern veranlaßt haben.

Wieder verging einige Zeit ohne ein Zeichen seines Kommens. Ich fing jetzt an, unruhig zu werden. Ich vermochte mir sein Ausbleiben nicht zu deuten. Beabsichtigte er nicht irgendeine Verräterei? Ich ging zu der Türe und fand sie verschlossen. Das steigerte meinen Verdacht. Ich war als Fremder allein in einem der oberen Gemächer des Hauses. War mein Führer absichtlich oder zufällig verschwunden und irgendein Mitglied der Familie fand mich hier vor, wie konnten dann die Folgen davon sein? Würde ich nicht als Dieb verhaftet und ins Gefängnis gebracht werden? Meine Versetzung von der Straße in dies Zimmer konnte nicht schneller erfolgt sein als meine Fortschaffung von hier in das Gefängnis.

Diese Gedanken erfüllten mich mit einem panischen Schrecken. Ich erwog sie nochmals, aber sie gewannen dadurch nur an Wahrscheinlichkeit. Ich zweifelte nicht mehr, das Opfer eines boshaften Streiches geworden zu sein. Meine eigenen Gesinnungen aber führten entgegengesetzte Ansichten herbei, und meine Furcht begann zu schwinden. Ich fragte mich, was wohl einen Menschen dazu bewegen konnte, mir so ohne alle Veranlassung Schaden zuzufügen? Ich wußte mir dieses Ausbleiben zwar nicht zu erklären, aber wie viele Zufälligkeiten konnten nicht die Ursache dafür sein?

Diese Überlegungen trösteten mich zwar, aber der Trost war nur von kurzer Dauer. Mit der größten Anstrengung lauschte ich darauf, Schritte zu vernehmen, als sich ein Geräusch hören ließ. Aber es waren keine Schritte. Es schienen mühsame menschliche Atemzüge zu sein. Es glich einem Stöhnen. Woher es kam, vermochte ich nicht zu erkennen. Derjenige indes, von welchem es herrührte, mußte nahe sein, vielleicht im Zimmer.

Jetzt wurde das nämliche Geräusch wieder hörbar, und ich konnte bemerken, daß es aus dem Bette kam. Es wurde von einer Bewegung begleitet, als ob jemand seine Lage veränderte. Was ich anfangs für ein Stöhnen gehalten hatte, schien jetzt nichts anderes zu sein als das Atmen eines schlafenden Menschen. Was sollte ich aus diesem Umstand schließen? Mein Gefährte hatte mir nicht gesagt, daß das

Zimmer besetzt sei. War diese Täuschung eine scherz- oder eine boshafte?

Ich brauchte darüber nicht nachzudenken. Es war unmöglich, mich zu verbergen oder zu entfliehen. Der Schläfer mußte früher oder später erwachen und mich entdecken. Die Zwischenzeit konnte nur durch Todesangst ausgefüllt werden, und es war klug, diese abzukürzen. Sollte ich nicht den Vorhang zurückziehen, den Schläfer aufwecken und sogleich allen Folgen meiner Lage die Stirn bieten? Ich schlich leise zu dem Bette, als der Gedanke in mir aufstieg: Wenn es nun ein Frauenzimmer wäre?

Ich kann die Mischung aus Angst und Scham nicht beschreiben, die mich erfaßte. Das Licht, in welchem ein solcher Besuch der weiblichen Furcht erscheinen mußte, der übereilte Lärm, der dadurch vielleicht veranlaßt wurde, die Schande, die ich vielleicht unwissentlich über die Schläferin oder über mich selbst brachte, stürzten mich in die peinlichste Verwirrung. Meine Anwesenheit konnte einen fleckenlosen Ruf besudeln oder die wildeste Eifersucht erwecken.

Aber war es auch ein Frauenzimmer, konnten nicht dennoch die schlimmen Folgen gemildert werden, wenn ich sie behutsam weckte? Indes, die Frage des Geschlechtes war ja noch nicht entschieden. Deshalb näherte ich mich dem Bette und zog den Vorhang zurück. Der Schläfer war ein kleines Kind. Dies erkannte ich bei dem Schimmer einer Straßenlaterne.

Ein Teil meiner Besorgnisse war dadurch beseitigt. Offenbar gehörte dies Zimmer einer Amme oder einer Mutter. Sie war noch nicht zu Bette gegangen. Vielleicht war es auch die Schlafstube eines Ehepaares, und dessen Erscheinen ließ sich mit jedem Augenblicke erwarten. Ich malte mir dessen Eintreten und meine Entdeckung aus. Ich konnte mir keine Folgen vorstellen, die nicht unheilvoll oder furchtbar gewesen wären und denen ich nicht um jeden Preis entfliehen mußte. Ich untersuchte nochmals die Türe und fand, daß es unmöglich war, durch dieselbe hinauszugelangen. Es waren in dem Zimmer noch andere Türen. Alles, was in dieser äußersten Not möglich war, mußte versucht werden. Eine dieser Türen war von innen verriegelt. Ich zog den Riegel zurück und fand einen ziemlich beträchtlichen Raum dahinter. Sollte ich mich in diesem Gemache verstecken? Ich sah keinen Vorteil, der mir daraus entstehen konnte. Ich entdeckte, daß auf der anderen Seite ein Riegel war, der die Sicherheit etwas erhöhen konnte. Schob ich den Riegel vor, so mußte man die Türe erbrechen, um zu mir zu gelangen.

Ich stand hier kaum einen Augenblick, als der lang erwartete Klang von Fußtritten vor dem Eingange ertönte. War es mein Gefährte oder ein Fremder? Im letzteren Falle hatte ich noch nicht genug Mut gesammelt, ihm entgegenzutreten. Ich kann meine Herzhaftigkeit nicht rühmen, aber niemand würde von einem Menschen, der sich in meiner Lage befand, Unerschrockenheit oder kalte Überlegung erwartet haben. Ich trat in das Kabinett und zog die Türe hinter mir zu. Unmittelbar darauf schloß jemand die Stubentüre auf. Er hatte kein Licht. Die Tritte waren auf dem Teppich kaum wahrnehmbar.

Ich wartete voll Ungeduld auf irgendein Zeichen, nach dem ich mich richten konnte. Ich legte das Ohr an das

Schlüsselloch und hörte endlich eine Stimme, doch nicht die meines Gefährten, mit etwas mehr als Geflüster sagen: »Lächelnder Engel! Glücklich und gesund sehe ich dich! Möchte Gott, mein Plan gelänge und du fändest da eine Mutter, wo ich eine Gattin gefunden habe!« Dann schwieg er. Es schien, als küsse er das Kind. Darauf entfernte er sich und schloß die Türe hinter sich wieder zu.

Diese Worte hatten für mich keinen Sinn, aber sie dienten wenigstens dazu, mir zu zeigen, daß ich betrogen worden war. Dies Zimmer gehörte offenbar nicht meinem Gefährten. Ich betete zu Gott, mich aus der Schlinge zu erlösen. In welcher Lage befand ich mich! Ich war in dichte Finsternis gehüllt! Eingesperrt an einem unbekannten Orte! Versteckt wie ein Dieb!

Mein Sinnen wurde durch neue Geräusche unterbrochen. Die Türe wurde aufgeschlossen, mehr als eine Person traten ein, und Licht fiel durch das Schlüsselloch. Ich sah hindurch, aber die Öffnung war zu klein, und die Gestalten gingen zu rasch vorüber, um sie erkennen zu können. Ich neigte mein Ohr und erlangte dadurch etwas größere Gewißheit.

Der Mann – das erkannte ich an seiner Stimme – war ebender, der kurz zuvor weggegangen war. Rascheln von Seidenstoff verriet, daß seine Gefährtin dem weiblichen Geschlechte angehörte. Der Mann sprach einige Worte, aber so leise, daß ich sie nicht verstehen konnte, und die Frau brach in einen Strom von Tränen aus. Er suchte sie durch freundliche Worte und zärtliche Benennungen zu trösten. »Wie ist da zu helfen?« sagte er. »Es ist Zeit, daß du wieder Mut faßt. Deine Pflicht gegen dich selbst wie gegen mich fordert von dir, diesen unverständigen Kummer zu unterdrücken.«

So sprach er wiederholt, doch alles, was er sagte, schien nur wenig Eindruck auf die Frau zu machen. Endlich jedoch wurden ihre Tränen seltener und weniger heftig. Er bat sie, Ruhe zu suchen. Allem Anscheine nach traf sie dazu Anstalt, und das Gespräch wurde für einige Minuten unterbrochen.

Ich konnte mich der Besorgnis nicht erwehren, es möchte irgendeine Veranlassung entstehen, in das Kabinett zu kommen, in welchem ich eingesperrt war. Ich wußte nicht, wie ich mich in diesem Falle benehmen sollte. Doch dadurch, daß ich mich dem Anblick entzogen hatte, hatte ich das Vorrecht verloren, ein offenes Benehmen zu zeigen. Indes war mir der Gedanke, die Nacht an diesem Orte zu verbringen, ganz unerträglich.

Allmählich faßte ich die Absicht, aus dem Kabinett hervorzubrechen und der Kraft der Wahrheit und einer ungekünstelten Schilderung zu vertrauen. Mehr als einmal legte ich die Hand an den Riegel, aber immer wieder zog ich sie unentschlossen zurück. Wenn ein Versuch mißglückte, kehrte ich wieder zu diesem Gedanken zurück, um mich in meinem Vorsatze zu befestigen.

Ich überlegte im voraus meine Anrede. Ich beschloß, vollkommen ausführlich zu sein und nicht den geringsten Umstand der Abenteuer zu verschweigen, die ich seit dem Augenblicke meiner Ankunft bestanden hatte. Meine Beschreibung mußte notwendig auf eine ihnen bekannte Person passen. Alles, was ich verlangen wollte, war die Freiheit, mich entfernen zu dürfen; aber wenn man mir dies nicht gestattete, durfte ich wenigstens hoffen, jeder schlechten Behandlung zu entgehen und meinem Verräter gegenübergestellt zu werden. In diesem Fall konnte ich ihn als Zeugen meiner Unschuld anführen.

Unter dem Einflusse dieser Gedanken berührte ich wieder den Riegel. In diesem Augenblick schrie die Frau laut auf: »Großer Gott! Was ist das?« Es folgte nun ein interessantes Gespräch. Der Gegenstand, der ihr Staunen erregt hatte, war das Kind. Aus dem, was vorging, erkannte ich, daß die Entdeckung ihr vollkommen unerwartet war. Ihr Mann stellte sich, als sei er ebenso überrascht. Er stimmte all ihren Ausrufungen der Verwunderung und ihren Vermutungen bei. Als diese erschöpft waren, machte er arglistig den Vorschlag, dem kleinen Findling ihre Sorgfalt zu widmen. Ich erfuhr nun, daß ihr Kummer von dem kürzlichen Verluste ihres Kindes herrührte. Sie war anfangs gegen den Vorschlag ihres Mannes, endlich aber überredete er sie, das Kind an ihre Brust zu legen und ihm Nahrung zu geben.

Dieses Ereignis hatte mich von meinem Plane abgeleitet und mit Nachdenken über den Auftritt erfüllt. Sehr nahe lag die Vermutung, daß der Mann der Vater des Kindes war und diese sonderbare List ersonnen hatte, demselben den mütterlichen Schutz seiner Frau zu gewinnen. Bald mußte es von ihr alle die Zärtlichkeit erhalten, die sie ihrem eigenen Kinde geschenkt hatte. Bis jetzt hatte sie wahrscheinlich noch keinen Verdacht über den wahren Vater des Kindes und schöpfte ihn dann auch in der Folge schwerlich. Hatte indes ihr Charakter dieselben Eigenschaften wie bei den meisten Frauen, dann mußte ihre Liebe sich in diesem Falle in Haß verwandeln. Ich dachte voller Staunen darüber nach, an wie zarten Fäden die menschlichen Leidenschaften von ihrer wahren Richtung abgelenkt werden können. Mit nicht geringerem Staunen betrachtete ich das Zusammentreffen all der Umstände, durch die ich in den Stand gesetzt wurde, ihr die Wahrheit zu offenbaren. Wie haltlos ist doch der Bau der Falschheit, den wir im Widerspruch zu dem Systeme der ewigen Natur aufführen. Wenn ich unentdeckt aus diesem Verstecke entschlüpfte, so hätte ich in der Tat nie das Gesicht dieser beiden Menschen gesehen und wäre dennoch mit den geheimsten Verhandlungen ihres Lebens vertraut gewesen.

Meine eigene Lage war jetzt kritischer als je. Die Lichter waren ausgelöscht, und das Ehepaar hatte die Ruhe gesucht. Jetzt das Kabinett zu verlassen konnte unendlich gefährlich sein. Ich wußte mir wieder nicht zu raten und keinen Entschluß zu fassen. Inzwischen unterbrachen die Gatten ihre Unterhaltung nicht, und ich hielt mich für berechtigt zu horchen. Es wurde auf mehrere Tatsachen der geheimsten und wichtigsten Art angespielt. Einige dieser Hindeutungen waren mir unverständlich; andere wußte ich zu deuten, und noch andere waren vollkommen klar. Jedes Wort, welches bei dieser Gelegenheit gesprochen wurde, ist unauslöschlich in mein Gedächtnis eingegraben. Vielleicht machte mich die Sonderbarkeit meiner Lage und meine bisherige Unkenntnis all dessen, was in der Welt vorging, zu einem begierigen Lauscher. Das meiste, was gesprochen wurde, übergehe ich mit Stillschweigen; aber einen Teil der Unterredung muß ich notwendig hier wiederholen.

Es war an diesem Abend in ihrem Hause eine zahlreiche Gesellschaft versammelt gewesen. Sie hielten sich über den

Charakter und das Betragen mehrerer ihrer Gäste auf: Endlich sagte der Mann: »Was denkst du von dem Nabob? Besonders von dem, was er über den Reichtum sagte? Wie arglistig er die Meinung von seiner Armut bestärkt! Aber nicht eine Seele glaubt ihm. Ich meines Teils weiß mir seinen Plan dabei nicht zu erklären. Ich vermute beinahe, daß sein Reichtum aus einer schlechten Quelle stammt, da er so sorgfältig bemüht ist, ihn zu verbergen.«

»Vielleicht«, sagte die Frau, »bist du dennoch rücksichtlich seines Reichtumes im Irrtum.«

»Unmöglich«, rief ihr Mann. »Bedenke doch nur, wie er lebt. Habe ich nicht sein Bankkonto gesehen? Die Einlagen, die er gemacht hat, seitdem er hier ist, belaufen sich auf nahe an eine halbe Million.«

»Gebe der Himmel, daß es so sei!« sagte die Frau mit einem Seufzer. »Ich dächte dann mit weniger Widerwillen an deinen Plan. Wenn das Glück des armen Tom dadurch begründet wird und er deshalb nicht schlimmer daran ist oder doch nur wenig, so denke ich besser von der Sache.«

»Das«, entgegnete er, »ist es auch, was mich mit dem Plane aussöhnt. Für ihn sind dreißigtausend Dollar nichts.«

»Aber wird er nicht den Argwohn hegen, daß du bei der Sache die Hand im Spiele hast?«

»Wie kann er das? Wird es nicht den Schein haben, als verlöre ich ebensogut wie er? Tom ist mein Bruder, aber wer kann verlangen, daß ich für die Rechtschaffenheit meines Bruders hafte? Indes wird er auf keinen von uns beiden Verdacht werfen. Was Geringeres als ein Wunder könnte unseren Plan an den Tag bringen. Überdies ist der Mann nicht das, was er zu sein verdient. Früher oder später wird er als ein großer Betrüger erkannt werden. Er hat mit andern Künsten als durch Handel Geld gemacht. Er hat seinen Weg auf irgendeine Weise zu dem portugiesischen Schatze gefunden.«

Hier nahm das Gespräch eine andere Richtung, und nach einiger Zeit erfolgte das Schweigen des Schlafes.

Wer, dachte ich bei mir, ist dieser Nabob, der seine Dollars nach halben Millionen zählt und gegen den, wie es scheint, irgendeine Betrügerei ausgeübt werden soll? Wie wenig vermuten diese Menschen, daß ihr Gespräch belauscht werden könnte. Durch ebenso unerwartete Mittel als die, welche mich hierherbrachten, konnte ich später vielleicht dahin kommen, aus dieser Entdeckung Vorteil zu ziehen. Aber was sollte ich einstweilen damit anfangen? Wie konnte ich diesem gefährlichen Aufenthaltsorte entrinnen?

Durch abermalige Überlegung kam ich jetzt auf den Gedanken, daß es nicht so ganz unmöglich sei, auf die Straße zu gelangen, ohne von ihnen bemerkt zu werden. Der Schlaf endet gewöhnlich erst nach einer bestimmten Zeit von selbst. Wie viele Hindernisse, die zwischen mir und der Freiheit lagen, konnte ich nicht mit so großer Vorsicht überwinden, daß ich der Entdeckung entgehen mußte? Bewegung und Geräusch gehen notwendig miteinander; aber nicht jedes Geräusch muß gehört werden. Die Türe des Kabinetts sowie die der Stube kreischten nicht in den Angeln. Die letztere war vielleicht verschlossen. Das konnte ich nur durch einen Versuch erfahren. War dies der Fall, so steckte doch höchstwahrscheinlich der Schlüssel von innen und konnte ohne Geräusch im Schlosse umgedreht werden.

Ich beschloß zu warten, bis schwerere Atemzüge mir verrieten, daß beide in tiefem Schlafe lägen. In dem Moment stieß ich mit dem Kopfe an einen Gegenstand, der an der Wand des Kabinetts hing. Es schienen irgendwelche Geräte zu sein, und sie rasselten nach diesem unglücklichen Stoße gegeneinander. Ich fürchtete, dieses Geräusch möchte meine Entdeckung nach sich ziehen, da das Kabinett von dem Bette nicht weit entfernt war. Das Atmen der einen Person hörte augenblicklich auf, und es folgte eine Bewegung, als ob jemand sich im Bette aufrichte. Diese Bewegung des Mannes weckte auch seine Frau auf, welche fragte: »Was gibt es denn?«

»Ich glaube, es war etwas in dem Kabinett«, entgegnete er. »Wenn ich nicht geträumt habe, so stießen die Pistolen aneinander, als ob sie jemand herabnähme.«

Diese Andeutung war wohl geeignet, die Furcht der Frau zu erregen. Sie bat ihn, die Sache zu untersuchen. Zu meiner unbeschreiblichen Angst willigte er anfangs ein, dann aber sagte er, seine Ohren hätten ihn wahrscheinlich getäuscht. Es wäre kaum möglich, daß das Geräusch davon hergerührt hätte. Es sei vielleicht eine Ratte gewesen, oder seine Einbildung hätte ihn getäuscht. – Es ist nicht leicht, die Besorgnis zu beschreiben, in welcher ich während dieser Unterhaltung schwebte. Ich sah, wie leicht ihr Schlaf zu stören war. Die Hindernisse meiner Flucht erschienen mir dadurch wieder unübersteigbarer, als ich geglaubt hatte.

Nach kurzer Zeit war alles wieder still. Ich wartete, bis sich die gewöhnlichen Zeichen des Schlafes erkennen ließen. Ich nahm einen neuerlichen Versuch vor. Der Riegel wurde mit aller möglichen Vorsicht zurückgezogen, aber ich konnte doch dabei nicht jedes Geräusch vermeiden. Ich befand mich in der ängstlichsten Spannung; meine Aufmerksamkeit war peinlich zwischen dem Riegel und den Schlafenden geteilt. Die Schwierigkeit lag darin, nur gerade so viel Kraft anzuwenden, als unerläßlich war. Vielleicht nicht weniger als fünfzehn Minuten verbrachte ich bei der Operation. Endlich war sie glücklich beendet, und ich öffnete vorsichtig die Tür.

Da ich aus der gänzlichen Dunkelheit trat, machte das Licht, welches durch drei Fenster hereinfiel, auf meine Augen einen starken Eindruck. Gegenstände, welche mir bei meinem ersten Eintreten in das Zimmer unsichtbar gewesen waren, konnte ich jetzt deutlicher erkennen. Das Bett war von Vorhängen umgeben, aber dennoch wich ich anfangs in mein Versteck zurück, weil ich fürchtete, gesehen zu werden. Um meine Flucht zu erleichtern, zog ich meine Schuhe aus. Ich war aber durch andere Gedanken so sehr in Anspruch genommen, daß mir die Notwendigkeit nicht einfiel, die Schuhe mit mir zu nehmen. Ich ließ sie in dem Kabinett stehen.

Ich glitt jetzt durch das Zimmer nach der Türe. Nicht wenig wurde ich entmutigt, als ich bemerkte, daß der Schlüssel nicht steckte. Meine ganze Hoffnung bestand darin, daß man vergessen hatte, sie zuzuschließen. In meiner Hast, mich davon zu überzeugen, machte ich einiges Geräusch, und einer der Schläfer wurde dadurch abermals erweckt. Er fuhr in die Höhe und rief: »Wer ist da?«

Ich hielt jetzt meine Sache für verzweifelt und die Entdeckung für unvermeidlich. Mehr meine Besorgnis als meine Vorsicht hielt mich stumm. Ich drückte mich gegen die Wand und wartete in einer Art von Todesangst auf den Augenblick, der mein Schicksal entscheiden sollte.

Die Frau wurde wieder geweckt. In Beantwortung ihrer Frage sagte ihr Mann, er glaubte, es wäre jemand an der Türe gewesen, allein es bestehe keine Gefahr, daß er hereinkäme, denn er hätte die Schlüssel in die Tasche gesteckt.

Mein Mut ward durch diese Mitteilung gänzlich vernichtet. Meine Hilfsmittel waren erschöpft. Ich mußte nun an diesem Orte bleiben, bis das Licht des Morgens, der nicht mehr fern sein konnte, zu meiner Entdeckung führte. Meine Unerfahrenheit hinderte mich, alle Gefahren meiner Lage richtig einzuschätzen. Vielleicht hatte ich weiter nichts als eine vorübergehende Unannehmlichkeit zu fürchten. Meine Absicht war schuldlos, und ich war nicht durch meine eigene Schlechtigkeit in diese Lage gebracht worden, sondern durch die Bosheit anderer.

Ich war zutiefst beunruhigt über die Zweideutigkeit, die notwendig auf meinen Beweggründen lasten bleiben mußte, und von der Strenge, mit der man ihnen sicher nachforschte. Ich schauderte vor der bloßen Möglichkeit, einem Diebe gleichgestellt zu werden. Diese Betrachtungen stachelten mich wieder an, die Flucht zu versuchen. Ich hatte sorgfältig alles beobachtet, als sie eintraten. Vielleicht hatte der Mann es versäumt, die Türe zuzuschließen, aber ebensogut konnte dies auch nicht sein. Der Schlüssel fehlte. Würde dies der Fall gewesen sein, wenn die Türe unverschlossen war?

Meine Furcht, mehr als meine Hoffnung, bewog mich, den Versuch zu machen. Ich zog den Riegel zurück, und zu meiner unaussprechlichen Freude öffnete sich die Türe.

Ich schlich hinaus und die Treppe hinab. Ich erreichte das Erdgeschoß. Ich konnte mich der Lage der Türe, welche auf den Hof führte, nicht genau erinnern, aber indem ich mich mit den Händen an der Wand entlangtastete, fand ich sie endlich. Sie war mit mehreren Riegeln und einem Schlosse versperrt. Die Riegel ließen sich leicht zurückziehen, aber der Schlüssel fehlte. Ich wußte nicht, wo er aufbewahrt wurde. Ich glaubte, die Schwelle der Freiheit erreicht zu haben, aber hier zeigte sich ein Hindernis, das unübersteiglich zu sein drohte.

Aber wenn nicht durch die Türe zu gelangen war, so ließen sich doch vielleicht die Fenster öffnen. Ich erinnerte mich, daß mein Gefährte, um Licht zu suchen, in eine Tür links eingetreten war. Ich suchte nach dieser Türe. Zum Glück war sie nur verriegelt. Ich trat in ein Gemach, welches ich vorsichtig durchschritt, bis ich ein Fenster erreichte. Ich will nicht bei meinen Anstrengungen, diesen Ausgang zu öffnen, verweilen. Genug, nach mehreren mühevollen, aber vergeblichen Versuchen fand ich endlich meinen Weg auf den Innenhof und von hier auf den Vorplatz.

Fünftes Kapitel

Jetzt stand ich wieder auf öffentlichem Grund und Boden. Durch viele Anstrengungen hatte ich mich von dem gefährlichen Gebiete einer Privatwohnung entfernt. Ebenso viele Pläne, wie oft entworfen werden, um in ein Haus einzudringen, hatte ich ausgeführt, um aus demselben herauszugelangen. Ich wurde dazu durch meine Furcht angetrieben; aber weit entfernt, Beute mit mir zu nehmen, war ich nur mit dem Verluste eines wesentlichen Teils meiner Kleidung entronnen.

Ich hatte jetzt Muße zur Überlegung. Ich setzte mich auf die Erde und überblickte in Gedanken noch einmal alle die Szenen, die ich soeben erlebt hatte. Ich begann zu finden, daß ich meine Erfindungsgabe auf falsche Weise angestrengt hatte. Angenommen, ich wäre dem Manne bei seinem ersten Erscheinen in dem Zimmer entgegengetreten? War denn die Wahrheit so ganz und gar unglaublich? Da die Türe verschlossen und kein anderer Eingang vorhanden war, welcher andere Grund konnte da für meine Anwesenheit angegeben werden als der wahre? Ein solches Benehmen wäre meiner ehrenhaften Absicht angemessen gewesen. Der, welcher mich verraten hatte, erwartete wahrscheinlich, daß dies der Ausgang seines Scherzes sein würde. Meine ländliche Einfalt, so mochte er denken, ließ einen anderen, sorgfältig durchdachten Ausgang nicht zu. Ebenso mochte er die Absicht gehabt haben, sich zu meinen Gunsten einzumischen, wenn meine Sicherheit gefährdet werden sollte.

Am Morgen mußten die beiden Zimmertüren und das Fenster unten offen gefunden werden. Man vermutete danach sicher die Absicht eines Diebstahls, aber die Nachforschungen würden zu nichts anderem führen als zu der Auffindung eines Paares derber und staubiger Schuhe in dem Kabinett. Jetzt, wo ich in Sicherheit war, konnte ich mich nicht enthalten, über das Bild zu lächeln, das meine Phantasie sich von ihrer Verwunderung und ihrer Angst entwarf. Diese Gedanken wichen indes bald dringenderen Anforderungen.

Ich konnte mir kein Beispiel vollständigerer Hilflosigkeit denken als das, welches ich in diesem Augenblick bot. Es gab in der ganzen Stadt kein Wesen, auf dessen Güte ich rechnen durfte. Geld hatte ich nicht, und was ich auf dem Leibe trug, bildete mein ganzes Besitztum. Ich hatte soeben meine Schuhe eingebüßt, und das machte auch meine Strümpfe nutzlos. Meine Würde sträubte sich gegen eine barfüßige Wanderung, aber ich mußte mich dieser Notwendigkeit fügen. Ich warf meine Strümpfe zwischen die Gitterstäbe eines Stallfensters, das, wie ich glaubte, zu dem soeben verlassenen Hause gehörte. Ich ließ sie, im Verein mit den Schuhen, zur Bezahlung des Nachtquartiers zurück.

Ich sah ein, daß die Stadt kein Ort für mich sei. Der Zweck, den ich vor Augen hatte, irgendein Handwerk zu lernen, konnte nur durch Anwendung gewisser Mittel erreicht werden; aber welche Mittel standen mir zu Gebote? Die Gefahren und Täuschungen dieser Nacht flößten mir Widerwillen gegen das Stadtleben ein, und meine früheren Beschäftigungen stellten sich meinen Augen unter tausend zauberhaften Reizen dar: Ich beschloß, sofort aufs Land zurückzukehren.

Der Tag begann jetzt anzubrechen. Es war Sonntag, und ich wünschte, kein Aufsehen zu erregen. Ich fühlte mich schläfrig. Ich gedachte, mich auf dem ersten grünen Flecke, den ich finden würde, niederzuwerfen und den Schlaf zu suchen, dessen ich so sehr bedurfte. Ich kannte die Richtung der Straßen nicht, folgte aber der, die ich zuerst betreten hatte, indem ich gewiß glaubte, wenn ich immer in der gleichen Richtung fortginge, müßte ich endlich auf das Feld kommen. Wie ich fand, führte diese Straße nach Schuylkill und brachte mich bald aus den Häusern heraus. Ich konnte nicht, ohne Zoll zu zahlen, über den Fluß kommen, und doch mußte ich hinüber, wenn ich jene Gegend des Landes erreichen sollte, wohin ich zu gelangen wünschte. Aber wie sollte ich das anfangen? Ich kannte keine Furt, und die geringste Ausgabe überstieg meine Kräfte. Zehntausend Guineas und ein Farthing sind gleich weit vom Nichts entfernt, und Nichts war der mir zugefallene Teil.

Unter diesen Gedanken bog ich in eine der Straßen ein, welche in nördlicher Richtung liefen. Eine Strecke weit war sie ohne Wohnungen und ungepflastert. Jetzt erreichte ich Straßenpflaster und einen angestrichenen Bretterzaun, längs dessen eine Reihe von Pappeln gepflanzt war. Der Zaun umgab einen Garten, in den ich durch ein Astloch blicken konnte. Ich sah einen reizenden Rasenplatz, der sich bis zu einem ausgezeichnet schönen Hause erstreckte. Es schien erst unlängst erbaut zu sein und hatte allen Glanz der Neuheit. Für mein ungewohntes Auge hatte es die Pracht eines Palastes. Das Haus meines Vaters erreichte nicht die Höhe eines Stockwerkes und hätte bequem in den vierten Teil eines der Nebengebäude hineingebracht werden können, welche der Wirtschaft und den Dienstboten zugedacht zu sein schienen. Mein Herz stellte den Vergleich zwischen meiner eigenen Lage und der des Eigentümers dieser Besitzung an. Wie breit und unübersteigbar war die Kluft, die uns voneinander trennte! Diese schöne

Erbschaft war vielleicht jemandem zugefallen, der nur einen unedlen Mißbrauch davon machte, während ich, dessen Gesinnung eines Freundes der Menschheit würdig war, Hacke und Dreschflegel handhaben mußte.

Ich war mit einer solchen Gedankenrichtung in keiner Weise vertraut. Meine Bücher hatten mich die Würde und die Sicherheit des Mittelstandes kennen gelehrt, und mein Lieblingsschriftsteller floß im Lobe des Landlebens über. Entfernt von Luxus und Üppigkeit, sah ich diese vielleicht im rechten Lichte. Eine nähere Kenntnis bestätigte meine frühere Vorliebe; aber aus der Entfernung, in welcher ich jetzt stand, erregten die stattlichen Gebäude, die glänzende Einrichtung und die Bequemlichkeiten und Genüsse der Reichen meine Bewunderung und meinen Neid.

Ich verließ meine Stellung und verfolgte mit bedrücktem Herzen meinen Weg den Zaun entlang. Ich kam jetzt zu dem Hause selbst. Zu der Haupttüre führte eine marmorne Treppe. Ich hatte die Steine Carraras nie gesehen und bildete mir ein, diese wären aus Italien gekommen. Die Schönheit der Pappeln, die Frische, welche die vom Tau befeuchteten Steine aushauchten, die Bequemlichkeit des Sitzes, welche die Stufen boten, und die Ungewißheit, in der ich über meine nächsten Schritte schwebte – alles vereinigte sich, mich zu bestimmen, hier haltzumachen. Ich setzte mich auf eine der unteren Stufen und begann nachzudenken.

Es fiel mir plötzlich ein, daß ich die Abhilfe meiner dringendsten augenblicklichen Bedürfnisse vielleicht bei einem der Bewohner dieses Hauses finden könnte. Ich brauchte für den Moment einige Cents; und was konnten die für jemanden sein, der in einem solchen Hause wohnte? Ich fand einen unbesieglichen Widerwillen gegen das Betteln, aber noch ungleich mehr widerstrebte mir das Stehlen; in die Alternative zwischen beiden war ich aber jetzt versetzt. Ich mußte entweder stehlen oder betteln, es sein denn, daß mir Beistand unter dem Titel eines Darlehens gewährt würde. Konnte sich ein Fremder wohl weigern, mir die erbärmliche Kleinigkeit zu borgen, derer ich bedurfte? Gewiß nicht, wenn ich ihm das Dringende meiner Bedürfnisse auseinandersetzte.

Ich dachte an andere Hindernisse. Den Herrn des Hauses wegen eines solchen Anliegens vielleicht aus dem Bette holen zu lassen wäre anmaßend gewesen. Ich hätte mehr Aussicht gehabt, seinen Zorn zu erregen, als sein Wohlwollen zu gewinnen. Die Bitte konnte gewiß passender an irgendeinen Vorübergehenden gerichtet werden. Wahrscheinlich begegnete ich mehreren, bevor ich Schuylkill erreichte.

Ein Dienstmädchen erschien eben jetzt mit einem Eimer und einer Bürste in der Tür des Hauses. Das zwang mich, viel eher, als ich beabsichtigt hatte, weiterzugehen. Mit einigem Widerstreben stand ich auf und entfernte mich. – Das Haus stand an der Ecke der Straße; um diese bog ich jetzt und schlug die Richtung nach dem Felde ein. Von ebendort kam mir in einiger Entfernung jemand entgegen.

Weshalb, sagte ich zu mir selbst, sollte ich meine Bitte nicht an den ersten richten, dem ich begegne? Dieser Mann scheint mir zu einem Darlehen geneigt zu sein. Es liegt in seiner Erscheinung nichts Strenges oder Abschreckendes.

Der Entschluß, diesen Fremden anzureden, war beinahe gefaßt; aber je näher er kam, desto mehr sank mir der Mut.

Er bemerkte mich nicht eher, als bis er mir auf wenige Schritte nahe war. Er schien in Gedanken versunken zu sein, und hätte nicht mein Gesicht seine Augen auf sich gelenkt oder hätte er mir im Vorübergehen bloß einen flüchtigen Blick zugeworfen, so würde ich nicht entschlossen genug gewesen sein, ihn aufzuhalten. Indes kam es ganz anders.

Er blickte mich an, stutzte einen Augenblick, und als er mich noch einmal angesehen hatte, hemmte er seinen Schritt. Dies Benehmen bestimmte das meinige, und er blieb stehen, als er bemerkte, daß ich ihn anzureden wünschte. Ich sprach, doch meine Stimme und mein ganzes Wesen verrieten deutlich meine Verlegenheit.

»Ich möchte Sie um eine Gunst bitten, welche meine Lage zur höchsten Wichtigkeit für mich macht, deren Gewährung aber für Sie, Sir, leicht ist, wie ich hoffe. Es ist kein Almosen, sondern ein Darlehen, das ich suche; ein Darlehen, das ich augenblicklich zurückzahlen will, sobald ich es vermag. Ich will auf das Land, aber ich habe nicht so viel, den Brückenzoll in Schuylkill zu bezahlen und mir einen Bissen Brot zu kaufen. Darf ich daher wohl die Bitte wagen, Sir, mir einen Sixpence zu borgen? Wie ich Ihnen sagte, will ich ihn zurückzahlen.«

Ich sprach diese Bitte nicht ohne Beben und mit großem Ernste aus. Ich legte ein besonderes Gewicht auf meine Absicht, das Geld zu erstatten. Er hörte mich mit forschendem Blicke an. Seine Augen prüften mich vom Kopf bis zu den Füßen.

Nach einer Pause sagte er mit wichtigem Tone: »Weshalb auf das Land? Haben Sie Familie? Verwandte? Freunde?«

»Nein«, antwortete ich. »Ich suche Existenzmittel. Ich habe mein Leben bis jetzt auf einer Farm zugebracht, und meine Aussicht ist, es auch so zu beschließen.«

»Wo kommen Sie her?«

»Ich kam gestern vom Lande in der Absicht, irgendwo mein Brot zu verdienen; aber ich änderte meinen Plan und möchte jetzt zurückkehren.«

»Weshalb änderten Sie den Plan? Auf welche Weise sind Sie imstande, Ihr Brot zu verdienen?«

»Ich weiß es kaum«, sagte ich. »Von allen Gerätschaften, die in der Stadt nützlich sind, weiß ich nur mit der Feder umzugehen. Meine Gewohnheiten haben mich einigermaßen zu einem Schreiber fähig gemacht. Gern werde ich eine Beschäftigung dieser Art annehmen.«

Er richtete die Augen zu Boden und sann einige Minuten nach. Endlich schien er sich zu sammeln und sagte: »Folgen Sie mir in mein Haus. Vielleicht kann etwas für Sie getan werden. Wo nicht, so will ich Ihnen den Sixpence borgen.«

Es ist natürlich, daß ich der Einladung bereitwillig folgte. Mein Begleiter sagte nichts weiter. Sein Aussehen verriet, daß er mit seinen eigenen Gedanken beschäftigt war, bis er das Haus erreichte, ebendas, vor dessen Türe ich auf den Treppenstufen gesessen hatte. Wir traten miteinander in einen Salon.

Wenn Sie sich nicht in meine Unwissenheit und Einfalt hineindenken können, ist es Ihnen nicht möglich, sich einen Begriff von den Eindrücken zu machen, den die Einrichtungen und die Verzierungen dieses Raumes bei mir hervorbrachten. Ich will indes diese Eindrücke, die keine

Beschreibung angemessen wiedergeben kann, mit Stillschweigen übergehen und bei Wichtigerem verweilen. Er verlangte von mir eine Probe meiner Handschrift. Ich sagte Ihnen bereits, daß ich auf die Kunst des Schreibens eine große Sorgfalt verwendet hatte. Schreibgerät wurde gebracht, und ich setzte mich, dem Verlangen zu genügen. Durch einen unerklärlichen Ideenring fiel mir ein Vers Shakespeares ein, und ich schrieb:

»Mein Wille nicht, nur meine Armut willigt ein.«

Das Gefühl, welches durch diesen Vers ausgesprochen ward, schien einen lebhaften Eindruck auf ihn zu machen, doch aus einem Grunde, den ich damals nicht zu erkennen vermochte. Aus späteren Ereignissen setzte ich mir zusammen, daß diese Anspielung ihm von meinem Verstande oder von meiner Moralität eine günstige Meinung beigebracht habe. Er befragte mich nach meiner Geschichte. Ich erzählte ihm meine Geburt, meine frühen Verhältnisse und die Gründe, die mich bestimmt hatten, das Haus meines Vaters zu verlassen. Die Abenteuer der letzten Nacht verschwieg ich. Ich sah nicht, daß durch deren Mitteilung irgendein nützlicher Zweck erfüllt werden konnte, und vermutete beinahe, meine Geschichte würde bei meinem Begleiter keinen Glauben finden.

Zwischen seinen Fragen entstanden häufige Pausen des Nachdenkens. Meine Prüfung währte nicht weniger als eine Stunde. Endlich sagte er: »Ich brauche einen Amanuensis oder Kopisten. Unter welchen Bedingungen wollen Sie bei mir bleiben?«

Ich antwortete, daß ich den Wert meiner Dienste nicht abzuschätzen wüßte. Auch wüßte ich nicht, ob dieser Dienst angenehm oder der Gesundheit zuträglich wäre. Mein Leben wäre bisher sehr tätig gewesen. Meine Konstitution wäre zu Lungenkrankheiten geneigt, und der Wechsel der Lebensweise könnte mir nachteilig sein. Ich wäre indes geneigt, einen Versuch zu machen und mich für einen Monat oder für ein Jahr mit Kleidung, Wohnung und Kost zu begnügen.

»Es ist gut«, sagte er. »Sie bleiben bei mir so lange und nicht länger, als es uns beiden gefällt. Sie sollen hier im Hause wohnen und essen. Ich will Ihnen Kleider geben, und Ihre Arbeit wird sein, das zu schreiben, was ich Ihnen diktiere. Ihrer Person haben Sie, wie ich sehe, nicht viel Aufmerksamkeit gewidmet. Ich vermag Sie augenblicklich so auszustatten, wie es sich für einen Bewohner dieses Hauses geziemt. Kommen Sie mit.«

Er führte mich in einen Hof und von dort nach einem netten Gebäude, welches große hölzerne Gefäße und eine Pumpe enthielt. »Hier«, sagte er, »mögen Sie sich waschen; wenn das geschehen ist, werde ich Ihnen Ihr Zimmer und Ihre Garderobe anweisen.«

Ich war bald fertig, und er führte mich nach dem Zimmer. Dies war ein Gemach im dritten Stock und ebenso glänzend und teuer eingerichtet wie das ganze übrige Haus. Er öffnete Schränke und Fächer, welche mit Kleidungsstücken und Wäsche aller Art und von der feinsten Sorte angefüllt waren. »Das gehört Ihnen, solange Sie bei mir bleiben«, sagte er. »Kleiden Sie sich an, wie es Ihnen am besten gefällt. Hier ist alles, dessen Ihre Blöße bedarf.

Wenn Sie angekleidet sind, kommen Sie zum Frühstück herunter.« Mit diesen Worten verließ er mich.

Die Kleider waren sämtlich von französischem Schnitt, wie ich später bemerkte, indem ich meinen Anzug mit dem anderer verglich. Sie paßten mir vortrefflich. Ich kleidete mich mit aller Sorgfalt. Ich erinnerte mich dabei, wie mein geliebter Clavering sich zu kleiden pflegte. Meine Locken waren von glänzendem Braun und ebenso weich und fließend wie die seinigen. Nachdem ich die Nässe herausgewrungen und sie gekämmt hatte, band ich sie mit einem schwarzen Bande sorglos zusammen. So ausgestattet, betrachtete ich mich im Spiegel.

Sie mögen sich die Gefühle denken, welche diese plötzliche Umwandlung in mir hervorriefen. Das Aussehen wird durch die Kleidung wunderbar gehoben. Ein buntes Hemd, bis an den Hals zugeknöpft, ein grober Kittel, bunte Beinkleider und nackte Füße wurden jetzt durch weißes Leinen und Musselin, einen grüngestreiften Nankingrock, eine weißseidene, elegant gestickte Weste, Kaschmirpantalons, mehrfarbige Seidenstrümpfe und Schuhe ersetzt, welche in ihrer Zartheit, ihrer Biegsamkeit und ihrer glänzenden Oberfläche mit Atlas wetteiferten. Ich konnte mich kaum enthalten zurückzutreten, um zu sehen, ob das Bild in dem Spiegel, das so wohlproportioniert, so glänzend und anmutig war, nicht von einem anderen herrührte. Ich konnte die Züge kaum für die meinigen halten. Ich trat an das Fenster. Vor zwanzig Minuten, sagte ich, ging ich dort unten als barfüßiger Bettler; jetzt sehe ich so aus. Wieder besah ich mich. Gewiß hat mein Verstand gelitten. Meine Sinne müssen durch einen Traum berückt sein. Irgendeine

Zauberei, welche die Hindernisse der Natur verachtet, hat diese Veränderung bewirkt. Ich wurde aus diesen Träumereien erweckt, indem ein schwarzer Diener mich sehr achtungsvoll zum Frühstück rief.

Ich fand Welbeck (denn ich will ihn jetzt bei seinem wahren Namen nennen) am Frühstückstisch. Vor ihm stand prachtvolles Gerät von Silber und Porzellan. Er schien bei meinem Eintritt zu staunen. Der Wechsel der Kleidung schien ihn einen Augenblick zu täuschen. Er richtete die Augen mehrmals sehr fest auf mich. Unruhe und Verwunderung lagen in seinem Blick.

Ich hatte jetzt Gelegenheit, meinen Gastgeber näher zu betrachten. Seine Kleidung war nett, doch ohne besondere Verzierung. Seine Gestalt war von mittlerer Größe, schlank, doch kräftig und anmutig. Sein Gesicht war, wie es mir vorkam, in einer fremden Form gegossen. Seine Stirn sprang weiter zurück als bei den Gesichtern, die ich bisher gesehen hatte. Seine Augen waren groß und vorstehend, trugen aber die Zeichen von Güte und Heiterkeit. Sein übriges Gesicht erweckte den Gedanken an einen vorspringenden Fels. Seine ganze Erscheinung erfüllte mich mit Gefühlen der Verehrung und der Scheu. Sein Ernst, der beinahe zum Trübsinn wurde, lagerte beständig auf seinem Gesicht, wenn wir allein beisammen waren.

Er flüsterte einige Worte in das Ohr des wartenden Dieners, und dieser entfernte sich sogleich. Darauf sagte er, zu mir sich wendend: »Es wird eine Dame kommen, die Sie mit der Achtung zu behandeln haben, welche ihr als meiner Tochter gebührt. Sie dürfen die Aufregung, die sie vielleicht bei Ihrem Anblick verraten wird, nicht bemerken und auch nicht erwarten, daß sie mit Ihnen spricht; denn sie versteht Ihre Sprache nicht.« Er hatte kaum ausgesprochen, als sie eintrat. Ich wurde von einer Unruhe und Verlegenheit ergriffen, für welche meine ungeschliffene Erziehung die Erklärung geben kann. Ich überwand indes meine Schüchternheit so weit, um einen flüchtigen Blick auf sie zu werfen. Ich bin nicht imstande, ihr Bild zu entwerfen. Vielleicht gaben der Turban, der ihren Kopf umwand, der glänzende und unnachahmliche Faltenwurf ihres Gewandes und ihre nymphenhafte Gestalt ihr, mehr als die Eigenschaften ihrer Person, das Ansehen einer himmlischen Vision. Vielleicht war es ihre schneeweiße Haut und mehr das Ganze ihrer Züge als die einzelnen derselben, was sie bezaubernd machte; vielleicht auch wurde das Wunder nur durch meine Unerfahrenheit bewirkt.

Sie bemerkte mich nicht sogleich. Als sie dies tat, schrie sie beinahe vor Überraschung auf. Sie erhob ihre Hände, starrte mich an und stieß mehrere Ausrufe hervor, die ich nicht verstehen konnte. Nur das bemerkte ich, daß ihre Stimme unendlich wohlklingend war. Ihre Aufregung ließ sich gar nicht beruhigen. Nur schwer vermochte sie die Blicke von mir abzuwenden. Sie unterhielt sich sehr lebhaft mit Welbeck, aber ich konnte kein Wort verstehen. Ich mußte mich an den sichtbaren Teil ihres Gesprächs halten. Ich lenkte einen Teil meiner Aufmerksamkeit von meiner Verlegenheit ab und richtete ihn auf ihre Blicke.

In dieser Kunst war ich ebenso wie in mancher anderen ein unerfahrener Einfaltspinsel. In dem Gesichte Welbecks lag für mich etwas anderes als Teilnahme mit dem Staunen und der Unruhe der Dame: aber ich wußte die Zeichen nicht zu deuten. Wenn ihre Aufmerksamkeit durch Welbeck gefesselt wurde, waren ihre Blicke oft unstet oder zu Boden geschlagen; ihre Wangen röteten sich dunkler; ihr Atem steigerte sich zuweilen zu einem Seufzer. Das waren Zeichen, die ich mir damals nicht auszulegen suchte. Meine eigene Lage war dazu gemacht, meine Gedanken in Verwirrung zu setzen und mein Benehmen linkisch zu machen. Nachdem das Frühstück beendigt war, setzte sich die Lady, augenscheinlich auf Verlangen von Welbeck, an das Pianoforte.

Auch hier mußte ich wieder schweigen. Es fehlte mir nicht ganz an musikalischer Übung und an Sinn für die Musik. Ich besaß den Grad von Kenntnis, der mich befähigte, die ausgezeichnete Kunstfertigkeit der Spielenden zu würdigen. Als ob das Ergreifende ihres Anschlages noch nicht genügte, mäßigte sie die Mißtöne der Tasten durch ihre eigenen, melodischeren Töne. Sie spielte ohne Noten, und obgleich ihr Baß vorher bedacht sein mochte, führte die rechte Hand doch offenbar die augenblicklichen Eingebungen ihrer Begeisterung aus. Welbeck hielt währenddessen seine Augen auf ihr Gesicht geheftet, indem er neben ihr an einem Stuhle stand, auf dessen Lehne er den Arm stützte. Seine Züge trugen dabei einen Ausdruck, den ich mir gern gedeutet hätte, ohne es jedoch zu vermögen.

Ich habe von Umwandlungen gelesen, welche durch Zauberei bewirkt wurden; ich habe von Palästen und Wüsten gelesen, welche unter dem Bann eines Zaubers lagen; Dichter mögen mit ihrer Macht spielen, aber ich bin überzeugt, daß in dem Reiche der Phantasie keine wunderbarere Umwandlung bewirkt wurde als die, welche ich soeben empfunden hatte. Wiesen, über die der mitternächtliche Sturm tobte, mögen in eine Halle verwandelt werden, in der singende Nymphen bei einem Festmahle sitzen; Waldlichtungen mögen plötzlich den Anblick von Säulengängen und Karnevals-Lustbarkeiten gewähren; aber der, dessen Sinne getäuscht werden, fühlt sich doch noch immer auf dem angeborenen Boden. Diese Wunder sind verächtlich, wenn sie mit dem verglichen werden, welches mich unter dieses Dach versetzte und zum Teilnehmer dieser Unterhaltung machte. Ich weiß, daß meine Empfindungen in Gefahr schweben, von denen als überspannt betrachtet zu werden, welche sich von den Folgen einer beschränkten, bäurischen Erziehung keinen deutlichen Begriff machen können.

Sechstes Kapitel

Nach kurzer Zeit entfernte sich die Lady. Ich erwartete natürlich, daß einige Bemerkungen über ihr Benehmen gemacht und mir die Ursache ihres Staunens erklärt werden würde; aber Welbeck sagte darüber nichts. Als sie hinausgegangen war, trat er ans Fenster und blieb hier einige Zeit stehen, wie es schien, in Gedanken versunken. Dann wandte er sich zu mir, rief mich beim Namen und bat mich, ihn die Treppe hinauf zu begleiten. Es lag in seiner Anrede weder Freundlichkeit noch Milde, aber auch ebensowenig etwas Gebieterisches oder Anmaßendes.

Wir traten in ein Zimmer, das in dem gleichen Stockwerke mit dem meinigen lag, von diesem aber durch ein geräumiges Vorgemach getrennt wurde. Es war reich versehen mit Schreibtischen, Schatullen und Bücherschränken. »Dies«, sagte er, »ist Ihr und mein Zimmer, aber Sie dürfen es nur mit mir zugleich betreten und verlassen. Ich beabsichtige nicht, als Ihr Herr zu handeln, sondern als Ihr Freund. Meine verstümmelte Hand« – dabei zeigte er mir seine rechte Hand, an welcher der Zeigefinger fehlte – »erlaubt mir nicht, schnell oder gut zu schreiben. Deshalb will ich mich Ihrer Hilfe bei einem Werke von einiger Wichtigkeit bedienen. Viel Eile ist dabei nicht erforderlich, und die Stunden, die zur Arbeit zu verwenden sind, werden deshalb weder sehr zahlreich noch sehr anhaltend sein.

Ihre Lage ist für Sie neu, und wir wollen deshalb den Anfang der Arbeit noch verschieben. Einstweilen mögen Sie sich unterhalten, wie es Ihnen gut dünkt. Betrachten Sie dies Haus als Ihre Heimat, und machen Sie sich damit vertraut. Bleiben Sie hier, oder gehen Sie aus, beschäftigen Sie sich, oder bleiben Sie müßig, wie Ihre Laune es Ihnen eingibt; nur werden Sie sich in Rücksicht der Zeiten zum Essen und zum Schlaf den Gebräuchen des Hauses fügen. Die Diener werden Sie damit bekannt machen. In der nächsten Woche wollen wir die für Sie bestimmte Aufgabe beginnen. Jetzt können Sie sich entfernen.«

Ich folgte dieser Aufforderung etwas linkisch und zögernd. Ich ging auf meine eigene Stube, nicht böse darüber, daß ich allein sein konnte. Ich warf mich auf einen Stuhl und überließ mich den Gedanken, welche meine Lage natürlich hervorrufen mußte. Ich dachte über den Charakter und die Absichten Welbecks nach. Ich sah, daß er von Ruhe und Größe umgeben war. Reichtum besaß er gewiß, aber worin bestand er, und wo rührte er her? In welche Grenzen wurde er eingeschlossen, und welchen Grad der Dauer hatte er? Ich war mit dem Gedanken an schwebenden oder übertragbaren Reichtum nicht vertraut. Die Einkünfte von Häusern und Ländereien bildeten bis jetzt die einzige mir vollkommen verständliche Art des Eigentums. Meine bisherigen Begriffe brachten mich dahin, Welbeck für den Besitzer dieses Anwesens sowie zahlreicher Häuser und Farmen zu betrachten. Aus derselben Ursache vermutete ich, daß er durch Erbschaft reich geworden sei und ein sehr gleichmäßiges Leben geführt habe.

Dann dachte ich vor allem an seine gesellschaftliche Stellung. Dieses Haus schien außer der Dienerschaft nur zwei Bewohner zu haben. Wer war die Nymphe, die sich meinen Blicken einige Zeit gezeigt hatte? Nannte er sie nicht seine Tochter? Der offenbare Unterschied ihres Alters rechtfertigte diese Angabe; aber ihre Kleidung, ihre Züge, ihre Sprache verrieten eine Fremde. Von ihrer Sprache vermutete ich sehr stark, daß es die italienische sei. Wie konnte er aber der Vater einer Italienerin sein? Allein, hatten seine eigenen Züge nicht auch etwas Fremdartiges?

Dieser Gedanke schien mir eine neue Welt zu eröffnen. Aus meinen Büchern hatte ich verworrene Begriffe von den Regierungen und den Gebräuchen Europas gewonnen. Ich wußte, daß die gegenwärtige Periode eine Zeit der Revolutionen und der Feindseligkeiten sei. Waren diese Menschen nicht vielleicht vornehme Flüchtlinge aus der Provence oder aus Mailand? Ihren tragbaren Reichtum, der sehr groß sein mochte, hatten sie hierher mitgebracht. So ließ sich der Kummer erklären, der ihre Züge trübte. Der Verlust von Besitzungen und Ehrenstellen, der gewaltsame Tod von Verwandten, vielleicht der seiner Frau, mochte der Sorge ewige Nahrung geben. Welbecks Akzent hatte, wie es mir schien, einen fremden Klang, wenn auch nur in geringem Grade.

Das waren die Träume, welche meine ungebildete und unaufgeklärte Einbildungskraft beschäftigten. Je mehr ich sie überdachte, desto wahrscheinlicher wurden sie mir. Jede Erscheinung, die ich beobachtet hatte, wurde mir dadurch leicht erklärlich – nur nicht die Behandlung, die ich erfahren hatte. Diese war mir anfangs ein unauflösliches Rätsel. Allmählich aber schien sich mir auch dafür ein Schlüssel zu bieten. Welbeck hatte bei meinem ersten Anblick Erstaunen verraten. Die Verwunderung der Lady war mit Traurigkeit gemischt. Vielleicht bemerkten sie eine auffallende Ähnlichkeit zwischen mir und jemandem, der ihnen nahestand – ein Sohn Welbecks und ein Bruder der Lady. Dieser Jüngling mochte auf dem Blutgerüste geendet oder im Krieg gefallen sein. Ich trug ohne Zweifel seine Kleider. Mein Zimmer war vielleicht für ihn bestimmt gewesen, aber sein Tod überließ es einem anderen.

Ich hatte mir bisher nicht zu erklären vermocht, weshalb alle diese Güte an mich verschwendet wurde. Genügten diese Vermutungen dazu nicht hinlänglich? Kein Wunder, daß diese Ähnlichkeit durch seine Kleider gesteigert wurde.

Alles in Erwägung gezogen, fehlte es diesen Ansichten nicht an Wahrscheinlichkeit. Der Schein stellte sie mir natürlich so vor. Auch meine Neigung drängte sie mir mächtig auf. Jedenfalls erfüllten sie mich mit Verwunderung und Hoffnung. Wenn ich bei den Begebenheiten meines vergangenen Lebens verweilte und die Kette der Ereignisse von dem Tod meiner Mutter bis zu dem gegenwärtigen Augenblicke verfolgte, kam ich beinahe auf die Vermutung, ein wohlwollender Schutzgeist habe den Pfad für mich geebnet. Ereignisse, die ich zurückgewiesen haben würde, hätte ich sie voraussehen können, und welche ich, wenn sie sich zutrugen, für unglückliche hielt, erwiesen sich jetzt als glücklich. Daraus schloß ich auf die Albernheit der Verzweiflung und auf die Torheit übereilter Schlußfolgerungen.

Aber was war das mir vorbehaltene Geschick? Vielleicht wollte Welbeck mich als Sohn adoptieren. Der Reichtum ist von jeher eigensinnig verteilt worden. Das rein physische Band der Geburt ist alles, was uns zu Palästen und Thronen berechtigt. Sogar die Persönlichkeit beruht oft nur auf großer Ähnlichkeit oder dem Betruge einer Wärterin. Ganze Nationen haben sich mit den Waffen, wie zum Beispiel bei den Stuarts, für Menschen erhoben, deren rechtmäßige Geburt niemals hinlänglich bewiesen worden ist. Wenn aber auch die Ursache unbedeutend oder trügerisch ist, so bleiben doch die Wirkungen wichtig und dauernd. Sie bestimmen unseren Teil des Glückes und der Nützlichkeit und weisen uns unseren Platz unter Fürsten oder Bauern an.

Es konnte vielleicht etwas von meinem eigenen Betragen abhängen. Mußte es für mich nicht wichtig sein, alle meine Tugenden zu vervollkommnen und alle meine Fehler auszurotten? Ich erkannte, daß dieser Mann bewundernswerte Fähigkeiten besaß. Vielleicht entschied er sich nicht leicht oder übereilt zu meinen Gunsten. Er ließ sich bestimmt durch die Beweise leiten, die ich von meinem Verstande und meiner Rechtschaffenheit geben würde. Ich hatte mich stets vor der Versuchung bewahrt und war daher unverdorben geblieben; aber diese Ansicht der Dinge übte eine wunderbare Gewalt aus, mich in meinen tugendhaften Entschlüssen noch zu bestärken. Alles in mir war Heiterkeit und Freude.

Nur eines fehlte noch, mich auf eine schwindelnde Höhe zu erheben und unter die Sterne zu versetzen. Meine Ähnlichkeit mit ihrem Bruder hatte sich dieser Lady aufgedrängt; aber ich war nicht ihr Bruder. Ich war zu gleicher Stufe mit ihr erhoben und ein Mitbewohner des Hauses geworden. Es mußte sich ein Verkehr zwischen uns entspinnen. Die Zeit vernichtete vielleicht die Hindernisse und führte zur Vertraulichkeit, und diese nährte dann die Liebe, welche mit – einer Heirat endete!

Diese Bilder waren zu glühender und belebender Art, um mich länger untätig bleiben zu lassen. Ich stürmte fort in die freie Luft. Der köstliche Tumult der Gedanken dauerte einige Zeit fort und führte zu Bildern, welche in Beziehung zu meiner gegenwärtigen Lage standen. Meine Neugier war erweckt. Noch hatte ich wenig von der Stadt gesehen, und die Gelegenheit zur Beobachtung durfte nicht vernachlässigt werden. Ich rannte deshalb durch mehrere Straßen und beobachtete aufmerksam alle Gegenstände, die sich mir nacheinander zeigten.

Endlich fiel es mir ein, das Haus aufzusuchen, in welchem ich eingesperrt gewesen war. Ich hegte eine entfernte Hoffnung, daß es mir später möglich sein würde, die Anspielungen jenes nächtlichen Gespräches zu verstehen und die Dunkelheiten desselben aufzuhellen.

Das Haus war leicht aufgefunden. Ich erkannte den Hof und das Gitter, durch welches ich gekommen war. Das Haus zeichnete sich durch Größe und Verzierung aus. Dies war indes nicht die Grenze meiner jetzigen Entdeckung, denn ich beschloß, sogleich in der Nachbarschaft Nachfrage zu halten. Ich blickte mich nach einem passenden Gegenstande dazu um. Die gegenüberliegenden sowie die anstoßenden Häuser waren klein und allem Anschein nach von Leuten der ärmsten Klasse bewohnt. Ein Schild an einem derselben wies es als die Wohnung eines Schneiders aus. Auf einer Bank vor der Türe saß ein junger Mann mit struppigem, ungekämmtem Haar, Beinkleidern, die an den Knien nicht zugeschnallt waren, Strümpfen ohne Strumpfbändern, Schuhen ohne Schnallen und einem ungewaschenen Gesicht, aus welchem einfältige Augen hervorblickten. Verschönert wurde sein Aussehen durch Gutmütigkeit, obgleich sein Gesicht wenig Verstand verriet.

Dies war der einzige Mensch, den ich erblickte. Er war vielleicht imstande, mir etwas über den reichen Nachbarn zu sagen. An ihn beschloß ich mich daher zu wenden. Ich trat zu ihm, deutete auf das Haus und fragte, wer dort lebe.

»Mr. Mathews«, antwortete er.

»Was hat er für einen Beruf – einen Stand?«

»Er ist ein Gentleman. Er tut nichts als spazierenzugehen.«

»Wie lange ist er schon verheiratet?«

»Verheiratet! Er ist gar nicht verheiratet, soviel ich weiß. Er war nie verheiratet. Ist ein Hagestolz.«

Diese Nachricht kam mir unerwartet. Ich hielt inne, um zu überlegen, ob ich mich auch nicht vielleicht in dem Hause geirrt hätte. Das schien aber unmöglich zu sein. Ich erneuerte meine Fragen.

»Ein Hagestolz, sagen Sie? Irren Sie nicht?«

»Nein. Es wäre eine schlimme Sache, hätte er eine Frau. Ein alter Bursche, mit einem Fuß im Grabe. – Komisch genug, wenn der ein Weib hätte.«

»Ein alter Mann? Lebt er allein? Was hat er für Familie?«

»Nein, er lebt nicht allein. Er hat eine Nichte, die bei ihm lebt. Sie ist verheiratet, und ihr Mann lebt ebenfalls dort.«

»Wie heißt er?«

»Das weiß ich nicht. Ich hörte seinen Namen nie.«

»Was treibt er?«

»Er ist Kaufmann, hat irgendwo ein Lager, aber ich weiß nicht, wo.«

»Wie lange ist er verheiratet?«

»Etwa zwei Jahre; sie verloren kürzlich ein Kind. Die junge Frau war darüber ganz außer sich. Man sagt, sie wäre über den Tod des Kindes einige Tage wie wahnsinnig gewesen; und sie hat sich noch jetzt nicht wieder ganz erholt. Das Kind war wirklich ein süßes, kleines Ding; aber sie brauchten doch nicht solch ein Spektakel darüber zu machen. Ich will wetten, sie bekommen noch genug, ehe sie sterben.«

»Was hat der junge Mann für einen Charakter? Wo wurde er geboren und erzogen? Hat er Eltern oder Brüder?«

Mein Gegenüber war nicht imstande, diese Fragen zu beantworten, und ich verließ ihn, ohne meine bereits erworbenen Kenntnisse wesentlich vermehrt zu haben.

Siebentes Kapitel

Nachdem ich mehrere Teile der Stadt besichtigt, in Kirchen eingetreten war und Alleen durchschritten hatte, kehrte ich nach Hause zurück. Den Rest des Tages brachte ich hauptsächlich auf meiner Stube zu, über meine neue Lage nachdenkend; dann untersuchte ich alles in dem Zimmer, die Kästen und Fächer, und schloß aus dem Schein der Dinge auf ihre Zwecke.

Zum Mittag- und Abendessen war ich allein. Ich wagte, den Bedienten zu fragen, wo der Herr und die Lady wären, und er sagte mir, daß sie Verpflichtungen nachgingen. Ich fragte ihn nicht weiter, obgleich ich meine Neugier lebhaft angeregt fühlte.

Am nächsten Morgen beim Frühstück sah ich Welbeck und die junge Dame wieder. Es war wieder alles wie am vergangenen Tage, ausgenommen, daß die Lady beinahe noch größere Unruhe zeigte. Als sie das Zimmer verließ, versank Welbeck offenbar in Nachdenken. Ich wußte nicht, ob ich gehen oder bleiben sollte. Endlich aber stand ich auf dem Punkte, das Zimmer zu verlassen, als er das Schweigen brach und sich mit mir zu unterhalten begann.

Er richtete an mich mehrere Fragen in der offenbaren

Absicht, meine moralischen Grundsätze kennenzulernen. Ich hatte keinen Grund, meine Meinung zu verbergen, und sprach sie daher ganz offen aus. Endlich machte er Anspielungen auf meine eigene Geschichte und fragte dann sogar geradezu danach. Hier war ich nicht gleich offen; dennoch machte ich keine falschen Angaben, sondern hielt mich nur in ganz allgemeinen Ausdrücken. Ich hatte über das, was sich in der Beziehung schickte, Ansichten gewonnen, die vielleicht zu streng waren. Kleinliche Angaben über das, was nur uns selbst angeht, sind in der Regel für alle, den Erzähler allein ausgenommen, langweilig. Ich äußerte dies, und die Wahrheit meiner Bemerkung wurde leicht zugegeben.

Nach einigem Zögern und verschiedenen Vorreden deutete mein Gefährte darauf hin, daß es in meinem eigenen Interesse ebenso wie in dem seinigen läge, gegen alle, außer ihm selbst, das strengste Stillschweigen über meine Geburt und meine früheren Lebensverhältnisse zu bewahren. Es wäre nicht wahrscheinlich, daß, solange ich in seinem Dienste bliebe, der Kreis meiner Bekannten sehr groß oder mein Verkehr mit der Welt sehr lebhaft sein würde; indes ermahnte er mich, bei meinem Umgang mit Fremden mehr von anderen als von mir selbst zu sprechen. Dies Verlangen, sagte er, könne mir für den Augenblick sonderbar erscheinen, allein, er habe seine Gründe dazu; diese mir mitzuteilen, fände er zwar für jetzt nicht notwendig, aber wenn ich sie erführe, würde ich sie als triftig erkennen.

Ich wußte kaum, was ich antworten sollte. Ich war bereit, mich ihm zu verpflichten. Ich war weit davon entfernt, zu vermuten, daß Umstände eintreten würden, welche mir

Aufklärung zur Pflicht machten. Die Mitteilungen mußten mir eher peinlich als angenehm sein, und die müßige Neugier, die in mein vergangenes Leben einzudringen suchte, würde nicht minder unverschämt gewesen sein als die Schwatzhaftigkeit, welche diese Neugier nutzlos befriedigte. Ich versprach daher bereitwillig, diesen Rat zu befolgen.

Diese Versicherung bereitete ihm sichtbares Vergnügen; indes schien es noch nicht alles zu erfüllen, was er wünschte. Er wiederholte in dringenderen Ausdrücken die Notwendigkeit der Vorsicht. Es läge ihm fern, mich für schwatzhaft zu halten oder zu glauben, daß ich in den Äußerungen über mich selbst die Grenzen der Klugheit überschreiten würde. Doch das sei nicht genug. Ich müsse mich durch die Überzeugung leiten lassen, daß das Interesse meines Freundes ebenso wie mein eigenes wesentlich mit meinem Benehmen verbunden wäre.

Vielleicht hätte ich durch diese Andeutungen Argwohn bei mir erwecken lassen sollen; aber im Bewußtsein der Wohltaten, die ich von diesem Manne empfangen hatte, durch meine Unerfahrenheit stolz darauf, Versicherungen zu trauen und auf den Schein zu bauen, ohne Ahnung davon, daß ich in Lagen kommen könnte, wo schon das bloße Stillschweigen über mich selbst nachteilig oder strafbar werden konnte, machte ich mir kein Gewissen daraus, die Erfüllung seines Wunsches zuzusichern. Ja, ich ging sogar noch weiter: Ich bat, genau darüber unterrichtet zu werden, was ich zu verbergen hätte. Er antwortete: Mein Stillschweigen solle sich über alles ausdehnen, was vor meiner Ankunft in dieser Stadt und meiner Aufnahme in seiner

Familie läge. Hier endete unsere Unterredung, und ich zog mich zurück, um über das nachzudenken, was er mir gesagt hatte.

Meine Überlegungen gewährten mir nur wenig Befriedigung. Ich begann schon jetzt, die Mißlichkeiten einzusehen, die aus diesem übereilten Versprechen entstehen konnten. Welche Folgen auch immer mein unfreiwilliger Aufenthalt in dem Zimmer und der Verlust meiner Kleider sowie des Bildes meines Freundes haben würden, ich hatte versprochen zu schweigen. Die Besorgnisse darüber waren indes nur vorübergehend. Ich vertraute darauf, daß diese Ereignisse günstig ausfallen würden. Aber meine Neugier richtete sich auf die Beweggründe, welche Welbeck dazu bestimmt haben konnten, dieses Verbergen von mir zu verlangen. Unter der Leitung eines anderen zu handeln und im dunkeln zu wandeln, ohne zu wissen, wohin mein Pfad führen würde oder welche Folgen aus meinem Tun entspringen möchten – dies war für mich eine neue und sehr lästige Lage.

Diesen Gedanken wurde ich durch einen Auftrag Welbecks entrissen. Er gab mir ein Billett und bat mich, es nach der Nummer .. in der South-Fourth-Street zu bringen. »Fragen Sie«, sagte er, »nach Mrs. Wentworth, doch nur, um zu erfahren, ob sie zu Hause ist, denn Sie brauchen sie nicht selbst zu sprechen, sondern nur diesen Brief abzugeben und können dann wieder gehen. Entschuldigen Sie, daß ich diesen Dienst von Ihnen verlange. Der Brief ist von zu großer Wichtigkeit, um einem gewöhnlichen Boten anvertraut zu werden. Ich überbringe meine Botschaften gewöhnlich selbst, aber ich bin jetzt anderweitig beschäftigt.«

Ich nahm den Brief und machte mich auf den Weg, um ihn zu überbringen. Das war ein unbedeutender Umstand, aber dennoch überlegte ich die Folgen, die daraus entstehen konnten. Ich erinnerte mich der empfangenen Weisungen, legte sie aber vielleicht anders aus, als Welbeck es erwartete oder wünschte. Er hatte mich beauftragt, das Billet dem Bedienten zu übergeben, der mir zufällig öffnen würde; aber hatte er nicht gesagt, die Botschaft sei von großer Wichtigkeit und könne deshalb nicht gemeinen Händen anvertraut werden? Er hatte mir mehr gestattet als befohlen, nicht mit der Dame selbst zu sprechen, und ich glaubte, er habe diese Erlaubnis bloß aus Rücksicht auf meine Bequemlichkeit erteilt. Es kam mir deshalb zu, mir einige Mühe zu geben, um das Billet in die Hände der Dame selbst zu legen.

Ich kam zu dem Hause und klopfte an. Ein Dienstmädchen öffnete. Ihre Herrin wäre oben; sie wolle nachsehen, ob ich sie sprechen könnte. Und inzwischen forderte sie mich auf, in das Besuchszimmer einzutreten. Ich tat dies, und das Mädchen entfernte sich, um ihrer Gebieterin zu sagen, daß jemand auf sie wartete. Ich muß bekennen, daß meine Abweichung von der empfangenen Instruktion in bestimmtem Maße eine Folge meiner Neigung zur Neugier war. Ich wollte mich in jeder Hinsicht unterrichten und ergriff daher mit Eifer die sich mir bietende Gelegenheit, das Innere der Häuser kennenzulernen und mich mit den Bewohnern derselben zu unterhalten.

Ich betrachtete genau die Wände, die Einrichtung, die Bilder. Über dem Kamin hing ein weibliches Portrait, in Öl gemalt. Es stellte eine ältere, matronenhafte Dame dar.

Vielleicht war es die Herrin dieses Hauses und ebendie Person, der ich sogleich vorgestellt werden sollte. War es Täuschung, oder bestand wirklich eine Ähnlichkeit zwischen diesem Bilde und dem Claverings? Wie dem aber auch sein mochte, so erweckte doch der Anblick des Gemäldes das Andenken an meinen Freund und die Vermutung, daß ich hier ein Werk seines Pinsels vor mir hatte.

Ich war lebhaft mit diesen Gedanken beschäftigt, als die Dame selbst eintrat. Sie war ebendie, deren Portrait ich betrachtet hatte. Sie heftete ihre Augen forschend auf mich. Sie blickte auf die Unterschrift des Briefes, den ich ihr reichte, und setzte dann sogleich ihre Prüfung meiner Person fort. Ich war durch ihre Beobachtung etwas beschämt und gab davon Zeichen, die nicht unbemerkt bleiben konnten. Sie schien sich sogleich daran zu erinnern, daß ihr Benehmen nicht sehr artig sei. Sie sammelte sich daher und las den Brief. Nachdem sie dies getan hatte, richtete ihre Aufmerksamkeit sich abermals auf mich. Offenbar wünschte sie, ein Gespräch mit mir anzuknüpfen, schien aber nicht zu wissen, wie. Diese Lage war für mich neu und brachte mich in nicht geringe Verlegenheit. Ich wollte schon Abschied nehmen, als sie, indes nicht ohne merkliches Zaudern, sagte:

»Dieser Brief ist von Mr. Welbeck – Sie sind sein Freund – vermute ich – vielleicht – ein Verwandter?«

Ich war mir bewußt, auf keinen dieser Titel einen Anspruch zu haben, sondern nichts weiter zu sein als sein Diener. Mein Stolz gestattete mir nicht, dies einzugestehen, und ich sagte daher bloß: »Ich lebe in seinem Hause, Madam.«

Ich glaubte, diese Antwort würde sie nicht befriedigen, aber sie nahm sie mit einer Art von Zustimmung auf. Sie schwieg einige Minuten und sagte dann, indem sie aufstand: »Entschuldigen Sie mich für einige Minuten, Sir. Ich will nur einige Zeilen an Mr. Welbeck schreiben.« Mit diesen Worten entfernte sie sich.

Ich kehrte zur Betrachtung des Gemäldes zurück. Davon wurde indes meine Aufmerksamkeit schnell durch einen Gegenstand abgezogen, welcher auf dem Kaminsimse lag. Ein einziger Blick war hinreichend, mein Blut in Bewegung zu setzen. Ich zuckte zusammen und legte meine Hand auf das wohlbekannte Päckchen. Es war das, welches das Portrait Claverings enthielt!

Ich entfaltete das Papier und sah das Bild. Durch welches Wunder kam es hierher? Es wurde zwei Nächte zuvor mit meinem Bündel gefunden. Ich war daran verzweifelt, es jemals wiederzusehen, und dennoch fand ich das Portrait hier in demselben Papier! Ich habe es vermieden, bei dem zum Kummer sich steigernden Bedauern zu verweilen, welches ich über den Verlust dieser kostbaren Reliquie empfunden hatte. Meine Freude, es so bald und so unerwartet wiederzufinden, kann kaum beschrieben werden.

Einige Zeit dachte ich daran, daß ich dadurch, daß ich es so in meiner Hand hielt, noch nicht berechtigt war, es wieder als meinen Besitz zu betrachten. Ich mußte die Lady mit der Geschichte des Bildes bekannt machen und sie von meinem Eigentumsrechte überzeugen. Aber wie war das anzufangen? War sie auf irgendeine Weise durch Freundschaft oder Verwandtschaft mit diesem unglücklichen Jüngling verbunden? War dies der Fall, so würde sie natürlich voller Eifer nach dem Schicksal desselben forschen. Bis dahin sah ich kein Hindernis, sie mit demselben bekannt zu machen. Kam das Bild zufällig in ihre Hände, so würde es doch immer noch nötig sein, ihr zu erzählen, wie es verloren wurde, um ihr dadurch mein Recht darauf zu beweisen.

Ich hörte jetzt ihre Schritte nahen und legte das Bild hastig wieder auf den Kaminsims. Sie trat ein, übergab mir einen Brief und bat mich, ihn Welbeck auszuhändigen. Ich hatte keinen Vorwand, meine Entfernung zu verzögern, mochte doch aber auch nicht gehen, ohne wieder in den Besitz des Portraits gelangt zu sein. Es folgte eine Pause des Schweigens und der Unentschlossenheit. Ich warf bedeutungsvolle Blicke nach dem Orte, wo das Bild lag, nahm endlich meine Entschlossenheit zusammen und sagte, auf das Päckchen deutend: »Madam, dort ist etwas, was ich als mein Eigentum erkenne. Ich weiß nicht, wie es in Ihren Besitz kam; aber vorgestern war es noch in dem meinigen. Ich verlor es durch einen eigentümlichen Zufall, und da es mir von unschätzbarem Werte ist, hoffe ich, daß Sie nichts dagegen haben werden, es mir zurückzugeben.«

Während dieser Worte verrieten die Züge der Dame die größte Unruhe. »Ihr Bild!« rief sie aus. »Sie verloren es! Wie? Wo? Kannten Sie den Mann? Was ist aus ihm geworden?«

»Ich kannte ihn sehr gut!« entgegnete ich. »Das Bild hat er selbst gemalt. Er gab es mir mit seinen eigenen Händen, und bis zu dem Augenblick, wo ich es unglücklicherweise verlor, war es mein teurer und beständiger Gefährte.«

»Gott im Himmel!« rief sie mit steigender Heftigkeit. »Wo trafen Sie ihn? Was ist aus ihm geworden? Ist er tot, oder lebt er?«

Der Anschein zeigte mir deutlich, daß Clavering und diese Dame durch irgendein zärtliches Band miteinander verbunden waren. Ich antwortete ihr, er sei tot; meine Mutter und ich selbst wären seine Pfleger gewesen, und sein Portrait das Legat, welches er mir hinterlassen.

Diese Mitteilung entlockte ihr einen Tränenstrom, und es verging einige Zeit, bevor sie soviel Kraft gesammelt hatte, das Gespräch fortsetzen zu können. Dann fragte sie: »Wann und wo starb er? Wie verloren Sie das Portrait? Es wurde, in einige grobe Kleider gewickelt, am Sonnabend zu später Stunde in der Markthalle gefunden. Zwei Negerinnen, Dienerinnen einer Freundin von mir, die über den Markt schlenderten, fanden es und brachten es ihrer Herrin. Diese erkannte das Portrait und schickte es mir. Wem gehörte das Bündel? War es das Ihrige?«

Diese Fragen erinnerten mich an die peinliche Situation, in der ich mich jetzt befand. Ich hatte Welbeck versprochen, vor jedermann meine frühere Lage geheimzuhalten, und dies Versprechen hätte ich verletzen müssen, wenn ich gesagt hätte, wie ich das Bündel verloren und in welcher Verbindung ich mit Clavering gestanden hatte. Es war vielleicht möglich, durch Ausflüchte dem Geständnis der Wahrheit zu entgehen. Etwas Unwahres konnte leicht erfunden werden und sie von meiner eigentlichen Lage ablenken; allein, ich war vollkommen unbekannt mit der Lüge. Noch nie hatte sie meine Lippen besudelt. Ich war nicht schwach genug, mich meines Ursprungs zu schämen. Diese Lady hatte ein Interesse an dem Geschicke Claverings und durfte mit Recht die Aufklärung fordern, die ich zu gewähren vermochte. Indes, den so kürzlich eingegangenen Vertrag zu verletzen, dessen Einhaltung wahrscheinlich für Welbeck wie für mich selbst sehr wichtig war, widerstrebte mir ebenfalls, und ich beschloß, ihm treu zu bleiben, wenn dabei die Unwahrheit vermieden werden könnte.

Diese Gedanken machten mich stumm. Meine Verlegenheit stieg beinahe zur Qual. Ich fühlte die lebhafteste Reue darüber, das Bild so übereilt zurückgefordert zu haben. Dessen Wert für mich war ein rein eingebildeter. Die Neigung, welche diese Lady dem Originale gewidmet hatte, mußte ihr die Kopie teuer machen, und wie wertvoll sie auch in meinen Augen war, mußte ich gern bereit sein, sie ihr zu überlassen.

In der Verwirrung meiner Gedanken bot sich mir ein Ausweg, der hinlänglich schlicht und kühn war. »Was ich gesagt habe, ist wahr, Madam. Ich sah ihn seinen letzten Atemzug aushauchen. Dies ist seine einzige Hinterlassenschaft. Wünschen Sie dieselbe zu besitzen, so überlasse ich sie Ihnen gern; doch das ist alles, was ich Ihnen mitteilen kann. Ich befinde mich in einer Lage, die es mir unmöglich macht, Ihnen mehr zu sagen.«

Diese Worte wurden nicht sehr deutlich ausgesprochen, und die Heftigkeit der Lady hinderte sie, dieselben zu beachten. Sie wiederholte ihre Fragen, und ich gab dieselbe Antwort.

Zuerst äußerte sie die größte Überraschung wegen meines Betragens, dann ging sie zu einer gewissen Schärfe über. Sie machte flüchtige Anspielungen auf die Geschichte Claverings. Er war der Sohn eines Gentleman, dem das Haus gehörte, in welchem Welbeck wohnte. Er war der Gegenstand unendlicher Zärtlichkeit und Nachsicht gewesen. Er hatte um die Erlaubnis gebeten, reisen zu dürfen, und da ihm dies wegen der albernen Angst seiner Eltern verweigert wurde, war er zweimal daran gehindert worden, sich heimlich nach Europa einzuschiffen. Sie schrieben sein Verschwinden dem Gelingen eines dritten Versuches dieser Art zu und hatten seitdem mit der unermüdlichsten Sorgfalt alles aufgeboten, seine Spur aufzufinden. Alle ihre Bemühungen waren vergeblich geblieben. Ein Beweggrund für ihre Rückkehr nach Europa war die Hoffnung gewesen, ihn dort ausfindig zu machen, da sie nicht daran zweifelten, er habe den Ozean überquert. Das Ungestüm der Mrs. Wentworth, die näheren Umstände seines Lebens und seines Todes zu erfahren, war sehr begreiflich. Meine Weigerung steigerte ihr Verlangen nur noch.

Da ich auf alle ihre Anerbietungen nicht einging, entließ sie mich endlich voller Zorn.

Achtes Kapitel

Diese außerordentliche Zusammenkunft war nun vorüber. Indem ich daran dachte, empfand ich sowohl Freude als Schmerz. Ich blieb dem Versprechen treu, das ich Welbeck so unüberlegt gegeben, hatte aber den Unwillen und vielleicht den Argwohn der Dame erregt. Sie wußte sich mein Schweigen schwerlich zu deuten. Wahrscheinlich schrieb sie es meiner Widerspenstigkeit zu, oder sie brachte es vielleicht auch mit irgendeinem Umstande bei dem Tode

Claverings in Zusammenhang und fühlte ihre Neugier dadurch nur noch mehr gesteigert.

Offenbar bestand irgendeine Verbindung zwischen ihr und Welbeck. Würde sie den Gegenstand auf dem Punkte ruhen lassen, auf dem er jetzt stand? Würde sie aufhören, sich zu bemühen, mir die gewünschten Angaben zu entlocken, oder würde sie nicht vielmehr Welbeck in die Sache hineinziehen und meinen neuen Freund gegen mich einnehmen? Das war eine mißliche Lage, die um jeden Preis vermieden werden mußte. Ich wußte dazu kein anderes Mittel, als ihm die Wahrheit in Beziehung auf Clavering zu bekennen und ihm die Verlegenheit auseinanderzusetzen, in welche ich durch die Erfüllung meines Versprechens geraten war.

Ich fand ihn bei meiner Rückkehr zu Hause und übergab ihm den Brief. Bei dessen Anblick zeigten sich Überraschung und Unruhe in seinen Mienen. »Wie!« sagte er in dem Tone der Enttäuschung, »Sie haben also die Lady gesehen?«

Ich erinnerte mich jetzt an seine Weisung, meine Botschaft bloß abzugeben, und entschuldigte mich, sie nicht befolgt zu haben, indem ich meine Gründe nannte. Sein Unwille verschwand, doch nicht ohne eine sichtbare Anstrengung, und er sagte, es wäre gut; die Sache hätte keine Wichtigkeit.

Nach einer Pause der Vorbereitung bat ich ihn, seine Aufmerksamkeit dem zu schenken, was ich ihm zu sagen hätte. Ich erzählte ihm die Geschichte Claverings und die Verlegenheit, die ich deshalb gehabt hatte. Indem ich fortfuhr, verrieten seine Züge eine wachsende Unruhe. Seine

Aufregung wurde besonders sichtbar, als ich zu den Fragen der Mrs. Wentworth nach Clavering kam; aber diese Unruhe wich der lebhaftesten Überraschung, als ich ihm sagte, wie ich die Beantwortung dieser Fragen zu umgehen gewußt hatte. Ich schloß mit der Bemerkung, bei dem Versprechen, meine eigenen Abenteuer zu verschweigen, hätte ich keine Schwierigkeiten vorausgesehen, welche die Erfüllung dieses Versprechens nach sich ziehen könnte; da aber sein Interesse durch mein Schweigen bedingt würde, wäre ich bereit, dasselbe aufrechtzuerhalten, und bäte ihn deshalb um seine Weisungen, wie ich mich in dieser Angelegenheit zu verhalten hätte.

Er schien sehr ernst und nicht ohne Verlegenheit über das nachzudenken, was ich ihm gesagt hatte. Als er sprach, lag Zaudern in seinem Wesen und Bedachtsamkeit in seinen Ausdrücken, und dies bewies mir, daß er etwas zu sagen hatte und nicht wußte, wie er es äußern sollte. Er hielt oft inne, aber meine Antworten und Bemerkungen, die ich gelegentlich machte, schienen ihn von der Mitteilung seines Vorsatzes abzuschrecken. Unser Gespräch endete für den Augenblick damit, daß er mich aufforderte, bei meinem Plane zu beharren; mir würden daraus keine Unannehmlichkeiten erwachsen, da es meine eigene Schuld wäre, wenn wieder eine Zusammenkunft zwischen mir und der Dame stattfände; inzwischen würde er sie sehen und ihre Fragen zum Schweigen zu bringen wissen.

Ich dachte über dieses Gespräch nicht oberflächlich oder nur kurze Zeit nach. Durch welche Mittel wollte er ihre Fragen zum Schweigen bringen? Sicher dachte er doch nicht daran, sie durch falsche Angaben irrezuleiten. Einige

Besorgnis schlich sich bei mir ein. Ich begann Schlüsse über die Art des Planes zu ziehen, zu dessen Erreichung meine Unterdrückung der Wahrheit führen mochte. Es schien mir, als wanderte ich im Dunkeln und könnte in Schlingen fallen, bevor ich nur die Gefahr ahnte. Jeder Augenblick steigerte meine Zweifel, und ich nährte die geheime Ahnung, daß die Ereignisse meine neue Lage viel weniger glücklich darstellen würden, als ich anfangs geglaubt hatte. Die Frage drängte sich mir jetzt mit peinlicher Wiederholung auf, wer und was Welbeck war. Was für Absichten er bezüglich der fremden Dame hegte. Zu welchen Diensten ich verwendet werden sollte.

Ich konnte mich ohne Lösung dieser Geheimnisse nicht zufriedengeben. Weshalb sollte ich meinem neuen Freunde meine Seele nicht offen darlegen? Konnte er in Erwägung meiner Lage meine Besorgnisse und Vermutungen für strafbar halten? Ich fühlte, daß sie aus löblichen Gewohnheiten und Ansichten entsprangen. Meine Gemütsruhe hing von dem günstigen Urteil ab, das mein Gewissen über mein Benehmen fällte. Ich erkannte die Leere des Ruhmes und des Luxus, wenn sie gegen die Belohnung der Tugend in die Waagschale gelegt wurden. Niemals wollte ich die Gunst des Lobes und den Glanz des Reichtums um den Preis meiner Rechtschaffenheit erkaufen.

Unter diesen Betrachtungen kam die Zeit zum Mittagessen heran. Die Lady und Welbeck waren zugegen. Eine neue Reihe von Gefühlen beschäftigte meinen Geist. Ich betrachtete sie beide mit fragenden Blicken. Ich kann von der Umwandlung, die in meinem Gemüte stattgefunden hatte, nicht Rechenschaft geben. Vielleicht war sie ein Beweis für meinen eigensinnigen Charakter oder vielleicht auch nur eine Frucht meiner gänzlichen Unkenntnis des Lebens und seiner Verhältnisse. Gewiß ist, daß ich das, was sich mir zeigte, mit anderen Augen betrachtete. Der Glanz und die Pracht waren für mich nicht mit Ruhe und Ehrfurcht gepaart. Meine wilden Träumereien, diese Pracht zu erben und mir die Neigung dieser Nymphe zu gewinnen, betrachtete ich jetzt als wahnsinnige Hoffnung und kindische Torheit. Natur und Erziehung hatten mich für einen anderen Schauplatz gebildet. Dieser konnte die Larve des Elends und ein Bau des Lasters sein.

Meine Gefährten sowohl als ich waren während des Mahles schweigsam. Die Lady entfernte sich, sobald es beendigt war. Meine unerklärliche Melancholie stieg. Sie blieb nicht unbemerkt von Welbeck, welcher mit gütigem Tone nach der Ursache meiner sichtbaren Niedergeschlagenheit fragte. Ich bin beinahe beschämt zu gestehen, wie weit meine Torheit mich fortriß. Statt ihm zu antworten, war ich schwach genug, Tränen zu vergießen.

Das erweckte wieder sein Erstaunen und seine Teilnahme. Er erneuerte seine Fragen; mein Herz war übervoll, aber ich wußte nicht, wie ich es erleichtern sollte. Endlich erklärte ich ihm mit einigem Zögern meinen Wunsch, sein Haus zu verlassen und auf das Land zurückzukehren.

Er fragte, was sich zugetragen hätte, daß ich diesen neuen Vorsatz faßte? Was mich bewöge, mich in ländliche Dunkelheit vergraben zu wollen? Weshalb ich über mich selbst zu verfügen beabsichtigte? Ob ich einen neuen Freund gefunden hätte, der besser imstande oder mehr geneigt sei, mir zu nützen als er?

»Nein«, entgegnete ich. »Ich habe keine Verbindung geknüpft, keinen Freund, der mich beschützen könnte. Wenn ich auf das Land ginge, so geschähe es zu der mühevollen Arbeit eines Tagelöhners; aber selbst das wäre besser als meine gegenwärtige Lage.«

Diese Ansicht, bemerkte er, müßte erst kürzlich bei mir entstanden sein. Was in meiner jetzigen Lebensweise Lästiges oder Beleidigendes läge?

Daß dieser Mann sich herabließ, mir diese Auseinandersetzungen zu machen, daß er mich von meinem neuen Plane abzubringen suchte, daß er auf die Wohltaten hindeutete, die er mir zu erzeigen beabsichtigte, erfüllte mein Herz mit Dankbarkeit. Ich mußte eingestehen, daß Muße und literarische Beschäftigung, reichliche und elegante Bequemlichkeiten an und für sich ihren Wert hatten, daß alle Genüsse des sinnlichen und geistigen Lebens innerhalb meiner gegenwärtigen Sphäre lagen, und der, wohin ich gehen würde, beinahe gänzlich fehlen würden. Ich bereute augenblicklich meine Torheit und beschloß, ein anderes Betragen zu zeigen. Ich konnte es nicht über mich bringen, ihm die wahre Ursache meiner Niedergeschlagenheit zu gestehen, und gestattete ihm daher, dieselbe einer Art von Heimweh zuzuschreiben, der Unerfahrenheit und jener Unwissenheit, welche sich durch das Gefühl des Verlassenseins bedrückt fühlt, wenn sie gezwungen auf einen ungewohnten Schauplatz gestellt wird. Er sagte, daß diese Chimären mit dem Einflusse der Zeit, durch Freunde und Beschäftigung verschwinden würden. In der nächsten Woche würde er mich mit meinen Aufgaben bekannt machen; inzwischen wollte er mich in Gesellschaft führen, wo

Geist und Lebhaftigkeit sich vereinigen würden, meinen Trübsinn zu verbannen.

Sobald wir uns trennten, kehrte meine Unruhe zurück. Ich kämpfte vergebens dagegen und beschloß endlich entschieden, meine gegenwärtige Stellung aufzugeben. Wann und wie dieser Vorsatz auszuführen sei, wußte ich indes nicht. Das sollte der Gegenstand fernerer Überlegung sein.

Als der Abend gekommen war, machte Welbeck mir den Vorschlag, ihn zu einem seiner Freunde zu begleiten. Ich nahm die Einladung voller Freuden an und ging mit ihm zu Ihrem Freunde Wortley. Eine zahlreiche Gesellschaft war dort versammelt, besonders von Mitgliedern des weiblichen Geschlechts. Ich wurde durch Welbeck unter dem Titel eines jungen Freundes von ihm vorgestellt. Ungeachtet meiner Verlegenheit entging mir nicht, was bei dieser Gelegenheit vorging. Ich bemerkte, daß meinem Gefährten die größte Achtung gezollt wurde, und auf ihn selbst schien der Eintritt in die Gesellschaft wie ein Zauber zu wirken. Seine Augen funkelten, seine Züge erheiterten sich zu einem wohlwollenden Ernste, und seine gewöhnliche Zurückhaltung wich einer überströmenden Redseligkeit.

Ich bemerkte diese Veränderungen mit dem äußersten Erstaunen. Sie waren so groß, daß ich mich kaum überzeugen konnte, denselben Menschen vor mir zu haben. Ein Gemüt, das auf solche Weise für neue Eindrücke empfänglich war, mußte meiner Meinung nach wunderbar elastisch sein. Nichts lag meiner Erwartung ferner, als daß diese Lebhaftigkeit bloße Verstellung sei und wieder von ihm verschwinden würde, sobald er die Gesellschaft verließe; dennoch fand ich, daß ebendies der Fall war. Die Türe hatte sich kaum hinter ihm verschlossen, als auch schon sein gewöhnliches feierliches Wesen zurückkehrte. Er sprach wenig, und dies Wenige mit einsilbiger Kürze.

Wir kehrten spät nach Hause zurück, und ich begab mich sogleich auf meine Stube, nicht sowohl aus dem Verlangen, die Ruhe zu suchen, als um mich ungestört meinen eigenen Betrachtungen hinzugeben.

Meine Gemütsstimmung war weit entfernt davon, glücklich zu sein. Ich befand mich auf einem Schauplatze, der meiner Wißbegier Nahrung gewährte. Diese Leidenschaft ist eine Quelle des Vergnügens, sobald eine Befriedigung möglich ist. Ich hatte in meiner gegenwärtigen Lage keine Ursache, an der Erwerbung von Kenntnissen zu zweifeln; allein, Argwohn und Besorgnis erfaßten mich. Ich dachte an die Zeit und die Mühe, welche die Beseitigung meiner Unwissenheit kosten würde, und erntete aus dieser Überlegung nichts als Schmerz und Furcht.

Die Luft war außerordentlich schwül. Die Höhe des Zimmers und das Öffnen der Fenster waren nicht hinreichend, sie abzukühlen. Die Unruhe meiner Gedanken mattete meinen Körper ab, und die Hitze, die mich bedrückte, wurde durch meine Ruhelosigkeit beinahe zum Fieber gesteigert. So verbrachte ich peinlich einige Stunden, als ich mich erinnerte, daß das Badegemach auf dem Hofe ein hinlängliches Gegenmittel gegen die erstickende Schwüle der Atmosphäre enthielt.

Ich stand auf und ging die Treppe sehr leise hinab, um Welbeck und die Lady, welche Zimmer im zweiten Stock bewohnten, nicht zu stören. Ich ging nach der Badestube, füllte die Wanne mit Wasser und verbannte schnell die Hitze, die mich marterte. Von allen Arten sinnlicher Genüsse war dieser der köstlichste, und längere Zeit wusch ich mir die Glieder und benetzte mir das Haar. Während dieses Vergnügens bemerkte ich die Annäherung des Tages und erkannte daraus augenblicklich, daß es schicklich sein würde, auf mein Zimmer zurückzukehren. Ich tat dies mit derselben Vorsicht, mit der ich herabgekommen war. Ich war barfuß, und meine Schritte wurden daher nicht durch das leiseste Geräusch verraten.

Ich hatte die mit Teppichen ausgelegte Treppe erreicht und stieg sie langsam hinauf, als ich in dem Zimmer, welches die Lady bewohnte, ein Geräusch hörte, wie wenn jemand darin umherginge. Obgleich ich nicht glaubte, unrecht gehandelt zu haben, mochte ich nicht gern gesehen werden. Es war kein Grund zu der Vermutung vorhanden, dies Geräusch könne dazu führen, mich in meiner gegenwärtigen Lage zu entdecken, aber dennoch wollte ich schnell an dem Zimmer vorüber, um die zweite Treppe zu erreichen.

Ich hatte aber meine Absicht noch nicht ausgeführt, als die Stubentür langsam geöffnet wurde und Welbeck, mit einem Licht in der Hand, heraustrat. Ich war verlegen und beschämt durch das Zusammentreffen. Er stutzte, als er mich sah, und als er mich erkannte, nahm sein Gesicht einen Ausdruck an, in welchem Scham und Ärger sich mischten. Er schien auf dem Punkte zu sein, den Mund zu öffnen und mir heftige Vorwürfe zu machen; aber plötzlich besann er sich und sagte mit sanftem Tone: »Was ist das? Wo kommen Sie her?«

Seine Aufregung schien sich mir mit elektrischer Schnelligkeit mitzuteilen. Meine Zunge stammelte, indem ich antwortete. Ich sagte, ich hätte von der Hitze des Wetters in dem Bade Erleichterung gesucht. Er hörte diese Erklärung schweigend an, und nach einer kurzen Pause trat er in sein Zimmer und schloß die Türe hinter sich. Ich eilte auf meine Stube.

Ein anderer Beobachter hätte in diesem Umstande vielleicht keinen Stoff zu Verdacht oder Verwunderung gefunden, bei mir aber entstanden dadurch unbestimmte und ungestüme Ideen.

Indem ich in meiner Stube auf und nieder ging, sagte ich: Das Mädchen ist seine Tochter. Welchen Beweis habe ich dafür? Er hat es versichert; er hat auch oft Hindeutungen gemacht, aus denen sich kein anderer Schluß ziehen läßt. Das Zimmer, aus dem er zu einer dem Schlafe gewidmeten Stunde kam, war das ihrige. In welcher Absicht konnte ein solcher Besuch gemacht werden? Ein Vater kann seine Tochter zu jeder Stunde besuchen, ohne dadurch ein Unrecht zu begehen. Mir war es vorgekommen, als hätten seine Züge bei meinem Anblick etwas mehr als Überraschung ausgedrückt. Ein kühner Ausleger hätte darin das Bewußtsein eines Unrechtes erblicken können. Wie, wenn dies Mädchen nicht seine Tochter ist? Wie läßt ihre Verwandtschaft sich ermitteln?

Ich wurde zur gewöhnlichen Zeit zum Frühstück gerufen. Mein Gemüt war ganz von den Gedanken an diesen Umstand erfüllt. Ich besaß nicht die hinlängliche Festigkeit zu einer kalten und systematischen Beobachtung dieses Mannes. Mir war zumute, als müßte meine Stimmung ihm klar sein, und empfand bei mir selbst die ganze Verwirrung, welche die Entdeckung bei ihm hervorrufen mußte. Gern hätte ich mich entschuldigt, ihm begegnet zu sein; aber das war unmöglich.

Beim Frühstück wurde nach den üblichen Begrüßungen nichts gesprochen. Einige Zeit erhob ich die Augen kaum vom Tisch. Indem ich einen verstohlenen Blick auf Welbeck warf, entdeckte ich in seinem Gesichte nichts als den gewöhnlichen Ernst. Er schien mit Gedanken beschäftigt zu sein, die in keinem Zusammenhang mit dem Abenteuer der vergangenen Nacht standen. Das ermutigte mich; ich gewann meine Fassung wieder. Ihre Unaufmerksamkeit mir gegenüber gestattete mir, zuweilen einen verstohlenen Blick auf sie zu werfen und ihre Gesichter miteinander zu vergleichen.

Die Verwandtschaft zwischen den Eltern und den Kindern läßt sich gewöhnlich in dem Gesichte erkennen; aber das Kind kann einem von beiden Elternteilen gleichen und doch keinen Zug mit beiden gemein haben. Hier waren Umrisse, die Züge, die Farbe einander durchaus unähnlich. Daß Verwandtschaft zwischen beiden bestand, war zwar dieser Ungleichheit ungeachtet möglich, aber dieser Umstand trug dennoch dazu bei, meinen Argwohn zu steigern.

Als das Frühstück vorüber war, richtete Welbeck einen Blick der Einladung auf das Pianoforte. Die Lady stand auf, seinen Wunsch zu erfüllen. Mein Auge war in dem Moment zufällig auf sie gerichtet. Indem sie zu dem Instrumente ging, erweckte eine Bewegung, eine Erscheinung in mir einen Gedanken, der mein ganzes Wesen erschütterte, als hätte ein Erdbeben stattgefunden.

Ich habe eine zu geringe Bekanntschaft mit der Geschichte der Leidenschaften, um die Aufregung, welche mir durch alle Adern rann, richtig zu schildern. Ich war dem, was man Liebe nennt, fremd. Aus späterer Überlegung habe ich den Verdacht geschöpft, daß die Gefühle, mit denen ich diese Lady betrachtet hatte, dieser Quelle nicht fremd waren und daß daher die Unruhe entsprang, die ich empfand, als ich an ihr die Zeichen der Schwangerschaft entdeckte. Der Augenschein war nur gering, aber dennoch übte er einen unumschränkten Einfluß auf meinen Glauben.

Es war gut, daß dieser Verdacht nicht früher geweckt worden war. Denn jetzt verlangte die Artigkeit mein längeres Verweilen in dem Zimmer nicht mehr, und nichts als Flucht konnte meinen Gemütszustand verbergen. Ich eilte daher fortzukommen und verbarg mich in der freundlichen Heimlichkeit meines eigenen Zimmers.

Meine Gemütsverfassung ist ohne Zweifel sonderbar und verkehrt, indes ist dies vielleicht die Folge meiner Unwissenheit. Es mag keineswegs ungewöhnlich für die Menschen sein, ihre Schlüsse im Widerspruch zu Augenschein und Wahrscheinlichkeit zu formen und dadurch ihre Bosheit zu nähren und ihr Glück zu trüben. Dies war in hohem Grade bei mir der Fall. Die einfache Tatsache verknüpfte sich in meinem Sinne mit einer ganzen Reihe der gehässigsten Folgerungen. Die Verderbtheit Welbecks war für mich erwiesen. Der Zauber dieses engelgleichen Geschöpfs war erloschen und verwelkt. Ich betrachtete sie früher als ein herrliches und vollkommenes Monument, jetzt aber erschien sie mir nur als ein Haufen von Schutt und Trümmern.

Das war schon eine hinlängliche Quelle der Qual für mich; doch das war noch nicht alles. Ich erinnerte mich, daß die Ansprüche der Vaterschaft ausgesprochen worden waren. Werden sie wohl glauben, daß ich diese Ansprüche jetzt zugab und daß sie die Ruchlosigkeit Welbecks zu dem schwärzesten aller Verbrechen steigerten? Diese Gedanken waren natürlich nur vorübergehend. Näherliegende Folgerungen schlossen sich an. Die Lady konnte kürzlich Witwe geworden sein. Der unlängst erfolgte Verlust eines geliebten Lebensgefährten erklärte auch hinlänglich ihre Niedergeschlagenheit und machte ihre gegenwärtige Lage mit der Pflicht verträglich.

Dieser neue Gedankengang tröstete mich etwas. Ich erkannte die Torheit übereilter Schlüsse und die Ungerechtigkeit grausamer Vermutungen und erlangte einen gewissen Grad der Geduld in meinem gegenwärtigen Zustande der Ungewißheit. Mein Herz wurde von seiner Last befreit, und ich bemühte mich, eine harmlose Erklärung des Auftrittes zu ersinnen, dessen Zeuge ich in der vergangenen Nacht gewesen war.

Beim Mittagessen erschien Welbeck wie gewöhnlich, die Lady aber nicht. Ich schrieb ihre Abwesenheit einem zufälligen Unwohlsein zu und wagte eine Frage nach ihrem Befinden. Mein Gefährte sagte, sie befände sich wohl, hätte aber die Stadt für einen oder zwei Monate verlassen, da ihr die Hitze des Sommers lästig wäre. Das war kein unwahrscheinlicher Grund für ihre Entfernung. Ein offenes Gemüt würde diese Angabe geglaubt und darin nichts gefunden haben, was in Widerspruch mit dem günstigen Schein ihres Charakters stand. Doch anders war es bei mir. Die

Unbehaglichkeit, die für einen Augenblick entflohen war, kehrte zurück, und ich versank in finstres Schweigen.

Aus diesem wurde ich durch meinen Herrn erweckt, der mich ersuchte, ein Billett, welches er mir übergab, auf das Comptoir des Mr. Thetford zu bringen und ihm dessen Antwort zu übertragen. Dieser Auftrag wurde schnell vollzogen. Ich ging in ein großes Gebäude am Ufer des Flusses und trat in einen großen Raum voller Fässer und Tonnen. In einer Ecke befand sich ein kleineres Zimmer, in welchem ein Herr saß und eifrig schrieb. Ich ging auf die Türe dieses Raumes zu; an derselben aber kam mir ein junger Mann entgegen, nahm mir den Brief ab und brachte ihn jenem Herrn hinein. Ich stand immer noch an der Türe, war aber nahe genug, um zu hören, was zwischen ihnen vorging.

Der Brief wurde auf das Schreibpult gelegt, und der, welcher davor saß, hob die Augen und sah auf die Aufschrift. Er sprach nur halblaut, aber seine Worte konnte ich dennoch deutlich verstehen. Auf den Klang seiner Stimme achtete ich nicht, seine Worte aber riefen eine Reihe von Erinnerungen in mir wach.

»Oh«, sagte er gleichgültig, »vom Nabob!«

Eine so unbedeutende Äußerung war hinreichend, mein Nachdenken zu erwecken. Das kleine Wort, sorglos halblaut geflüstert, war der Schlüssel, welcher für mich einen Schrank voller Geheimnisse öffnete. Thetford war es wahrscheinlich gleichgültig, ob sein Ausruf gehört wurde oder nicht. Er dachte nicht an die Folgerungen, die darauf gestützt werden könnten.

»Der Nabob!« Durch diese Benennung war im vertrauten Schlafzimmergespräch, dessen ungeahnter Zuhörer ich gewesen war, irgend jemand bezeichnet worden. Der Mann, welcher Armut vorschützte und Beweise ungemeinen Reichtums gab, bei dem es verzeihlich war, ihn um dreißigtausend Dollar zu berauben, erstlich, weil der Verlust einer solchen Summe für einen Mann von seinem Reichtum unbedeutend war, und dann, weil man glaubte, er hätte diesen Reichtum durch andere als redliche Mittel erworben. Statt sogleich nach Hause zurückzukehren, ging ich ins Freie, um den neuen Gedanken nachzuhängen, die durch diese Entdeckung hervorgerufen worden waren.

Ich zweifelte nicht, daß der, auf welchen angespielt wurde, mein Beschützer sei. Auf seinen Charakter wurde kein neues Licht geworfen, es hätte denn durch irgend etwas die Anklage bewiesen werden können, er habe seinen Reichtum auf unrechtmäßige Weise erworben. Er war reich, die Quelle seines Reichtums aber unbekannt, und wenn auch nicht im allgemeinen, so doch für Thetford. Aber hier wurde eine Intrige geschmiedet. Das Glück von Thetfords Bruder sollte durch den Erfolg irgendeiner Arglist begründet werden, bei der Welbeck das Opfer seiner Leichtgläubigkeit werden sollte. Diese Intrige zu entdecken und zu hintertreiben war offenbar meine Pflicht. Meine Einmischung konnte jetzt in der Tat schon zu spät kommen, um nützlich zu sein, aber versuchen mußte ich es wenigstens.

Wie konnte meine Absicht erreicht werden? Ich hatte bisher gegen Welbeck meine Abenteuer in dem Hause Thetfords verschwiegen. Jetzt mußte ich sie ihm mitteilen und des letzten Ereignisses erwähnen. Meine Schlüsse konnten infolge meiner Unwissenheit irrtümlich sein; aber über ihre Wahrheit zu urteilen, setzte seine eigene Kenntnis seiner Angelegenheiten ihn in den Stand. Es war möglich, daß Thetford und der, dessen Gespräch mit der Frau ich belauscht hatte, verschiedene Personen waren. Ich strebte vergebens, mich durch den Vergleich ihrer Stimmen von ihrer Identität zu überzeugen. Meine Erinnerung gab mir nicht die Gewißheit dafür, daß die Worte, welche ich zuletzt gehört hatte, von derselben Stimme gesprochen wurden.

Diese Ungewißheit war von geringer Bedeutung. Es genügte, daß Welbeck mit jenem Namen bezeichnet wurde und daß folglich er der Gegenstand irgendeines betrügerischen Beginnens war. Die Kenntnis, die ich davon besaß, ihm so bald als möglich mitzuteilen war meine Pflicht. Ich war entschlossen, die erste sich dazu bietende Gelegenheit zu nutzen.

Ich hatte meine Beratschlagungen mit allem Eifer verfolgt, und als ich meine Aufmerksamkeit wieder sammelte, befand ich mich auf freiem Felde zwischen Umhegungen. Es war spät, bis ich mich auf den unbekannten Pfaden zurechtfand und nach Hause zurückkehrte.

Ich trat in das Gesellschaftszimmer; doch Welbeck war nicht dort. Der Teetisch war für eine Person bereitet; daraus ersah ich, daß Welbeck auszubleiben gedachte. Der Diener bestätigte diese Vermutung. Er konnte mir nicht sagen, wo der Herr wäre, sondern nur, daß er den Tee nicht zu Hause trinken würde. Das war für mich eine Quelle des Verdrusses und der Ungeduld. Ich dachte mir, Zögerung könnte für meinen Freund höchst nachteilig sein. So gänzlich unbekannt, wie ich mit der Art seines Vertrages mit

Thetford war, konnte ich nicht entscheiden, ob eine einzige Stunde nicht vielleicht hinreichen könnte, das Übel abzuwenden, das ihm drohte. Hätte ich ihn aufzufinden gewußt, so würde ich ihn sicher sogleich aufgesucht haben, so aber mußte ich mit der Geduld, die ich aufzubieten vermochte, seine Rückkehr erwarten.

Ich wartete indes Stunde um Stunde vergeblich. Die Sonne sank, die Schatten des Abends wurden dichter, aber Welbeck blieb noch immer aus.

Neuntes Kapitel

Welbeck kehrte nicht zurück; die Stunden verstrichen, bis es endlich zehn schlug. Ich befragte die Diener, und diese sagten mir, ihr Herr bliebe für gewöhnlich nicht so lange aus. Ich setzte mich an einen Tisch, auf dem ein Licht stand, und lauschte auf ein Zeichen seines Kommens, entweder durch den Klang seiner Tritte auf dem Straßenpflaster oder durch das Läuten der Türglocke. Die Stille war tief und anhaltend, und jede Minute steigerte meine Unruhe und meine Besorgnis.

Mich von der durch das Wetter verursachten Hitze zu befreien, welche durch meine Unruhe noch gesteigert wurde, und um zugleich die Zeit hinzubringen, fiel es mir ein, ein Bad zu nehmen. Ich ließ das Licht auf dem Tisch stehen und dachte, daß ich selbst im Bade die Glocke hören würde, die er bei seiner Heimkehr ziehen mußte.

Dies Zeichen ertönte nicht, und nachdem ich die Erfrischung genossen hatte, kehrte ich auf meinen Posten zurück. Das Zimmer war noch immer leer, das Licht aber verschwunden. Dies war mir unerklärlich. Auf mein Versprechen, den Herrn zu erwarten, waren die Dienstboten zu Bette gegangen. Es war kein Zeichen von irgend jemandes Eintritt gegeben worden. Die Straßentüre war verschlossen, und der Schlüssel hing an der Wand an seinem gewöhnlichen Platze. Was sollte ich davon denken? Offenbar mußte ich glauben, das Licht habe einer der Diener weggenommen; aber ich konnte keine Tritte hören und war mit dem Hause nicht vertraut genug, um ihre Stube im Dunkeln aufzufinden. Etwas aber mußte ich sicher tun, und zwar, mich mit einem andern Licht versorgen. Dies geschah augenblicklich; aber was war dann zu tun?

Ich war ermüdet durch die Unruhe, in die ich mich versetzt sah. Ich sah kein Mittel, derselben zu entrinnen, als durch meine Rückkehr an den Busen der Natur und zu meinen früheren Beschäftigungen. Einen Augenblick fühlte ich mich versucht, meine ländlichen Kleider wieder anzulegen und das Haus noch in ebendieser Stunde zu verlassen. Nur eins hielt mich zurück: der Wunsch, meinem Beschützer die Verräterei Thetfords mitzuteilen. Dazu mußte ich noch eine Zusammenkunft mit ihm haben; aber jetzt fiel mir ein, daß diese Mitteilung auch durch andere Mittel zu bewirken war. War es nicht hinreichend, ihn brieflich von den Umständen in Kenntnis zu setzen und es ihm dann zu überlassen, aus dieser Kenntnis Nutzen zu ziehen? So konnte ich ihn zugleich auch benachrichtigen, weshalb ich so plötzlich und zu so ungewöhnlicher Stunde seinen Dienst verließ.

Zur Ausführung dieses Vorsatzes waren Feder und Papier erforderlich. Alle Schreibereien wurden in dem Zimmer des dritten Stocks besorgt. Der Zutritt zu demselben war mir bisher versagt worden. Es war mit Büchern und Papieren angefüllt. Ich sollte dort meine Arbeit verrichten, es aber nur zugleich mit Welbeck betreten und verlassen. Aus welchen Gründen, fragte ich mich.

Verbote und der Anschein des Verborgenen erwecken Neugier, das ist bekannt. Mein Sinn richtete sich mit einer ungewöhnlichen Spannung auf das Gemach. Ich hatte es nur einen Augenblick gesehen. Welbeck brachte viele Stunden in demselben zu. Daß sie dem Müßiggange gewidmet würden, ließ sich nicht vermuten. Was war es also, womit er sich beschäftigte und was in einen so undurchdringlichen Schleier des Geheimnisses gehüllt werden mußte?

Werden Sie sich wundern, daß der Vorsatz, in dies Zimmer einzudringen, ganz unmerklich in mir entstand? Vielleicht war es verschlossen, vielleicht aber auch nicht. Ich dachte nicht, mich dadurch eines Vergehens schuldig zu machen. Mein Hauptzweck war, mir Schreibgeräte zu verschaffen, welche sonst nirgends zu finden waren. Ich wollte weder Papiere entsiegeln noch Schubladen öffnen. Ich wollte nur einen flüchtigen Blick auf die Bücher und die übrigen Gegenstände werfen. Darin lag gewiß nichts Verbrecherisches oder Tadelnswertes. Inzwischen vergaß ich auch das plötzliche Verschwinden des Lichtes nicht. Dies Ereignis erfüllte mich zugleich mit Furcht und mit Verwunderung.

Nochmals lauschte ich auf irgendein Geräusch von außerhalb. Alles war still. Ich ergriff das Licht, um die Treppe hinaufzugehen. Ich hatte das erste Stockwerk noch nicht erreicht, als ich mich an das mitternächtliche Zusammentreffen mit Welbeck vor der Türe seiner Tochter erinnerte. Das Zimmer war jetzt unbewohnt und vielleicht zugänglich; war dies der Fall, so lag kein Unrecht darin, es zu betreten. Meine Neugier war groß, ohne sich einen bestimmten Gegenstand auszumalen. Drei Schritte brachten mich zu der Türe. Der Versuch, ob sie verschlossen sei, konnte in einem Nu gemacht werden, und ich dachte mir, ich möchte etwas finden, wodurch die Mühe des Suchens belohnt würde. Die Türe wich meiner Hand, und ich trat ein.

Es war kein bemerkenswerter Gegenstand zu sehen. Das Zimmer hatte die gewöhnlichen Möbel. Ich richtete meine Schritte zu einem Tische, über welchem ein Spiegel hing. Meine Blicke, die schnell von einem Gegenstand zu dem anderen schweiften, fielen auf ein Bild, das in der Nähe hing. Ich betrachtete es genau. Es war unmöglich, dessen Ähnlichkeit mit meinem eigenen Gesichte zu übersehen. Diese war so groß, daß ich mir einbildete, selbst das Original gewesen zu sein, von welchem es entnommen worden war. Diese schmeichelhafte Vermutung wich indes dem Glauben an eine bloße Ähnlichkeit zwischen mir und dem wirklichen Originale.

Die Gedanken, welche diese Meinung zu erwecken geeignet waren, wurden jetzt durch einen anderen Gegenstand abgelenkt. Ein kleines Buch, das offenbar vielfach gebraucht worden war, lag auf dem Toilettentisch. Ich öffnete es und fand, daß es einige Trauerspiele von Apostolo Zeno enthielt. Ich blätterte darin, und ein beschriebenes Blatt fiel mir ins Auge. Ein einziger Blick darauf zeigte mir, daß es englisch war. Für den Augenblick war ich fühllos gegen alle Gründe, die mir verbieten konnten, es zu lesen. In der Absicht, dies zu tun, ergriff ich das Papier.

In diesem Augenblick ertönte ein betäubender Knall. Er war laut genug, um die Wände des Zimmers zu erschüttern, und plötzlich genug, um mich mit Schreck zu erfüllen. Ich ließ das Buch fallen und war einen Augenblick die Beute der Verwirrung und Überraschung. Aus welcher Richtung der Knall kam, konnte ich nicht genau erkennen, aber seine Stärke ließ nicht bezweifeln, daß er in der Nähe und sogar im Hause selbst ertönt war. Nicht weniger klar war es, daß der Knall von dem Abschießen einer Pistole herrührte. Jemand mußte den Abzug gelöst haben. Das Verschwinden des Lichtes fiel mir wieder ein. Sogleich drängte sich mir eine Vermutung auf, bei der sich mein Haar sträubte und meine Zähne klapperten.

Das ist eine Tat Welbecks! sagte ich. Er trat ein, während ich aus dem Zimmer abwesend war; er eilte auf sein Zimmer, und durch irgendeinen unbekannten Grund bestimmt, gab er sich selbst den Tod! Die Vermutung war geeignet, meine Glieder und meine Gedanken zu lähmen. Einige Zeit verging in peinvollem Schwanken. Mein Widerwille gegen diese Katastrophe mehr als der Glaube, daß ich das Übel hindern oder gutmachen könnte, bewog mich zu einem Versuche, in sein Zimmer zu dringen. Meine Vermutungen konnten auch irrtümlich sein.

Die Türe seines Zimmers war verschlossen. Ich klopfte an; ich verlangte mit leiser Stimme Einlaß; ich legte Auge und Ohr an das Schlüsselloch und an die Spalten; nichts war zu sehen oder zu hören. Ich mußte natürlich schließen, daß niemand im Zimmer sei; indes war Geruch von Pulver bemerkbar.

Vielleicht war das Zimmer im oberen Stockwerk der Schauplatz der Katastrophe gewesen. Ich ging die zweite Treppe hinauf. Ich näherte mich der Türe. Meine größte Aufmerksamkeit erhaschte keinen Laut. Ich blies das Licht aus, das ich in der Hand hielt, und konnte nun bemerken, daß in dem Zimmer Licht war. Ich wußte kaum, wie ich handeln sollte. Einige Minuten blieb ich an der Türe stehen. Ich sprach und bat um die Erlaubnis, eintreten zu dürfen. Meinen Worten folgte Todesstille. Endlich wagte ich es, leise auf den Türgriff zu drücken, zu öffnen und einzutreten. Nichts kann das Gräßliche des Anblicks überbieten, der sich mir zeigte; ich erschrak heftig über das, was ich sah.

Auf einem Stuhle, dessen Rückenlehne sich gegen die Wand stützte, saß Welbeck. Mein Eintritt erweckte ihn nicht aus der Betäubung, in die er versunken war. Er stützte die Hände auf die Knie, und seine Augen waren auf einen Gegenstand geheftet, der in der Entfernung weniger Schritte von ihm auf dem Fußboden lag. Ein zweiter Blick genügte, um mir zu zeigen, daß dieser Gegenstand der blutende, leichenhafte und noch in den letzten Todeszuckungen liegende Körper eines Mannes war!

Ich will die Erschütterung nicht beschreiben, welche ein solcher Anblick auf meine an dergleichen nicht gewöhnten Sinne machte. Ich war beinahe von ebensolchem Entsetzen ergriffen und so regungslos wie Welbeck selbst. Ich starrte, keines Wortes mächtig, zuerst auf Welbeck und dann auf die entstellten Züge des Toten. Endlich kam Welbeck aus seiner Träumerei zu sich und blickte auf, als wollte er sehen, wer eingetreten sei. Er verriet keine Unruhe, keine Überraschung, als er mich erkannte. Er zeigte weder Verlangen noch Neigung, das furchtbare Schweigen zu unterbrechen.

Meine Gedanken wanderten in Verwirrung und Entsetzen umher. Der erste Impuls war, zu entfliehen, aber ich konnte gegen die Anforderungen des Augenblicks nicht fühllos sein. Ich sah, daß die Dinge nicht in ihrem gegenwärtigen Zustande bleiben durften. Die Fühllosigkeit oder Verzweiflung Welbecks erforderte Trost und Hilfe. Wie sollte ich ihm meine Gedanken mitteilen oder meinen Verstand anbieten? Was zu dieser mörderischen Katastrophe führte, wer der entseelte Körper, der vor mir lag, war, was Welbeck für einen Anteil an dessen Tode hatte – das alles war mir unbekannt.

Endlich stand er von seinem Sitze auf und ging mit anfangs wankenden, bald aber festen Schritten durch das Zimmer. Diese Bewegung schien ihn wieder zu sich zu bringen. Er schien sich jetzt zum ersten Male meiner Gegenwart bewußt zu werden. Er wandte sich zu mir und sagte mit strengem Tone:

»Was gibt es? Was bringt Sie her?«

Dieser Vorwurf war mir unerwartet. Ich stammelte zur Antwort, der Knall des Schusses hätte mich beunruhigt, und ich wäre hergekommen, die Ursache davon zu erfahren.

Er achtete nicht auf meine Antwort, sondern ging wieder mit unruhigen Schritten umher und verfiel in seine starren Blicke. Plötzlich blieb er stehen, sah mit wütenden Augen auf die Leiche und rief: »Ja, die Würfel sind gefallen. Dieses unwürdige und elende Schauspiel soll nicht länger währen. Ich will das Leben mit allen seinen Demütigungen abwerfen.«

Hier folgte eine neue Pause. Der Strom seiner Gedanken schien jetzt ruhiger zu werden. Trübsinn mehr als Wut überzog sein Gesicht, und der Klang seiner Stimme war nicht bebend, sondern feierlich, als er zu mir sprach.

»Mervyn«, sagte er, »Sie begreifen diesen Auftritt nicht. Ihre Jugend und Unerfahrenheit machen Sie zu einem Fremdling in dieser täuschungsreichen und trügerischen Welt. Sie kennen mich nicht. Es ist Zeit, daß diese Unkenntnis verschwindet. Die Kenntnis meiner Person sowie meiner Handlungen kann Ihnen von Nutzen sein. Sie mag Sie lehren, die Klippen zu meiden, an denen meine Jugend und mein Friede gescheitert sind; doch der übrigen Menschheit kann sie nichts nützen. Der Verlust meines Rufes ist vielleicht unvermeidlich, aber die Größe meiner Nichtswürdigkeit braucht nicht bekannt zu werden. Ich erkenne in Ihnen eine Rechtlichkeit und eine Festigkeit, welche des Vertrauens wert sind; versprechen Sie mir daher, daß nicht eine Silbe von dem, was ich Ihnen mitteilen will, jemals über Ihre Lippen kommen soll.«

Ich hatte erst kürzlich die Mißlichkeit eines Versprechens erfahren, aber ich war jetzt verwirrt, verlegen, ich wünschte glühend, eine Erklärung des Auftritts zu empfangen, und ahnte die Beweggründe nicht, die mich später vielleicht zur Mitteilung des Gehörten zwingen könnten. Das verlangte Versprechen wurde daher gegeben. Er nahm das Wort:

»Ich habe Sie in meinem Dienste teils zu Ihrem eigenen Vorteil, teils zu dem meinigen zurückbehalten. Ich beabsichtigte, Ihnen ein Unrecht zuzufügen und Ihnen Gutes zu tun. Keiner dieser Zwecke kann jetzt erreicht werden: die Lehren, die mein Beispiel Ihnen geben kann, müßten Ihnen denn Festigkeit verleihen und Sie mit Vorsicht waffnen.

Was mich zu dem machte, was ich bin, weiß ich nicht. Es fehlt mir nicht an Verstand. Mein Durst nach Kenntnissen ist zwar ungeregelt, aber glühend. Ich kann so sprechen und fühlen, wie Tugend und Gerechtigkeit es vorschreiben; aber meine Handlungen haben dem nicht entsprochen. Mein Leben ist ein Gewebe von Unredlichkeiten und Torheiten gewesen, während meine Gedanken sich mit lauteren Grundsätzen beschäftigten. Ich habe auf mich selbst mit Zorn und Verachtung geblickt. Des gestrigen Tages erinnere ich mich mit Reue, dem morgigen sehe ich mit Angst und Furcht entgegen, und dennoch bringt jeder Tag dieselben Verbrechen und dieselben Torheiten hervor.

Durch die Insolvenz meines Vaters, eines Kaufmanns aus Liverpool, wurde ich ohne alle anderen Hilfsquellen gelassen als die, welche die Arbeit mir gewähren mußte. Was Stolz und die Liebe zur Unabhängigkeit erzeugen konnte, war mir zugefallen; was zur Tätigkeit anzutreiben vermag, bildete den Kern meiner Lage; aber meine Trägheit war eine unheilbare Krankheit; und dieser Genüge zu tun, waren für mich keine Künste zu schmutzig.

Ich war damit zufrieden, von der Güte eines Verwandten zu leben. Seine Familie war zahlreich, sein Einkommen gering. Er enthielt sich der Vorwürfe gegen mich, ja sogar der

Hindeutung, daß es passend sein würde, für mich selbst zu sorgen; aber er machte es mir möglich, jede freie Kunst oder mechanische Fertigkeit zu erlernen, die meiner Neigung zusagte. Ich war fühllos gegen jeden großmütigen Beweggrund. Ich strebte danach, meine abhängige und herabwürdigende Lage zu vergessen, weil die Erinnerung daran eine Quelle der Pein war, ohne in mir deshalb den festen Entschluß einer Änderung zu erwecken.

Ich machte die Bekanntschaft eines Weibes, das unkeusch, verdorben und boshaft war. Mich zu täuschen wurde ihr indes nicht schwer. Mein Oheim machte mir Vorstellungen gegen diese Verbindung. Er gab sich unendliche Mühe, meinen Irrtum zu entschleiern und mich zu überzeugen, daß eine Heirat unpassend für einen Menschen sei, der wie ich durchaus keine Existenzmittel besaß, ganz abgesehen davon, daß der Gegenstand meiner Wahl sich nicht rechtfertigen ließ.

Ich hörte seine Vorstellungen voller Zorn an. Daß er meinem Willen in dieser Beziehung widerstrebte, wenn auch nur durch eine teilnahmsvolle Auseinandersetzung, tilgte meiner Meinung nach meine Schuld der Dankbarkeit gegen ihn. Ich belohnte ihn für alle seine Güte mit Schmähungen und Verachtung und beeilte mich, meine unpassende Heirat zu vollziehen. Ich hatte den Vater der Frau durch die Versicherung getäuscht, geheime Hilfsquellen zu besitzen. Meine Leidenschaft zu befriedigen, ließ ich mich zu Verstellung und Lüge herab. Er nahm mich als Gatten seiner Tochter in seine Familie auf, aber der Charakter meiner Frau und die Unwahrheit meiner Angaben wurden bald entdeckt. Er versagte mir den Aufenthalt unter seinem

Dache, und ich wurde in die Welt gestoßen, um die Strafe für meine Übereilung und meine Trägheit zu empfangen.

Versuchungen würden mich zu jeder Schlechtigkeit gebracht haben. Meine tugendhaften Theorien und meine mangelhaften Kenntnisse würden mich selbst vor dem niedrigsten Verbrechen nicht bewahrt haben. Zum Glück für mich war ich für den Augenblick vor Versuchung bewahrt. Ich hatte Bekanntschaft mit einem jungen amerikanischen Schiffskapitän gemacht. Als er teilweise mit meiner Lage bekannt gemacht wurde, lud er mich ein, mich mit ihm nach seinem Vaterlande einzuschiffen. Meine Überfahrt war unentgeltlich. Ich langte nach kurzer Zeit in Charleston, seinem Wohnorte, an.

Er führte mich in seiner Familie ein, deren sämtliche Mitglieder mir ebensoviel Wohlwollen und Teilnahme zeigten wie er selbst. Ich wurde wie ihr Sohn und Bruder behandelt. Gastfreundlich sorgten sie für meinen Unterhalt, bis es mir möglich sein würde, ein einträgliches Geschäft zu ergreifen. Meine unverbesserliche Verderbtheit war so groß, daß ich mich nicht beeilte, eine Beschäftigung zu wählen. Es entstand eine müßige Zwischenzeit, und diese verwendete ich zu dem schlimmsten Zwecke.

Mein Freund hatte eine Schwester, die verheiratet war, während der Abwesenheit ihres Mannes aber bei ihrer Familie lebte. Daher entsprang unsere Bekanntschaft. Sie hatte das reinste menschliche Herz und den gebildetsten Verstand. Sie betete ihren Mann an, und dieser verdiente es vollkommen, Gegenstand ihrer Verehrung zu sein. Ihre Liebe für ihn und ihre allgemeinen Grundsätze schienen zu fest zu sein, um erschüttert werden zu können. Ich suchte ihren Umgang ohne unredliche Absichten; ich war entzückt über ihr Gemüt wie über ihren Geist; ich stimmte mit einer Art instinktmäßiger Heuchelei ihren Ansichten bei; ich sprach und fühlte unter dem Einflusse unmittelbarer und augenblicklicher Überzeugung. Sie bildete sich ein, in mir einen Freund gefunden zu haben, welcher würdig sei, ihre Sympathien zu teilen und ihre Wünsche zu befördern. Wir täuschten uns gegenseitig. Sie war das Opfer der Selbsttäuschung, mich selbst aber muß ich anklagen, sowohl sie als mich getäuscht zu haben.

Mit Staunen und Abscheu denke ich der Schritte, welche zu ihrem Fall und meinem Unglück führten. Im Sturm der Leidenschaft wurden alle Folgen übersehen. Sie wurde durch die verwegenste Sophisterei und die größte Täuschung betrogen. Ich war der Sklave sinnlicher Triebe und freiwilliger Blindheit. Der Erfolg kann leicht gedacht werden. Erst als sich die Zeichen der Schwangerschaft zu zeigen begannen, wurden unsere Augen dem Verderben geöffnet, das über uns schwebte.

Da begann ich die Folgen zu erwägen, welche der Nebel der Leidenschaft mir bisher verborgen hatte. Ich wurde von den Qualen der Reue bestürmt und verfolgt von dem Phantom der Undankbarkeit. Um meine Verzweiflung zu vollenden, erfuhr die unglückliche Frau meine Verheiratung mit einer anderen, ein Umstand, den ich sorgfältig verhehlt hatte. Sie entfloh aus dem Hause ihres Vaters, während ihr Gatte und ihr Bruder stündlich erwartet wurden. Was aus ihr geworden war, wußte ich nicht. Sie ließ ihrem Vater einen Brief zurück, in welchem sie die unglückliche Wahrheit erzählte.

Scham und Reue hatten keine Gewalt über mein Leben. Um dem Sturme der Vorwürfe und Schmähungen zu entgehen und den Aufruhr meines Gemütes zu beschwichtigen, wählte ich nicht den Freitod. Meine Feigheit klammerte sich noch an dies elende Leben. Ich entfernte mich hastig von dem Schauplatze meiner Tat, eilte nach dem Hafen und ging auf dem ersten Schiffe, das sich mir zeigte, an Bord. Das Schiff kam aus Wilmington in Delaware, und hier suchte ich einen verborgenen und bescheidenen Aufenthaltsort.

Ich besaß keine Existenzmittel. Ich war meinen Nachbarn unbekannt und wünschte, ihnen auch unbekannt zu bleiben. Durch alle Gewohnheiten meines Lebens war ich zur Arbeit mit den Händen untauglich; aber es gab keine Wahl zwischen Not und Tätigkeit – zwischen ehrlicher Arbeit und verbrecherischer Untätigkeit. Ich sann unablässig über die Hilflosigkeit meiner Lage nach. Stunde auf Stunde verging, und die Schrecken des Mangels erfaßten mich. Ich suchte voller Eifer nach einem Wege, demselben zu entrinnen. Die Verderbtheit meiner Natur führte mich von einem strafbaren Gedanken auf den anderen. Ich nahm Zuflucht zu meiner gewöhnlichen Sophisterei und versöhnte mich endlich mit dem Gedanken an – Fälschung!«

Zehntes Kapitel

»Nachdem ich meinen Entschluß gefaßt hatte, war es nötig, die Mittel zu seiner Ausführung zu finden. Diese waren weder eindeutig noch leicht zu erlangen. Je mehr ich meinen Plan überlegte, desto zahlreicher und größer wurden die Hindernisse. Ich hatte keine Gehilfen bei meinem Unternehmen. Die Rücksicht auf meine Sicherheit und das noch nicht erloschene Ehrgefühl hielten mich ab, Verbündete und Helfer zu suchen. Die Achtung der Menschen war die Quelle meiner ganzen Tätigkeit, die Mutter meiner Tugenden und Laster. Diese zu erhalten, war es nötig, bei meinen strafbaren Plänen nie einen Teilnehmer zu haben.

Ich erkannte sehr bald, daß die Ausführung meines Vorsatzes Zeit, Geschicklichkeit und Geld erfordern würde, und meine jetzige Lage gestattete mir von keinem die Verwendung. Anfangs schien es mir, als ob ein erreichbarer Grad der Geschicklichkeit und Umsicht mir ermöglichen würde, an das Ziel zu gelangen, indem ich durch nachgemachte Banknoten den Gipfel des Reichtums und der Ehre erklomm. Meinen Irrtum erkannte ich durch eine schärfere Prüfung, und endlich erblickte ich auf diesem Pfade nichts als ungeheure Gefahren und unübersteigliche Hindernisse.

Aber welche Alternative blieb mir? Mich durch die Arbeit meiner Hände zu erhalten und eine mühsame oder vorgeschriebene Aufgabe zu erfüllen war unverträglich mit meiner Natur. Meine Gewohnheiten verboten mir die Beschäftigungen eines Landmannes. Mein Stolz betrachtete jede Arbeit, welche die Stadt mir gewähren konnte, als gemein und schimpflich. Derweil waren meine Bedürfnisse so dringend wie je und meine Hilfsmittel erschöpft.

Wohl nur wenige würden in meiner Lage etwas anderes gefunden haben als den Antrieb zu Tätigkeit und Erfindung. Tausend ehrenhafte, wenn auch mühsame Wege, meine Existenz zu sichern, standen mir offen, aber gegen alle hegte ich einen unversöhnlichen Widerwillen. Behaglichkeit und die Achtung, welche dem Reichtum gezollt werden, war ich um den Preis ewig regen Argwohns und endloser Reue zu erkaufen bereit; aber selbst um diesen Preis war die Erlangung unmöglich.

Das Verzweifelte meiner Lage wurde täglich augenscheinlicher. Je weiter ich meine Blicke schweifen ließ, um so dunkler wurden die Wolken, die über meiner Zukunft hingen. Qualen und Schande schienen die unzertrennlichen Bedingungen meiner Existenz zu sein. Einen Weg gab es, die mir drohenden Übel zu vermeiden, mich von den Selbstvorwürfen und den Verfolgungen durch mein Schicksal zu befreien, indem ich mein Leben selbst abschüttelte.

Eines Abends, als ich an dem Ufer der Bucht entlangging, wurden diese Betrachtungen unendlich drückend. Sie endeten zuletzt in dem Beschlusse, mich in den Strom zu stürzen. Der erste Impuls war, mich augenblicklich dem Tode in die Arme zu werfen; aber der Gedanke an gewisse Papiere, die in meinem Zimmer lagen und die der Neugier der Überlebenden mehr verraten mußten, als ich ertragen konnte, bestimmte mich, die Katastrophe bis zum nächsten Morgen zu verschieben.

Nachdem mein Vorsatz gefaßt war, fand ich mein Herz von seiner gewöhnlichen Bürde erleichtert. Mag es Ihnen auch sonderbar erscheinen, so war es deshalb doch nicht minder wahr, daß ich aus diesem Entschlusse nicht nur Ruhe, sondern sogar Heiterkeit schöpfte. Ich eilte nach Hause. Sobald ich eintrat, sagte mir mein Wirt, daß mich während meiner Abwesenheit jemand gesucht hätte. Das war etwas Unerwartetes und verkündete mir nichts Gutes. Ich war fest davon überzeugt, daß der Suchende nur in einer feindlichen Absicht gekommen war. Diese Überzeugung wurde durch die Beschreibung bestätigt, welche mein Wirt mir von dem Fremden machte. Meine Furcht erkannte in dem Bilde augenblicklich Watson, den Mann, der mir so unendliche Wohltaten erwiesen hatte und dessen Güte ich durch das Verderben seiner Schwester und den Kummer seiner Familie vergalt.

Ein Zusammentreffen mit diesem Manne war unerträglicher als ein Blick in das Angesicht einer rächenden Gottheit. Ich war entschlossen, dieses Zusammentreffen zu vermeiden und zu diesem Zwecke meinen verhängnisvollen Vorsatz augenblicklich auszuführen. Mit krampfhaft zitternder Hand raffte ich meine Papiere zusammen und überlieferte sie den Flammen. Ich bat darauf meinen Wirt, jedem Besucher zu sagen, daß ich nicht vor dem nächsten Tage zurückkehren würde, und eilte darauf abermals zum Fluß.

Mein Weg führte an dem Wirtshause vorüber, bei welchem eine der aus Baltimore kommenden Landkutschen anzuhalten pflegte. Es schien mir nicht unmöglich, daß

Watson mit der Kutsche gekommen war, die noch vor der Türe stand. Die Gefahr, entdeckt zu werden oder ihm zu begegnen, entging mir nicht. Dies suchte ich zu vermeiden, indem ich von der Hauptstraße abwich.

Kaum war ich zu diesem Zwecke um eine Ecke gebogen, als mich ein junger Mann anredete, den ich als einen Bewohner der Stadt kannte, mit dem ich aber bisher keinen andern Verkehr gehabt hatte als den flüchtigen Austausch von Grüßen. Er entschuldigte sich wegen der Freiheit, mich anzureden, und fragte mich dann, ob ich die französische Sprache verstünde.

Als ich dies bejahte, sagte er mir, daß mit der soeben eingetroffenen Kutsche ein Fremder angekommen sei, ein junger Mann, der ein Franzose zu sein schiene, mit unserer Sprache vollkommen unbekannt wäre und den eine schwere Krankheit befallen hätte.

Mein Gefährte hatte Mitleid mit der traurigen Lage des Fremden empfunden und hatte mich deshalb soeben in meiner Wohnung aufgesucht, weil er hoffte, daß ich Französisch spräche und imstande sein würde, mich mit dem Kranken zu unterhalten und von demselben Nachricht über seine Lage und seine Absichten zu erlangen.

Die Besorgnisse, die ich anfänglich gehegt hatte, wurden dadurch zerstreut, und ich erklärte mich gern zu dem Dienste bereit. Der junge Mann befand sich in der Tat in einer beklagenswerten Lage. Außer den Schmerzen seiner Krankheit wurde er auch noch durch Niedergeschlagenheit bedrückt. Der Wirt wünschte dringend, daß man seinen Gast fortschaffte. Er war keineswegs willens, die Unannehmlichkeiten und die Ausgaben für einen Kranken oder gar für einen Sterbenden zu übernehmen, für den er schwerlich jemals die Zahlung erhalten würde. Der Reisende hatte kein Gepäck, und seine Kleidung verriet Mangel.

Mein Mitleid für diesen Fremden wurde mächtig erweckt. Ich besaß ein passendes Zimmer, für das ich freilich den Mietzins nicht bezahlen, dessen ungestörten Gebrauchs ich mich aber dennoch für ein paar Wochen erfreuen konnte, da meine Mittellosigkeit noch nicht bekannt war. Das Schicksal des jungen Mannes mußte bald entschieden sein, und mir blieb dann die volle Freiheit, meinen früheren Vorsatz auszuführen, ehe meine Verlegenheiten zu sichtbar wurden.

Nach einer kurzen Pause brachte ich den Fremden nach meiner Wohnung, legte ihn in mein eigenes Bett und wurde sein Wärter. Seine Krankheit war das in den Tropenländern bekannte sogenannte gelbe Fieber, und der herbeigerufene Arzt erklärte seinen Zustand für sehr gefährlich.

Es war meine Pflicht, ihn auf den schnell nahenden Tod vorzubereiten, und ich tat dies, indem ich ihm das Versprechen gab, jeden seiner Wünsche zu erfüllen, wenn meine augenblickliche Lage dies gestatte. Er empfing meine Nachricht mit Festigkeit und schien nur besorgt, mir einige Mitteilungen über seine eigene Lage zu machen. Seine Schmerzen und seine Schwäche gestatteten ihm kaum, verständlich zu sein. Aus seinen unterbrochenen Mitteilungen setzte ich mir über seine Familie und seine Verhältnisse folgendes zusammen:

Seines Vaters Name war Vincentio Lodi. Aus einem Kaufmanne in Leghorn war er Pflanzer auf der Insel Guadeloupe geworden. Sein Sohn war schon in zartem Alter, um die Wohltaten einer sorgfältigen Erziehung zu genießen, nach Europa geschickt worden. Der junge Vincentio wurde endlich durch seinen Vater benachrichtigt, daß er seiner jetzigen Lebensweise überdrüssig sei und sich daher entschlossen habe, seine Besitzung zu verkaufen, um nach den Vereinigten Staaten zu übersiedeln. Der Sohn wurde aufgefordert, nach Hause zu eilen, damit er sich mit dem Vater zugleich zu der Reise einschiffen könne.

Der Aufforderung wurde bereitwillig Folge geleistet. Als der Jüngling die Insel erreichte, wurden eben die Vorbereitungen zu der Beerdigung seines Vaters getroffen. Der ältere Lodi hatte einem seiner Sklaven mit seiner Freilassung geschmeichelt, diesen Sklaven dann aber doch in den allgemeinen Verkauf der Besitzung mit eingeschlossen. Durch Rachgier getrieben, hatte der Sklave Lodi auf offener Straße ermordet und kalten Blutes die Strafe für sein Verbrechen erduldet.

Die Besitzung war kurz vorher verkauft worden, und der Käufer übergab dem jungen Vincentio den Kaufpreis. Er war keineswegs geneigt, den Plan seines Vaters anzunehmen, und wollte mit seiner Erbschaft nach Frankreich zurückkehren. Bevor dies aber geschehen konnte, war durch seinen Vater eine Reise nach dem amerikanischen Kontinent unerläßlich geworden.

Lodi hatte eine Tochter, die er wenige Wochen vor seinem Tode einem amerikanischen Schiffskapitän, mit dem er Freundschaft geschlossen, übergeben hatte. Dessen Schiff war nach Philadelphia bestimmt; was sie aber dort nach ihrer Ankunft beginnen und wo sie ihre Wohnung nehmen sollte, war nur dem Vater bekannt, dessen unerwarteter Tod den Sohn in die größte Ungewißheit über das Geschick seiner Schwester stürzte. Seine Angst in dieser Beziehung bestimmte ihn, die erste Möglichkeit zur Überfahrt zu ergreifen, die sich ihm bot. Nach kurzer Zeit landete er in Baltimore.

Sobald er sich von der Anstrengung der Reise erholt hatte, traf er Anstalten, nach Philadelphia zu gehen. Dahin wurde das Gepäck unter der Obhut eines reisenden Landsmannes vorausgesendet. Sein Geld bestand in portugiesischem Gold, welches er auf den ihm erteilten Rat in Banknoten umwechselte. Er bat mich mit feierlichem Tone, seine Schwester aufzusuchen, deren Tugend und Anmut, im Verein mit ihrer Unkenntnis der Sprache sowie der Sitten und Gebräuche des Landes, sie zahllosen Gefahren aussetzen konnte. Zugleich übergab er mir ein Taschenbuch und ein kleines Buch, indem er durch Mienen und Gebärden die Bitte aussprach, dies in die Hände seiner Schwester zu legen.

Nachdem seine Beerdigung mit Anstand vollzogen war, hatte ich Muße, über die Veränderung nachzudenken, welche dies Ereignis in meiner Lage hervorgebracht hatte. In dem Taschenbuch fand ich Banknoten im Betrag von zwanzigtausend Dollar, und das Buch war ein Manuskript, von der Hand des älteren Lodi in italienischer Sprache geschrieben. Es enthielt Memoiren des herzoglichen Hauses Visconti, von welchem der Schreiber abzustammen glaubte.

So war ich denn auf einem Wege, den ich vorauszusehen weit entfernt gewesen war, in den Besitz von Reichtum gelangt. Die Leiden, die mich an den Rand des Selbstmords gebracht und die Quelle des größten Teils meiner Vergehungen gebildet hatten, waren jetzt beseitigt. Alle Ansprüche auf Ehre und Behaglichkeit, welche der Reichtum verleihen kann, waren durch ein außerordentliches Glück in meine Hände gegeben.

Das war für einige Zeit mein neugeborenes, aber vorübergehendes Entzücken. Ich vergaß, daß das Geld nicht mein war, daß ich es nur unter dem Pfande des Vertrauens für einen anderen empfangen hatte. Es zu behalten kam einem Raube gleich. Die Schwester des Verstorbenen hatte darauf rechtmäßigen Anspruch; es war meine Pflicht, sie aufzusuchen und mein stillschweigendes, doch heiliges Versprechen zu lösen, indem ich ihr das Ganze übergab.

Dieser Gedanke widerstrebte meinen Wünschen zu sehr, um nicht mächtig bekämpft zu werden. Ich fragte mich, was dem Menschen die Macht gäbe, den Nachfolger seines Eigentumes zu bestimmen. Während seines Lebens mag er wohl sein Besitztum beliebig übertragen, wird es aber durch den Tod erledigt, dann sollte der, in dessen Hände es geworfen wird, auch der rechtmäßige Besitzer sein. Freilich hat das Gesetz es zuweilen anders bestimmt, aber das Gesetz hat nur insofern Kraft, als es seine Beachtung erzwingen oder die Nichtbeachtung bestrafen kann. Konnte das Gesetz aber dies Geld von mir herauspressen?

Mehr durch Mienen als durch Worte hatte Lodi seine Verfügung ausgesprochen. Sie war mehr durch Vermutungen zu entnehmen, als aus klaren Bestimmungen deutlich zu erkennen. Wenn ich aber auch die Lady ausfindig machte, konnte dann nicht vielleicht die Klugheit zu ihrem eigenen Vorteile gebieten, ihr Vermögen unter meiner Verwaltung zu belassen? Ihr Alter sowie ihre Erziehung ließen sie für eine Selbstverwaltung nicht geeignet erscheinen. Ihr Vermögen genügte überdies zum Unterhalt von uns beiden. Sie konnte mich als ihren Wohltäter und Beschützer betrachten. Indem ich für alle ihre Bedürfnisse sorgte und über ihre Sicherheit wachte, ohne sie mit den Mitteln bekannt zu machen, durch welche ich dazu in den Stand gesetzt wurde, erwarb ich mir unwiderstehliche Ansprüche auf ihre Liebe und Dankbarkeit.

Das waren die Sophistereien, durch welche die Vernunft hintergangen und meine Rechtschaffenheit untergraben wurde. Ich eilte von meinem bisherigen Aufenthaltsorte hinweg. Leicht machte ich das Gepäck des Verstorbenen in einem Wirtshause ausfindig und setzte mich in dessen Besitz. Es enthielt nichts als Kleidungsstücke und Bücher. Dann stellte ich zur Auffindung der jungen Lady die eifrigsten Nachforschungen an. Einige Zeit blieben meine Bemühungen erfolglos.

Inzwischen dachte der Besitzer dieses Hauses daran, sich mit seiner Familie nach Europa einzuschiffen. Die Summe, welche er für die Einrichtung verlangte, war zwar ungeheuer hoch, aber dennoch bezahlte ich sie sofort. Seine Dienstboten blieben in ihrer früheren Stellung, und an ebendem Tage, an welchem er das Haus verließ, bezog ich es.

Es fiel nicht schwer, die Welt zu überreden, Welbeck sei eine Person von Reichtum und Rang. Meine Geburt sowie meine früheren Abenteuer zu verbergen, ließ ich mir angelegen sein. Die Leichtigkeit, mit welcher die Menschen hinsichtlich ihres Urteiles über den Charakter irregeleitet werden können, sowie ihre Neigung, Möglichkeiten und Vermutungen zu vervielfältigen, wird der kaum begreifen, dem meine Erfahrung mangelt. Mein plötzliches Erscheinen auf dem Schauplatze, meine strenge Zurückhaltung, mein glänzendes Haus, mein umsichtiges Benehmen waren hinreichend, mir Huldigungen zu gewinnen. Die Künste, welche aufgeboten wurden, die Wahrheit zu enthüllen, und die Vermutungen, die über mich in Umlauf kamen, waren geeignet, meine herrschende Leidenschaft zu befriedigen.

Ich ermüdete nicht in meinen Bemühungen, Mademoiselle Lodi ausfindig zu machen. Ich fand sie endlich in der Familie eines Verwandten jenes Kapitäns, unter dessen Obhut sie nach Amerika gekommen war. Ihre Lage war drückend und gefahrvoll. Sie sah sich schon dem Übel ausgeliefert, arm und ohne Beschützer zu sein, und meine rechtzeitige Einmischung bewahrte sie vor drohenden und minder erträglichen Übeln.

Ich konnte mit Sicherheit alles offenbaren, was ich von der Geschichte ihres Bruders wußte, ausgenommen das mir übertragene Legat. Ich schrieb meinen Eifer, sie aufzusuchen, den flehenden Bitten zu, die er auf seinem Sterbebett gegen mich ausgesprochen hatte, und bewog sie, von mir den Unterhalt anzunehmen, den ihr Bruder ihr gewährt haben würde, wäre er am Leben geblieben und hätte er dazu ebenso die Mittel gehabt wie ich.

Obgleich weniger zum Lobe des Verstandes als des Gefühles dieses Mädchens gesagt werden kann, gehört sie doch zu jenen Frauen, denen kein Mann seine Liebe versagen könnte, befände er sich auch in einer Lage, welche zur Erweckung des Gefühls weit weniger geeignet wäre, als die meinige es war. Bei der Gewohnheit häuslichen und ununterbrochenen Verkehrs, bei der beständigen Betrachtung der reizenden Züge, welche durch unbegrenzte Dankbarkeit belebt wurden, war nicht zu erwarten, daß sie oder ich dem Zauber entgehen würden.

Das Gift war zu süß, als daß ich es nicht begierig hätte schlürfen sollen. Zu spät erinnerte ich mich daran, daß ich durch unauflösliche Bande gefesselt war. Es wäre leicht gewesen, den Augen meiner Gefährtin dies Hindernis zu verbergen, aber dies widerstrebte jetzt meinem Rechtlichkeitsgefühle. Ich kann in der Tat nur wenig Wert auf das Verdienst dieser Offenheit legen. Wäre mir keine Alternative geblieben als Täuschung oder die Verzichtleistung auf meine Hoffnungen, so würde ich ohne Zweifel die Wahrheit bei dieser Gelegenheit mit ebenso wenigen Gewissensbissen verschwiegen haben als bei mancher anderen; aber ich konnte nicht blind gegen die Schwäche derjenigen sein, gegen welche ich zu kämpfen hatte.

Elftes Kapitel

Inzwischen hatte mein Geldvorrat große Abzüge erlitten, und der Rest mußte durch meine jetzige Lebensweise bald erschöpft werden. Meine Ausgaben überstiegen bei weitem meine früheren Erwartungen. In nicht gar zu ferner Zeit mußte ich zu meiner früheren Armut zurückgekehrt sein, welche mir dann bei der luxuriösen Existenz, die ich jetzt genoß, und bei der Rücksicht, die ich meiner geliebten und hilflosen Gefährtin schuldig war, noch lästiger als je geworden sein würde. Irgendein Plan, mich vor diesem Schicksal zu bewahren, war unerläßlich; aber mein Widerwille gegen Arbeit sowie gegen jede Beschäftigung, deren bloßer Zweck Erwerb war, bestanden unvermindert fort.

Ich versank wieder in Niedergeschlagenheit und Mutlosigkeit. Diesen wurde ich in etwas durch einen Plan entrissen, den mir Mr. Thetford vorlegte. Ich glaubte seiner Erfahrung und Rechtschaffenheit vertrauen zu dürfen, und der vorgeschlagene Plan schien überdies nicht mißglücken zu können. Ein Schiff sollte gekauft, mit einer angemessenen Ladung befrachtet und nach einem Hafen Westindiens expediert werden. Verlust durch Stürme oder Feinde war durch Versicherung abzuwenden. Jeder mögliche Zufall war berechnet und das Schiff sowie die Ladung zum höchsten Wert versichert. Wurde die Reise glücklich vollbracht, so verdoppelte der Gewinnn die Auslage. Sollte das Schiff geentert werden oder scheitern, so hatten die Versicherer unverzüglichen und reichlichen Ersatz zu leisten. Thetfords Bruder, ein vorsichtiger und erfahrener Kaufmann, sollte Supercargo sein.

All mein Geld wurde zu diesem Unternehmen angelegt. Kaum behielt ich das Nötigste zu den häuslichen und persönlichen Bedürfnissen übrig. Ebenso wurden große Schulden kontrahiert. Unsere Vorsicht hatte, wie wir überzeugt waren, jedes Mißlingen unmöglich gemacht. Es konnte auf ein so unfehlbares Unternehmen nicht zuviel verwendet werden, und reich ausgestattet trat das Schiff seine Reise an.

Es folgte nun eine Zeit, die nicht frei von Zweifeln und Besorgnissen war. Meine Unerfahrenheit in Handelsangelegenheiten flößte mir Mißtrauen gegen meine eigene Urteilsfähigkeit ein, und ich konnte nicht umhin, daran zu denken, daß mit dem Fehlschlagen der Unternehmung mein gänzliches und unvermeidliches Verderben verbunden war. Die Zeit vermehrte mein Mißtrauen und meine Besorgnisse. Die Frist, zu welcher wir Nachrichten von dem Schiffe erwartet hatten, verstrich, ohne uns Kunde von dessen Schicksal zu bringen. Meine Besorgnisse mußten indes vor der Welt sorgfältig verborgen werden. Ich hatte den Leuten den Glauben beigebracht, daß ich dieser Unternehmung mehr zur Unterhaltung als wegen des Gewinnes beigetreten sei; und die Schulden, die ich gemacht hatte, schienen mehr aus Laune als aus wirklichen Bedürfnissen entstanden zu sein.

Monat auf Monat verfloß, und noch immer kam keine Nachricht. Die Wechsel, die ich über ein Drittel der Ladung und über die Versicherungsprämie ausgestellt hatte, verfielen bald. Zu der Zahlung der erstern und der Tilgung der letztern hatte ich auf die glückliche Rückkehr oder auf den Verlust des Schiffes gerechnet. Keines von diesen beiden Ereignissen trat ein.

Meine Sorgen wurden auch noch von einer andern Seite gesteigert. Der Zustand meiner Gefährtin zeigte sich jetzt so, daß wir ihn mit Entzücken begrüßt haben würden, wäre unsere Verbindung durch die Ehe geheiligt gewesen. Wie die Sachen standen, konnte indessen nichts beklagenswerter sein. Solange die Folgen in Ungewißheit gehüllt blieben, wurden sie übersehen; aber jetzt, wo sie sichtbar und unvermeidlich wurden, bildeten sie eine reichliche Quelle der Verlegenheit und des Verdrusses.

Unerklärliche Furcht und das Verlangen, alle Gedanken und Neigungen dieses Wesens zu verheimlichen, hatten mich bewogen, ihre Unkenntnis jeder anderen als ihrer Muttersprache fortbestehen zu lassen und sie vom Verkehr mit der Welt abzusperren. Meine Freunde erkundigten sich natürlich nach ihrem Charakter, ihren Schicksalen und besonders nach ihrer Verwandtschaft mit mir. Das Bewußtsein, wie sehr die Wahrheit zu meiner Schande gereicht hätte, machte mich begierig, das Urteil irrezuleiten. Deshalb widersprach ich auch nicht der Vermutung, sie sei meine Tochter. Ich überlegte, daß durch diesen Glauben alle gefährlichen Mutmaßungen beseitigt wurden.

Diese Vorsichtsmaßregeln gewährten mir einigen Trost bei meinen augenblicklichen Verlegenheiten. Es war notwendig, den Zustand der Lady vor der Welt zu verbergen. Blieb dies erfolglos, so war es nicht schwer, den Verdacht von meiner Person abzulenken. Die Heimlichkeit, welche ich beobachtet hatte, mußte in den Augen derer, welche Clemenzas Zustand entdeckten, durch die Gefühle eines Vaters erklärt und gerechtfertigt werden.

Inzwischen war es unerläßlich, das unglückliche Mädchen vor aufdringlicher Beobachtung zu bewahren, indem ich es aus der Stadt bringen ließ. Ein ländlicher Aufenthalt, einsam und abgelegen, war leicht ausfindig gemacht, und sie willigte ein, sich dahin zurückzuziehen. Als das Übereinkommen getroffen war, hatte ich Muße, über die Übel nachzudenken, welche jede Stunde näher brachte und die mich zu vernichten drohten.

Meine Unruhe raubte mir den Schlaf, und ich gewöhnte mich daran, schon vor Tagesanbruch aufzustehen und auf dem freien Felde einige Erholung zu suchen. Von einem dieser frühzeitigen Gänge zurückkehrend, begegnete ich Ihnen. Ihre Ähnlichkeit mit dem verstorbenen Lodi ist in Gestalt und Gesicht gleich auffallend. Als ich Sie zuerst erblickte, überraschte mich diese Ähnlichkeit. Ihre darauffolgende Ansprache an mein Mitleid war in solche Ausdrücke gekleidet, daß sie einen auffallenden Kontrast mit Ihrem Anzuge bildete und mich sehr zugunsten Ihrer Erziehung und Ihrer Fähigkeiten einnahm.

In meiner gegenwärtigen hoffnungslosen Lage wurde jeder Umstand, wie unbedeutend er auch sein mußte, in aufmerksame Betrachtung gezogen, um zu entdecken, ob ich dadurch nicht ein Mittel finden könnte, meinen Schwierigkeiten zu entrinnen. Meine Liebe für das italienische Mädchen begann trotz aller meiner Bemühungen, sie lebendig zu erhalten, allmählich zu schwinden. Sie zu heiraten war unmöglich und hatte auch jetzt aufgehört, mir wünschenswert zu sein. Wir urteilen über andere nach uns selbst. Ich fand mich jetzt geneigt, meine Leidenschaft zufälligen Umständen zuzuschreiben – den Wirkungen der Dankbarkeit und der Abwesenheit von Mitbewerbern; ich glaubte, daß Ihre Ähnlichkeit mit ihrem Bruder, Ihr Alter und Ihre persönlichen Vorzüge nach einer gewissen Zeit und durch gewisse Nachhilfe von meiner Seite den Gefühlen Clemenzas eine andere Richtung geben würden. Ihre Mitwirkung zu diesem Plane zu gewinnen, rechnete ich auf Ihre Einfalt, Ihre Dankbarkeit und Ihre Empfänglichkeit für die Reize dieser bezaubernden Person.

Ich hatte auch noch ein anderes Ziel im Auge. Mrs. Wentworth ist reich. Ein Jüngling, der einst ihr Liebling war und ihr Vermögen erben sollte, war vor einigen Jahren geheimnisvoll verschwunden. Sein Tod ist höchst wahrscheinlich, aber es besteht darüber keine Gewißheit. Das Leben dieses jungen Mannes namens Clavering ist ein Hindernis für einige Pläne, die ich in bezug auf diese Frau entworfen hatte. Meine Absichten waren noch roh und kaum entstanden. Ich brauche das Verzeichnis meiner Irrtümer nicht zu vergrößern, um sie Ihnen auseinanderzusetzen. Es genüge, daß der besondere Umstand Ihrer Bekanntschaft mit mir den Gedanken an den Vorteil erweckte, den ich vielleicht aus Ihrer Mitwirkung ziehen könnte, um die Dame meinen Plänen geneigt zu machen. Sie sollten zuletzt überredet werden, sie in dem Glauben an den Tod ihres Neffen zu bestärken. Dazu mußte ich Sie langsam und auf Umwegen bringen. Einstweilen mußte das strengste Stillschweigen über Ihre wirkliche Geschichte bewahrt werden. Ihre Einwilligung dazu erlangte ich leichter, als ich erwartet hatte.

Es gab noch einen weiteren Beweggrund zu der Behandlung, die Sie von mir empfingen. Meine persönlichen Pläne und Sorgen hatten mich bisher abgehalten, Lodis Manuskript zu lesen; eine flüchtige Durchsicht war aber hinreichend, mir zu zeigen, daß die Arbeit vortrefflich und sehr gut geschrieben war. Mein Ehrgeiz strebte mit gleicher Begier nach literarischem Ruf wie nach Reichtum. Mir die Autorschaft dieses Buches anzueignen war zu harmlos, um den Gedanken nicht sogleich zu erfassen. Ich wollte es ins Englische übersetzen und durch einige Erweiterungen zu einem Werke meiner eigenen Erfindung machen. Meine Skrupel, mir das Verdienst des Verfassers anzueignen, wurden dadurch beseitigt. Zu diesem Zwecke war mir Ihr Beistand als Amanuensis erforderlich.

Sie werden begreifen, daß alle diese Pläne von dem rechtzeitigen Empfange der Nachrichten von unserem Schiffe abhingen. Der Verlauf noch einer Woche mußte meine Vernichtung besiegeln. Das Schweigen konnte von dem Untergange des Schiffes und der ganzen Mannschaft herrühren. In diesem Falle war die Versicherung zwar nicht verloren, aber die Zahlung konnte sich um Jahr und Tag verzögern. Indessen mußten die Prämie und andere Schulden unmittelbar bezahlt werden, und das überstieg meine Kräfte. Währenddessen pflegte ich eine Lebensweise, welche meine Gespräche nicht Lügen strafte, meine Kasse aber leerte.

Die Besorgnisse, von denen ich verfolgt wurde, kann ich nicht gehörig schildern. Jede Stunde vergrößerte die Last meiner Existenz, bis sie infolge der Ereignisse dieses Tages vollkommen unerträglich geworden ist. Vor einigen Stunden ließ mich Thetford nach seinem Hause rufen. Der Bote sagte mir, es wären Nachrichten über unser Schiff eingelaufen. In Antwort auf meine hastigen Fragen konnte er mir weiter nichts sagen, als daß es von den Engländern aufgebracht worden sei. Näheres anzugeben vermochte er nicht.

Die Kunde von dem glücklichen Einlaufen des Schiffes wäre in der Tat viel angenehmer gewesen; aber selbst diese Nachricht war hinreichend, mir selbst Glück zu wünschen. Sie beseitigte die Forderung meiner Versicherer. Die Zahlung anderer Schulden konnte um einen Monat hinausgeschoben werden, und meine Lage blieb dann dieselbe, wie sie vor diesem erfolglosen Plane gewesen war. Hoffnung und Freude kehrten in meinen Busen zurück, und ich eilte nach Thetfords Comptoir.

Er empfing mich mit einem Wesen finsterer Niedergeschlagenheit. Ich erklärte mir seinen Trübsinn mit der Vermutung, es widerstrebe ihm, mir eine Mitteilung zu machen, welche so weit hinter unseren Wünschen zurückblieb. Er bestätigte mit sichtbarem Widerstreben die Nachricht von der Aufbringung des Schiffes. Er hatte soeben Briefe von seinem Bruder empfangen, welcher ihn von allen näheren Umständen in Kenntnis setzte und ein offizielles Dokument der Verhandlungen beilegte.

Dies konnte meine Zufriedenheit nicht vermindern, und ich fuhr fort, mit allem Eifer die Papiere durchzulesen, die er mir aushändigte. Ich hatte noch nicht weit gelesen, als meine freudigen Hoffnungen schwanden. Zwei französische Mulatten waren nach vielen Bitten und unter dem feierlichen Versprechen, nichts bei sich zu führen, was die Kriegsgesetze als Konterbande erklärten, als Passagiere an Bord genommen worden. Das Schiff war bald darauf einem Kaper begegnet und von demselben jeder Winkel durchsucht worden. In einem Kasten, welcher einem der Franzosen gehörte und nach dessen Versicherung nichts anderes enthalten sollte als Kleider, fanden sich zwei Säbel und andere Equipagestücke eines Kavallerieoffiziers. Unter dem Vorwand der Kriegskonterbande wurde nun das Schiff beschlagnahmt und verurteilt; dies war ein Fall von Täuschung, der unseren Vertrag mit der Versicherungsgesellschaft nichtig machte.

Durch dieses unerwartete Ereignis wurden meine Hoffnungen unwiederbringlich zertrümmert. Die äußerste Anstrengung war erforderlich, meine Gefühle den Augen meines Gefährten zu verbergen. Ich trachtete, die Angst, welche mein Herz verzehrte, unter der Maske der Gleichgültigkeit zu verbergen. Ich gab vor, durch den Boten nicht nur von der Beschlagnahmung des Schiffes, sondern auch von deren Ursache unterrichtet worden zu sein, und zwang mich, weder über den Verlust zu klagen, noch die Urheber unserer Enttäuschung zu verwünschen. Mein Gemüt wurde aber von Zweifeln und Angst zerrissen, und ich wartete voller Ungeduld auf eine Veranlassung, Thetford zu verlassen.

Aus Mangel eines anderen Gesprächsstoffes fragte ich ihn, durch wen er die Nachrichten empfangen hätte. Er antwortete, der Überbringer sei der Kapitän Amos Watson, dessen Schiff zur gleichen Zeit, doch aus anderem Vorwande genommen worden sei. Er fügte hinzu, als mein Name zufällig gegen Watson gefallen sei, hätte dieser die lebhafteste Überraschung geäußert und sich sehr dringend nach meinen Verhältnissen erkundigt. Nachdem er darüber erfahren, was Thetford ihm zu sagen gewußt, wäre der Kapitän fortgegangen, indem er erklärte, mich von früher zu kennen und deshalb meine Wohnung aufsuchen zu wollen, um mir einen Besuch zu machen.

Diese Worte wirkten auf mich wie ein Blitzstrahl. Alles in mir war Aufruhr und Schrecken, und ich stürzte übereilt aus dem Hause. Mit ungleichen Schritten und ohne Ziel lief ich weiter. Ein Instinkt führte mich auf das freie Feld, und ich achtete nicht auf die Richtung meiner Schritte, bis ich mich aufblickend an dem Ufer von Schuylkill wiederfand.

So war ich zum zweiten Male durch hoffnungslose und unheilbare Übel überwältigt. Eine Zwischenzeit vielfacher Arglist und verächtlicher Betrügereien war seit meinem Zusammentreffen mit dem Fremden in Wilmington verflossen. Damals hatte meine verlassene Lage mich an den Rand des Selbstmordes geführt. Eine kurze und fiebrige Ruhe war mir gewährt worden, doch jetzt stand ich abermals an dem Rande desselben Abgrundes.

Amos Watson war der Bruder des Engels, den ich herabgewürdigt und zugrunde gerichtet hatte. Was anderes als die unersättliche Rachgier konnte ihn zu mir führen? Mit welchem Herzen konnte ich seine Verwünschungen anhören? Wie konnte ich den Anblick des Mannes ertragen, den ich so grausam und so schmachvoll beleidigt hatte?

Ich kannte seinen erhabenen Sinn, seine Verachtung jeder Ungerechtigkeit und die stürmische Leidenschaft, welche eine Undankbarkeit und eine Nichtswürdigkeit wie die meinige in seinem Busen erwecken mußte. Ich fürchtete seine Heftigkeit nicht. Der Tod, den er vielleicht über mich verhängte, war kein Gegenstand meiner Scheu; Armut und Schande, die Entdeckung meiner Verbrechen, die Blicke und die Stimme der Verwünschung und des Vorwurfes waren es, vor denen meine Feigheit zurückbebte.

Wozu sollte ich leben? Ich mußte von dem Schauplatze verschwinden, den ich kürzlich betreten hatte. Meine Flucht mußte augenblicklich und übereilt erfolgen. Ein Flüchtling vor wild gewordenen Gläubigern und vor der Rache Watsons zu werden war leicht zu bewerkstelligen; aber wohin konnte ich fliehen, ohne von den Phantomen der Reue, von der stündlichen Furcht der Entdeckung, von den Forderungen des Hungers und des Durstes verfolgt zu werden? An welchem Orte konnte ich vor Knechtschaft und Mangel sicher sein? Würde meine Existenz etwa durch Genüsse verschönert, welche es rechtfertigten, daß ich daran hing, während sie mit Mühseligkeit und Niedrigkeit verbunden war?

Es gab keine Zeit zum Zögern. Sogleich mich in den Strom zu stürzen, der vor mir lag, und mit einem Male meinem Leben und dem daran haftenden Elend ein Ende zu machen war das einzige, was zu wählen das Schicksal mir gestattete. Meine Muskeln waren schon zur Ausführung dieses Entschlusses gespannt, als ich mich der hilflosen Lage Clemenzas erinnerte. Was konnte ich gegen die ihr drohenden Leiden beginnen? Sollte ich sie gänzlich allein und ohne Freunde zurücklassen? Mrs. Wentworths Gemüt war versöhnlich und mitleidvoll. Mißgeschick hatte sie das Mitgefühl für fremde Leiden gelehrt, und ihr Reichtum machte ihr die Erleichterung derselben möglich. Wer konnte dringendere Ansprüche auf Beistand und Schutz machen als dies verlassene Mädchen? Konnte ich ihre Lage nicht in einem Briefe an Mrs. Wentworth auseinandersetzen und diese durch unwiderstehliche Bitten dazu bewegen, ihre Güte auch diesem unglücklichen Geschöpf zuteil werden zu lassen?

Diese Gedanken hemmten meine Schritte. Ich beschloß, meine Wohnung aufzusuchen und, nachdem ich den Brief geschrieben hätte, zu der Ausführung meines verhängnisvollen Planes zurückzukehren. Kaum hatte ich die Türe meines Hauses erreicht, als von der anderen Seite jemand nahte. Die Gestalt war anfangs nur undeutlich zu sehen, aber bei dem Lichte einer Straßenlaterne erkannte ich sie endlich.

Dieses verabscheute Zusammentreffen zu vermeiden war jetzt unmöglich. Watson trat auf mich zu und redete mich an. Bei meinem Kampfe widerstreitender Gefühle vermochte ich doch noch den Schein der Unerschrockenheit aufrechtzuhalten. Sein Benehmen war das eines Menschen, der mit seiner Wut ringt. Seine Worte waren hastig und kaum zu verstehen. Ich habe mit Ihnen zehn Worte zu sprechen, sagte er. Führen Sie mich in Ihr Haus. Mein Geschäft mit Ihnen wird schnell abgemacht sein.

Ich antwortete nichts, sondern ging in mein Haus und nach meinem Arbeitszimmer voran. Als ich dies Gemach betrat, stellte ich das Licht auf den Tisch, wandte mich dann zu meinem Begleiter und erwartete schweigend, was er mir zu sagen haben würde. Er schlug mit der geballten Faust heftig auf den Tisch. Seine Bewegung war die einer Erregung, welche sich Luft machen will und es leichter findet, sich durch Gestikulieren als durch Worte zu äußern. Endlich rief er:

Es ist gut. Jetzt ist die so lange und so ungeduldig erwartete Stunde der Rache gekommen. Welbeck! Meine ersten Worte sollen dich tot zu Boden schmettern! Das werden sie, wenn du den geringsten Anspruch hast, dich einen Mann nennen zu dürfen.

Meine Schwester ist tot, gestorben vor Kummer und an einem gebrochenen Herzen; fern von den Ihrigen, in einer Hütte, dem Ort der Not und des Elends.

Ihr Mann lebt nicht mehr. Nach langer Abwesenheit kehrte er von einer mühsamen und gefahrvollen Reise zurück. Er flog an den Busen der Liebe – an den seines Weibes. Sie war fort, ihm und der Tugend verloren. In einem Anfalle der Verzweiflung ging er auf sein Zimmer und gab sich selbst den Tod. Dies ist das Werkzeug, mit dem er die Tat vollbrachte.

Mit diesen Worten zog Watson eine Pistole aus der Tasche und drückte sie mir gegen die Stirn. Ich erhob nicht die Hand, die Waffe abzuwenden. Ich schauderte nicht, ich bebte nicht zurück. Die Hände ineinander geschlungen, die Augen zu Boden gerichtet, wartete ich, daß seine Wut sich erschöpfte. Er fuhr fort:

Alles war das Werk weniger Stunden. Die Flucht seiner Tochter – der Tod seines Schwiegersohnes. Oh, mein Vater! Geliebtester und verehrtester der Männer! Dich in einen Wahnsinnigen verwandelt zu sehen! Verstört und wild! Von Gewalttaten gegen dich selbst und deine Umgebung durch Fesseln und Schläge zurückgehalten! Was bewahrte mich vor dem gleichen Geschick? Diese entsetzliche Ruine zu sehen und daran zu denken, wer sie dazu gemacht hatte! Und doch nicht rasend zu werden, wie du, mein Vater! Oder mir selbst das Leben zu nehmen, wie du, mein Bruder! Mein Freund!

Nein, zu dieser Stunde wurde ich erhalten, um deine Beleidigung und die meinige in dem Blute dieses Schurken abzuwaschen.

Da, fuhr er fort, indem er eine zweite Pistole hervorzog und mir hinhielt, da ist deine Verteidigung. Laß uns an die beiden Enden dieses Tisches treten und zu gleicher Zeit feuern.

Während dieser Anrede stand ich regungslos da. Er

reichte mir die Pistole hin, aber ich nahm die Hände nicht auseinander, um sie zu empfangen.

Weshalb zögerst du? rief er. Laß die Aussicht für uns beide gleich sein; oder schieß du zuerst!

Nein, entgegnete ich, ich bin bereit, durch Ihre Hand zu sterben. Ich wünsche es. Ich will dadurch der Notwendigkeit entgehen, die Tat selbst zu vollbringen. Ich habe Sie beleidigt und verdiene alles, was Ihre Rache über mich verhängt. Ich kenne Sie zu gut, um zu glauben, daß mein Tod für Sie eine wirkliche Sühne sein wird. Wenn der Sturm des Unwillens vorüber ist, wird die Erinnerung an Ihre Tat Ihr Elend nur erhöhen; aber dennoch liebe ich Sie nicht genug, um zu wünschen, daß Sie sich Ihrer Rache enthalten möchten. Ich wünsche zu sterben, und lieber durch eine fremde Hand als durch die meinige.

Memme! schrie Watson mit gesteigerter Heftigkeit. Sie kennen mich zu gut, um mich eines Mordes für fähig zu halten. Gemeine Ausflucht! Verächtliches Vorgeben! Nehmen Sie die Waffe und verteidigen Sie sich. Es mangelt Ihnen dazu weder an Kraft noch an Willen; aber da Sie wissen, daß ich den Mord verschmähe, hoffen Sie, sich durch Ihre Untätigkeit in Sicherheit zu bringen. Ihre Weigerung wird Ihnen wenig nützen. Ihr Ruf, wenn nicht Ihr Leben, hängt von meiner Gnade ab. Zeigen Sie sich jetzt feige, so will ich Ihnen erlauben zu leben, doch nur bis ich Ihren Ruf zugrunde gerichtet habe.

Ich richtete jetzt meine Augen fest auf ihn und sagte: Wie fremd sind Ihnen die Gefühle Welbecks! Wie falsch beurteilen Sie seine Feigheit! Ich nehme Ihre Pistole und willige in Ihre Bedingungen ein.

Wir traten an die entgegengesetzten Enden des Tisches. Sind Sie bereit, rief er. Feuer!

Beide Abzüge wurden in demselben Augenblicke gelöst. Beide Schüsse fielen. Der meinige war nachlässig gezielt. Doch so ist das unerklärliche Geschick, welches über die Angelegenheiten der Menschheit entscheidet; so ist die Bosheit, welche stets meine Schritte lenkte. Harmlos pfiff die Kugel, welche durch ein vorher nie fehlendes Auge gelenkt wurde, der geringen Entfernung ungeachtet an mir vorüber. Ich entkam, doch mein blind abgefeuerter, zielloser Schuß traf geradewegs in sein Herz.

Dort liegt die Frucht dieses verhängnisvollen Zusammentreffens. Das Todesverzeichnis ist jetzt vollständig. Du schläfst, Watson! Deine Schwester ist zur Ruhe, und du bist es auch. Dein Gelübde der Rache hat sein Ende erreicht. Es war dir nicht bestimmt, dein eigener und deiner Schwester Rächer zu sein. Welbecks Maß der Sünden ist nun voll, und seine eigene Hand muß das Urteil der Gerechtigkeit an ihm vollstrecken.«

Zwölftes Kapitel

So lautete die Geschichte Welbecks, der ich mit einer Aufmerksamkeit zuhörte, welche alle meine Fähigkeiten in Anspruch nahm. Wie sehr waren die eben geschilderten Tatsachen meinen Träumen entgegen! Der Vorhang war aufgezogen, und ein Schauplatz der Schuld und Schlechtigkeit zeigte sich mir da, wo meine unbesonnene und unerfahrene Jugend nichts als Edelmut und Hochherzigkeit zu sehen erwartet hatte.

Einige Zeit zog die Verwunderung über diese Geschichte meinen Blick von den Folgen ab, die unserer warteten. Meine unreife Einbildungskraft hatte diesen Abgrund nicht geahnt. Alles erstaunte mich durch Neuheit oder erschreckte mich durch das Entsetzliche. Sogar der Schauplatz dieser Missetaten nahm für meine ländliche Unerfahrenheit eine feenhafte Pracht und eine zauberartige Gestalt an. Mein Verstand war verwirrt, und meine Sinne versagten ihrem eigenen Zeugnis den Glauben.

Diesem Sinnen wurde ich durch meinen Gefährten entrissen, der in feierlichem Tone sagte: »Mervyn! Ich möchte Sie jetzt nur um zweierlei bitten. Helfen Sie mir, diese Leiche zu beerdigen, und begleiten Sie mich dann über den Fluß. Ich habe keine Macht, Ihr Stillschweigen über die Auftritte zu erzwingen, deren Zeuge Sie gewesen sind. Ich habe darauf gesonnen, Ihnen Unrecht anzutun und Ihnen Wohltaten zu erweisen; aber ich verlange nicht, daß Sie sich durch irgend etwas anderes als die Gerechtigkeit lenken lassen. Sie haben mir ein Versprechen gegeben, und dem vertraue ich.

Wollen Sie diesem Schauplatze entfliehen, wollen Sie sich dem entziehen, was Sie als eine Bühne des Verbrechens oder der Gefahr betrachten mögen, so stehen Ihnen die Türen offen; entfernen Sie sich ungehindert und schweigend. Haben Sie einen männlichen Sinn, sind Sie dankbar für die Wohltaten, die ich Ihnen erwies, befähigt Ihre Urteilskraft Sie, einzusehen, daß Ihr Eingehen auf meine Wünsche Ihnen keine Schuld aufbürdet und Sie in keine Gefahr stürzt, so bleiben Sie, und stehen Sie mir bei, diese sterblichen Reste vor sterblichen Augen zu verbergen.

Watson ist außer dem Bereiche fernerer Beleidigungen. Ich hatte nie die Absicht, ihm Böses zuzufügen, obgleich ich ihm seine Schwester und seinen Freund entriß und sein Leben vorzeitig beendete. Ihm ein Grab zu gewähren ist eine Pflicht, die ich dem Toten wie den Lebenden schulde. Ich werde mich schnell gegen die Verfolgungen der Häscher und der Richter in Sicherheit bringen, möchte aber die, welche ich zurücklasse, vor Untersuchung und Verdacht bewahren.«

Was die Frucht von Beratungen gewesen sein würde, hätte ich dazu Zeit oder Kraft gehabt, weiß ich nicht. Meine Gedanken waren in Aufruhr und Verwirrung. Dem Schauspiel vor meinen Augen zu entfliehen war mein erster Impuls; aber den Mann in solcher Verlegenheit zu verlassen erschien mir als undankbar und schlecht. Zu bleiben, wo ich war, seinen Weisungen willig zu folgen, erforderte keine Anstrengung. Seine Gegenwart sowie die des Toten flößten mir allerdings einige Furcht ein, aber bei dem verworrenen Zustande meiner Gedanken mußte die Einsamkeit für mich tausend Phantome heraufbeschwören.

Ich traf keine Anstalten, mich zu entfernen. Ich pflichtete seinem Vorschlage nicht mit Worten bei. Er deutete mein Stillschweigen als Einwilligung. Er wickelte die Leiche in den Teppich, hob das eine Ende desselben auf und richtete dann einen Blick auf mich, welcher hinlänglich seine Erwartung andeutete, ich werde ihm meine Hilfe leisten, die fürchterliche Last fortzutragen. Während alledem wurde das Schweigen nicht unterbrochen.

Ich wußte nicht, wohin er die Leiche bringen wollte. Er hatte von einem Begräbnis gesprochen, aber es war dazu nichts vorbereitet. Inwiefern die Sicherheit durch sein Beginnen gefährdet werden konnte, wußte ich nicht zu beurteilen. Ich war zu sehr entmutigt, um meine Zweifel auszusprechen. Ich folgte seinem Beispiele, indem ich den Körper vom Boden aufhob.

Er wies den Weg über den Flur und die Treppe hinab. Im Erdgeschoß öffnete er eine Türe, die in den Keller führte. Die Treppe sowie der Flur wurden durch Lampen erhellt, welche von der Decke herabhingen und die ganze Nacht brannten. Jetzt aber traten wir in ganz dunkle Räume.

»Kehren Sie zurück, und holen Sie das Licht«, sagte er mit befehlendem Tone. »Ich werde hier auf Sie warten.«

Ich gehorchte. Als ich mit dem Lichte zurückkehrte, stieg der Verdacht in mir auf, Welbeck hätte die Gelegenheit ergriffen, um zu fliehen, und wenn ich an den Fuß der Treppe gelangte, würde ich nichts weiter finden als die Leiche. Mein Blut erstarrte bei diesem Gedanken. Der augenblickliche Entschluß, den er mir einflößte, war, dem Beispiele zu folgen und es denen, welche am nächsten Tage an den Ort kommen würden, zu überlassen, sich die Ursachen der Katastrophe auszulegen.

Indes ließ ich meine Augen ängstlich vorwärtsschweifen. Ich entdeckte Welbeck an demselben Ort und in derselben Stellung, wie ich ihn verlassen hatte. Die Leiche auf seine Arme nehmend, forderte er mich auf, ihm zu folgen. Die Kellergewölbe waren hoch und geräumig. Er ging von einem Raum in den anderen, bis wir eine kleine und entfernte

Nische erreichten. Hier warf er seine Last zu Boden. Bei dem Falle wurde Watsons Gesicht zufällig von seiner Hülle befreit. Seine geschlossenen Augen und seine eingefallenen Züge erschienen mir zehnfach geisterhaft und entsetzlich bei dem schwachen Lichtschein, der darauf fiel.

Welbeck entging das nicht. Er lehnte sich gegen die Wand, kreuzte die Arme und gab sich der Träumerei hin. Er starrte auf das Gesicht Watsons, seine Blicke verrieten aber, daß seine Gedanken anderwärts weilten.

Mein Zustand läßt sich nicht leicht beschreiben. Mein Auge schweifte furchtsam von einem Gegenstande zum anderen. Wechselweise richtete es sich auf den Ermordeten und auf den Mörder. Die enge Zelle, in der wir standen, deren rohe Wände, die Gewölbebögen, die Absperrung der äußeren Luft, die tastbare Finsternis, welche von den Strahlen des Lichtes nur spärlich erhellt wurde, machten im Verein mit der tiefen Stille auf meine Phantasie einen Eindruck, den keine Zeit zu verwischen vermag.

Vielleicht wurde meine Einbildungskraft durch den Schrecken verwirrt. Was ich erzählen will, mag nur eine Wirkung meiner überreizten Phantasie gewesen sein. Sei dem aber, wie ihm wolle, so empfand ich doch die ganze Wirkung, welche die Wirklichkeit hervorzubringen vermocht hätte. Als ich unbestimmt auf das Gesicht Watsons blickte, wurde meine Aufmerksamkeit durch ein krampfhaftes Zucken der Augenlider erregt. Die Bewegung steigerte sich, bis zuletzt die Augen sich öffneten und einen trüben, doch wilden Blick umhersandten. Augenblicklich schlossen sie sich wieder, und das krampfhafte Zittern verschwand.

Ich fuhr zusammen und stand auf dem Punkte, einen unwillkürlichen Ausruf zu machen. In demselben Augenblicke schien Welbeck aus seinen Träumereien zu erwachen.

»Was ist das?« sagte er. »Weshalb zögern wir hier? Jeder Augenblick ist kostbar. Wir können ihm kein Grab mit unseren Händen schaufeln. Warten Sie hier, während ich einen Spaten hole.«

Mit diesen Worten riß er mir das Licht aus der Hand und eilte hinweg. Meine Augen folgten dem Scheine, wie er an den Wänden und Decken hinzitterte, endlich verschwand und die dichteste Finsternis eintrat. Das alles war so unerwartet und plötzlich gekommen, daß ich keine Zeit finden konnte, dagegen Einspruch zu erheben. Bevor ich zur Besinnung gekommen war, war das Licht verschwunden und die Schritte Welbecks verhallt.

Bei gewöhnlichen Gelegenheiten fehlte es mir nicht an Gleichmut; aber vielleicht empfindet der Mensch einen natürlichen Widerwillen gegen den Tod, bis die Gewohnheit ihn dagegen gleichgültig macht. Alles vereinigte sich, mich mit Schauder und panischem Schrecken zu erfüllen. Einige Zeit befähigte mich das ganze Aufgebot meiner Vernunft, meine Lage zu ertragen. Daß die leblosen Überbleibsel eines Menschen machtlos zum Guten wie zum Bösen waren, davon fühlte ich mich vollkommen überzeugt. Ich rief diesen Glauben zu Hilfe und war dadurch imstande, meine Furcht, wo nicht ganz zu unterdrücken, doch wenigstens zu mildern. Ich lauschte, um die Schritte des zurückkehrenden Welbeck zu vernehmen, und hoffte, daß der nächste Augenblick meiner Einsamkeit ein Ende machen würde.

Kein Zeichen seines Kommens war zu vernehmen. Endlich fiel mir ein, Welbeck wäre in der Absicht gegangen, nicht zurückzukehren; seine Bosheit hätte ihn bestimmt, mich hierher zu locken, um die Folgen seiner Tat auf mich zu wälzen. Er war entflohen und hatte jede Türe hinter sich verschlossen. Dieser Verdacht überwältigte meinen Mut und rief verzweifelte Anstrengungen zu meiner Befreiung hervor.

Ich streckte die Hände aus und ging vorwärts. Ich hatte auf Lage und Richtung der Gewölbe zu wenig geachtet, um mit Sicherheit den geraden Weg zurückverfolgen zu können. Meine Furcht diente ebenfalls dazu, meine Sinne zu verwirren und meine Schritte unsicher zu machen. Ungeachtet der Gefahr, auf Hindernisse zu stoßen, lief ich eilig dem Eingange zu.

Meine Verwegenheit fand schnell ihre Strafe. Im Nu wurde ich durch die Ecke einer Mauer zurückgeworfen, und zwar mit solcher Heftigkeit, daß ich zurücktaumelte und niederfiel. Der Stoß war betäubend gewesen, und als ich wieder zur Besinnung kam, bemerkte ich, daß mir ein Strom von Blut aus der Nase stürzte. Meine Kleider waren von dieser unwillkommenen Flüssigkeit durchnäßt, und ich mußte unwillkürlich an die Folgen denken, wenn ich an diesem Orte und mit Blut bedeckt gefunden wurde.

Diese Überlegung brachte mich wieder auf die Füße und ließ mich meine Anstrengungen erneuern. Ich verfuhr jetzt mit größerer Langsamkeit und Vorsicht. Ich hatte alle bestimmte Erinnerung an meinen Weg verloren. Meine Bewegungen waren unsicher. Mein einziges Streben ging dahin, Hindernisse zu vermeiden und, wo ich diese fand, vorwärtszukommen. Auf diese Weise fand ich endlich den Eingang und gelangte, beinahe gegen meine Hoffnung, zu dem Fuße der Kellertreppe.

Ich stieg hinauf, begegnete aber schnell einem unübersteiglichen Hindernis. Die Kellertüre war verschlossen und verriegelt. Vergebens strengte ich meine ganze Kraft an, das Schloß oder die Angeln zu sprengen. So hatten sich also meine Besorgnisse erfüllt. Welbeck hatte mich verlassen, um der Anklage des Mordes zu entgehen, um den schrecklichsten und naheliegendsten Verdacht auf mich zu lenken.

Hier mußte ich bis zum Morgen bleiben, bis jemand mein Rufen hören und mich befreien konnte. Welchen Eindruck mußte meine Erscheinung auf meinen Befreier machen! Mußte ich nicht, durch Phantome entsetzt und mit Blut besudelt, als Wahnsinniger wie als Mörder erscheinen?

Bald mußte die Leiche Watsons entdeckt werden. Wenn ich auch vor der Entdeckung die Kleider zu wechseln und zu entfliehen vermochte, mußte ich nicht auf den dringendsten Verdacht verfolgt und durch die Diener der Gerechtigkeit selbst in dem verborgensten Versteck aufgefunden werden? Ich war unschuldig, aber meine Erzählung würde kaum zu meiner Rechtfertigung hinreichen, wie umständlich oder wahr sie auch sein mochte. Meine Flucht mußte als ein unbestreitbarer Beweis meiner Schuld angesehen werden.

Während ich durch diese Gedanken gemartert wurde, richtete sich meine Aufmerksamkeit auf einen schmalen Lichtstreifen am Fuße der Treppe. Er wurde einen Augenblick stärker und verschwand dann. Daß er von einer

Lampe oder einem Lichte herrührte, welches jemand in dem Gange vor der Türe vorübertrug, war gar kein abwegiger Gedanke; dennoch verwarf ich ihn und suchte übernatürliche Ursachen auf. Meine Besorgnisse kehrten zu den Gefahren und dem Verdachte zurück, denen ich mich durch einen verlängerten Aufenthalt an diesem Orte aussetzte.

Während dieses Sinnens wurde meine Aufmerksamkeit abermals auf einen Lichtschein wie den früher beobachteten geleitet. Statt aber schwankend und vorübergehend zu sein, blieb er feststehend. Kein Strahl konnte matter sein, aber die fühlbare Finsternis, in der ich mich befand, machte ihn blendend wie einen elektrischen Blitz. Einige Augenblicke betrachtete ich ihn regungslos und in der Erwartung, ihn wieder verschwinden zu sehen.

Als ich bemerkte, daß er stehenblieb, fiel mir endlich ein, seine Quelle zu erforschen. Hoffnung sowohl als Neugier leiteten mich. Obgleich ich mir die Ursache dieses Lichtscheines durchaus nicht zu deuten wußte, glaubte ich dennoch gern, daß derselbe mit Mitteln zu meiner Befreiung im Zusammenhange stehe.

Kaum hatte ich den Entschluß gefaßt, die Treppe hinabzugehen, als meine Hoffnung durch die Erinnerung vernichtet wurde, daß der Keller enge und vergitterte Fenster hatte, durch welche möglicherweise dies Licht von der Straße aus hereinfallen konnte. Eine zweite Überlegung verbannte diesen Gedanken wieder, weil mir das Licht in diesem Falle schon auf dem Weg zur Treppe aufgefallen sein würde und ich mich davon ohne Zweifel hätte leiten lassen.

Als ich den Fuß der Treppe erreicht hatte, bemerkte ich, daß der ganze Gang erhellt war. Ich warf einen Blick vorwärts nach dem Orte, von wo die Strahlen auszugehen schienen, und sah in ziemlich beträchtlicher Entfernung Welbeck, welcher in der Zelle, die ich verlassen hatte, damit beschäftigt war, die Erde mit einem Spaten aufzuwerfen.

Nach einer Pause des Staunens wurde mir der Irrtum klar, in dem ich mich befunden hatte. Ich war in der Dunkelheit an eine andere Treppe geraten als die, auf der wir in den Keller herabgestiegen waren. Offenbar beabsichtigte Welbeck nichts Böses gegen mich, sondern war wirklich gegangen, um den Spaten zu holen.

Diese Entdeckung übergoß mich mit Reue und Scham, obgleich sie mich von dem Schrecken der Einkerkerung und der Anklage befreite. Zu dem verlassenen Raume zurückzukehren, in welchem Welbeck mit dem traurigen Amte beschäftigt war, forderte meine Sicherheit jetzt unbedingt.

Welbeck hielt bei meinem Nahen einen Augenblick inne und zeigte einige Verwirrung bei dem Anblicke meines blutbedeckten Gesichtes. Das Blut hatte infolge einer mir unerklärlichen Gegenwirkung, vielleicht durch den Einfluß meiner Furcht, bald zu fließen aufgehört. Ob die Ursache meiner Flucht und meines Blutflusses von Welbeck vermutet wurden oder ob eine augenblicklich wichtigere Beschäftigung seine Aufmerksamkeit von mir ablenkte, weiß ich nicht; genug, er nahm schweigend seine Arbeit wieder auf.

Ein schmales Lager und eine leichte Bedeckung mit Erde wurden dem armen Watson zuteil. Welbecks Bewegungen waren hastig und krampfhaft. Sein Gesicht verriet einen Geist, der von einem einzigen Gedanken erfüllt war, dem Auftritte vor ihm gewissermaßen fremd. Die Regungslosigkeit seiner Züge war so groß, daß ich auf den Verdacht kam, sein Verstand sei irre.

Als er sein Werk beendigt hatte, warf er sein Werkzeug fort. Dann gab er mir ein Taschenbuch in die Hand, sagte, es hätte Watson gehört und möchte vielleicht etwas enthalten, das den Lebenden nützlich sein könnte. Ich sollte den Gebrauch davon machen, den ich für passend hielte. Darauf ging er die Treppe hinauf, stellte das Licht auf einen Tisch in der Halle, öffnete die Straßentüre und ging hinaus. Ich fühlte mich unwillkürlich angetrieben, seinen Schritten zu folgen. Ich tat dies ihm zum Gefallen und weil ich außerdem nicht wußte, wohin ich gehen sollte.

Die Straßen waren menschenleer und still. Der Ruf der Nachtwächter, der leise aus der Ferne ertönte, erhöhte noch die allgemeine Feierlichkeit. Ich folgte meinem Gefährten in einer Gemütsstimmung, die sich nicht leicht beschreiben läßt. Ich hatte nicht den Mut, nur zu fragen, wohin wir gingen. Erst als wir zum Ufer des Flusses gelangten, entschloß ich mich, das Schweigen zu brechen. Ich überlegte jetzt, in welchem Grade Welbecks Schritte ihn selbst oder mich in Gefahr bringen könnten. Ich hatte lange genug knechtisch und mechanisch gehandelt und mich blindlings durch fremde Impulse leiten lassen. Es war Zeit, meine Fesseln abzuschütteln und zu fragen, wohin der Pfad führte, welchen ich zu gehen veranlaßt wurde.

Inzwischen sah ich mich zwischen Booten und Schiffen verirrt. Ich bin nicht imstande, den Ort durch irgendein bestimmtes Zeichen zu beschreiben. Ich wußte nur, daß es das Ende einer der Hauptstraßen war. Hier wählte Welbeck ein Boot und traf Anstalten hineinzusteigen. Einen Augenblick zögerte ich, seiner augenscheinlichen Einladung zu folgen. Ich stammelte die Frage: »Was ist das? Weshalb sollten wir über den Fluß setzen? Welchen Dienst kann ich Ihnen leisten? Ich muß den Zweck der Fahrt kennen, bevor ich mich darauf einlasse.«

Er sammelte sich und betrachtete mich schweigend einen Augenblick. »Was fürchten Sie?« sagte er dann. »Habe ich Ihnen nicht meine Wünsche auseinandergesetzt? Fahren Sie nur mit mir über den Fluß, denn ich kann kein Boot lenken. Liegt in diesem Schritte irgend etwas Gefährliches oder Geheimnisvolles? Auf dem Jersey-Ufer trennen wir uns, und ich überlasse Sie Ihrem Schicksal. Alles, was ich von Ihnen verlange, ist Stillschweigen und vor den Menschen das zu verbergen, was Sie über mich wissen.«

Er stieg jetzt in das Boot und forderte mich auf, seinem Beispiele zu folgen. Widerstrebend willigte ich ein. Ich bemerkte, daß das Boot nur ein Ruder enthielt, und noch dazu ein sehr kleines. Er schien über diese Entdeckung zu erschrecken und in große Besorgnis zu geraten. »Es ist unmöglich, uns zu dieser Stunde ein zweites zu verschaffen«, sagte er voller Verwirrung. »Was ist da zu tun?«

Dies Hindernis war keineswegs unübersteiglich. Ich hatte kräftige Arme und wußte sehr gut, wie man ein Ruder zu dem doppelten Zwecke des Ruderns und des Steuerns gebrauchen mußte. Ich nahm meinen Platz am Heck ein und machte das Boot sehr bald von seinen Nachbarn und dem Löschplatze los. Mit dem Flusse war ich vollkommen unbekannt. Von der Barre, durch die er gesperrt wurde, wußte ich wohl, aber in welcher Richtung sie lag oder welche Ausdehnung sie hatte und wie sie bei dem gegenwärtigen Zustande der Flut vermieden werden konnte, das wußte ich nicht. Bei meiner Unwissenheit war daher das baldige Stranden unseres Bootes sehr wahrscheinlich.

Meine Aufmerksamkeit war inzwischen auf das Ruder gerichtet. Mein Gefährte saß im Vorderteil und wurde von mir kaum beachtet. Ich warf meine Augen zuweilen zurück auf den Schauplatz, den ich verlassen hatte. Dessen Neuheit, vereint mit den Ereignissen, die mir begegnet waren, versenkte mich in einen Zustand der Verwunderung und des Sinnens, der mehrmals meine Hand lähmte, so daß unser Fahrzeug nur durch die Strömung getrieben wurde. Lichter waren nur selten zu sehen, und diese schwankten beständig, da Masten, Bäume und Hügel sich davorlegten und sie verdunkelten. In dem Maße, wie wir uns vom Ufer entfernten, schien das Geräusch sich zu vermehren, und der Gedanke, daß die Stadt in Aufruhr und Verwirrung gestürzt sei, wich nur schwer der reiferen Überlegung. Zwölf war die Stunde, welche ausgerufen wurde, und sie erschallte sogleich aus allen Gegenden und mischte sich mit dem Gebell der Hunde, um bei mir Unruhe und Angst hervorzurufen.

Aus diesem Zustande verschiedenartiger Gefühle wurde ich plötzlich durch Welbeck erweckt. Kaum hatten wir uns zweihundert Yards vom Ufer entfernt, als er in das Wasser sprang. Mein erster Gedanke war, irgendein Bootsgerät sei über Bord gefallen. Ich blickte mich um und sah, daß sein

Sitz leer war. In meiner ersten Überraschung ließ ich das Ruder fallen, und es schwamm fort. Die Oberfläche des Wassers war glatt wie ein Spiegel und zeigte kaum die Stelle, wo Welbeck untergetaucht war. Ich hatte keine Zeit zu entscheiden, ob sein Untertauchen absichtlich oder zufällig war. Die Plötzlichkeit desselben raubte mir die Möglichkeit, ihm zu Hilfe zu kommen. Ich blickte wild umher, indem ich hoffte, ihn wieder auftauchen zu sehen. Nach einiger Zeit wurde meine Aufmerksamkeit auf eine Bewegung im Wasser gelenkt, die aber in bedeutender Entfernung zu vernehmen war.

Es war zu dunkel, um irgend etwas deutlich sehen zu können. Ich hörte keinen Hilferuf. Das Geräusch war wie von einem Menschen, der einen Augenblick heftig mit dem Wasser ringt und dann wieder hinabsinkt. Ich lauschte ängstlich auf ein neues Zeichen, aber es erfolgte keines mehr. Er war untergegangen, um nicht wieder heraufzukommen.

Einige Zeit war ich unachtsam gegen meine eigene Lage. Das Furchtbare und Überraschende dieser Katastrophe beschäftigte mich vollständig. Die schnelle Bewegung der Lichter am Ufer zeigte mir, daß ich rasch mit der Strömung vorwärts getrieben wurde. Wie ich mir helfen, wie ich meine Fahrt hemmen oder wie ich eines der beiden Ufer erreichen sollte, wo ich doch mein Ruder verloren hatte, wußte ich nicht. Ebensowenig hatte ich eine Ahnung davon, wohin die Strömung mich treiben würde, wenn ich ihr mein Boot ohne Lenkung überließ.

Das Verschwinden der Lichter und Gebäude und das Verstummen jedes Geräusches sagten mir, daß ich über die

Stadt hinaus sei. Ich durfte nicht länger zögern. Das Ufer konnte nur auf eine Weise wieder erreicht werden: durch Schwimmen. Jeder Anstrengung dieser Art waren meine Kraft und meine Geschicklichkeit gewachsen. Ich warf meinen losen Rock ab, nahm das Taschenbuch des unglücklichen Watson in den Mund, um es vor der Nässe zu bewahren, und überließ mich dem Strome.

Ich landete an einem Orte, der durch Sumpf und Pflanzen unzugänglich war; in den ersteren sank ich bis über die Knie ein, und die Anstrengung, mich herauszuwinden, erschöpfte meine Kräfte. Endlich erreichte ich festen Grund, erstieg das Ufer und warf mich auf das Gras nieder, um meine Kräfte zu erneuern und über die Schritte nachzudenken, die ich zunächst zu tun hätte.

Welche Lage kam wohl jemals der meinigen gleich? Die Ereignisse der letzten drei Tage glichen den abscheulichen Erfindungen des Deliriums. Sie waren mit lebhaften Farben in mein Gedächtnis eingegraben; aber ihre Übergänge erschienen mir so rasch und unzusammenhängend, daß ich kaum an ihre Wirklichkeit glaubte. Sie übten einen verwirrenden und betäubenden Einfluß auf meinen Geist aus, und das ruhige Nachdenken einer vollen Stunde war kaum imstande, mich daraus zu erlösen. Allmählich sammelte ich indes genug Kraft, meine Begriffe zu ordnen und Schlüsse zu ziehen.

Welbeck war tot. Sein Besitztum war dahin, und seinen Gläubigern blieb die Verwunderung über sein Verschwinden. Alles, was er hinterließ, war die Einrichtung des Hauses, und diese mußte Mrs. Wentworth als Zahlung des rückständigen Mietzinses beanspruchen. Welches Geschick wartete nun der verlassenen und freundlosen Mademoiselle Lodi? Wo war sie versteckt? Welbeck hatte keine Andeutung fallen lassen, aus der ich auf ihren Aufenthaltsort schließen konnte. Hätte es auch in anderer Beziehung in meiner Macht gelegen, irgend etwas zu ihrer Erleichterung zu tun, so würde mir dies doch durch die Unkenntnis ihres Asyles unmöglich gemacht worden sein.

Wie aber war es mit dem Ermordeten? Er war plötzlich von der Oberfläche verschwunden. Sein Schicksal und der Ort seiner Einscharrung wurden wahrscheinlich vermutet und entdeckt. Durfte ich sicher sein, den Folgen dieser Tat zu entrinnen? Watson hatte Verwandte und Freunde. Was für einen Einfluß auf ihre Lage und ihr Glück dessen unerwartetes und geheimnisvolles Verschwinden haben konnte, mußte natürlich erforscht werden. Dieser Gedanke erinnerte mich an das Taschenbuch. Es konnten darin Papiere enthalten sein, welche mir Auskunft gaben.

Ich stand auf. Wohin ich meine Schritte lenken sollte, wußte ich nicht. Ich triefte vor Nässe und zitterte vor Kälte. Ich hatte weder Wohnung noch Freund. Ich besaß weder Geld noch irgendeinen Gegenstand von Wert. Mechanisch und ohne Ziel bewegte ich mich vorwärts. Ich war in nicht sehr großer Entfernung von der Stadt an das Ufer gestiegen. Nach kurzer Zeit bemerkte ich den Schein einer Lampe. Zu dieser lenkte ich meine Schritte und hielt dann an, um den Inhalt des Taschenbuches zu untersuchen.

Ich fand drei Banknoten, jede von fünfzig Dollar, in weißes Papier eingewickelt. Daneben lagen drei Briefe, offenbar von Watsons Frau geschrieben und aus Baltimore datiert. Sie waren kurz, aber sehr zärtlich und enthielten liebevolle Anspielungen auf ihr Kind. Aus ihrem Inhalte und ihrem Datum konnte ich entnehmen, daß er sie während seiner letzten Reise empfangen hatte, daß sie sich in bedürftiger Lage befände und durch seine verlängerte Abwesenheit Mangel litte.

Der vierte Brief war offen und schien erst vor kurzem geschrieben zu sein. Er war an Mrs. Mary Watson adressiert. Er teilte ihr mit, daß er unlängst von Saint Domingo in Philadelphia angekommen sei; daß sein Schiff und dessen Ladung verloren; daß er so schnell als möglich nach Hause zu eilen beabsichtigte. Er sagte ihr, daß er alles verloren hätte bis auf hundertundfünfzig Dollar, deren größten Teil er mitbringen würde, um die dringendsten Bedürfnisse zu bestreiten. Der Brief war unterzeichnet, gefaltet und adressiert, doch unversiegelt.

Kurze Überlegung zeigte mir, wie ich zu handeln hatte. Ich legte die Banknoten in den Brief und siegelte ihn mit einer Siegelmarke, von denen ich einige in dem Taschenbuche fand. Ich zögerte einige Zeit, ob ich mit dem Bleistift, der sich mir zeigte, irgendeine Nachricht hinzufügen sollte, beschloß aber zuletzt, dies zu unterlassen. Ich konnte keine passenden Worte finden, die traurige Wahrheit mitzuteilen. Ich nahm mir vor, den Brief auf dem Postbüro abzugeben, was zu jeder Stunde geschehen konnte.

Meine Gedanken kehrten endlich zu meiner eigenen Lage zurück. Welches Schicksal war mir vorbehalten? Wie weit meine Sicherheit, wenn ich in der Stadt blieb, infolge des Verschwindens von Welbeck und aufgrund meiner bekannten Verbindung zu ihm gefährdet sein konnte, wußte ich nicht. Meine Furcht zeigte mir zahllose Verlegenheiten und Schwierigkeiten, die aus dieser Quelle entstehen konnten. Unter welchem Vorwande sollte ich überdies bleiben? An wen konnte ich mich wegen Schutz oder Beschäftigung wenden? Alle Wege zum Unterhalt waren mir abgeschnitten. Das Land war mein einziges Asyl. Hier konnte ich als Entgelt für meine Arbeit Nahrung, Sicherheit und Ruhe finden. Wenn meine Wahl aber auf das Land deutete, so gab es keinen Grund, nur einen Augenblick zu zögern. Es war klug, mit Sonnenaufgang schon weit von der Stadt entfernt zu sein.

Indessen wurde ich durch die Kleider, welche ich trug, von Frost durchrieselt. Sie gegen andere zu vertauschen war unerläßlich. Die Kleider auf meinem Leibe gehörten mir nicht und waren überdies sehr unpassend für meinen Plan. Mein ländlicher Anzug lag noch in meiner Stube bei Welbeck. Dieser Gedanke erweckte die Absicht, dorthin zurückzukehren. Ich dachte mir, daß die Dienstboten wahrscheinlich nicht beunruhigt waren. Daß die Türe noch offen und also das Haus zugänglich sei, durfte ich vermuten. Es mußte leicht sein, hinein- und herauszukommen, ohne bemerkt zu werden; und das beschloß ich denn auch zu versuchen, obgleich nicht ohne Schwanken und mancherlei Besorgnisse.

Nachdem ich den Brief auf die Post gegeben hatte, ging ich nach meiner bisherigen Wohnung. Ich näherte mich langsam und öffnete vorsichtig die Türe. Es schien nicht, als sei irgend jemand gestört worden. In der Küche verschaffte ich mir ein Licht und schlich dann mit leisen Schritten nach meinem Zimmer. Dort entkleidete ich mich und legte meinen groben Anzug wieder an. Als dies geschehen war, blieb mir nichts zu tun, als so schnell wie möglich auf das Land zu gelangen.

Bei einem flüchtigen Rückblick auf die jüngsten Ereignisse fiel mir die Arbeit ein, für welche Welbeck mich ursprünglich in seine Dienste genommen hatte. Ich kannte wohl die Gefahr eines leichtfertigen Urteils über das Eigentumsrecht. Ich gestattete mir nicht, das Recht der Mrs. Wentworth auf das ganze Hausgerät in Zweifel zu ziehen; ein Recht, welches daraus entsprang, daß Welbeck mit dem Mietzins in Rückstand geblieben war; aber eine Sache gab es, zu der ich ein unwiderstehliches Verlangen fühlte und deren Besitz mein Gewissen mir nicht versagte; das war das Manuskript, von dem Welbeck mir gesagt hatte, daß der verstorbene Lodi es geschrieben habe.

Ich verstand Latein ziemlich gut und wußte, daß das Italienische damit viel Ähnlichkeit hat. Ich zweifelte nicht daran, nach einiger Zeit imstande zu sein, mich mit dieser Sprache vertraut zu machen, und dachte, daß mir das Manuskript dazu, wie zu noch manchem anderen, nützlich sein könnte. Ich dachte natürlich, daß das Buch unter den gedruckten zu finden sei, und mich davon zu überzeugen, war leicht. Ich betrat, nicht ohne Zittern, das Gemach, welches der Schauplatz des verhängnisvollen Auftrittes zwischen Welbeck und Watson gewesen war. Ich fürchtete beinahe bei jedem Schritt, das Gespenst des letzteren vor mir aufsteigen zu sehen.

Zahlreiche und glänzende Bände standen auf Mahagoniregalen und wurden durch Glastüren geschützt. Ich überflog die Titel und war endlich so glücklich, das gesuchte Buch zu finden. Ich nahm es sogleich an mich, stellte das

Licht ausgelöscht auf einen Tisch im Besuchszimmer und eilte wieder hinaus auf die Straße. Mit leichten Schritten und klopfendem Herzen wandte ich mein Gesicht dem Lande zu. Meine Lage entschuldigte mich, wie ich meinte, wenn ich wieder, ohne Zoll zu zahlen, über die Schuylkill-Brücke ging, und der östliche Himmel begann sich nicht eher durch das Licht des anbrechenden Tages zu erhellen, als bis ich neun Meilen von der Stadt entfernt war.

Das ist es, was ich Ihnen erzählen wollte. Das sind die merkwürdigen Ereignisse von fünf Tagen meines Lebens, und ich habe daraus mehr gelernt als aus dem ganzen Gewebe meiner früheren Existenz. Das sind die näheren Umstände meiner Kenntnis von den Verbrechen und dem Unglück Welbecks, welche die Hindeutungen Wortleys und mein Wunsch, Ihre gute Meinung von mir zu bewahren, mich zu enthüllen veranlaßten.

Dreizehntes Kapitel

Mervyns Schweigen gestattete seinen Zuhörern, über die Einzelheiten seiner Erzählung nachzudenken und dieselben mit den Tatsachen zu vergleichen, die sie selbst kannten. Meine Tätigkeit hatte mich mit Mrs. Wentworth befreundet, welche mir nach dem Verschwinden Welbecks mehrere Umstände aus dessen Leben anvertraut hatte. Besonders war sie bei der Erscheinung und dem Benehmen dieses Jünglings verweilt, bei dem einzigen Zusammentreffen, das zwischen ihnen stattgefunden hatte, und was sie gesagt hatte, war vollkommen in Übereinstimmung mit der Erzählung Mervyns.

Vor dieser Zusammenkunft hatte Welbeck ihr angedeutet, daß ein unlängst vorgefallenes Ereignis ihn mit der Wahrheit über das Geschick von Clavering bekannt gemacht hätte. Ein Verwandter von ihm wäre aus Portugal gekommen und hätte ihm diese Kunde mitgebracht. Geschickt wich er ihren Bitten aus, ihr Näheres zu sagen und seinen Verwandten mit ihr bekannt zu machen. Sobald Mervyn sich ihr zeigte, vermutete sie, er sei es, auf den Welbeck angespielt hatte, und diese Vermutung wurde durch seine Worte bestätigt. Sie sann vergeblich über die Gründe des Schweigens nach, bei dem er so hartnäckig verharrte.

Ihre Unruhe trieb sie indes an, ihre Versuche zu erneuern. Einen Tag nach der von Mervyn erzählten Katastrophe schickte sie einen Boten an Welbeck mit der Bitte, sie zu besuchen. Gabriel, der schwarze Diener, sagte dem Boten, sein Herr sei für eine Woche aufs Land gegangen. Nach dem Verlauf der Woche wurde wieder ein Bote mit demselben Auftrage abgeschickt. Er klopfte und rief, doch niemand antwortete. Er wollte durch die Küche gehen, aber jeder Eingang war verschlossen. Es schien, als wäre das Haus gänzlich verlassen.

Dieser Schein erweckte natürlich Neugier und Verdacht. Immer wieder sandte man Boten zu dem Haus, aber Einsamkeit und Schweigen blieben sich gleich. Die Gläubiger Welbecks wurden dadurch beunruhigt, doch ihren Ansprüchen auf das in dem Hause gebliebene Gerät kam Mrs. Wentworth zuvor, welcher als Besitzerin des Hauses die

Einrichtung desselben gesetzlich zugesprochen wurde, um sie für den Mietzins zu entschädigen, den Welbeck hatte anlaufen lassen.

Nach der Besichtigung des Hauses wurden alle wertvollen Gegenstände fortgeschafft, namentlich Leinen und Silberzeug. Das übrige blieb; aber das bald darauf sich verbreitende Gerücht von der Pest verhinderte den Verkauf. Die Dinge blieben in ihrem früheren Zustande, und das Haus wurde sorgfältig verschlossen. Wir hatten keine Zeit, uns nach den Ursachen dieser Verödung zu erkundigen. Eine Erklärung gab uns die Erzählung dieses Jünglings. Es ist wahrscheinlich, daß die Diener das Haus ausgeplündert hatten und entflohen waren, nachdem sie sich von dem dauernden Ausbleiben ihres Herrn überzeugt hatten.

Obgleich nun aber unsere Neugier in bezug auf Welbeck befriedigt war, lag es doch nahe, Mervyn zu fragen, welche Reihenfolge von Begebenheiten ihn bewogen hatte, nach der Stadt zurückzukehren und ihn zu dem Orte zu führen, wo ich ihn fand. Wir sprachen unsere Wünsche in dieser Beziehung aus, und unser junger Freund war gern bereit, den Faden seiner Erzählung wieder aufzunehmen und dieselbe zu dem bezeichneten Punkte zu bringen. Zu diesem Zwecke wurde der folgende Abend gewählt. Nachdem wir uns schon zu früher Stunde gegen Störung durch Besuch gesichert hatten, nahm Mervyn wieder das Wort:

Ich erwähnte, daß ich bei Sonnenaufgang schon neun Meilen von der Stadt entfernt war. Ich hatte die Absicht, bei der ersten Farm Beschäftigung als Tagelöhner zu suchen. Die erste Person, die ich hier bemerkte, war ein Mann von freundlichem Aussehen und in schlichter Kleidung.

Wohlwollen schien aus den Runzeln des Alters hervorzuleuchten. Er ging an seinem Buchweizenfelde hin und überschlug, wie es schien, die nahe bevorstehende Ernte.

Ich redete ihn an und sprach ihm meinen Wunsch aus. Er hörte mich freundlich an, fragte nach meinem Namen und meiner Familie und nach meiner Befähigung zu der gesuchten Arbeit. Meine Antworten waren aufrichtig und ausführlich.

»Nun«, sagte er darauf, »ich glaube, wir können einen Handel miteinander schließen. Wir wollen uns wenigstens gegenseitig für eine Woche oder zwei prüfen. Sagt es uns beiderseits nicht zu, so ändern wir es; der Morgen ist feucht und kühl, und deine Kleidung scheint nicht die angenehmste zu sein. Komm in das Haus und iß etwas zum Frühstück.«

Das Benehmen dieses guten Mannes erfüllte mich mit Dankbarkeit und Freude. Mir war, als könnte ich ihn wie einen Vater umarmen, und der Eintritt in sein Haus erschien mir als die Rückkehr zu einer geliebten, lange entbehrten Heimat. Meine verlassene und verzweifelte Lage schien sich durch väterliche Fürsorge und Freundeszärtlichkeit verwandelt zu haben.

Diese Gefühle wurden durch jeden Gegenstand, der sich mir unter seinem Dache zeigte, befestigt und gesteigert. Die Familie bestand aus Mr. Hadwin, zwei einfachen und lieblichen Mädchen, seinen Töchtern, und den Dienstleuten. Das stille, ungekünstelte und herzliche Wesen dieser Familie, die mir angewiesenen Beschäftigungen, das Land, von dem das Haus umgeben war, die reine Luft, die romantischen Spaziergänge, die unerschöpfliche Fruchtbarkeit des Bodens, bildeten einen grellen Kontrast zu den Szenen, die ich hinter mir ließ, und waren in voller Übereinstimmung mit meinem Verstande sowie mit jedem Gefühle, das in meinem Herzen glühte.

Meine Jugend, meine geistige Ausbildung und mein umsichtiges Betragen gaben mir Anspruch auf Achtung und Vertrauen. Jede Stunde bestätigte mich in der guten Meinung des Mr. Hadwin und in der Zuneigung seiner Töchter. Bei meinem Dienstherrn vereinigten sich die Einfachheit des Landmannes und die Frömmigkeit des Quäkers mit Menschlichkeit und Aufklärung. Die Schwestern, Susan und Eliza, kannten Leiden und Laster weder aus eigener Anschauung noch aus Büchern. Die Wohltaten einer sorgfältigen Erziehung waren ihnen fremd, aber sie besaßen Wißbegierde und Urteilsfähigkeit und hatten die geringen Mittel zu ihrer Bildung nicht ungenutzt gelassen.

Die Gesetztheit der älteren Schwester bildete einen unterhaltenden Gegensatz zu dem lachenden Auge und der unbezähmbaren Lebhaftigkeit der jüngeren; aber sie lachten und weinten miteinander. Sie dachten und handelten auf verschiedene Weise, aber ohne alle Uneinigkeit. Bei allen wichtigen Gelegenheiten urteilten und fühlten sie gleich. In gewöhnlichen Fällen wichen sie voneinander ab, doch diese Abweichung entsprang nicht dem Zwiste, sondern der Harmonie.

Ein romantisches und ungeleitetes Gemüt wie das meinige mußte durch den beständigen Verkehr mit Mädchen ihres Alters geneigt sein, starke Eindrücke zu empfangen. Die ältere, das entdeckte ich bald, hatte ihre Neigung bereits verschenkt. Die jüngere war frei, und ein Gefühl, welches leichter begriffen als genannt werden kann, schlich sich in mein Herz. Die Bilder, die mich in dem Hause sowie außerhalb desselben, in ihrer Gegenwart und getrennt von ihr verfolgten, verflossen allmählich zu einer Gestalt und erweckten einen Strom stillen Sehnens und unerklärlicher Hoffnungen. Meine Tage waren kaum etwas anderes als ununterbrochene Träumereien, und die Nacht beschwor nur Phantome herauf, die noch lebhafter, aber ebenso bezaubernd waren.

Die denkwürdigen Ereignisse, welche sich kürzlich zugetragen hatten, bildeten kaum ein Gegengewicht zu meinen neuen Eindrücken und zogen meine Betrachtungen von der Gegenwart nicht ab. Meine Blicke wurden allmählich auf die Zukunft gelenkt, und in dieser erblickte ich bald Veranlassung zu Vorsicht und Besorgnis. Meine gegenwärtigen Arbeiten waren leicht und sicherten mir den Unterhalt für mich selbst; die Ehe aber mußte die Mutter neuer Bedürfnisse und neuer Sorgen sein. Mr. Hadwins Besitzung war hinreichend für seine frugalen Gewohnheiten; aber zwischen seine Kinder geteilt, war sie zu gering für jedes derselben. Überdies konnte diese Teilung nur durch seinen Tod erfolgen, und dieses Ereignis war weder wünschenswert noch wahrscheinlich.

Ich erinnerte mich jetzt noch eines anderen Hindernisses. Hadwin war das gewissenhafte Mitglied einer Sekte, welche die Verheiratung ihrer Anhänger mit denen eines andern Glaubensbekenntnisses verbot. Ich war in einem anderen erzogen worden und hielt es für unmöglich, jemals ein Quäker zu werden. Es blieb mir nichts übrig, als die Bekehrung zu erheucheln oder die Meinung meiner Freundin umzustimmen und sie zur Einwilligung in eine geheime Heirat zu bewegen. Ob die Heuchelei statthaft sei, konnte für mich kein Gegenstand der Überlegung sein. Wäre auch der Besitz all dessen, was der Ehrgeiz wünschen kann, noch zu dem Glück einer Verbindung mit Eliza Hadwin hinzugefügt worden, um mir als Preis für die Verstellung geboten zu werden, so hätte ich es dennoch unbedingt zurückgewiesen. Meine äußeren Güter waren nicht bedeutend oder zahlreich, aber das Bewußtsein der Rechtschaffenheit gehörte mir, und im Vergleich damit war jede Befriedigung des Ehrgeizes, des Herzens und der Sinne verächtlich und nichtig.

Elizas Irrtümer zu besiegen war leicht; aber Uneinigkeit und Kummer in diese Familie zu bringen wäre eine Handlung der höchsten Undankbarkeit und Schlechtigkeit gewesen. Es war nichts nötig, als mir die Sache klarzumachen, um mich von der Unübersteiglichkeit dieses Hindernisses zu überzeugen. Der Gegenstand meiner Wünsche war mir also unerreichbar.

Meine Leidenschaft zu nähren hieß zugleich ein Übel nähren, das meine Rechtschaffenheit oder meine Existenz vernichten mußte. Es war unerläßlich, meine Gedanken auf einen andern Gegenstand zu richten, um mich selbst von ihrem Einflusse zu befreien. Bei Dingen zu verweilen, die meinem teuren Bilde fremd waren, und mir ihre Gesellschaft in den Stunden zu versagen, die ich sonst bei ihr zuzubringen pflegte, war eine schwierige Aufgabe. Das letztere aber fiel mir am schwersten. Ich hatte gegen Augen zu kämpfen, die beständig Verwunderung oder Vorwürfe über meine Unfreundlichkeit aussprachen. Sie kannte die

Natur ihrer eigenen Gefühle durchaus nicht, und diese Unwissenheit machte sie minder ängstlich bei der Äußerung derselben.

Bisher hatte ich keine Beschäftigung gebraucht, die sich auf etwas anderes als auf mich selbst und meine Gefährten bezog. Jetzt machten meine neuen Beweggründe mich begierig, irgendein Mittel ausfindig zu machen, durch das ich meine Gedanken beherrschen und beschäftigen konnte. In dieser Stimmung dachte ich an das Manuskript Lodis. Auf meinem Wege hierher hatte ich beschlossen, die Sprache dieses Buches zu studieren und die Übersetzung desselben in das Englische zur Beschäftigung und Erheiterung meiner Nebenstunden zu machen. Dieser Vorsatz wurde jetzt mit neuer Kraft belebt.

Mein Plan war vielleicht sonderbar. Die alte Sprache Italiens besaß eine nahe Verwandtschaft mit der modernen. Meine Kenntnis der ersteren war das einzige Mittel zur Erlernung der letzteren. Ich besaß keine Grammatik und kein Wörterbuch, welche mir erklärten, inwieweit die Bedeutung und die Biegungen der italienischen Worte von denen der lateinischen abwichen. Ich mußte jede Wendung, jeden Satz abwägen, unter verschiedenen möglichen Deutungen die wahrscheinlichste ausfindig machen und das Wahre durch Geduld und wiederholte Prüfung erforschen.

So phantastisch und unausführbar dies Unternehmen auch erscheinen mag, bewies doch die Erfahrung, daß es meine Kräfte nicht überstieg. Die Einzelheiten meiner Fortschritte können interessant und lehrreich sein. Welche Hindernisse der feste Wille des Menschen und seine Geduld zu überwinden vermögen; wieviel durch angestrengte und einsame Bemühungen erreicht werden kann; wie der Geist ohne fremden Beistand die Wege findet, um die Prinzipien der Beugung und Stellung abzuleiten, um Analogien und Ähnlichkeiten zu entdecken, das alles könnte mein Beispiel zeigen; wie anziehend aber dies Thema auch sein mag, muß ich es hier dennoch übergehen.

Meine Fortschritte waren sehr langsam, aber die Überzeugung stündlicher Fortschritte gewährte mir unaussprechliches Vergnügen. Nachdem ich bis beinahe zu den letzten Blättern gelangt war, vermochte ich mit geringen Unterbrechungen dem Faden der interessanten Erzählung zu folgen. Der Triumph eines Führers verworfener Haufen über den Volksenthusiasmus der Milanesen und die Ansprüche benachbarter Potentaten sollte als nächstes geschildert werden. Der Condottiere Sforza hatte sich vor seinen Feinden in ein Grab geflüchtet, das der Zufall ihn zwischen den Trümmern einer römischen Veste im Apennin entdecken ließ. Er hatte diesen Zufluchtsort aufgesucht, um sich zu verbergen, aber er entdeckte in demselben einen Schatz, der ihn in den Stand setzte, die wankende und käufliche Treue des Haufens von Schuften zu erkaufen, welche seiner Fahne folgten; es kam nur darauf an, nicht in die Hände der Feinde zu fallen, die ihn jetzt suchten.

Meine aufgeregte Neugier wurde plötzlich dadurch gehemmt, daß die nächsten Blätter an den Ecken zusammengeklebt waren. Sie zu trennen, ohne die Schrift zu beschädigen, war keineswegs leicht. Ich machte mich nicht ohne einige Übereilung an die Aufgabe. Ich trennte die Ecken ab, und die Blätter fielen auseinander.

Sie werden glauben, ich hätte den Faden der Erzählung da wieder aufgenommen, wo er auf der vorstehenden Seite endigte; aber nein. Was meine Augen entdeckten und was die zusammengefalteten Blätter so lange verborgen hatten, war mehr, als die überspannteste Phantasie sich hätte träumen lassen; dennoch enthielt es eine entfernte Ähnlichkeit mit dem, was zuvor meine Einbildungskraft beschäftigt hatte. Ich öffnete das erste Blatt und erblickte – eine Banknote!

Als die erste Überraschung vorüber war, keimte in mir natürlich die Hoffnung, daß die folgenden Blätter, die ebenso zusammengeklebt waren, gleichfalls Banknoten enthielten. Hastig trennte ich sie und fand meine Vermutung bestätigt. Meine Gefühle bei dieser Entdeckung vermag ich nicht zu beschreiben. Schweigend starrte ich die Banknoten an. Ich strich mit den Fingern darüber; ich betrachtete sie in verschiedenen Richtungen; ich las die Zahlen jeder Summe wieder und wieder, addierte sie zusammen und sagte endlich: Zwanzigtausend Dollar! – die sind mein – und auf solche Weise!

Diese Summe hätte dem gesunkenen Glück von Welbeck wieder aufhelfen können. Der sterbende Lodi hatte ihm den Inhalt dieses unschätzbaren Buches nicht mitzuteilen vermocht. Er hatte seinen Schatz zu größerer Sicherheit zwischen seinem Taschenbuche und seinem Manuskript geteilt. Der Tod übereilte ihn zu sehr, als daß er diese Vorsicht hätte erklären können. Welbeck hatte das Buch fortgestellt, indem er dessen Lektüre auf spätere Zeit verschob; aber durch Besorgnisse fortgerissen, welche der Inhalt dieses Buches beseitigt haben würde, ließ er sich zu Verzweiflung und Selbstmord treiben, vor denen die zufällige Entdeckung dieses Schatzes ihn bewahrt hätte.

War dies Ereignis aber beklagenswert? Diese Summe würde wahrscheinlich, gleich der früheren, sehr bald vergeudet worden sein. Seine Laufbahn wäre dadurch noch etwas verlängert worden; aber seine eingewurzelten Gewohnheiten hätten seine Existenz dennoch endlich zu demselben schmachvollen und verbrecherischen Ende geführt.

Doch das Schicksal von Welbeck war erfüllt. Das Geld war ohne Schuld oder Schlechtigkeit in meine Hände gelegt. Mein Glück war auf diese Weise wunderbar begründet worden. Wie sollte ich dessen Gunst nutzen? Setzte mich diese Summe nicht in den Stand, mir alle möglichen Genüsse zu gewähren? Pferde und Wagen – einen Palast – zahlreiche Dienerschaft; funkelnde Spiegel, prachtvolle Vorhänge, Festgelage, Schmeichler – das alles war meinen Neigungen ebensosehr zuwider wie meinen Grundsätzen. Die Erwerbung mannigfacher Kenntnisse, die Verbreitung des Glückes, zu welchem der Reichtum das mächtige Mittel ist, waren für mich die einzigen Vorschriften der Pflicht, die einzigen Wege zur Erreichung wahren Glückes.

Was habe ich aber für ein Recht auf dieses Geld? fragte ich mich. Werde ich nicht, wenn ich es behalte, ebenso strafbar sein wie Welbeck? Es kam in seinen Besitz wie in den meinigen, ohne ein Verbrechen; aber meine Kenntnis der rechtmäßigen Besitzerin ist gewiß, und die Ansprüche dieser Unglücklichen sind so gültig wie zuvor. Ihr Recht auf den Besitz dieses Geldes ist unbestreitbar, sowenig auch ihr Alter, ihre Erziehung, ihr Verstand sie dazu berechtigen mögen.

Was mich betrifft, so gewähren mir Gesundheit und Fleiß nicht nur das Auskommen, das ich suche, sondern auch die Fähigkeit, es zweckmäßig zu genießen. Wenn meine jetzige Lage sich nicht ändert, so werde ich nicht unglücklich sein. Meine Arbeiten sind gesund und verdienstlich; mir sind sowohl die Sorgen als die Genüsse des Reichtums fremd; ich besitze überreiche Mittel, mir Kenntnisse zu erwerben, solange ich Augen habe, die Menschen und die Natur zu beobachten, solange sie in ihrer ursprünglichen Gestalt oder in Büchern zu betrachten sind. Die Vorschriften meiner Pflicht können nicht verkannt werden. Die Lady muß aufgesucht und das Geld ihr übergeben werden.

Gewisse Hindernisse stellten sich der unmittelbaren Ausführung dieses Vorschlages entgegen. Wie sollte ich meine Nachforschungen einrichten? Welche Entschuldigung sollte ich angeben, wenn ich mich so plötzlich und den unlängst eingegangenen Verpflichtungen zuwider von der Familie und aus dem Dienste meines Freundes und Wohltäters Hadwin entfernte?

Meine Gedanken wurden von der Verfolgung dieser Fragen durch ein Gerücht abgezogen, das allmählich zu ungeheurer Größe angeschwollen war und endlich auch uns in unserer stillen Zurückgezogenheit erreichte. Die Stadt, so erzählte man uns, war in Verwirrung und Schrecken gestürzt, denn eine pestartige Krankheit machte die furchtbarsten Fortschritte. Beamte und Bürger flohen auf das Land. Die Zahl der Kranken vervielfachte sich weit über jedes frühere Beispiel, selbst in den von der Pest befallenen Städten der Levante. Die Krankheit war boshaft und verschonte niemanden.

Die gewöhnlichen Beschäftigungen und Vergnügungen des Lebens hatten aufgehört. Der Schrecken verwischte alle Gefühle der Natur. Frauen wurden von ihren Männern, Kinder von ihren Eltern verlassen. Einige hatten sich in ihre Häuser eingeschlossen und von allem Verkehre mit den anderen abgesperrt. Andere waren durch den Schreck wahnsinnig geworden, und ihre irrenden Schritte führten sie in die Mitte der Gefahren, denen sie anfangs ängstlich entflohen waren. Die Menschen wurden mitten auf den Straßen von der Krankheit befallen; die Vorübergehenden flohen vor ihnen; der Eintritt in ihre eigenen Wohnungen wurde ihnen verwehrt; sie starben auf den öffentlichen Plätzen.

Die Krankenzimmer wurden verlassen, und die Kranken starben oft aus Mangel an Pflege. Niemand fand sich bereit, die Leichen fortzuschaffen. Die Verwesung derselben erfüllte die Luft mit tödlichen Dünsten und steigerte zehnfach die Verwüstungen.

Das waren die tausendfältig entstellten und vergrößerten Schilderungen, welche die Leichtgläubigkeit und Übertreibung der Erzähler in Umlauf setzten. Anfangs hörte ich die Erzählungen gleichgültig und scherzend an. Ich dachte, sie würden durch ihre eigene Überspanntheit widerlegt. Das Ungeheure und die Mannigfaltigkeit eines solchen Übels machten es unglaubwürdig. Ich erwartete von jedem neuen Tage, daß er die Albernheit und Falschheit der Darstellungen zeigen würde. Jeder neue Tag aber vermehrte die Zahl der Zeugen und bestätigte die Erzählungen, bis es endlich unmöglich war, ihnen den Glauben zu versagen.

Vierzehntes Kapitel

Diese Gerüchte waren geeignet, alle Fähigkeiten der Seele in Anspruch zu nehmen. Eine gewisse Erhabenheit steht in Verbindung mit ungeheuren Gefahren und verleiht unserer Verwirrung oder unserem Mitleid eine Färbung des Gefälligen. Das können wenigstens die empfinden, welche außerhalb der Gefahr stehen. Meine eigene Person war dem Übel nicht ausgesetzt. Ich hatte Muße, entsetzliche Bilder heraufzubeschwören und mir die Zeugen und Leidenden dieser Trübsal zu vergegenwärtigen. Diese Beschäftigung wurde nicht durch die Notwendigkeit geboten, aber dennoch eifrigst verfolgt und mußte daher mit einem namenlosen Zauber verbunden sein.

Andere wurden sehr verschieden davon ergriffen. Sooft die Erzählung durch neue Umstände verschönert oder durch neue Zeugnisse bestätigt wurde, erblaßten die Zuhörer, ihr Atem stockte, ihr Blick erstarrte und ihr Magen wurde seiner gewöhnlichen Tätigkeit beraubt. Bei vielen wurde ein augenblickliches Unwohlsein hervorgerufen. Einige wurden von einer Traurigkeit ergriffen, die an Wahnsinn grenzte, und andere wurden durch das schlaflose Entsetzen, für welches kein Grund angegeben werden konnte und gegen welches kein Heilmittel half, in tödliche Krankheiten gestürzt.

Mr. Hadwin war über so grundlose Besorgnisse erhaben.

Seine Töchter aber teilten die allgemeine Furcht. Die älteste hatte in der Tat hinreichende Ursache zum Schrecken. Ihr Verlobter lebte in der Stadt. Ein Jahr zuvor hatte er das Haus von Mr. Hadwin, seinem Oheim, verlassen und war nach Philadelphia gegangen, um dort sein Glück zu machen.

Er war Schreiber bei einem Kaufmanne geworden, und durch einige glücklich abgelaufene Unternehmungen schmeichelte er sich, bald imstande zu sein, eine Familie zu erhalten. Währenddessen stand er in einem häufigen und zärtlichen Briefwechsel mit seiner geliebten Susan. Das Mädchen war eine stille Enthusiastin, in deren Busen Ergebenheit und Liebe mit einem Feuer glühten, das selten übertroffen werden kann.

Die erste Nachricht von dem gelben Fieber vernahm sie mit unendlichem Schrecken. Wallace, ihr Verlobter, wurde durch einen Brief um die Wahrheit befragt. Für einige Zeit sprach er von einem unbestimmten Gerücht. Endlich wurde ihm das Bekenntnis entrissen, daß wirklich eine pestartige Krankheit in der Stadt herrsche; er fügte aber hinzu, bis jetzt sei sie auf ein Stadtviertel beschränkt, das von seiner Wohnung sehr entfernt läge.

Sie bat ihn auf das dringendste, auf das Land zu kommen. Er erklärte sich bereit, diesen Wunsch zu erfüllen, wenn die Straße, in der er wohnte, von der Krankheit ergriffen werden und sein Bleiben mit wirklicher Gefahr verbunden sein sollte. Er gab an, wie sehr sein Interesse von der Gunst seines jetzigen Prinzipals abhängig sei, der die triftigsten Gründe anwandte, ihn zurückzuhalten, und erklärte, daß er augenblicklich zu ihnen nach Malverton fliehen würde, wenn seine Lage auch nur im geringsten Grade gefährlich würde. Inzwischen versprach er, mit jeder nur möglichen Gelegenheit Nachricht von seinem Wohlergehen zu geben.

Belding, Mr. Hadwins nächster Nachbar, war zwar von dem allgemeinen Schrecken nicht ganz frei geblieben, aber er fuhr dennoch fort, die Stadt täglich mit seinem Marktkarren zu besuchen. Er fuhr mit Sonnenaufgang ab und kehrte gewöhnlich mittags zurück. Durch ihn empfing Susan regelmäßig einen Brief. Wenn die Stunde von Beldings Rückkehr nahte, stiegen ihre Ungeduld und ihre Angst. Der tägliche Brief wurde mit glühender Hast empfangen und gelesen. Für einige Zeit legte sich danach ihre Aufregung, aber gegen Mittag des folgenden Tages kehrte sie mit gesteigerter Gewalt zurück.

Diese beständige Aufregung war zuviel für eine so schwache Konstitution wie die ihrige. Sie erneuerte ihre flehenden Bitten an Wallace, die Stadt zu verlassen. Er wiederholte seine Versicherungen, bis jetzt außer Gefahr zu sein, und sein Versprechen, wenn diese wachsen sollte, zu ihr zu kommen. Wenn Belding zurückkehrte und, statt Wallace mit sich zu bringen, nur einen Brief von ihm hatte, brach die unglückliche Susan in Klagen und Tränen aus und wies jeden Versuch, sie zu trösten, mit einer Hartnäckigkeit zurück, die an Wahnsinn grenzte. Endlich wurde klar, daß ein weiteres Zögern von Wallace der Gesundheit seiner Geliebten verderblich sein würde.

Mr. Hadwin hatte sich bisher passiv verhalten. Er meinte, die Bitten und Vorstellungen seiner Tochter würden mehr Einfluß auf Wallace ausüben als irgend etwas, das er sagen konnte: Jetzt aber schrieb er ihm einen Brief, durch den er das bestimmte Verlangen seiner Rückkehr mit Belding aussprach und ihm erklärte, daß er durch längeres Zögern seine ganze Gunst verscherzen würde.

Die Krankheit hatte um diese Zeit bedeutende Fortschritte gemacht. Beldings Gewinnsucht wich endlich seiner Furcht, und dies war die letzte Fahrt, die er machen wollte. Dadurch wurde unsere Ungeduld über die Rückkehr von Wallace gesteigert; denn wenn er diese Gelegenheit versäumte, so konnte sich ihm vielleicht keine passende mehr bieten.

Belding fuhr wie gewöhnlich mit Tagesanbruch ab. Die Zeit bis zu seiner erwarteten Rückkehr brachte Susan in einem Aufruhr der Furcht und der Hoffnung hin. Als der Mittag herankam, stieg ihre Angst zu einer wahren Todesqual. Sie konnte kaum davon abgehalten werden, die Straße hinabzulaufen, um Belding zu begegnen und dadurch früher das Schicksal ihres Geliebten zu erfahren. Sie stellte sich an ein Fenster, welches die Aussicht auf die Straße hatte, von woher Belding kommen mußte.

Ihr Vater und ihre Schwestern waren zwar weniger ungeduldig, lauschten aber dennoch mit ängstlicher Spannung auf das erste Rollen des nahenden Fuhrwerkes. Sie warfen einen Blick darauf, sobald es sich zeigte. Belding hatte keinen Begleiter.

Die Bestätigung ihrer Furcht überwältigte die arme Susan. Sie sank in eine Ohnmacht, welche längere Zeit kaum eine Hoffnung auf ihre Erholung ließ. Dann folgte ein Anfall wilder Raserei, in welchem sie nach jedem schneidenden Gerät, das in ihrem Bereich war, griff, um sich damit den Tod zu geben. Wurden diese weggeräumt oder ihr gewaltsam entrissen, dann versank sie in Klagen und Tränen.

Belding erklärte auf die an ihn gerichteten Fragen, er hätte seinen gewöhnlichen Platz auf dem Markte eingenommen, wo Wallace ihn bisher jeden Tag aufgesucht hatte, um die Briefe auszutauschen; an diesem Tage aber sei der junge Mann nicht erschienen, obgleich Belding sich durch den Wunsch, ihn zu sehen, hätte bewegen lassen, viel länger als gewöhnlich in der Stadt zu bleiben.

Daß irgendeine andere Ursache als Krankheit an diesem Ausbleiben schuld war, ließ sich kaum annehmen. Selbst das zuversichtlichste Gemüt durfte kaum noch irgendeine Hoffnung hegen. Wallace war in der Stadt ohne Verwandte und wahrscheinlich auch ohne Freunde. Der Kaufmann, in dessen Diensten er stand, war nur durch den Nutzen an ihn gebunden. In welcher Lage mußte er sich also befinden, wenn er von einer Krankheit befallen wurde, welche alle für ansteckend hielten und die durch die Furcht, welche sie einflößte, bereits die mächtigsten Bande der Natur zerrissen hatte.

Ich war diesem Jüngling persönlich fremd. Ich hatte seine Briefe gelesen, und sie sprachen zwar weder einen gebildeten Geist noch ein feineres Gefühl aus, aber doch wenigstens einen offenen, edlen Charakter, dem ich meine Achtung nicht versagen konnte; sein Hauptanspruch auf meine Zuneigung bestand in seiner Verwandtschaft mit Hadwin und in der Liebe, die Susan für ihn empfand. Sein Wohl war wesentlich erforderlich zu dem Glücke derer, deren Glück für mich wesentlich geworden war. Ich war Zeuge von den Wirkungen der Verzweiflung auf die Tochter und von den Zeichen eines tiefen, wenn auch weniger heftigen Kummers bei dem Vater und der Schwester. War es mir nicht möglich, diese Leiden zu mildern? Konnte nicht über das Schicksal von Wallace Gewißheit erlangt werden?

Die Krankheit befiel die Menschen in verschiedenen Graden der Bösartigkeit. In ihrer schlimmsten Gestalt war sie vielleicht unheilbar; aber in einigen ihrer Grade ließ sie sich ohne Zweifel durch geschickte Ärzte und sorgsame Wärterinnen überwinden. In ihren letzten, furchtbaren Symptomen mußte sie durch Vernachlässigung verderblich werden.

Wallace konnte die Pest vielleicht nur im geringsten Grade haben; wurde er aber von allen Menschen verlassen, fehlte es ihm nicht nur an ärztlichem Beistande, sondern vielleicht sogar an Nahrung, dann war sein Geschick unwiderruflich besiegelt. Meine Einbildungskraft beschäftigte sich fortwährend mit diesem Jüngling, der einsam und unbekannt unterging, den Namen entfernter Freunde rief oder erfolglos die Hilfe derer anflehte, die in seiner Nähe waren.

Bisher hatte ich das Übel aus der Ferne betrachtet und durch die Vermittlung einer Phantasie, welche an dem Wunderbaren und Erhabenen darin Gefallen fand. Jetzt war das Leiden in meine eigene Türe eingezogen; eingebildete Übel wurden durch wirkliche verdrängt, und mein Herz war erfüllt von Teilnahme und Jammer.

Ich fühlte mich unfähig zur Erholung und Beschäftigung. Ich vertiefte mich in das Dunkel des nahen Waldes oder verlor mich zwischen die Felsen und Schluchten. Vergebens suchte ich das Phantom des sterbenden Wallace zu verbannen und das Schauspiel des häuslichen Kummers zu vergessen. Endlich fragte ich mich: Kann denn nicht das Übel beseitigt und das Glück der Hadwins wiederhergestellt werden? Wallace ist ohne Freunde und Beistand; aber kann ich nicht bei ihm die Stelle eines Beschützers und Pflegers einnehmen? Weshalb soll ich nicht zur Stadt eilen, seine Wohnung aufsuchen und mich überzeugen, ob er tot oder noch am Leben ist? Lebt er, kann ich dann nicht durch Trost und Pflege zu der Wiederherstellung seiner Gesundheit beitragen und ihn an den Busen seiner Familie zurückführen?

Mit welchem Entzücken würde seine Ankunft begrüßt werden! Wie reichlich würde ihre Ungeduld und ihr Kummer durch seine Rückkehr vergütet werden! Wie groß und rein würde meine Freude bei dem Anblicke ihres Entzückens sein! Verlangten die Wohltaten, die ich von den Hadwins genossen hatte, eine geringere Vergeltung?

Freilich geriet mein eigenes Leben in Gefahr, aber diese stand nur in Verhältnis zu der Dauer meines Aufenthaltes am Herde der Ansteckung. Der Tod oder die Flucht von Wallace konnten mich der Notwendigkeit entheben, auch nur eine einzige Nacht in der Stadt zuzubringen. Die Landleute, welche den Markt täglich besuchten, waren, wie die Erfahrung lehrte, von der Krankheit verschont geblieben, vielleicht deshalb, weil sie ihren Aufenthalt in der Stadt nur auf einige Stunden beschränkten. Konnte ich nicht ihrem Beispiele folgen und mich dann einer gleichen Ausnahme erfreuen?

Mein Bleiben konnte aber auch über den Tag hinausgehen. Ich konnte verurteilt werden, das allgemeine Los zu teilen. Was dann? Das Leben ist von tausend Zufälligkeiten abhängig, die nicht berechnet oder vorausgesehen werden können. Die Keime eines frühen Todes lagen in meiner Konstitution. Vergeblich war die Hoffnung, der Krankheit zu entrinnen, an welcher meine Mutter und meine Brüder gestorben waren. Wir waren ein Geschlecht, dem das Geschick die kurze Frist von zwanzig Jahren bestimmt hatte. Wir sind, gleich den übrigen Menschen, tausend Zufälligkeiten ausgesetzt; werden diese aber vermieden, so sind wir unwiderruflich der Schwindsucht verfallen. Weshalb sollte ich also zögern, mein Leben der Sache der Tugend und der Menschlichkeit zu opfern? Es ist besser, in dem Bewußtsein zu sterben, ein heldenmütiges Opfer gebracht zu haben, an einem plötzlichen Schlage zu sterben als in der schmachvollen Untätigkeit einer abzuwehrenden Krankheit.

Diese Betrachtungen bestimmten mich, nach der Stadt zu eilen. Meinen Vorsatz gegen die Hadwins zu äußern konnte nutzlos oder schädlich sein. Es konnte nur ihre gegenwärtigen Besorgnisse vermehren. Ich konnte tausend Widersprüchen in der Zärtlichkeit und der Angst Elizas sowie in der besonnenen Zuneigung ihres Vaters begegnen. Ich konnte verdammt werden, ihre Gründe zu hören, und unfähig sein, sie zu widerlegen; ich lud vielleicht nur den Vorwurf des Übermuts und der Verwegenheit auf mich.

Aber wie anders sollte ich meinen Abschied erklären? Ich hatte meine Lippen bisher noch nie durch Falschheit oder Lüge befleckt. Vielleicht gab es keine Gelegenheit, welche die Unwahrheit entschuldigte, aber hier war sie wenigstens überflüssig oder nachteilig. Verschwand ich ohne

Anzeige oder Andeutung, so wurden dadurch Vermutungen erweckt, aber meine Beweggründe werden sicher nicht erraten, und es entsteht folglich auch keine Furcht. Mein Betragen wird nicht mit Schuld belastet. Man wird nur mit Bedauern daran denken, aber sich durch den Glauben an meine Sicherheit und die Hoffnung auf meine Rückkehr trösten.

Da es aber meine Absicht war, Wallace aufzusuchen, mußte ich zuvor seine Wohnung oder seinen Aufenthaltsort kennen und eine Beschreibung seiner Person haben. Dies erlangte ich leicht durch Mr. Hadwin, der über die Veranlassung meiner Fragen keinen Verdacht schöpfte, weil ich sie wie zufällig tat. Er nannte die Straße, das Haus und die Nummer.

Ich horchte verwundert. Das war ein Haus, welches ich schon kannte. Er wohnte bei einem Kaufmann. War es möglich, daß ich mich irrte?

»Wie heißt der Kaufmann?« fragte ich.

»Thetford.«

Dies war eine Bestätigung meiner ersten Vermutung. Ich erinnerte mich der ungewöhnlichen Art, wie ich in das Haus und das Schlafzimmer dieses Mannes gelangt war. Ich besann mich auf die Gestalt und das Benehmen des jungen Mannes, durch dessen Arglist ich in jene Schlinge geraten war. Diese Arglist verriet ein näheres Verhältnis zwischen Thetford und meinem Führer. Wallace war ein Mitglied der Familie. Sollte er es gewesen sein, durch den ich verraten wurde?

Geschickte Fragen entlockten Hadwin eine genaue Beschreibung seines Neffen. Jeder Umstand überzeugte mich von der Identität der Person. Wallace war der liebenswürdige und freundliche junge Mann, den ich in Leshers Gasthaus angetroffen hatte und der mich aus bisher noch unerklärlichen Gründen in eine so eigentümliche und gefährliche Lage gebracht hatte.

Ich war weit davon entfernt zu glauben, daß seine Absichten verbrecherisch gewesen waren. Es war leicht anzunehmen, daß sein Betragen nur die Folge jugendlichen Übermutes und des Vergnügens an lustigen Streichen war. Die gemachte Entdeckung änderte daher meinen Entschluß nicht, und nachdem ich alle erforderlichen Weisungen empfangen hatte, trat ich heimlich meine Reise an.

Meine Gedanken waren während des Weges hinlänglich damit beschäftigt, die Folgen meines Schrittes zu überlegen; die Übelstände und Gefahren zu bedenken, denen ich entgegenging; meinen Mut gegen die Einwirkungen der Reue und des Wankelmuts zu befestigen; die Maßregeln zu überlegen, die ich in jedem möglichen Falle zu ergreifen hätte.

Da meine Absichten in einiger Beziehung zu der Familie und dem Charakter Thetfords standen, konnte ich nicht umhin, zuweilen der früheren Ereignisse zu gedenken. Ich erinnerte mich der Handelsverbindung, in welcher er mit Welbeck stand; der Anspielungen, welche auf diesen in dem von mir belauschten Schlafzimmergespräche gemacht wurden; der möglichen Verbindung zwischen diesen Anspielungen und den späteren Begebenheiten. Welbecks Eigentum ging verloren. Es war der Obhut von Thetfords Bruder anvertraut gewesen. War die Ursache des Verlustes hinlänglich oder wahrheitsgetreu geklärt worden? Waren nicht Konterbandeartikel unter Mitwissen oder Mitschuld der Brüder eingebracht worden? Konnte nicht der jüngere Thetford mit den Mitteln versehen worden sein, das beschlagnahmte Schiff und dessen Ladung zu kaufen, was in der öffentlichen Versteigerung gewöhnlich um den fünften oder den zehnten Teil des wirklichen Wertes möglich war?

Angenommen, daß diese Vermutungen begründet waren, so lebte doch Welbeck nicht mehr, um daraus Vorteil zu ziehen. Meine Kenntnis davon mußte der Welt nutzlos sein; denn durch welchen Einfluß konnte ich bewogen werden, die Wahrheit zu veröffentlichen? Oder wer würde meinem einzelnen Zeugnis der vielleicht bekannten Rechtlichkeit Thetfords gegenüber glauben? Für mich selbst aber konnte es nicht ohne Nutzen sein. Es war eine Lehre von den Grundsätzen der menschlichen Natur; über das Trügerische des Scheines; über die Verderbtheit des Betruges und über die Macht, mit welcher die Natur die Menschen ausgerüstet hat, gegenseitig ihre Gedanken und ihre Handlungen zu beherrschen.

Thetford und seine Betrügereien wurden aus meinen Gedanken durch Betrachtungen über Clemenza Lodi und das zufällig in meinen Besitz gekommene Geld verdrängt. Die Zeit hatte nur meinen Vorsatz befestigt, die Banknoten der rechtmäßigen Besitzerin zuzustellen, und meine Ungeduld gesteigert, ihren Aufenthaltsort auszuforschen. Ich bedachte, daß die Mittel dazu sich wahrscheinlich an keinem anderen Orte eher bieten würden als dort, wohin ich mich jetzt begab. Ich konnte allerdings zugrunde gehen, ehe ich diesen Zweck erreicht hatte; aber das vermochte ich für jetzt nicht zu ändern. Solange ich lebte, wollte ich das

Manuskript und dessen wertvollen Inhalt beständig bei mir tragen. Wenn ich starb, mußte eine höhere Macht diese Sache lenken wie jede andere.

Fünfzehntes Kapitel

Diese Betrachtungen schwächten weder meinen Entschluß, noch verkürzten sie meinen Schritt. In dem Grade, in dem ich mich der Stadt näherte, wurden die Zeichen der Not größer. Jedes Farmhaus war von überzähligen Bewohnern angefüllt; der Heimat Entflohene lagerten an den Seiten der Straße und hielten jeden Vorüberkommenden an, um von ihm Neuigkeiten zu hören. Diese Vorüberkommenden waren zahlreich, dennoch war der Strom der Flüchtenden keineswegs erschöpft. Einige waren zu Fuß und trugen in ihren Zügen die Zeichen der Schrecken, denen sie entflohen waren, oder der Verzweiflung über ihre aussichtslose Lage. Wenige hatten ein Asyl gefunden; einige waren ohne Mittel, für Essen oder für das nächste Nachtquartier zu zahlen; andere waren zwar nicht so von Hilfsmitteln entblößt, aber sie wußten nicht, wo sie eine Unterkunft finden sollten, denn alle Häuser waren entweder überfüllt oder verschlossen ungastlich ihre Türen vor den Ankommenden.

Weinende Mütter und klagende Kinder wurden in Begleitung des unentbehrlichsten Hausgerätes auf Fuhrwerken jeglicher Art fortgeschafft. Der Vater oder der Gatte war gestorben, und der Preis für die bewegliche Habe oder die Gabe öffentlichen Mitleids war darauf verwendet worden, dem Schauplatze des Jammers zu entfliehen und eine unsichere und hoffnungslose Existenz in der nächsten Umgegend aufzusuchen.

Zwischen diesen Flüchtlingen und denen, welche die Neugier an die Straße gelockt hatte, fanden oft Gespräche statt, denen ich zuhören konnte. Aus jedem Munde wurde die Schilderung des Jammers mit neuen Zutaten wiederholt. Bilder der eigenen Leiden oder der der Nachbarn wurden mit allen Farben entworfen, welche die Einbildungskraft der Pest und der Armut hinzuzufügen vermag.

Meine Vermutungen über das Übel schienen jetzt der Wahrheit so ziemlich nahe zu kommen. Die Gefahren, denen ich entgegeneilte, waren noch größer und zahlreicher, als ich vermutet hatte. Ich ließ mich dadurch in meinem Vorsatze nicht wankend machen; indes bemächtigte sich meiner doch ein panischer Schrecken, den ich nur mit großer Anstrengung unterdrücken konnte. Gleichwohl bewahrte ich nicht einen Augenblick Zweifel darüber, was die Pflicht von mir heischte. Ich dachte nicht daran zurückzuweichen, sondern nur, meinen Pfad ohne Unruhe oder Verwirrung zu verfolgen.

Verschiedene Umstände hatten mich daran gehindert, so früh zu der Reise aufzubrechen, als es zweckmäßig gewesen wäre. Das öftere Anhalten, um auf die Erzählungen der Reisenden zu lauschen, bewirkte auch manche Verzögerung. Die Sonne war beinahe untergegangen, als ich in die Nähe der Stadt kam. Ich verfolgte denselben Weg, den ich früher gegangen war, und erreichte die High-Street mit Dunkelwerden. Statt der Equipagen und einer Menge von

Fußgängern, statt der Stimmen der Lust und der Freude, welchen ich sonst hier begegnet war und welche zu dieser milden Jahreszeit gewöhnlich das Bild der Straße bestimmten, fand ich jetzt nichts als traurige Stille und Einsamkeit.

Der Marktplatz und die beiden Seiten der prachtvollen Straße dahin waren wie gewöhnlich mit Lampen beleuchtet; aber von Schuylkill bis zum Herzen der Stadt begegnete ich nicht einmal einem Dutzend Menschen, und diese sahen geisterhaft aus, waren in Mäntel gehüllt, aus denen hervor sie verwunderte Blicke auf mich warfen, und wenn ich mich ihnen näherte, veränderten sie ihre Richtung, um mich nicht zu berühren. Ihre Kleider waren mit Weinessig besprengt, und um sich vor Ansteckung zu bewahren, hielten sie irgendeine stark riechende Essenz vor Mund und Nase.

Ich warf einen Blick auf die Häuser, die ich sonst um diese Zeit glänzend beleuchtet gefunden hatte, erfüllt von heiteren Stimmen und belebt durch glückliche Gesichter. Aus den oberen Stockwerken fiel zuweilen ein matter Schein auf das Straßenpflaster und zeigte, daß die Bewohner nicht entflohen, aber krank oder einsam waren.

Diese Zeichen waren mir neu und erweckten meine ganze Furcht. Der Tod schien über allem zu lauern, und ich sorgte mich, die fliehende Pest möchte auch meinen Körper schon durchdrungen haben. Kaum hatte ich diese Angst überwunden, als ich mich einem Hause näherte, dessen Türe offenstand und vor welchem ein Fuhrwerk hielt, in dem ich einen Leichenwagen erkannte.

Der Kutscher saß darauf. Ich stand still, um sein Gesicht zu betrachten und zu sehen, welche Richtung er nehmen würde. Jetzt kam ein Sarg, von zwei Männern getragen, heraus. Der Kutscher war ein Neger, seine Gefährten aber Weiße. Ihre Züge zeigten eine wilde Gleichgültigkeit gegen Gefahr und Mitleid. Während der eine von ihnen seinem Genossen beistand, den Sarg in die zu seiner Aufnahme bestimmte Öffnung des Wagens zu schieben, sagte er: »Ich will verdammt sein, aber ich glaube, der arme Hund war noch nicht ganz tot. Es war nicht das Fieber, das ihn niedergeworfen hat, sondern der Anblick seines kleinen Mädchens und seiner Frau, die am Boden lagen. Ich wundere mich, wie alle in dem Raume Platz fanden. Was brachte sie nur dahin?«

Der andere entgegnete mürrisch: »Ganz sicher ihre Beine.«

»Aber warum hatten sie sich so in einem Raume zusammengedrängt?«

»Um uns Mühe zu ersparen.«

»Und ich danke ihnen dafür von Herzen; aber verdammt sei es, recht war's doch nicht, ihn in den Sarg zu werfen, noch ehe er den letzten Atem ausgehaucht hatte. Mir war, als bäte sein letzter Blick darum, noch ein paar Minuten zu warten.«

»Bah! Leben konnte er doch nicht. Je früher tot, desto besser für ihn sowie für uns. Sahst du wohl, wie er auf uns blickte, als wir seine Frau und seine Tochter wegtrugen? Ich habe in meinem Leben nie gegreint, seit ich kniehoch war, aber ich will verflucht sein, wenn ich mich zu dem Geschrei jemals mehr aufgelegt gefühlt habe als ebenda. He!« fuhr er fort, indem er aufblickte und mich wenige Schritte entfernt stehen sah, auf ihr Gespräch horchend: »Was wollen Sie? Ist jemand gestorben?«

Ich blieb nicht stehen, um zu antworten, sondern eilte davon. Meine Glieder bebten, und kalte Schweißtropfen standen mir auf der Stirn. Ich schämte mich meiner Schwäche, und durch eine kräftige Anstrengung gewann ich meine Selbstbeherrschung zum Teil wieder. Der Abend war jetzt weit vorgerückt, und ich mußte daran denken, in irgendeinem Gasthause ein Unterkommen zu finden.

Ich erkannte die Wirtshäuser leicht an ihren Schildern, aber viele waren unbewohnt. Endlich traf ich eines, dessen Halle und Fenster offenstanden. Nachdem ich einige Zeit geklopft hatte, erschien ein junges Mädchen mit allen Zeichen der Angst. Auf meine Frage antwortete sie mir, daß ihre Eltern krank wären und daß sie mich nicht aufnehmen könnte. Vergebens fragte ich nach irgendeiner anderen Taverne, wo ein Fremder übernachten könnte. Sie wußte keine und ließ mich stehen, als eine Stimme aus dem oberen Stockwerke nach ihr rief. Nach kurzem Besinnen kehrte ich verlegen und verdrießlich auf die Straße zurück.

Ich irrte längere Zeit umher und fand endlich in der Fourth-Street ein großes Gebäude, das ich an dem Schilde als Wirtshaus erkannte. Ich klopfte laut und anhaltend an die Türe. Endlich öffnete ein Frauenzimmer ein Fenster im zweiten Stock und fragte mürrisch, was ich suchte. Ich sagte ihr, ich bräuchte ein Nachtquartier.

»Sucht das anderwärts!« entgegnete sie. »Hier findet Ihr keines.« Ich legte mich aufs Bitten, doch sie schlug das Fenster zu und überließ mich meinen Betrachtungen.

Ich begann jetzt einige Reue über die unternommene Reise zu fühlen. In den Tiefen der Höhlen oder des Waldes hatte ich mich nie so allein gefühlt. Ich war umgeben von menschlichen Behausungen und dennoch ohne Gesellschafter oder Freund. Ich hatte Geld, und dennoch war weder ein Nachtquartier noch ein Bissen Nahrung zu erhalten. Trotz meiner Gesundheit war meine Lage hoffnungslos, und was mußte also erst aus mir werden, wenn ich von der verhängnisvollen Krankheit befallen wurde? Es wäre unvernünftig gewesen, mich der Hoffnung hinzugeben, die Aufnahme, welche man dem Gesunden versagt hatte, würde man dem Kranken gewähren.

Der erste Impuls, den diese Betrachtungen in mir hervorriefen, war, nach Malverton zurückzueilen, welches ich bei großer Eile noch vor Tagesanbruch zu erreichen hoffen durfte. Ich dachte, ich könnte meine Schritte nicht schnell genug zurück tun. Ich fühlte mich gedrängt zu laufen, als könnte ich der Pest durch die Eile meiner Flucht entrinnen.

Dieser Impuls wurde indes sofort durch andere Gedanken unterdrückt. Ich blickte voller Unwillen und Scham auf die Albernheit meines Benehmens. Ich rief mir die Bilder Susan Hadwins und Wallaces in das Gedächtnis. Ich überlegte die Beweggründe, die mich zu der Reise bestimmt hatten. Die Zeit hatte deren Gewalt keineswegs verringert. Ich stand in der Tat der Erreichung meiner Absicht nahe. Wenige Schritte weiter brachten mich zu der Wohnung Thetfords. Ebendies konnte der entscheidende Augenblick sein, wo Hilfe am nötigsten gefordert wurde und am wohltätigsten wirken konnte.

Ich hatte anfangs beschlossen, erst am nächsten Morgen hinzugehen; aber wozu auch nur einen Augenblick zögern? Ich konnte mir das Haus wenigstens von außen ansehen, und dann ereigneten sich vielleicht Umstände, die mich der Notwendigkeit enthoben, auch nur eine Stunde länger in der Stadt zu bleiben. Alles, weswegen ich gekommen war, konnte vielleicht erfüllt, das Schicksal von Wallace erkundet werden, und ich konnte dann noch vor dem neuen Tage in Malverton in Sicherheit sein.

Ich richtete meine Schritte augenblicklich nach der Wohnung Thetfords. Wagen mit Toten begegneten mir häufig. Auch einige Fußgänger traf ich, deren hastige und wankende Schritte mir zeigten, daß sie ihren Teil von den allgemeinen Leiden zu tragen hatten. Das Haus, das ich suchte, zeigte sich mir bald. Licht in einem der oberen Zimmer zeigte, daß es noch bewohnt war.

Ich blieb einen Augenblick stehen, um zu überlegen, wie ich zu handeln hätte. Das Leben und die Lage von Wallace zu ermitteln war der Zweck meiner Reise. Er hatte in diesem Hause gewohnt; ob er noch hier war, mußte ich jetzt erfahren. Ich fühlte ein Widerstreben einzutreten, da meine Sicherheit dadurch gedankenlos und unnötig gefährdet werden konnte; die meisten Nachbarhäuser waren allem Anschein nach verlassen, einige aber trugen unverkennbare Zeichen, daß sie bewohnt waren. Konnte ich mich nicht in einem derselben nach der Lage von Thetfords Familie erkundigen? Aber weshalb sollte ich durch Fragen stören, die zu solcher Stunde so zudringlich erscheinen mußten? An Thetfords Türe zu klopfen und den, welcher mir öffnen würde, zu fragen war der naheliegendste Weg.

Ich klopfte zweifelnd und leise an. Niemand kam. Ich klopfte wiederholt und lauter; ich zog auch die Klingel. Deutlich hörte ich in der Ferne ihr Läuten; war also jemand im Hause, so mußte er es gehört haben. Ich hielt inne und horchte, doch weder eine Stimme noch Tritte ließen sich vernehmen. Das Licht war noch immer sichtbar, wenn auch nur durch zugezogene Vorhänge schimmernd.

Ich dachte über die Gründe nach, weshalb mein Zeichen unbeachtet bleiben mochte. Ich konnte mir nichts anderes vorstellen als die Hilflosigkeit der Krankheit oder die Regungslosigkeit des Todes. Diese Bilder trieben mich nur dazu an, bei meinem Vorhaben zu beharren, Zutritt zu erlangen. Ohne die Folgen meines Tuns zu überlegen, drückte ich auf den Griff der Türe; diese öffnete sich, und ich trat in die Vorhalle.

Wieder stand ich still. Der Vorsaal war sehr groß, und am äußersten Ende desselben bemerkte ich Licht, das von einer Lampe oder Kerze herzurühren schien. Dies bewog mich weiterzugehen, bis ich zum Fuße der Treppe kam. Auf der untersten Stufe stand eine brennende Kerze.

Das war ein neuer Beweis dafür, daß das Haus bewohnt war. Ich trat mit den Absätzen laut auf den Fußboden, um mich bemerkbar zu machen; aber auch dies Zeichen blieb ebenso wie die vorherigen ungehört. Nachdem ich einmal so weit gegangen war, würde es albern gewesen sein, unverrichteter Dinge wieder umzukehren. Ich nahm die Kerze und öffnete die nächste Türe. Ich trat in ein geräumiges Zimmer, das verschwenderisch und glanzvoll eingerichtet war; auf und ab gehend betrachtete ich die Gegenstände, die sich meinen Augen darboten, und ein wenig verwirrt stampfte ich noch lauter als zuvor auf den Boden; doch ohne jeden Erfolg.

Ungeachtet der Lichter war das Haus vielleicht doch unbewohnt. Davon wollte ich mich überzeugen, indem ich nach dem Zimmer ging, in welchem ich von außen das Licht gesehen hatte. Meinen Vermutungen nach war es ebendas, in welchem ich die erste Nacht meines letzten Besuches in der Stadt zugebracht hatte. Jetzt machte ich also zum zweiten Male, in beinahe der gleichen Unkenntnis meiner Lage und ohne die Folgen meines Schrittes voraussehen zu können, den Weg nach diesem Gemache.

Ich ging die Treppe hinauf. Als ich mich der Türe, welche ich suchte, näherte, befiel ein scharfer, tödlicher Geruch meine Sinne. Er glich nichts von dem, was ich bisher empfunden hatte. Seit meiner Ankunft in der Stadt hatte ich schon mancherlei Gerüche verspürt, von denen viele weniger erträglich waren. Ich schien die Luft, in welche ich jetzt eintrat, nicht sowohl zu riechen als zu kosten. Mir war, als hätte ich ein feines, flüchtiges Gift eingeatmet, dessen Gewalt meinem Magen augenblicklich alle Kraft raubte. Ein verhängnisvoller Einfluß schien sich meiner Lebenskräfte bemächtigt und das Werk der Verwesung begonnen zu haben.

Einen Augenblick dachte ich mir, die Einbildungskraft müßte Anteil an meinen Empfindungen haben; aber ich war nicht von Schrecken ergriffen und noch jetzt im vollen Besitz meiner Geisteskräfte. Daß ich die Krankheit eingesogen hatte, ließ sich nicht bezweifeln. Die Aussichten zu meinen Gunsten waren also erloschen. Das Los der Krankheit war gezogen.

Ob mein Fall bösartig sein würde oder nicht, ob ich mich erholen oder sterben würde, mußte die Zukunft entscheiden. Statt mich zu entmutigen, diente dieser Umstand vielmehr dazu, meinem Mute neue Kraft zu verleihen. Die Gefahr, welche ich gefürchtet hatte, war gekommen. Ich konnte jetzt den Schauplatz der Pest voller Gleichgültigkeit betreten. Ich konnte ohne Schwanken die Pflichten erfüllen, welche die Verhältnisse mir vielleicht auferlegten. Ich schwebte nicht mehr in der Ungewißheit der Gefahr; mein künftiges Benehmen war ohne Einfluß auf mein Geschick.

Die Angst, die mich befallen hatte, und der Reiz zum Erbrechen hörten jetzt auf. Das Gefühl der Gesundheit kehrte zwar nicht zurück, wohl aber meine Kräfte. Der Dunst wurde immer bemerkbarer, je mehr ich mich dem Zimmer näherte. Die Türe stand angelehnt, und ich konnte das darin brennende Licht sehen. Meine Vermutung, daß im Zimmer nur Tote waren, wurde jetzt durch die Töne widerlegt, welche von rasch und furchtsam über den Boden dahinschreitenden Tritten herzurühren schienen. Dies Geräusch endete, und es folgten Klänge von anderer, mir unerklärlicher Art.

Nachdem ich das Zimmer betreten hatte, sah ich eine Kerze auf dem Kaminsims brennen. Ein Tisch war mit Arzneiflaschen und anderen Vorrichtungen eines Krankenzimmers bedeckt. Auf der einen Seite stand ein Bett, dessen Vorhänge zugezogen waren, so daß man denjenigen nicht sehen konnte, der darin lag. Ich heftete die Augen fest darauf und bemerkte deutlich, daß ein Mensch auf dem Bette lag. Tiefe Atemzüge, kaum hörbares Gemurmel und eine zitternde Bewegung des ganzen Bettes waren bedeutungsvolle und furchtbare Zeichen.

Wenn die Schläge meines Herzens stockten, so rührte das

nicht von selbstsüchtigen Rücksichten her. Wallace, der Gegenstand meiner Nachsuchungen, war allein meiner Phantasie gegenwärtig. Ergriffen von der Erinnerung an die Hadwins, von der Angst, welche sie schon ausgestanden hatten, von der Verzweiflung, welche die unglückliche Susan erfassen würde, wenn sie die gewisse Nachricht von dem Tode ihres Liebhabers empfing, die Öde dieses Hauses, aus der ich schließen mußte, daß es dem Kranken an der erforderlichen Pflege gemangelt hatte, durch die Symptome, die ich bemerkte, überzeugt, daß der Kranke mit dem Tode rang, beschlich mich ein Gefühl der Krankheit, welches noch unerträglicher war als das bisher empfundene.

Meine Phantasie malte mir geschäftig die Fortsetzung und den Schluß dieses Trauerspiels aus. Wallace war der erste von der Familie, den die Pest ergriffen hatte. Thetford war aus seiner Wohnung geflohen. Vielleicht gebot seine Pflicht als Gatte und Vater, die Gefahr zu fliehen, die sein Bleiben mit sich gebracht hätte. Ohne Zweifel war dies ein Benehmen, wie selbstsüchtige Rücksichtnahme es vorschrieb; Wallace war allein zurückgelassen worden oder aber – diese Vermutung schien in der Tat durch den Anschein gerechtfertigt zu werden – gemieteten Wärtern überlassen geblieben, und diese waren im verhängnisvollen Augenblick davongeeilt.

Ich übersah nicht, daß diese Vermutungen auch falsch sein konnten. Der Sterbende war vielleicht nicht Wallace. Das Geflüster meiner Hoffnung war nur leise, aber es bewog mich doch wenigstens, einen Blick auf den Sterbenden zu richten. Ich trat daher näher und steckte den Kopf zwischen den Vorhang.

Sechzehntes Kapitel

Die Züge eines Menschen, den ich nur so flüchtig gesehen hatte wie Wallace, waren natürlich nicht leicht zu erkennen, zumal der Tod sie entstellte; dennoch war der Unterschied zu groß, um irren zu können. Ich sah einen Menschen, welcher keine Ähnlichkeit mit irgend jemandem hatte, den ich je zuvor gesehen. Obgleich das Gesicht leichenhaft und bleich war, trug es doch die unverkennbaren Spuren des Geistes und der Schönheit. Das Leben von Wallace war von gößerem Wert für einen schwachen einzelnen; aber der Mann, der hier vor mir lag und mit dem letzten Atemzuge rang, mußte Tausenden teurer sein.

Wäre ich nicht gern an seiner Stelle gestorben? Das Opfer kam zu spät. Seine Extremitäten waren schon kalt; ein giftiger, ansteckender Dunst lag über ihm. Die Schläge seines Pulses hatten aufgehört. Sein Leben stand auf dem Punkte, unter Krämpfen und Schmerzen zu enden.

Ich wandte mein Gesicht von diesem Anblick ab und ging zu einem Tisch. Ich war mir meiner Bewegungen kaum noch bewußt. Meine Gedanken waren mit der Reihe der Greuel und Leiden beschäftigt, welche das Menschengeschlecht verfolgen. Bald jedoch wurde meine Aufmerksamkeit durch ein Kästchen gefesselt, dessen Schloß erbrochen war und dessen Deckel halb offenstand. In meinem jetzigen Zustand fühlte ich mich geneigt, das Schlimmste zu vermuten. Dies waren Zeichen der Plünderung. Irgendein zufälliger oder gemieteter Wärter hatte nicht nur den Tod des Kranken beschleunigt, sondern auch dessen Eigentum geraubt und war entflohen.

Der Verdacht würde vielleicht zur Reife gediehen sein, wäre mir das Nachdenken gestattet worden. Aber kaum war ein Moment verflossen, da erweckte in dem Spiegel, der über dem Tische hing, eine Erscheinung meine Aufmerksamkeit. Es war ein menschliches Gesicht. Nichts kann kürzer sein, als der Blick, den ich auf diese Erscheinung richtete, aber dennoch hatte ich Zeit genug zu dem Gedanken, der Sterbende hätte sich emporgerafft und sei auf mich zugekommen. Dieser Gedanke wurde aber augenblicklich durch Kleidung und Aussehen widerlegt. Nur ein Auge, eine Narbe auf der Backe, eine bräunliche Gesichtsfarbe, ein komisch mißgestalteter Wuchs, breitschultrig wie Herkules und in Livree gekleidet – das war es, was der eine Blick mir zeigte.

Diese Erscheinung erblicken, sie fürchten und mich zu ihr wenden verschmolzen in eines. Schnell wie ein Blitz wandte ich mich zu ihr um, aber meine Schnelligkeit war nicht hinreichend zu meiner Sicherheit. Einem Schlage an meine Schläfe folgte ein Gefühl des Schwindels, und bewußtlos stürzte ich zu Boden.

Meine Bewußtlosigkeit konnte fälschlich für Tod gehalten werden, aber ein Teil der Zwischenzeit, bis ich wieder zur Besinnung kam, wurde durch einen furchtbaren Traum ausgefüllt. Ich erblickte mich am Rande einer Grube, deren Tiefe mein Auge nicht zu ermessen vermochte. Füße und Hände waren mir gebunden, so daß ich zwei grimmigen

Riesengestalten, die mich vom Boden aufheben wollten, nicht widerstehen konnte. Ihr Vorsatz war, so schien es mir, mich in die Grube hinabzuwerfen. Mein Entsetzen war unaussprechlich, und ich rang so gewaltig, daß meine Bande endlich rissen und ich mich in Freiheit erblickte. In diesem Augenblick kehrte meine Besinnung zurück, und ich öffnete die Augen.

Die Erinnerung an die letzten Ereignisse wurde für einige Zeit durch meine entsetzlichen Visionen verwischt. Ich war mir bewußt, aus einem Zustande in einen anderen übergegangen zu sein, aber meine Einbildungskraft war noch immer von Bildern der Gefahr erfüllt. Den bodenlosen Abgrund und meine riesigen Verfolger fürchtete ich noch immer. Ich blickte ängstlich umher. Neben mir sah ich drei Gestalten, deren Charakter oder Geschäft an einem einfachen Sarge von Fichtenholz zu erkennen war, welcher am Boden stand. Einer hielt Hammer und Nägel in der Hand, als wäre er bereit, den Deckel des Sarges zu schließen, sobald dieser seine Ladung empfangen hatte.

Ich versuchte, mich vom Boden zu erheben, doch mein Blick war trübe und mein Kopf schwer. Einer der Männer half mir auf die Füße, als er sah, daß ich zu mir kam. Der Schwindel verschwand jetzt, so daß ich allein stehen und mich bewegen konnte. Ich blickte jetzt wieder auf die drei Männer und erkannte ebendie, die ich in der High-Street gesehen und deren Gespräch ich belauscht hatte. Wieder sah ich auf den Sarg. Eine dunkle Erinnerung an die Ereignisse, die mich hierherführten, sowie des Schlages, den ich empfangen hatte, stieg jetzt in mir auf. Ich sah, welche Vermutung diese Menschen irreleitete, und schauderte bei dem

Gedanken, daß ich nur haarbreit der Gefahr entgangen war, lebendig begraben zu werden.

Bevor die Männer noch Zeit fanden, mich zu befragen oder über meine Lage Vermutungen anzustellen, trat ein Mann in das Gemach, dessen Äußeres und Kleidung mich ermutigten. Der Fremde hatte ein Wesen voller Würde und Güte, ein Gesicht, in welchem die scharfen Züge des Alters sich mit der Röte und Frische der Jugend paarten, und seine Kleidung verriet jenes religiöse Bekenntnis, mit dessen Grundsätzen die Lehren Hadwins mich befreundet hatten.

Als er mich auf den Füßen erblickte, bekundete er Überraschung und Zufriedenheit. Er redete mich mit sanftem Tone an:

»Junger Mann, was ist mit dir? Bist du krank? Bist du es, so mußt du einwilligen, die beste Pflege zu empfangen, welche die Zeiten gestatten. Diese Männer werden dich dann nach dem Hospitale von Bush Hill bringen.«

Die Erwähnung dieses abscheulichen Ortes verlieh mir einen gewissen Grad von Tatkraft. »Nein«, sagte ich, »ich bin nicht krank; ein heftiger Schlag versetzte mich in diese Lage. Ich werde bald wieder hinlänglich bei Kräften sein, um diesen Ort ohne Beistand zu verlassen.«

Er sah mich ungläubig, doch teilnahmsvoll an: »Ich fürchte, du täuschst dich selbst oder mich. Die Notwendigkeit, in das Hospital zu gehen, ist sehr beklagenswert, aber im ganzen doch das Beste. Vielleicht hast du Freunde oder Verwandte, welche für dich sorgen werden?«

»Nein«, sagte ich, »weder Verwandte noch Freunde. Ich bin fremd in der Stadt. Ich kenne hier nicht einen einzigen Menschen.«

»Ach«, entgegnete der Fremde mit einem Seufzer, »dein Zustand ist traurig. Aber wie kamst du hierher?« fragte er dann und blickte umher. »Und wo kommst du her?«

»Ich komme vom Lande. Ich erreichte die Stadt erst vor wenigen Stunden. Ich suchte einen Freund, der in diesem Hause lebte.«

»Dein Unternehmen war auffallend gefahrvoll und übereilt; aber wer ist der Freund, den du suchst? War er es, der in jenem Bette starb und dessen Leiche soeben weggeschafft wurde?«

Die anderen zeigten jetzt einige Ungeduld und fragten den zuletzt Gekommenen, den sie Mr. Estwick nannten, was sie tun sollten. Er wandte sich zu mir, ob ich einwilligte, nach dem Hospitale gebracht zu werden.

Ich versicherte, daß ich nicht krank sei und keines Beistandes bedürfe, und fügte hinzu, meine Schwäche rühre nur von einem Schlage her, den ein Schurke mir über den Kopf versetzt hätte. Die Spuren dieses Schlages waren sichtbar, und nach einigem Zögern entließ er die Leute, welche den leeren Sarg auf die Schultern nahmen und verschwanden.

Er forderte mich jetzt auf, in das Besuchszimmer hinabzukommen. »Denn«, so sagte er, »die Luft in diesem Zimmer ist tödlich. Mir ist bereits zumute, als sollte ich Ursache finden, es zu bereuen, daß ich es betrat.«

Er bat mich nun um die Erklärung dessen, was er gesehen hatte, und ich erteilte sie ihm so deutlich und bestimmt, als ich es vermochte.

Nachdem er schweigend über meine Erzählung nachgedacht hatte, sagte er: »Ich sehe, wie es ist. Der, den du hier im Todeskampfe fandest, war ein Fremder. Er hatte seinen Diener und eine gemietete Wärterin bei sich. Als seines Herrn Tod gewiß war, schickte der Diener die Wärterin fort, um einen Sarg zu besorgen. Er benutzte diese Gelegenheit wahrscheinlich, um seines Gebieters Kiste, welche auf dem Tische stand, zu plündern. Dein Eintritt überraschte ihn, und durch den Schlag, den er dir versetzte, wollte er seinen Rückzug vor der Ankunft des Leichenwagens sichern. Ich kenne den Menschen, und deine Beschreibung der Erscheinung, die du hattest, zeigt mir, daß er dieselbe war. Du sagst, daß ein Freund von dir in diesem Hause lebte. du bist zu spät gekommen, um ihm einen Dienst zu leisten. Die ganze Familie ist gestorben. Nicht ein Mitglied entging dem Tode.«

Diese Nachricht vernichtete meine Hoffnungen. Es bedurfte einiger Anstrengung, um meine Aufregung niederzukämpfen. Mitleid nicht nur mit Wallace, sondern auch mit Thetford, dessen Vater, Frau und Kind ließen mich einige leidenschaftliche Tränen vergießen. Ich schämte mich dieses unnützen und kindlichen Gefühls und versuchte, mich dafür bei meinem Gefährten zu entschuldigen. Die Sympathie zeigte sich indes ansteckend, und der Fremde wandte sich ab, um seine eigenen Tränen zu verbergen.

»Nein«, sagte er in Beantwortung meiner Entschuldigungen, »du brauchst dich deiner Rührung nicht zu schämen. Diese Familie gekannt zu haben und von ihrem traurigen Schicksal zu wissen ist schon hinreichend, das härteste Herz zu erweichen. Ich vermute, daß du mit einer aus der Familie durch ebendie Bande der Zärtlichkeit vereinigt warst, welche den unglücklichen Maravegli herführten.«

Diese Anspielung war mir obskur; aber meine Neugier wurde durch den von ihm genannten Namen erregt. Ich fragte nach dem Charakter und der Lage dieses Mannes und besonders nach seiner Verbindung zu dieser Familie.

»Maravegli«, antwortete er, »war der Verlobte der ältesten Tochter. Die ganze Familie, nur aus hilflosen Frauenzimmern bestehend, hatte sich unter seinen besonderen Schutz gestellt. Mary Walpole und ihre Töchter erblickten in ihm einen Gatten und einen Vater.«

Der mir fremde Name Walpole erregte einigen Zweifel in mir, die ich auszusprechen eilte. »Ich suche nicht eine Freundin«, sagte ich, »obgleich mir das Schicksal der Familie Thetford nicht gleichgültig ist. Der Hauptgegenstand meiner Sorge ist jedoch ein junger Mann namens Wallace.«

Er sah mich überrascht an. »Thetford! Dies ist nicht seine Wohnung. Er wechselte sie einige Wochen vor dem Ausbruch des Fiebers. Zuletzt lebte unter diesem Dache eine Engländerin mit sieben Töchtern.«

Die Entdeckung meines Irrtums tröstete mich etwas. Es war also danach noch immer möglich, daß Wallace lebte und gesund war. Ich fragte eifrig, wohin Thetford gezogen sei und ob er etwas von dessen gegenwärtiger Lage wisse.

Er sei in die Market-Street Nummer .. gezogen. Von seiner Lage wisse er nichts. Seine Bekanntschaft mit Thetford sei gering. Ob er die Stadt verlassen habe oder geblieben sei, wisse er nicht.

Es war meine Sache, die Wahrheit zu erforschen. Ich wollte dem, welcher so viel für mich getan, zum Abschiede meinen Dank sagen; denn ich erfuhr durch ihn, daß ich nur aufgrund seiner Einmischung nicht lebendig in den Sarg gelegt worden war. Er war von meinem Tode nicht überzeugt und befahl den Leichenmännern gebieterisch zu warten. Er glaubte, daß ein Aufschub von zwanzig Minuten und die Anwendung einiger Arzneimittel zeigen würden, ob ich noch zu retten sei. Mit Ablauf dieser Zeit war zum Glück meine Besinnung zurückgekehrt.

Als er meine Absicht sah zu gehen, fragte er mich, weshalb und wohin ich gehen wollte. Nachdem er meine Antwort gehört hatte, sagte er: »Deine Absicht ist sehr unüberlegt und übereilt. Nichts erregt schneller das Fieber als Anstrengung und Angst. Du hast dich kaum von dem Schlage erholt. Statt anderen nützlich zu sein, wird diese Hast dir selbst nachteilig werden. Statt durch die Straßen zu streifen und die ungesunde Luft einzuatmen, tätest du besser daran, dich zu Bett zu legen und zu versuchen, etwas Schlaf zu genießen. Am Morgen wirst du dann in der Lage sein, dich von dem Schicksal deines Freundes zu überzeugen und ihm die Hilfe zu bringen, deren er vielleicht bedarf.«

Ich mußte das Vernünftige dieser Vorstellungen zugeben; aber wo sollte ich ein Zimmer und ein Bett suchen? Es ließ sich nicht vermuten, daß neue Versuche, eine Unterkunft in einer Herberge zu finden, günstiger ausfallen würden als die früheren.

»Deine Lage«, entgegnete er, »ist sehr betrübt. Ich habe keine Wohnung, in die ich dich mitnehmen kann. Ich teile mein Zimmer und selbst mein Bett mit einem anderen, und meine Wirtin würde nicht zu bewegen sein, einen Fremden aufzunehmen. Was du anfangen sollst, weiß ich nicht. Dieses Haus hat niemanden zu seinem Schutze. Die letzte Besitzerin kaufte es und richtete es ein, aber die ganze Familie samt Dienerschaft wurde in einer einzigen Woche dahingerafft. Vielleicht gibt es in Amerika niemanden, der das Eigentum für sich beanspruchen kann. Indes sind die Plünderer zahlreich und geschäftig. Ein so gänzlich verlassenes und mit wertvollen Gegenständen angefülltes Haus wird, wie ich fürchte, ihre Beute werden. Für heute kann nichts getan werden, es zu sichern, als daß jemand darin bleibt. Willst du bis morgen hierbleiben?

Wahrscheinlich hat in diesem Haus in jedem Bett eine Leiche gelegen. Es würde daher nicht ratsam sein, eines derselben zu benutzen. Vielleicht findest du einige Ruhe auf diesem Teppich. Es ist wenigstens besser als das harte Straßenpflaster und die freie Luft.«

Diesen Vorschlag nahm ich nach kurzem Zögern an. Er wollte mich verlassen und versprach, am nächsten Morgen zurückzukehren, wenn Gott ihn am Leben ließe. Meine Neugier in bezug auf den Mann, der zuletzt in diesem Hause gestorben war, bewog mich, ihn noch einige Minuten zurückzuhalten.

»Ach«, sagte er seufzend, »das ist vielleicht der einzige unter den vielen Opfern der Pest, dessen Verlust selbst noch die fernsten Generationen zu beklagen haben werden. Er war der einzige Abkömmling eines berühmten Geschlechtes in Venedig. Von seiner Kindheit an hat er sich der Erwerbung von Kenntnissen und der Ausübung von Tugend gewidmet. Er kam als erleuchteter Beobachter her, und nachdem er das Land bereist und sich mit allen unterhalten hatte, welche sich durch Talent oder Stellung auszeichneten, und dabei einen Schatz von Beobachtungen gesammelt hatte, deren Richtigkeit und Gerechtigkeit selten erreicht wurde, schiffte er sich vor drei Monaten nach Europa ein.

Vor seiner Abreise hatte er ein zärtliches Band mit der ältesten Tochter dieser Familie geknüpft. Die Mutter war vor kurzem mit ihren Töchtern aus England herübergekommen. So viele geistig und körperlich durch seltene Eigenschaften ausgezeichnete Frauenzimmer beisammen zu finden war mir zuvor nie beschieden. Der junge Mann verdiente es, in diese Familie aufgenommen zu werden. Er wollte so schnell als möglich nach seinem Vaterlande reisen und nach Erledigung seiner Angelegenheiten nach Amerika zurückkehren und seine Verbindung mit Fanny Walpole schließen.

Das Schiff, an dessen Bord er gegangen war, hatte kaum zwanzig Meilen auf See zurückgelegt, als es durch einen Sturm beschädigt wurde und wieder in den Hafen einlaufen mußte. Er reiste nach New York, um eine Überfahrt auf einem kurz darauf absegelnden Paketboot zu finden. Inzwischen brach hier die Krankheit aus. Mary Walpole wurde durch ihre Unkenntnis des Übels sowie durch den Rat unverständiger Freunde davon abgehalten, die nötigen Vorkehrungen zu ihrer Sicherheit zu treffen. Sie zögerte zu fliehen, bis die Flucht unmöglich geworden war. Ihr Tod vermehrte die Hilflosigkeit und Verlassenheit der Familie. Die Frauen wurden eine nach der anderen von der Pest ergriffen und dahingerafft.

Maravegli wurde von der Gefahr benachrichtigt. Er ließ das Paketboot absegeln und eilte her, die Walpoles vor den ihnen drohenden Gefahren zu bewahren. Er kam eben zeitig genug an, um die letzte zu beerdigen. Noch in derselben

Stunde wurde er selbst von der Krankheit ergriffen – die letzte Katastrophe ist dir bekannt.

Ich will dich jetzt der Ruhe überlassen. Der Schlaf ist mir selbst nicht minder notwendig wie dir, denn dies ist die zweite Nacht, die ich schlaflos zugebracht habe.« Mit diesen Worten nahm mein Gefährte Abschied.

Ich hatte jetzt Muße, meine Lage zu überblicken. Ich fühlte keine Neigung zum Schlaf. Ich legte mich einen Augenblick nieder, aber meine Aufregung gönnte mir keine Ruhe. Bevor ich dies Haus betrat, hatte mich der Hunger gequält; aber er war der Unruhe und den Sorgen gewichen. Ich ging in einer angstvollen und sinnenden Stimmung im Zimmer auf und nieder.

Ich dachte über die Ereignisse nach, welche Estwick mir erzählt hatte, über die vernichtende Gewalt dieser Pest und über die Greuel, die sie hervorrief. Ich verglich die Erfahrungen der letzten Stunden mit den Bildern, welche meine Einbildungskraft in der Einsamkeit von Malverton entworfen hatte. Ich wunderte mich über den Gegensatz zwischen den Szenen der Stadt und denen des Landes und nährte entschlossener denn je den Vorsatz, diese Höhlen der Entartung und der Gefahr zu meiden.

Über mein eigenes Geschick war ich ohne Zweifel. Meine neuen Gefühle überzeugten mich, daß mein Magen das Gift aufgenommen hatte. Ob ich sterben oder leben sollte, mußte bald entschieden sein. Die Krankheit, welche durch schnelle Hilfe und sorgsame Pflege geheilt werden konnte, mußte durch Vernachlässigung verderblich werden; doch von wem konnte ich ärztlichen oder freundschaftlichen Beistand erwarten?

Ich hatte in der Tat ein Dach über meinem Haupte. Ich sollte nicht auf der Straße enden; aber worin bestand meine Hoffnung, unter diesem Dache bleiben zu können? Wenn meine Krankheit vermutet wurde, schleppte man mich auf einem Karren nach dem Hospitale. Dort mußte ich sterben, doch nicht mit dem Troste der Einsamkeit und des Schweigens. Sterbegestöhn war die einzige Musik, starre Leichen das einzige Schauspiel, welches ich erwarten durfte.

Unter solchen trüben Betrachtungen verging die Nacht. Das durch die Fenster hereinfallende Licht erweckte in meinem Busen einen Strahl der Heiterkeit. Entgegen meiner Erwartung hatten sich meine Empfindungen im Vergleich zum vergangenen Abend nicht verschlimmert, ungeachtet meines Mangels an Schlaf. Das war ein Beweis dafür, daß mein Zustand durchaus nicht so gefährlich war, wie ich geglaubt hatte. Ich hielt es für möglich, daß das Übel sich nicht verschlimmern würde.

Inzwischen erwartete ich mit Ungeduld die Ankunft Estwicks. Die Sonne ging auf, der Morgen rückte vor, doch er kam nicht. Ich erinnerte mich, daß er davon gesprochen hatte, er könnte Ursache haben, den Besuch dieses Hauses zu bereuen. Vielleicht war auch er krank und dies die Ursache seines Ausbleibens. Ich liebte diesen Mann wegen seiner Güte. Hätte ich seine Wohnung gewußt, so würde ich hingeeilt sein, um mich nach ihm zu erkundigen und ihm jeden Dienst zu leisten, den die Menschenliebe erforderte; aber er hatte mir darüber keine Mitteilung gemacht.

Siebzehntes Kapitel

Es war jetzt dringend nötig, die Wohnung Thetfords aufzusuchen. Dies Haus für jeden Vorübergehenden zugänglich zu lassen, schien unklug zu sein. Ich hatte keinen Schlüssel, um die Straßentüre zu verschließen. Ich verriegelte sie deshalb von innen, stieg durch ein Fenster, dessen Läden ich von außen anlehnte, und gelangte auf einen geräumigen Hof, an dessen Ende sich eine steinerne Mauer befand, welche ich erkletterte, um auf die Straße hinabzuspringen. Auf diese Weise war ich auch das erste Mal aus diesem Hause entflohen.

Die Straßen, durch die ich kam, waren öde und still. Die geringste Berechnung schätzte die Zahl der Entflohenen auf zwei Drittel aller Einwohner; nach der allgemeinen Verödung zu urteilen, schien aber beinahe die ganze Bevölkerung sich entfernt zu haben. Daß so viele Häuser verschlossen waren, mußte ich der gänzlichen Unterbrechung von Handel und Verkehr zuschreiben, sowie der Furcht vor Ansteckung, welche die Bewohner bewog, sich zu verbergen.

Ich suchte das Haus auf, welches Estwick mir als die Wohnung Thetfords bezeichnet hatte. Wie groß war mein Schreck, als ich es für dasselbe erkannte, an dessen Türe ich den Tag zuvor das Gespräch der Leichenträger mit angehört hatte!

Ich erinnerte mich des Geschehens, das die Totengräber in rohen Worten geschildert hatten. Wenn dies das Schicksal des Herrn und seiner Familie war, denen es an Geld und Freunden nicht fehlte, welche Hoffnung konnte ich dann für Wallace haben, der beides nicht besaß? Das Haus schien ausgestorben zu sein, doch die Zeichen konnten auch trügen. Zur Hoffnung war nur wenig Raum, aber ich mußte Gewißheit haben, und diese konnte ich vielleicht erlangen, wenn ich in das Haus eintrat. In einem der oberen Zimmer konnte noch ein Unglücklicher eingesperrt sein, durch den die dringend gewünschte Nachricht zu erlangen war oder dem mein Erscheinen Erlösung bringen konnte, entweder von der Pest oder vom Hungertode. Für den Augenblick vergaß ich meine eigene hilfsbedürftige Lage und überlegte nicht, daß der Mangel an Nahrung bereits meine eigenen Kräfte untergraben hatte.

Ich pochte an die Türe. Daß dies unbeachtet blieb, wunderte mich nicht. Die Türe war unverschlossen, und ich öffnete sie. In diesem Augenblick wurde meine Aufmerksamkeit auf eine andere Haustür in meiner Nähe gelenkt. Ich blickte hin und sah einen Mann, der aus dem Nachbarhaus trat.

Ich dachte, daß ich die gewünschte Nachricht vielleicht von einem der Nachbarn von Thetford erhalten könnte. Der Mann war schon bei Jahren, schien aber weder Heiterkeit noch Kraft verloren zu haben. Er sah unerschrocken und ruhig aus. Ich vermutete, ein Gegenstand seiner Neugier zu sein. Wahrscheinlich hatte er mein Benehmen durch ein Fenster seiner Wohnung beobachtet und war herausgekommen, um mich nach meinem Betragen zu befragen.

Artig grüßte er mich. »Sie scheinen nach irgend jemandem zu suchen«, sagte er. »Kann ich Ihnen die gewünschte Nachricht geben, so soll es mich freuen.«

Durch diese Anrede ermutigt, nannte ich ihm den Namen Thetfords und äußerte zugleich meine Besorgnis, daß er dem allgemeinen Schicksale nicht entronnen sei.

»Das ist wahr«, sagte er. »Gestern war er selbst, seine Frau und sein Kind in einem hoffnungslosen Zustande. Ich sah sie am Abend und erwartete nicht, sie diesen Morgen noch am Leben zu finden. Sobald es tagte, besuchte ich das Haus wieder; ich fand es leer. Ich vermute, daß sie gestorben und in der Nacht fortgeschafft worden sind.«

Obgleich ich das Geschick von Wallace zu erfahren wünschte, widerstrebte es mir, danach zu fragen. Ich schauderte, während ich nach der Wahrheit trachtete.

»Weshalb«, fragte ich bebend, »entfernte er sich nicht zur rechten Zeit aus der Stadt? Sicher hatte er die Mittel, eine Bleibe auf dem Lande zu bezahlen.«

»Ich weiß es nicht«, entgegnete er. »Irgendeine Verblendung schien ihn befallen zu haben. Niemand war ängstlicher als er, aber er schien sich für sicher zu halten, solange er nur jeden Verkehr mit Angesteckten vermied. Ich glaube, er wurde auch durch finanzielle Rücksichten zurückgehalten. Seine Flucht wäre für ihn nicht nachteiliger gewesen als für andere, aber der Gewinn war in seinen Augen das wichtigste. Zuletzt hatte er zwar die Absicht, sich zu entfernen; aber daß er heute entronnen war, erweckte seine Hoffnung, auch morgen sicher zu sein. Er verschob seine Entfernung von einem Tage zum anderen, bis sie unmöglich wurde.«

»Seine Familie war zahlreich«, sagte ich. »Sie bestand noch aus mehr Personen als seiner Frau und seinem Kinde. Vielleicht entfernten sich diese zu gehöriger Zeit?«

»Ja«, sagte er. »Sein Vater verließ das Haus früh genug. Ein oder zwei von der Dienerschaft gingen ebenfalls von ihm fort. Ein Mädchen, das treu und mutiger war als die übrigen, widerstand den Vorstellungen ihrer Verwandten und Freunde und beschloß, unter allen Umständen bei ihm zu bleiben. Sie wünschte dringend, die Familie möchte der Gefahr enteilen, und wäre gern mit ihr geflohen; aber da sie blieb, war es ihr unerschütterlicher Entschluß, bei derselben auszuharren.

Ach, das arme Mädchen! Sie wußte nicht, aus welchem Stoff das Herz Thetfords gemacht war. Unglücklicherweise war sie die erste, welche erkrankte. Ich bezweifle sehr, daß ihre Krankheit die Pest war. Wahrscheinlich litt sie nur an einem leichten Unwohlsein, welches bei richtiger Behandlung binnen weniger Tage wieder verschwunden wäre.

Thetford wurde vom Schrecken ergriffen. Statt einen Arzt holen zu lassen, um zu erfahren, worin ihre Krankheit bestehe, rief er einen Neger von Bush-Hill mit seinem Karren herbei. Vergeblich verwendeten sich die Nachbarn für das unglückliche Opfer. Vergeblich flehte sie seine Barmherzigkeit an und beteuerte die Harmlosigkeit ihrer Krankheit. Sie bat ihn, jemanden zu ihrer Mutter zu schikken, welche nur wenige Meilen entfernt auf dem Lande wohnte und gewiß herbeigeeilt wäre, ihn und seine Familie vor der Gefahr und Unruhe, dies Mädchen zu pflegen, zu bewahren.

Der Mann war wahnsinnig vor Furcht. Er wies ihr Flehen zurück, obwohl es ein Herz von Stein hätte erweichen müssen. Das Mädchen war unschuldig, liebenswert und mutig, hegte aber einen unbesiegbaren Widerwillen gegen das Hospital. Da sie sah, daß ihre Bitten nichts nützten, bot sie ihre ganzen Kräfte auf, sich dem Neger zu widersetzen, der sie auf seinen Karren hob.

Da sie fand, daß ihr Ringen nichts half, ergab sie sich voller Verzweiflung in ihr Schicksal. Indem sie nach dem Hospital gebracht wurde, glaubte sie nicht nur dem sicheren Tode, sondern auch den fürchterlichsten Leiden entgegenzugehen. Dies, die Glut der Mittagssonne, der sie in einem offenen Fuhrwerk ausgesetzt war, und das Rütteln auf dem Steinpflaster über eine Meile hinweg waren hinreichend zu ihrem Verderben. Ich wunderte mich daher nicht, als ich am nächsten Tage hörte, sie sei gestorben.

Das Benehmen Thetfords war abscheulich, aber noch nicht die schlechteste Handlung dieses Menschen. Der Stand und die Erziehung des Mädchens können als einzige Entschuldigung für ihre Vernachlässigung gelten; aber sein Kommis, ein junger Mann, der sein Vertrauen zu genießen schien und von der Familie wie ein Bruder oder ein Sohn behandelt wurde, erkrankte am nächsten Tage und wurde auf gleiche Weise behandelt.«

Diese Nachricht gab mir einen Stich in das Herz. Unwille und Sorge blitzten aus meinen Augen. Ich konnte meine Aufregung kaum soweit bemeistern, um zu fragen: »Von wem sprechen Sie, Sir? War der Name dieses jungen Mannes – war er –«

»Wallace hieß er. Wie ich sehe, interessieren Sie sich für

sein Schicksal. Ich liebte ihn. Ich würde mein halbes Vermögen dafür gegeben haben, ihm unter einem gastlichen Dache die nötige Pflege zu verschaffen. Sein Anfall war heftig; aber dennoch blieb seine Genesung bei guter Versorgung möglich. Daß er die Fortschaffung ins Hospital und die dortige Behandlung überleben würde, ließ sich nicht hoffen.

Das Betragen Thetfords war ebenso dumm als schlecht. Sich einzubilden, daß die Krankheit ansteckend sei, war die höchste Torheit; zu glauben, er entging der Gefahr, wenn er keinen Kranken unter seinem Dache duldete, war nicht weniger einfältig; aber Thetfords Furcht hatte seinen Verstand verdunkelt. Er hörte auf keine Vernunftgründe, auf keine Bitten. Seine Gedanken konnten von dem einen Punkte nicht abgeleitet werden. Durch Worte auf ihn einzuwirken war ebensogut, als hätte man bei einem Tauben Gehör gesucht.

Vielleicht war der Elende mehr zu bemitleiden als zu verdammen. Die Opfer seiner unerbittlichen Vorsicht können kaum größere Qualen erduldet haben als die, welche seine Feigheit ihm selbst verursachte. Wie groß auch seine Schuld gewesen sein mag, seine Strafe ist ihr gleichgekommen. Er wohnte dem Tode seiner Frau und seines Kindes bei, und die vergangene Nacht machte seinem eigenen Leben ein Ende. Ihre einzige Dienerin war eine Schwarze; ich trachtete, sie durch häufige Versuche aufmerksam in der Erfüllung ihrer Pflichten zu machen, doch nur mit sehr geringem Erfolge.«

So also war das Schicksal von Wallace. Der Zweck meiner Reise war erfüllt. Ich kannte nun sein Los, und mir blieb nichts mehr zu tun, als die unglückliche Susan von der Erfüllung ihrer trüben Ahnungen zu benachrichtigen. Ihnen allen die ganze Wahrheit zu erzählen, hätte nutzlos ihren Kummer gesteigert. Die Zeit, unterstützt durch die Teilnahme und den Trost der Freundschaft, konnte ihre Verzweiflung besiegen und sie von ihrem Trübsinn befreien.

Nachdem ich meinen Geist von diesen traurigen Betrachtungen losgerissen hatte, teilte ich meinem Gefährten in allgemeinen Umrissen meine Gründe für den Besuch der Stadt und meine Neugier in bezug auf Thetford mit. Er fragte nach den näheren Umständen meiner Reise und der Zeit meiner Ankunft. Als er erfuhr, daß ich am vergangenen Abend eingetroffen sei und seitdem weder Schlaf noch Nahrung genossen hätte, äußerte er sein Staunen und seine Teilnahme.

»Ihr Unternehmen«, sagte er, »ist wahrlich sehr gewagt gewesen. Es liegt Gift in jedem Atemzuge, den Sie machen, doch diese Gefahr ist wesentlich dadurch vermehrt worden, daß Sie sich Schlaf und Nahrung entzogen haben. Mein Rat ist, auf das Land zurückzueilen; aber zuvor müssen Sie ausruhen und etwas genießen. Wenn Sie Schuylkill vor Anbruch der Nacht hinter sich haben, so genügt das.«

Ich erwähnte die Schwierigkeit, auf dem Wege eine Unterkunft zu finden. Das Klügste, sagte ich, wäre, meine Reise sofort anzutreten, um Malverton noch vor der Nacht zu erreichen. Was Speise und Schlaf beträfe, so wären diese in der Stadt nicht für Geld zu haben.

»Freilich«, entgegnete er rasch, »sind sie nicht zu kaufen; aber ich will Ihnen davon umsonst soviel gewähren, als Sie bedürfen. Dort ist meine Wohnung«, fuhr er fort, indem er auf das Haus deutete, das er soeben verlassen hatte. »Ich wohne bei einer Witwe und deren Tochter, die meinem Rate folgten und beizeiten entflohen. Ich bleibe zurück, um Beobachtungen anzustellen, und habe niemanden bei mir als einen treuen Neger, der mein Bett macht, meinen Kaffee zubereitet und mein Brot backt. Wenn ich krank werde, tue ich alles, was ein Arzt tun kann, für mich selbst; und alles, was ein Wärter vermag, wird mein treuer Austin tun.

Kommen Sie mit mir, trinken Sie etwas Kaffee, ruhen Sie einige Zeit auf meinem Lager und fliehen Sie dann, indem Sie meinen Segen mit sich nehmen.«

Diese Worte waren von einem wohlwollenden Ausdruck des Gesichts begleitet. Ich bin für Geselligkeit sehr empfänglich, und ich nahm seine Einladung nicht allein an, weil ich zu essen oder zu schlafen wünschte, sondern auch, weil ich ein Widerstreben empfand, mich so bald von einem Manne zu trennen, der so viel Entschlossenheit und Tugend besaß.

Er war von Sauberkeit und Wohlstand umgeben. Austin vereinigte Geschicklichkeit mit Unterwürfigkeit. Mein Begleiter, der, wie ich jetzt erfuhr, Medlicote hieß, unterhielt sich gern und sprach von dem Zustand der Stadt wie ein Mann von ebensoviel Kenntnis als Erfahrung. Er bestritt die Ansicht, die ich von dem Ursprunge der Krankheit hatte. Er schrieb sie nicht der Einschleppung der Ansteckungskeime aus dem Osten oder dem Westen zu, sondern einer Verderbtheit der Atmosphäre, die ganz oder zum Teil von schmutzigen Straßen, ungelüfteten Häusern und kränklichen Personen herrührte.

Während ich mit diesem Manne sprach, verschwand das Gefühl der Gefahr; Vertrauen kehrte in mein Herz zurück, und selbst mein Magen schien sich zu kräftigen. Obgleich ich von meiner gewöhnlichen Gesundheit weit entfernt war, wurden meine Empfindungen minder unbehaglich, und ich fühlte das Bedürfnis der Ruhe.

Nachdem das Frühstück vorüber war, gab mein neuer Freund seine täglichen Beschäftigungen als Entschuldigung an, mich zu verlassen. Er riet mir, nach Ruhe zu trachten, aber ich wußte, daß ich den Schlaf vergeblich suchen würde. Ich wünschte, der verderblichen Luft so bald als möglich zu entrinnen, und dachte darüber nach, ob in Beziehung auf Wallace noch irgend etwas zu tun sei.

Es fiel mir jetzt ein, daß der junge Mann vielleicht Kleider, Papiere oder Bücher hinterlassen hatte. Das Eigentumsrecht daran gehörte jetzt den Hadwins. Ich durfte mich ohne Anmaßung als deren Stellvertreter oder Bevollmächtigten betrachten. Mußte ich nicht Schritte unternehmen, dies Besitztum zu erlangen oder es wenigstens zu sichern?

Das Haus und dessen Einrichtung waren ohne Bewohner und Beschützer. Leicht konnte es durch die ruchlosen Schurken ausgeplündert werden, von denen viele diese Zeit nutzten, um Beute zu machen. Übersahen diese aber das Haus, so konnte sich Thetfords Nachfolger oder rechtmäßiger Erbe alles aneignen. Zahllose Ereignisse konnten dazu beitragen, das, was Wallace gehört hatte, zu vernichten oder zu verschleppen, und meine Schritte konnten das verhindern.

Diese Gedanken betäubten und verwirrten mich. Endlich wurde ich denselben dadurch entrissen, daß jemand an der Türe pochte. Austin öffnete und kehrte sogleich mit – Mr. Hadwin zurück!

Ich weiß nicht, ob dies unerwartete Zusammentreffen mich mehr überraschte oder betrübte. Der Grund seines Kommens war leicht zu erraten. Seine Reise war aus zweifachem Grunde nutzlos. Der, welchen er suchte, war tot. Die Pflicht, dessen Schicksal zu erforschen, hatte ich übernommen.

Ich erkannte und beklagte jetzt den Irrtum, dessen ich mich schuldig gemacht hatte, indem ich meine beabsichtigte Reise vor meinem Brotherrn verbarg. Unbekannt mit dem, was ich getan, war er dieser Pest in den Rachen geeilt und hatte dadurch ein Leben in Gefahr gebracht, das seinen Kindern und seinen Freunden unaussprechlich teuer war. Ich hätte ohne Zweifel seine dankbare Zustimmung zu meinem Plane erhalten; aber meine Heimlichkeit hatte mich verstohlen handeln lassen. Die Bewahrung eines Geheimnisses ist vielleicht selten ein Verbrechen, tugendhafte Absichten können dazu bestimmen; aber Heimlichtuerei ist sicher immer irrtümlich und gefährlich.

Das Staunen meines Freundes über unser Zusammentreffen war nicht minder lebhaft als das meinige. Die Ursachen, die es herbeiführten, wurden gegenseitig ausgesprochen. Um die Qualen seines Kindes zu beschwichtigen, war er nach der Stadt gekommen, Nachrichten über Wallace einzuziehen. Als er sein Haus verließ, geschah es in der Absicht, in einem der Vororte haltzumachen und einen gemieteten Boten durch das Versprechen reicher Belohnung zu bestimmen, in die Stadt zu gehen und sich zu erkundigen.

Niemand konnte bewogen werden, einen so gefahrvollen Dienst zu übernehmen. Unwillig, ohne Erfüllung seiner Absicht umzukehren, entschloß er sich dann, die Erkundigungen selbst einzuziehen. Thetfords Wohnung in dieser Straße war ihm bekannt, da er indes meine Absicht nicht ahnte, hatte er dieses Umstandes bei unserer letzten Unterredung nicht erwähnt.

Ich erkannte die Gefahr, der sich Hadwin durch das Betreten der Stadt ausgesetzt hatte. Vielleicht erschien sie mir dadurch größer, daß ich wußte, von welchem unschätzbaren Wert sein Leben für seine Töchter war. Ich wußte, daß längeres Verweilen in der verderbenbringenden Luft die Gefahr steigerte. Zu zögern war unnötig. Weder Wallace noch mir selbst konnte sein Bleiben von Vorteil sein.

Ich erwähnte den Tod seines Neffen, um seine Rückkehr zu beschleunigen. Ich bat ihn auf das dringlichste, sogleich wieder sein Pferd zu besteigen und zu fliehen; ich war bemüht, alle Fragen nach Wallace oder mir selbst abzuschneiden, indem ich ihm versprach, ihm unverzüglich zu folgen und alle seine Fragen in Malverton zu beantworten. Mein Drängen wurde durch seine eigene Furcht unterstützt, und nach kurzem Widerstreben ritt er davon.

Die Aufregung, welche diese Umstände bei mir hervorriefen, waren in meinem jetzigen Zustande höchst nachteilig. Meine krankhaften Empfindungen kehrten plötzlich zurück. Ich hatte Ursache, mein Unwohlsein dem Besuche in dem Zimmer Maraveglis zuzuschreiben, aber sowohl dieser wie auch dessen nachteilige Wirkung für mich und die Reise Hadwins waren eine Folge meiner unglücklichen Heimlichtuerei.

Ich war immer gewohnt gewesen, zu Fuß zu reisen. Bei gewöhnlichen Gelegenheiten war dies vorzuziehen, jetzt aber hätte ich die bequemsten und schnellsten Mittel wählen sollen. Hätte Hadwin meine Absicht gekannt, so würde er sie nicht nur gebilligt, sondern mir auch dazu die Benutzung eines Pferdes gewährt haben. Diese Betrachtungen wurden indes dadurch weniger drückend gemacht, daß ich mir bewußt war, durch die wohlwollendsten Absichten geleitet worden zu sein, und daß ich mich zum Wohl anderer der Mittel bedient hatte, welche mir als die zweckmäßigsten erschienen waren.

Was sollte ich aber nun beginnen? Was hinderte mich, den Fußstapfen Hadwins mit all der Eile zu folgen, welche das krankhafte Gefühl meines Magens und meines Kopfes mir möglich machte? Ich sah aber ein, daß es albern sein würde, in Beziehung auf Wallace alles ungetan zu lassen. Sein Eigentum konnte ich unter der Obhut meines neuen Freundes lassen. Aber wie war es von dem Eigentum anderer zu unterscheiden? Wahrscheinlich wurde es in Kisten aufbewahrt, die mit einem Zeichen oder einer Aufschrift versehen waren. Seine Stube kannte ich zwar nicht, aber indem ich von der einen zur anderen ging, mußte ich sie zuletzt entdecken. Irgendein jetzt nicht vermutetes Zeichen konnte meine Schritte leiten.

Durch diese Erwägungen bestimmt, betrat ich nochmals das Haus Thetfords. Ich bedauerte, daß ich mir nicht den Rat oder die Begleitung meines neuen Freundes hatte verschaffen können, aber wie bereits erwähnt, hatten ihn einige Geschäfte, über die ich keine nähere Kenntnis besaß, unmittelbar nach dem Frühstück aus dem Hause gerufen.

Achtzehntes Kapitel

Ich durchschritt das verlassene Haus beinahe taumelnd. Pestilenzdüfte strömten mir aus jedem Winkel entgegen. In dem Vorderzimmer des zweiten Stocks glaubte ich Spuren von der Katastrophe der letzten Nacht zu entdecken. Aus dem Bette schien erst kürzlich jemand gezerrt worden zu sein. Die Bettücher hatten gelbe Flecken und waren besudelt mit jenem Auswurf, welcher das charakteristische Zeichen dieser fürchterlichen Krankheit sein soll, dem schwarzen oder krebsartigen Erbrechen. Der Fußboden zeigte ähnliche Flecken.

Viele werden mein Beginnen als einen Beweis der äußersten Verwegenheit oder des größten Heldenmutes betrachten. In der Tat aber verwirrte mich nichts so sehr als mein eigenes Benehmen. Nicht, daß der Tod immer ein Gegenstand der Furcht ist oder daß meine Beweggründe nicht mein Tun gerechtfertigt hätten; aber von allen Gefahren sind die, welche die Pest begleiten, ihrer Unsichtbarkeit und ihres geheimnisvollen Wesens wegen die allerfurchtbarsten. Man muß lange mit ihnen vertraut sein, um ihre Schrecken zu entwaffnen. Krankenwärter und Ärzte werden am schnellsten unerschrocken, die übrigen Menschen aber beben mit unendlicher Scheu zurück.

Ich wurde nicht durch mein Vertrauen auf Sicherheit aufrechtgehalten oder durch den Glauben, vor der Krankheit bewahrt zu werden, oder durch den Einfluß der Gewohnheit, welche uns mit allem vertraut macht, was abscheulich oder gefährlich ist, sondern durch den Glauben, daß dies nur einer von den vielen Wegen zum Tod sei und daß das Leben auf dem Pfade der Pflicht nur ein geringes Opfer ist.

Ich ging aus einer Stube in die andere. Ein Mantelsack mit den Initialen von Wallace erregte endlich meine Aufmerksamkeit. Aus dem Umstande schloß ich, daß er in diesem Zimmer gelebt haben mußte. Es war in zierlicher Ordnung und schien noch unlängst bewohnt gewesen zu sein. Der erwähnte Mantelsack war der einzige Gegenstand, der die Zeichen von Wallace trug. Ich hob ihn auf, um ihn in Medlicotes Wohnung zu bringen.

In ebendiesem Augenblick glaubte ich langsame und schleppende Schritte auf der Treppe zu hören. Das verwirrte mich. Die Schritte waren geisterhaft leise und feierlich. Das Phantom wich indes anderen Vermutungen. Es nahte ein Mensch, dessen Zweck und Absicht unentschieden war; aber wie sollte meine Erscheinung in dieser abgelegenen Stube, und beladen mit dem Eigentum eines anderen, ausgelegt werden? Betrat er das Haus nach mir, oder war er der Bewohner eines bisher von mir noch nicht durchsuchten Zimmers, den mein Eintreten von seinem Lager aufgeschreckt hatte?

In meiner Verwirrung behielt ich meine Last auf der Schulter. Sie niederzulegen und dem Kommenden entgegenzugehen wäre das Vernünftigste gewesen. In der Tat konnte nur die Zeit lehren, ob die Schritte nach diesem Gemache oder nach irgendeinem anderen gelenkt waren.

Meine Zweifel wurden schnell gelöst. Die Türe öffnete sich, und eine Gestalt glitt herein. Der Mantelsack fiel von meinem Arm herab, und mein Blut erstarrte. Wenn eine Erscheinung der Toten möglich war – und ich konnte sie hier nicht leugnen –, so zeigte sich mir eine solche. Eine gelblichbleiche Gesichtsfarbe, Knochen, welche fleischlos und von Haut bedeckt waren, matte, geisterhafte, tief eingesunkene Augen, die sich mit dem Ausdruck des Staunens auf mich richteten, verworrenes, struppiges Haar – so war die Erscheinung beschaffen, die ich vor mir hatte. Mein Glaube an etwas Übernatürliches in dieser Erscheinung wurde durch die Ähnlichkeit bestätigt, welche ich zwischen ihren Zügen und denen eines Toten entdeckte. In der Gestalt und dem Gesichte, so schattenhaft und leichenartig sie auch waren, erkannte ich Wallace, der meine ländliche Einfalt während meines letzten Besuches in der Stadt verspottet hatte und dessen Tod mir unwiderleglich mitgeteilt worden war. Dieses Erkennen, das zunächst meinen Aberglauben beunruhigt hatte, führte mich bald zu vernunftgemäßeren Schlüssen. Wallace war nach dem Hospitale geschleppt worden. Nichts war weniger zu erwarten gewesen, als daß er lebend von diesem abscheulichen Aufenthaltsorte zurückkehren würde; aber unmöglich war dies keineswegs. Die Gestalt, die vor mir stand, hatte sich eben von dem Krankenlager erhoben, war zurückgekehrt von dem Rande des Grabes. Die Krisis seiner Krankheit war vorübergegangen, und er durfte sich wieder zu den Lebenden zählen.

Dieses Ereignis und die Folgen, welche meine Phantasie sogleich damit in Zusammenhang brachte, erfüllten mich mit der lebhaftesten Freude. Ich dachte nicht daran, daß ihm die Ursache meiner Zufriedenheit sowie meiner Anwesenheit in seiner Stube unbekannt waren und daß die Umstände unseres Zusammentreffens seinen Verdacht hinsichtlich meiner redlichen Absichten erregen mußten. Ich vergaß die Arglist, mit welcher er mich früher betrogen hatte, sowie die Verlegenheit, in welche ihn das Zusammentreffen mit seinem Opfer bringen mußte; ich dachte nur an das Glück, welches seine Rettung seinem Oheim und seinen Cousinen bereiten würde.

Ich trat mit dem Gesichte eines Glückwünschenden auf ihn zu und reichte ihm die Hand. Er wich zurück und rief mit schwacher Stimme: »Wer sind Sie? Was haben Sie hier zu suchen?«

»Ich bin der Freund von Wallace, wenn er mir dies gestatten will. Ich bin ein Bote Ihres Oheims und Ihrer Cousinen in Malverton. Ich kam, um die Ursache Ihres Schweigens zu erfahren und Ihnen jeden in meinen Kräften stehenden Beistand anzubieten.«

Er fuhr fort, mich mit dem Ausdrucke des Argwohns und des Zweifels zu betrachten. Diese suchte ich durch die Erklärung der Beweggründe zu beseitigen, welche mich herführten. Nur schwer schien er sich durch meine Versicherungen überzeugen zu lassen. Als er sich indes vollkommen von der Wahrheit meiner Worte überzeugt hatte, fragte er mich mit großer Besorgnis und Zärtlichkeit nach seinen Verwandten und sprach die Hoffnung aus, daß sie nicht wüßten, was ihm widerfahren sei.

Ich konnte diese Hoffnung nicht bestätigen. Ich bereute es nun, der Nachricht von seinem Tode übereilt Glauben geschenkt zu haben. Ohne den Grund für meine Gewißheit zu nennen, hatte ich Mr. Hadwin davon in Kenntnis gesetzt. Dieser hatte die Nachricht seinen Töchtern gebracht, und deren Kummer wurde dadurch vielleicht bis zu einem verhängnisvollen Grade gesteigert.

Es gab nur einen Weg, diesen Mißgriff wiedergutzumachen. Es mußte ihnen sogleich die Kunde seiner Genesung mitgeteilt werden. Doch wo war ein Bote zu finden? Jedermann war hinlänglich mit seinen eigenen Angelegenheiten beschäftigt. Diejenigen aber, die imstande oder willens waren, die Stadt zu verlassen, suchten durch ihre Flucht zuvorderst ihr eigenes Leben in Sicherheit zu bringen. Wenn ein Wagen oder ein Pferd für Geld zu haben war, mußte es dann nicht für Wallace besorgt werden, dessen Gesundheit und Genesung die schnellste Entfernung von dem Schauplatze des Todes heischten?

Mein Gefährte war sowohl geistig als körperlich erschöpft. Er schien unfähig zu sein, sich mit mir über die Mittel zu beraten, den Übelständen, die ihn umgaben, zu entfliehen. Sobald er dazu die Kräfte gefühlt, hatte er das Hospital verlassen. Nach Malverton zu eilen war das, was die Klugheit offenbar gebot; allein, er war ohne Hoffnung, dies erreichen zu können. Die Stadt war ihm nahe, sie war sein gewohnter Aufenthaltsort, und hierher hatten ihn daher seine wankenden Schritte getragen, ihm selbst beinahe unbewußt.

Er hörte auf meine Vorstellungen und Ratschläge und gab ihre Zweckmäßigkeit zu. Er stellte sich unter meinen Schutz und meine Leitung und versprach, sich blindlings in alle meine Anordnungen zu fügen. Seine Kräfte hatten genügt, ihn bis hierher zu tragen, waren aber jetzt völlig erschöpft. Die Aufgabe, Pferd und Wagen zu besorgen, fiel also mir zu.

Dieses Ziel zu erreichen, mußte ich mich auf meinen eigenen Verstand und meine eigene Tatkraft verlassen. Obgleich Wallace schon so lange in der Stadt war, konnte er mir doch nicht sagen, wo man einen Wagen mieten konnte. Meine eigene Überlegung sagte mir, diese Bequemlichkeit würde wohl am leichtesten bei einem Gastwirt zu erhalten sein oder ein solcher könnte mir wenigstens weiterhelfen. Ich beschloß, mich sogleich auf den Weg zu machen; Wallace bewog ich aber, währenddessen eine Zuflucht bei Mr. Medlicote zu suchen und mit Austins Hilfe seine Vorbereitungen zu der Reise zu treffen.

Der Morgen war schon weit vorgerückt. Die Strahlen der sengenden Sonne hatten eine peinvollere und schwächendere Wirkung, als ich sie je zuvor empfunden. Die ungewöhnlich lang anhaltende Dürre hatte die Luft und die Erde jeder Feuchtigkeit beraubt. Das Element, das ich einatmete, schien von Gift und Verwesung geschwängert zu sein. Verwundert bemerkte ich die ungeheure Abnahme meiner Kräfte. Meine Stirn war schwer, meine Sinne benommen, meine Nerven abgespannt und mein Allgemeinbefinden sehr unbehaglich. Diese Zeichen konnte ich mir leicht deuten. Was ich besonders fürchtete, war, daß ich dadurch abgehalten werden mochte, die Aufgabe zu erfüllen, die ich mir selbst gestellt hatte. Ich sammelte meine ganze Entschlossenheit und suchte den Gedanken, mich diesem unedlen Geschick zu überlassen, mit Geringschätzung zu strafen. Ich bedachte, daß die Quelle aller Kraft, ja des Lebens selbst, ihren Sitz im Denken hat, daß für die menschlichen Anstrengungen nichts zu schwer ist, daß der gebrechliche Körper selten erliegt, solange er durch eine glühende Seele aufrechtgehalten wird.

Ich rang gegen mein Gefühl der Schwäche, das mich zur Erde niederzog. Ich beschleunigte meine Schritte, schlug meine sinkenden Augenlider auf und summte ein munteres Lied vor mich hin. Für alles, was ich an diesem Tage vollbrachte, glaube ich meiner festen Entschlossenheit verpflichtet zu sein.

Ich ging von einer Taverne zur anderen. Eine war verlassen; in einer anderen waren die Wirtsleute krank, und ihre Dienstboten beachteten meine Fragen und Anerbietungen nicht; in einer dritten waren alle Pferde verliehen. Ich war entschlossen, so lange zu suchen, wie noch ein Wirtshaus oder ein Pferdevermieter übrig war und meine Kräfte es mir gestatteten.

Die Beschreibung aller Begebenheiten dieser Unternehmung, aller Überredungskünste und Bitten, die ich vergeblich aufbot, um Furcht oder Geiz zu überwinden, des Schwankens meiner Hoffnung und meiner fortwährenden Täuschungen wäre nutzlos. Nachdem ich alles ohne Erfolg versucht hatte, mußte ich meine ermatteten Schritte nach der Wohnung Medlicotes zurücklenken.

Meine Gedanken waren mit den neuen Umständen meiner Lage beschäftigt. Da die Mittel, welche sich anfangs gezeigt hatten, erschöpft waren, mußte ich auf andere sinnen. Die Schwäche von Wallace machte es ihm unmöglich, die Reise zu Fuß zurückzulegen; aber konnten ihn seine Kraft und seine Entschlossenheit nicht wenigstens bis über

Schuylkill hinausbringen? War auch in der Stadt weder Wagen noch Pferd zu haben, so mußte man sie sich doch auf dem Lande leicht beschaffen können. Jeder Farmer hatte Zug- und Lasttiere. Eines derselben konnte für einen mäßigen Preis auf einen halben Tag gemietet werden.

Dieser Plan schien mir so tunlich und gut zu sein, daß ich die Zeit und die Anstrengungen bereute, die ich bislang fruchtlos vergeudet hatte. War mein Beginnen aber vergeblich gewesen, so war es nunmehr nutzlos, mit Bedauern darauf zurückzublicken. Ich vertraute darauf, daß Zeit und Kräfte hinreichen würden, mein Vorhaben in die Tat umzusetzen.

Als ich das Haus Medlicotes betrat, waren meine Blicke, meiner Mattigkeit ungeachtet, so hell und freudig, daß Wallace sich mit dem Erfolg unseres Vorhabens schmeichelte. Als er die Wahrheit erfuhr, versank er jäh in gänzliche Hoffnungslosigkeit. Meinem neuen Plan verweigerte er seine Zustimmung. Er sagte, es sei ihm unmöglich, sich durch seine eigene Kraft von der Stelle zu bewegen. Der Gang von Bush-Hill hätte ihn vollkommen erschöpft.

Ich suchte seinen Mut durch Vernunftgründe und Neckereien zu beleben. Die reine Landluft würde ihm neue Kräfte verleihen. Er könnte alle hundert Schritt anhalten und sich auf dem grünen Gras ausruhen. Würden wir von der Nacht überfallen, so könnten wir für Geld oder Bitten ein Unterkommen finden. Wenn uns aber auch jede Türe verschlossen bliebe, so könnten wir doch in einer Scheune Obdach finden, und die frisch gelegten Eier gewährten uns eine heilsame Nahrung. Die schlimmste Behandlung, die uns widerfahren könnte, wäre immer noch besser als ein längeres Verweilen in der Stadt.

Diese Vorstellungen taten einige Wirkung, und er willigte endlich ein, seine Kräfte wenigstens zu prüfen. Zuerst aber mußte er sich durch einige Stunden Ruhe stärken. Dazu gab ich, wenn auch nur mit großem Widerstreben, meine Einwilligung.

Diese Zeit der Ruhe gestattete ihm, über die Vergangenheit nachzudenken und sich nach dem Schicksal Thetfords und dessen Familie zu erkundigen. Die Nachrichten, die ich ihm, durch Medlicote in Kenntnis gesetzt, mitteilen konnte, hörte er mehr mit Befriedigung als mit Bedauern an. Die Undankbarkeit und Grausamkeit, mit denen er behandelt worden war, schienen bei ihm jedes Gefühl, mit Ausnahme der Rache und des Hasses, verwischt zu haben. Ich nutzte die Zeit, um von Thetford mehr zu erfahren, als ich bereits wußte. Ich fragte Wallace, weshalb er so hartnäckig den Rat seines Oheims und seiner Verlobten verschmäht hätte, um so vielen Gefahren zu trotzen, während Flucht doch so leicht möglich gewesen wäre.

»Ich kann mein Benehmen nicht rechtfertigen«, entgegnete er. »Es war im höchsten Maße gedankenlos und schlecht. Ich war vertrauensvoll und sorglos, solange sich niemand in der Nachbarschaft angesteckt hatte und ich jeglichen Verkehr mit den Kranken mied; dennoch würde ich, nur um meine Freunde zu befriedigen, nach Malverton gegangen sein, hätte Thetford nicht alle möglichen Gründe aufgeboten, mich zurückzuhalten. Er bemühte sich, die Krankheit zu verharmlosen.

Weshalb wollen Sie nicht verweilen, sagte er, solange ich

und meine Familie bleiben? Glauben Sie, daß wir hier zögern würden, wenn die Gefahr so dringend wäre? Sobald sie dies wird, werden wir fliehen. Sie wissen, daß ein Landhaus zu unserem Empfange eingerichtet ist. Wenn wir gehen, sollen Sie uns begleiten. Ihre Dienste sind mir für meine Geschäfte noch unentbehrlich. Verlassen Sie mich nicht, so soll Ihr Salär im nächsten Jahre verdoppelt werden, und Sie sind dadurch in den Stand gesetzt, Ihre Cousine sogleich zu heiraten. Nichts ist unwahrscheinlicher, als daß irgendeiner von uns krank werden sollte; wäre dies aber dennoch der Fall, so verpfände ich Ihnen meine Ehre, Sie auf das sorgsamste zu pflegen.

Diese Zusicherungen waren feierlich und großmütig. Susan Hadwin zu heiraten war das Ziel aller meiner Wünsche und Anstrengungen. Indem ich blieb, beschleunigte ich dies glückliche Ereignis und ging nur ein geringes Risiko ein. Indem ich ging, verlor ich die Gunst Thetfords, von dem ich bis dahin mit der größten Güte und Freundlichkeit behandelt worden war, und hätte so alle meine Hoffnungen verscherzt, Reichtum zu erlangen.

Mein Entschluß war aber keineswegs sehr fest. Sooft ein Brief aus Malverton kam, fühlte ich mich geneigt, dorthin zu eilen; diese Neigung wurde aber immer wieder durch neue Gründe und Bitten Thetfords bekämpft.

In diesem Zustand des Schwankens wurde das Mädchen, das sich um Thetfords Kind kümmerte, krank. Sie war ein vortreffliches Geschöpf und hätte eine andere Behandlung verdient gehabt, als ihr widerfuhr. Gleich mir widerstand sie allem Zureden ihrer Freunde, doch ihre Gründe zu bleiben waren uneigennützig und heldenmütig.

Kaum zeigte sich ihr Unwohlsein, als sie nach dem Hospitale gebracht wurde. Ich sah, daß den Versprechungen Thetfords nicht zu trauen war. Jede Rücksicht wurde durch seine Furcht vor dem Tode überwältigt. Obgleich er wußte, daß er das Mädchen dem sicheren Verderben entgegengeschickt hatte, tröstete er sich nach ihrer Entfernung doch damit, daß er ihren Beteuerungen glaubte, ihre Krankheit sei nicht das Fieber.

Ich war jetzt wegen meiner eigenen Sicherheit sehr beunruhigt. Ich beschloß, seinem Zorne zu trotzen, seine Überredungen zurückzuweisen und am nächsten Morgen mit dem Marktkarren zurückzufahren. Noch in derselben Nacht aber bekam ich einen sehr heftigen Fieberanfall. Ich wußte, wie die Kranken im Hospital behandelt wurden, und verabscheute es im höchsten Grade, dorthin gebracht zu werden.

Der Morgen kam, und mein Zustand wurde entdeckt. Bei der ersten Nachricht davon eilte Thetford aus dem Hause und weigerte sich, zurückzukehren, bevor ich nicht fortgeschafft wäre. Ich kannte mein Schicksal nicht, bis drei Schurken an meinem Bette erschienen und mir ihren Auftrag mitteilten.

Ich rief nach Thetford und seiner Frau. Ich flehte, nur einen Augenblick zu zögern, bis ich sie gesehen hätte, und bat, das über mich verhängte Urteil aufzuschieben. Sie waren taub gegen meine Bitten und wollten ihren Auftrag mit Gewalt ausführen. Ich war rasend vor Wut und Entsetzen. Ich häufte die bittersten Verwünschungen auf das Haupt meines Mörders; ich flehte die Schufte, die er zu seinen Handlangern erkoren hatte, um Mitleid und überschüttete sie zugleich mit einer Flut von Vorwürfen. Meine Anstrengungen und Hilferufe waren vergebens.

Ich erinnere mich nicht mehr genau an das, was bis zu meiner Ankunft im Hospitale vorging. Meine leidenschaftliche Empörung vereinigte sich mit meiner Krankheit, mich toll und wild zu machen. In einem Zustande, wie der meinige es war, kann die leiseste Bewegung nicht ohne die fürchterlichsten Schmerzen ertragen werden. Was mußte ich also empfinden, als ich unter den sengenden Strahlen der Sonne auf harten Brettern meilenweit über das schlechte Straßenpflaster gerüttelt wurde?

Ich kann Ihnen die Marter meiner Gefühle nicht beschreiben. Auf der Folterbank in Stücke gerissen zu werden ist eine ungleich geringere Qual, verglichen mit dieser Tortur. Nichts erstaunt mich mehr, als daß ich nicht meine Seele aushauchte, noch ehe der Karren drei Schritte gefahren war.

Ich weiß nicht, wie oder durch wen ich von diesem Fuhrwerk gehoben wurde. Fühllosigkeit kam mir endlich zu Hilfe. Nach einiger Zeit öffnete ich wieder meine Augen und erkannte allmählich meine Lage. Ich lag auf einem Strohsack, dessen Zustand bewies, daß kürzlich erst ein halbverwester Körper davon heruntergenommen worden sein mußte. Das Gemach war geräumig, aber mit Lagerstätten wie der meinigen angefüllt. Zwischen jeweils zweien war kaum ein Zwischenraum von drei Fuß. Jede barg einen Unglücklichen, dessen Stöhnen und Verrenkungen das Hoffnungslose seiner Lage verrieten.

Die Atmosphäre war von tödlichen Dünsten angefüllt. Ein stickiger und bösartiger Geruch machte mir das Atmen beinahe unmöglich. Es waren keine Gefäße für die Ausscheidungen vorhanden, welche die Arznei oder die Krankheit herbeiführten. Mein nächster Nachbar kämpfte mit dem Tode, und mein nachlässig aufgestelltes Bett wurde mit der entsetzlichen Masse überströmt, die aus seinem Magen floß.

Sie werden kaum glauben, daß auf diesem Schauplatze des Entsetzens auch Gelächter zu hören war. Während die oberen Räume des Gebäudes mit den Kranken und Sterbenden angefüllt waren, waren die unteren der Schauplatz von Lust und Freude. Die Elenden, die um ungeheuren Lohn gemietet werden, die Kranken zu pflegen und die Toten fortzuschaffen, vernachlässigen ihre Pflicht und verzehren die Stärkungsmittel, welche für die Leidenden bestimmt sind, in Ausschweifungen und Orgien.

Ein weibliches Gesicht, entstellt von Bosheit und Trunkenheit, blickte zuweilen herein. Sterbende Augen richteten sich auf sie und erflehten als Gnade vielleicht nur einen Tropfen Wasser oder ihren Beistand, die Lage zu verändern, um nicht länger die gräßlichen Windungen oder das entsetzliche Todeslächeln des Nachbarn sehen zu müssen.

Die Besucherin hatte das Festgelage für einen Moment verlassen, nur um nachzusehen, wer tot war. Wenn sie das Gemach betrat, so verrieten schwimmende Augen und unsichere Schritte, daß sie vollkommen unfähig war, die erflehte Hilfe zu gewähren. Dann verschwand sie wieder, und andere kamen die Treppe herauf, ein Sarg wurde an der Tür abgestellt, der Unglückliche, dessen Herz noch zuckte, wurde von rohen Händen ergriffen und über den Fußboden nach dem Eingange geschleppt.

Ach, wie erbärmlich sind die Begriffe, welche die wenigen Glücklichen von den Leiden haben, zu denen Millionen ihrer Mitmenschen verurteilt sind. Das Elend war noch entsetzlicher, weil man sah, daß es von der Entartung der Wärter herrührte. Nur meine eigenen Augen konnten mich von so großer Abscheulichkeit überzeugen. Es ist kein Wunder, daß so viele es vorzogen, allein und verlassen in Scheuern, Kellern und Ställen zu sterben, als hierhergebracht zu werden.

Ein Arzt warf einen Blick auf meinen Zustand. Er gab seinem Begleiter einige Weisungen. Ich verstand sie nicht, sie wurden indes nie von den Wärtern befolgt, und wäre dies geschehen, so hätte ich mich wahrscheinlich geweigert, das zu nehmen, was man mir reichte. Genesung war jenseits meiner Erwartungen und Wünsche. Das Schauspiel, welches sich stündlich vor meinen Augen entfaltete, die Ankunft der Kranken, deren Mehrzahl schon nach wenigen Stunden starb, ihre Abholung zu den für sie vorbereiteten Gräbern, gemahnte mich an das Geschick, das mir selbst vorbehalten war.

Drei Tage vergingen, während deren ich von jeder Stunde erwartete, es würde meine letzte sein. Daß ich trotz einer so ansteckenden und tödlichen Atmosphäre, inmitten der um mich angehäuften Ursachen des Verderbens, am Leben blieb, scheint wirklich kaum weniger als ein Wunder zu sein. Daß von so vielen, die nach diesem Hause gebracht wurden, ich der einzige sein soll, welcher es wieder lebend verließ, übersteigt beinahe meinen eigenen Glauben.

Irgendeine unerklärliche Kraft machte alle diese mächtigen Feinde des menschlichen Lebens zuschanden. Mein

Fieber nahm ab und verschwand. Meine Kräfte erholten sich, und der erste Gebrauch, den ich von meinen Gliedern machte, war der, mich weit von dem Schauplatze der Leiden und der Verderbtheit zu entfernen.«

Neunzehntes Kapitel

Nachdem Wallace meine Neugier in dieser Beziehung befriedigt hatte, erinnerte er mich an die Umstände unseres ersten Zusammentreffens. Er hegte Zweifel, ob ich ebender sei, den er im Wirtshause Lesher getroffen hatte. Als ich dies aber bestätigt hatte, fragte ich ihn nach den Beweggründen seines Benehmens bei jener Gelegenheit.

»Ich gestehe«, sagte er nach einigem Zögern, »daß ich die Absicht hatte, mit Ihrer Unwissenheit und Unerfahrenheit einen Scherz zu treiben. Sie dürfen indes nicht glauben, daß mein Plan listig war, noch daß ich ihn mit besonderer Überlegung durchführte. Meine Versicherungen in der Taverne waren aufrichtig. Ich dachte nicht daran, Ihnen einen Possen zu spielen, sondern nur, Ihnen zu nützen. Erst als ich die Treppe erreichte, fiel mir der schelmische Plan ein. Ich sah in diesem Augenblicke nichts anderes voraus als spaßhafte Mißgriffe und Verlegenheiten. Der Plan wurde beinahe in dem Moment ausgeführt, in dem er entstanden war.

Als ich in das Gesellschaftszimmer eingetreten war, gab mir Thetford den Auftrag, eine Botschaft in einen entfernten Teil der Stadt zu bringen. Erst als ich ihn ausgeführt hatte und auf dem Rückwege war, überlegte ich alle Folgen, die aus meinem Plane entspringen konnten.

Daß Thetford und seine Frau Sie in ihrem Schlafzimmer entdecken würden, stand außer Frage. Vielleicht hatten Sie sich, durch mein langes Ausbleiben ermüdet, entkleidet und zu Bett gelegt. Die Eheleute hatten dann Anstalten getroffen, Ihnen zu folgen und, wenn sie den Vorhang zurückzogen, an ihrem Platze einen kräftigen Jüngling in tiefem Schlafe vorgefunden. Diese Bilder, die kurz zuvor mein Gelächter erweckt hatten, brachten jetzt ein ganz anderes Gefühl hervor. Ich fürchtete von der aufbrausenden Heftigkeit irgendeine verhängnisvolle Katastrophe. In einem ersten Anflug der Wut konnte er Sie erschießen oder Sie wenigstens ins Gefängnis schleppen lassen.

Ich bereute jetzt meinen Scherz von Herzen und eilte nach Hause, um womöglich die üblen Folgen, die sich daraus ergeben konnten, abzuwenden. Das Geständnis meines Anteiles an der Sache mußte wenigstens Thetfords Zorn auf mich lenken, der ich ihn gerechterweise verdiente.

Das Ehepaar hatte sich schon auf sein Schlafzimmer zurückgezogen, und es folgte weder Lärm noch Verwirrung. Ich wußte mir das nicht zu erklären. Ich wartete voller Ungeduld, daß der Morgen eine Lösung der mißlichen Lage bringen würde. Der Morgen brach an. Ein sonderbares Ereignis hatte in der Tat in ihrem Schlafzimmer stattgefunden. Sie entdeckten ein schlafendes Kind in ihrem Bette. Thetford war in der Nacht zweimal geweckt worden, einmal durch ein Geräusch im Kabinett und dann durch ein Geräusch an der Türe.

Irgendein Zusammenhang zwischen diesem Geräusch und dem Findling wurde natürlich vermutet. Am Morgen untersuchte man das Kabinett und fand auf dem Boden ein Paar grobe Schuhe. Die Stubentüre, welche Thetford am Abend zuvor verschlossen hatte, wurde offen gefunden und ebenso ein Fenster in der Küche.

Diese Erscheinungen waren eine Quelle der Verwunderung und der Besorgnis für die anderen, mir aber vollkommen verständlich. Ich freute mich, daß mein Plan keine gefährlichen Folgen gehabt hatte, und bewunderte die Klugheit und Beharrlichkeit, mit welcher Sie sich aus einer so schwierigen Lage gezogen hatten.«

Diese Erzählung war nur die Bestätigung meiner eigenen Vermutungen. Diese Tatsachen wurden indes schnell von dem furchtbaren Bilde verdrängt, das er mir von dem Zustande des Hospitals entworfen hatte. Ich war über das Ausmaß des Übels verwirrt und zugleich empört. Die Ursache dafür war augenscheinlich. Die Elenden, die durch Geld erkauft werden konnten, waren natürlich sittenlos und ohne Grundsätze; beaufsichtigt und überwacht, konnten sie nützliche Werkzeuge werden, aber eine solche Oberaufsicht war nicht käuflich.

Welche Eigenschaften wurden von dem Aufseher einer solchen Anstalt erwartet? Er mußte Eifer, Fleiß und Ausdauer besitzen. Er mußte nach erhabenen und reinen Grundsätzen handeln. Er mußte zugleich sanft und streng, unerschrocken und nachgiebig sein. Einen zu diesem Amte vollkommen befähigten Mann zu finden ist zwar wünschenswert, aber nicht möglich. Ein leidenschaftsloser und redlicher Eifer für die Sache der Pflicht und der Menschlichkeit kann von außerordentlichem Nutzen sein. Habe ich nicht diesen Eifer? Können nicht meine schwachen Anstrengungen einen Teil dieses Übels beseitigen?

Niemand hat bisher um diesen widerlichen und gefahrvollen Posten nachgesucht. Meine Fähigkeiten und meine Urteilskraft sind gering, aber bei rechtschaffener Anwendung können sie nicht ohne Nutzen bleiben.

Der Impuls, den diese Betrachtungen hervorriefen, war, nach dem Rathause zu eilen und meine Wünsche kundzugeben. Dieser Impuls wurde indes durch die Erinnerung an mein eigenes Unwohlsein und den Zustand von Wallace unterdrückt. Diesen Jüngling seinen Freunden zurückzugeben war meine erste Pflicht. Hatte ich diese erfüllt, konnte ich nach der Stadt zurückkehren und mich umfassenderen Pflichten widmen.

Wallace hatte nun einige Stunden Ruhe genossen und ward überredet, die Reise anzutreten. Es war jetzt Mittag, und die Sonne sandte unerträgliche Strahlen herab. Wallace war für ihre unzuträgliche Wirkung empfänglicher als ich. Wir hatten die Vorstädte noch nicht erreicht, als seine Kräfte vollkommen erschöpft waren, und hätte ich ihn nicht gestützt, so würde er zu Boden gesunken sein.

Meine Glieder waren kaum weniger matt, aber mein Entschluß viel stärker als der seinige. Ich sagte, sein Unwohlsein sei nur leicht, und suchte ihn zu überreden, seine Kräfte würden in ebendem Verhältnis zunehmen, wie er sich von der Stadt entferne. Sobald wir ein schattiges Plätzchen fänden, würde eine kurze Ruhe unsere Gesundheit wiederherstellen und uns mit Frohsinn erfüllen.

Nichts konnte indes seinen Mut beleben oder ihn bestimmen weiterzugehen. Umzukehren oder den Weg weiterzuverfolgen war gleichermaßen unmöglich. Wäre er aber auch fähig zurückzugehen, wo sollte er dann ein Obdach finden! Die Gefahr eines Rückfalls war ungeheuer groß; seine eigene Stube im Hause Thetford stand leer. Vermochte er dies Haus zu erreichen, konnte ich ihm nicht einen Arzt verschaffen und bei ihm das Amt eines Wärters versehen?

Seine gegenwärtige Lage war mißlich und traurig. Auf der Straße den stechenden Strahlen der Sonne ausgesetzt zu bleiben, konnte er nicht ertragen. Ihn auf meinen Armen weiterzutragen überstieg meine Kräfte. Konnte ich nicht den Beistand des ersten Vorübergehenden erbitten?

In diesem Augenblick fuhr ein Einspänner an uns vorüber. Das Fuhrwerk bewegte sich rasch vorwärts. Der Führer desselben konte uns vielleicht den erforderlichen Beistand gewähren. Vielleicht war er zu bewegen, von seinem Ziele abzuweichen und den hilflosen Wallace nach dem Hause zu fahren, welches wir soeben verlassen hatten.

Dieser Gedanke trieb mich augenblicklich vorwärts. So schwach ich auch war, lief ich doch sehr schnell, um den Wagen einzuholen. Mit der größten Schwierigkeit erreichte ich diesen Zweck. Zum Glück saß in dem Wagen nur eine Person, und diese hielt auf meine Bitte an. Sein Gesicht war freundlich und einnehmend.

»Guter Freund«, sagte ich, »hier ist ein junger Mann, der vor Mattigkeit nicht mehr gehen kann. Ich möchte ihn nach seiner Wohnung fahren lassen. Wollen Sie ihm für Geld oder aus Barmherzigkeit einen Platz in Ihrer Chaise gewähren und ihn bis zu dem Hause fahren, das ich Ihnen bezeichnen werde?« Da ich Zeichen des Zögerns bemerkte, fuhr ich fort: »Sie brauchen dieses Dienstes wegen keine Furcht zu haben. Er ist nicht krank, sondern nur schwach. Es erfordert keine zwanzig Minuten, und Sie mögen dafür verlangen, was Ihnen billig erscheint.«

Aber noch immer verweigerte er die Einwilligung. Sein Geschäft, sagte er, hätte ihn nicht durch die Stadt geführt. Er wäre nur durch die Vorstädte gekommen, was, wie er glaubte, keine Gefahr für ihn haben würde. Er wünschte wohl, einem Unglücklichen Beistand zu leisten, aber er durfte nicht daran denken, für einen Fremden sein eigenes Leben der Gefahr auszusetzen, da er Weib und Kinder hätte, deren Lebensunterhalt von seinen Anstrengungen abhinge. Es sei ihm schmerzlich, meine Bitte abzuschlagen, aber er glaube, daß seine Pflicht gegen sich selbst und andere von ihm verlange, seine Sicherheit nicht durch Willfährigkeit aufs Spiel zu setzen.

Diese Gründe waren unwiderleglich. Die Milde seines ganzen Wesens zeigte, daß er vielleicht durch Bitten oder Versprechungen zu bewegen wäre. Ich mochte indes aus seiner Nachgiebigkeit jetzt keinen Vorteil ziehen; und hätte er plötzlich seinen Beistand angeboten, so würde ich ihn abgelehnt haben. Schweigend wandte ich mich von ihm ab und schickte mich an, zu dem Orte zurückzukehren, wo ich meinen Freund gelassen hatte. Der Mann traf Anstalt, seinen Weg zu verfolgen.

In dieser Verlegenheit fiel mir ein, wenn dieser Mann auf das Land führe, könnte er vielleicht einwilligen, Wallace mit sich zu nehmen. Ich vertraute besonders dem heilsamen Einfluß der Landluft. Ich glaubte, sein ganzes Unwohlsein bestünde nur in seiner Schwäche, und dauernder

Aufenthalt in der Stadt könnte einen Rückfall herbeiführen oder wenigstens seine Genesung verzögern.

Ich wandte mich daher nochmals an den Reisenden und fragte ihn, in welche Richtung er führe. Zu meiner unaussprechlichen Befriedigung sagte mir seine Antwort, daß seine Heimat hinter der von Hadwin lag und daß sein Weg ihn unmittelbar an der Türe dieses Gentleman vorüberführe. Er war daher bereit, Wallace in seine Chaise zu nehmen und ihn bei seinem Oheim abzusetzen.

Dieser freudige und glückliche Zufall überstieg meine kühnsten Hoffnungen. Ich eilte mit der frohen Nachricht zu Wallace, der eifrig einwilligte, den Wagen zu besteigen. Ich dachte in diesem Augenblick nicht an mich selbst oder inwiefern ich mich des gleichen Mittels bedienen könnte, um der Gefahr zu entrinnen. Der Fremde mußte sich um meine Person keine Sorgen machen; und daß Wallace meine Begleitung nicht verlangte und keine Bedenken wegen meiner Sicherheit aussprach, mag man seiner Niedergeschlagenheit und Schwäche zuschreiben. Kaum saß er, als der Wagen auch schon davonfuhr. Ich blickte ihm regungslos und stumm nach, bis das Fuhrwerk um eine Ecke fuhr und meinen Augen entschwand.

Ich hatte nun Muße, meine eigene Lage zu überdenken und über die Reihe plötzlicher und mannigfaltiger Ereignisse nachzusinnen, welche sich während der wenigen Stunden zugetragen hatten, die ich in der Stadt weilte. Der Zweck meiner Reise war schnell und befriedigend erreicht. Meine Hoffnungen und Besorgnisse waren rasch hin- und hergeschwankt, in Betreff dieses jungen Mannes aber schließlich zu ruhiger und freudiger Gewißheit geworden.

Vor Sonnenuntergang würde er sein väterliches Dach erreichen und unbeschreibliche Freude in diesem friedvollen und ehrenwerten Heim verbreiten.

So freudig und beruhigend diese Betrachtung war, wich sie doch schnell der Überlegung, was meine Pflicht von mir zu tun verlangte, und der Abschied von Wallace gewährte mir völlige Freiheit in meinem Handeln. Mich als Oberaufseher des Hospitals anzubieten war immer noch mein Vorsatz. Mein unbehagliches Gefühl konnte sich zur Krankheit steigern, aber dies brauchte nicht als Gewißheit angesehen zu werden. Die hohe Lage und die reine Luft von Bush-Hill konnten dazu dienen, mein Unwohlsein zu verbannen und meine Gesundheit wiederherzustellen. Solange ich noch Kraft besaß, hielt ich mich wenigstens für verpflichtet, sie zu den weisesten Zwecken zu verwenden. Ich beschloß, augenblicklich das Rathaus aufzusuchen, und ging in dieser Absicht über die Felder, die zwischen Sassafras und der Chesnut-Street liegen.

Dringendere Rücksichten hatten meine Aufmerksamkeit von dem Gelde abgelenkt, welches ich bei mir trug, sowie von dem Bilde der verlassenen Dame, der es gehörte. Meine Entschlüsse waren in Beziehung auf sie noch die früheren; aber jetzt fiel mir mit neuer Gewalt ein, daß mein Tod unser Zusammentreffen verhindern konnte und daß es daher klug sein würde, auf nützliche Weise über das Geld zu verfügen, welches sonst dem Zufalle überlassen bleiben konnte.

Die Leiden, die die Stadt befallen hatten, waren augenscheinlich und ungeheuer. Hunger und Nachlässigkeit hatten die Bösartigkeit der Pest gesteigert und ihr Fortschreiten erleichtert. Konnte dies Geld nützlicher angewendet werden als zur Erleichterung dieser Übel? Während meines Lebens hatte ich kein Recht, darüber zu verfügen, aber mein Tod konnte mich befugen, über die Verwendung desselben zu entscheiden.

Wie war diese Bestimmung zu treffen? Wie konnte ich das Geld anlegen, um meine Absichten zu erreichen, ohne zu Lebzeiten die freie Verfügung darüber aufzugeben?

Diese Gedanken wurden indessen durch eine Flut neuer Gefühle unterdrückt. Das Gewicht, das auf meine Stirn und auf meinen Magen drückte, wurde plötzlich größer. Mein Gehirn wurde durch ein Schwindelgefühl ergriffen, und meine Glieder versagten mir den Dienst. Mein Puls war beschleunigt, und das Hervorbrechen des Fiebers konnte nicht länger bezweifelt werden.

Bis dahin hatte ich eine schwache Hoffnung bewahrt, daß mein Unwohlsein von selbst verschwinden könnte. Diese Hoffnung wurde jetzt zunichte gemacht. Das Grab lag vor mir, und meine Pläne der Wißbegier und der Wohltaten mußten in Vergessenheit geraten. Die Folgen, wenn ich ohne Freund und unbeschützt auf der Straße liegen blieb, waren gewiß. Der erste Vorübergehende hätte mich bemerkt und sich beeilt, einen jener Wagen herbeizuholen, welche Tag und Nacht damit beschäftigt sind, ihre Opfer nach dem Hospitale zu schaffen.

Dies Schicksal war mir entsetzlicher als jedes andere. Mich unter irgendeinem Dache zu verbergen, wo meine Existenz nicht vermutet wurde und wo ich ungestört und in Ruhe sterben konnte, war jetzt mein Wunsch. Das Haus Thetfords oder Medlicotes konnten mir ein solches Asyl gewähren, wenn es mir nur möglich war, sie zu erreichen.

Ich machte dazu die kräftigsten Anstrengungen, aber sie brachten mich nicht über hundert Schritte hinaus. Hier verweilte ich auf den Stufen einer breiten Treppe, und als ich hinaufblickte, sah ich, daß sie zu dem Hause von Welbeck gehörte.

Dieser Zufall kam mir unerwartet. Er lenkte meine Gedanken in eine neue Richtung. Bei meiner jetzigen Verfassung weiterzugehen war unmöglich. Mit diesem Hause war ich wohlvertraut. Ob es seit meiner Flucht unbewohnt geblieben war, konnte ich nicht entscheiden. Offenbar war es im Moment ohne Bewohner. Vielleicht war es noch in demselben Zustand, in welchem Welbeck es verlassen hatte. Betten oder Sofas waren vielleicht darin zu finden, auf denen ein Kranker ohne Furcht vor Störung ruhen konnte.

Diese Aussicht wurde sofort dadurch getrübt, daß offenbar alle Zugänge verschlossen und verriegelt waren. Vielleicht aber war dies beim Badehaus nicht der Fall, weil darin nichts zu finden war, was besondere Vorsichtsmaßregeln verlangte. Ich wurde durch innere Hitze erstickt und durch äußere verzehrt; und die Erquickung durch ein Bad und einen frischen Trunk Wasser erschien mir unschätzbar.

Die Aussicht auf diese Belohnung im Verein mit meinem Wunsche, unbemerkt zu bleiben, bewogen mich, alle mir noch übrigen Kräfte aufzubieten. Wiederholte Anstrengungen ließen mich zuletzt die Mauer übersteigen und brachten mich, wie ich glaubte, in Sicherheit. Ich trank das Wasser in langen Zügen, sobald ich den Brunnen zu erreichen vermochte.

Die Wirkung war für einige Zeit köstlich und heilsam.

Meine Glut verminderte sich, und meine geistigen Fähigkeiten erholten sich von dem Druck, der zuletzt auf ihnen gelastet hatte. Mein Zustand wurde von einem Augenblick zum anderen erträglicher, und ich glaubte nicht, daß er noch besser werden könnte, bis ich mein Auge über das Haus gleiten ließ und zufällig bemerkte, daß der Laden eines der unteren Fenster halb geöffnet stand.

Ob Absicht oder Zufall die Ursache davon war, konnte ich nicht entscheiden. Vielleicht war dieses Fenster von den letzten Bewohnern in der Hast übersehen worden. Vielleicht war es gewaltsam geöffnet, um einem Diebe Eintritt zu gewähren. Wie auch immer es geschehen sein mochte, mir stand dadurch zweifelsohne der Zugang zu dem Hause offen. Ich verspürte keinerlei Gewissensbisse, aus diesem Umstand einen Vorteil zu ziehen. Meine Absicht war nicht unredlich. Ich wollte nicht beschädigen oder stehlen. Es war recht und billig, eine Zuflucht vor den wohlgemeinten Verfolgungen derer zu suchen, die die Stadt regierten. Alles, was ich suchte, war das Privilegium, allein zu sterben.

Als ich durch das Fenster eingestiegen war, bemerkte ich, daß die Einrichtung während meiner Abwesenheit nicht verändert worden war. Ich ging langsam von einem Zimmer zum anderen, bis ich endlich Welbecks früheres Schlafgemach betrat.

Das Bett war ohne Überzug. Die Schlösser der Schränke und Kästen waren erbrochen. Ihr Inhalt war verschwunden. Ob dies das Werk mitternächtlicher Diebe war oder ob sich die Beamten des Gerichts und die wütenden Gläubiger Welbecks Einlaß verschafft hatten, war ein Gegenstand fruchtlosen Nachdenkens.

Ich war an meinem Ziele angelangt. Dies Zimmer sollte der Schauplatz meiner Krankheit und meine Zufluchtsstätte vor der wohltätigen Grausamkeit der Nachbarn sein. Meine neuen Empfindungen beschworen die Hoffnung herauf, daß mein Unwohlsein nur ein vorübergehendes Übel sei. Statt eines pestilenzialischen oder bösartigen Fiebers konnte es vielleicht ein harmloses Wechselfieber sein. Die Zeit mußte seine wahre Natur erweisen; inzwischen wollte ich den Teppich als Bettdecke benutzen, mir einen Krug mit Wasser besorgen und ohne Zögern und Furcht das Heilmittel anwenden, das in meinem Bereiche lag.

Zwanzigstes Kapitel

Ich legte mich aufs Bett und hüllte meine Glieder in den Teppich. Meine Gedanken waren ruhelos und verwirrt. Ich überlegte abermals, was ich in Beziehung auf die Banknoten anfangen sollte. Mit gewissenhafter Sorgfalt wog ich alle Umstände ab, welche meine Entscheidung beeinflussen konnten. Ich konnte keine wohltätigere Verwendung des Geldes entdecken, als es, in dieser Zeit des mannigfaltigen Elends, in den Dienst der Hilfsbedürftigen zu stellen; aber ich bedachte, daß, wenn mein Tod unbemerkt blieb, man das Haus nicht eher öffnen oder untersuchen würde, bevor nicht die Pest gewichen war, und daß die Wohltaten einer solchen Verwendung dann zum Teil oder gänzlich verlorengingen.

Dieser Zeit der Krankheit aber mußte eine Zeit der Not folgen. Die Zahl und Bedürfnisse der Armen im kommenden Winter mußten sich auf beklagenswerte Weise vergrößern. Wie viele konnten durch die kluge Verwendung dieser Summe vor Hunger und Blöße bewahrt werden!

Aber wie konnte ich eine solche Verwendung sicherstellen? Die Summe in einem Brief einzuschließen und an einen der ausgezeichnetsten Bürger oder Beamten zu schikken war das Zweckmäßigste. Diese beiden Bedingungen wurden in der Person des gegenwärtigen ersten Bürgermeisters erfüllt. Ihm mußte ich das Päckchen zusenden.

Zu diesem Zwecke benötigte ich Papier und Schreibgerät. Waren diese, so fragte ich mich, in dem oberen Zimmer zu finden? Wenn dieses Gemach, gleich den übrigen, die ich gesehen hatte, samt seiner Einrichtung unberührt geblieben war, konnte ich meinen Vorsatz ausführen; waren aber keine Schreibgeräte zu finden, dann mußte ich freilich für jetzt auf meinen Plan, so angelegen und lieb er mir war, verzichten.

Die Wahrheit war leicht zu entdecken, und dies mußte unmittelbar geschehen. Ich stand von dem Bette auf, das ich mir kurz zuvor bereitet hatte, und ging nach dem Bibliothekszimmer. Die Gänge und Treppen wurden durch ein leidlich starkes Zwielicht erhellt. In den Stuben war es beinahe so dunkel wie um Mitternacht, da die sorgfältig geschlossenen Fensterläden jeden Lichtstrahl abhielten. Die Zimmer, die ich bereits betreten hatte, waren verschlossen gewesen, aber in jedem Schlosse steckte der Schlüssel. Ich glaubte, den Eingang zum Bibliothekszimmer in dem gleichen Zustande zu finden. Die Türe war verschlossen, aber kein Schlüssel zu sehen. Dies dämpfte meine Hoffnungen erheblich, aber ich hielt es für möglich, dennoch einzutreten, da die Türe absichtlich oder durch Zufall unverschlossen geblieben sein konnte.

Meine Finger berührten den Drücker, da hörte ich einen Ton, als ob von innen ein Riegel vorgeschoben würde. Ich erschrak darüber. Es verriet, daß schon jemand in dem Gemache war, der einen anderen Besucher abzuwehren suchte. Ich erinnerte mich des offenen Fensterladens unten und brachte ihn natürlich damit in Verbindung. Daß auf gleichem Wege und zu gleicher Zeit zwei Menschen in das Haus eingedrungen waren, um das gleiche Zimmer aufzusuchen, war ein geheimnisvolles Zusammentreffen.

Ich fragte mich, ob ich auch richtig gehört hatte. Zahllose unerklärliche Geräusche können in einem unbewohnten Hause das Ohr berühren. Selbst das Echo unserer Schritte ist ungewohnt und neu. Dies war womöglich solch ein Geräusch. Ich faßte daher Mut und ergriff von neuem den Drücker. Meiner wiederholten Anstrengungen ungeachtet öffnete sich die Türe nicht.

Meine Absicht war zu wichtig, um so leicht aufgegeben zu werden. Meine Neugier und meine Furcht waren gleichermaßen angefacht. Die Zeichen der Gewalt, welche ich in den unteren Gemächern bemerkt hatte, ließen auf die Anwesenheit von Plünderern schließen. Hier war ein Mensch, der sich im verborgenen zu schaffen machte.

Es war nicht mein Eigentum, das zum Gegenstand der Plünderung geworden war. Meine Schwäche mußte mich zudem hindern, einem Menschen, der Gewalttat beabsichtigte, die Stirn zu bieten oder ihn gar zu überwinden. Den

Eintritt zu erbitten wäre nutzlos gewesen, und mit Gewalt eindringen zu wollen albern. Diese Betrachtungen bestimmten mich zunächst, von der Türe abzustehen, aber die Ungewißheit meiner Schlußfolgerungen und der übermächtige Wunsch, Eintritt in dieses Gemach zu erlangen, vereinigten sich, meine Schritte zu hemmen.

Ungewiß über die Mittel, die ich anzuwenden hätte, drückte ich abermals das Schloß. Dieser Versuch war ebenso fruchtlos wie die vorhergehenden. Obgleich ich nicht hoffen durfte, dadurch irgend etwas in Erfahrung zu bringen, legte ich mein Auge an das Schlüsselloch. Ich gewahrte ein Licht, das sich von dem zu dieser Tageszeit üblichen unterschied. Es war nicht das Zwielicht, wie es die nur mangelhaft ausgeschlossene Sonne hervorbringt, sondern schien von einer Lampe herzurühren, war aber schwächer und dunkler, als die Strahlen einer Lampe gewöhnlich zu sein pflegen.

War dies eine Bestätigung meiner ersten Vermutung? Lampenlicht am hellichten Tage in einem verlassenen Hause und in einem Gemache, welches der Schauplatz eines verhängnisvollen Auftrittes gewesen, das war ein böses Zeichen. Bisher hatte ich noch keinen bestimmten Beweis von der Anwesenheit eines menschlichen Wesens. Wie ich darüber Gewißheit erlangen sollte und ob dies überhaupt wünschenswert war, waren Fragen, die ich nicht erwogen hatte.

Ich hatte keine Kraft zu überlegen. Meine Neugier trieb mich an zu rufen: »Ist jemand in dem Zimmer? Sprecht!«

Diese Worte waren kaum gesprochen, als jemand mit heftiger, aber halb unterdrückter Stimme ausrief: »Guter Gott!«

Eine tiefe Stille folgte. Ich wartete auf eine Antwort, denn ich glaubte, der Ausruf sei nur eine Art Auftakt gewesen. Ob es der Ausdruck von Überraschung, Schmerz oder Kummer war, konnte ich für den Augenblick nicht entscheiden. Möglicherweise erweckten die Beweggründe, welche mich in dies Haus geführt hatten, in mir die Vermutung, der Mensch sei durch Krankheit ebenso hilflos wie ich. Meine eigene Lage zerstreute die Zweifel, die dieser Vermutung alsbald gefolgt waren. Weshalb konnte nicht ein anderer ebensogut wie ich hier eine einsame Zufluchtsstätte gesucht haben? Konnte nicht ein Diener, den man, wie es die Reichen zu dieser Zeit zu tun pflegten, zum Schutz des Hauses zurückgelassen hatte, von der herrschenden Krankheit befallen worden sein? Unfähig zur Flucht oder aus Furcht, nach dem Hospitale geschleppt zu werden, hatte er sich in diesem Hause eingeschlossen. Vielleicht war aber auch ein Dieb, welcher herkam, um zu stehlen, von der Krankheit überfallen und hier zurückgehalten worden. In dem einen wie in dem anderen Falle mußte er eifrig bemüht sein, jedem den Zutritt zu verweigern.

Diese Gedanken schwächten indes nicht meinen Wunsch, in das Gemach zu gelangen. Der Mensch darin war ein Leidensgefährte, und meine Pflicht gebot, ihm Hilfe zu bringen und ihn nach besten Kräften zu unterstützen. Ich rief daher wieder:

»Wer ist da? Ich bitte Sie, mir zu antworten. Wer Sie auch sein mögen, ich beabsichtige nur, Ihnen Gutes zu tun, nicht aber Ihnen irgendein Leid zuzufügen. Öffnen Sie die Türe und lassen Sie mich Ihre Lage wissen. Ich will versuchen, Ihnen nützlich zu sein.«

Ein tiefes Stöhnen und ein Seufzer, der von einer gewaltigen Anstrengung herzurühren schien, erklangen auf der anderen Seite. Dies Zeichen der Leiden ergriff mein Herz. Meine Furcht verschwand gänzlich und wich dem unbegrenzten Mitleid. Ich bat wiederholt, eingelassen zu werden, und versprach, zur Hilfe oder zum Trost alles zu tun, was meine Lage mir erlaubte.

Zorn, Ungeduld und Kummer mischten sich in die Antwort des andern: »Ich brauche keinen Beistand; belästigen Sie mich nicht mit Ihren Bitten und Anerbietungen. Fliehen Sie von diesem Orte; zögern Sie keinen Augenblick, sonst teilen Sie mein Geschick und eilen Ihrem Tod entgegen.«

Diese Worte betrachtete ich nur als einen Ausfluß des Deliriums oder eine Äußerung der Verzweiflung. Aussprache und Redeweise wiesen den Sprecher als einen Mann aus, der über der Klasse der Diener stand. Dadurch fühlte ich mein Verlangen, ihn zu sehen und ihm beizustehen, noch gesteigert. Meine Anerbietungen wurden barsch und heftig zurückgewiesen. Einige Zeit entströmten seinem Munde leidenschaftliche und unzusammenhängende Ausrufe. Schließlich konnte ich nichts anderes hören als heftige Atemzüge und Seufzer, beredtere und bedeutungsvollere Zeichen des Kummers als die Worte irgendeiner Sprache.

Dies Benehmen erfüllte mich ebenso mit Staunen wie mit Teilnahme. In welchen Absichten dieser Mensch hierhergekommen sein mochte, aus welchen Gründen er meinen Bitten widerstand, war mir vollkommen unbegreiflich. Nochmals wiederholte ich mein Gesuch, eingelassen zu werden, obgleich ohne Hoffnung auf Erfolg.

Meine Hartnäckigkeit schien jetzt seine ganze Geduld erschöpft zu haben, und er rief mit donnernder Stimme: »Arthur Mervyn, hinweg! Zögern Sie noch einen Augenblick länger, so werde ich mit der Wut eines Tigers auf Sie stürzen und Ihnen Glied um Glied vom Leibe reißen.«

Diese Anrede ließ mich zu Stein erstarren. Die Stimme, welche diese blutrünstige Antwort aussprach, war meinem Ohre fremd. Ich glaubte nicht, sie je in meinem Leben gehört zu haben. Dennoch hatte meine Stimme mich ihm verraten. Er kannte meinen Namen. Obgleich es unwahrscheinlich war, daß gerade ich in dieses Haus eingedrungen war, hatte man mich erkannt und ohne Zögern beim Namen genannt!

Meine Neugier und mein Mitleid waren keineswegs vermindert, aber ich sah mich gezwungen, meinen Vorsatz aufzugeben. Ich entfernte mich widerstrebend von der Türe und warf mich wieder auf mein Bett. Bei dem gegenwärtigen Zustande meines Körpers war mir nichts notwendiger als Schlaf. Dieser wäre vielleicht möglich gewesen, hätte nicht alles, was mich umgab, mir Stoff zur Verwunderung und zur Furcht geboten.

Nochmals strengte ich mein Gedächtnis an, um herauszufinden, welcher von den Menschen, mit denen ich bisher in Berührung gekommen war, in Stimme und Tonfall Ähnlichkeit mit jenem aufwies, den ich soeben gehört hatte. Dies Verfahren war von Erfolg. Allmählich rief meine Phantasie mir ein Bild zurück, über das ich mich jetzt, da ich es deutlich sah, wunderte, es nicht sogleich erkannt zu haben. Vor drei Jahren kam ein Mann namens Colvill zu Fuß und mit einem kleinen Ränzel auf dem Rücken in den

Distrikt, in welchem mein Vater wohnte. Er besaß Kenntnisse und Geist und erreichte leicht die Stellung, für welche er allein sich befähigt hielt: die eines Schulmeisters.

Sein Betragen war liebenswürdig und bescheiden; seine Gewohnheiten, was Schlaf, Kost und Bewegung betraf, regelmäßig und enthaltsam. Sinnendes Weilen im Walde oder Lesen in seinem Arbeitskabinett schienen im Verein mit der Aufmerksamkeit gegen seine Schüler seine einzige Zerstreuung und Beschäftigung zu sein. Er zog sich von jeder Gesellschaft zurück, nicht, weil sie ihm kein Vergnügen bereitete, sondern weil arbeitsame Zurückgezogenheit ihm die höchste Befriedigung beschied.

Niemand wurde von den arglosen Nachbarn höher geachtet. Seine Schüler verehrten ihn wie einen Vater und machten bei seinem Unterricht die auffallendsten Fortschritte. Sein Charakter schien jeder Beobachtung offenzuliegen, und seine Aufführung wurde von allen für tadellos erklärt.

Nach Verlauf eines Jahres änderte sich das. Die Tochter eines seiner Gönner, jung, unschuldig und reizend, war den Künsten eines verabscheuenswürdigen Verführers zum Opfer gefallen. Der Verräter wurde allmählich entlarvt, und mehrere aufeinanderfolgende Entdeckungen zeigten, daß dieselben Künste mit demselben Erfolge bei vielen anderen angewandt worden waren. Der Erzbösewicht war Colvill. Er entzog sich dem Sturme der Rache, der sich über seinem Haupte sammelte, durch Flucht, und es ist seitdem nichts von ihm gehört worden.

Ich sah ihn nur selten, für kurze Zeit und war damals nur ein Knabe. Daher vermochte ich mich nicht seiner Stimme zu erinnern, und so kam es, daß ich die Stimme dessen, der oben in dem Gemache eingeschlossen war, nicht sogleich für die Colvills erkannte. Hatte ich indes nicht viel Anlaß, die Züge oder die Stimme Colvills zu erkennen, so war dagegen um so mehr Grund vorhanden, an ihn nur mit Abscheu zu denken und ihn mit unerbittlicher Rache zu verfolgen, denn das Opfer seiner Künste, die, deren Verführung zuerst entdeckt wurde, war – meine Schwester.

Das unglückliche Mädchen entfloh den Vorwürfen ihrer Eltern, der Verachtung der Welt, dem Nagen der Reue und dem Schmerze über die Schlechtigkeit und Treulosigkeit durch einen freiwilligen Tod. Sie war unschuldig und liebenswürdig. Vor diesen unglücklichen Ereignissen war meine Seele mit der ihrigen durch tausendfache Bande der Sympathie und Verwandtschaft sowie durch den Umgang seit der Kindheit und das geschwisterliche Verhältnis verbunden. Sie war meine Schwester, meine Lehrerin und Freundin; aber sie starb – ihr Ende war gewaltsam, vorzeitig und verbrecherisch! Ich kann ihrer nicht ohne herzzerreißenden Kummer gedenken; ihres Verderbers nicht ohne einen Groll, den ich für Unrecht erkenne und dennoch nicht unterdrücken kann.

Als das Bild Colvills bei dieser Gelegenheit vor mir aufstieg, wäre ich beinahe emporgesprungen. Ihm nach so langer Trennung hier und unter solchen Umständen zu begegnen, war ein so unerwartetes und plötzliches Ereignis und erweckte so peinigende Gefühle und Erinnerungen, daß in meinem Körper eine völlige Revolution vorzugehen schien. Daß er mich erkannte, sein Widerwille, sich sehen zu lassen, sein Ausruf des Schreckens und der Überraschung, als er zum ersten Male meine Stimme hörte – alles vereinigte sich, meinen Glauben zu bestärken.

Wie sollte ich handeln? Mein schwacher Körper konnte mein Verlangen nach Rache nur schwerlich unterstützen; aber wenn die Rache auch bisweilen meine Gedanken beschäftigte, so wurde sie doch durch meine Vernunft daran gehindert, mich in eine Lage zu versetzen, die überaus verwerflich und tadelnswert gewesen wäre.

Alle meine Wünsche in Beziehung auf diesen Mann beschränkten sich darauf, sein Bild aus meinem Gedächtnisse zu verbannen und seinen Anblick zu meiden. Daß er die Türe auf mein Bitten nicht geöffnet hatte, war jetzt für mich ein Grund zur Freude. In einen bodenlosen Abgrund zu blicken, in den ich kopfüber und bei lebendigem Leibe gestürzt werden sollte, war mir minder entsetzlich, als in das Gesicht Colvills zu sehen. Hätte ich gewußt, daß er in diesem Hause Zuflucht gesucht hatte, so würde mich keine Gewalt dazu gezwungen haben, es ebenfalls zu betreten. Der Ansteckung in dem Hospitale ausgesetzt und beinahe noch atmend bei wachem Geiste in mein Grab geworfen zu werden wäre ein erträglicheres Schicksal gewesen.

Ich weilte mit Selbstverachtung und Scham bei diesem Teile meiner Geschichte. Einen außerordentlichen Widerwillen gegen das Laster nur deshalb zu fühlen, weil wir selbst in außerordentlichem Grade durch seine Übel gelitten haben, ist unverantwortlich. Die Schlechten mit keinen anderen Regungen als denen des Mitleids zu betrachten, sie zum Guten zurückzuführen, über ihre Böswilligkeit zu wachen und die Wirkungen derselben zu verhindern oder zu vergüten ist das einzige Gebot unserer Pflicht. Diese

Lehre sowie tausend andere habe ich erst noch zu lernen; aber ich verzweifle daran, zu diesem sowie zu manchem anderen löblichen Zwecke lange genug zu leben.

Meine Gefühle in bezug auf Colvill waren irrig, aber allmächtig. Ich sprang vom Bette und wollte auf die Straße stürzen. Ich war gleichgültig gegen das Los, das mich dadurch treffen konnte, denn kein Schicksal konnte schlimmer sein als das, unter einem Dache mit einem Elenden zu bleiben, den so viele Verbrechen befleckten.

Ich hatte meinen Fuß noch nicht auf den Boden gesetzt, als meine Eile durch ein Geräusch gehemmt wurde, das von oben kam. Die Türe der Bibliothek wurde vorsichtig und langsam geöffnet. Sah man einmal von allen möglichen Einwänden ab, so ließ dies nur eine Deutung zu. Colvill schlich sich aus seinem Versteck und eilte wahrscheinlich, das Haus zu verlassen. Mein Glaube an seine Krankheit ward nun widerlegt. Eine strafbare Absicht entsprach seinem Charakter und den bereits gemachten Entdeckungen.

Ich hatte weder die Kraft noch den Wunsch, seine Flucht zu verhindern. Ich dachte vielmehr mit Entzücken an dieselbe, warf mich wieder auf das Bett und hüllte mein abgewandtes Gesicht in den Teppich. Wahrscheinlich ging er an meiner Türe vorüber, ohne mich zu bemerken, und mein verhülltes Gesicht ersparte mir die Qualen seines Anblicks.

Die Fußtritte von oben wurden vernehmbar, obgleich er offenbar scheu und vorsichtig auftrat. Sie erreichten die Treppe und kamen herab. Das Zimmer, in welchem ich lag, wurde gleich den übrigen durch die geschlossenen Fensterläden verdunkelt. Diese Dunkelheit wich jetzt einem Licht, welches den matten und flimmernden Strahlen glich, die ich in der Bibliothek bemerkt hatte. Meine Augen, welche zwar von der Tür abgewandt, aber nicht, wie der übrige Kopf, mit dem Teppich verhüllt waren, bemerkten dies Zeichen der Annäherung Colvills durch das Zittern an der Wand.

Meine fieberhafte Unruhe steigerte sich, als er näher kam. Er erreichte die Türe und blieb stehen. Das Licht ruhte für einen Augenblick. Dann trat er in das Zimmer. Meine Aufregung stieg plötzlich zu einer unbezähmbaren Höhe. Ich bildete mir ein, er nähere sich dem Bette und blicke auf mich. In demselben Augenblick warf ich durch einen unwillkürlichen Antrieb den Teppich zurück, drehte meinen Kopf und richtete meine Augen auf den Besucher.

Es war, wie ich vermutet hatte. Ich erblickte die Gestalt, wie sie mit ihrer rechten Hand ein Licht in die Höhe hielt und mit dem Ausdrucke und der Haltung furchtsamer Erwartung und quälender Zweifel an dem Bette stand. Ein flüchtiger Blick zeigte meinen Sinnen alle Einzelheiten dieser furchtbaren Erscheinung. Ein Gefühl ergriff mich, als würde mein Herz von einem Dolche durchbohrt. Das war noch nicht genug. Ich stieß einen Schrei aus, der zu laut und gellend war, als daß er die Aufmerksamkeit der Vorübergehenden nicht hätte erregen müssen, wäre in diesem Augenblick irgend jemand auf der Straße gewesen.

Der Himmel schien beschlossen zu haben, daß diese Zeit mit Prüfungen meines Gleichmuts und meiner Seelenstärke erfüllt sein sollte. Noch einmal wurde mein Mut erprobt, um mich mit Demütigung und Reue zu bedecken. Meine Phantasie beschwor bei dem zweiten Blicke ein Gespenst herauf, und ich schauderte, als öffne sich ein Grab und der ruhelose Tote suche mein Lager heim.

Das Gesicht und die Gestalt trugen in der Tat übernatürliche Züge, aber sie gehörten nicht Colvill, sondern – Welbeck.

Einundzwanzigstes Kapitel

Der, den ich bis auf die Mitte des Flusses begleitet hatte; der, von dem ich mir eingebildet hatte, er sei untergegangen, um nie wieder emporzukommen, stand jetzt vor mir. Obgleich ich unfähig war, den unbegründeten Glauben an übernatürliche Erscheinungen zu besiegen, konnte ich dennoch das Phantom beinahe in ebendem Augenblicke verbannen, in welchem es mir erschien. Welbeck war dem Flusse lebend entkommen oder durch mir unerklärliche Mittel ins Leben zurückgerufen worden.

Die erste Vermutung war die wahrscheinlichste. Sie erweckte sogleich den Verdacht, daß der Sprung ins Wasser nur eine List gewesen war, den Glauben an seinen Tod zu begründen. Seine eigene Erzählung hatte mir gezeigt, daß er geschickt in der Erfindung von Betrug und zu allem Bösen fähig war. Aber hatte er sich nicht mit Colvill verbündet; und was anderes als ein Vertrag zum Bösen konnte solche Männer miteinander vereinigen?

Während ich so sann, verrieten Welbecks Mienen und Bewegungen eine Aufregung, welche zu heftig war, um ihm das Sprechen zu gestatten. Die Blicke, die er auf mich richtete, waren unstet und wild. Er schritt umher, blieb jeden Augenblick stehen und schoß ungeduldige Blicke auf mich. Ein Kampf der Leidenschaften hielt ihn stumm. Endlich trat er auf das Bett zu, auf dessen Rand ich jetzt saß, und sagte zu mir:

»Was bedeutet das? Sie sind hier? Der Pest zum Trotz treibt irgendein Dämon Sie an, mich zu verfolgen, wie der Geist meiner Missetaten, und mich mit Scham zu übergießen? Was habe ich mit dieser unerschrockenen und arglosen Stirn zu schaffen? Mit dem töricht-vertrauensvollen und zudringlichen, doch redlichen und unbesiegbaren Geiste? Gibt es kein Mittel, Ihrer Verfolgung zu entgehen? Muß ich meine Hände ein zweites Mal in Blut tauchen und für Sie ein Grab an der Seite Watsons graben?«

Diese Worte hörte ich voller Ruhe an. Ich verdächtigte und bemitleidete diesen Mann, aber ich fürchtete ihn nicht. Seine Worte und seine Blicke verrieten weniger Grausamkeit als Wahnsinn. Ich sah ihn mit mitleidsvollem und ernstem Ausdruck an. Ich sprach sanft und ruhig:

»Mr. Welbeck, Sie sind unglücklich und verbrecherisch. Wollte Gott, ich könnte Sie dem Glücke und der Tugend zurückgeben. Aber wenn mein Verlangen dazu auch groß ist, so habe ich doch keine Macht, Ihre Gewohnheiten zu ändern oder Sie dem Elend zu entreißen.

Ich hielt Sie für tot. Ich freue mich zu sehen, daß ich irrte. Solange Sie leben, ist Hoffnung vorhanden, daß Sie sich bessern werden, und die Unruhe, von der Sie bisher auf Ihrem schuldbeladenen Gange gequält wurden, wird verschwinden, sobald Sie zu besseren Pfaden zurückgekehrt sind.

Von mir haben Sie nichts zu fürchten. Kann Ihr Wohl durch mein Schweigen über Ihre Geschichte befördert werden, so will ich es unverletzt bewahren. Ich denke von meinen Versprechungen nicht leicht. Sie sind gegeben und sollen nicht zurückgenommen werden.

Dieses Zusammentreffen war zufällig. Da ich Sie für tot hielt, konnte es nicht anders sein. Sie irren, wenn Sie glauben, daß mein Leben Ihnen irgendeinen Nachteil bringen könnte; aber Sie brauchen diesen Irrtum nicht aufzugeben. Da mein Tod nahe ist, habe ich nichts dagegen, daß Sie ihn für vorteilhaft halten.

Der Tod ist das allgemeine und unvermeidliche Los. Wann oder wie er kommt, ist von geringer Bedeutung. Daß ich stehenbleibe, während so viel Tausende rings um mich her fallen, ist nicht zu erwarten. Ich habe eine demütige, verborgene Rolle in der Welt gespielt, und meine Laufbahn war kurz; aber ich murre nicht gegen die Vorsehung, die es so wollte.

Ich habe die Pest. Die Wahrscheinlichkeit der Genesung ist zu gering, um darauf zu bauen. Ich kam hierher, um ungestört und in Frieden zu sterben. Alles, was ich von Ihnen verlange, ist, daß Sie an Ihre eigene Sicherheit denken und sogleich entfliehen und daß Sie meine Hoffnung, im verborgenen zu bleiben, nicht zunichte machen, indem Sie den Bevollmächtigten des Hospitals meine Lage und meinen Aufenthalt verraten.«

Welbeck hörte mich mit der größten Aufmerksamkeit an. Sein wildes Wesen verschwand und wich der Angst und der Besorgnis.

»Sie sind krank«, sagte er mit einem Zittern in der Stimme, in welchem Furcht und Teilnahme sich mischten. »Sie wissen das und erwarten keine Genesung. Keine Mutter, keine Schwester, kein Freund wird Ihnen nahe sein, um Ihnen Nahrung, Arznei oder Trost zu gewähren; dennoch können Sie ruhig sprechen; können Sie an andere denken – an mich, dessen Schuld so groß war und der es um Sie so wenig verdient hat!

Elender Feigling, der ich bin! So elend ich aber bin und zu bleiben die Aussicht habe, hänge ich am Leben. Ihrem heldenmütigen Rate zu folgen und zu fliehen, Sie hier einsam und hilflos zurückzulassen, fühle ich das stärkste Verlangen. Gern möchte ich demselben widerstehen, aber ich vermag es nicht.

Sie zu verlassen wäre feiger und schändlicher als alles, was ich bisher getan habe; zu bleiben heißt aber, mich der Krankheit zu überliefern, um nach Ihnen unterzugehen.

Das Leben ist mir noch immer teuer, sosehr es auch mit Schuld und Schmach belastet ist – doch Sie fordern mich auf zu gehen; Sie verzichten auf meinen Beistand. In der Tat könnte ich Ihnen auch nichts nützen; ich würde mir schaden und Ihnen nicht helfen. Ich kann nicht in die Stadt gehen und Ihnen einen Arzt oder einen Wärter holen. Ich darf mich nie wieder in den Straßen dieser Stadt blicken lassen. Ich muß Sie also verlassen.« Er eilte zu der Türe. Wieder zögerte er. Ich erneuerte meine Bitten, mich zu verlassen, und bestärkte ihn in dem Glauben, daß seine Anwesenheit ihm Gefahr bringen könnte, ohne mir den geringsten Nutzen zu gewähren.

»Wohin soll ich fliehen? Die weite Welt bietet kein Asyl für mich. Ich lebte nur unter einer Bedingung. Ich kam hierher, um zu finden, was mich vor dem Verderben – vor dem Tode retten konnte. Ich finde es nicht. Es ist verschwunden. Irgendeine kühne und glückliche Hand hat es von seinem Platze genommen, und jetzt ist mein Untergang beschlossen. Meine letzte Hoffnung ist verschwunden.

Ja, Mervyn, ich will bei Ihnen bleiben. Ich will Ihren Kopf stützen. Ich will Ihre Lippen durch Wasser erquicken. Ich will Tag und Nacht an Ihrer Seite wachen. Wenn Sie sterben, werde ich Sie während der Nacht auf das nahe Feld tragen, werde Sie dort begraben und Ihr Grab mit Tränen netzen, welche Ihr unvergleichlicher Wert und Ihr frühzeitiger Tod verdienen. Dann will ich mich auf Ihr Bett legen und das gleiche Geschick erwarten.«

Welbeck schien jetzt nicht mehr zwischen widerstreitenden Entschlüssen zu schwanken. Seine ungestümen Züge nahmen den Ausdruck der Ruhe an. Er stellte das noch immer brennende Licht auf den Tisch und ging weniger hastig als bei seinem ersten Eintreten im Zimmer auf und nieder.

Sein Entschluß war offenbar die Eingebung der Verzweiflung. Ich hoffte, daß meine Vorstellungen ihn nicht unbesiegbar finden würden. Ich war mir bewußt, daß seine Pflege meine eigenen Anstrengungen vermindern und vielleicht meine Todesqual erleichtern würde; aber dieser Trost konnte zu teuer erkauft werden. Seine Dienste auf Gefahr seines Lebens anzunehmen mußte sie mir verabscheuenswert machen.

Wenn er aber blieb, welches Betragen würde dann sein Gefährte zeigen? Weshalb blieb er in der Bibliothek, nachdem Welbeck sich entfernt hatte? Welche Beweggründe hatten diesen Menschen hierhergeführt? Ich sagte zu Welbeck:

»Ihr Entschluß, zu bleiben, ist unüberlegt und übereilt. Wenn Sie darauf beharren, erhöhen Sie das Elend meiner Lage; Sie rauben mir die letzte Hoffnung, die ich nährte. Wie Sie aber auch handeln mögen, muß doch jedenfalls Colvill oder ich aus diesem Hause verbannt werden. Was für ein Bündnis besteht zwischen Ihnen? Zerreißen Sie es, ich beschwöre Sie, bevor seine Nichtswürdigkeiten Sie in unvermeidliches Verderben hineingerissen haben.«

Welbeck sah mich mit staunendem Zweifel an.

»Ich meine«, fuhr ich fort, »den Mann, dessen Stimme ich oben gehört habe. Er ist eine Schurke und ein Betrüger. Ich habe vielfache Beweise seiner Schuld. Weshalb blieb er zurück? Wie Sie auch entscheiden mögen, so ist es doch notwendig, daß er verschwindet.«

»Ach«, sagte Welbeck, »ich habe keinen Gefährten; niemand, der meine guten oder meine bösen Handlungen teilt. Ich kam allein hierher.«

»Wie?« rief ich. »Wen hörte ich denn oben in dem Zimmer? Es antwortete jemand auf meine Fragen und Bitten, den ich nur zu gewiß erkannt habe. Weshalb blieb er zurück?«

»Sie hörten niemanden als mich. Die Absicht, die mich herführte, mußte ohne Zeugen erreicht werden. Ich wünschte der Entdeckung zu entgehen und wies Ihr Zudringen mit entstellter Stimme zurück.

Diese Stimme war die eines Mannes, von dem ich mich unlängst trennte. Seine Verdienste oder Vergehen kenne ich nicht. Er fand mich auf meinen Wanderungen durch die Wälder von New Jersey. Er nahm mich mit in sein Haus. Als ich von einer schleichenden Krankheit befallen wurde, pflegte er mich mit Treue und Zärtlichkeit. Als ich mich etwas erholt hatte, eilte ich hierher; aber die Unkenntnis unserer Charaktere und unserer Handlungen war gegenseitig und vollkommen.

Ich hielt es für zweckmäßig, eine fremde Stimme anzunehmen. Diese war die letzte, welche ich gehört hatte, und dieser zufällige und willkürliche Umstand bestimmte meine Wahl.«

Die Nachahmung war zu täuschend und hatte zu mächtig auf mein verängstigtes Gemüt eingewirkt, als daß ich sogleich daran hätte glauben können. Ich argwöhnte, Welbeck sinne auf irgendeinen neuen Streich, um meine Vermutungen irrezuleiten und mein Urteil zu täuschen. Dieser Verdacht verschwand indes bei seinen ernsten und wiederholten Beteuerungen. Wenn Colvill nicht hier war, wo weilte er dann? Wie waren Freundschaft und Verkehr zwischen Welbeck und ihm entstanden? Durch welches Wunder war ersterer dem Flusse entkommen, in welchem ich ihn für immer untergegangen wähnte?

»Ich will Ihnen das aufrichtig beantworten«, sagte er. »Sie wissen schon zuviel von mir, als daß ich noch ein Interesse daran haben könnte, Ihnen irgendeinen Teil meines Lebens zu verhehlen. Sie haben entdeckt, daß ich noch lebe, und was mich dem Verderben entriß, kann ich Ihnen ohne Nachteil für mich oder meinen Ruf erzählen.

Als ich in den Fluß sprang, wollte ich sterben. Ich hegte keine Zweifel, diesen verhängnisvollen Vorsatz ausführen zu können. Darin täuschte ich mich. Der Tod wollte auf mein Gebot nicht kommen. Meine Muskeln und meine Glieder lehnten sich gegen meinen Willen auf. Ein mechanischer Widerstand gegen den Verlust des Lebens stellte sich ein, den ich nicht zu überwinden vermochte. Meine Kräfte drückten mich unter Wasser, aber unwillkürlich schlossen sich meine Lippen und ließen keinen Tropfen Wasser in meine Lungen eindringen. Wenn mein Atem erschöpft war, ließen die Anstrengungen, die mich auf dem Grunde gehalten hatten, plötzlich wieder nach, und ich stieg zur Oberfläche empor.

Ich verwünschte meine Feigheit. Dreimal sank ich unter, und ebensooft kam ich wieder in die Höhe. Mein Widerwille gegen das Leben verschwand schnell, und endlich wandte ich meine Geschicklichkeit im Schwimmen, die selten übertroffen wurde, an, um mein Leben zu retten. Nach wenigen Minuten stieg ich am Jersey-Ufer an Land.

Da dieser Plan mißlungen war, versank ich in Trübsinn und Untätigkeit. Mir war zumute, als ließe sich meiner Entschlossenheit nicht vertrauen und als würde jeder Versuch, den ich unternehmen würde, mich selbst zu vernichten, fruchtlos sein; das Leben war so leer als je an Genüssen und Verschönerungen. Meine Mittel waren erschöpft. Ich sah keinen Pfad vor mir. Die Gegenwart der Menschen zu fliehen war mein vorzüglichster Wunsch. Da ich nicht von meinen eigenen Händen sterben konnte, mußte ich mich darein ergeben, auf der Oberfläche der Erde hinzuschleichen, bis ein höheres Geschick meinen Untergang gestattete.

Ich lief tief in den Wald. Ich warf mich am moosigen Ufer eines Baches nieder und starrte zu den Sternen auf, bis sie verschwanden. Den nächsten Tag brachte ich beinahe ebenso zu. Ich fühlte die Mahnungen des Hungers, und sie waren mir willkommen, denn sie wiesen mir einen Weg, doch noch selbst meinen Tod herbeizuführen. Die Enthaltung von der Nahrung war leicht, denn mir diese zu verschaffen, bedurfte es der Anstrengung, und diese wollte ich nicht machen. So war die süße Vergessenheit, nach der ich so ernstlich strebte, in meinen Bereich gegeben.

Drei Tage des Hungers, der Träumerei, der Einsamkeit folgten jetzt. Am Abend des vierten saß ich auf einem Felsen, das Gesicht in die Hände vergraben. Jemand legte mir die Hand auf die Schulter. Ich fuhr hoch und blickte auf. Ich sah in ein Gesicht, das von Mitleid und Wohlwollen strahlte. Der Mann war bemüht, die Ursache meiner Einsamkeit und meines Kummers zu erfahren. Ich achtete nicht auf seine Fragen und beharrte hartnäckig in meinem Schweigen.

Da er mich in dieser Beziehung unbezwinglich fand, forderte er mich auf, ihm zu seiner nahe gelegenen Hütte zu folgen. Ich wies ihn anfangs zornig und ungeduldig zurück, aber er ließ sich nicht entmutigen oder einschüchtern. Um seinem Drängen ein Ende zu bereiten, mußte ich nachgeben. Meine Kräfte waren entschwunden, und die Lebensmaschine zerfiel in ihre einzelnen Teile. Ein Fieber tobte in meinen Adern, und ich tröstete mich mit dem Gedanken, daß mein Leben zugleich durch Hunger und durch Krankheit bedroht wurde.

Währenddessen wichen meine finsteren Betrachtungen nicht. Ich sann unablässig über die Ereignisse meines vergangenen Lebens nach. Die lange Reihe meiner Verbrechen stieg täglich neu vor meiner Phantasie empor. Das Bild

Lodis rief ich mir zurück, seine sterbenden Blicke und die Weisungen, die er mir über seine Schwester und sein Vermögen erteilte.

Während ich beständig über diese Ereignisse nachdachte, nahmen sie neue Formen an und verbanden sich mit neuen Gedankengängen. Der Band, den sein Vater geschrieben und den er mir unter Zeichen übergeben hatte, welche mir jetzt in der Erinnerung eine größere Bedeutung zu haben schienen, als das Werk an sich vermuten ließ, fiel mir auch wieder ein. Ich entsann mich dabei eines Buches, welches ich als Jüngling mit Auszügen aus römischen und griechischen Dichtern angefüllt hatte. Neben dem literarischen Zwecke pflegte ich darin auch die Banknoten aufzubewahren, welche in Gewahrsam zu halten mir anvertraut wurden. Diese Erinnerung führte meine Gedanken zurück zu dem Lederkästchen, welches Lodis Vermögen enthalten hatte und mir zugleich mit dem Manuskripte übergeben worden war.

Diese Bilder riefen jetzt ein drittes hervor, welches meinen unwissenden Verstand wie ein elektrischer Blitz erleuchtete. War es möglich, daß ein Teil von Lodis Vermögen in den Blättern dieses Buches eingeschlossen war? Ich erinnerte mich, beim flüchtigen Durchblättern einige Seiten entdeckt zu haben, deren Ecken zufällig oder absichtlich zusammengeklebt waren. Als Lodi von dem Verkauf der westindischen Besitzung seines Vaters sprach, erwähnte er, daß die dafür empfangene Summe vierzigtausend Dollar betragen hätte. Ich hatte nur die Hälfte dieser Summe gefunden. Was war aus der anderen Hälfte geworden? Sicher enthielt sie dieses Buch.

Der Einfluß dieses Gedankens glich der Einhauchung einer neuen Seele in meinen Körper. Aus Niedergeschlagenheit und Verzweiflung, aus unbeugsamem Widerwillen gegen Arznei und Nahrung wurde im Nu Lebhaftigkeit und Hoffnung sowie sehnsüchtiges Verlangen nach allem, was zur Wiederherstellung meiner Gesundheit beitragen konnte.

Ich war indes nicht ohne schmerzliche Reue und entsetzliche Angst. Daß Gläubiger oder Diebe dieses Buch genommen hatten, war möglich. Jede Stunde konnte über mein Geschick entscheiden. Der erste Impuls war, nach meiner Wohnung zu eilen und das kostbare Depositum zu suchen.

Inzwischen verschlimmerten meine Unruhe und meine Ungeduld meine Krankheit. Während ich ans Bett gefesselt war, verbreiteten sich die Gerüchte über die Pest. Wie allgemein die Leiden sein mochten, welche dies Ereignis hervorrief, so kam es mir doch gelegen und wurde daher von mir freudig begrüßt. Es vermehrte die Aussicht, daß mein Haus und dessen Einrichtung unberührt blieben.

Mein Freund war eifrig und unermüdlich in seiner Güte. Mein Benehmen vor und nach der Wiederbelebung meiner Hoffnungen war unbegreiflich und ließ auf nichts anderes als Wahnsinn schließen. Meine Gedanken verbarg ich ihm sorgfältig, und alles, was er sah, war für ihn widersprüchlich und dunkel.

Endlich waren meine Kräfte hinlänglich gestärkt. Ich widerstand allen Bitten meines Beschützers, meine Abreise bis zu meiner völligen Gesundung aufzuschieben. Ich beschloß, die Stadt um Mitternacht zu betreten, um neugierigen Blicken zu entgehen, eine Kerze und die nötigen Mittel, sie zu entzünden, mit mir zu nehmen, mit deren Hilfe mein ehemaliges Bibliothekszimmer aufzusuchen und zu erforschen, ob ich noch Ansprüche auf Leben und Glück hätte.

Ich kam diesen Morgen über den Fluß. Meine Ungeduld gestattete es mir nicht, bis zum Abend zu warten. Verödet, wie die Stadt war, glaubte ich mich bis hierher wagen zu dürfen, ohne mich der Gefahr der Entdeckung auszusetzen. Das Haus war auf allen Seiten verschlossen. Ich schlich mich auf den Hinterhof. Ein Fensterladen stand offen. Ich stieg hinein und fand Kästen und Schränke unverschlossen und jeglichen Inhalts beraubt. Bei diesem Anblicke sank mein Herz. Meine Bücher hatten ohne Zweifel das gleiche Schicksal geteilt. Mein Blut stürmte gewaltig, als ich mich der Bibliothek näherte und die Türe öffnete.

Meine Hoffnungen, die für einen Augenblick gesunken waren, wurden durch den Anblick der wie ehedem gefüllten Bücherregale neu belebt. Ich hatte mein Licht unten angezündet, denn ich wollte keine Aufmerksamkeit und keinen Verdacht durch das Öffnen der Fensterläden erregen. Mein Auge suchte hastig nach der Stelle, an der ich, wie ich mich erinnerte, das Buch gelassen hatte. Der Platz war leer. Der Gegenstand aller meiner Hoffnungen war meinem Zugriff entzogen und für immer verschwunden.

Meine Verwirrung zu schildern, meine Verwünschungen der Einfalt, welche während der langen Zeit des Besitzes den Schatz für mich nutzlos gemacht hatte, zu wiederholen und meine Flüche über die verhängnisvolle Macht, welche mir den Preis entriß, zu erneuern hieße nur, meine Enttäuschung und meinen Kummer zu vergrößern. Sie fanden mich in diesem Zustande und wissen, was folgte.«

Zweiundzwanzigstes Kapitel

Diese Erzählung warf ein neues Licht auf den Charakter Welbecks. Hätte der Zufall ihn in den Besitz dieses Schatzes gebracht, so war leicht vorauszusehen, zu welchen Zwecken des Luxus und der Selbstsucht er ihn verwendet haben würde. Dieselben Rücksichten auf die trügerische Achtung der Welt, dieselbe Neigung zum Betruge und dieselbe Sorglosigkeit in Beziehung auf die Zukunft würden das Bild seines neuen Lebens ausgemacht haben, wie sie sein vergangenes bezeichneten. Dieses Geld gehörte einer anderen. Es zu seinem eigenen Gebrauche zu verwenden war verbrecherisch. Gegen dieses Verbrechen schien er so gleichgültig zu sein wie jemals. Seine eigene Befriedigung war das höchste Gesetz seiner Handlungen. Der Notwendigkeit rechtschaffener Arbeit unterworfen zu sein war für ihn das schlimmste aller Übel, und diesem zu entrinnen, war er bereit gewesen, Selbstmord zu begehen.

Das Buch, welches er suchte, hatte ich. Es war meine Pflicht, es der rechtmäßigen Besitzerin zurückzugeben, und wenn diese nicht zu finden war, es zur Beförderung von Tugend und Glück zu verwenden. Es Welbeck zu geben hieß, es Zwecken der Selbstsucht und des Elends zu widmen. Mein Anspruch war, rechtlich betrachtet, ebenso gültig wie der seinige.

Wenn ich aber beabsichtigte, es ihm nicht zurückzugeben, war es dann zweckmäßig, ihm die Wahrheit zu offenbaren und ihm zu erklären, wer das Buch aus dem Bücherregal entwendet hatte? Mein erster Impuls war, die Wahrheit zu verhehlen; aber die jüngsten Ereignisse hatten mich gelehrt, der Gerechtigkeit Gehör zu verschaffen und die Nützlichkeit der Geheimhaltung in jedem Falle unbeachtet zu lassen. Meine Grundsätze waren richtig, meine Beweggründe rein: Warum sollte ich zögern, mich zu meinen Grundsätzen zu bekennen und meine Handlungen zu verteidigen?

Ich fürchtete oder verehrte Welbeck nicht länger. Jene Ehrfurcht, welche früher sein höheres Alter, die Feinheit seines Benehmens und die Würde seiner Kleidung in mir erweckt hatten, war verschwunden. Ich war noch ein halber Knabe, ein armer und ungebildeter Bauer, aber ich vermochte den trügerischen Schein der Macht und des Reichtums zu erkennen und verweigerte überall dort die Achtung, wo ihre Ansprüche sich nicht auf Rechtschaffenheit stützten. Es gab kein Tribunal, vor welchem ich gezögert haben würde, die Wahrheit zu bekennen, und keine Art des Märtyrertums, die ich nicht willig auf mich genommen hätte.

Nach einer Pause sagte ich: »Haben Sie keine Vermutung, auf welche Weise dieses Buch verschwunden ist?«

»Nein«, antwortete er mit einem Seufzer. »Weshalb von all den Bänden ebendieser eine weggenommen wurde, ist mir ein unerklärliches Rätsel.«

»Vielleicht«, sagte ich, »kommt es weniger darauf an zu wissen, wie er weggenommen wurde, als in wessen Besitz er jetzt ist.«

»Ohne Frage; aber dennoch wird dieses Wissen nutzlos sein, wenn es mich nicht in den Stand setzt, wieder in den Besitz des Bandes zu gelangen.«

»So ist es nutzlos, denn der jetzige Besitzer wird das Geld nie zurückgeben.«

»In der Tat«, sagte er mit dem Tone der Niedergeschlagenheit, »Ihre Vermutung ist höchst wahrscheinlich. Ein solcher Preis ist zu wertvoll, um aufgegeben zu werden.«

»Was ich sagte, entspringt nicht der Vermutung, sondern der Gewißheit. Ich weiß, daß Sie das Geld nie zurückerhalten werden.«

Bei diesen Worten blickte mich Welbeck voller Staunen und Zweifel an. »Sie wissen das? Haben Sie irgendeine Kenntnis von dem Buche? Können Sie mir sagen, was daraus geworden ist?«

»Ja, nach unserer Trennung auf dem Flusse kehrte ich in dies Haus zurück. Ich fand den Band und brachte ihn in Sicherheit. Sie haben den Inhalt richtig vermutet. Das Geld war wirklich darin.«

Welbeck zuckte zusammen, als hätte er den Fuß auf eine Goldmine gesetzt. Seine erste Regung war ein lebhaftes Entzücken, welches indes augenblicklich durch einen Zweifel abgekühlt wurde. »Was ist daraus geworden? Haben Sie es? Ist es noch beisammen? Haben Sie es bei sich?«

»Es ist unangetastet. Es ist in meinem Besitz, und ich bewahre es als ein anvertrautes Gut für den rechtmäßigen Besitzer.«

Der Ton, in dem ich dies erklärte, erschütterte die neu erwachte Zuversicht Welbecks. »Den rechtmäßigen Besitzer! Richtig! Aber der bin ich. Nur mir gehört es, und mir wollen Sie es auch ohne Zweifel zurückgeben.«

»Mr. Welbeck, es ist nicht meine Absicht, Sie zu erzürnen oder zu betrüben noch mit Ihren Leidenschaften ein Spiel zu treiben. In der Annahme, Sie seien tot, hielt ich es für kein Unrecht, das Manuskript an mich zu nehmen. Der Zufall entdeckte mir den Inhalt. Ich konnte über den zu verfolgenden Weg nicht im Zweifel sein. Die natürliche und rechtmäßige Erbin von Vincentio Lodi ist seine Schwester. Ihr gehört daher dies Geld, und nur ihr werde ich es übergeben.«

»Anmaßender Knabe! Das ist also Ihre weise Entscheidung? Ich sage Ihnen, daß ich der Eigentümer bin und daß Sie es mir geben sollen. Wer ist dieses Mädchen? Ein kindisches und unwissendes Geschöpf! Unfähig, bei den geringsten Anlässen sich selbst zu beraten und nach eigenem Urteil zu handeln. Bin ich nicht nach der Bestimmung ihres sterbenden Bruders ihr Beschützer und Vormund? Ihr Alter ist ein gesetzliches Hindernis für die eigene Verwaltung ihres Vermögens. Glauben Sie, ich hätte einen so leichten und ratsamen Schritt wie die Einsetzung als ihr gesetzlicher Vormund außer acht gelassen? Und selbst wenn dies geschehen wäre, so würden meine Ansprüche, ihr Schutz und Unterhalt zu gewähren, nichtsdestoweniger unbestreitbar sein.

Rettete ich sie nicht vor Armut, Entehrung und Schande? Habe ich nicht mit unermüdlichem Eifer für alle ihre Bedürfnisse gesorgt? Was immer ihre Lage erforderte, ist in reichlichem Maße beschafft worden. Diese Wohnung und ihre ganze Einrichtung gehörte ihr, sofern die strengen Rechtsvorschriften es gestatteten. Über ihre Ausgaben zu wachen und ihre Familie zu schützen war die Sache ihres Vormundes.

Sie haben die Erzählung meiner Qualen und meiner Verzweiflung gehört. Woher entsprangen diese, wenn nicht aus der Vereitelung von Plänen, welche ich zu ihrem Wohl entworfen hatte und die mit ihrem Gelde ausgeführt wurden, durch Mittel, welche meine Vollmacht als Vormund vollkommen rechtfertigte? Weshalb habe ich mich dieser verderblichen Luft ausgesetzt und mich wie ein Dieb hier eingeschlichen, wenn nicht in der Absicht, sie aus der Armut zu retten und ihr das Ihrige zurückzugeben?

Ihre Skrupel sind lächerlich und verbrecherisch. Ich behandle Sie mit weniger Strenge, weil Ihre Jugend unerfahren und Ihr Urteil unreif ist. Aber wenn Sie nach dieser Darlegung von der Rechtmäßigkeit meiner Ansprüche noch zögern, mir das Geld zurückzugeben, so muß ich Sie wie einen Dieb behandeln, der meine Bibliothek geplündert hat und die Herausgabe seiner Beute verweigert.«

Diese Schlußfolgerungen waren mächtig und neu. Ich kannte die Rechte der Vormundschaft. Welbeck hatte in mancher Beziehung als ein Freund der Lady gehandelt. Sich mit diesem Amte zu bekleiden war ein Schritt, den die Jugend und Hilflosigkeit des Mädchens ihrem Freunde zur Pflicht machten. Seine Ansprüche auf das Geld als ihr Vormund konnten nicht geleugnet werden.

Aber wie war diese Erklärung mit seinen früheren Vorstellungen vereinbar? Damals war die Vormundschaft mit keinem Worte erwähnt worden. Wäre dies geschehen, so hätte er dadurch alle seine Pläne vernichtet, die Achtung der Menschen zu gewinnen und den Glauben an seinen Reichtum und seine Unabhängigkeit zu nähren.

Diese Gedanken stürzten mich in große Verwirrung. War seine Behauptung wahr, so begründete sie den Anspruch auf dieses Geld; aber ich bezweifelte ihre Wahrheit. Meine Zweifel an seiner Glaubwürdigkeit zu äußern hätte indes seine Wut und seine Gewalttätigkeit herausgefordert.

Seine letzte Andeutung war von besonderer Bedeutung. Angenommen, er war der betrügerische Besitzer dieses Geldes, rechtfertigte mich dies, es ihm gewaltsam unter dem Vorwande zu entziehen, es der rechtmäßigen Eigentümerin zurückzugeben, welche, soviel ich wußte, bereits tot sein konnte oder mit der ich vielleicht nie zusammentreffen würde? Mußte nicht mein Benehmen in dieser Sache als unrechtmäßig betrachtet werden? Ich betrat Welbecks Wohnung um Mitternacht, schlich mich in sein Arbeitszimmer, bemächtigte mich eines beweglichen Besitztumes und entfernte mich ungesehen. Kann man einem solchen Benehmen keine Schuld zuschreiben?

Welbeck wartete voller Ungeduld auf ein Ende meines Schweigens. Meine Verwirrung und meine Unentschlossenheit wichen nicht, und mein Schweigen dauerte fort. Endlich wiederholte er seine Fragen mit neuer Heftigkeit. Ich war gezwungen zu antworten. Ich sagte ihm mit wenigen Worten, daß seine Gründe mich nicht von der Rechtmäßigkeit seiner Ansprüche überzeugt hätten und daß mein Entschluß unwandelbar derselbe bliebe.

Er hatte diese unbeugsame Haltung in meiner gegenwärtigen Lage nicht erwartet. Die Torheit meines Widerspruchs erschien ihm, bei meiner Schwäche und Verlassenheit, seiner Kraft und seinen Hilfsmitteln gegenüber als ungeheuer und wahnsinnig; aber seine Geringschätzung verwandelte sich in Wut und Furcht, indem er bedachte, daß diese Torheit zuletzt seine Hoffnungen vernichten konnte. Er war wahrscheinlich entschlossen, das Geld an sich zu bringen, mochte es kosten, was es wollte, aber er beabsichtigte, erst alle friedlichen Mittel zu erschöpfen, ehe er Gewalt anwendete. Ebenso mochte er bezweifeln, ob das Geld ihm zugänglich sei: Ich hatte ihm zwar gesagt, daß es in meinem Besitz wäre, aber ob ich es jetzt bei mir trug, war fraglich. Obgleich er indes nicht unmittelbar danach fragte, suchte er doch zu erforschen, ob ich es zur Hand hätte. Sein zorniger Tonfall wich jetzt der Stimme der Ermahnung und Überredung.

»Ihr jetziges Betragen, Mervyn«, sagte er, »rechtfertigt die Erwartungen nicht, die ich von Ihnen hegte. Sie haben sich eines gemeinen Diebstahls schuldig gemacht. Dem haben Sie noch das schwerwiegendere Verbrechen der Undankbarkeit hinzugefügt, aber Ihre Verblendung und Ihre Torheit sind wenigstens ebensogroß wie Ihre Schuld. Denken Sie, daß ich Ihren Versicherungen, Sie bewahrten das Geld für andere, glauben kann, wenn ich bedenke, daß sechs Wochen vergangen sind, seitdem Sie es wegnahmen? Weshalb haben Sie nicht die Eigentümerin aufgesucht und es ihr übergeben? Wären Ihre Absichten redlich gewesen, hätten Sie eine so lange Zeit verrinnen lassen, ohne dies zu tun? Es ist klar, daß Sie es zu Ihrem eigenen Gebrauch behalten wollten.

Mag dies aber Ihre Absicht gewesen sein oder nicht, so haben Sie doch jetzt nicht mehr die Kraft, es zu erstatten oder es zu behalten. Sie sagen, daß Sie hierherkamen, um zu sterben. Geschieht das, was soll dann mit dem Gelde werden? In Ihrer jetzigen Lage können Sie nicht zu der Lady gelangen. Irgend jemand anders muß also dieses Vermögen erben. Wessen Recht kann, nächst dem der Signora Lodi, größer sein als das meinige? Wenn Sie es mir aber nicht für mich selbst geben wollen, so vertrauen Sie es mir für jene an. Lassen Sie mich den Überbringer in ihre eigenen Hände sein. Ich habe Ihnen schon bewiesen, daß mein Anspruch darauf, als ihr Vormund, gesetzmäßig und unbestreitbar ist; diesen Anspruch gebe ich aber auf. Ich werde nur Ihr Testamentsvollstrecker sein. Ich werde mich durch jeden Eid, wie feierlich und furchtbar Sie ihn auch verlangen mögen, dazu verpflichten, Ihre Instruktionen treu zu befolgen.«

Solange mein eigenes Herz mich freisprach, beunruhigten mich diese Beschuldigungen der Unredlichkeit nur wenig. Sie erweckten keinen Zorn, denn sie entsprangen der Unwissenheit und mußten Welbeck durch die ihm bekannten Tatsachen einleuchtend erscheinen. Es war nicht nötig, die Anklage durch weitläufige Auseinandersetzungen zu widerlegen.

Allerdings war meine Genesung im höchsten Grade unwahrscheinlich, und mein Tod würde meiner Macht über dies Geld ein Ende machen. Aber hatte ich nicht beschlossen, für den Fall meines Todes dessen nützliche Verwendung zu sichern? Dieser Plan wurde durch die Anwesenheit von Welbeck vereitelt; aber ich hoffte, daß seine Liebe zum Leben ihn bestimmen würde zu fliehen. Er konnte mir das Geld mit Gewalt entreißen, oder er konnte warten, bis mein Tod ihm die friedliche Besitznahme gestattete. Doch diese wenngleich wahrscheinlichen Ereignisse waren nicht sicher und konnten keineswegs die freiwillige Einhändigung rechtfertigen. Wollte er zu diesem Ziel seine Kräfte aufbieten, so konnte ich ihm nicht widerstehen; aber dann war es ein Opfer, nicht der Wahl, sondern der Notwendigkeit.

Den bereitwillig gegebenen Versprechungen war sicher nicht zu trauen. Welbecks eigene Erzählung, bei der er doch seine Fehler gewiß nicht vergrößert hatte, zeigte nur zu sehr die Gebrechlichkeit seiner Tugend. Eine solche Summe wie diese in seine Hände zu legen in der Erwartung, daß er sie nach meinem Tode, wo er der vollkommenen Geheimhaltung seiner Handlungen gewiß war, an eine andere Person übergeben würde, wäre in der Tat ein Beweis für jene Verblendung gewesen, die er mir vorgeworfen hatte.

Diese Gedanken bestimmten meine Entschlüsse, aber sie waren in Schweigen gehüllt. Sie in Worte zu kleiden wäre nutzlos gewesen. Sie hätten mein Benehmen in seinen Augen nicht gerechtfertigt. Sie hätten nur einen Streit herbeigeführt und ihn zu jenen Gewalttaten verleitet, die ich vermeiden wollte. Je eher der Zwist beendigt und ich von seiner Gegenwart befreit war, desto besser.

»Mr. Welbeck«, sagte ich daher, »meine Rücksicht auf Ihre Sicherheit läßt mich wünschen, unsere Unterredung so bald als möglich zu beendigen. Zu einer anderen Zeit würde ich nichts dagegen haben, die Sache ausführlich zu besprechen. Jetzt wäre es fruchtlos. Mein Gewissen bezeichnet mir zu deutlich den Pfad, den ich zu verfolgen habe, als daß ich darin irren könnte. Solange ich Macht über das Geld habe, werde ich es zum Vorteil der unglücklichen Lady bewahren, die ich in diesem Hause sah. Ich werde mich bemühen, sie aufzufinden, aber wenn dies unmöglich sein sollte, werde ich darüber auf eine Weise verfügen, an der Sie keinen Anteil haben sollen.«

Ich will den Kampf zwischen meiner Ruhe und seiner Leidenschaft, der nun folgte, nicht wiederholen. Ich hörte schweigend die Ausbrüche seiner Wut und seines Geizes an. Staunen über meine Unbeugsamkeit mischte sich mit seinem Verdruß. Wechselweise eiferte er über die Sträflichkeit und die Torheit meines Entschlusses. Zuweilen steigerte sich seine Aufregung bis zur Wut, dann näherte er sich mir in drohender Haltung und erhob seine Hand gegen mich, als wollte er mich mit einem Schlage vernichten. Meine matten Augen, meine glühenden Wangen, meine im Fieber hämmernden Schläfen und meine gänzliche Regungslosigkeit erregten seine Aufmerksamkeit und hielten seinen Schlag zurück. Mitleid trat an die Stelle der Wut, und neu erwachte der Glaube, Vorstellungen und Vernunftgründe würden ihn an sein Ziel führen.

Dreiundzwanzigstes Kapitel

Ich weiß nicht, wie lange dieser Auftritt währte. Unmerklich nahmen die Leidenschaften und Vorstellungen Welbecks eine neue Gestalt an. Der Ausdruck des Kummers, gepaart mit Verlegenheit, überflog seine Züge. Er hörte auf, zu streiten oder zu sprechen. Seine Blicke, bisher fest auf mich gerichtet, wendeten sich von mir ab; und unstet oder starr bezeugten sie einen Gemütskampf, schrecklicher, als meine jugendliche Einbildungskraft sich je einen vorgestellt hatte.

Einige Zeit schien er sich meiner Anwesenheit nicht bewußt zu sein. Er ging mit ungleichen Schritten hin und her und mit Gebärden, welche eine fürchterliche, aber unverständliche Bedeutung hatten. Zuweilen rang er nach Atem, und seine Anstrengungen schienen ein schmerzliches Hindernis entfernen zu wollen.

Keine Prüfung meiner Festigkeit war bisher der gleichgekommen, welcher ich mich jetzt ausgesetzt sah. Der Argwohn, den dies Betragen bei mir erweckte, war unbestimmt und formlos. Der Sturm, dessen Zeuge ich gewesen, war das Vorspiel von etwas Entsetzlichem. Dies waren heftige Wehen, welche zur Geburt eines riesigen und grausamen Vorsatzes führen mußten. Sann er darauf, ein blutiges Opfer zu bringen? Sollte sein eigener Tod oder der meinige die Größe seiner Verzweiflung oder das Ungestüm seiner Rache bezeugen?

Seine Gedanken waren mit dem Selbstmorde vertraut. Er hatte nur unter einer Bedingung eingewilligt zu leben, unter der, wieder in den Besitz dieses Geldes zu gelangen. War ich berechtigt, ihn durch meine hartnäckige Weigerung zu diesem verhängnisvollen Ende seiner Verbrechen zu treiben? Doch meine Furcht vor dieser Katastrophe war grundlos. Bisher hatte er mich zu überreden oder zu überzeugen versucht; aber dies geschah, weil es ihm zweckmäßiger zu sein schien als die Anwendung von Gewalt oder Zaudern.

Nein. Diese Zeichen deuteten auf mich. Irgendein unbekannter Antrieb arbeitete in ihm, um den letzten Rest seiner Menschlichkeit hinwegzunehmen und ihn auf das Amt vorzubereiten, mein Mörder zu sein. Ich wußte nicht, wie die Anhäufung von Schuld zu seiner Genugtuung oder Sicherheit beitragen konnte. Seine Taten waren zum Teil, wenn auch unbestimmt, ans Licht gekommen. Welche Beschönigungen oder Auslassungen seine früheren oder jüngsten Erzählungen verfälschten, wie weit sein jetziges Verhalten mit der Tat, die nun vollbracht werden sollte, in Zusammenhang stand, wußte ich nicht.

Diese Gedanken verliehen meinem Blute neue Geschwindigkeit. Ich erhob den Kopf von dem Kissen und beobachtete das Benehmen dieses Mannes mit der gespanntesten Aufmerksamkeit. Der heftige Anfall, der ihn ergriffen hatte, legte sich schließlich einigermaßen. Er murmelte: »Ja, es muß sein. Auch meine letzte Demütigung muß noch über mich kommen. Mein letztes Geständnis muß abgelegt werden. Ich darf nicht sterben und diese Kette ungeheurer Gefahren hinterlassen.

O Clemenza! O Mervyn! Ihr habt es nicht verdient, daß ich euch eine Erbschaft der Verfolgung und des Todes vermache. Eure Sicherheit muß um jeden Preis erkauft werden, den mein böses Geschick darauf setzen will. Der Strick des Henkers, das Brandmal ewiger Schande ist besser, als euch den Folgen meiner Schuld auszusetzen. Das darf nicht sein.«

Indem Welbeck so sprach, richtete er furchtsam Blicke auf die Fenster und die Türe. Er beobachtete jeden Zugang und lauschte. Dreimal wiederholte er diese Prüfung. Nachdem er sich, wie es schien, überzeugt hatte, daß niemand in der Nähe lauerte, um zu lauschen, näherte er sich dem Bette. Er brachte seinen Mund dicht an mein Gesicht. Er versuchte zu sprechen, doch nochmals sah er mit argwöhnischen Blicken im Zimmer umher.

Er beugte sich noch näher zu mir herunter und sagte endlich kaum hörbar und mit einer vor Aufregung halb erstickten Stimme: »Vortrefflicher, doch verhängnisvoll eigensinniger Jüngling! Erfahren Sie endlich die Ursache meines Drängens. Lernen Sie endlich die Tiefe meines Sturzes und das ungeheure Ausmaß meiner Schuld kennen.

Die Banknoten – übergeben Sie sie mir, und retten Sie sich selbst vor Verfolgung und Schmach. Retten Sie die Frau, der Sie eine Wohltat zu erzeigen wünschen, vor den schwärzesten Beschuldigungen; vor einer Gefahr, welche ihr Leben und ihren Ruf bedroht; vor dem Verschmachten im Kerker; vor dem Ende am Galgen!

Die Banknoten – oh, retten Sie mich vor der Bitterkeit des Todes! Lassen Sie die Übel, welche mein elendes Leben hervorgerufen hat, hier und mit mir selbst enden. Übergeben Sie die Banknoten mir, denn –«

Hier hielt er inne. Seine Sprache versagte ihm vor Angst. Wieder richtete er schnelle Blicke auf Türe und Fenster. Das Schweigen wurde nur durch das ferne Rollen eines Wagens unterbrochen. Abermals bot er seine Entschlossenheit auf und sprach:

»Übergeben Sie die Banknoten mir, denn – sie sind falsch!

Ich sagte Ihnen schon damals, daß ich auf Fälschung gesonnen hätte. Die Scham erlaubte es mir aber nicht hinzuzufügen, daß ich meinen Plan zur Ausführung brachte. Ich machte die Banknoten, aber meine Ängste kämpften gegen meine Bedürfnisse und verboten mir, sie einzutauschen. Das Zusammentreffen mit Lodi ersparte mir dies gefährliche Unterfangen. Ich schloß sie in jenes Buch ein als ein Mittel künftigen Reichtums, auf das ich zurückgreifen wollte, wenn alle anderen, weniger gefährlichen Hilfsmittel erschöpft sein sollten.

In der Verzweiflung meiner Reue über den Tod von Watson vergaß ich sie. Später erinnerte ich mich ihrer wieder. Meine Wünsche richteten sich auf das Grab; aber der Streich, der mich vom Leben befreien sollte, mußte so lange zurückgehalten werden, bis ich hierher geeilt, diese Papiere ergriffen und sie vernichtet haben würde.

Wenn ich daran dachte, was alles ein Besitzer mit ihnen anzurichten vermochte: sie in Umlauf bringen, den Unschuldigen dem Verdachte aussetzen und ihn vor Gericht bringen, ja ihn vielleicht in den Tod führen, dann wurde ich von Todesangst ergriffen. Sosehr mir nach dem Tode verlangte, mußte ich ihn dennoch so lange aufschieben, bis ich mich dieser Papiere bemächtigt und sie vernichtet hätte.

Was bleibt nun zu tun? Sie haben sie gefunden. Zum Glück wurde kein Gebrauch davon gemacht. Geben Sie sie daher mir, damit ich mit einem Schlage all das Übel vernichte, welches durch sie entstehen könnte.«

Diese Offenbarung war merkwürdig. Sie war von allen Zeichen der Aufrichtigkeit begleitet. Wie war ich am Rande des Verderbens hingetaumelt! Hätte ich von diesem Geld Gebrauch gemacht, in welches Labyrinth des Elends würde ich mich dann gestürzt haben! Meine Unschuld wäre niemals zu beweisen gewesen. Eine Verbindung mit Welbeck würde Hinweis genug gewesen sein. Meine Laufbahn hätte ein schmachvolles Ende gefunden; oder wenn meine Strafe in Sklaverei und Zwangsarbeit umgewandelt worden wäre, würde mich dann das Zeugnis meiner Unschuld aufrechtgehalten haben?

Ich schauderte bei der Aussicht auf dieses Elend, vor dem ich durch den glücklichen Zufall bewahrt worden war, der mich zu diesem Haus geführt hatte. Welbecks Forderung war heilsam für mich und ehrenvoll für ihn selbst. Ich konnte nicht einen Augenblick zögern, sie zu erfüllen. Die Banknoten waren in ein Papier gewickelt und in einer Falte meines Anzuges verborgen. Ich legte meine Hand darauf.

Meine Bewegung und meine Aufmerksamkeit wurden in diesem Moment durch ein Geräusch unterbrochen, welches auf der Straße entstand. Fußtritte waren auf dem Pflaster vor der Tür des Hauses zu hören und Stimmen wie in einem eifrigen Gespräche. Dies Ereignis erweckte sowohl bei mir selbst als auch bei meinem Gefährten die größte Unruhe. Die Gründe für unsere Besorgnis waren allerdings verschieden und bei mir ungleich mächtiger als bei ihm. Mir drohte nichts Geringeres als der Verlust meines Asyles und die Verurteilung zu einem Hospitale.

Welbeck eilte an die Tür, um das Gespräch unten zu belauschen. Diese Zwischenzeit war reich an Gedanken. Der Impuls, welcher meine Betrachtungen von Welbeck auf meine eigene Lage gelenkt hatte, verschwand im Nu und erlaubte es mir, erneut über das Geständnis nachzusinnen, das dieser soeben abgelegt hatte.

Das Entsetzen über das Geschick, dem ich durch dieses Zusammentreffen entronnen war, erfüllte meine Vorstellungen am lebhaftesten. Ich war begierig, die Banknoten auszuhändigen. Ich hielt sie zu diesem Zweck in der Hand und wartete ungeduldig auf Welbecks Rückkehr. Er stand noch immer an der Tür und lauschte in gebeugter Haltung und mit abgewandtem Gesicht aufmerksam auf das Gespräch auf der Straße.

Alle Umstände meiner gegenwärtigen Lage vereinigten sich, meine Gedanken zu fesseln und meine Betrachtungen auf ein einziges Bild zu lenken; aber selbst jetzt hatte ich Muße zur vorausschauenden Überlegung. Welbeck beabsichtigte, diese Banknoten zu vernichten. Vielleicht war er nicht aufrichtig gewesen; oder wenn sein Vorsatz ihm auch ernst gewesen sein mochte, so konnte er ihn ändern, sobald die Banknoten in seinem Besitz waren. Seine Armut und sein heißblütiges Gemüt konnten ihn verführen, davon Gebrauch zu machen.

Daß dieses Verhalten schlimm gewesen wäre und nur sein Elend vergrößert hätte, ließ sich nicht bezweifeln. Weshalb sollte ich seine Schwäche dieser Versuchung aussetzen? Die Vernichtung dieser Banknoten war die lauteste Forderung meiner Pflicht; sie wurde durch alles unterstützt, was mir auferlegt war, das Wohl der Menschheit zu befördern.

Das Mittel der Vernichtung war leicht. Eine brennende Kerze stand auf dem Tisch, nur wenige Schritte von mir entfernt. Weshalb hätte ich nur einen Moment zögern sollen, eine so mächtige Ursache von Verirrung und Schuld zu zerstören? Ein flüchtiger Augenblick war hinreichend. Ein kurzes Zögern konnte die Umstände verändern und so meinen Plan vereiteln.

Meine Mattigkeit verschwand vor der dringenden Forderung des Augenblicks. Ich sprang von dem Bette auf und glitt zu dem Tische. Die Banknoten mit der rechten Hand ergreifend, hielt ich sie in die Flammen der Kerze und warf sie dann brennend auf den Boden.

Welbeck bemerkte die plötzliche Helle. Die Ursache davon schien ihm sogleich klar zu sein. Er wandte sich um, erblickte die Papiere, sprang hinzu und trat das Feuer mit dem Fuße aus. Sein Einschreiten kam zu spät. Es blieb von den Banknoten nur soviel übrig, als nötig war, ihn von der Größe des Opfers zu überzeugen.

Welbeck stand jetzt mit zitternden Gliedern und verzerrten Zügen da und starrte mich an. Einen Augenblick war er sprachlos. Der Sturm zog sich schweigend zusammen und brach endlich gegen mich aus. Mit drohendem Tone schrie er laut:

»Elender! Was haben Sie getan?«

»Ich habe recht gehandelt. Die Banknoten waren falsch. Sie wünschten sie zu vernichten, damit sie nicht einen Unschuldigen in Gefahr brächten. Ich zollte Ihrer Absicht Beifall und bewahrte Sie vor der Gefahr der Versuchung, indem ich sie selbst vernichtete.«

»Wahnsinniger! Schurke! Durch eine so plumpe List getäuscht zu werden! Die Banknoten waren echt. Die Geschichte von ihrer Fälschung war falsch und wurde nur ersonnen, um sie Ihnen zu entreißen. Abscheulicher und halsstarriger Dummkopf! Ihre Tat hat mein Verderben besiegelt. Es hat Ihr eigenes besiegelt. Sie sollen mit Ihrem

Blute dafür bezahlen. Ich werde Sie zollweis umbringen. Ich werde Sie auf die Folterbank legen, wie Sie mich darauf gelegt haben.«

Während dieser Worte war in den Zügen Welbecks alles Sturm und Raserei. Es ließ sich nichts anderes erwarten, als daß der Auftritt mit einer blutigen Katastrophe endigen würde. Ich bereute bitter die Leichtigkeit, mit der ich mich hatte täuschen lassen, und die Übereilung, mit der ich das Opfer vollzogen hatte. So beklagenswert die Tat aber auch war, konnte sie doch nicht ungeschehen gemacht werden. Was blieb übrig, als die Folgen derselben mit fester Entschlossenheit zu ertragen oder ihnen entgegenzutreten?

Der Kampf war zu ungleich. Es ist möglich, daß die Wut, die Welbeck beherrschte, sich schnell gelegt haben würde. Noch wahrscheinlicher konnten seine Leidenschaften durch nichts anderes gesättigt werden als durch meinen Tod. Diese Tat wurde durch lautes Pochen an der Straßentüre verhindert und durch die Rufe von jemandem draußen auf dem Pflaster: »Wer ist in dem Hause? Ist jemand hier?«

Diese Laute gaben Welbecks Gedanken eine neue Richtung. »Sie kommen«, sagte er. »Sie werden Sie wie einen Kranken und einen Dieb behandeln. Ich kann mir nicht wünschen, daß Sie ein größeres Übel zu erdulden haben als das, welches jene Ihnen auferlegen werden.« Mit diesen Worten stürzte er zum Zimmer hinaus.

Obgleich ich durch die rasche Aufeinanderfolge der Ereignisse verwirrt und betäubt war, vermochte ich dennoch Mittel zu ergreifen, diesen verabscheuten Besuchern zu entgehen. Zuerst löschte ich das Licht; als ich dann bemerkte, daß die Unterredung auf der Straße weiterging und lauter wurde, suchte ich eine Zufluchtsstätte in dem entlegensten Winkel des Hauses auf. Während meines früheren Aufenthaltes hier hatte ich in der Decke des dritten Stockwerkes eine Falltüre entdeckt, zu welcher man durch eine bewegliche Treppe oder Leiter gelangte. Ich dachte, dies wäre wahrscheinlich die Öffnung zu einem engen und dunklen Schlupfwinkel, zu einem Raume, der von dem Dachgiebel gebildet wurde. Wenn ich hinaufstieg, die Leiter nachzog und die Türe schloß, konnte ich der umsichtigsten Nachforschung entgehen.

Sosehr ich auch durch die Krankheit geschwächt war, machte mich meine Entschlossenheit doch stark. Ich erreichte das oberste Stockwerk, erstieg die Leiter und befand mich in hinreichender Entfernung vom Ort des Geschehens. Hastig zog ich die Leiter nach und schloß die Türe. Nach wenigen Minuten aber zeigte es sich, daß meine neue Zuflucht schlimmer war als jede andere, gegen die ich sie hätte eintauschen können. Die Luft war modrig, abgestanden und erstickend heiß. Das Atmen wurde mir schwer, und ich erkannte, daß, wenn ich nur zehn Minuten an diesem Orte bliebe, ich unfehlbar ersticken müßte.

Meine Furcht vor Eindringlingen hatte mich blind gegen die Gefahr gemacht, mich selbst in diesen freudlosen Ort einzusperren. Ich mußte mich unbedingt so schnell als möglich von hier befreien. Mein erster Versuch war erfolglos. Jeder Atemzug wurde schneller und schwieriger als der vorige. Mit meiner Angst wuchsen auch meine Kräfte und meine Anstrengungen. Endlich traf meine zitternde Hand auf einen Nagel, der nicht ganz in das Holz hineingetrieben war; dieser gewährte mir einen festeren Halt, und endlich gelang es mir, die Türe anzuheben und die Luft von unten einzuatmen.

So aus der Gefahr meiner neuen Situation erlöst, lauschte ich aufmerksam durch die Öffnung hinab, um festzustellen, ob man in das Haus eingedrungen war oder die Türe immer noch besetzt hielt; aber ich konnte nichts hören. Daraus durfte ich schließen, daß die Leute fortgegangen waren und daß ich ohne Gefahr mein früheres Lager wieder einnehmen konnte.

Ehe ich aber hinabstieg, ließ ich meine Blicke neugierig in diesem Gelaß umherschweifen. Es war groß genug für einen Menschen. Das Mittel, mit welchem man es erstieg, war leicht zu verbergen. Obgleich schmal und niedrig, war es doch lang, und wäre es möglich gewesen, der Luft Einlaß zu verschaffen, so hätte jeder, der Verborgenheit suchte, sich ihm mit voller Zuversicht anvertrauen können.

Meine Untersuchung des Raumes war wegen des schwachen Lichtes, das durch die Öffnung hereinfiel, nur mangelhaft, aber dennoch hinreichend, mich mit neuem Staunen zu erfüllen und meine Festigkeit einer neuen Prüfung zu unterziehen. –

Hier machte Mervyn eine Pause in seiner Erzählung. Eine Minute verging unter Schweigen und anscheinender Unentschlossenheit. Endlich verschwand diese, und er fuhr fort:

Ich habe versprochen, die wichtigsten Ereignisse in meinem Leben zu erzählen, und bin in meiner Aufzählung bisher gewissenhaft gewesen. Ich verabscheue nichts so sehr als Ausflüchte und Heimlichkeiten. Vielleicht aber lade ich jetzt einen Vorwurf dieser Art auf mich. Gern möchte ich dieser Anklage entgehen, aber ich gestehe, daß ich nicht darauf hoffen kann.

Ich hätte in der Tat Ihre Vermutungen und Mutmaßungen vermeiden können, wenn ich das mit Stillschweigen überging, was mir von dem Augenblicke, da ich mein Zimmer verließ, bis zu meiner Rückkehr nach demselben begegnete. Ich könnte Sie durch die Versicherung täuschen, daß sich nichts Bemerkenswertes zutrug, doch das wäre falsch, und jedes Opfer ist gering, das auf dem Altar der Lauterkeit dargebracht wird. Überdies kommt vielleicht die Zeit, wo keine Unannehmlichkeiten daraus entspringt, wenn ich Ihnen die Gegenstände genau beschreibe, die ich hier sah, und die Vermutungen mitteile, die ich darauf stützte. Für den Augenblick erscheint es mir eine Pflicht, dies mit Stillschweigen zu übergehen, aber es wäre nutzlos, Ihnen zu verhehlen, daß die Zwischenzeit, so kurz, und die Prüfung, so hastig sie auch war, mir einen Stoff boten, den meine Neugier mit unbeschreiblichem Eifer ergriff und aus dem vielleicht später Folgen entspringen, welche über meinen Frieden und mein Leben entscheiden können.

Es trug sich indes nichts zu, das mich länger an diesem Orte zurückhalten konnte. Ich suchte wieder das untere Stockwerk auf und warf mich auf das Bett, welches ich verlassen hatte. Mein Geist wurde von den Bildern bedrängt, die durch mein letztes Abenteuer auf mich einstürmten. Mein Fieber war langsam gestiegen, und meine Gedanken wurden durch Trugschluß und Irrtum verwirrt.

Mein Herz sank nicht, wenn ich an meine eigene Lage dachte. Daß ich bald nicht mehr imstande sein würde, mich zu bewegen, sah ich rasch ein. Mein Schicksal war entschieden und klar. Tagelang in dieser Einsamkeit zu schmachten; vergeblich nicht nur nach Nahrung und Stärkungsmitteln zu verlangen, sondern sogar nach einem Tropfen Wasser, meine brennenden Lippen zu netzen und die Qualen des Durstes zu vermindern; endlich unter Betäubung oder Raserei zu sterben, das war das Schicksal, welchem ich entgegensah, aber dennoch erschreckte es mich nicht. Ich schien durch eine übernatürliche Kraft aufrechtgehalten zu werden. Ich hatte das Gefühl, als wäre die Gelegenheit zur Bekämpfung solcher Übel ein beneidenswertes Vorrecht, und wenn auch niemand Zeuge meines siegreichen Großmutes war, so machte doch das Bewußtsein des mir gebührenden Lobes alles aus, wonach mein Ehrgeiz strebte.

Diese Gefühle waren ohne Zweifel Zeichen des Deliriums. Die marternden Schmerzen, welche jetzt meinen Kopf ergriffen, und der Strick, mit welchem meine Brust zusammengeschnürt zu werden schien und der, wie meine Phantasie mir vorspielte, durch eine gewaltige Hand zusammengezogen wurde, um mich zu erwürgen, waren unverträglich mit gesunden und zusammenhängenden Gedanken.

Durst war das Übel, welches mich am meisten quälte. Das Mittel der Erleichterung wurde mir durch Gewohnheit und Natur angedeutet. Ich stand auf und beschloß, meinen Krug an dem Brunnen wieder zu füllen. Es war indes leichter, hinab- als heraufzugelangen. Meine Glieder versagten mir den Dienst, und ich setzte mich auf die unterste Stufe der Treppe. Seit meinem Eintritt in dieses Haus waren mehrere Stunden verflossen, und es war jetzt Nacht.

Meine Einbildungskraft zeigte mir nun einen neuen Ausweg. Medlicote war großmütig und furchtlos. Mich unter seinen Schutz zu stellen, wenn ich seine Wohnung zu erreichen vermochte, war das Verständigste, was ich tun konnte. Von dieser Absicht hatte mich bisher meine Unfähigkeit abgehalten, so weit zu gehen, besonders aber die Furcht, auf der Straße entdeckt zu werden. Diese Hindernisse übersah oder verachtete ich jetzt in der Verwirrung meiner Sinne, und sogleich machte ich mich zu dieser hoffnungslosen Unternehmung auf.

Die Türen nach dem Hofe und von demselben auf die Straße waren von innen durch Riegel verschlossen. Diese konnte ich leicht zurückziehen, und hastig und vertrauensvoll trat ich hinaus. Meine verwirrten Sinne und die Dunkelheit hinderten mich, den rechten Weg zu finden. Ich war mir dieser Schwierigkeit bewußt, ließ mich aber nicht entmutigen. Ich ging, wie ich später entdeckt habe, in einer falschen Richtung vorwärts, schwankte aber nicht eher in meinem Entschlusse, als bis meine Kräfte erschöpft waren und ich zu Boden sank. Ich schloß die Augen, verbannte alle Furcht und jeden Blick auf die Zukunft. In dieser Lage blieb ich einige Stunden, und wahrscheinlich wäre ich an diesem Ort gestorben, hätte ich nicht Ihre Aufmerksamkeit auf mich gelenkt und wäre ich nicht unter diesem Dache mit allem versorgt worden, was ärztliche Kunst und die liebevollste Pflege verlangen konnten.

Durch Ihre Fürsorge bin ich dem Leben und der Gesundheit zurückgegeben worden. Ihr Benehmen wurde nicht durch die Aussicht auf Bezahlung, auf Dienste oder Dankbarkeit geleitet. Es gibt nur einen Weg, auf dem ich

Ihnen meiner Meinung nach meine Dankbarkeit für das, was Sie an mir taten, beweisen kann: indem ich Ihnen zeige, daß der Mensch, dessen Leben Sie verlängerten, wohl ohne Erziehung, unwissend und arm ist, aber nicht schlecht oder unwürdig, und daß er das Leben, welches er Ihrer Güte verdankt, keinen bösen oder niederträchtigen Zwecken widmen wird.

Zweites Buch

Erstes Kapitel

Hier endete Mervyns Erzählung. Ganz gewiß waren die Begebenheiten derselben nicht gewöhnlicher Art. Während der Zeit der Pest hatte ich vielfache Gelegenheit zur Beobachtung gehabt und sie nicht ungenutzt vorübergehen lassen. Die Ereignisse, welche in meine eigene Erfahrung fielen, hatten eine allgemeine Ähnlichkeit mit den soeben erzählten, aber diese machten auf mich dennoch den ganzen Eindruck der Neuheit. Sie dienten mir als Zeugnisse für die Wahrheit der Geschichte.

Der Jüngling hatte wahrscheinlich unnachahmliche und heldenmütige Eigenschaften entwickelt. Sein Mut war die Wirkung des Wohlwollens und des Verstandes und nicht das Kind der Fühllosigkeit oder der Pflegling der Gewohnheit. Er war nicht durch sorgfältige Erziehung darauf vorbereitet worden, riesigen Gefahren die Stirn zu bieten. Er betrat den Schauplatz, weder durch Erwartung noch durch Erfahrung darauf vorbereitet, dem Betruge Widerstand zu leisten, und dennoch hatte er mit Hilfe reiner Absichten die Pläne eines vollendeten und erfahrenen Heuchlers zuschanden gemacht.

Ich segnete den Zufall, der den Jüngling unter meinen Schutz stellte. Wenn ich an das Gewebe unbedeutender Zufälle dachte, die ihn zu meiner Türe geführt hatten und mich in den Stand setzten, einen Menschen mit so ausgezeichneten Fähigkeiten vor dem Tode zu bewahren, dann floß mein Herz vor Freude über, die indes nicht ohne eine Beimischung der Besorgnis und des Bedauerns war. Wie viele sind durch diese Krankheit ihrer tugendhaften Laufbahn in der Blüte ihrer Kraft entrissen worden! Wie viele Taten des Heldenmutes und der Selbstverleugnung sind der Menschheit verborgen geblieben und zu ewiger Vergessenheit verdammt worden!

Ich hatte das Leben dieses Jünglings gerettet. Dies war aber nicht die Grenze meiner Kraft oder Pflicht. Konnte ich dies Leben nicht auch für ihn selbst und die Menschheit nutzbar machen? Der Gewinn, den mein Stand abwarf, war gering, aber er reichte zu meinem Unterhalt und dem seinigen hin. Wenn er bei mir blieb, meinen Unterricht genoß, aus meinen Büchern Nutzen zog, konnte er binnen weniger Jahre zur Ausübung der Arzneikunst geeignet sein, einer Wissenschaft, welche für das Wohl der Menschheit so wichtig ist und das ganze System der Natur so sehr umfaßt, daß sie einen Geist befriedigen mußte, welcher so wohlwollend und kräftig war.

Dieser Plan entstand bei mir, sobald die Beendigung seiner Geschichte mir zu denken erlaubte. Ich erwähnte ihn nicht sogleich, weil ich zuvor die Einwilligung meiner Frau erlangen mußte, an der ich jedoch durchaus nicht zweifelte. Ich verbannte ihn daher für den Augenblick aus meinen Gedanken und kehrte zu den Ereignissen seiner Erzählung zurück.

Die Lady, welche Welbeck betrogen und verlassen hatte, war mir nicht unbekannt. Ich kannte ihr Schicksal nur zu gut. Hätte nur sie allein zu leiden gehabt, so würde man ihre Geschichte mit der größten Teilnahme angehört haben; aber der häufige Anblick fremder Leiden vemindert das Mitgefühl für dieselben. Jetzt, wo ich mich dieser Szenen nur noch erinnere, ergreifen sie mich mehr, als da ich ihr Zeuge war. Damals war jeder neue Tag nur eine Wiederholung der Schmerzen des vorhergehenden. Mein Gefühl war, wenn nicht abgetötet, so doch betäubt, und ich blickte auf die zusammenhängenden Übel der Armut und der Krankheit mit einer Art von Gleichgültigkeit, über die ich sonst erstaunt wäre.

Das Schicksal Clemenza Lodis war vielleicht nicht auffallender als manches andere. Es warf ein verabscheuenswertes Licht auf den Charakter Welbecks und zeigte, daß er noch unmenschlicher war, als die Erzählung Mervyns ihn geschildert hatte. Dieser Mensch war in der Tat bisher nur unzureichend beurteilt worden. Die Zeit war noch nicht gekommen, welche alle seine Schlechtigkeiten und Nichtswürdigkeiten vollkommen an den Tag bringen sollte.

In einem entfernten Stadtviertel lebte eine Frau namens Villars, welche sich für die Witwe eines englischen Offiziers ausgab. Ihre Lebensweise war ganz dem Schein verpflichtet. Sie hatte drei Töchter, welche in der Schule der Mode erzogen waren und sich durch die Eleganz ihrer Gestalt, ihres Wesens und ihrer Kleidung auszeichneten. Sie waren vor nicht langer Zeit aus Europa herübergekommen und empfingen anfangs von ihren Nachbarn jene Zeichen der Achtung, auf welche ihre Erziehung und ihr Vermögen ihnen Anspruch zu verleihen schienen.

Die Unhaltbarkeit dieser Ansprüche zeigte sich indes mit der Zeit. Es verbreitete sich der Verdacht, ihre Existenzmittel entsprängen weder einer Pension noch aus den Zinsen eines Vermögens, sondern aus dem Ertrage der Unzucht. Ihre Wohnung wurde heimlich von Männern besucht, welche das Geheimnis nicht treu bewahrten; einer derselben war mir nahe verwandt, und ich hielt mich für berechtigt, seine Schritte zu beobachten und ihn auf seine Irrtümer aufmerksam zu machen. Durch ihn erlangte ich die Kenntnis vom wahren Charakter dieser Frauenzimmer.

Ein Mann wie Welbeck, welcher der Sklave niedriger Genüsse war, mußte sich bald durch Unschuld und Schönheit gesättigt fühlen. Ein Zufall machte ihn mit dieser Familie bekannt, und die jüngste Tochter fand in ihm einen geeigneten Gegenstand, ihre Künste zu üben. Die häufigen Anforderungen an seine Börse, welche dies Weib machte, waren die teilweise Ursache der Verlegenheiten, in welchen Mervyn ihn fand.

Diesem Umstande muß auch sein Wunsch zugeschrieben werden, die unglückliche Fremde in den Besitz irgendeines anderen zu bringen. Weshalb er vor Mervyn seine Bekanntschaft mit Lucy Villars verhehlte, ist leicht zu begreifen. Sein Schweigen über den Zufluchtsort Clemenzas wird nicht überraschen, wenn ich erwähne, daß er sie zu Mrs. Villars gebracht hatte. Unter welchen Bedingungen sie unter dem Dach derselben aufgenommen wurde, ist nicht zu bestimmen. Offenbar aber muß man vermuten, daß es die Absicht war, ihre Unerfahrenheit und Schwäche zu mißbrauchen, um sie in der Folge zu einer Teilnehmerin ihres schamlosen Treibens zu machen.

Die ausbrechende Pest stürzte sie indes in Schrecken, und sie beeilten sich, der Gefahr zu entfliehen. Mrs. Villars scheint eine nicht ganz gewöhnliche Frau gewesen zu sein. Sie ließ sich zu den gemeinsten Mitteln herab, um Geld zu gewinnen; dies verwendete sie darauf, ihre eigene Unabhängigkeit sowie die ihrer Töchter zu sichern. Sie kaufte das Haus, welches sie in der Stadt bewohnte, sowie ein schön gebautes und eingerichtetes Anwesen in der Umgebung. Zu diesem letztern zog sie sich Ende Juli zurück, begleitet von ihren Töchtern und dem italienischen Mädchen, das jetzt ein Mitglied der Familie geworden war.

Ich erwähnte, daß die Quelle meiner Kenntnis ein Verwandter war, den jugendliche Leidenschaften von dem Pfade der Tugend und der Rechtschaffenheit fortgelockt hatten. Er hatte die Kraft, seine Irrtümer zu gestehen und zu beweinen, doch nicht, sie aufzugeben. Eines dieser Weiber hielt ihn durch einen Zauber gefesselt, gegen dessen Macht er vergebens rang und dem er trotz aller Reue, aller guten Vorsätze immer wieder verfiel, so daß er um ihres Vergnügens willen zu ihren Füßen seinen Ruf und sein Vermögen opferte.

Mein Haus war sein Aufenthalt während jener Zwischenzeiten, in denen er überredet wurde, seinen Geschäften nachzugehen. Einige Zeit bevor die Epidemie sich weiter ausbreitete, war er verschwunden. Ich erhielt keine Nachricht von ihm, bis er mich durch einen Boten bitten ließ, ihn zu besuchen. Ich wurde zu dem Hause der Mrs. Villars geführt, in welchem ich niemanden fand als meinen Verwandten. Hier hatte er sich vor meinen Nachforschungen versteckt, und als er von der herrschenden Krankheit befallen wurde, verließ ihn die Familie, nachdem sie mich durch einen Boten von seiner Lage in Kenntnis gesetzt hatte.

Die Verzweiflung verband sich mit der Krankheit, um ihn schließlich zu töten. Ehe er starb, unterrichtete er mich genau über den Charakter seiner Verführerinnen. Er erzählte auch von der Ankunft, dem Namen, der persönlichen Erscheinung und der Lage Clemenza Lodis. Welbeck wurde nicht genannt, aber so genau beschrieben, daß ich in ihm nach der Erzählung Mervyns den Geliebten der Lucy Villars und den Mann erkennen mußte, dessen Verbrechen der Hauptgegenstand unserer Unterhaltung gewesen waren.

Mervyns Neugier wurde lebhaft erregt, als ich ihm mitteilte, daß ich mit dem Schicksale Clemenzas vertraut war. Seine eifrigen Fragen beantwortend, erzählte ich, was ich wußte. Er wurde dadurch in Träumerei versenkt. Sich endlich seinen Gedanken entreißend, sagte er:

»Ihre Lage ist gefahrvoll. Die Armut Welbecks wird sie von ihrem jetzigen Zufluchtsorte vertreiben. Ihre ausschweifenden Beschützerinnen werden sie entweder verführen oder ins Elend jagen. Kann sie nicht gerettet werden?«

»Ich weiß nicht«, entgegnete ich. »Durch welche Mittel?«

»Die Mittel sind klar. Man bringe sie woandershin. Man lasse sie die Laster derer wissen, von welchen sie umgeben ist. Man flehe sie an zu fliehen. Der Wille braucht nur in ihr erweckt, die Gefahr braucht ihr nur gezeigt zu werden, und sie ist gerettet, denn sie wird sich ihr gewiß zu entziehen wissen.«

»Du bist ein abenteuerlicher Jüngling. Wen willst du finden, dieses Amt zu übernehmen? Wer wird sich überreden lassen, ein fremdes Haus zu betreten, ohne ihr vorgestellt zu sein, dies Mädchen zu besuchen, ihr zu sagen, daß sie ein Haus der Unzüchtigkeit bewohnt, sie zu überreden, ihm zu glauben und ihn zu begleiten? Wer wird sein Haus der Flüchtigen öffnen? Wen willst du überzeugen, daß ihr verbotener Umgang mit Welbeck, dessen schimpfliche Beweise nicht zu verbergen sind, sie nicht für die Gesellschaft der Sittenlosen geeignet und des Schutzes unwürdig gemacht hat? Wer wird in seine Familie eine Fremde aufnehmen, deren Aufführung sie mit Schande bedeckt hat und deren gegenwärtige Gefährtinnen sie ohne Zweifel der Verachtung würdig gemacht haben?«

»Das ist wahr. Das sind Schwierigkeiten, die ich nicht bedachte. Muß sie denn untergehen? Soll nichts getan werden, sie vor Schmach und Schuld zu bewahren?«

»Es liegt weder in Ihrer Macht noch in der meinigen, irgend etwas für sie zu tun.«

Die späte Stunde machte unserer Unterhaltung ein Ende und führte uns zur Ruhe. Ich ergriff die erste Gelegenheit, meiner Frau meinen Plan in Beziehung auf unseren Gast mitzuteilen; und sie war damit vollkommen einverstanden, wie ich es erwartet hatte. Am Morgen erwähnte ich ihn gegen Mervyn. Ich setzte ihm die Vorteile des ärztlichen Berufes auseinander: die Macht, die sie uns verleiht, die Leiden unserer Mitmenschen zu erleichtern, die Ehrbarkeit, die die öffentliche Meinung ihr zuweist, der Zugang zum Wissen, den sie uns eröffnet, die Freiheit von niedrigen Mühen, die sie uns gewährt, und die Mittel zur Befriedigung des Geistes, die sie uns ermöglicht.

Indem ich sprach, funkelten seine Augen vor Freude. »Ja«, sagte er heftig, »gern nehme ich Ihr Anerbieten an.

Ich empfange diese Wohltat, denn wenn mein Stolz mich antriebe, sie zurückzuweisen, so würde ich mich Ihrer guten Meinung nicht wert zeigen und würde Ihnen Schmerz bereiten, während ich doch verpflichtet bin, Ihnen Vergnügen zu gewähren. Ich müßte die Pflichten und das Studium meines neuen Berufes sogleich antreten, aber noch bin ich Mr. Hadwin und dessen Töchtern verpflichtet. Ich kann meine Besorgnisse nur besiegen, wenn ich nach Malverton zurückkehre und mich mit eigenen Augen von ihrer Lage überzeuge. Sie wissen, unter welchen Umständen ich mich von Wallace und von Mr. Hadwin trennte. Ich bin nicht gewiß, daß sie ihre Heimat jemals erreichten oder daß sie nicht die Ansteckung mit sich brachten. Ich fühle mich jetzt stark genug, die Reise zu unternehmen, und hatte mir deshalb vorgenommen, Sie bei dieser Unterredung mit meiner Absicht bekannt zu machen. Es ist unnötig, eine Stunde länger zu zögern, und ich hoffe, Sie willigen ein, daß ich sofort aufbreche. Ländliche Beschäftigung und Luft eine Woche oder vierzehn Tage lang werden viel zu meiner Gesundheit beitragen.«

Ich hatte gegen diesen Plan nichts einzuwenden. Seine Erzählung hatte in unserem Busen eine lebhafte Zuneigung für die Hadwins erweckt. Sein Besuch konnte uns nicht nur Gewißheit über ihre Lage verschaffen, sondern mußte auch die Angst beschwichtigen, die sie um unseren Gast hegen mußten. Es überraschte uns einigermaßen, daß weder Wallace noch Mr. Hadwin nach der Stadt zurückgekehrt waren, um Nachrichten über ihren Freund einzuziehen. Man mußte dies eher irgendeinem Unglück zuschreiben als der Gefühllosigkeit oder der Trägheit. Nach wenigen Minuten sagte uns Mervyn Lebewohl und trat seine Reise an, indem er uns versprach, uns von dem Stand der Dinge so bald als möglich nach seiner Ankunft Nachricht zu geben. Wir trennten uns von ihm mit Widerstreben und fanden keinen anderen Trost als in der Aussicht seiner baldigen Rückkehr.

Während seiner Abwesenheit kam die Unterhaltung natürlich oft auf Gegenstände, welche durch die Erzählung und das Benehmen dieses Jünglings angeregt waren. Seine beiden Zuhörer zogen daraus verschiedene Schlüsse. Beide hegten ein inniges Interesse an seinem Wohlergehen und empfanden eine glühende Neugier in Beziehung auf die Punkte, welche seine Geschichte im dunkeln gelassen hatte. Der wahre Charakter und die gegenwärtige Lage von Welbeck gaben ebenfalls Anlaß zu Vermutungen. Ob er tot war oder lebte, ob er sich nah oder fern aufhielt, war etwas, worüber weder Mervyn noch irgend jemand von denen, die ich zu fragen Gelegenheit hatte, Auskunft zu geben vermochte. Ob er das allgemeine Geschick geteilt hatte und von den Totengräbern auf der Straße oder in einer elenden Hütte aufgelesen und in eine jener Gruben geworfen worden war, welche für die Reichen wie für die Armen, die Bekannten wie für die Unbekannten geöffnet waren, ob er zu einer fernen Küste entflohen und wieder auf dem Schauplatze zu erscheinen bestimmt war, waren Fragen, welche ungelöst bleiben mußten.

Das Verschwinden von Watson würde zu einer anderen Zeit viel Aufsehen erregt und Nachforschungen veranlaßt haben; da es aber kurz vor dem Ausbruch der Epidemie erfolgte, gaben seine Freunde und Verwandten sich wahrscheinlich dem Glauben hin, daß er das allgemeine Unglück geteilt habe und unter die ersten Opfer zu zählen sei. Die Seeleute wohnten im allgemeinen in der Straße, wo die Krankheit ausgebrochen war und ihre Verheerungen die fürchterlichsten Spuren hinterlassen hatten; dieser Umstand mußte die Vermutung seiner Freunde bestätigen.

Ich erblickte keinen augenblicklichen Vorteil darin, die soeben erlangte Nachricht anderen mitzuteilen. Bald nach Mervyns Abreise nach Malverton besuchte mich Wortley. Er fragte nach meinem Gaste, und ich sagte ihm, er wäre wiederhergestellt und hätte mein Haus verlassen. Er wiederholte seine Verwünschungen der Schlechtigkeit Welbecks, seinen Verdacht gegen Mervyn und wünschte, den Jüngling noch einmal zu sprechen. Weshalb ich ihn fortgelassen hätte, und wo er hingegangen wäre?

»Er ist für eine kurze Zeit aufs Land gegangen. Ich erwarte seine Rückkehr binnen weniger als einer Woche, wo Sie ihn dann so oft treffen können, als Sie wollen, denn er wird bei mir bleiben.«

Mein Freund sprach eine lebhafte Verwunderung und viel Mißbilligung aus. Ich deutete darauf hin, daß der Jüngling mir Mitteilungen gemacht hätte, welche mein Vertrauen in seine Redlichkeit rechtfertigten. Diese Beweise seiner Ehrenhaftigkeit wären indes nicht der Art, um rückhaltlos mitgeteilt zu werden. Mervyn hätte mich ermächtigt, von seiner Geschichte Wortley gegenüber soviel zu erzählen, als dazu dienen konnte, ihn gegen die Anklage zu rechtfertigen, Welbecks Mitschuldiger bei dessen Betrügereien gewesen zu sein; doch das sei durch eine unvollständige Schilderung nicht zu erreichen, und wenn auch die vollständige Erzählung Mervyn rechtfertigen würde, so könnte sie doch Mißlichkeiten herbeiziehen, welche diesen Vorteil aufwiegen mochten.

Wortley war, wie leicht zu erwarten, durch diese Angabe keineswegs befriedigt. Er argwöhnte, Mervyn sei ein arglistiger Betrüger, er sei durch einen erfahrenen Lehrer in der Kunst des Betruges unterrichtet worden, die Erzählung, die er mir zum besten gegeben, sei ein Gewebe geschickter Lügen, die bloßen Versicherungen eines Menschen, wie er einer sei, dessen Betragen so starken Verdacht erweckt hätte, wären des geringsten Glaubens unwert, so sinnreich und scheinbar glaubwürdig sie auch sein mochten.

»Es kann nicht geleugnet werden«, fuhr mein Freund fort, »daß er bei Welbeck zu der Zeit lebte, als dieser durchging, daß sie miteinander verschwanden, daß sie um Mitternacht am Pine-Street-Kai ein Boot nahmen, daß dies Boot von dem Eigentümer in dem Besitze eines Fischers in Redbank gefunden wurde, welcher versicherte, es in der Nähe seiner Hütte gestrandet gefunden zu haben, und zwar einen Tag, nachdem die beiden verschwunden waren. Von dem allem kann ich unwiderlegliches Zeugnis beibringen. Wenn Sie nach diesen Beweisen seiner Geschichte noch Glauben schenken, so muß ich Sie für sehr leichtgläubig und verstockt halten.«

»Die Beweise, die Sie erwähnen«, sagte ich, »erhöhen nur seine Glaubwürdigkeit. Alle Tatsachen, welche Sie angeben, hat er zugestanden. Sie bilden einen wesentlichen Teil seiner Erzählung.«

»Was ist also die Folgerung? Sind das nicht Beweise einer Verbindung zwischen ihnen? Hat er nicht seine Mitschuld bekannt, indem er zugab, er hätte gewußt, daß Welbeck mein Schuldner war? Daß er von dessen Flucht wußte, daß er aber – was für eine beispiellose Unverschämtheit – das Geheimnis zu bewahren versprochen hätte und ihn auf keinen Fall verraten würde? Sie sagen, er werde zurückkehren, doch ich bezweifle das. Sie werden sein Gesicht nie wieder sehen. Er ist zu pfiffig, um sich wieder in die Schlinge zu begeben; aber ich verzweifle nicht gänzlich daran, Welbeck aufzufinden. Der alte Thetford, Jamieson und ich haben geschworen, ihn durch die ganze Welt zu verfolgen. Ich habe starke Hoffnung, daß er nicht weit gegangen ist. Wir haben kürzlich eine Nachricht empfangen, die es uns möglich machte, unsere Spürhunde auf seine Fährte zu bringen. Er mag Wendungen machen und Haken schlagen, wenn er aber nicht zuletzt doch in unsere Schlingen fällt, so muß er ebenso die Gewandtheit und die List eines Teufels haben, wie er dessen Bosheit besitzt.«

Die Rachgier, welche Wortley zeigte, war nicht ohne Entschuldigung. Er hatte seine ganze Lebenskraft daran gesetzt, ein kleines Vermögen zu erwerben; sein Fleiß und seine Rechtschaffenheit wurden mit Erfolg gekrönt, und er hatte in jüngster Zeit seine Lage geeignet gefunden, ein vortreffliches Mädchen zu heiraten, mit dem er schon seit Jahren verlobt war, von der er aber seiner Armut wegen hatte getrennt leben müssen. Kaum war die Verbindung geschlossen und die Freuden des ehelichen Lebens hatten begonnen, als sein böses Geschick ihn zum Opfer von Welbecks Betrügereien machte und ihn in einer bösen Stunde des Schicksals an den Rand des Bankrotts führte.

Jamieson und Thetford aber waren reich, und erst jetzt

erfuhr ich, daß sie Ursache hatten, Welbeck mit besonderer Erbitterung zu verfolgen. Der letztere war der Oheim des jungen Thetford, dessen Schicksal Mervyn erzählte, und gehörte zu jenen Menschen, welche das Geld selbst zum Gegenstande des Handels machen. Er hatte weder Weine noch Kleider in Silber zu verwandeln. Er hielt es für ein langweiliges Verfahren, heute hundert Dollar gegen einen Ballen oder ein Faß mit Ware zu tauschen und morgen den Ballen oder das Faß wieder in hundertundzehn Dollar zu verwandeln. Es schien ihm besser und kürzer, die hundert für ein Stück Papier hinzugeben, für das er bei den Geldwechslern sogleich hundertundrei und dreiviertel bekommen konnte, kurz, seine Geldkisten wurden durch die Verzweiflung der Redlichen und die Schliche der Schurken gefüllt. Ich wußte mir nicht sogleich zu erklären, wie die Klugheit und Vorsicht dieses Menschen von Welbeck hintergangen werden konnten.

»Was hat denn der alte Thetford für Ansprüche an Welbeck?« fragte ich.

»Es ist ein Anspruch«, entgegnete Wortley, »der, wenn er jemals geltend zu machen ist, Welbeck zu Gefängnis und lebenslanger Strafarbeit führen wird.«

»Wie? Gewiß ist es doch nichts weiter als eine Schuldforderung.«

»Haben Sie nicht davon gehört? Das wundert mich. Zu Ihrem Glück sind Ihnen die Aufregungen und die Wechselfälle des Handels fremd. Ihr Vermögen beruht nicht auf einer Grundlage, welche ein Windstoß erschüttern oder vier Federzüge zertrümmern können. Der argwöhnische Kaufmann wurde überredet, seine Unterschrift unter drei Wechsel, jeder zu achthundert Dollar, zu setzen. Die Acht wurde geschickt zu achtzehn verlängert; die Papiere wurden an gehöriger Stelle und zu gehöriger Zeit untergebracht, und am nächsten Tage wurden Welbeck 5373 Dollar gutgeschrieben und eine Stunde später seinem Boten ausgezahlt. Es ist schwer zu entscheiden, ob der Kummer, die Scham oder die Wut des alten Mannes am größten ist. Er verschmäht jeden Trost als Rache, und diese will er um jeden Preis haben. Jamieson, der mit der gleichen Ware wie Thetford handelt, ist auf dieselbe Weise, in demselben Betrage und an demselben Tage betrogen worden.

Dieser Welbeck muß Kräfte besitzen, welche die der gewöhnlichen Menschen übersteigen. Grau dabei geworden, die Torheiten und Schlechtigkeiten der Menschen zu studieren, sind diese beiden Veteranen übervorteilt worden. Niemand bemitleidet sie. Es wäre gut, hätten Welbecks Schliche sich auf solche beschränkt und die Rechtschaffenen und Armen verschont. Wegen seiner Vergehen gegen Menschen, die ihre geringe Existenz begründet haben, ohne ihre Rechtschaffenheit zu verletzen, hasse ich ihn, und ich werde mich freuen, ihn der ganzen Strenge der Gesetze überliefert zu sehen.« Wortleys Geschäfte nötigten ihn hier, mich zu verlassen.

Zweites Kapitel

Während ich über diese Tatsachen nachsann, konnte ich nicht umhin, mit Staunen daran zu denken, wie die Tugend Mervyns den Prüfungen standgehalten hatte. Ich war keineswegs überzeugt, daß sein Ruf oder sein Leben gegen jede Gefahr gesichert war oder daß der Verdacht, der bereits auf ihm lastete, leicht entfernt werden konnte. Nichts als seine eigene Erzählung, mit der einfachen, aber überzeugenden Beredsamkeit, von welcher wir Zeugen gewesen waren, konnte ihn gegen die abscheulichsten Anklagen rechtfertigen. Gab es irgendein Tribunal, das ihn nicht freigesprochen haben würde, hätte es ihn nur angehört?

Ganz gewiß war der Jüngling rechtschaffen. Seine Erzählung konnte nicht die Frucht der Erfindung sein; und dennoch – wo sind die Grenzen des Betrugs? Die Natur hat den Gebilden der Phantasie keine Schranken gesteckt. Ein unschuldiges Äußeres, ein Schein der Tugend und eine geschickte Erzählung werden im Verkehr der Menschen tausendmal durch List und Betrügerei angewendet. Die Beweggründe verändern sich bis ins Unendliche, während die Handlungen die nämlichen bleiben; und ein scharfer Verstand mag es nicht schwer finden, die Motive so zu wählen und zu ordnen, daß die Handlungen, welche irgendein Mensch begehen kann, vor jedem Tadel gesichert erscheinen.

Hätte ich Mervyns Geschichte von einem anderen gehört oder in einem Buche gelesen, so würde ich es vielleicht möglich gefunden haben, die Wahrheit derselben zu bezweifeln; aber solange der Eindruck, den sein Ton, seine Bewegungen, seine Blicke hervorgebracht hatten, meiner Erinnerung gegenwärtig blieb, war ein solcher Verdacht unmöglich. Die Verderbtheit mag zuweilen durch ihre Larve den Betrachter täuschen, unser Urteil kann schwanken oder irren, aber das Gesicht Mervyns war ein untrügliches Zeichen der Rechtschaffenheit. Ruhig oder heftig, zweifelnd oder vertrauend, ist es stets voller Wohlwollen und Aufrichtigkeit. Wer seine Worte hört, mag die Wahrheit derselben bezweifeln, wer aber in sein Gesicht sieht, während er spricht, kann ihm den Glauben nicht versagen.

Es war indes möglich, Zeugnis aufzufinden, durch welches die Wahrheit seiner Erzählung bestätigt oder widerlegt wurde. Ich war zufällig mit einer Familie namens Althorpe bekannt, welche aus jener Gegend gebürtig war, in der sein Vater lebte. Ich machte den Althorpes einen Besuch und nannte nach kurzer Zeit, wie zufällig, den Namen Mervyn. Sie erkannten in ihm sogleich einen ihrer ehemaligen Nachbarn. Der Tod seiner Frau und seiner Söhne, die Verführung seiner einzigen Tochter durch Colvill sowie manche anderen traurigen Umstände von dem Schicksal dieser Tochter wurden sogleich erwähnt.

Dies bewog mich, Mrs. Althorpe, eine sehr gefühlvolle und verständige Frau, zu fragen, ob sie mit der jetzigen Lage dieser Familie bekannt sei.

»Aus eigener Kenntnis kann ich davon eben nicht viel sagen. Seit meiner Heirat pflege ich im Sommer immer einige Wochen bei meinem Vater zuzubringen, aber ich frage weniger als sonst nach den Angelegenheiten meiner ehemaligen Nachbarn. Ich erinnere mich indes, daß ich, als ich während des Fiebers dort war, sagen hörte, Sawny Mervyn hätte eine zweite Frau genommen; sein einziger Sohn, ein Jüngling von achtzehn Jahren, hätte es für gut befunden, sich durch das Benehmen seines Vaters sehr gekränkt zu zeigen und die neue Gebieterin des Hauses beleidigend und verächtlich zu behandeln. Ich würde mich darüber nicht sehr gewundert haben, da sich die Kinder oft durch eine zweite Heirat ihrer Eltern für gekränkt halten; aber es wurde darauf hingedeutet, daß die Eifersucht und das Mißvergnügen keinen gewöhnlichen Ursachen entspränge. Die neue Mutter war nicht viel älter als er selbst, war Dienstmädchen in dem Hause gewesen, und es hatte zu dieser Zeit zwischen ihr und dem Sohne ein verbotener Umgang stattgefunden. Ihre Heirat mit dem Vater wurde von den Nachbarn als eine tadelnswerte und verächtliche Handlung bezeichnet. Der Sohn hatte in einem solchen Falle vielleicht das Recht zu zürnen, aber er hätte seinen Zorn nicht so weit treiben sollen, als dies von ihm erzählt wurde. Er soll sie mit Verachtung behandelt und sie sogar in Gegenwart seines Vaters und Fremder ein liederliches Weib genannt haben.

Für eine solche Familie war es nicht möglich, beisammenzubleiben. Arthur nahm sich in einer Nacht die Freiheit, sich alles Geld seines Vaters einzustecken, das beste Pferd von der Weide zu nehmen und auf und davon zu gehen. Einige Zeit wußte niemand, wohin er sich gewendet hatte. Endlich wollte ihm jemand auf den Straßen dieser

Stadt begegnet sein, aus einem Bauernjungen in einen Gentleman verwandelt. Nichts konnte schneller sein als diese Verwandlung, denn er hatte das Land am Sonnabend morgen verlassen, und schon am nächsten Tage wurde er gesehen, wie er in französischer Kleidung mit seidenen Strümpfen in die Kirche ging. Ich vermute, daß er auf großem Fuße lebte, solange sein Geld vorhielt.

Mein Vater besuchte uns vergangene Woche, und unter anderen Neuigkeiten erzählte er uns auch, daß Sawny Mervyn sein Gut verkauft habe. Seine Frau hatte ihn überredet, sein Glück im Westen zu versuchen. Für den Preis seiner hundert Acker hier könnte er dort tausend kaufen, und der Mann, der sehr roh und unwissend ist und dabei ein völliger Einfaltspinsel, begriff leicht, daß tausend Acker zehnmal soviel sind wie hundert. Er bedachte freilich nicht, daß eine Rute Boden in Schuylkill zehnmal besser ist als ein einziger Acker in Tennessee.

Es zeigte sich, daß das Weib arglistig und unzüchtig war. Nachdem der Mann sein Gut verkauft und das Geld dafür empfangen hatte, übergab er es ihr, und um es mit mehr Sicherheit genießen zu können, ging sie damit durch nach der Stadt, es ihm überlassend, seinen Weg nach Kentucky allein und ohne einen Penny zu verfolgen. Einige Tage darauf war ich mit meinem Manne im Theater, da zeigte er mir in einer der oberen Logen eine Gruppe von Frauenzimmern, von denen eine Betty Lawrence war. Es war nicht leicht, in ihrem aufgeputzten Staat mit allerlei Bändern und Schmuckstücken ebendie Betty zu erkennen, welche Kartoffeln zu verkaufen pflegte und über ihre Körbe auf dem Jersey-Markt in einem leinenen Rock und grober Mütze die Aufsicht führte. Ihre Gefährtinnen gehörten der verächtlichen Klasse an. Wenn Arthur noch in der Stadt wäre, so würden ohne Zweifel Mutter und Sohn ihren früheren vertrauten Umgang wiederaufnehmen.

Der alte Mann, welcher auf solche Weise bestohlen und betrogen wurde, suchte Trost in der Flasche, der er zu allen Zeiten übermäßig zugetan gewesen war. Er ging von einer Taverne zur anderen, bis sein Kredit erschöpft war, und wurde dann ins Gefängnis gebracht, wo er, wie ich vermute, bis ans Ende seiner Tage bleiben wird. Das, mein Freund, ist die Geschichte der Mervyns.«

»Welche Beweise haben Sie von der unmoralischen Aufführung des Sohnes?« fragte ich. »Von seiner Beleidigung der Mutter sowie davon, daß er mit dem Pferde und dem Gelde seines Vaters davonging?«

»Keinen andern Beweis als die einstimmigen Aussagen der Nachbarn Mervyns. Achtungswerte und rechtschaffene Männer haben versichert, daß sie zugegen gewesen wären, als der Bursche seine Mutter auf die von mir erwähnte Art behandelte. Ich war überdies einst in der Gesellschaft des alten Mannes und hörte ihn sich bitter über seinen Sohn beklagen, auch ihn beschuldigen, daß er ihm das Pferd und das Geld gestohlen hätte. Ich erinnere mich, daß ihm Tränen über die Wangen rannen, als er die Geschichte erzählte. Was das betrifft, daß er am Morgen nach seiner Flucht in feiner und moderner Kleidung gesehen wurde, so kann ich dies ebensowenig bezweifeln wie alles übrige, denn es war mein Vater, der ihn sah, und Sie, der Sie meinen Vater kennen, wissen, daß seinen Augen und seinen Zeugnissen zu vertrauen ist. Er hatte Arthur oft genug gesehen, um ihn nicht zu verwechseln, und er beschrieb sein Aussehen ganz genau. Der junge Mensch ist außerordentlich hübsch, die Gerechtigkeit muß man ihm widerfahren lassen; er hat dunkelbraune Augen, kastanienbraunes Haar und einen sehr eleganten Wuchs. Sein Wesen und sein Gang haben durchaus nichts Tölpelhaftes. Nehmen Sie ihm seine Jacke und seine Leinenhose, und Sie haben einen so zierlichen Burschen, als je einer aus der Tanzschule oder dem College kam. Er ist das treue Ebenbild seiner Mutter und der vollkommene Gegensatz zu den plumpen Beinen, der viereckigen Gestalt und dem breiten, nichtssagenden, einfältigen Gesichte des Vaters. Sie müssen zugeben, daß seine Erscheinung hier in der Stadt ein starker Beweis für die Versicherungen seines Vaters ist. Das für die Kleider ausgegebene Geld konnte unmöglich auf ehrliche Weise erworben sein. Sie müssen aber entweder gekauft oder gestohlen gewesen sein, denn wie wäre er sonst in ihren Besitz gelangt?«

»Wie war die Aufführung dieses Burschen, während seine Mutter noch lebte und bevor sein Vater ein zweites Mal heiratete?«

»Sehr wenig zugunsten seines Herzens oder seines Verstandes. Da er der jüngste der Söhne war, der einzige, der am Leben blieb, und seiner Mutter sehr ähnlich war, wurde er ihr Liebling. Seine Konstitution war sehr schwach, und er liebte es mehr, im Walde umherzuschwärmen, als zu pflügen oder zu säen. Dieser Müßiggang war ganz gegen die Absicht und das Urteil seines Vaters und in der Tat die Ursache aller seiner Laster. Konnte er bewogen werden, irgend etwas zu tun, so geschah es mit Nachlässigkeit und auf eine Weise, welche zeigte, daß seine Gedanken auf andere Dinge gerichtet waren als auf seine Arbeit. Wurde sein Beistand gebraucht, so war er nie zu finden. Man mußte ihn zwischen den Felsen oder im Wald suchen, und gewöhnlich fand man ihn an dem Rande eines Baches hinschlendernd oder im Schatten eines Baumes lungernd. Diese Neigung zur Trägheit und Untätigkeit war bei einem so jungen Menschen sehr auffallend. Leute seines Alters lieben selten die Arbeit, dann aber sind sie den Freunden, den Spielen, der Bewegung zugetan. Sie reiten oder schießen oder treiben Possen. Dieser junge Mensch aber brachte seine Zeit in der Einsamkeit hin, mischte sich nie in die Gesellschaft anderer junger Leute, bestieg nie ein Pferd, wenn er nicht mußte, und feuerte in seinem ganzen Leben keinen Schuß ab, angelte nie einen Fisch. Manche halten ihn für halb wahnsinnig oder glauben doch wenigstens, daß er nicht seinen vollen Verstand beisammen hat. Und in der Tat war seine Aufführung so verdreht und sonderbar, daß ich mich nicht wundere, wenn sie zuweilen auf solche Weise ausgelegt wurde.«

»Ganz gewiß aber trieb er doch irgend etwas«, sagte ich. »Vielleicht liebte er die Bücher?«

»Weit davon entfernt. Im Gegenteil war sein Widerwille gegen die Schule ebenso groß wie sein Abscheu vor dem Pfluge. Er konnte nie seine Aufgaben lernen oder den geringsten Zwang ertragen. Seine Mutter verzog ihn zu Hause so sehr, daß er Tadel und Strafe nicht dulden mochte. Er war ein fortwährender Faulenzer, bis der Schulmeister ihn eines Tages schlagen wollte und er aus der Schule fortlief, um nie wieder dahin zurückzukehren. Die Mutter entschuldigte und unterstützte ihn, und der einfältige Vater mußte nachgeben. Ich glaube nicht, daß er in seinem ganzen Leben die Schule zwei Monate besucht hat.«

»Vielleicht«, sagte ich, »hat er es vorgezogen, für sich und mit völliger Freiheit zu lernen. Ich kannte Knaben, die mit großer Wißbegierde und vielen Fähigkeiten begabt waren und doch nie ihre Aufgaben machten, weil sie den Lehrer und seine Rute verabscheuten.«

»Ich habe dergleichen Knaben ebenfalls gekannt, doch dieser gehörte nicht zu ihnen. Ich wüßte nicht, woher er seine Liebe zum Wissen oder die Mittel zu dessen Erwerb hätte hernehmen sollen. Die Familie war ganz ohne Bildung. Der Vater war ein schottischer Bauer und so unwissend, daß er nicht einmal seinen Namen schreiben konnte. Seine Frau konnte, glaube ich, lesen und die Zeichen in einem Kalender enträtseln; das war aber auch alles. Ich glaube, daß die Fähigkeiten des Sohnes nicht größer waren. Sie könnten sich in dem Haus ebensogut nach silbernen Tellern oder marmornen Tischen umsehen wie nach Büchern oder einer Feder.

Ich erinnere mich eines Besuches, den ich im vergangenen Winter in ihrem Hause machte. Es war empfindlich kalt, und da mein Vater, der mich begleitete, mit Sawny Mervyn Geschäfte zu verhandeln hatte, hielten wir unsere Pferde vor dessen Türe an. Während die beiden alten Männer miteinander sprachen, bat ich um Erlaubnis, mich am Feuer in der Küche wärmen zu dürfen. Hier fand ich, in einer Ecke auf einem Klotze sitzend, Arthur emsig damit beschäftigt, Strümpfe zu stricken! Ich fand dies eine lächerliche Beschäftigung für einen tätigen jungen Mann. Ich sagte ihm dies, denn ich wollte ihn schamrot machen; doch er lächelte mich an und antwortete ohne die geringste Verlegenheit: Eine ebenso kleinliche Beschäftigung für ein junges tätiges Mädchen. Bitte, strickten Sie nie Strümpfe?

Ja, aber das geschah aus Notwendigkeit. Wäre ich von einem anderen Geschlecht oder besäße ich die Kraft eines Mannes, so würde ich lieber auf meinem Felde arbeiten oder in meinen Büchern lesen.

Freuen Sie sich also, daß Sie ein Frauenzimmer sind und dadurch die Freiheit haben zu treiben, was weniger Anstrengung, aber mehr Geschicklichkeit erfordert. Sie sehen, daß ich, obgleich ein Mann, mich Ihres Vorrechts bediene und es vorziehe, Garn zu stricken, statt mein Gehirn mit einem Buche oder die Tenne mit einem Flegel zu dreschen.

Ich wundere mich, sagte ich geringschätzig, daß Sie nicht ebensogut den Weiberrock anziehen, als Sie die Nadel handhaben.

Wundern Sie sich darüber nicht, sagte er. Das geschieht nicht, weil ich das Hindernis eines Weiberrockes ebensosehr hasse, wie ich warme Füße liebe. Sehen Sie – dabei hielt er mir die Strümpfe hin –, sind sie nicht gut gearbeitet?

Ich berührte sie nicht, sondern sagte spöttisch: Vortrefflich! Ich wundere mich, daß Sie nicht bei einem Schneider in die Lehre gehen.

Er blickte mich mit einem Ausdrucke lächerlicher Einfalt an und sagte: Wie sehr die Weiber doch geneigt sind, sich zu wundern! Sie nennen die Arbeit vortrefflich und wundern sich dennoch, daß ich mich nicht zum Sklaven mache, um noch größere Geschicklichkeit zu erwerben!

Lernten Sie das Stricken etwa dadurch, daß Sie sich sieben Jahre an eine Schneiderwerkstatt nagelten? Wären Sie zu mir gekommen, so hätte ich es Ihnen in einem Tage gelehrt.

Ich lernte es in der Schule.

Und bezahlten dafür?

Natürlich.

Das heißt, die Freiheit und das Geld wegwerfen. Schikken Sie Ihre Schwester, wenn Sie eine haben, zu mir, und ich will es sie ohne Rute oder Zahlung lehren. Wollen Sie?

Sie haben, wie ich glaube, eine alte und heftige Antipathie gegen alles, was Schule heißt.

Richtig. Die entstand schon früh und war heftig. Haben Sie sie nicht empfunden?

Nein. Ich ging sehr gern in die Schule, denn ich dachte, Lesen und Schreiben wären Fertigkeiten, die einigen Wert hätten.

Wirklich? Dann habe ich Sie soeben mißverstanden. Ich dachte, Sie hätten soeben gesagt, wenn Sie ein Mann wären, so würden Sie den Pflug und das Buch der Nadel vorgezogen haben. Daraus schloß ich denn, da Sie ein Mädchen sind, würden Sie eine weibliche Vorliebe für die Nadel und eine törichte Abneigung gegen Bücher haben.

Da mein Vater mich rief, machte ich jetzt eine Bewegung zu gehen. Bleiben Sie, sagte er sehr ernst, legte sein Strickzeug beiseite und begann hastig, seine Strümpfe auszuziehen. Ziehen Sie diese Strümpfe über Ihre Schuhe. Sie werden ihre Füße gegen den Schnee schützen, während Sie zu Ihrem Pferde gehen.

Halb zornig, halb lachend, lehnte ich das Anerbieten ab. Er hatte aber die Strümpfe ausgezogen und hielt sie in der

Hand, indem er sagte: Lassen Sie sich zureden; heben Sie nur den Fuß, und ich streife sie Ihnen im Nu über.

Da er sah, daß ich bei meiner Weigerung beharrte, warf er die Strümpfe fort, und ehe ich mich versah, hob er mich mit seinen Armen empor, eilte aus dem Gemache, trug mich barfuß durch den Schnee und setzte mich behende auf mein Pferd. Alles geschah in einem Augenblick, und ich hatte keine Zeit, seine Absichten auch nur zu erraten. Dann ergriff er meine Hand, küßte sie feurig und sagte: Tausend Dank, daß Sie meine Strümpfe nicht annahmen. Sie haben dadurch sich selbst und mir die Zeit und die Mühe erspart, die Strümpfe an- und auszuziehen. Da Sie mich gelehrt haben, sich zu wundern, so erlauben Sie mir, aus der Lehre Nutzen zu ziehen und mich darüber zu wundern, daß Sie zu einer solchen Jahreszeit wollene Schuhe und seidene Strümpfe tragen. Nehmen Sie meinen Rat an, und verwandeln Sie Ihre Seide in Wolle und Ihre Wolle in Leder. Dann dürfen Sie auf warme und trockene Füße hoffen. Was! Sie verlassen das Tor ohne einen Segenswunsch für Ihren Ratgeber?

Ich spornte mein Pferd zum Galopp, froh, einem so sonderbaren Menschen zu entrinnen. Ich könnte Ihnen noch manche Beispiele eines ebenso auffallenden Benehmens erzählen, welche ein Gemisch der Verschlagenheit und der Torheit, der Güte und Unverschämtheit verrieten und so vielleicht das allgemeine Urteil rechtfertigen, daß sein Verstand gestört sei. Nichts war merkwürdiger als seine gänzliche Gleichgültigkeit gegenüber Lächerlichkeit oder Tadel. Man konnte ihm stundenlang Vorwürfe machen, und er hörte sie mit dem größten Gleichmut an. Zorn oder

Scham bei ihm zu erwecken war unmöglich. Er antwortete, aber auf eine Weise, die nur den Schluß zuließ, daß er keine Ahnung von der wahren Bedeutung der Worte hatte. Danach sprach er dann zu einem mit der lächelnden Freundlichkeit und Offenheit eines alten Freundes. Jedermann verachtete ihn wegen seiner Trägheit und Torheit, die aus seinen Worten ebenso deutlich hervorgingen wie aus seinen Handlungen; doch niemand fürchtete ihn, und nur wenige waren ärgerlich auf ihn, bis zur Entdeckung seines verbotenen Umgangs mit Betty und der unmenschlichen Behandlung seines Vaters.«

»Haben Sie gute Gründe, an den ungeziemenden Verkehr mit diesem Mädchen zu glauben?«

»Ja. Solche Beweise, daß sie nicht bezweifelt werden können. Es würde sich für mich nicht ziemen, sie anzugeben. Aber er hat die Sache nie geleugnet. Als er bei einer Gelegenheit auf die Schlüsse aufmerksam gemacht wurde, die jeder Unparteiische aus dem Schein ziehen müßte, gestand er mit seiner gewöhnlichen ruhigen Unverschämtheit, daß dergleichen Schlüsse unvermeidlich wären. Er erwähnte sogar anderer mitwirkender und gleichzeitiger Umstände, welche der Beobachtung seiner Tadler entgangen waren und die den Schlüssen noch größere Beweiskraft verliehen. Er war bemüht, die Laster dieses Weibes zu vermindern, solange er ihr einziger Liebhaber war; nach der Heirat mit seinem Vater wurde aber der Ton geändert. Er räumte ein, daß sie gewandt, sorgsam und fleißig sei, nannte sie dann aber eine Hure. Als er beschuldigt wurde, dazu selbst Veranlassung gegeben zu haben, und seine Gefährten so abgeschmackt waren, ihr Laster vorzuwerfen, die er selbst hervorgerufen hatte, sagte er: Freilich liegt Verworfenheit und Torheit in dem Betragen, das Ihr beschreibt. Entlarvt mich, wenn Ihr wollt, als einen Bösewicht. Was dann weiter? Ich sprach nicht von mir selbst, sondern von Betty. Dies Weib bleibt deshalb doch eine Metze. Wenn ich es war, der sie dazu machte, so darf ich mit um so größerer Zuversicht behaupten, daß sie es ist. Doch glaubt nicht, daß ich Betty tadle. Wäre ich an ihrer Stelle gewesen, so würde ich vielleicht ebenso gehandelt haben. Ich würde von meinem Vorteil gleiche Begriffe gehabt und zu dessen Erreichung die gleichen Mittel angewendet haben. Aber dennoch sage ich, daß ich für meinen Vater eine andere Frau und für sein Haus eine andere Gebieterin gewünscht hätte.«

Drittes Kapitel

Diese Unterhaltung wurde durch einen Boten von meiner Frau unterbrochen, die mich bitten ließ, sogleich nach Hause zu kommen. Ich hegte einige Hoffnung, Mervyn zu treffen, denn schon waren mehrere Tage seit seiner Trennung von uns verflossen, und mir war kein besonderer Grund für ein längeres Ausbleiben bekannt. Es war indes nicht Mervyn, sondern Wortley, der mich hatte rufen lassen.

Mein Freund kam, um mir seinen Verdacht und seine Besorgnisse rücksichtlich Welbecks und Mervyns mitzuteilen. Es hatte sich unlängst ein Ereignis zugetragen, durch welches dieser Verdacht neu erweckt worden war. Er bat mich, ihm aufmerksam zuzuhören, während er ihn mir auseinandersetzte. Dies waren seine Worte:

»Heute überreichte mir jemand einen Brief von einem Handelsfreund in Baltimore. Ich erkannte in dem Überbringer leicht einen Schiffskapitän. Er war ein Mann von angenehmem Äußeren und wurde in dem Briefe, den er mir übergab, meiner Freundschaft und meinem Rate empfohlen. Der Brief gab an, daß ein Mann namens Amos Watson und seinem Stande nach Seemann, der in Baltimore seinen Wohnsitz hatte, im Sommer des vergangenen Jahres auf eine geheimnisvolle und unerklärliche Weise verschwunden sei. Es wäre bekannt, daß er von Jamaika aus hier angelangt sei und die Absicht gehabt hätte, unmittelbar darauf zu seiner in Baltimore lebenden Familie zu reisen; aber er wäre dort nicht eingetroffen, und es sei auch seitdem keine Spur von ihm aufzufinden gewesen. Der Überbringer des Briefes war hergekommen, um, soweit dies möglich war, das Geschick des Verschwundenen zu erforschen, und ich wurde dringend gebeten, ihm bei der Verfolgung seiner Nachforschungen mit Rat und Tat beizustehen. Ich erklärte meine Bereitwilligkeit, dem Fremden, welcher Williams hieß, zu helfen, und nachdem ich ihm den Aufenthalt in meinem Hause angeboten hatte, den er dankend annahm, teilte er mir die näheren Umstände der Angelegenheit mit. Hier nun seine Geschichte.

Am zwanzigsten des letztvergangenen Juni, sagte er, langte ich, aus Westindien kommend, hier mit Kapitän Watson an. Ich kommandierte das Schiff, auf dem er als

Passagier reiste, da sein eigenes Schiff von den Engländern geentert und konfisziert worden war. Wir hatten lange in freundschaftlicher Beziehung zueinander gestanden, und ich liebte ihn sowohl seiner selbst wegen als auch, weil er meine Schwester geheiratet hatte. Wir landeten am Morgen und aßen zu Mittag bei Mr. Keysler, der damals in der Water-Street wohnte, mittlerweile aber gestorben ist. Er wollte unbedingt seine Familie besuchen, und da er in der Stadt einige Angelegenheiten zu besorgen hatte, welche nicht mehr als ein paar Stunden erforderten, beschloß er, am nächsten Morgen mit der Postkutsche abzureisen. Ich hatte Geschäfte, welche mich auf das dringlichste nach New York riefen. Ich war kaum weniger begierig als mein Schwager, Baltimore zu erreichen, wo auch meine Familie wohnt; aber ich mußte zuvor unbedingt nach Osten gehen.

Ich dachte indes binnen dreier Tage hierher zurückzukehren und Watson dann nach Hause zu folgen. Kurz nach dem Essen trennten wir uns; er, um seine Aufträge zu besorgen, ich, um die Postkutsche zu besteigen.

Zur festgesetzten Zeit kehrte ich zurück. Ich kam früh am Morgen an und wollte um Mittag herum weiterreisen. In der Zwischenzeit ging ich zu Mr. Keysler. Er war ein alter Bekannter von Watson und mir, und im Laufe der Unterhaltung sprach er seine Verwunderung darüber aus, daß Watson sein Haus so plötzlich verlassen hatte. Ich erwähnte, daß mein Schwager unbedingt südwärts hätte reisen müssen, und fügte hinzu, er hätte gewiß diese Notwendigkeit gegen ihn ausgesprochen.

Ja, sagte Keysler, es ist wahr, Kapitän Watson erwähnte seine Absicht, früh am nächsten Morgen abzureisen, ließ mich aber zugleich wissen, er würde bei mir zu Abend essen und übernachten; indes hat er sich seitdem nicht wieder sehen lassen. Überdies wurde sein Gepäck zu mir gebracht. Ohne Zweifel hatte er die Absicht, es mitzunehmen, aber es ist noch immer hier. Es ist nicht wahrscheinlich, daß er über der Eile seiner Abreise seine Bagage vergessen haben sollte. Daraus schloß ich denn, daß er noch immer in der Stadt sei, und habe mir drei Tage lang den Kopf darüber zerbrochen, was aus ihm geworden sein könnte. Was mich am meisten überrascht, ist, daß die wenigen Freunde, die er hier in der Stadt hat und bei denen ich mich nach ihm erkundigte, ebenso wenig von ihm wissen wie ich selbst. Ich bin wahrlich nicht ohne Besorgnis, daß ihm irgendein Unglück zugestoßen ist.

Ich war durch diese Mitteilung nicht wenig beunruhigt. Ich ging nach Mr. Keyslers Anweisungen zu Watsons Freunden und erkundigte mich besorgt, aber keiner von ihnen hatte meinen Schwager seit seiner Ankunft gesehen. Ich versuchte, mich der Aufträge zu erinnern, die er hatte besorgen wollen, um ihn womöglich bis zu dem Orte zu verfolgen, wo er zuletzt gesehen worden war. Er hatte mehrere Pakete abzugeben, und eines davon war an Walter Thetford adressiert. Ich fand ihn nach einer Reihe von Nachforschungen, aber unglücklicherweise war er zu dieser Zeit auf dem Lande. Von einem Kommis, welcher während seiner Abwesenheit die Geschäfte weiterführte, erfuhr ich, daß jemand, der meiner genauen Beschreibung von Watson entsprach, an dem Tage, an welchem ich mich von ihm trennte, dort gewesen war und einige Papiere überbracht hatte, welche sich auf die Konfiszierung eines Schiffes von Thetford durch die Engländer bezogen. Das war alles, was er mir zu sagen vermochte.

Ich ging dann zu drei Kaufleuten, für welche mein Schwager Briefe gehabt hatte. Sie alle bestätigten den Empfang dieser Briefe, hatten dieselben aber mit der Post erhalten.

Mir war sehr daran gelegen, nach Hause zurückzukehren. Dringende Verpflichtungen nötigten mich, ohne Zögern abzureisen. Ich hatte bereits alle Mittel der Nachforschung, die mir zu Gebote standen, erschöpft und mußte mich mit dem Gedanken abfinden, Watson sei zu der verabredeten Zeit abgereist und habe aus Vergeßlichkeit oder aufgrund irgendeines Zufalls sein Gepäck zurückgelassen. In den Büchern der Kutschstationen fand sich indes sein Name nicht eingeschrieben, und zu Wasser hatte es in der letzten Woche keine Reisegelegenheit gegeben. Die einzige Vermutung, die mir blieb, war, er sei nach Hause gereist.

Als ich nach Baltimore kam, erfuhr ich, daß Watson noch nicht daselbst erschienen war. Seine Frau zeigte mir einen Brief, der, nach dem Poststempel zu urteilen, in Philadelphia am Morgen nach unserer Ankunft aufgegeben war, an ebendem Morgen, an welchem er abzureisen gedachte. Diesen Brief hatte mein Schwager in meiner Gegenwart geschrieben, aber ich riet ihm davon ab, ihn aufzugeben, da der Brief mit ihm zugleich ankommen mußte. Ich hatte gesehen, wie er ihn unversiegelt in seine Brieftasche steckte; doch dieser Brief wurde dann doch seiner Frau zugesandt. Er war ohne merkliche Veränderungen und enthielt das Geld, das Watson ursprünglich beilegen wollte. In diesem Briefe erwähnte er seine Absicht, am Einundzwanzigsten abzureisen, und an ebendiesem Tage war der Brief auf die Post gegeben worden.

Wir hofften, daß eine kurze Zeit dies Geheimnis aufklären und den Flüchtigen nach Hause bringen würde; aber seit jener Zeit hat uns nicht die geringste Nachricht über ihn erreicht. Das gelbe Fieber, welches bald darauf in der Stadt ausbrach, sowie meine eigenen Angelegenheiten hinderten mich bis jetzt, hierherzukommen und meine Nachforschungen fortzuführen.

Mein Schwager war einer der vortrefflichsten Menschen. Seine Frau liebte ihn bis zum Wahnsinn, und ihre Existenz sowie die ihrer Kinder hing von seinen Anstrengungen ab. Es wird Sie daher nicht erstaunen, daß sein Verschwinden uns allen die größten Qualen und den tiefsten Kummer bereitete; aber ich habe noch andere und besondere Gründe für den Wunsch, sein Schicksal zu erfahren. Ich gab ihm mehrere auf Kaufleute in Baltimore ausgestellte Wechsel mit, welche ich als Bezahlung meiner Ladung erhalten hatte und die er sobald als möglich vorlegen und akzeptieren lassen sollte. Diese sind mit ihrem Überbringer verschwunden.

Noch ein anderer Umstand macht sein Leben besonders wichtig. Eine englische Familie, welche früher auf Jamaika lebte und dort eine Besitzung von großem Werte hatte, wohnt seit einigen Jahren in der Nachbarschaft von Baltimore. Das Haupt dieser Familie starb vor einem Jahr und hinterließ eine Witwe und drei Töchter. Die Witwe hielt es für zweckmäßig, die Besitzung ihres Mannes auf Jamaika zu verkaufen, da die Insel täglich mehr durch Krieg und Revolution bedroht wird, und den Gewinn in die Vereinigten Staaten mitzunehmen, wo sie künftig dauernd zu bleiben beabsichtigt. Watson war ihres Mannes Freund gewesen, und da seine Redlichkeit und Uneigennützigkeit ihr bekannt waren, übergab sie ihm die gerichtliche Vollmacht zum Verkaufe der Besitzung. Dieser Auftrag wurde pünktlich vollzogen und der Kaufpreis in Empfang genommen. Um ihn so sicher als möglich aufzubewahren, steckte er den Betrag, der in vier Wechseln auf reiche Handelshäuser in London ausgestellt war, in ein dünnes Blechetui und schob dieses in einen Ledergürtel, den er unter seinen Kleidern auf dem Leibe trug. Einen zweiten Teil übergab er mir, und einen dritten sandte er an Mr. Keysler durch ein Schiff, welches einige Tage vor ihm absegelte. Als wir in der Stadt eintrafen, erfuhren wir, daß Keysler den Betrag, der an ihn abgeschickt worden war und den er bis zu unserer Ankunft verwahren sollte, erhalten hatte. Dieser wurde nun ebenso wie das Geld, welches ich bei mir hatte, an Watson ausgehändigt. Er legte die Wechsel zu den übrigen in den Ledergürtel, den er immer noch umgelegt hatte, da er diese Aufbewahrung für sicherer hielt als jede andere und es bei einer so kurzen Reise nicht für nötig erachtete, auf andere Hilfsmittel zurückzugreifen.

Die Summe, welche er auf solche Weise bei sich trug, war nicht geringer als zehntausend Sterling. Sie machten das ganze Vermögen einer würdigen und vortrefflichen Familie aus, und der Verlust machte sie zu Bettlern. Es ist mit Watson verschwunden, und was aus diesem geworden ist, läßt sich nicht einmal vermuten.

Sie erkennen jetzt leicht, Sir, welch fürchterliches Unglück aus dem Schicksal dieses Mannes entspringen kann und in welcher unendlichen Angst seine Familie und seine Freunde über sein Verschwinden schweben. Daß er lebt, kann kaum angenommen werden; denn in welcher Lage könnte er sich befinden, die ihm die Fähigkeit und den Willen raubte, seiner Familie Nachricht von sich zu geben?

Unser Kummer ist noch unendlich durch den Verdacht vergrößert worden, den Mrs. Maurice und deren Freunde zu hegen sich gestatteten. Sie machen sich kein Gewissen daraus anzudeuten, daß Watson, durch eine so große Summe verlockt, sich heimlich nach England geschifft habe, um die Auszahlung der Wechsel zu erlangen und das Geld zu seinem eigenen Nutzen zu verwenden.

Niemand scheute die Armut mehr als Watson, aber niemandes Rechtschaffenheit war unbeugsamer als die seine. Er murrte über das Geschick, das ihn dazu verurteilte, auf dem Ozean seine Bequemlichkeit zu opfern und sein Leben zu gefährden, um den Lebensunterhalt zu verdienen; und das ganze Vermögen, welches anzusammeln er den größten Teil seines Lebens verwendet hatte, war ihm eben durch die Engländer genommen worden; aber hätte er dieser Versuchung zu irgendeiner Zeit zu erliegen vermocht, so müßte es beim Empfang der Wechsel auf Jamaika gewesen sein. Statt hierherzukommen, würde es ihm dort unendlich leichter gewesen sein, sich unmittelbar nach London einzuschiffen; doch niemand, der ihn genau kennt, kann seine Redlichkeit auch nur für einen Augenblick in Frage stellen.

Wenn er tot ist und die Wechsel nicht wiederzuerlangen sind, so können wir, indem wir darüber Gewißheit erlangen, doch wenigstens seinen redlichen Charakter beweisen.

Solange aber sein Schicksal unbekannt ist, wird sein Ruf durch die schändlichsten Anschuldigungen besudelt, und werden die Wechsel jemals in London ausgezahlt, so erscheinen diese Anklagen als gerechtfertigt. Wenn er bestohlen worden ist, wird der Dieb sich beeilen, das Geld zu erlangen, und die Maurices würden nicht ohne Grund schließen, Watson selbst sei der Dieb gewesen. – Der Fremde fügte noch verschiedene Umstände hinzu, um die Übel zu zeigen, welche aus dem Tode seines Schwagers und dem Verlust der Papiere, welche derselbe bei sich getragen hatte, entspringen mußten.

Ich war in Verlegenheit«, fuhr Wortley fort, »was für Ratschläge ich diesem Manne erteilen sollte. Keysler starb, wie Sie wissen, sehr früh an der Pest; er war aber der einzige Bewohner dieser Stadt gewesen, mit welchem Williams in Verbindung gestanden hatte. Als ich darauf aufmerksam machte, daß es ratsam wäre, den Verkauf der Wechsel in Amerika durch eine öffentliche Anzeige zu verhindern, sagte er mir, diese Vorsichtsmaßregel sei zeitig getroffen worden; und ich erinnerte mich jetzt auch, eine Ankündigung gelesen zu haben, durch welche die Wechsel als hier verloren oder gestohlen angezeigt wurden und dem, der sie zurückbrächte, eine Belohnung von tausend Dollar zugesichert war. Diese Bekanntmachung war bereits im September in allen Handelsstädten von Portsmouth bis Savannah öffentlich angeschlagen worden, hatte aber keinen Erfolg gehabt.

Ich begleitete Williams zum Amt des Bürgermeisters, da wir hofften, in den Akten der letzten sechs Monate irgendeine Spur von Watson zu finden; aber weder die Papiere noch die Erinnerung des Magistratsbeamten konnten uns Befriedigung verschaffen. Watsons Freunde hatten auch eine Beschreibung der Person und der Kleidung des Verschwundenen aufgesetzt, die Umstände angegeben, unter denen er verschwunden war, und die Papiere, die er bei sich trug, sowie deren Aufbewahrung namhaft gemacht. Dies alles war in den Zeitungen des Südens bereits bekannt gemacht und ist soeben auch in die unsrige aufgenommen worden. Da die erste Bekanntmachung nichts genützt hatte, hielt man diese zweite für nötig.

Nach einiger Überlegung gelangte ich zu der Einsicht, daß es ratsam wäre, Williams Bemühungen wiederaufzunehmen, den Spuren seines Freundes bis zum Augenblick seines Verschwindens zu folgen. Er hatte ihm bis zu Thetford nachgespürt, aber dieser selbst war nicht zugegen gewesen, und Williams hatte sich mit den unbestimmten Angaben des Kommis begnügt. Thetford und seine Familie sowie der Kommis waren der Pest erlegen, und es schien daher, als sei diese Quelle der Erkundigung versiegt. Es war indes möglich, daß der alte Thetford einige Kenntnisse von den Angelegenheiten seines Neffen hatte und daß durch ihn Licht in das Dunkel gebracht werden konnte. Ich suchte ihn daher auf, fand ihn aber gänzlich außerstande, das erhoffte Licht zu gewähren. Meine Erwähnung des Päckchens, welches Watson überbracht hatte und das Papiere über die Konfiszierung eines bestimmten Schiffes enthielt, erinnerte ihn an den Schaden, den Welbeck ihm zugefügt hatte, und er erneuerte seine Vorwürfe und Drohungen gegen den Elenden. Nachdem er seine Wut einigermaßen erschöpft hatte, teilte er mir mit, welcher Zusammenhang zwischen seiner Erinnerung an den Betrug und der Beschlagnahmung des Schiffes bestand.

Das Schiff und dessen Ladung waren in der Tat das Eigentum von Welbeck. Es war zu einem guten Markt gesandt und angemessen versichert worden. Über den Wert dieses Schiffes und seiner Ladung sowie über die Gültigkeit der Versicherung hatte er sich durch seine beiden Neffen Gewißheit verschafft, von denen der eine Supercargo war. Das hatte ihn bestimmt, an Welbeck seine drei Wechsel gegen drei andere zu borgen, die über die Summe seines Darlehens sowie den angemessenen Zins von fünf Prozent für den Monat ausgestellt waren. Für die Bezahlung dieser Wechsel rechnete er keineswegs, wie die Welt töricht glaubte, auf den scheinbaren Reichtum und die geheimen Mittel von Welbeck. Das waren zu grobe Täuschungen, um auf ihn irgendeinen Einfluß üben zu können. Er war ein zu alter Vogel, um durch einen solchen Köder in das Netz gelockt zu werden. Nein, sein Neffe, der Supercargo, empfing natürlich den Ertrag der Reise, und er hatte von dem Eigentümer die Vollmacht empfangen, von diesem Ertrage soviel als zur Bezahlung seiner Forderung nötig war, auf dem Wege von der Tasche seines Neffen zu der Welbecks abzufangen. Für den Fall, daß das Schiff verlorenging, hatte er sich eine ähnliche Bürgschaft auf die Versicherungssumme geben lassen. Jamiesons Verfahren war das gleiche, und kein Geschäft, das er jemals gemacht hatte, war ihm gefahrloser vorgekommen als dieses. Ihre Berechnungen schlugen indes fehl. Das Schiff wurde aufgebracht und aus einem Grunde konfisziert, welcher die Versicherung ungültig machte.

Ich verlor keine Zeit, weiter über dieses Gewebe von Wucher und Betrug und über die Zufälle, welche so oft die Berechnungen der List zuschanden machen, nachzusinnen. Die Namen von Welbeck und Watson waren miteinander in Verbindung gebracht und erfüllten mich mit Unruhe und Argwohn. Welbeck war zu jeder Schlechtigkeit fähig. Es war möglich, daß zwischen diesen Männern eine Zusammenkunft stattgefunden und daß der Entflohene in irgendeiner Weise auf das Geschick von Watson Einfluß genommen hatte. Diese Gedanken äußerte ich gegen Williams, den der Name Welbeck in die größte Aufregung versetzte. Als er erfuhr, daß ein Mann dieses Namens hier in dieser Stadt gewohnt hatte und als Schurke entlarvt worden war, hegte er sogleich die düstersten Ahnungen.

Ich habe die Geschichte dieses Welbeck sehr oft von meinem Schwager gehört, sagte Williams. Es bestand früher zwischen beiden eine innige Freundschaft. Mein Schwager hatte diesem Manne, den er für ehrenhaft hielt, unzählige Wohltaten erwiesen; aber sie waren mit dem schwärzesten Undank belohnt worden. Welbecks Charakter und Schuld waren oft Gegenstand unserer Gespräche, und bei solchen Gelegenheiten verlor mein Schwager seine gewöhnliche Ruhe und Gelassenheit. Sein Kummer über das Unglück, welches dieser Mann über ihn gebracht hatte, und sein Durst nach Rache sprengten alle Bande und versetzten ihn in einen Anfall der Raserei. Ich fragte ihn oft, was er zu tun gedächte, wenn er mit ihm zusammentreffen sollte. Er antwortete, er würde ohne Zweifel wie ein Wahnsinniger handeln, seinen nüchternen Grundsätzen und den Pflichten gegen seine Familie zum Trotz.

Wie, fragte ich ihn, würdest du ihn erdolchen oder erschießen?

Nein! Ich bin nicht zum Mörder geboren. Ich würde ihm Vorwürfe in solchen Ausdrücken machen, wie die Wut des Augenblicks sie mir eingäbe, und ihn dann zu einem Kampfe auf Leben und Tod herausfordern. Ich würde ihm die Zeit gestatten, seinen Frieden mit dem Himmel abzuschließen, und mir die Zeit nehmen, seinen Ruf auf Erden zu vernichten und für den Fall meines Todes die geziemenden Anordnungen zu treffen.

Nun ist nichts wahrscheinlicher, als daß Welbeck und mein Schwager zusammentrafen. Thetford wird natürlich Welbecks Namen und seinen Anteil an dem konfiszierten Schiff erwähnt haben, und der Aufenthalt des Verabscheuten in dieser Stadt ist ihm so zu Gehör gekommen. Ihre Begegnung kann nicht ohne verderbliche Folgen geblieben sein. Ich fürchte, daß wir diesem Zusammentreffen das Verschwinden meines Schwagers zuschreiben müssen. –«

Viertes Kapitel

»So wurde ein neues Licht auf den Charakter von Welbeck geworfen, und mein Verdacht bekam neue Nahrung. Keine Vermutung konnte wahrscheinlicher sein als die von Williams; aber wie war Gewißheit zu erlangen? Walter Thetford oder jemand von dessen Familie war vielleicht Zeuge von irgend etwas gewesen, was, unser bisheriges Wissen erweiternd, zu dem Ende des Fadens führen konnte, der uns jetzt in die Hand gegeben zu sein schien. Aber Thetfords Schwiegervater war von der Familie der einzige, welcher durch rechtzeitige Flucht aus der Stadt der Pest entgangen war. Zu ihm, der noch immer auf dem Lande lebte, eilte ich in aller Eile, begleitet von Williams.

Der alte Mann, der sich einer Menge von Umständen aus jener ereignisreichen Zeit erinnerte, sagte schließlich, daß er bei dem Zusammentreffen zwischen Watson und seinem Sohne Walter zugegen gewesen wäre, wobei ersterer gewisse Papiere übergeben hätte, die in Verbindung zu dem konfiszierten Schiff standen, auf dem Thomas Thetford Supercargo war. Er hätte einige Aufregung bei dem Fremden bemerkt, als sein Schwiegersohn Welbecks Beteiligung an dem Schiff erwähnt habe. Er erinnerte sich auch, daß der Fremde die Absicht ausgesprochen hatte, Welbeck aufzusuchen, und deshalb Walter bat, ihm dessen Haus zu bezeichnen.

Am nächsten Morgen, am Frühstückstisch, fuhr der alte Mann fort, kam ich auf die Ereignisse des vergangenen Tages zu sprechen und fragte meinen Schwiegersohn, wie Welbeck die Nachricht vom Verlust seines Schiffes aufgenommen hätte. – Er ertrug es, sagte Walter, wie ein Mann von seinem Reichtum einen so geringen Verlust ertragen sollte. Aber etwas sehr Sonderbares lag in seinem Benehmen, als ich den Namen des Kapitäns nannte, der mir die Papiere überbrachte; und als ich die Absicht des Kapitäns erwähnte, ihm einen Besuch abzustatten, starrte er mich einen Augenblick an, als sei er von Sinnen, ergriff dann hastig seinen Hut und lief wie rasend aus dem Hause hinaus. –

Das war alles, was mein Schwiegersohn damals sagte; aber wie ich später hörte, entzog sich Welbeck noch in ebender Nacht seinen Gläubigern durch Flucht.

Ich kehre eben von dieser Unterredung mit dem alten Thetford zurück. Ich kam zu Ihnen, weil ich es für möglich hielt, daß Mervyn gemäß Ihrer Erwartung wieder bei Ihnen wäre, und weil ich den Burschen noch einmal sprechen wollte. Mein Verdacht in Beziehung auf ihn ist bestätigt worden, und ein Befehl zu seiner Verhaftung als Welbecks Verbündeter wurde heute erlassen.«

Ich erschrak über diese Mitteilung. »Mein Freund«, sagte ich, »ich bitte Sie, in Ihrem Tun vorsichtig zu sein. Sie wissen nicht, in welches Elend Sie den Unschuldigen stürzen. Ich weiß, daß Mervyn schuldlos, Welbeck aber wirklich ein Schurke ist. Diesen vor Gericht gestellt zu sehen würde mich nicht betrüben, der erstere aber verdient eher Lob als Strafe.«

»Sie glauben also den bloßen Versicherungen dieses Burschen; vielleicht möchten seine geschickten Lügen ebenden Eindruck auch auf mich machen, aber ich muß abwarten, bis er seine Fähigkeiten an mir versucht. Der Verdacht, den er auf sich geladen hat, wird nicht leicht widerlegt werden können; wenn er aber etwas zu seiner Verteidigung zu sagen hat, so wird seine gerichtliche Vernehmung ihm dazu die beste Gelegenheit bieten. Weshalb fürchten Sie denn so sehr, seine Unschuld dieser Prüfung unterworfen zu sehen? Ihr Verdacht wurde erst ausgeräumt, als Sie seine Erzählung hörten. Gewähren Sie auch mir das gleiche Vorrecht der Ungläubigkeit.

Sie tun mir übrigens Unrecht, wenn Sie in mir den Anlaß

zu dem Haftbefehl gegen ihn vermuten. Er ist Jamiesons und Thetfords Werk, und sie handelten dabei nicht auf unbegründeten Verdacht und aus bloßer Rachsucht. Es sind Tatsachen ans Licht gekommen, von denen Sie nichts ahnen und welche selbst Ihre Zweifel an der Schuld Mervyns besiegen werden, wenn Sie damit bekannt sind.«

»Tatsachen? Lassen Sie mich dieselben wissen, ich bitte Sie darum. Wenn Mervyn mich getäuscht hat, so ist mein Vertrauen in die Menschheit vernichtet. Alle Grenzen der Verstellung und jeder Unterschied zwischen Tugend und Laster sind dann verwischt. Keines Menschen Wort, keine zusätzlichen Beweise werden dann für mich noch das Gewicht eines Haares haben.«

»Es wäre schon längst Zeit gewesen«, entgegnete mein Freund, »daß Ihr Vertrauen in angenehme Gesichtszüge und elegante Worte ein Ende erreicht hätte. Bevor ich aus meiner gegenwärtigen Tätigkeit einige Kenntnis der Welt schöpfte, eine Kenntnis, die nicht im Nu erlangt wurde und die nicht wenig kostete, vertraute ich gleich Ihnen auf mein Urteil; und um über die Redlichkeit eines Menschen zu entscheiden, glaubte ich ihm nur geradewegs in sein Gesicht schauen und aufmerksam seinen Worten lauschen zu müssen. Meine Torheit in dieser Beziehung konnte nur durch meine eigene Erfahrung geheilt werden, und ich vermute, daß auch Ihre Leichtgläubigkeit keinem anderen Mittel weichen wird. Doch hören Sie die Tatsachen:

Mrs. Wentworth, die Eigentümerin des Hauses, in welchem Welbeck wohnte, hat über Mervyn einige Mitteilungen gemacht, deren Wahrheit nicht bezweifelt werden kann und welche den stärksten Beweis für eine Verschwörung zwischen diesem Burschen und seinem Beschützer liefern. Vor einigen Jahren hat wohl ein Neffe dieser Lady heimlich das Haus seines Vaters verlassen, und man hat seitdem nichts mehr von ihm gehört. Dieser Neffe sollte ihr Vermögen erben, und sie hat die eifrigsten und unermüdlichsten Nachforschungen nach ihm angestellt. Sie blieben indes fruchtlos. Welbeck, der diese Umstände kannte und der ein Mädchen, welches er zu diesem Zweck zurechtgestutzt, an die Stelle des jungen Mannes setzen und demselben die Zuneigung der Dame zu gewinnen wünschte, damit sie zugunsten derselben ein Testament machte, suchte sie zu überreden, der Jüngling sei in einem fernen Lande gestorben. Zu diesem Zwecke mußte Mervyn einen Verwandten von Welbeck darstellen, der eben aus Europa angekommen und Zeuge bei dem Tode des Neffen von Mrs. Wentworth gewesen war. Es wurde eine Geschichte ersonnen, welche die größte Ähnlichkeit mit der Wahrheit hatte; und wenn die Lady der Geschichte Glauben schenkte, so war der Weg gebahnt, den Rest des Planes auszuführen.

Zu gehöriger Zeit und nachdem die Dame durch Welbeck arglistig bearbeitet worden war, erschien der Zögling und gab der Lady in einer Unterredung voller geschickter Ausflüchte die Versicherung, daß ihr Neffe tot sei. Für den Augenblick weigerte er sich, die näheren Umstände seines Todes zu berichten, und er zeigte dabei eine Festigkeit und Unerschrockenheit, welche einer besseren Sache würdig gewesen wären. Noch ehe sie dies schmerzliche Geheimnis zu ergründen vermochte, liefen Welbecks Betrügereien Gefahr, entdeckt zu werden, und er und sein Schützling verschwanden plötzlich.

Während die Sache im Gange war, trug sich ein Ereignis zu, welches die Verbündeten nicht voraussehen konnten und das ihre Pläne zu vernichten oder doch wenigstens zu durchkreuzen drohte. Eines Abends fand man auf der Straße ein Päckchen, welches verschiedene grobe Kleidungsstücke enthielt, und unter denselben befand sich ein Miniaturportrait von dem Neffen der Mrs. Wentworth. Es fiel in die Hände einer Freundin von dieser Lady, die ihr das Päckchen sogleich übersandte. Mervyn entdeckte bei seiner Unterredung mit der Dame das Portrait auf dem Kaminsims. Von irgendeinem verrückten Einfall oder einer Arglist getrieben, brachte er das Gespräch auf ihren Neffen, indem er dessen Portrait keck als sein Eigentum in Anspruch nahm; als aber erwähnt wurde, wie man es gefunden hatte, geriet er in Verlegenheit und Verwirrung und entfernte sich eilig.

Dieses Betragen und die spätere Flucht des Burschen boten hinlänglichen Grund, die Wahrheit seiner Mitteilung über den Neffen in Zweifel zu ziehen; aber sie ist seitdem durch einen Brief, den sie soeben von ihrem Bruder aus England erhielt, vollkommen widerlegt worden. Durch diesen Brief wird sie benachrichtigt, daß ihr Neffe von jemandem, der ihn genau gekannt hat, in Charleston gesehen worden ist und daß eine Berührung zwischen dem Jüngling und dem Nachrichtgeber stattfand, in deren Verlauf der letztere den Neffen beredete, zu seiner Familie zurückzukehren, und daß derselbe einzuwilligen bereit gewesen war. Der Verfasser des Briefes, der Vater des Flüchtlings, hatte an einige Freunde in Charleston geschrieben und sie gebeten, dem Flüchtlinge zur Rückkehr zuzureden, jedenfalls aber ihn zu beschützen und zu unterstützen. – Ich hoffe, Sie werden zugeben, daß die Doppelzüngigkeit Mervyns durch diese Angaben hinlänglich erwiesen ist.«

»Die Tatsachen, die Sie erwähnen«, entgegnete ich nach einiger Überlegung, »stimmen teilweise mit Mervyns Erzählungen überein; nur der letzte Umstand ist damit unvereinbar. Ich fühle jetzt zum ersten Male, daß mein Vertrauen etwas erschüttert ist. Ich bin durch die Masse der neuen Entdeckungen verwirrt und beunruhigt. Ich brauche Zeit, um sie ruhig zu überdenken, sie sorgfältig zu bewerten und ihre Folgen zu erwägen. Ich scheue mich zu sprechen, denn ich fürchte, ich möchte in meiner jetzigen Aufregung etwas sagen, das ich später bereuen müßte. Ich bedarf eines Ratgebers; doch Sie, Wortley, sind für diese Aufgabe nicht geeignet. Ihrem Urteil mangelt es an den notwendigen Voraussetzungen; Ihre Leiden haben Ihre Menschlichkeit erschüttert und Ihre Unparteilichkeit getrübt. Die einzige, meine Sorgen zu teilen und den richtigen Weg ausfindig zu machen, ist meine Frau. Sie kennt Mervyns Geschichte; sie hat ihn während seines ganzen Aufenthaltes bei uns genau beobachtet, sie wird durch ihre Erziehung wie durch ihr Gemüt an Ungerechtigkeit oder Übelwollen gehindert. Verzeihen Sie mir daher, wenn ich mich über Ihre Mitteilung nicht eher ausspreche, als bis ich Gelegenheit gehabt habe, sie mit meinen eigenen Kenntnissen über den Burschen zu vergleichen, welche ich aus seinen Erzählungen oder aus meiner eigenen Beobachtung ziehe.«

Wortley mußte die Billigkeit meiner Forderung zugestehen, und nach einigen unbedeutenden Bemerkungen trennten wir uns. Ich beeilte mich, meiner Frau die verschiedenen Nachrichten mitzuteilen, die ich gerade empfangen hatte. Das Portrait, das Mrs. Althorpe von Mervyn entworfen hatte, enthielt Züge, welche wir uns nach den summarischen Angaben von Arthur nicht zu deuten wußten. Die Behandlung, deren der Jüngling gegen seinen Vater beschuldigt wurde, der verbotene Umgang zwischen ihm und seiner Stiefmutter, die Entwendung des Geldes und des Pferdes – das alles stimmte nicht mit seiner Erzählung überein und erfüllte uns mit Zweifeln, obgleich es noch weit entfernt war, unseren Glauben zu erschüttern.

Was uns indes noch schmerzlicher ergriff, war das Zeugnis von Williams und Mrs. Wentworth. Was für Wortley und die Freunde von Watson geheimnisvoll und unbegreiflich sein mußte, war für uns klar. Die Übereinstimmung zwischen ihren mühsam gesammelten Nachrichten und der Erzählung Mervyns war für uns der überzeugendste Beweis für die Wahrheit der letzteren.

Watson war den Augen aller entschwunden, wir aber kannten den Ort, wo seine sterblichen Überreste ruhten. Den Gürtel, den Williams erwähnt hatte, vermutete der Mörder wahrscheinlich nicht. Er wurde ohne Zweifel unangetastet mit der Leiche begraben. Was so emsig gesucht wurde und das Vermögen der Familie Maurice ausmachte, konnte man wahrscheinlich noch am Körper des Toten finden. Was hatte ich nun im Besitze dieser Kenntnis zu tun?

Es war die Forderung der Gerechtigkeit, diese Wechsel an ihre rechtmäßigen Besitzer zurückzugeben, aber wie konnte dies ohne gefährliche Entdeckungen und lästige

Verzögerungen bewirkt werden? Wem sollten diese Mitteilungen gemacht werden? Auf wessen Veranlassung oder Autorität hin konnten die halbverwesten Glieder ausgegraben und der Schatz aus jenem Sumpf der gräßlichsten Verdorbenheit gehoben werden?

Dies durfte nicht die Handlung eines einzelnen sein. Diese Tat würde ihn in ein Netz von Gefahren und Verdächtigungen, von Heimlichkeiten und Ausflüchten verwickelt haben, aus dem er nicht hoffen durfte, mit unversehrtem Ruf entrinnen zu können. Das beste war, sich der Mitwirkung der Gerichte zu bedienen. Ihnen mußte Mervyn sich unterwerfen. Die Geschichte, die er mir erzählt hatte, mußte er der ganzen Welt erzählen. Es hatte ihn ein Verdacht getroffen, welcher ihm das Vorrecht des Schweigens und der Verheimlichung nicht länger gestattete. Während er unbekannt und unbeachtet blieb, konnte die weitere Verbreitung der Gerüchte ihn nur unnötigen Gefahren aussetzen; denn es waren keine Gefahren, die dazu beigetragen hätten, jene Gerüchte zu vermindern oder gar zu beseitigen.

Inzwischen erwartete ich Mervyns Rückkehr in die Stadt mit Ungeduld. Tag auf Tag verging, und noch immer erhielt ich keine Nachricht. Ich hatte dringende Geschäfte, welche meine Anwesenheit in Jersey erforderten, welche ich aber in der täglichen Erwartung meines jungen Freundes eine Woche länger hinausschob, als die Klugheit mir eigentlich erlaubte. Endlich mußte ich der dringenden Anforderung genügen und verließ die Stadt, traf aber Anstalt, durch meine Frau auf das schnellste von Mervyns Ankunft unterrichtet zu werden.

Diese Anstalten waren überflüssig, denn mein Geschäft wurde, noch ehe der Jüngling ein Zeichen seines Kommens gegeben hatte, erledigt. Ich erinnerte mich jetzt der Warnungen Wortleys und seiner Versicherung, daß Mervyn sich für immer unseren Blicken entzogen hätte. Die Ereignisse trafen bisher auf eine unwillkommene Weise mit dieser Prophezeiung zusammen, und es wurden tausend Zweifel und Befürchtungen in uns erweckt.

Eines Abends, als ich finstere Gedanken durch den Besuch bei einem Freunde abschütteln wollte, klopfte jemand an meine Tür und gab ein Billett ab, welches folgende Worte enthielt:

»Dr. Stevens wird gebeten, unverzüglich nach dem Schuldgefängnis in der Prune-Street zu kommen.«

Das Billett war ohne Unterschrift. Die Handschrift war mir unbekannt, und die schnelle Entfernung des Überbringers ließ mich vollkommen im dunkeln über den Schreiber sowie über den Zweck, warum meine Gegenwart gewünscht wurde. Die Ungewißheit beschleunigte nur meine Erfüllung der Bitte.

Der Abend nahte – die Zeit, zu welcher die Gefängnistüren geschlossen und Fremde hinausgewiesen zu werden pflegten. Dies war ein Grund mehr zur Eile. Indem ich schnell meinen Weg verfolgte, überdachte ich die möglichen Gründe für diese Aufforderung. So gelangte ich bald zu einer Vermutung, welche mich mit Besorgnis und Unruhe erfüllte.

Einer meiner Freunde namens Carlton wurde durch Schulden in Verlegenheit gebracht, die er nicht zu bezahlen vermochte. Er war kürzlich mit Arrest durch einen Gläubiger bedroht worden, der gewöhnlich auf keinen seiner Ansprüche verzichtete. Ich fürchtete, dies Unglück möchte ihn jetzt getroffen haben, und dachte an die Betrübnis, in welche dieser unglückliche Umstand seine Familie stürzen mußte. Ich wußte, daß er seinen Gläubiger nicht zu bezahlen und ebensowenig durch Bitten von ihm Nachsicht zu erlangen vermochte.

Der Mensch ist so sehr geneigt, sich Sorgen zu machen, daß mir die Ungewißheit meiner Befürchtung erst klar wurde, als ich das Gefängnis erreicht hatte. Ich hielt in ebendem Augenblicke an, als ich meine Lippen öffnete, den Namen meines Freundes auszusprechen, und wurde ohne Fragen eingelassen. Ich vermutete, daß der, welcher mich hierher beschieden hatte, mich in dem großen Arrestraum erwarten würde.

Das Gelaß war mit bleichen Gesichtern und abgemagerten Gestalten gefüllt. Die Zeichen der Vernachlässigung und der Armut waren überall sichtbar; aber wenige verrieten in ihren Blicken oder ihrem Benehmen, daß sie sich in irgendeiner Weise um ihre Lage kümmerten. Wilde Lustigkeit oder stumpfsinnige Gleichgültigkeit schienen auf jeder Stirn zu thronen. Der Qualm von einem stark geheizten Ofen, gemischt mit dem Dunst von vergossenem Bier und darüber gestreutem Talg sowie den Ausdünstungen so vieler Menschen, bewirkte eine stickige Atmosphäre. Bei dem schnellen Wechsel von der frischen, kalten Luft draußen in die dicke hier im Zimmer vermochte ich anfangs kaum zu atmen. Ein Augenblick genügte aber, mich mit meiner Lage auszusöhnen, und ich sah mich besorgt nach irgendeinem bekannten Gesichte um.

Beinahe ein jeder hatte eine Zigarre im Mund und ein Glas Porterbier in der Hand. Laute Unterhaltung, von heftigen Bewegungen begleitet, fehlte ebenfalls nicht. Mehrere Gruppen in verschiedenen Winkeln suchten die Langeweile durch Whist zu vertreiben. Andere dagegen gingen müßig auf und ab und verrieten ihre Gedanken- oder Sorglosigkeit dadurch, daß sie ein Liedchen vor sich hin summten oder pfiffen.

Ich nährte die Hoffnung, daß meine Ahnungen mich getäuscht hätten. Diese Hoffnung wurde dadurch gestärkt, daß das Billett nicht von der Hand meines Freundes geschrieben war. Indes setzte ich meine Suche fort. Auf einer Bank, schweigend und von den übrigen getrennt, seine Augen auf den Boden geheftet und das Gesicht mit der Hand halb verdeckt, bemerkte ich endlich eine Gestalt, welche alle meine Besorgnisse und Ängste rechtfertigte. Es war Carlton.

Mein Herz sank, und meine Zunge versagte mir bei diesem Anblick. Ich betrachtete ihn schweigend einige Minuten. Endlich näherte ich mich der Bank, auf welcher er saß, berührte seine Hand und weckte ihn aus seinen Träumen. Er sah empor. Einem kurzen Aufleuchten der Freude und der Überraschung folgte sogleich wieder eine noch tiefere Niedergeschlagenheit.

Es war klar, daß mein Freund des Trostes bedurfte. Er besaß ein außergewöhnliches Ehrgefühl. Gegen jeden Zwang lehnte er sich auf. Voller Abscheu wich er vor der Berührung mit allem Gemeinen und Liederlichen zurück. Seine Konstitution war zart und schwach. Unreine Luft, Mangel an Bewegung, ungewohnte Kost, ungesunde und unbequeme Unterkunft sowie geistige Unruhe waren jederzeit hinreichend, Krankheiten bei ihm hervorzurufen und sein Leben zu gefährden.

Allen diesen Übeln war er jetzt ausgesetzt. Er hatte kein Geld, um sich Essen zu kaufen. Er war am Morgen hierher geschleppt worden. Seit seinem Eintritt hatte er keinen Bissen genossen. Er hatte kein Bett, auf dem er liegen konnte, und hatte nicht gefragt, in welchem Zimmer oder mit welchen Gefährten er die Nacht zubringen mußte.

Seelenstärke gehörte nicht zu den Eigenschaften meines Freundes. Er war mehr geneigt, vor der Gefahr zurückzuweichen, als ihr entgegenzutreten, und sich dem Schicksal zu ergeben, als ihm die Stirn zu bieten; aber in seiner jetzigen Lage entsprang seine Unruhe nicht bloß selbstsüchtigen Betrachtungen. Seine Eltern waren tot, und er hatte für zwei Schwestern zu sorgen. Eine derselben war beinahe von seinem Alter, die andere aber kaum der Kindheit entwachsen. Es bestand sowohl eine geistige als eine körperliche Ähnlichkeit zwischen meinem Freund und seinen Schwestern. Sie besaßen seine körperlichen Schwächen, seine heftigen Leidenschaften und sein feines Wesen; und das Elend seiner Lage wurde zehnfach vermehrt, indem er über die Gefühle nachdachte, die seine Schwestern empfinden mußten, wenn sie seine Lage erführen und die Not erkannten, der sie durch den Verlust ihres Ernährers ausgesetzt sein würden.

Fünftes Kapitel

Es stand nicht in meiner Macht, meinen Freund durch die Bezahlung seiner Schuld zu erlösen; aber indem ich mit dem Gefängniswärter über seine Verpflegung verhandelte, konnte ich ihn wenigstens vor dem Hunger bewahren; und durch einige Bemühungen konnte ich ihm einen so bequemen Aufenthalt besorgen, wie die Umstände es gestatteten. Ich konnte ihm versprechen, seine Schwestern zu trösten und zu beschützen und durch herzliche Anteilnahme sowie häufige Besuche sein Ungemach wenigstens in etwas zu mildern.

Nach der ersten Überraschung fragte er mich, welchem Zufalle er unser Zusammentreffen verdanke. Da er wußte, daß ich ihm nicht wesentlich helfen konnte, und er mich nicht durch sein Unglück betrüben wollte, hatte er es unterlassen, mich von seiner Lage in Kenntnis zu setzen.

Diese Versicherung vernahm ich mit einiger Verwunderung. Ich zeigte ihm das Billett. Er hatte es nicht geschrieben; auch war die Handschrift ihm fremd. Sein Schicksal war niemandem bekannt außer dem Gerichtsboten und dem Gefängnisaufseher. Der Schluß lag nahe, die Mitteilung rühre von einem Freunde her, welcher meine Zuneigung für Carlton kannte und mich auf diese geheimnisvolle Weise zu dessen Beistand herbeirief.

Die Vermutungen über den unbekannten Schreiber und

seine Motive wurden durch dringendere Rücksichten verdrängt. Ich besprach mich mit dem Leiter des Gefängnisses und fragte ihn, auf welche Weise Carlton am besten unterzubringen wäre.

Er sagte, alle seine Räume wären voll besetzt, bis auf einen, der im Augenblick nur einen Bewohner hätte, da am Morgen drei Personen entlassen worden wären. Dieser wäre erst kürzlich angelangt, dabei krank, und hätte eben jetzt einen Freund bei sich. Carlton könne das Zimmer mit diesem Manne teilen. Er würde ohne Zweifel seine Einwilligung geben, aber wenn er sie auch verweigern sollte, müßte er diese Anordnung dennoch befolgen, weil sie die trefflichste sei.

Diese Zustimmung beschloß ich sogleich zu erbitten, und ich ließ mich daher zu dem Zimmer führen. Die Türe war geschlossen. Ich klopfte an. Es wurde sogleich geöffnet, und ich trat ein. Die erste Person, die ich erblickte, war – Arthur Mervyn.

Ich fuhr überrascht zusammen. Mervyns Gesicht verriet nichts als Zufriedenheit über unser Zusammentreffen. Die Zeichen der Anstrengung und der Sorge wichen der Zärtlichkeit und Freude. Ich dachte sogleich, daß Mervyn der Schreiber jener Nachricht sei, die ich kurz zuvor erhalten hatte. Ihn innerhalb dieser Mauern und zu dieser Zeit zu finden war der am wenigsten erwartete und unerwünschteste Zufall. Dieselbe Stunde machte mich so mit dem verwandten und traurigen Schicksal zweier Menschen bekannt, die mir teuer waren.

Ich hatte kaum Zeit, seine Umarmung zu erwidern, als er meine Hand ergriff und mich zu dem Bette führte, das in einer Ecke stand. Auf diesem lag ein Mann, dessen Namen ich bei genauerer Betrachtung sogleich zu nennen wußte, obgleich ich ihn nie zuvor gesehen hatte. Das lebendige Bild, welches Mervyn mir entworfen hatte, war auch noch in den eingesunkenen Augen und den hohlen Wangen des vor mir Liegenden zu erkennen. Das Gesicht hatte in der Tat Linien und Züge, welche niemals vergessen oder verwechselt werden konnten. Wenn man Welbeck nur einmal gesehen oder eine Beschreibung von ihm gehört hatte, mußte man ihn mühelos von allen übrigen Menschen unterscheiden. Er hatte stärkere Gründe als jeder andere, sich strafbarer Handlungen zu enthalten, denn die Schwierigkeit, sich zu verbergen oder zu verstellen, war bei ihm zehnmal größer als bei anderen Menschen, weil die Natur ihn mit so unauslöschlichen und augenfälligen Zügen versehen hatte.

Er war blaß und abgemagert. Bei meinem Eintritt öffnete er nicht die Augen. Er schien zu schlafen; aber bevor ich Zeit hatte, mit Mervyn Blicke zu wechseln oder eine Erklärung für diesen Auftritt zu erlangen, erwachte er. Als er mich erblickte, fuhr er zusammen, dann richtete er einen Blick des Vorwurfs auf seinen Gefährten. Der letztere begriff seine Erregung und bemühte sich, ihn zu beschwichtigen.

»Dieser Herr«, sagte er, »ist mein Freund. Er ist zugleich Arzt, und da ich sah, daß Ihr Zustand ärztliche Hilfe erheischte, wagte ich es, nach ihm zu schicken.«

Welbeck antwortete in unwilligem und geringschätzigem Tone: »Du verkennst meine Lage. Mein Übel liegt tiefer, als seine Untersuchung jemals reichen wird. Ich hatte gehofft, du wärest gegangen. Deine Zudringlichkeit ist gut gemeint, aber sie vermehrt mein Elend.«

Er richtete sich jetzt im Bette auf und fuhr mit kräftigem und entschiedenem Ton fort: »Sie sind in dies Zimmer eingedrungen. Es ist mein, und ich wünsche allein zu bleiben.«

Mervyn antwortete darauf zunächst nichts. Er war überaus verwirrt. Endlich hob er die Augen vom Boden und sagte: »Meine Absicht ist in der Tat gut, und ich bin bekümmert, daß ich Überredungskraft aufwenden muß. Morgen urteile ich vielleicht mehr im Einklang mit Ihrer Verzweiflung, oder Ihre jetzige Stimmung ist verschwunden. Meiner Schwäche zu Hilfe zu kommen, muß ich jetzt den Beistand dieses Freundes in Anspruch nehmen.«

Diese Worte erweckten einen neuen Geist in Welbeck. Seine Verwirrung und sein Zorn wuchsen. Seine Zunge bebte, indem er rief: »Guter Gott, was meinen Sie? So unbesonnen und übereilt Sie auch sind, werden Sie doch gewiß nicht mit diesem Manne die Kenntnis teilen, die Sie von mir haben?« Hier hielt er inne, indem er bedachte, daß die Worte, welche er bereits ausgesprochen hatte, ebendas herbeizuführen geeignet waren, was er vermeiden wollte. Dieses Bewußtsein, im Verein mit dem Entsetzen vor weiteren Entdeckungen, welche die Einfalt und Aufrichtigkeit Mervyns ihm entlocken konnten, fesselte seine Zunge und stürzte ihn in Verwirrung.

Mervyn antwortete sehr bald: »Ich begreife Ihre Furcht und Ihre Wünsche. Ich bin verpflichtet, Ihnen die Wahrheit zu sagen. Ich habe diesem Herrn bereits ihre Geschichte erzählt. Was ich unter Ihrem Dache erlebte, was ich von Ihren Lippen vernahm, habe ich ihm treulich mitgeteilt.«

Welbecks Gesicht verriet jetzt eine Mischung von Ungläubigkeit und Entsetzen. Für einige Augenblicke raubten ihm widerstreitende Gefühle die Sprache.

»Das kann nicht sein. Eine so ungeheure Tat geht über deine Macht. Deine Fähigkeiten sind erstaunlich. Jede neue Handlung von dir übertrifft die vorhergehende und straft die zuverlässigsten Berechnungen Lügen. Aber diese – diese Tücke – geht zu weit. Diese Verletzung deiner Versprechungen, dieser Bruch deines Eides, diese Blindheit gegen die Zukunft ist unglaublich.« Hier hielt er inne; seine Blicke schienen Mervyn aufzufordern, seine erste Versicherung zu widerrufen.

»Ich weiß sehr gut, wie unerklärlich töricht oder gemein Ihnen diese Handlung erscheinen muß; aber ich will weder Ausflüchte suchen noch lügen. Ich wiederhole, daß ihm alles bekannt ist. Ihre Geburt, Ihr frühes Schicksal, die Ereignisse in Charleston und Wilmington, Ihre Behandlung des Bruders und der Schwester, Ihre Zusammenkunft mit Watson und der verderbliche Ausgang derselben – ich habe ihm alles gerade so erzählt wie Sie mir.«

Die Erschütterung, welche Welbeck empfand, überwältigte seine Vorsicht und seine Kräfte. Er sank auf sein Bett nieder. Er schien noch immer ungläubig zu sein und starrte Mervyn fortwährend an. Dann sagte er in weniger heftigem Ton:

»So hast du mich also verraten? Mir jeden Rückweg zur Ehre versperrt? Bin ich als Verführer oder Mörder bekannt? Wirft man mir nun vor, alle Verbrechen ersonnen und die schlimmsten begangen zu haben?

Schande und Tod sind mein Los. Ich weiß, daß sie mir

vorbehalten sind; aber ich dachte nicht, daß ich sie aus deinen Händen empfangen sollte, daß unter deiner unschuldigen Hülle ein verräterisches und grausames Herz lauerte. Aber geh, überlaß mich mir selbst. Dieser Streich hat den letzten Rest meiner Hoffnung vernichtet. Verlassen Sie mich, damit ich meinen Hals für den Strick und meine Lippen für diesen letzten, bittersten Becher vorbereiten kann.«

Mervyn kämpfte mit den Tränen, indem er antwortete: »Das alles sah ich voraus und war ich zu erdulden gefaßt. Mein Freund und ich, wir wollen uns entfernen, wie Sie es wünschen; doch morgen kehre ich zurück, nicht um meine Treue oder meine Menschlichkeit zu beweisen, nicht um Ihre Vorwürfe zu widerlegen oder Verzeihung für die Fehler zu erlangen, die ich begangen zu haben scheine, sondern um Sie aus Ihren jetzigen Übeln zu erlösen und Sie mit Mut zu waffnen.«

Indem er dies sagte, ging er aus dem Zimmer. Ich folgte ihm schweigend. Diese Sonderbarkeit und das Unerwartete dieses Auftritts machten es mir unmöglich, daran teilzunehmen. Ich empfand neue und unbeschreibliche Gefühle. Ich erreichte die Straße, bevor ich mich vollkommen besonnen hatte. Nun erst erinnerte ich mich der Absicht, welche mich in Welbecks Zimmer geführt hatte. Dieser Zweck war noch nicht erreicht. Ich bat Mervyn, einen Augenblick zu warten, während ich in das Haus zurückkehrte. Ich fragte wieder nach dem Aufseher und sagte demselben, daß ich es ihm überließe, Welbeck mit der Notwendigkeit bekannt zu machen, sein Zimmer mit einem Fremden zu teilen. Bald war ich wieder bei Mervyn auf der Straße.

Ich verlor keine Zeit, eine Erklärung des soeben erlebten Auftrittes zu verlangen. »Wie kommen Sie wieder in die Gesellschaft von Welbeck? Weshalb benachrichtigen Sie mich nicht durch einen Brief von Ihrer Ankunft in Malverton und von dem, was sich während Ihrer Abwesenheit zugetragen hat? Wie steht es mit Mr. Hadwin und mit Wallace?«

»Ach«, sagte er, »wie ich sehe, haben Sie meine Briefe nicht erhalten. Die Geschichte dessen, was sich nach unserer Trennung ereignet hat, ist lang und mannigfaltig. Ich bin nicht nur willens, sondern begierig, Ihnen alles zu erzählen; aber hier ist nicht der Ort dazu. Haben Sie Geduld, bis wir Ihre Wohnung erreicht haben. Ich habe mich in Gefahren und Verlegenheiten gestürzt, aus denen mich zu befreien ich auf Ihren Rat baue.«

Ich hatte kaum meine Türe erreicht, als ich von einem Dienstmädchen eingeholt wurde, welches, wie ich wußte, zu der Familie gehörte, bei der Carlton und dessen Schwestern wohnten. Ihre Botschaft konnte ich daher leicht erraten. Sie kam, wie ich erwartete, um nach meinem Freund zu fragen, der seine Wohnung diesen Morgen mit einem Fremden verlassen hatte und noch nicht zurückgekehrt war. Sein Ausbleiben hatte Besorgnis erweckt, und seine Schwester wollte nun von mir erfahren, was ich über die Gründe seines Arrestes zu sagen vermochte.

Meine Verlegenheit hinderte mich einige Zeit, eine Antwort zu geben. Ich wollte die traurige Nachricht mit eigenem Munde mitteilen. Ich erkannte die Notwendigkeit, ihrer Angst ein Ende zu machen und zu verhindern, daß sie die Sache zu ungelegener Zeit und unter irrigen Umständen erführe.

Ich sagte dem Mädchen, ich hätte mich soeben erst von Mr. Carlton getrennt; er befände sich vollkommen wohl, und ich würde sehr bald kommen und seiner Schwester die Ursache seiner Abwesenheit mitteilen.

Obgleich ich vor Neugier brannte, die Geschichte Mervyns und Welbecks zu erfahren, schob ich doch bereitwillig die Befriedigung derselben bis nach meinem Besuche bei Miss Carlton hinaus. Ich hatte diese Dame nur selten gesehen; meine Freundschaft zu ihrem Bruder war zwar innig, währte aber noch nicht lange und war hauptsächlich durch seine Besuche in meinem Hause entstanden. Ich hatte beabsichtigt, sie meiner Frau vorzustellen, aber verschiedene Umstände hatten dieses Vorhaben bislang verhindert. Jetzt bedurfte sie mehr denn je des Trostes und des Rates, und damit zu zögern oder zu säumen wäre in hohem Maße unverzeihlich gewesen.

Ich trennte mich daher von Mervyn, indem ich ihn bat, mich zu erwarten, und zugleich versprach, meine Verpflichtung so schnell wie möglich zu erfüllen. Als ich bei Miss Carlton eintraf, versuchte ich, so ruhig wie nur möglich auszusehen. Ich fand sie am Schreibtisch, mit einer Feder in der Hand und einem Pergament vor sich. Sie begrüßte mich mit freundlicher Würde und schöpfte aus meinen Zügen die Zuversicht, von der sie bei meinem Eintritt weit entfernt war.

»Sie kommen«, sagte sie, »um mir zu sagen, was meinen Bruder zu einem Herumtreiber gemacht hat. Bis ich Ihre Botschaft empfing, war ich etwas besorgt. Er benutzt diesen Tag gewöhnlich zu weiten Spaziergängen durch die Felder, aber heute, dachte ich, müßte das rauhe und stürmische Wetter ihn davon abhalten. Ich bitte Sie, Sir, was ist die Ursache seines Ausbleibens?«

Um meine Verlegenheit zu überwinden und den Gegenstand auf mittelbare und vorsichtige Weise zu ihrer Kenntnis zu bringen, umging ich die Antwort, warf einen Blick auf das Pergament und sagte: »Was ist das? Dies ist eine sonderbare Beschäftigung für eine Dame. Ich wußte wohl, daß mein Freund dieses Gewerbe ausübte und den Handel anderer verbindlich machte; aber ich wußte nicht, daß seine Schwester sich der Feder bemächtigte.«

»Diese Usurpation wurde durch die Notwendigkeit geboten. Die Ungeduld meines Bruders und seine schwache Gesundheit machten ihn für diese Beschäftigung unfähig. Er betrieb sie mit ebensoviel Widerwillen wie Fleiß und widmete der Arbeit jede Woche drei Nächte sowie die ganzen Tage. Es würde ihn schon längst getötet haben, hätte ich es mir nicht in den Kopf gesetzt, seine Arbeit zu teilen. Die Feder zu führen war mir anfangs freilich langweilig und lästig, aber die Gewohnheit erleichterte mir sehr bald die Arbeit, und die Feder wurde mir vertrauter als die Nadel, die früher mein einziges Arbeitsgerät war.

Dadurch gewinnt mein Bruder Zeit zur Bewegung und zur Zerstreuung, ohne daß unsere Einnahmen darunter leiden; und meine Zeit wird zwar nicht minder unterbrochen, aber angenehmer und einträglicher verwendet.«

»Ich bewundere Ihren richtigen Blick. Durch dieses Mittel schützen Sie sich vor unvorhergesehenen Ereignissen. Sollte Krankheit ihn zur Arbeit unfähig machen, so könnten Sie für den Unterhalt sorgen.«

Bei diesen Worten veränderte die Lady die Farbe. Sie

legte ihre Hand auf meinen Arm und sagte mit bebender Stimme: »Ist mein Bruder krank?«

»Nein. Er ist vollkommen gesund. Meine Bemerkung war harmloser Natur. Ich sehe mit Bedauern, wie sehr Sie geneigt sind, Böses zu vermuten. Wenn ich gesagt hätte, daß Sie so nicht nur für den Fall sorgen müßten, daß Ihr Bruder krank würde, sondern auch, wenn ein hartherziger Gläubiger ihn ins Gefängnis brächte, so würden Sie daraus vorschnell schließen, er befände sich eben jetzt in Haft.«

Ich hatte diesen Satz kaum beendet, als die Augen der Dame sich mit durchbohrendem Blick auf mich richteten. Nach einer kurzen Pause rief sie aus: »Der Hinweis ist zu deutlich. Ich weiß nun um sein Schicksal. Ich habe es schon längst vorausgesehen und erwartet und all meinen Mut aufgeboten, es zu ertragen. Wollte Gott, er fände das Mißgeschick so gering, als ich es finden würde; aber ich fürchte seine zu große Reizbarkeit.«

Als ich ihre Besorgnis bestätigte, brach sie nicht in heftige Klage aus. Schnell trocknete sie einige Tränen, die sich nicht zurückhalten ließen, und hörte dann mit den Zeichen der Dankbarkeit auf meine Erzählung dessen, was sich unlängst zugetragen hatte. Förmlicher Trost war überflüssig. Sie war erfindungsreicher als ich in jenen Wendungen, die dem Schmerz seine größte Bitterkeit nehmen. Sie bemerkte, dies wäre bei weitem noch nicht das Härteste, was sie hätte treffen können. Der Gläubiger ließe sich vielleicht durch Gründe oder Bitten erweichen. Gelänge dies, so würde dadurch nicht allein die Katastrophe abgewendet, sondern auch für die Zukunft eine Sicherheit gewonnen, deren sie schon lange entbehrten.

Sollte er hartnäckig sein, so wäre ihre Lage keineswegs hoffnungslos. Carltons Verhältnisse gestatteten es ihm, seine Beschäftigung fortzusetzen. Sein Gewinn würde gleich groß sein und seine Ausgaben nicht vermehrt werden. Durch ihren gemeinschaftlichen Fleiß durften sie binnen nicht gar zu langer Zeit so viel zu verdienen hoffen, um die ganze Schuld zu tilgen. Was sie hauptsächlich fürchtete, war der nachteilige Einfluß der Niedergeschlagenheit und der sitzenden Beschäftigung auf die Gesundheit ihres Bruders. Aber dies müßte nicht als unvermeidlich betrachtet werden. Festigkeit könnte ihm durch Ermahnung und Beispiel eingeimpft werden, und keine Lage beraube uns ganz der Möglichkeit körperlicher Bewegung. Je weniger geneigt er sich zeigen mochte, die ihm erreichbaren Mittel zu Freiheit und Glück zu ergreifen, um so notwendiger würde es für sie, seine Entschlossenheit anzuspornen und zu festigen.

Wenn ich durch die persönlichen Reize und die Haltung der Dame schon bestochen war, so diente dieser Beweis ihrer Klugheit und Kraft dazu, ihr auch meine Achtung zu gewinnen. Ich versprach ihr voller Eifer, sie in allem zu unterstützen, was sie zu ihrem und ihres Bruders Bestem zu unternehmen gedächte; und nachdem ich einige Stunden bei ihr zugebracht hatte, nahm ich Abschied.

Ich beklagte jetzt die Unwissenheit, in welcher ich bisher rücksichtlich dieser Dame gewesen war. Daß sie in einem ausgezeichneten Grade weiblich und liebenswürdig war, ließ sich leicht erkennen; aber von ihrer körperlichen Schwäche hatte ich übereilt auch auf eine geistige geschlossen. Sie scheute die Öffentlichkeit, und ihre Zurückhaltung hatte ich für Schüchternheit gehalten. Ich hatte Carlton nur besucht, wenn meine zahlreichen Verpflichtungen es mir gestattet hatten oder wenn seine Besuche bei mir durch irgendeinen Zufall unterbrochen worden waren. Bei solchen Gelegenheiten blieb ich nur kurze Zeit, und meine Aufmerksamkeit richtete sich vorzugsweise auf ihren Bruder. Jetzt beschloß ich, meine bisherige Nachlässigkeit gutzumachen, und zwar nicht nur durch meine eigenen Aufmerksamkeiten, sondern auch durch die meiner Frau.

Als ich nach Hause zurückkehrte, fand ich Mervyn in eifriger Unterhaltung mit meiner Frau. Ich konnte mir die Erschütterung der letzteren denken, wenn sie erfuhr, was ich ihr Neues von Carlton zu sagen hatte. Ich wollte ihr die Wahrheit nicht gerne sagen; doch fühlte ich die Notwendigkeit, dies zu tun. Ich wünschte, die beiden Frauen so bald als möglich miteinander bekannt zu machen, aber die nötige Einleitung dazu war die Mitteilung des Unglücks, das ihn getroffen hatte.

Kaum war ich eingetreten, als Mervyn mich voller Besorgnis und Ungeduld fragte: »Bitte, mein Freund, wissen Sie irgend etwas von Francis Carlton?«

Die Nennung dieses Namens durch Mervyn überraschte mich. Ich gestand meine Bekanntschaft mit ihm.

»Wissen Sie, in welcher Lage er sich jetzt befindet?«

In Beantwortung dieser Frage erwähnte ich, auf welch sonderbare Weise ich mit seiner Lage bekannt geworden war sowie den Besuch, von welchem ich soeben zurückkam. Ich fragte darauf meinerseits: »Welcher Ursache entsprang diese Frage?«

Er hatte den Namen Carlton im Gefängnis gehört. Zwei Personen unterhielten sich in einer Ecke, und der Zufall machte es ihm möglich, den Namen, obgleich sie ihn nur geflüstert hatten, zu verstehen und zu entdecken, daß die Person, über die gesprochen wurde, kürzlich hierher gebracht worden war.

Diesen Namen hatte er hier nicht zum ersten Male gehört. Er hing mit Erinnerungen zusammen, welche ihn um das Geschick dessen, der ihn trug, besorgt machten. In der Unterredung mit meiner Frau wurde dieser Name zufällig abermals erwähnt und Mervyns Neugier dadurch noch stärker angeregt. Ich war gern bereit, alles, was ich wußte, zu erzählen. Aber Mervyns eigenes Geschick interessierte mich zu sehr, um nicht meine ganze Aufmerksamkeit in Anspruch zu nehmen, und ich wollte von nichts anderem hören, bevor er darüber nicht Auskunft gegeben hatte. Er gewährte der Befriedigung meiner Neugierde den Vorrang und willigte ein, die Ereignisse zu erzählen, die er seit unserer Trennung bis zu unserem Wiedersehen erlebt hatte.

Sechstes Kapitel

Als ich von Ihnen schied, war es meine Absicht, so bald als möglich das Haus der Hadwins aufzusuchen. Ich verfolgte meinen Weg daher sehr forsch. Da ich so früh aufgebrochen war, hoffte ich, wenn auch zu Fuß, das Ziel meiner Reise noch vor Mittag zu erreichen. Die Tätigkeit der Muskeln ist kein Hindernis für das Denken. Weit davon entfernt, meine Gedanken zu hemmen, ist die Bewegung für meinen Geist nur von Vorteil.

Wahrscheinlich hatte niemand mehr Veranlassung zum Nachdenken als ich. Meine zweite Reise in die Stadt war durch Gründe veranlaßt und von Ereignissen begleitet, die mir noch gegenwärtig zu sein schienen. Daran zu denken hieß, Dinge und Personen gründlicher und besonnener zu betrachten, welche mir gewissermaßen noch vor Augen standen. Statt sie schon ganz deutlich übersehen zu können und alle ihre Folgen zu berechnen, schien es mir, als wenn eine lange Reihe von Jahren und ununterbrochenen Betrachtungen dazu erforderlich wäre, sie in ihren wichtigsten Wirkungen zur Reife zu bringen.

Wenn die Menschen sich vorzugsweise dadurch unterscheiden, daß die einen ihre Aufmerksamkeit mehr auf äußere und fühlbare Gegenstände lenken und die anderen auf Gedanken und Gebilde ihrer Phantasie, so darf ich mit Recht Anspruch darauf erheben, zu den letzteren gerechnet zu werden. Meine Existenz ist eher eine Folge von Gedanken als von Bewegungen. Schlußfolgerungen und Deduktionen lassen meine Sinne ohne Beschäftigung. Meine Phantasie läßt mein Auge leer und regungslos erscheinen. Empfindungen gehen bei mir nicht der Tätigkeit des Geistes voran, sondern folgen derselben als Nebensache.

Ein Umstand aber machte mich minder unaufmerksam gegen die mich umgebenden Szenen, als ich es sonst zu sein pflege. Die lieblichste Gestalt, welche ich bisher gesehen hatte, war die von Clemenza Lodi. Ich erinnerte mich an ihre Lage, wie ich selbst sie erlebt hatte, wie Welbeck sie mir erzählte und Sie mir dieselbe schilderten. Die Vergangenheit ließ sich nicht ändern; aber die Zukunft zu gestalten lag zum Teil in unserer Gewalt. Ihre Lage war ohne Zweifel gefahrvoll. Sie konnte, von Versuchungen oder Not bedrängt, vielleicht schon verloren sein; oder die Gefahr war ihr nahe, und das schlimmste Übel drohte ihr erst noch.

Ich kannte ihre Lage nicht. Konnte ich diese Unwissenheit nicht überwinden? Konnte ihr nicht durch rechtzeitige und wohlwollende Einmischung Nutzen erwachsen?

Sie hatten erwähnt, daß sie zuletzt bei Mrs. Villars lebte und daß diese noch immer auf dem Lande wohnte. Das Landhaus derselben war mir deutlich genug beschrieben worden, und ich bemerkte, daß ich mich ihm jetzt näherte. Nach kurzer Zeit gewahrte ich durch eine Allee von Catalpas-Bäumen das bemalte Dach mit den fünf Kaminen.

Vor dem Tore, das den Eingang zu dieser Allee bildete, blieb ich stehen. Es schien mir, als müsse dieser Augenblick über die Freiheit und die Unschuld dieses Mädchens entscheiden. Im Nu konnte ich vor ihr stehen, ihre wahre Lage erforschen und sie auf den Pfad der Ehre und der Rettung lenken. Diese Gelegenheit war vielleicht die letzte. Längeres Zögern konnte mein Eingreifen fruchtlos machen.

Aber wie konnte ich eingreifen? Ich war mit ihrer Sprache unbekannt und sie mit der meinigen. Um Zutritt zu ihr zu erlangen, war nichts weiter nötig, als ihn zu fordern. Aber wie sollte ich ihr meine Ansichten und meine Wünsche erklären, wenn ich ein Zusammentreffen erlangte? Und welchen Ausweg konnte ich ihr weisen?

Jetzt, dachte ich, erkenne ich den Wert des Reichtums, den ich bisher zu verachten pflegte. Die Kraft, die dem Menschen aus Speis und Trank erwächst, das Wesen und die Grenzen des Lebens sowie der physischen Genüsse werden durch die Zunahme des Reichtums nicht gesteigert oder vermindert. Unsere körperlichen und geistigen Begehren lassen sich durch geringe Ausgaben befriedigen; doch unsere eigenen Bedürfnisse sind auch die Bedürfnisse anderer, und das, was nach der Erlangung unserer eigenen Notwendigkeiten übrigbleibt, zur Befriedigung der Wünsche anderer anzuwenden ist immer leicht und gerecht.

Unter meinen Vorräten gibt es nichts Überflüssiges. Es liegt nicht in meiner Macht, diesem unglücklichen Mädchen einen ehrlichen Lebensunterhalt zu gewähren. Ich habe kein Haus, in das ich sie führen kann. Ich habe keine Mittel, sie gegen Hunger und Kälte zu schützen.

Aber so arm und schwach ich auch bin, fehlt es mir doch nicht an Freunden und einer Heimat. Kann sie nicht in derselben Zufluchtsstätte Aufnahme finden, zu der ich jetzt gehe? Dieser Gedanke war plötzlich und neu. Je mehr ich ihn überdachte, desto einsichtiger erschien er mir. Dies war nicht nur der einzige, sondern auch der beste Ausweg, der sich ersinnen ließ.

Die Hadwins waren freundlich, gastlich, ohne Arg. Ihre Kost war zwar einfach, aber reichlich und gesund. Ihr Wohnort war einsam und abgelegen und keinen unverschämten Fragen oder böswilligen Nachstellungen ausgesetzt. Ihr offener, freundlicher Charakter mußte sie der Überredung zugänglich machen, und bereitwillig gewährten sie gewiß ihre innige Teilnahme.

Ich bin beinahe überzeugt, fuhr ich fort, daß sie dem verlassenen Mädchen sofort ihren Schutz anbieten werden. Weshalb soll ich ihre Einwilligung nicht voraussetzen und in der Begleitung von Clemenza ihre Begrüßungen und Umarmungen empfangen?

Geringe Überlegung zeigte mir indes, daß diese Übereilung unpassend war. Ob Wallace nach Malverton gekommen, ob Mr. Hadwin der Ansteckung entgangen, ob sein Haus der Hort von Sicherheit und Ruhe oder der Schauplatz der Verzweiflung war, diese Fragen mußten zuerst entschieden sein. Das naheliegendste und beste war daher, vorwärts zu eilen, den Hadwins, so sie im Unglück waren, den schwachen Trost meiner Freundschaft zu gewähren oder, wenn ihre Lage glücklich war, ihre Einwilligung in meinen Plan mit Clemenza zu gewinnen.

Durch diese Erwägungen bestimmt, setzte ich meine Reise fort. Indem ich vorwärts blickte, sah ich zur linken Hand an einer Umhegung, einige hundert Yards entfernt, einen Wagen mit einem Pferde stehen. Als ich näher kam, glaubte ich in dem Fuhrwerk ebendas zu erkennen, auf dem ich Wallace durch mein zudringliches Bitten einen Sitz verschafft hatte; von dieser Begebenheit habe ich Ihnen ja bereits erzählt.

Es war ein elender, altmodischer Wagen. Wer ihn einmal gesehen hatte, konnte ihn schwerlich verkennen oder vergessen. Das Pferd war mit dem Zügel an einem Pfahl angebunden, der Sitz aber leer. Mein Wunsch, das Geschick von Wallace zu erfahren, über das der Besitzer des Fuhrwerkes mir möglicherweise Auskunft geben konnte, bestimmte mich, stehenzubleiben und über mein weiteres Vorgehen nachzusinnen.

Der Kutscher konnte nicht weit entfernt sein. Er war wahrscheinlich nur für kurze Zeit weggegangen. Indem ich einige Minuten verweilte, konnte ich ihn vielleicht sprechen und so die Ungewißheit und peinliche Erwartung mehrerer Stunden abkürzen. Ich wartete daher, und bald erschien ebender Mann, dem ich damals begegnet war, am Rande eines Wäldchens, das sich an der Straße entlangzog.

Es bereitete ihm einige Mühe, mich wiederzuerkennen. Auf die Umstände unseres ersten Zusammentreffens besann er sich aber sogleich. Ich fragte ihn begierig, wann und wo er sich von dem jungen Manne getrennt hätte, welcher bei jener Gelegenheit seiner Sorge anvertraut worden war.

Er antwortete, daß, als Wallace die Stadt verlassen und die reinere Luft der Wiesen und Wälder eingeatmet hätte, er auf wunderbare Weise erfrischt und gestärkt worden wäre. Eine augenblickliche und vollständige Verwandlung sei augenscheinlich in ihm vorgegangen. Er war nicht mehr matt und ängstlich, sondern wurde heiter und gesprächig.

Die Plötzlichkeit dieses Wandels und die Leichtigkeit, mit welcher er seine überstandenen Gefahren und Abenteuer erzählte und darüber seine Bemerkungen machte, setzten seinen Begleiter in Erstaunen. Er teilte demselben nicht nur die Geschichte seiner Krankheit mit, sondern erzählte ihm auch viele heitere Anekdoten. Der Mann wiederholte einige derselben. Ich hörte sie mit Bedauern und Unwillen an. Sie verrieten ein Gemüt, das durch den Umgang mit gesunkenen und unbesonnenen Personen beider Geschlechter, besonders aber mit sittenlosen Frauenzimmern vergiftet war.

Mein Gefährte fuhr fort, die Heiterkeit von Wallace hätte nur kurze Zeit gewährt und wäre dann ebenso plötzlich verschwunden, wie sie erschienen war. Er fühlte sich todkrank und bestand darauf, den Wagen zu verlassen, dessen Stöße ihm Magen und Kopf auf unerträgliche Weise erschütterten. Sein Begleiter war nicht ohne Besorgnis für sich selbst, wollte ihn aber auch nicht verlassen und versuchte daher, ihn zu ermutigen. Seine Bemühungen waren vergeblich. Obgleich das nächste Haus einige hundert Yards entfernt war und obgleich dessen Bewohner einem Menschen in diesem Zustande die Aufnahme wahrscheinlich verweigern würden, konnte Wallace nicht bewogen werden, weiter mitzufahren. Allen Warnungen und allem Zureden zum Trotz stieg er vom Wagen und warf sich auf das Gras neben der Straße.

Der Fuhrmann kannte nur zu gut die Gefahr, der er sich durch die Berührung mit einem Kranken aussetzte. Er glaubte, alles getan zu haben, was seine Pflicht gegen ihn selbst und seine Familie ihm gestattete, und nachdem Wallace versichert hatte, es würde seinen Tod bedeuten, führe er weiter, überließ er ihn sich selbst.

Das war eine unerwartete und traurige Nachricht. Ich hatte gehofft, er wäre gegen jede Widrigkeit gefeit. Jetzt aber mußte ich fürchten, er sei an einer schleichenden und qualvollen Krankheit zugrunde gegangen, weil die Selbstsucht der Menschen ihm die notwendige Hilfe verweigert und ihn der rauhen Luft ausgesetzt hatte. Indes waltete immer noch Ungewißheit über sein Geschick. Es war meine Pflicht, es aufzuklären, wollte ich den Hadwins keine verstümmelte oder unbeendigte Geschichte überbringen. Ich fragte daher, wo sich Wallace von seinem Begleiter getrennt hätte.

Dies war etwa drei Meilen weiter geschehen. Der Ort und das von dort sichtbare Haus wurden mir genau beschrieben. In diesem Haus konnte Wallace vielleicht Asyl gesucht haben, und dessen Bewohner wußten mir Auskunft über ihn zu geben. Mein Gewährsmann fuhr nach der Stadt; wir mußten uns daher trennen.

Infolge der Mitteilungen dieses Mannes über Wallace und der Beweise eines unbedachtsamen und ausschweifenden Lebens, die er gegeben, begann ich dessen Tod als ein weniger beklagenswertes Ereignis zu betrachten. Ein solcher Mensch war eines so reinen, so innig liebenden Mädchens wie Susan Hadwin nicht würdig. Liebte er, so war es wahrscheinlich, daß er, seinen Gelübden entgegen, eine andere Gefährtin suchen würde. Blieb er seiner ersten Verpflichtung treu, so mußten seine Beweggründe schmutziger Natur sein, und die Entdeckung seiner schlechten Eigenschaften brachte dann mehr Elend über seine Frau als sein frühzeitiger Tod oder seine Untreue.

Die Rettung dieses Menschen war mein einziger Beweggrund gewesen, die von der Pest befallene Stadt zu betreten und mich Gefahren auszusetzen, denen entronnen zu sein beinahe als ein Wunder betrachtet werden konnte. War nicht der Zweck außer Verhältnis zu den Mitteln? War es eine Anmaßung zu glauben, mein Leben würde für das seinige ein zu hoher Preis gewesen sein?

Ich war wegen der Vergangenheit in keiner Weise betrübt. Meine Absicht war redlich und die Mittel, deren ich mich bediente, die besten, welche mein beschränktes Wissen mir gewährte. Durch die Erwägung meines edlen Zweckes mußte ich mich glücklich fühlen. Daß diese Absichten durch die Unwissenheit anderer oder durch meine eigene vereitelt wurden, war die Folge menschlicher Schwäche. Lobenswerte Absichten befriedigen wenigstens den, der sie hegt, wenn sie auch für andere das erstrebte Glück nicht herbeiführen.

Diese Betrachtungen verbannten meine trüben Gedanken, und ich glaubte, mich ebenso freuen zu können, wenn Wallace der Gefahr entgangen, wie wenn er gestorben war. Bald erblickte ich das mir bezeichnete Haus. Ich fragte nach dem Herrn oder der Herrin des Anwesens und wurde zu einer Frau von freundlichem und häuslichem Äußeren geführt.

Meine Neugier fand volle Befriedigung. Wallace, der sich aus meiner Beschreibung leicht erkennen ließ, war am Abend ebendes Tages, an welchem er die Stadt verließ, an ihrer Türe erschienen. Sie schilderte mit großer Beredsamkeit ihre Furcht vor dem Fieber. Ich nahm an, sie beabsichtigte, sich durch viele Worte dafür zu entschuldigen, daß sie sich geweigert hatte, dem Kranken Einlaß zu gewähren. Das Ende ihrer Rede fiel aber anders als erwartet aus. Wallace war aufgenommen und mit der erforderlichen Sorgfalt behandelt worden.

Zum Glück litt der Gast nur an außerordentlicher Schwäche. Ruhe, nahrhafte Kost und gesunde Luft stellten ihn bald wieder vollkommen her. Er blieb drei Wochen unter ihrem Dache und verließ sie dann, ohne irgendein Zeichen der Dankbarkeit, ohne Angebot einer Vergütung und ohne jeden Hinweis auf das Ziel seiner Reise.

Diese Umstände im Verein mit dem, was mir bereits bekannt war, warfen kein vorteilhaftes Licht auf den Charakter von Wallace. Natürlich mußte ich vermuten, daß er nach Malverton gegangen sei, und nichts hinderte mich daran, ihm dahin zu folgen.

Vielleicht ist einer meiner größten Fehler ein gewisses Ungestüm. Ich wähle meinen Pfad plötzlich und verfolge ihn dann mit großer Hast. Unter den gegenwärtigen Umständen war mein Entschluß schnell gefaßt, und ich lief so schnell wie eben möglich, um desto eher an das Ziel zu gelangen. Miss Hadwin verdiente es, glücklich zu sein. Liebe war in ihrem Herzen das alles überragende Gefühl. Eine Enttäuschung wäre für sie ein großes Unglück gewesen. Zügellosigkeit und Torheit mußten das Gewand der Tugend anlegen, bevor sie auf ihre Zuneigung rechnen durften. Diese Verkleidung mochte wohl einige Zeit ihren Zweck erfüllen, aber die Entdeckung mußte unvermeidlich folgen, und je eher dies geschah, desto segensreicher war es.

Ich beschloß, mich mit gleicher und unbegrenzter Offenheit gegen Wallace und seine Geliebte auszusprechen. Ich wollte dazu einen Augenblick wählen, in dem sie beisammen wären. Meine Kenntnisse über Wallace sowie die Quellen, aus denen ich sie schöpfte, sollten der Dame einfach und wahr auseinandergesetzt werden. Der Liebhaber sollte zugegen sein, um die Beschuldigungen zu hören, und sie widerlegen oder bestätigen.

Während des übrigen Tages nahmen diese Bilder den ersten Platz in meinen Gedanken ein. Die Straße war schmutzig und schlecht und meine Reise langweiliger und mühsamer, als ich gedacht hatte. Endlich, als der Abend sich herabsenkte, zeigte sich meinen Blicken die wohlbekannte

Behausung. Seit meiner Abreise hatte der Winter die Welt heimgesucht, und der Anblick der Natur war traurig und öde. Alles rings um das Haus sah einsam, verlassen und vernachlässigt aus. Der Kontrast zwischen diesem Anblick und dem, welchen das Haus bot, als ich mich das erste Mal genähert hatte und Wiesen und Bäume in dem üppigen Grün und dem frischen Leben des Sommers prangten, war niederdrückend und erschien mir als eine böse Vorbedeutung. Mein Mut sank, als ich das allgemeine Schweigen und die vollkommene Regungslosigkeit bemerkte.

Ich trat, ohne zu klopfen, in die Türe zum Wohngemache ein. Kein Gesicht war zu sehen, keine Stimme zu hören. Der Kamin war, wie im Sommer, mit Immergrün bekleidet. Obgleich wir jetzt den zweiten Monat des Frostes und des Schnees hatten, schien auf diesem Herde noch kein Feuer angezündet worden zu sein.

Das war eine Erscheinung, aus der sich nichts Gutes folgern ließ. Dies war der Ort und die Stunde der täglichen Versammlung derer, welche sich an dem gastlichen Herdfeuer zu unterhalten pflegten. Auf der einen Seite führte von hier eine Türe durch einen engen Gang nach der Küche. Ich öffnete diese Türe und trat in die Küche.

Niemand war hier als ein alter Mann, der in einer Ecke neben dem Herde hockte. Sein Gesicht war runzlig, verriet aber ein gesundes Alter und einen kräftigen Geist. Ein Rock von Hausgespinst, lederne, durch das Alter faltige Beinkleider und blaue Strümpfe paßten gut zu seiner gebeugten und verwitterten Erscheinung. Auf dem rechten Knie hielt er einen hölzernen Napf, den er soeben aus einem dampfenden Gefäße, welches noch auf den Kohlen stand, mit Pudding neu gefüllt hatte. In der linken Hand hielt er einen Löffel, welchen er in diesem Augenblicke aus einer Flasche mit Zuckersaft herausziehen wollte, die neben ihm stand.

Diese Handlung wurde durch meinen Eintritt unterbrochen. Er blickte auf und rief: »Heda! Wer tritt so in anderer Leute Haus ein, ohne nur zu sagen: Mit Erlaubnis? Was hast du zu suchen? Was willst du?«

Ich hatte diesen Menschen früher noch nie gesehen. Ich vermutete, es sei ein neuer Dienstbote, und fragte nach Mr. Hadwin.

»Ach«, entgegnete er mit einem Seufzer, »William Hadwin – den suchst du? Der arme Mann. Der ist schon seit manchem Tage zur Ruhe gegangen.«

Mein Herz stockte bei dieser Kunde. »Tot!« sagte ich. »Wollen Sie sagen, daß er tot ist?« Ich hatte diese Worte mit einiger Heftigkeit und lauter Stimme ausgesprochen. Sie weckten die Aufmerksamkeit einer Person, die vor der Tür gestanden hatte und jetzt sogleich eintrat. Es war Eliza Hadwin. Sobald sie mich erblickte, schrie sie laut auf, stürzte in meine Arme und wurde ohnmächtig.

Der alte Mann ließ seinen Napf fallen, sprang von seinem Sitze auf und starrte wechselweise mich und das besinnungslose Mädchen an. Meine Aufregung, die durch ein Gemisch der Freude, des Kummers und der Überraschung hervorgerufen worden war, raubte mir für einen Augenblick die Besinnung beinahe ebensosehr wie ihr. Endlich sagte der Alte: »Ich verstehe. Ich weiß, wer du bist, und will ihr sagen, daß du gekommen bist.«

Mit diesen Worten eilte er davon.

Siebentes Kapitel

Nach kurzer Zeit kehrte das liebliche Mädchen zur Besinnung zurück. Sie entzog sich meinen stützenden Armen nicht, sondern schmiegte sich an meine Brust und weinte heftig. Ich versuchte nicht, ihre Tränen zu hemmen, denn ich glaubte, ihre Wirkung würde heilsam sein.

Ich hatte die große Reizbarkeit und die ungekünstelte Anmut dieses Mädchens nicht vergessen. Ich hatte ebensowenig die Skrupel vergessen, welche mich seither bestimmten, eine Leidenschaft zu unterdrücken, welche so deutlich zu erkennen war. Diese neuen Beweise ihrer Zuneigung für mich waren mir zugleich betrübend und entzückend. Der Tod ihres Vaters und meines Freundes bedrückte mein Herz mit neuer Gewalt, und meiner Festigkeit ungeachtet mischten sich meine Tränen mit den ihrigen.

Unser beider Aufmerksamkeit wurde jetzt auf einen leisen Schrei gelenkt, der von oben ertönte. Unmittelbar darauf wurden wankende Schritte im Gang hörbar, und eine bleiche, erschöpfte Gestalt stürmte wild und außer sich herein. Sie richtete einen durchbohrenden Blick auf mich, stieß einen matten Schrei aus und sank wie leblos zu Boden.

Es war nicht schwer, diesen Auftritt zu verstehen. Ich vermutete jetzt, was sich auch später bestätigte, daß der alte Mann mich für Wallace gehalten und der älteren Schwester die Nachricht von dessen Rückkehr mitgeteilt hatte. Diese verhängnisvolle Täuschung bereits beinahe erloschener Hoffnungen, die jetzt so gewaltsam wieder erweckt waren, konnte ein Köper nicht ertragen, welcher seiner Auflösung entgegenging.

Dieses Ereignis nahm Elizas ganze Kraft und meine eifrigste Sorgfalt in Anspruch. Ich hob die Ohnmächtige empor und trug sie, von ihrer Schwester begleitet, in ihre Stube. Ich hatte jetzt Muße, die Veränderungen zu betrachten, welche wenige Monate bei diesem lieblichen Wesen hervorgebracht hatten. Voller Kummer wendete ich mich von diesem Anblick ab, doch meine Augen wurden wie durch einen Zauber immer wieder auf die Gestalt zurückgeleitet, welche die letzte Stufe des Verfalls erreicht zu haben schien. Eliza kniete an der einen Seite, lehnte ihre Stirn auf den Rand des Bettes und bemühte sich vergebens, ihr Schluchzen zu unterdrücken. Ich saß regungslos an der anderen und hielt die leblose und abgemagerte Hand der Leidenden in der meinigen.

Mit unbeschreiblicher Besorgnis wartete ich auf die Rückkehr des Lebens. Endlich zeigte es sich, aber nur unter Symptomen, welche erkennen ließen, daß es bald für immer entfliehen würde. Einige Zeit waren alle meine Fähigkeiten wie gelähmt, und ich war nur ein untätiger Zuschauer des Verfalls, den ich vor mir erblickte. Diese Mutlosigkeit wich indes bald der Entschlossenheit, welche die dringenderen Anforderungen des Augenblicks heischten.

Das erste war, einen Arzt zu holen; indes war die Kranke offenbar durch allmähliches Hinschwinden in diesen Zustand geraten, und der letzte Todeskampf hatte begonnen. Es blieb nichts übrig, als während des Sterbens über sie zu wachen und, wenn sie tot war, für die Beerdigung zu sorgen. Die Überlebende aber war des Trostes und des Beistandes fähig. Ich ging zu ihr und zog sie leise in ein anderes Gemach. Der alte Mann, der zitterte und voller Verwunderung war, schien irgendeinen Dienst leisten zu wollen. Ich wies ihn an, in Elizas Stube Feuer zu machen. Inzwischen beredete ich meine liebliche Freundin, in diesem Zimmer zu bleiben und mir die Erfüllung jeder Pflicht zu überlassen, welche der Zustand ihrer Schwester verlangte. Ich saß an dem Bette der Sterbenden, bis der letzte Todeskampf ausgetragen war.

Ich bemerkte, daß das Haus außer dem alten Manne und den beiden Mädchen keinen Bewohner hatte. Ich suchte den Alten auf und fand ihn, wie zuvor, in der Ecke am Herde, seine Pfeife rauchend. Ich setzte mich zu ihm auf die Bank und begann ein Gespräch.

Ich erfuhr von ihm, daß er viele Jahre lang Diener des Mr. Hadwin gewesen war. Seit kurzer Zeit bewirtschaftete er in der Nähe auf eigene Rechnung eine kleine Farm. Als er eines Tages im Oktober das Wirtshaus besuchte, erfuhr er, sein früherer Dienstherr wäre in der Stadt gewesen, hätte dort das Fieber bekommen und wäre daran gestorben. Sobald er krank geworden, hätten alle Dienstleute die Flucht ergriffen, die Nachbarn hätten sich geweigert, das Haus zu betreten. Die Sorge, an seinem Krankenlager zu wachen, fiel seinen Töchtern zu, und diese gruben ihm mit ihren Händen das Grab und legten ihn selbst hinein. Dieselbe Furcht vor der Ansteckung bestand nach seinem Tode noch ebenso wie davor, und die unglücklichen Mädchen wurden von allen Menschen verlassen.

Der alte Caleb hatte dies alles kaum erfahren, als er zu ihnen eilte. Er blieb seitdem in ihrem Hause, um ihnen Dienste zu leisten. Sein Herz war gut, doch leicht ließ sich erkennen, daß er nur nach fremden Befehlen zu handeln wußte. Kummer um den Tod von Wallace und den ihres Vaters nagte an der Gesundheit der ältesten Tochter. Die jüngere wurde ihre Pflegerin, und Caleb war immer zur Hand, um jeden Befehl auszuführen, der für seinen Verstand faßlich war. Ihre Nachbarn versagten zwar manche Gefälligkeiten nicht, aber sie wurden noch immer durch die Furcht vor der Krankheit zurückgehalten.

Während der letzten Wochen war Susan zu schwach gewesen, um ihr Bett verlassen zu können; doch die Nachricht von dem Leben Wallaces und seiner Rückkehr hatte ihr so viel Kraft verliehen, daß sie aus dem Bette sprang und die Treppe herabeilte.

Wie wenig verdiente dieser Mensch eine so innige und unsterbliche Neigung!

Ich gestattete mir nicht, lange über die Leiden der Mädchen nachzudenken. Ich sann nur auf die besten Mittel, denselben ein Ende zu machen. Nach kurzer Überlegung beschloß ich, nach einem Hause zu gehen, welches einige Meilen entfernt lag; der Besitzer desselben war zwar nicht frei von dem allgemeinen Schrecken, hatte aber den armen Mädchen mehr Teilnahme bewiesen als die übrigen Nachbarn. Während meines früheren Aufenthaltes in dieser Gegend hatte ich den Charakter dieses Mannes kennengelernt und gefunden, daß er teilnehmend und großmütig war.

Durch Anstrengung und Nachtwachen erschöpft, war Eliza durch meine Gegenwart kaum von der Sorge befreit, als sie in einen tiefen und gesunden Schlaf sank. Ich gab Caleb den Auftrag, über das Haus bis zu meiner Rückkehr zu wachen, welche sich nicht bis über Mitternacht verzögern sollte; dann brach ich nach der Wohnung des Mr. Ellis auf.

Das Wetter war mild und feucht und machte den Weg über die Wiesen außerordentlich mühsam. Der Boden, der kürzlich gefroren und mit Schnee bedeckt gewesen war, hatte sich jetzt mit Tümpeln und Pfützen bedeckt, und die Zeit gestattete nicht, anspruchsvoll in der Wahl der Wege zu sein. Ich mußte auch über einen Bach, der durch das kürzliche Tauwetter angeschwollen war. Der Balken, den ich früher statt einer Brücke hinübergelegt hatte, war verschwunden, und ich mußte ihn durchwaten. Endlich näherte ich mich dem Hause, zu dem ich wollte.

Zu so später Stunde sind die Pächter und die Dienstleute der Pächter gewöhnlich schon zu Bett, und die Bewachung ihrer Türen wird den Hunden anvertraut. Mr. Ellis hatte zwei, deren Wachsamkeit und Wildheit für Fremde gefährlich war; aber ich hoffte, sie würden mich als einen alten Bekannten betrachten und deshalb meine Annäherung dulden. Darin irrte ich auch nicht. Obgleich ich bei dem Sternenlicht nicht deutlich zu sehen war, witterten sie mich schon aus der Ferne und kamen mir unter zahlreichen Liebkosungen entgegen.

Als ich zu dem Hause kam, bemerkte ich, daß dessen Bewohner bereits zur Ruhe gegangen waren. Das hatte ich erwartet, und ich beeilte mich daher, Mr. Ellis durch lautes Klopfen an der Türe zu wecken. Er sah aus einem der oberen Fenster herunter, und auf seine Fragen, in denen sich Unwille über die Störung mit Besorgnis über die Veranlassung zu derselben paarte, nannte ich ihm als Antwort meinen Namen und bat ihn, einige Worte mit mir zu sprechen. Er kleidete sich schnell an, öffnete mir die Küchentüre, und wir setzten uns ans Feuer. Mein Erscheinen war schon hinlänglich, seine Verwunderung zu erregen. Er hatte früher von meinem Verschwinden aus dem Hause des Mr. Hadwin gehört, kannte weder die Gründe, die mich dazu bewegten, noch die Ereignisse, die mir widerfahren waren. Nichts war ihm daher unerwarteter als das Zusammentreffen mit mir. Seine Neugier war deutlich in seinen Zügen zu lesen, aber diese zu befriedigen war jetzt keine Zeit. Der Zweck, den ich vor Augen hatte, war, für Eliza Hadwin Aufnahme in dem Hause dieses Mannes zu finden. Dazu war es meine Pflicht, ihm einfach und wahr die Verlegenheiten zu schildern, in denen sie sich für den Augenblick befand, und ihm alles zu erzählen, was sich seit meiner Ankunft zugetragen hatte.

Ich sah, daß meine Erzählung seine Teilnahme erregte, und fuhr mit erneuertem Eifer fort, ihm die Hilflosigkeit des Mädchens zu schildern. Der Tod ihres Vaters und ihrer Schwester machten sie zur Besitzerin der Farm. Ihr Geschlecht und ihr Alter erlaubten ihr nicht, die Aufsicht über das Erntefeld und die Dreschtenne zu führen, und es blieb ihr nichts übrig, als das Land einem Fremden zu überlassen und von den Pachteinkünften bei einer verwandten oder einer befreundeten Familie zu leben. In der Zwischenzeit war längerer Aufenthalt in ihrem Hause ebenso nutzlos als gefährlich, und ich deutete darauf hin, daß die augenblickliche Aufnahme in seinem Haus von unschätzbarem Nutzen sein würde.

Ich bemerkte einiges Zögern und Widerstreben und schrieb dies einer albernen Furcht vor der Gefahr einer Ansteckung zu. Ich trachtete, diese Furcht zu besiegen, indem ich an seine Vernunft sowohl als an sein Mitleid appellierte. Ich deutete auf die wahre Ursache für den Tod der älteren Schwester hin und versicherte, daß die jüngere von keinem Unwohlsein wisse. Ich erbot mich, an seiner Statt in das Haus des Todes zu gehen, um das Mädchen zu ihm zu geleiten. Alles, was ihre Sicherheit erforderte, war, daß seine Tür nicht verschlossen bliebe, wenn sie vor derselben erschien.

Gleichwohl blieb er ängstlich und widerstrebend, und endlich erwähnte er, daß Elizas Oheim nicht weiter als sechzehn Meilen entfernt wohnte, daß er ihr natürlicher Beschützer wäre und gewiß keine Schwierigkeit machen würde, sie in sein Haus aufzunehmen. Was ich sagte, möchte wohl ganz vernünftig sein, aber er könnte den Gedanken nicht überwinden, daß doch noch Ursache wäre, das Fieber zu fürchten. Es wäre gewiß recht, den Notleidenden beizustehen, aber dabei das eigene Leben in Gefahr zu bringen, könnte er nicht für seine Pflicht halten. Er wäre kein Verwandter der Familie, die Verwandten aber hätten vorzugsweise die Pflicht, einander beizustehen. Ihr Oheim wäre ihr natürlicher Beschützer, und er würde sich bestimmt nicht weigern, diese Pflicht zu erfüllen.

Die Beweise der Unentschlossenheit und des Zweifels, von denen seine Worte begleitet waren, bestärkten mich in dem erneuten Versuch, seinen Widerstand zu brechen. Aber sein Widerwille wuchs mit meinen Vorstellungen, und er lehnte zuletzt seine Einwilligung ganz entschieden ab.

Ellis war keineswegs hartherzig. Sein Entschluß bewies nicht seinen Mangel an Mitgefühl, sondern nur die Größe seiner Furcht. Er selbst war mehr ein Gegenstand des Mitleids als des Unwillens, und er handelte wie ein Schiffbrüchiger, der seinen Unglücksgefährten aus Todesangst von der Planke stößt, die ihn selbst vor dem Untergange bewahrt, die aber nicht beide zu tragen vermag. Da ich fand, daß er für meine Bitten unzugänglich war, dachte ich an das von ihm vorgeschlagene Mittel: den Beistand ihres Oheims zu suchen. Es war richtig, daß der Verlust der Eltern den Oheim zu ihrem gesetzlichen Beschützer gemacht hatte. Dessen Kenntnis der Welt, sein Haus, Eigentum und Einfluß machten ihn dazu vielleicht in höherem Grade fähig als mich. Eine andere Zufluchtstätte als bei ihm aufzusuchen konnte wahrlich für beide Teile gleich ungerecht sein; und nach einiger Überlegung verbannte ich nicht nur das anfängliche Bedauern über Ellis' abschlägige Antwort, sondern dankte ihm auch noch für die Nachricht und den Rat, den er mir gegeben hatte. Ich nahm Abschied von ihm und eilte zurück zum Hause der Hadwins.

Wie Caleb mir sagte, schlief Eliza noch immer. Es war nicht dringend notwendig, sie zu wecken; aber für das unglückliche Mädchen, das der Tod abberufen hatte, mußte sofort etwas geschehen. Was uns oblag, war klar. Es blieb nichts zu tun, als ein Grab auszuheben und die Leiche mit dem Anstand und der Feierlichkeit, welche Zeit und Umstände gestatteten, zu beerdigen. Dazu gab es zwei Wege. Ich konnte bis zum nächsten Tage warten, bis ein Sarg gemacht und hierher geschafft wurde, bis die Leichenfrau ihr Amt verrichtet hatte, bis Verwandte, Freunde und Nachbarn zu dem Begräbnisse eingeladen werden konnten, bis ein Leichenwagen beschafft wurde, den Sarg nach dem Begräbnisplatze zu bringen, der einer Gemeinde gehörte und fünf Meilen entfernt war, bis die bestimmten Totengräber an dem bestimmten Ort und nach den bestimmten Vorschriften eine Grube gegraben hatten – oder aber: alle diese mühsamen, zeitraubenden und kostspieligen Vorschriften und Feierlichkeiten unbeachtet zu lassen, das Grab Hadwins aufzusuchen und die Tochter an die Seite des Vaters zu betten.

Vielleicht hegte ich ein Vorurteil zugunsten der letzteren Ansicht. Die Begräbnisfeierlichkeiten möchten bei gewissen Veranlassungen ganz zweckmäßig und passend sein. Sind die Gebräuche auch an und für sich abgeschmackt, so kann es dennoch unter Umständen zweckmäßig sein, sie zu beachten; aber ganz gewiß gibt es Fälle, die es uns zur Pflicht machen, sie zu umgehen. Dies aber war ein solcher Fall.

Die Jahreszeit war rauh und unfreundlich. Viel Zeit, Mühsal und Geld waren zur Einhaltung der gewöhnlichen Gebräuche erforderlich. Niemand anderer als ich selbst konnte sich der Sache annehmen, und ich besaß nicht die nötigen Mittel. Das Elend Elizas wurde durch die Einhaltung dieser Formen nur verlängert und ihr Vermögen durch die damit verbundenen Ausgaben nur vermindert.

Nachdem ich über das alles einige Zeit nachgedacht hatte, stand ich von meinem Platz auf und bat Caleb, mir zu folgen. Wir gingen zu einem Schuppen, wo allerhand Arbeitsgerät aufbewahrt wurde. Ich versah ihn und mich selbst mit einem Spaten und forderte ihn dann auf, mich zu dem Orte zu führen, wo Mr. Hadwin begraben war.

Er zeigte einigen Widerwillen, meinen Wunsch zu erfüllen, und schien zu fürchten, meine Absicht sei, die Ruhe des Toten zu stören. Ich beseitigte seine Zweifel, indem ich ihm meine Absicht erklärte, aber er war dadurch kaum weniger beunruhigt. Er stammelte einige Widersprüche gegen meinen Plan. Er glaubte, es gäbe nur eine anständige und passende Art der Beerdigung, und er konnte sich nicht entschließen, mir zu irgendeiner anderen Art seinen Beistand zu leihen.

Vielleicht hätte Calebs Widerwille gegen meinen Plan leicht besiegt werden können, aber ich dachte, daß ein Sinn wie der seinige nicht sehr lenksam sein würde. Er konnte vielleicht Gründen und Vorstellungen weichen und sich durch den augenblicklichen Impuls bestimmen lassen; aber der Impuls verschwand im Nu wieder, alte, eingewurzelte Vorurteile kehrten zurück, und sein Abweichen von dem breitgetretenen Pfade führte dann nur Reue herbei. Seine Hilfe konnte mir in der gegenwärtigen Lage zwar nützlich sein, aber sie war keineswegs unentbehrlich. Ich unterließ es, weiter seinen Beistand zu erbitten oder die Weigerung, mich zu dem Grabe Hadwins zu führen, zu überdenken. Nur ein grundloser Aberglaube ließ den einen Ort für diesen Zweck passender erscheinen als einen anderen. Ich forderte Caleb in freundlichem Tone auf, nach der Küche zurückzukehren und mir alles zu überlassen, was ich für passend erachtete. Dann ging ich in den Obstgarten.

Die eine Ecke desselben lag etwas höher als der übrige Teil. Der höchste von allen Bäumen wuchs dort, und ich hatte früher unter demselben eine Bank errichtet, auf der ich zuweilen meine Mußestunden zuzubringen pflegte. Die Stelle hatte sich mir durch ihre einsame Lage, ihr üppiges Grün und ihre tiefe Stille empfohlen. Auf der einen Seite war ein Kartoffelfeld und auf der anderen ein Melonenbeet, und vor mir erhoben sich in geraden Linien einige hundert Apfelbäume. Hier hatte ich die Wohltaten der müßigen Betrachtung genossen und das Manuskript Lodis studiert. Wenige Monate waren seit meinem letzten Besuche an diesem Orte verflossen. Was für Veränderungen hatten sich seitdem zugetragen, und wie traurig stach meine jetzige Absicht gegen die ab, welche mich früher hierherführte!

An diesem Orte hatte ich das Grab Susans zu machen beschlossen. Die Grube war bald fertig. Alles, was ich wünschte, war, eine Vertiefung zu bekommen, die hinreichend war, ihren Körper aufzunehmen. Als dies geschehen war, kehrte ich nach dem Hause zurück, nahm die Leiche auf meine Arme und trug sie ohne Zögern an den Ort. Caleb, der in der Küche saß, und Eliza, die in ihrem Bette schlief, wußten nichts von dem, was ich tat. Das Grab wurde zugeworfen, der Spaten wieder an seine Stelle gebracht und mein Platz am Küchenfeuer wieder eingenommen, und das alles nach einer Zeit, welche dem Anscheine nach zu einer so feierlichen und bedeutenden Handlung viel zu kurz war.

Ich blicke auf dies Ereignis mit einer Aufregung zurück, die sich nicht leicht beschreiben läßt. Es scheint mir, als hätte ich zu übereilt gehandelt, als hätte Gefühllosigkeit und nicht Vernunft mir die Klarheit der Überzeugung, die Festigkeit der Muskeln gewährt, welche ich damals empfand. Ich zitterte weder, noch wankte ich in meinem Vorsatze. Ich trug auf meinen Armen das Wesen, das ich gekannt und geliebt hatte, durch den pfeifenden Wind und die dichte Finsternis einer Winternacht, ich häufte Erde auf ihre Glieder und entzog sie den Blicken der Menschen, ohne Besinnen oder Beben, obgleich nicht ohne das Gefühl scheuer Ehrfurcht.

Vielleicht dankte ich einen Teil meiner Festigkeit meinen jüngsten Erlebnissen, und manche Gemüter können vielleicht mit gefahrvollen Unternehmungen leichter vertraut gemacht werden als andere. Wenn die Vernunft die Stärke nur durch die Verminderung des Gefühles erringt, vielleicht ist es dann gut, daß das Gefühl vermindert wird.

Achtes Kapitel

Die Sicherheit von Eliza war jetzt der Gegenstand, der meine Sorge in Anspruch nahm. Ihrem Beispiele zu folgen und zu schlafen wäre sehr zweckmäßig gewesen; aber die Ungewißheit über ihr Geschick und mein Wunsch, sie in irgendein anderes Haus zu bringen, hielten meine Gedanken in fortwährender Bewegung. Ich wartete voller Ungeduld auf ihr Erwachen, damit ich mich mit ihr über die Pläne für die Zukunft beraten konnte.

Ihr Schlaf endete erst nach Anbruch des folgenden Tages. Nachdem sie sich daran erinnert hatte, was kürzlich vorgegangen war, fragte sie nach ihrer Schwester. Sie wollte das Gesicht ihrer geliebten Susan noch einmal sehen, ihre

Lippen noch einmal küssen. Sie glaubte daraus einige Erleichterung ihres Schmerzes schöpfen zu können.

Als sie die Wahrheit erfuhr, als sie sich überzeugte, daß Susan für immer verschwunden war, brach sie in einen neuen Strom von Tränen aus. Es schien, als wäre ihr der Verlust nicht hoffnungslos oder für immer gewesen, solange sie noch das Gesicht ihrer Schwester sehen und ihre Lippen berühren konnte. Sie klagte über mich, daß ich ohne ihr Einverständnis und unrecht gehandelt, daß ich ihr den teuersten und einzigen Trost geraubt, daß ich die heiligen Überreste ihrer Schwester mit barbarischer Fühllosigkeit und Roheit behandelt hätte.

Ich setzte ihr mit den freundlichsten Worten meine Gründe auseinander. Ich war nicht überrascht oder aufgebracht, daß sie denselben keine Beachtung schenkte und erklärte, sie würden meine Beleidigung nur noch steigern. Dies war der Impuls des Kummers, den der Verlust ganz natürlich erzeugte. Ruhig und entschieden mitten unter den gewöhnlichen Ursachen des Ungestüms und des Schmerzes zu sein ist entweder das Vorrecht der Weisheit, die sich über jede selbstsüchtige Rücksicht erhebt, oder die Wirkung sorg- und fühlloser Torheit.

Die Flut wurde endlich erschöpft. Die Vorwürfe nahmen ein Ende, und Dankbarkeit, Zärtlichkeit und unbedingte Zustimmung zu allem, was meine Klugheit für gut befinden würde, folgten. Ich erwähnte ihren Oheim und empfahl ihr, sich in ihrer gegenwärtigen Lage zunächst an ihn zu wenden.

Sie erschrak bei der Nennung dieses Namens und verriet eine lebhafte Unruhe. Offenbar stimmte sie keineswegs mit mir in der Ansicht überein, daß es passend sein würde, sich an ihn zu wenden; sie hegte augenscheinlich Widerwillen dagegen, seinen Schutz zu beanspruchen. Ich bat sie, mir ihre Einwände mitzuteilen oder mir irgendeinen anderen Menschen zu nennen, dessen Beistand sie vorzog.

Sie kannte niemanden. Sie hatte auf der Welt keinen Freund als mich. Sie war nie aus dem Hause ihres Vaters fortgekommen. Sie hatte keinen anderen Verwandten als ihren Onkel Philip, doch – bei ihm konnte sie nicht leben. Ich sollte nicht darauf bestehen, daß sie zu ihm ging. Sein Haus wäre kein Platz für sie. Sie könnte dort niemals glücklich werden.

Ich war anfangs geneigt, bei meiner Freundin irgendeine eigensinnige Laune oder eine grundlose Antipathie vorauszusetzen. Ich bat sie, mir zu erklären, was an dem Charakter ihres Oheims auszusetzen sei und was ihr denselben so zuwider machte. Sie verweigerte eine nähere Erklärung und beharrte bei der Behauptung, sein Haus sei kein passender Aufenthaltsort für sie.

Da ich sie in dieser Beziehung unbesieglich fand, suchte ich irgendeinen anderen Ausweg zu finden. Konnte sie nicht leicht als Kostgängerin in der Stadt, in einem Dorfe oder in einem entlegenen Ort auf dem Lande untergebracht werden? Ellis, ihr nächster und wohlhabendster Nachbar, hatte ihr die Aufnahme verweigert; doch es gab andere, welche seine Furcht nicht teilten. Es gab andere, welche über eine Tagesreise entfernt wohnten und die Ursache von Hadwins Tod nicht kannten; aber war es nicht unrecht, aus dieser Unwissenheit Nutzen zu ziehen? Ihre Gefälligkeit durfte nicht die Frucht der Täuschung sein.

Während ich so nachsann, fielen mir die Umstände meiner letzten Reise ein, und ich fragte mich: Ist nicht die rechtschaffene Frau, welche Wallace aufnahm, gerade eine Person, wie ich sie suche? Die Behandlung, welche sie Wallace gewährte, zeigt, daß sie der Furcht vor eingebildeter Gefahr fremd ist und daß sie in ihrem Hause genügend Platz für einen Gast hat.

Durch diese Gedanken ermutigt, sagte ich meiner weinenden Freundin, daß ich mich einer Familie erinnert hätte, bei welcher sie auf freundliche Behandlung rechnen dürfte, und daß wir, wenn es ihr recht wäre, nicht einen Augenblick verlieren wollten, uns dorthin zu begeben. Pferde, welche zu der Farm gehörten, grasten auf den Wiesen, und ein Paar derselben würde uns binnen weniger Stunden zu dem Orte bringen, den ich zu ihrem Aufenthalt gewählt hatte. Als sie dem Plan sogleich ihre Zustimmung gab, fragte ich sie, in wessen Obhut und in welchem Zustande wir ihre jetzige Wohnung zurücklassen sollten.

Das Eigentum des Vaters gehörte jetzt der Tochter. Eliza hatte ein lebendiges Urteil, einen scharfen Verstand, einen tätigen Geist, aber ihre gänzliche Unerfahrenheit ließ sie zuweilen als albern erscheinen. Sie wünschte, schleunigst diesem Hause zu entfliehen und sich sowie ihr Eigentum ohne Bedingung meiner Leitung anzuvertrauen. Unser Umgang war nur kurz gewesen, aber sie vertraute meinem Schutz und meinem Rat so unbedingt, wie sie es bei ihrem Vater zu tun gewohnt gewesen war.

Sie wußte nicht, was sie auf meine Frage antworten sollte. Was immer ich tun wollte, würde das beste sein. Was ich dächte, daß geschehen müßte?

Ach, dachte ich, du süßes, argloses, einfältiges Mädchen! Wie würde es dir ergangen sein, wenn der Himmel nicht mich zu deinem Beistande gesandt hätte? Es gibt Wesen auf der Welt, welche von deinem Vertrauen einen selbstsüchtigen Gebrauch machen, dich um Unschuld und Vermögen betrügen würden. Ein solcher bin ich nicht. Deine Wohlfahrt ist mir ein kostbares Pfand, und kein Vater oder Bruder könnte über dich mit größerer Sorgfalt wachen, als ich es tun will.

Ich dachte, daß Mr. Hadwin vielleicht durch ein Testament über sein Vermögen und die Vormundschaft für seine Töchter verfügt hätte. Als ich dies gegen meine Freundin erwähnte, erinnerte sie sich sogleich an einen Umstand, der nach der Rückkehr ihres Vaters aus der Stadt vorgefallen war. Er hatte sein Testament aufgesetzt und es Susan übergeben, die es in ein Fach gelegt hatte, von wo es meine Freundin jetzt holte.

Durch dieses Testament wurde, wie wir jetzt fanden, sein Vermögen seinen beiden Töchtern vererbt, und sein Bruder, Philip Hadwin, wurde zum Testamentsvollstrecker und zum Vormund seiner Töchter bis zu deren zwanzigstem Lebensjahr ernannt. Meine Freundin hatte diesen Namen kaum gehört, als sie voll Schreck ausrief: »Vollstrecker! Mein Onkel! Was ist das? Welche Macht erhält er dadurch?«

»Ich kenne die Machtbefugnisse der Testamentsvollstrecker nicht genau. Ohne Zweifel wird er in den Besitz Ihres Vermögens gelangen, bis Sie zwanzig Jahre alt sind. Ihre Person wird bis zu dieser Zeit gleichfalls unter seine Aufsicht gestellt.«

»Hat er darüber zu entscheiden, wo ich leben muß?«

»Er ist mit der ganzen Macht eines Vaters versehen.«

Diese Versicherung stürzte sie in die größte Verwirrung. Sie heftete die Augen auf den Boden und versank einige Augenblicke in Träumerei. Endlich sich erholend, sagte sie mit einem Seufzer: »Wie aber, wenn mein Vater kein Testament gemacht hätte?«

»In diesem Falle würde zwar ebenfalls ein Vormund erforderlich sein, aber das Recht, ihn zu ernennen, fiele Ihnen zu.«

»Und mein Onkel hätte mit meinen Angelegenheiten nichts zu tun?«

»Ich bin kein Rechtsgelehrter«, sagte ich, »aber ich vermute, daß alle Herrschaft über Sie und Ihr Vermögen dem von Ihnen gewählten Vormund zufiele.«

»Dann bin ich frei.« Indem sie dies sagte, riß sie das Testament, das sie während dieser Unterredung in ihren Händen hielt, mit hastiger Bewegung in mehrere Stücke und warf diese in das Feuer.

Keine Handlung konnte für mich unerwarteter sein. Meine Überraschung hinderte mich an jedem Versuche, das Papier aus den Flammen zu ziehen. Es war im Nu verzehrt. Ich wußte nicht, wie ich dieses Opfer betrachten sollte. Die Tat verriet eine Geistesstärke, die nur wenig mit der Einfalt und der Hilflosigkeit übereinstimmte, welche das Mädchen bisher gezeigt hatte. Sie äußerte zugleich ihre lebhafte Besorgnis vor der Behandlung durch ihren Oheim. Ob sein Betragen diesen heftigen Widerwillen gerechtfertigt hatte, konnte ich nicht beurteilen. Mr. Hadwins Wahl desselben zu seinem Testamentsvollstrecker war wenigstens ein Zeugnis seiner Ehrlichkeit.

Mein Sinnen bemerkte Eliza mit unverkennbarer Besorgnis. Offenbar fürchtete sie den Eindruck, den diese Handlung scheinbarer Verwegenheit auf mich gemacht haben konnte. »Zürnen Sie mir nicht«, sagte sie, »vielleicht tat ich Unrecht, aber ich konnte mir nicht helfen. Ich will nur einen Vormund und einen Beschützer haben.«

Die Tat war unwiderruflich. Bei meiner Unwissenheit bezüglich der häuslichen Geschichte der Hadwins vermochte ich nicht zu beurteilen, inwiefern die Umstände die Tat rechtfertigten oder verdammten.

Es wurde beschlossen, die Aufsicht über das Haus dem ehrlichen Caleb anzuvertrauen, alle Kisten und Kästen zu verschließen, das Geld, welches wir in einem derselben fanden und das keine unbedeutende Summe darstellte, mitzunehmen und uns nach dem bereits erwähnten Hause zu begeben. Die Luft war kalt, mit dem Abend setzte ein starker Schneefall ein; der Wind blies ungestüm, und wir mußten demselben entgegenreiten.

Als das unglückliche Mädchen das Haus verließ, in welchem sie ihr ganzes Leben zugebracht hatte, ließ sie ihrem Kummer noch einmal freien Lauf. Das machte sie schwach und hilflos. Als wir sie auf das Pferd hoben, war sie kaum imstande, sich auf ihrem Sattel zu halten. Mein ganzes Zureden war erforderlich, ihr Entschlossenheit einzuhauchen, da die Kälte sie schon durchschauerte, der Schnee sie blendete und der Wind ihr die Haut zerschnitt.

Ich bin nicht daran gewöhnt, auf die Elemente zu achten oder ihnen zu gestatten, mich von der Ausführung irgendeines Planes zurückzuhalten. Ich hatte den schwachen und zarten Körper meiner Reisegefährtin vergessen und dachte nicht daran, daß sie weniger als ich fähig war, die Kälte und die Anstrengung zu ertragen. Erst als wir unseren Weg eine Strecke verfolgt hatten, begann ich die Hindernisse, die wir überwinden mußten, in ihrem wahren Lichte zu betrachten. Ich hielt es indes für zu spät umzukehren und strebte nur danach, schnell vorwärts zu kommen.

Meine Gefährtin war eine geschickte Reiterin, aber ihr Pferd zeigte sich widerspenstig und unlenksam. Sie vermochte es indes zu bezwingen, bis wir zehn oder zwölf Meilen von Malverton entfernt waren. Der Wind und die Kälte wurden jetzt zu heftig, als daß man sie länger hätte ertragen können, und ich beschloß, bei dem ersten Hause, zu dem wir kämen, haltzumachen, um Erquickung und Wärme zu suchen.

Wir kamen jetzt in ein Gehölz von einiger Ausdehnung, an dessen Ende, wie ich mich erinnerte, ein Haus stand. Um das gastliche Asyl zu erreichen, blieb nichts weiter zu tun, als so schnell wie eben möglich durch dies Gehölz zu gelangen. Durch diese Mitteilung suchte ich den sinkenden Mut meiner Gefährtin neu zu beleben. Während ich mit ihr sprach, riß ein gewaltiger Windstoß einen großen Ast von einem der vor uns aufragenden Bäume. Er stürzte vor uns mitten auf der Straße nieder, nur wenige Fuß am Kopfe ihres Pferdes vorbei. Das Tier scheute, bog von der Straße ab, jagte in den Wald und stürzte hier über den verwitterten Stumpf einer Eiche mit seiner Reiterin zu Boden.

Ich sprang vom Pferde und eilte ihr zu Hilfe. Der Schnee war bereits mit dem Blute gefärbt, das einer Wunde an ihrem Kopf zu entströmen schien, besinnungslos lag sie da. Mein Schreck hinderte mich nicht, sorgfältig nach der

Wunde zu sehen und das Ausmaß der Verletzung festzustellen. Ihre Stirn war geschwollen, doch zu meiner unaussprechlichen Freude floß das Blut aus ihrer Nase und war daher nicht als Symptom einer tödlichen Verletzung anzusehen.

Ich hob sie auf und schaute mich nach Hilfe um. Das Haus, bei dem ich haltmachen wollte, lag noch etwa eine Meile entfernt. Ich konnte mich auf keines besinnen, das näher lag. Das verletzte Mädchen auf mein Pferd zu legen und behutsam mit ihr vorwärts zu gehen schien mir die einzige Möglichkeit; im Augenblick war sie ohne Besinnung und würde, wenn sie das Bewußtsein wiedererlangte, vielleicht zu schwach sein, um sich im Sitz zu halten.

Sie zum Leben zurückzubringen war meine dringendste Pflicht; ich wußte aber nicht, wie ich das anzufangen hatte, und besaß dazu keinerlei Fähigkeiten. Ich starrte sie an und versuchte, ihr einige Wärme einzuflößen, indem ich sie fest in meine Arme schloß. Ich blickte nach der Straße und lauschte auf das ersehnte Rollen eines Wagens, den ich anhalten konnte, um ihre Aufnahme zu erbitten. Nichts war indes unwahrscheinlicher, als daß Geschäfte oder Vergnügen irgendeinen Menschen bei solch kaltem und stürmischem Wetter auf die Straße trieben. Von irgendeinem Reisenden Hilfe zu erlangen war daher eine vergebliche Hoffnung.

Inzwischen dauerte Elizas Ohnmacht fort, und meine Angst wuchs. Es erfüllte mich mit der lebhaftesten Besorgnis, welchen Einfluß ihr halberstarrtes Blut auf die Verlängerung dieses Zustands haben mochte. Sie noch immer auf meinen Armen tragend, verließ ich den Wald und kehrte auf die Straße zurück, getrieben von dem Wunsch, so bald als möglich einen Reisenden zu entdecken. Ich sah hierhin und dorthin und lauschte wieder. Nichts als das Pfeifen des Windes, herabfallende Äste und der Schnee, der die Luft erfüllte und den Himmel verdunkelte, war zu vernehmen. Jeder Augenblick ließ auch mein Blut erstarren und meine Glieder steifer werden und machte die Lage meiner Gefährtin verzweiflungsvoller. Was sollte ich beginnen? Selbst unterzugehen oder sie untergehen zu sehen war ein unedles Geschick; noch konnte es durch Mut und Tätigkeit abgewendet werden. Mein Pferd stand ruhig und gehorsam in der Nähe; es zu besteigen und mit meiner leblosen Bürde auf den Armen den Weg zu verfolgen war alles, was mir zu tun blieb.

In diesem Augenblick wurde meine Aufmerksamkeit auf mehrere Stimmen gelenkt, die aus dem Gehölz kamen. Sie verrieten Fröhlichkeit und Lust. Jetzt wurde ein Schlitten, auf welchem mehrere Personen beiderlei Geschlechts saßen, auf einem Wege sichtbar, der durch den Wald führte. Sie fuhren schnell, aber als sie uns erblickten, dämpften sie die Stimmen und hemmten den Lauf ihrer Pferde. Nichts konnte gelegener sein, denn ich baute voller Vertrauen auf das Wohlwollen dieser Personen, und sobald sie näher gekommen waren, bat ich sie um Hilfe.

Sie hörten meine Geschichte voller Teilnahme an, und einer der jungen Männer sprang aus dem Schlitten und half mir, Eliza auf den Platz zu heben, den er soeben verlassen hatte. Ein hübsches, sehr freundliches Mädchen bestand darauf, umzukehren und zu dem Hause zu eilen, das ihr Vater bewohnte und das die Gesellschaft soeben verlassen hatte. Ich ritt hinter dem Schlitten her, der schon nach wenigen Minuten das Haus erreichte.

Es war ein großes und behagliches Heim, und ein bejahrter Mann und eine ältere Frau, welche durch die schnelle Rückkehr der jungen Leute beunruhigt waren, kamen heraus, um nach der Ursache zu fragen. Sie empfingen ihren Gast mit der größten Zärtlichkeit und leisteten ihr jede Hilfe, welche ihre Lage heischte. Ihre Tochter gab die Lustpartie auf, zu der sie eben hatte aufbrechen wollen, drang in ihre Gefährten, ohne sie abzufahren, und blieb zurück, um die Kranke zu trösten und zu pflegen.

Kurze Zeit genügte, um zu beweisen, daß kein dauerndes Übel zu befürchten stand. Quetschungen waren die einzige Folge des Sturzes; sie sind mehr unangenehm als gefährlich und lassen sich leicht durch althergebrachte Mittel heilen, mit denen die Erfahrung vertraut macht. Als ich so von diesen Sorgen befreit war, konnte ich überlegen, was weiter zu tun war.

Als ich den Bau des Hauses und die Gesichter sowie das Benehmen der Bewohner sah, glaubte ich eine große Ähnlichkeit zwischen dieser Familie und den Hadwins zu bemerken. Es schien, als hätte uns irgendeine gütige Macht hierhergeführt wie zu dem besten Asyle, das zu finden war. Ich erkannte, daß, wenn ihre Einwilligung zur Aufnahme der verlassenen Eliza zu erlangen war, diese als Ersatz für den Verlust der Eltern und der Schwester keinen günstigeren Aufenthaltsort finden konnte. Es war keine Zeit zu verlieren, ihre Zustimmung zu erfragen. Die Neugier unseres Wirtes und unserer Wirtin, welche Curling hießen, bot mir bald eine Gelegenheit, die Geschichte und die gegenwärtige Lage meiner Freundin mitzuteilen. Es bestand kein Grund zur Zurückhaltung oder zur Entstellung der Wahrheit. Ich erzählte alles treu und ausführlich. Ich schloß damit, meinen Wunsch auszusprechen, daß sie meine Freundin als Kostgängerin bei sich aufnehmen möchten.

Der alte Mann war dazu sehr bereitwillig. Seine Frau äußerte einige Zweifel; diese wurden aber bald durch die Vorstellungen ihres Mannes und die meinigen beseitigt. Ich verschwieg nicht einmal den Inhalt und die Vernichtung des Testaments sowie die Antipathie, welche Eliza gegen ihren Oheim empfand und die ich selbst, wie ich sagte, nicht zu erklären wußte. Wie es schien, besaß Mr. Curling einige Kenntnis von Philip Hadwin, und dieser stand in dem Rufe eines jähzornigen und ausschweifenden Menschen. Er wendete alle Mittel an, seine selbstsüchtigen Zwecke zu erreichen, und strebte wahrscheinlich danach, das hinterlassene Eigentum seines Bruders an sich zu reißen. Vorsichtsmaßregeln gegen seinen Einfluß und seine Bosheit zu ergreifen war für uns dringend notwendig, und mein neuer Freund versprach bereitwillig seinen Beistand zu allen Maßregeln, die wir in dieser Absicht ergreifen würden.

Neuntes Kapitel

Meine Gefühle waren, wie leicht zu begreifen ist, sehr gemischter, im ganzen aber angenehmer Art. An den Tod Hadwins und seiner älteren Tochter konnte ich nicht ohne schmerzliches Bedauern denken. Es war indes nutzlos, dabei zu verweilen, auch wurde dies Gefühl zum Teil durch die persönliche Sicherheit verdrängt, in welcher sich die Überlebende befand. Es konnte nichts nützen, meine Gedanken den Toten zu widmen, während eine lebte, der ich von wahrem Nutzen sein konnte und durch deren Glück ich reichlichen Ersatz fand.

Dies Glück war indes noch unvollständig. Es hing noch immer vom Zufall ab, und es blieb noch viel zu tun, bevor gegen das schlimmste Übel, die Armut, die gehörigen Vorkehrungen getroffen waren. Ich fand jetzt, daß Eliza, die erst fünfzehn Jahre alt war, eines Vormundes bedurfte und daß die gesetzlichen Formen verlangten, irgend jemanden als Verwalter ihres väterlichen Vermögens einzusetzen. Mr. Curling, der über diesen Gegenstand einigermaßen unterrichtet war, erklärte mir, was zu diesem Zwecke zu tun sei, und versprach, als Elizas Freund zu handeln.

Es gab noch einen anderen Punkt, über den ich zu einem Entschlusse kommen mußte, da er mein eigenes wie auch das Glück meiner Freundin betraf. Ich habe früher erwähnt, daß ich während meines Aufenthaltes in Malverton gegen die Reize dieses Mädchens nicht unempfindlich geblieben war. Es hatte sich meiner eine Neigung bemächtigt, die, wie leicht zu bemerken war, nicht ohne Erwiderung geblieben sein würde. Meine Gründe, warum ich diese Regungen damals unterdrückte, habe ich erwähnt. Es kann jetzt gefragt werden, welche Wirkung die späteren Ereignisse auf meine Gefühle gemacht hatten; und wie weit meine Teilnahme an ihren Leiden und meine Erleichterung derselben zu der Belebung der Leidenschaft beigetragen hatten, kann man sich leicht denken, da dieselbe nie ganz erloschen gewesen war.

Die früher bestehenden Hindernisse waren verschwunden. Unsere Verbindung hätte nicht mehr den Unwillen oder die Sorge ihres vortrefflichen Vaters erregt. Sie hatte keine Schwester mehr, welche die Besitzung der Farm mit ihr teilte und das, was für eine genügt hätte, für zweie zum Unterhalt unzureichend gemacht haben würde. Ihre Jugend und Einfalt erforderten mehr als bei vielen anderen einen gesetzlichen Beschützer, und ihr Glück hing von der Erfüllung der Hoffnungen ab, die zu verbergen sie sich keine Mühe gab.

Was mich betraf, so schien es auf den ersten Blick, als vereinigte sich alles, meine Wahl zu bestimmen. Jede Rücksicht auf das Glück anderer einmal außer acht lassend, mußte mein eigenes Interesse mir die Verfolgung eines Planes empfehlen, durch den mir die Wohltat einer unabhängigen Stellung auf eine ehrenwerte Weise erworben werden konnte. Meine Phantasie hatte mich in ihrem Fluge bisweilen über die Grenzen hinausgetragen, welche meine Lage mir zog, aber sie beschränkte mich dessenungeachtet auf das Feld, auf welches ich einst einen Anspruch zu haben schien. Alles, was ich zur Grundlage meiner glänzendsten und heitersten Gebäude brauchte, waren hundert Acker Pflugland und Wiesen. Meine Neigung zu Verbesserungen, mein Eifer, neue Grundsätze der häuslichen Ökonomie und Bequemlichkeit zu erfinden und anzuwenden, neue Arten und Geräte der Ernte, neue Verfahren für Obstpflanzung, Garten und Kornfeld wurden hier durch die reichlichsten Mittel begünstigt. Wenn der Mangel derselben meine Tätigkeit nicht einlullen und meine Zufriedenheit nicht vermindern konnte, mußte ihr Besitz mir die höchsten und dauerndsten Freuden gewähren.

Meine Gedanken haben bei den Bildern von Weib und Kindern stets mit mehr Entzücken verweilt als bei jedem anderen. Meine Einbildungskraft war bei diesem Gegenstand immer besonders tätig, meine Träume waren besonders glühend und heiter gewesen; aber seit meiner Bekanntschaft mit diesem Mädchen waren meine zerstreuten Visionen auf einen Punkt konzentriert. Ich hatte jetzt eine Gestalt und Züge vor mir, eine süße, melodische Stimme tönte in mein Ohr, meine Seele wurde von ihren Zügen und Bewegungen, ihren Handlungen und Blicken erfüllt. Alle Gedanken, welche in irgendeiner Verbindung mit dem Geschlecht oder der Schönheit standen, schienen diese Gestalt anzunehmen. Sie nahm einen unwandelbaren Platz in meinem Geiste ein, sie umgab alles ringsumher mit Liebreiz. Liebe ist nur als das Vorspiel einer zärtlicheren, innigeren und heiligeren Verbindung von Wert. Liebte ich nicht? Und sehnte ich mich nicht nach dem unwiderruflichen Bande, dem unbegrenzten Vorrecht der Ehe?

Die Frage, welche andere tun könnten, habe ich mir selbst vorgelegt: War ich nicht verliebt? Ich bin wegen einer Antwort wahrlich in Verlegenheit. Die Gründe, weshalb ich die Ehe zurückweisen und selbst bei meiner Freundin die Liebe nicht nähren sollte, schienen bei mir von unwiderstehlichem Gewicht zu sein. Ich zog meine Jugend, meine mangelhafte Erziehung, meine beschränkten Aussichten in Erwägung. Ich war aus meiner Hütte in die Welt getreten. Ich hatte selbst bei meinem kurzen Aufenthalte unter den geschäftigen Menschen mehr Kenntnisse erworben als durch die Betrachtungen und Beschäftigungen aller meiner früheren Jahre. Daraus mußte ich auf die kindische Unreife meines Verstandes schließen sowie auf die schnellen Fortschritte, die ich zu machen imstande war. War mein Alter dazu geeignet, eine unwiderrufliche Verbindung zu schließen? Eine Gefährtin für mein ganzes künftiges Leben zu wählen, eine Teilnehmerin all meiner Pläne geistiger und gütiger Tätigkeit?

Ich hatte Grund, meine eigenen Fähigkeiten geringzuachten; aber waren nicht die Elizas viel geringer? Konnte ich darauf bauen, daß sie immer gleich gelehrig und fügsam gegen meine Weisungen bleiben würde? Was für Eigenschaften konnte nicht vielleicht die Zeit entwickeln, und wie wenig war ich befähigt, den Charakter eines Mädchens zu beurteilen, das vor dem Tode ihres Vaters noch von keinem Schicksalsschlag oder Leid betroffen worden war? Dessen Unwissenheit so groß war, daß man mit Recht davon sagen konnte, sie übertreffe meine eigene!

Sollte ich mich in die Welt mischen, bei verschiedenen Klassen der Gesellschaft eintreten, der Zeuge neuer Szenen sein, konnte dann mein Urteil nicht große Veränderungen erfahren? Konnte ich nicht mit Wesen bekannt werden, deren Tugend die Wirkung der Erfahrung und größeren Wissens war? Welche mit der Bescheidenheit und dem Reize des Weibes die Vorzüge der Erziehung, die Reife und Festigkeit des Alters vereinigten und deren Charakter und Gefühle mehr mit meinen eigenen übereinstimmten, als sich von der großen Jugend, der ländlichen Einfalt und den geistigen Unvollkommenheiten Eliza Hadwins erwarten ließ?

Die Wahrheit zu sagen, war ich mir jetzt einer Umwandlung meiner Stimmung bewußt. Die wahre Ursache davon kann ich kaum angeben. Während meines letzten Aufenthaltes in Malverton erschienen davon keine Zeichen. Spätere Ereignisse, vereinigt mit dem Einflusse des Nachdenkens, hatten vielleicht neue Ansichten erweckt. Bei meinem ersten Besuche in der Stadt war ich auf nichts als Torheit, Schlechtigkeit und Betrug gestoßen. Kein Wunder daher, daß die mit der Stadt zusammenhängenden Bilder traurig und finster waren; aber mein zweiter Besuch brachte andere Eindrücke hervor. Maravegli, Estwick, Medlicote und Sie waren Wesen, welche Verehrung und Liebe einflößten. Ihre Anwesenheit schien diesen Ort zu verschönern und zu heiligen und erweckte die Ansicht, daß die Städte zwar der Sitz des Elends und des Lasters seien, daß sie aber zugleich auch der Boden für alle lobenswerten und preiswürdigen Erzeugnisse des Geistes sind.

Meine Neugier und meine Wißbegierde hatten ebenfalls eine neue Richtung empfangen. Bücher und die unbelebte Natur waren kalte und leblose Lehrmeister. Menschen und die Werke der Menschen waren Gegenstände für vernünftiges Studium, und nur unsere eigenen Augen konnten uns richtige Begriffe von menschlichen Schöpfungen beibringen. Der Einfluß der Sitten, der Gewerbe, der gesellschaftlichen Einrichtungen konnte nur durch unmittelbare Einsicht reiflich erkannt werden.

Ansehen, fester Besitz, ein dauerndes Zuhause, ländliche Beschäftigungen und eheliche Freuden mußten ihrem Werte nach geschätzt werden; doch dieser Wert konnte nur von denen gehörig gewürdigt, dessen Wohltaten völlig genossen werden, welche alle Szenen gesehen, welche sich unter alle Klassen gemischt, alle Lagen kennengelernt, verschiedene Hemisphären, Klimazonen und Nationen besucht hatten. Die nächsten fünf bis acht Jahre meines Lebens mußten der Tätigkeit und der Ruhelosigkeit gewidmet werden; sie mußten eine Zeit der Mühseligkeiten, Entbehrungen und Gefahren sein, sie mußten die Lehrzeit für Festigkeit und Wissen bilden und dazu verwendet werden, mich für meine übrige Lebenszeit zu stilleren Freuden und anhaltenden Beschäftigungen zu befähigen.

Infolge dieser Betrachtungen beschloß ich, die Zärtlichkeit zu unterdrücken, welche die Gesellschaft der Miss Hadwin erweckte, den Irrtum zu beseitigen, dem sie sich hingegeben hatte, und mir die Möglichkeit zu benehmen, für sie mehr als die Rechte der Freundschaft in Anspruch zu nehmen. Alle Ausflüchte und Zögerungen konnten in einem Falle wie diesem nachteilig sein. Sie war nicht frei von Leidenschaft, aber ich dachte, diese Leidenschaft sei noch jung und ließe sich leicht auslöschen.

Nach kurzer Zeit war ihre Gesundheit wiederhergestellt, und ihr Kummer wurde zu sanfter Melancholie. Ich wählte einen passenden Augenblick, um ihr, von anderen ungestört, meine Gedanken mitzuteilen. Meine Mitteilung war vollständig und offen. Ich zeigte ihr meinen ganzen Gedankengang beinahe in derselben Reihenfolge, wie ich ihn soeben Ihnen auseinandergesetzt habe, wenn auch in anderen und weitschweifenderen Ausdrücken. Ich verhehlte nichts; den Eindruck, welchen ihre arglose Lieblichkeit in Malverton auf mich gemacht hatte, die Gründe, weshalb ich mich aus ihrer Gesellschaft zurückzog, die Natur meiner gegenwärtigen Gefühle für sie und den vermeintlichen Zustand ihres Herzens, die Betrachtungen, welche ich angestellt hatte, die Vorteile und die Übelstände einer Heirat und endlich den von mir gefaßten Entschluß, nach der Stadt zu gehen und vielleicht über den Ozean überzusetzen.

Sie unterbrach mich nicht, aber der Wechsel ihrer Blicke, ihrer Farbe, ihre Unruhe, ihre Seufzer zeigten deutlich, wie tief und verschiedenartig sie durch meine Worte ergriffen wurde. Ich hielt inne, ihre Bemerkungen oder Einwürfe erwartend. Sie schien meine Erwartung zu bemerken, vermochte aber nicht zu sprechen. Endlich durch ihre Gefühle überwältigt, brach sie in Tränen aus.

Ich wußte mir diese Symptome nicht zu deuten. Ich wartete, bis sich ihre Heftigkeit etwas gelegt hatte, und sagte dann:

»Was halten Sie von meinen Plänen? Ihre Billigung ist mir von Wichtigkeit. Billigen Sie dieselben oder nicht?«

Diese Frage erweckte einigen Unwillen bei ihr, und sie antwortete:

»Sie haben mir nichts zu sagen gelassen. Gehen Sie, und seien Sie glücklich. Es ist gleichgültig, was aus mir wird. Ich hoffe, daß ich imstande sein werde, für mich selbst zu sorgen.«

Der Ton, in welchem sie dies sagte, klang vorwurfsvoll. »Ihr Glück«, sagte ich, »ist mir zu teuer, um es der Gefahr auszusetzen. In diesem Hause bedürfen Sie meines Schutzes nicht, aber ich werde niemals so weit von Ihnen entfernt sein, um nicht durch Briefe von Ihnen zu erfahren, wie es Ihnen geht, und dann für Ihr Bestes tätig sein zu können. Sie haben etwas Geld, mit dem Sie haushälterisch umgehen müssen. Einkünfte von Ihrer Farm können nicht bald erwartet werden; aber was Sie haben, wird für länger als zwei Jahre zur Bestreitung Ihrer Verpflegung und aller Ihrer Ausgaben hinreichen, wenn Sie bei Mr. Curling bleiben; aber dennoch müssen Sie sparsam sein. Ich erwarte«, fuhr ich mit ernstem Lächeln fort, »pünktlichen Bericht über all Ihr Sprechen und Tun. Ich muß wissen, wie jede Minute angewendet und wofür jeder Penny ausgegeben wird, und wenn ich finde, daß Sie irren, werde ich Sie freundlich darauf aufmerksam machen.«

Diese Worte zerstreuten den mürrischen Sinn nicht, den ihre Blicke verraten hatten. Sie vermied es noch immer, mich anzublicken, und sagte: »Ich weiß nicht, wie ich Ihnen alles sagen könnte. Sie kümmern sich so wenig um mich, daß ich Ihnen nur lästig werden würde. Ich bin alt genug, für mich selbst zu denken und zu handeln, und werde niemandes Rat verlangen als meinen eigenen.«

»Das ist recht«, sagte ich. »Es wird mich freuen, Sie unabhängig und frei zu sehen. Ziehen Sie Ihren eigenen Verstand zu Rate, und handeln Sie nach dessen Geboten. Weiter fehlt nichts, Sie nützlich und glücklich zu machen. Ich wünsche, bald in die Stadt zurückzukehren, aber wenn Sie es mir erlauben, gehe ich vorher nach Malverton, um nachzusehen, ob alles in Ordnung ist und ob es dem alten Caleb gutgeht. Von dort werde ich, wenn es Ihnen recht ist, zu Ihrem Onkel gehen und ihm mitteilen, was sich zugetragen hat. Er könnte ansonsten zu Ansichten gelangen oder Ansprüche stellen, die irrtümlich oder Ihnen nachteilig sein könnten. Womöglich hält er sich für berechtigt, die Aufsicht über Ihr Besitztum zu führen. Entweder er vermutet, daß es ein Testament gibt, oder er ist von ihrem Vater selbst oder einem Dritten über jenes Schreiben unterrichtet worden, das ihn als Vormund einsetzt und das Sie verbrannten. Sein aufbrausendes und habgieriges Temperament kann ihn vielleicht veranlassen, sich Ihres Habes und Gutes zu bemächtigen, wenn er nicht beizeiten von der Wahrheit unterrichtet wird; und erfährt er diese, so gerät er vielleicht in Wut, und dieser entgegenzutreten bin ich besser geeignet als Sie. Ich habe gehört, daß der Zorn ihn beinahe toll macht. Soll ich ihn aufsuchen?«

Sie schauderte über das Bild, das ich von dem Charakter ihres Oheims entworfen hatte; aber diese Aufregung wich bald den Selbstvorwürfen, welche sie sich über die Art und Weise machte, wie sie meine Anerbietungen zurückgewiesen hatte. Sie brach wieder in Tränen aus und rief:

»Ich bin der Mühe nicht wert, die Sie sich für mich geben wollen. Ich bin gefühllos und undankbar. Weshalb sollte ich von Ihnen Böses denken, daß Sie mich verschmähen, während ich mich selbst geringschätze?«

»Sie tun sich selbst Unrecht, meine Freundin. Ich glaube, ich erkenne Ihre geheimsten Gedanken, und diese erwekken nicht Zorn oder Geringschätzung, sondern nur Teilnahme und Zärtlichkeit. Sie lieben; deshalb müssen Sie mein Benehmen als schlecht oder grausam betrachten. Ich rechnete darauf, daß Sie solche Gedanken hegen würden. Nur Zeit und Überlegung werden Sie befähigen, meine Handlungsweise in dem rechten Licht zu sehen. Später werden Sie sich meiner Worte erinnern und diese dann hinreichend finden, mein Betragen zu rechtfertigen. Sie werden eingestehen, daß es von mir recht ist, die Sorgen der Welt kennenzulernen, bevor ich mich zur Zurückgezogenheit und Behaglichkeit niedersetze.«

»Ach, wie sehr verkennen Sie mich! Ich bewundere und billige Ihre Pläne. Was mich erzürnt und betrübt, ist nur, daß Sie mich für unwürdig halten, an Ihren Mühen und Sorgen teilzunehmen, daß Sie meine Gesellschaft als Hindernis und Bürde betrachten, daß Beistand und Rat nur von Ihnen allein ausgehen sollen und daß sich für mich nichts schickt, als was Sie für sich selbst als unrühmlich und ungebührend betrachten.

Habe ich nicht dieselben Ansprüche wie Sie, verständig, tätig und mutig zu sein? Wenn ich unwissend und schwach bin, rührt dies nicht von denselben Ursachen her wie bei Ihnen? Werden nicht dieselben Mittel, die zu Ihrer Vervollkommnung gereichen, auch mir nützlich sein? Sie wünschen durch Reisen, den Umgang mit vielen Menschen und das Studium vieler Wissenschaften Kenntnisse zu erwerben; aber Sie wünschen diese nur für sich allein. Mich halten Sie für arm, schwach und verächtlich, zu nichts anderem fähig als zum Spinnen und zum Buttermachen. Wenn ich nur lebe, gegen das Wetter geschützt bin und genug zu essen und zu trinken habe, sind Sie zufrieden. Den Geist zu stärken und die Kenntnisse zu vermehren ist allein für Sie von Wert, bei mir aber wäre das Verschwendung. Ich verdiene eine solche Gabe nicht.«

Diese einfachen und verständigen Worte waren mir vollkommen unerwartet. Ich war überrascht und verwirrt. Bei meinen früheren Betrachtungen hatte ich allerdings ihr Geschlecht als durchaus unfähig zu den Szenen und Beschäftigungen angesehen, die ich für mich selbst herbeisehnte. Ich hegte nicht den geringsten Zweifel an der Gültigkeit meiner Schlüsse; jetzt aber war mein Glaube erschüttert, wenn auch nicht ganz umgeworfen. Ich konnte nicht leugnen, daß menschliche Unwissenheit bei dem einen Geschlechte ebensogut heilbar sei wie bei dem anderen, daß Festigkeit und Geschicklichkeit für beide gleich schätzenswert waren.

Ohne Frage war meine Freundin durch ihr Alter und ihre Unerfahrenheit wie auch durch ihr Geschlecht hilfloser und abhängiger als ich selbst; aber hatte ich nicht vielleicht die Schwierigkeiten überschätzt, welche sich mir entgegenstellen sollten? Hatte ich nicht ungerechtfertigterweise ihre Beständigkeit und Geistesstärke bezweifelt? Die Heirat sicherte ihr Eigentum, zwang mich aber nicht, meine Wohnung im Walde zu nehmen, für immer an einem Orte zu leben, meine Wißbegierde zu unterdrücken, meine Reisen einzuschränken.

Doch die Heirat war ein gefährlicher und unwiderruflicher Vertrag. War dies das Weib, mit dem mein Schicksal für immer und ohne die Möglichkeit der Lösung zu vereinigen mein Verstand mir hieß? Konnte nicht die Zeit in ihr Eigenschaften entwickeln, die ich jetzt noch nicht ahnte, die aber eine unheilbare Verschiedenheit unserer Neigungen offenbarten? Konnte mich nicht die Zeit zu den Füßen einer anderen führen, welche sich mehr jener ideellen Vortrefflichkeit näherte, die Dichter und Romanautoren vor meinen Blicken offenbart hatten?

Diese Betrachtungen waren mächtig und heikel. Ich wußte nicht, in welchen Ausdrücken ich sie meiner Gefährtin mitteilen sollte, ohne Anmaßung zu zeigen oder den Anstand zu verletzen. Es geziemte mir aber, offen zu sein und lieber ihren Unwillen zu erregen, als ihr Urteil irrezuleiten. Sie erkannte meine Absicht nach wenigen Worten und unterbrach mich, indem sie sagte:

»Wie niedrig steht die arme Eliza in Ihrer Meinung! Wir sind in der Tat beide zu jung, um zu heiraten. Kann ich Sie denn nicht sehen und mit Ihnen sprechen, ohne Ihre Frau zu sein? Kann ich nicht Ihre Kenntnisse und Ihre Sorgen teilen und Ihr Vertrauen genießen, wie eine Schwester dies würde? Kann ich Sie nicht auf Ihren Reisen begleiten und bei Ihren Studien Ihr Gefährte sein, wie ein Freund dem anderen? Mein Eigentum soll das Ihrige sein; Sie mögen es zu Ihrem Nutzen wie zu meinem eigenen verwenden, nicht, weil Sie mein Mann, sondern weil Sie mein Freund sind. Sie gehen in die Stadt. Lassen Sie mich mit Ihnen gehen. Lassen Sie mich leben, wo Sie leben. Das Haus, welches für Sie groß genug ist, wird auch mich aufnehmen. Die Kost, die Ihnen genügt, wird mir als Leckerei erscheinen. Ach, lassen Sie es so sein! Wollen Sie? Sie können sich nicht vorstellen, wie fleißig, wie überlegt, wie wißbegierig ich sein werde. Wie ich Sie pflegen will, wenn Sie krank sind! Es ist, wie Sie wissen, wohl möglich, daß Sie erkranken, und niemand würde dann halb so wachsam und teilnahmsvoll sein wie ich. Wollen Sie mich gewähren lassen?«

Indem sie so sprach, trug ihre Stimme den Ton des tiefsten Ernstes. Unwillkürlich brachte sie ihr Gesicht dem meinigen näher, und durch den Reiz des Bildes, das ihre Phantasie entworfen hatte, über die Grenzen der gewöhnlichen Zurückhaltung fortgerissen, drückte sie ihre Lippen auf meine Wange und wiederholte mit schmelzendem Tone: »Wollen Sie mich gewähren lassen?«

Sie, meine Freunde, haben Eliza Hadwin nicht gesehen, Sie können daher auch nicht begreifen, welche Wirkung diese Bitte bei mir hervorzubringen geeignet war. Sie hatte die süßeste Stimme, die sprechendsten Züge, die zarteste und anmutigste Erscheinung, die je eine Frau besaß. Ihre arglose Einfalt und Zärtlichkeit machten sie noch bezaubernder. Der Gegenstand der Neigung für ein so inniges, so reines Herz zu sein war gewiß kein geringer Vorzug. So bot sie sich mir selbst an, und war die Gabe nicht geeignet, mit Eifer und Dankbarkeit angenommen zu werden?

Nein. Ich war nicht so ganz Neuling, um auf diesen Plan einzugehen. War sie meine Schwester oder meine Frau, so duldete es die Welt, daß wir unter einem Dache wohnten, daß wir unsere Beschäftigungen teilten, daß wir den täglichen Genuß unserer Gesellschaft hatten. Aber sie war nicht meine Schwester, und die Heirat wäre eine Handlung der größten Unbesonnenheit gewesen. Ich erklärte ihr mit wenigen Worten die Hindernisse ihres Planes.

»Gut«, sagte sie. »So lassen Sie mich in einem Haus in ihrer Umgebung wohnen, in der Nachbarschaft oder wenigstens in derselben Stadt. Lassen Sie mich da sein, wo ich Sie nur einmal täglich oder wöchentlich oder monatlich sehen kann. Schließen Sie mich nicht gänzlich von Ihrer Gesellschaft aus, verweigern Sie mir nicht alle Mittel, mit der Zeit minder unwissend und töricht zu werden, als ich es jetzt bin.«

Nach einer Pause entgegnete ich: »Ich liebe Sie zu sehr, um nicht diese Bitte zu bewilligen. Vielleicht ist die Stadt für Sie ein ebenso passender Aufenthaltsort wie jeder andere, während sie für mich, wenigstens für einige Zeit, der beste ist. Ich werde besser imstande sein, über Ihr Wohl zu wachen und Ihnen die Mittel zu Ihrer Ausbildung zu verschaffen, wenn Sie in meiner Nähe sind. Für jetzt müssen Sie einwilligen hierzubleiben, während ich Ihren Oheim besuche und dann in die Stadt gehe. Ich werde mich für Sie nach einem angemessenen Unterkommen umsehen und Sie benachrichtigen, wenn ich es gefunden habe. Hegen Sie dann noch dieselbe Ansicht, so komme ich her, und wenn ich die Einwilligung des Mr. Curling gewonnen habe, nehme ich Sie mit in die Stadt.«

Hier endete unsere Unterredung.

Zehntes Kapitel

Obgleich ich in diesen Plan eingewilligt hatte, wußte ich sehr gut, daß er mit Gefahren verbunden war. Ich fürchtete die Verleumdung, welche die Ruhe meiner Freundin trüben oder ihren Ruf vernichten konnte. Ich fürchtete meine eigene Schwäche, welche durch die Reize oder die Leiden dieses bezaubernden Geschöpfes zu einer unbesonnenen Heirat verführt werden konnte. Ich fühlte, daß kein Preis zu hoch war, sie vor übler Nachrede zu bewahren. Ein guter Ruf ist von höchstem Werte für ein junges Frauenzimmer, und der Verlust desselben wird durch das Zeugnis ihres eigenen Gewissens nicht aufgewogen. Ich hatte Grund zu zehnfacher Sorgfalt in dieser Beziehung, denn ich war ihr einziger Beschützer und Freund. Deshalb hegte ich einige Hoffnung, daß die Zeit ihre Ansicht ändern und minder gefährliche Pläne hervorbringen würde. Einstweilen durfte ich keine Zeit verlieren, Malverton und danach Philip Hadwin zu besuchen.

Etwa zehn Tage waren verflossen, seitdem wir Malverton verlassen hatten. Es hatte während dieser Tage ununterbrochen gestürmt, so daß das Reisen beinahe unmöglich war. Das Wetter war jetzt ruhig und hell, und früh am Morgen nach dem soeben treulich wiedergegebenen Gespräch machte ich mich zu Pferde auf den Weg.

Ich fand den ehrlichen Caleb beim Frühstück beinahe an

ebender Stelle, wo ich ihn zuerst gesehen hatte. Er beantwortete meine Fragen, indem er sagte, daß zwei Tage nach unserer Abreise einige Männer, und unter diesen Philip Hadwin, gekommen wären. Sie hätten sich nach dem Zustande der Farm erkundigt und ihn gefragt, warum er denn noch immer hier verweile. Sie hätten gewußt, daß William Hadwin vor einiger Zeit gestorben war, und gefragt, wo seine Töchter sich befänden.

Caleb hatte geantwortet, daß Susy, die älteste, ebenfalls gestorben sei.

Diese Nachricht erregte Verwunderung. Wann sie gestorben wäre, und woran, und wo sie beerdigt sei?

Es hätte sich zwei Tage zuvor zugetragen, und sie wäre, wie er glaubte, begraben worden, aber wo – das wüßte er nicht.

Er wüßte es nicht? Wer sie denn begraben hätte?

Er könnte das wirklich nicht sagen. Ein fremder Mann wäre gekommen, eben als sie im Sterben gelegen. Er wäre in ihrem Gemache gewesen, und nach ihrem Tode hätte er sie fortgetragen, aber was er mit ihrer Leiche gemacht, könnte er nicht sagen, obgleich er vermute, daß er sie beerdigt habe. Der Mann wäre bis zum Morgen geblieben und dann mit Lizzy davongeritten, das Haus seiner Aufsicht übergebend. Er hätte seitdem keinen von den beiden noch sonst irgendeine Seele gesehen.

Das war alles, was Caleb den Besuchern zu sagen vermochte. Es war so unglaublich und unbefriedigend, daß sie ihn der Lüge beschuldigten und ihm mit gesetzlicher Untersuchung drohten. Ebenda betrat Mr. Ellis das Haus, und da er mit dem Gegenstand des Gesprächs bekannt gemacht wurde, teilte er ihnen alles mit, was er selbst wußte. Er erzählte von dem mitternächtlichen Besuch, den ich ihm gemacht hatte, erklärte mein früheres Verhältnis zu der Familie und mein Verschwinden im September. Er gab an, daß er mir den Rat gegeben hätte, Eliza zu ihrem Oheim zu bringen, und erwähnte mein Versprechen, diesem Rate zu folgen. Der Onkel erklärte, nichts von seiner Nichte gehört zu haben, und Caleb sagte, sie wäre in der Richtung nach der Stadt davongeritten.

Diese Hinweise gaben hinreichenden Grund zu Vermutungen und Argwohn. Ellis teilte jetzt einige Nachrichten mit, die er kürzlich auf seiner Reise nach .. über mich eingezogen hätte. Ich sei der Sohn eines rechtschaffenen Farmers der Nachbarschaft, der eine nette Viehmagd geheiratet habe, welche bei ihm gedient hätte. Mein Vater hätte mich dabei überrascht, wie ich meiner Stiefmutter einige abscheuliche Anträge machte, und mich dafür aus dem Hause geworfen. Ich wäre indes nicht gegangen, ohne aus seiner Schublade einige hundert Dollar zu entwenden, die er für schlimme Tage zurückgelegt hätte. Ich wäre wegen dergleichen Streiche bekannt und würde von allen Nachbarn wegen meines Hochmuts und meiner Trägheit gehaßt. Durch die Vergleichung der Umstände wäre es Ellis leichtgefallen, sich davon zu überzeugen, daß Hadwins Knecht Mervyn ebender sei, gegen welchen so schwere Anklagen vorlägen.

Vor dieser Reise hätte er von mir durch Hadwin gehört, der voll des Lobes über meinen Fleiß, meine Nüchternheit und meine Bescheidenheit gewesen wäre. Er seinerseits hätte sich immer gehütet, Herumstreichern zu vertrauen, welche kämen, ohne daß man wüßte woher, und die sich durch eine glatte Zunge fortzuhelfen verstünden. Es wunderte ihn nicht, daß man sich zuflüsterte, Betsey Hadwin hätte sich in den Jüngling verliebt, und er würde sie ohne Zweifel jetzt überredet haben, mit ihm durchzugehen. Die Erbin einer schönen Farm sei eine nicht zu verachtende Beute.

Philip brach bei diesen Nachrichten in Wut aus; er schwor, wenn sich alles so verhielte, sollte seine Nichte in der Stadt verhungern, und er wollte schon dafür sorgen, daß der Bursche sich getäuscht sähe. Sein Bruder hätte, das wüßte er sicher, ein Testament hinterlassen, dessen Vollstrecker er wäre, und dies Testament würde schon zu gehöriger Zeit zum Vorschein kommen. Nach viel Geschwätz, nach Durchsuchung des ganzen Hauses, nach Verwünschungen seiner faulen Nichte hätten er und seine Begleiter sich entfernt und Caleb beauftragt, das Haus und alles, was es enthielt, für ihn zu bewachen. Das war alles, was Caleb von den Begebenheiten jenes Tages in seinem Gedächtnis behalten hatte.

Curling hatte mir unlängst den Charakter von Philip Hadwin beschrieben. Dieser Mensch war seinem Bruder in keiner Weise ähnlich und als ein Händelmacher und Beutelschneider, als ein Tyrann seiner Kinder und eine Plage seiner Nachbarn bekannt. Er hielt unter dem Zeichen eines Stierkopfes ein Wirtshaus in .., welches der Sammelplatz für Trunkenbolde und Müßiggänger war. Es mangelte ihm nicht an ausgezeichneten Fähigkeiten, und er wurde ebensosehr wegen seiner Verschlagenheit wie wegen seiner Bosheit gefürchtet. Er war habgierig und versäumte nie eine

Gelegenheit, seine Nachbarn zu übervorteilen. Es ließ sich nicht bezweifeln, daß er das Eigentum seiner Nichte unterschlagen würde, wenn es jemals in seine Hände geriet, und daß er jede Gewalt, welche er über ihre Person erlangte, zu deren Verderben benutzen würde. Seine Kinder waren durch die Zügellosigkeit ihres Vaters befleckt, und Heirat hatte den Ruf seiner Töchter nicht wiederhergestellt oder ihre Sittenlosigkeit gemildert. Das war der Mann, den ich jetzt zu besuchen beschlossen hatte.

Ich brauche kaum zu erwähnen, daß meine Verleumdung durch Betty Lawrence mich nicht beunruhigte. Durch die Arglist dieses Weibes war mein Vater ohne Zweifel ebenso hintergangen worden wie seine Nachbarn. Ich galt ihnen als Dieb und ausschweifender Mensch, aber ihr Irrtum hatte mir bisher keinen Schaden zugefügt. Die Zeit kam vielleicht, welche die Anklagen ohne mein Zutun widerlegte. Betty ließ gewiß früher oder später ihre Maske fallen und lieferte dann das Gegengift für ihre eigenen Gifte, oder es trug sich irgendein neues Ereignis zu, welches mich die Auflösung beschleunigen ließ.

Ich erreichte Hadwins Haus. Ich wurde als Gast mit einiger Freundlichkeit empfangen. Ich sah mich unter den sinnigen Gesichtern, welche das Gastzimmer erfüllten, nach dem des Wirtes um, fand diesen aber in einem besonderen Raum mit zwei oder drei anderen an einem Tische sitzend. Als ich meinen Wunsch äußerte, mit ihm allein zu sprechen, entfernten sich die anderen.

Hadwins Gesicht hatte einige Züge der Ähnlichkeit mit seinem Bruder; aber das milde, ruhige Wesen, die bleichen Wangen und die schlanke Gestalt des letzteren bildeten einen schroffen Gegensatz zu dem vierschrötigen Körper, der kecken Anmaßung und der geröteten Stirn des ersteren. Die Wut dieses Menschen wurde durch einen Strohhalm erregt; sie reizte ihn im Nu zu Flüchen und Drohungen und machte sein Leben zu einer ewigen Zänkerei. Je eher meine Unterredung mit einem solchen Menschen zu Ende war, desto besser mußte es sein. Ich setzte daher den Zweck meines Kommens so vollständig und mit so wenigen Worten als möglich auseinander.

»Ihr Name, Sir, ist Philip Hadwin. Ihr Bruder William aus Malverton starb kürzlich und hinterließ zwei Töchter. Nur die jüngste lebt noch, und ich komme, Sie in ihrem Namen zu benachrichtigen, daß sie im Begriff steht, über ihr Eigentum zu verfügen, da kein Testament Ihres Bruders vorhanden ist. Ihnen als dem Bruder ihres Vaters glaubte sie diese Nachricht schuldig zu sein.«

Die Veränderung, welche während dieser Anrede in dem Gesichte dieses Mannes vor sich ging, war bemerkenswert, läßt sich aber nicht leicht beschreiben. Seine Wangen röteten sich dunkler, seine Augen sprühten Feuer, und seine Züge nahmen einen Ausdruck an, in welchem sich Neugier mit Wut mischte. Er beugte sich vor und sagte mit heiserer Stimme und geringschätzigem Tone: »Sagen Sie, ist Ihr Name Arthur Mervyn?«

Ich antwortete ohne Zögern und als ob die Frage vollkommen gleichgültig wäre: »Ja, meine Name ist Mervyn.«

»Verdammt! Sie sind also der verfluchte Schuft – (doch gestatten Sie mir, seine Worte ohne die zahlreich eingeschalteten Flüche zu wiederholen. Er sprach keine drei Worte, ohne sie mit einem *Gottverdammt!*, *Verflucht!*, *Ich will zur Hölle fahren!* oder ähnlichen Flüchen zu begleiten) –, Sie sind also der verfluchte Schuft, der Billys Haus beraubte, der mit der Törin, seiner Tochter, davonlief, der sie überredete, das Testament ihres Vaters zu verbrennen, und Sie haben noch die höllische Unverschämtheit, in dies Haus zu kommen! Aber dafür danke ich Ihnen. Ich wollte Sie aufsuchen, Sie haben mir viel Mühe erspart. Ich werde alle Rechnungen mit Ihnen hier begleichen. Schön und sanft, mein lieber Bursche! Wenn ich Sie nicht an den Galgen bringe – wenn ich Sie ohne ein solches Halsband laufen lasse! Verdammte Unverschämtheit! Kerl! Ich bin in Malverton gewesen. Ich habe von Ihren Streichen gehört. So! Da Sie also das Testament nicht nach Ihrem Willen fanden, weil Sie wußten, daß der Vollstrecker desselben Ihre Pläne hintertreiben würde, warfen Sie es ins Feuer; Sie stahlen alles Geld aus dem Haus und brannten mit dem Mädchen durch! – Der alte Kerl sah alles und wird die Wahrheit beschwören.«

Diese Worte erweckten mein Erstaunen. Ich hatte nicht die Absicht, vor diesem Manne den Inhalt und die Vernichtung des Testamentes zu verbergen, noch sogar ihm die Maßregeln zu verschweigen, welche seine Nichte ergriffen hatte oder noch zu ergreifen beabsichtigte. Was ihm, meiner Vermutung nach, unbekannt war, schien ihm durch die Schwatzhaftigkeit Calebs mitgeteilt worden zu sein, der neugieriger und weniger einfältig sein mußte, als ich anfangs gedacht hatte. Statt bei dem Küchenfeuer zu kauern, während Eliza und ich uns in einem der oberen Räume miteinander unterhielten, mußte er uns durch das Schlüsselloch belauscht und das Gesehene und Gehörte Hadwin mitgeteilt haben.

Hadwin fuhr fort, seine Wut in Flüchen und Drohungen auszulassen. Mehrmals ballte er die Faust und hielt sie mir vor das Gesicht und zog sie wieder zurück, als wollte er den Schlag desto tödlicher machen; dann durchlief er dieselbe Reihenfolge von Ausrufungen über meine Unverschämtheit und Nichtswürdigkeit und sprach vom Galgen oder dem Drillhäuschen, verstärkte jedes Wort durch die Bezeichnungen *verdammt* und *höllisch* und schloß jeden Satz mit den Worten: »Verflucht sollen Sie sein!«

Mir blieb nur eine Vorgehensweise; jeder tätliche Widerstand gegen einen Menschen von seiner Kraft wäre Unsinn gewesen. Es war meine Aufgabe, seinen Zorn dahin zu bringen, daß er sich auf Worte beschränkte, und geduldig darauf zu warten, daß sein Anfall endigte oder sich legte. Um dies zu bewirken, blieb ich sitzen, verbannte aus meinem Gesichte sorgfältig jedes Zeichen der Furcht oder des Schreckens auf der einen Seite sowie des Trotzes oder der Herausforderung auf der anderen. Mein Aussehen und meine Haltung waren die eines Menschen, der harte Worte erwartete, aber durchaus keinen Argwohn hegte, daß darauf Schläge folgen könnten.

Meine Sicherheit verdankte ich der unwandelbaren Beachtung dieses Systems. Nur einen Augenblick nach der einen oder der anderen Seite davon abzuweichen würde mir seine Streiche zugezogen haben. Daß er nicht augenblicklich zu Gewalttaten überging, flößte mir Mut ein, da es von mir abhing, seiner Leidenschaftlichkeit Nahrung zu geben. Wut muß sich entweder steigern oder abnehmen; und da es an jeder Herausforderung fehlte, war das allmähliche Sinken die unausbleibliche Folge.

Mein Benehmen war darauf berechnet, die Flamme zu dämpfen, nicht nur durch unmittelbare Mittel, sondern auch dadurch, daß ich seine Aufregung von den Beleidigungen, die er empfangen zu haben meinte, auf die Neuheit meines Betragens ablenkte. Die Ungleichheit unserer Größe und Kraft war zu augenscheinlich, als daß er glauben konnte, ich vertraute zu meiner Verteidigung meinen Muskeln; und da ich weder Geringschätzung noch Furcht verriet, konnte er nichts anderes glauben, als daß ich auf meine eigene Rechtschaffenheit oder auf seine Mäßigung baute. Ich ergriff die erste Pause in seinem Redeschwall, um diesen Glauben zu bestätigen.

»Sie sind aufgebracht, Mr. Hadwin, und sind sehr laut in Ihren Drohungen, aber diese erschrecken mich nicht. Sie erregen weder meine Unruhe noch meine Besorgnis, denn ich weiß, ich werde imstande sein, Sie zu überzeugen, daß ich Sie nicht beleidigt habe. Dies ist ein Wirtshaus, und ich bin hier Ihr Gast. Ich bin sicher, daß ich hier bessere Unterhaltung finden kann als Schläge. Sehen Sie«, fuhr ich lächelnd fort, »es ist möglich, daß ich nicht der Schuft bin, den sich Ihre Phantasie ausgemalt hat. Ich mache auf Ihre Nichte keine anderen Ansprüche als die der Freundschaft, und sie ist jetzt in dem Hause eines Ehrenmannes, Mr. Curling, wo sie so lange zu bleiben beabsichtigt, als es passend ist.

Es ist wahr, daß Ihr Bruder ein Testament hinterließ, welches seine Tochter in meiner Gegenwart verbrannte, weil sie die Rechte fürchtete, welche Ihnen dieses Testament nicht nur über ihr Vermögen, sondern auch über ihre Person verliehen hätte. Es ist wahr, daß sie, als sie das Haus verließ, das Geld mit sich nahm, welches nun ihr gehörte und das zu ihrem Lebensunterhalt nötig war. Es ist wahr, daß ich ihr Gesellschaft leistete und sie unter der Aufsicht eines Ehrenmannes zurückließ. Weiter bin ich aber für nichts verantwortlich. Was Sie betrifft, so hatte ich nicht die Absicht, Sie zu beleidigen; ich riet nicht dazu, das Testament zu verbrennen. Ich war bis zu jenem Ereignis mit Ihrem Charakter vollkommen unbekannt. Ich wußte von Ihnen weder etwas Gutes noch etwas Böses. Ich kam, um Ihnen das alles zu sagen, weil Sie als Elizas Oheim ein Recht darauf hatten, davon unterrichtet zu werden.«

»So! Sie kamen also, um mir zu sagen, daß sie das Testament ihres Vaters verbrannte und daß sie jetzt – was denn will, wenn ich bitten darf? Das Vermögen ihres Vaters? Ei ja doch, ich beschwöre Sie. Nehmen Sie es mit sich, doch alles andere – Land, Haus, Vorräte – gehört mir. Alles! Alles ist durch Verpfändung gesichert, und Billy war so gütig, auch noch eine Schuldverschreibung hinzuzufügen. Die eine wurde vor einer Woche unterzeichnet und die andere eingetragen. So habe ich alles sicher in meinen Händen, und das Mädchen mag leer ausgehen und meinetwegen verhungern. Ich werde mir um die Metze keine Sorgen machen. Sie dachten, Sie hätten ein großes Los gezogen, aber, verdammt sei's, Sie haben an mir den Rechten gefunden. Phil Hadwin ist nicht so leicht zu fangen, die Versicherung gebe ich Ihnen. Ich wollte Ihnen diese Nachricht geben und eine Tracht Prügel in den Kauf, aber Sie mögen gehen, und das schnell. Sie verbrannte also das Testament, weil ich darin genannt bin – und schickte Sie ab, mir das zu sagen? Ihr guten Seelen! Das war sehr freundlich von euch, und ich bin euch sehr dankbar dafür. Bringen Sie ihr die Nachricht von der Pfandverschreibung, und was Sie betrifft, so verlassen Sie mein Haus. Sie mögen für diesmal zollfrei ausgehen; aber ich verpfände mein Wort für gesunde Schläge, wenn Sie das nächste Mal meine Schwelle betreten. Ich will es Ihnen mit Zinsen bezahlen. Verlassen Sie mein Haus, sage ich!«

»Eine Pfandverschreibung«, wiederholte ich mit leiser Stimme und stellte mich, als hätte ich seine Aufforderung nicht gehört, »das wird eine traurige Nachricht für meine Freundin sein. Ei, Sir, Sie sind ein glücklicher Mann. Malverton ist ein vortrefflicher Ort, gut bewässert und bebaut, neu und vollständig eingezäunt, keine größere Scheuer im ganzen Bezirk. Ochsen, Kühe und Pferde im besten Stande; ich sah nie einen schöneren Obstgarten. Meiner Treu, Sir, Sie sind ein glücklicher Mann. Aber bitte, was haben Sie zum Mittagessen? Ich bin hungrig wie ein Wolf. Lassen Sie mir eine Suppe und ein Beefsteak bringen. Die Flasche dort – ist das Apfelwein, so nehme ich ihn. Bitte, schieben Sie mir die Flasche herüber.« Indem ich dies sagte, streckte ich selbst die Hand nach der Flasche aus, die vor ihm stand.

Ich vertraute auf die Macht eines furchtlosen, zuversichtlichen Benehmens. Ich dachte, da Zorn die Nahrung des Zornes ist, müßte dieser unbedingt im Kampfe mit dem Gleichmut verschwinden. Diese Meinung war mehr instinktmäßig als die Frucht der Erfahrung, und vielleicht gab ich keinen Beweis des Scharfsinns, indem ich auf deren Wahrheit meine Sicherheit setzte. Hadwins Charakter machte, daß alle ihn fürchteten und ihm gehorchten. Er war an bereitwillige und zitternde Unterwürfigkeit von

Männern gewöhnt, die ungleich erfahrener und kräftiger waren als ich, und zu finden, daß seine heftigsten Drohungen und Bewegungen ganz wirkungslos bei einem so kleinen und schwächlichen Geschöpfe blieben, wie ich bin, mußte zugleich seine Wut steigern und sein Staunen erregen. Eine Regung wirkte der andern entgegen und hemmte sie. Er hob die Hand, aber er zögerte, den Schlag zu führen. Ein Streich, mit seiner gewöhnlichen Gewalt geführt, war hinreichend, mich zu vernichten. Obgleich ich scheinbar sorglos war, beobachtete ich dennoch seine Bewegungen genau und bereitete mich vor, dem Schlage auszuweichen. Inzwischen streckte ich die Hand weit genug aus, die Flasche zu erreichen, und indem ich den Inhalt in einen Becher leerte, sagte ich:

»Ich trinke auf Ihre Gesundheit, Sir, und wünsche Ihnen den baldigen Besitz von Malverton. Ich übe einigen Einfluß auf Eliza aus und will sie bestimmen, sich jedes Widerstandes sowie jeder Klage zu enthalten. Weshalb sollte sie auch klagen? Solange ich lebe, wird sie es nicht nötig haben zu betteln. Ohne Zweifel sind Ihre Ansprüche rechtskräftig begründet, und deshalb darf ihnen auch kein Widerspruch entgegengesetzt werden. Was das Gesetz gab, hat das Gesetz genommen. Gesegnet seien die Vollstrecker des Gesetzes! – Vortrefflicher Apfelwein! Bitte, öffnen Sie noch eine Flasche, und dann haben Sie die Güte, das Mittagessen zu beschleunigen, wenn Sie nicht wollen, daß ich vor Hunger unter den Tisch sinke.«

Es war vielleicht richtig, den Dämon Geiz zum Kampfe gegen den Dämon Zorn heraufzubeschwören. Die Vernunft allein mußte in einem solchen Streite machtlos sein;

ich sprach aber in der Tat ohne Arglist oder Verstellung. Wenn seine Ansprüche rechtmäßig waren, mußten Widersprüche nutzlos und schädlich sein. Ich dachte nicht daran, mich nur auf seine Versicherungen zu verlassen, und gelobte mir, mich von seinem Rechte durch den Einblick in das Dokument zu überzeugen. Die Schuldverschreibung mußte, wenn sie rechtskräftig war, in irgendeinem öffentlichen Amte liegen, und dort war die Einsicht leicht zu erlangen. Derweil gab es keinen Grund, mich von ihm im Zorn zu trennen, da doch seine Verwandtschaft mit Eliza und sein Anspruch auf ihr Vermögen es nützlich machten, seine Gunst zu gewinnen. Es war möglich, eine Mäßigung seiner Ansprüche zu erlangen, selbst wenn das Gesetz sie bestätigte; es wäre daher zumindest unklug gewesen, die Möglichkeiten eines Nachlasses zu vermindern, indem ich seine Wut nährte und seine Feindschaft erweckte.

»Was!« rief er in einem Ausbruche der höchsten Wut. »Bin ich nicht mehr Herr in meinem eigenen Hause? Hinaus, sage ich!«

Das waren heftige Worte, aber sie wurden nicht von Bewegungen und Tönen begleitet, die ebenso drohend waren wie die früheren. Es war offenbar, daß die Flut, welche mir mit Vernichtung gedroht hatte, zurückzuweichen begonnen hatte. Das ermutigte mich auszuharren.

»Beunruhigen Sie sich nicht, mein guter Freund«, sagte ich ruhig und lächelnd. »Ein Mann von Ihrem Knochenbau braucht einen Zwerg, wie ich einer bin, nicht zu fürchten. Ich werde schwerlich imstande sein, Sie in Ihrer eigenen Burg, mit einem Heere von Stallknechten, Kellnern und Köchen hinter sich, zu überwältigen. Sie sollen hier unbestrittener Herr bleiben, nur bitte ich Sie, Ihre Herrschaft dazu anzuwenden, mir ein Mittagessen zu verschaffen.«

Seine Einwilligung in einen Friedensplan geschah nur widerstrebend und allmählich. Er legte einen wütenden Ton und Blick nach dem andern beiseite und willigte endlich ein, nicht nur für mich ein Mittagessen bringen zu lassen, sondern auch, es mit mir zu teilen. Nichts war für ihn selbst mehr eine Veranlassung des Staunens als sein eigenes Benehmen. Er wußte nicht, wie ihm geschah. Er war noch nie zuvor so behandelt worden. Er war gegen Bitten und Unterwürfigkeit nicht unempfindlich; aber ich hatte weder gebeten noch mich ihm unterworfen. Der Stoff, aus dem ich gemacht war, kam ihm zugleich verdammt und ganz teuflisch vor. Wenn er an meine Unverschämtheit dachte, in seinem Hause zu bleiben, nachdem er mich hinausgewiesen hatte, fühlte er sich geneigt, wieder in Leidenschaft zu geraten. Wenn er an meinen Mut dachte, seinen Zorn ungeachtet seines Ungestüms und meiner eigenen Körperschwäche leichtzunehmen, konnte er nicht ohne Achtung auf mich blicken. Doch meine Geduld unter seinen Vorwürfen, mein unwandelbarer Gleichmut und meine bereitwillige Anerkennung seiner Rechte besänftigten und bestachen ihn vollends.

Von Schlägen und Mißhandlungen verschont zu bleiben war alles, was ich von diesem Manne erreichen konnte. Ich erzählte ihm die Wahrheit in Beziehung auf meine eigene Geschichte, soweit sie mit den Hadwins zusammenhing. Ich schilderte in ergreifenden Farben die hilflose Lage Elizas, konnte aber von ihm nichts herauspressen als seine Einwilligung, daß sie, wenn sie wolle, zu ihm kommen und bei ihm leben sollte. Er wolle ihr Kost und Kleidung für so viel häusliche Arbeit gewähren, als sie verrichten konnte. Zog sie es vor, anderwärts zu leben, so versprach er, ihr nicht im Wege zu stehen und sie nicht zu belästigen. Das Haus und das Land wären durch das Gesetz sein eigen, und er würde beides behalten.

Es stand mir nicht zu, ihm Vorhaltungen zu machen oder ihn zu beschimpfen. Ich erwähnte, welche Maßregeln ein Mann ergreifen sollte, der um das Wohl anderer mehr besorgt ist als um sein eigenes; welche Sorge er für das Wohlergehen eines unschuldigen Mädchens hegen würde, das mit ihm so nahe verwandt wäre und der es an allen natürlichen Freunden mangelte. Wenn er ihretwegen auch nicht auf sein Pfandrecht verzichtete, so würde er ihr doch eine kleine Summe zu ihrem Unterhalt gewähren. Er würde ihr in allen dringenden Fällen seinen Rat und seinen Schutz nicht entziehen.

Er sagte, das alles wäre purer Unsinn. Er könnte sich nicht genug über meine Torheit wundern, ihm die freiwillige Verzichtleistung auf hundert Acker reichen Landes zugunsten eines Mädchens zuzumuten, das kaum seine rechte Hand von der linken zu unterscheiden vermochte, das der erstbeste verschlagene Schelm wie ich hintergehen würde, um es selbst noch in den Handel mit hineinzunehmen. Aber meine Torheit würde noch durch die Unverschämtheit übertroffen, da ich als der Freund des Mädchens eigentlich nur für mich selbst spräche. Ich wäre zu ihm gekommen, den ich nie zuvor gesehen hätte, an den ich keine Ansprüche machen dürfte und der, wie ich wohl wüßte, Ursache hätte, mich für einen Gauner zu halten, und sagte ganz bescheiden: »Da ist ein Mädchen, das kein Vermögen hat. Ich aber suche dringend eins. Bitte, geben Sie ihr doch die Mittel, die Sie besitzen. Wenn Sie das tun, werde ich sie heiraten und den Besitz in meine eigenen Hände nehmen.« Ich müßte dankbar dafür sein, daß er eine solche Bitte nicht mit der Pferdepeitsche beantwortete. Doch wenn er ihr seine Besitzung nicht gäbe, so möchte er ihr wenigstens seinen Rat und seinen Schutz nicht versagen. »Das zu tun, habe ich mich erboten«, fuhr er fort. »Sie mag kommen und in meinem Hause leben, wenn sie will. Sie mag einen Teil der häuslichen Arbeit verrichten. Ich werde das Stubenmädchen entlassen, um für sie Platz zu machen. Lizzy hat ein reizendes Gesicht, soviel ich mich erinnere. Sie kann dafür keinen besseren Markt finden als bei ihrer Arbeit als Stubenmädchen in einem Wirtshause. Wenn sie es richtig anfängt, kann sie am Ende des Jahres ein hübsches Sümmchen beisammen haben.«

Ich glaubte, es sei Zeit, die Unterredung abzubrechen, und da mein Mittagsmahl beendigt war, nahm ich Abschied, indem ich das Bild eines wunderlichen Kauzes zurückließ. Ich eilte nach dem Amte des obersten Notars, welches sich im Dorfe befand, und überzeugte mich hier schnell von der Wahrheit der Ansprüche Hadwins. Es lag eine rechtsgültige Schuldverschreibung über eine so große Summe vor, daß sie ganz Malverton verschlingen mußte. Mit dieser Nachricht versehen, trat ich schweren Herzens meine Rückreise zu Mr. Curling an.

Elftes Kapitel

Dies Ereignis bewirkte natürlich eine Änderung meiner Pläne in Beziehung auf meine Freundin. Ihr Vermögen bestand in einigen hundert Dollar, welche, sparsam verwendet, auf dem Lande ein anständiges Unterkommen sichern konnten. Wenn das Geld verbraucht war, mußte sie ihren Lebensunterhalt durch das Spinnrad oder als Milchmädchen verdienen, es sein denn, das Glück ermöglichte es mir, sie in eine günstigere Lage zu bringen. Dieser Zustand war in einiger Beziehung nur wenig von dem verschieden, in welchem sie den früheren Teil ihres Lebens zugebracht hatte; doch in dem Hause ihres Vaters empfingen diese Beschäftigungen dadurch ihre Würde, daß sie gewissermaßen freiwillig waren und durch häufige Unterbrechungen der Muße und des Vergnügens erleichtert wurden. Jetzt mußten sie lästig und knechtisch und beschwerlich werden, da sie für Fremde gegen Lohn verrichtet und durch die Notwendigkeit aufgezwungen wurden. Das Gefühl der Gleichheit, väterliche Sorge und schwesterliche Zärtlichkeit fehlten, das Joch zu erleichtern.

Diese Übelstände waren indes nur eingebildet. Das war die Schule, in welcher Kraft und Unabhängigkeit erlernt werden mußten. Gewohnheit und die Reinheit des ländlichen Lebens mußten auch die Bande wieder neu knüpfen, welche der Tod zerrissen hatte. Die Zuneigung des Vaters und der Schwester mußte durch die innigere und vernunftmäßigere Anhänglichkeit der Freundschaft ersetzt werden. Diese Arbeiten waren der Schönheit und Gesundheit nicht nachteilig. Was man von ihnen fürchten konnte, war die Unterdrückung geistigen Strebens; daß sie mehr an Übung des Körpers als an Beschäftigung des Verstandes gewöhnten, daß sie Gleichgültigkeit oder Widerwillen gegen die einzigen Werkzeuge vernunftmäßiger Vervollkommnung, Feder und Buch, erweckten.

Dieses Übel lag indes für Eliza noch in einiger Entfernung. Ihr gegenwärtiger Aufenthalt war still und heiter. Hier konnte sie sich wenigstens für die nächsten zwölf Monate häuslicher Freuden und der Gelegenheiten zu geistiger Bildung erfreuen. Diese Zeit war vielleicht hinreichend, die Gewohnheit geistiger Bestrebungen zu begründen. Was für Pläne zu diesem Zwecke zu entwerfen waren, mußte durch die mir selbst vorbehaltene Bestimmung entschieden werden.

Mein Pfad war bereits bezeichnet, und meine Phantasie verfolgte ihn mit ungemeinem Vergnügen. In Ihrer Familie zu leben, Ihren Beruf zu erlernen, irgendeine zufällige oder untergeordnete Tätigkeit zu verfolgen, durch welche ich Muße und Mittel gewinnen konnte, die medizinischen Studien zu betreiben, mich geselliger Erholungen zu erfreuen und auf den Spuren Ihrer geschäftigen Laufbahn Menschenkenntnis zu erlangen, das war der Gipfel meiner Wünsche. Diese Bestimmung hinderte keineswegs einen regelmäßigen Briefwechsel mit Eliza oder gelegentliche Besuche bei ihr. Ihre Feder konnte dadurch zur Tätigkeit veranlaßt, ihr Geist durch Bücher geweckt werden und jede Stunde ihren

Schatz des Wissens vergrößern und die Grenzen ihrer Fähigkeiten erweitern.

Ich war niedergeschlagen und traurig, als ich .. verließ; doch Betrachtungen über mein künftiges Los und richtige Ansichten von der Lage meiner Freundin führten unmerklich meine Heiterkeit zurück. Ich kam gegen Abend bei Mr. Curling an und beeilte mich, Eliza den Ausgang meines Auftrages mitzuteilen. Sie wurde dadurch betrübt, doch nur weil es der Absicht, die sie voller Hoffnung gepflegt hatte, entgegentrat, der Absicht, in der Stadt zu leben. Etwas wurde sie durch mein Versprechen getröstet, ihr regelmäßig zu schreiben und sie zuweilen zu besuchen.

Am nächsten Morgen machte ich mich zu Fuß auf den Weg hierher. Die Reise war nicht lang; das Wetter zwar kalt, aber gesund und heiter. Ich befand mich in der freudigsten Stimmung und sah vor mir in der Welt nichts als Sonnenschein und Glück. Ich war mir bewußt, daß mein Glück nicht von dem Wechsel der Jahreszeiten noch von den Launen der Menschen abhing. Außen war in der Tat alles Hindernis und Ungewißheit; aber innen war meine Brust eine unerschütterliche Grundlage. Meine Vorsätze waren redlich und fest. Jeder Sinn war ein Tor zum Vergnügen, weil er mich zum Wissen führte; und meine Seele brütete über einer Welt von Gedanken und verglühte bei dem Anblick der Schönheit ihrer eigenen Schöpfungen.

Diese Glückseligkeit war zu entzückend, um von langer Dauer zu sein. Ich stieg allmählich wieder aus diesen Höhen herab, und die Erinnerung an vergangene Ereignisse im Verein mit den Bildern Ihrer Familie, zu der ich zurückkehrte, lenkten meine Gedanken in eine andere Richtung.

Welbeck und das unglückliche Mädchen, das er verraten hatte, Mrs. Villars und Wallace fielen mir wieder ein. Die Absichten, welche ich entworfen hatte, um das Schicksal Clemenzas zu entscheiden und ihr Beistand anzubieten, rief ich mir wieder in Erinnerung. Mein früherer Beschluß in Beziehung auf sie wurde wegen der Ungewißheit aufgegeben, in welcher ich damals über das Geschick der Hadwins schwebte. War es nicht notwendig geworden, diesen Beschluß jetzt ganz beiseite zu lassen?

Das war in der Tat ein trauriger Ausgang. Kein Wunder also, daß ich dagegen aufbegehrte und in mir den Zweifel nährte, ob Geld denn das einzige Mittel sei, das Heil herbeizuführen, ob Vorsicht, Festigkeit und Klugheit nicht die beste Verwahrung gegen das Übel sein konnten. Hatte ich nicht das Mittel in Händen, die verderbliche Unwissenheit zu verbannen, in welcher sie sich über Welbeck befand, sowie über die, bei denen sie lebte? War ich nicht durch meine frühere, wenn auch nur flüchtige Bekanntschaft mit ihr berechtigt, sie aufzusuchen?

Angenommen, ich betrat das Haus der Mrs. Villars, wünschte die Lady zu sprechen, redete sie mit teilnahmsvoller Einfachheit an und sagte ihr die Wahrheit? Weshalb sollte ich ängstlich danach suchen, den Weg zu ebnen? Weshalb Ausreden, Entschuldigungen und Winkelzüge anwenden? Das alles sind falsche und verderbliche Schleichwege, unwürdig eines ehrbaren Zweckes und eines aufrichtigen Gemütes. Sie für meinen Besuch unzugänglich zu halten war albern. Auf die Erlaubnis derer zu warten, deren Interesse vielleicht heischte, Besucher abzuweisen, wäre Feigheit gewesen. Das war ein Eingriff in ihre persönliche

Freiheit, welchen Gerechtigkeit und Gesetz gleichermaßen verdammten. Mit welchem Recht konnte ihr der Verkehr mit anderen verweigert werden? Türen und Gänge lagen vielleicht zwischen ihr und mir. Bei einem Vorsatze wie dem meinigen hatte niemand ein Recht, die einen oder die anderen vor mir zu verschließen. Hinweg also mit feigem Widerstreben und tölpelhaftem Zagen und sogleich zu ihrer Wohnung geeilt!

Mrs. Villars ist die Pförtnerin des Hauses. Sie wird wahrscheinlich selbst vor mir erscheinen und mich nach dem Grunde meines Besuches fragen. Was soll ich ihr sagen? Die Wahrheit. Diesem Weib gegenüber zu zögern oder Ausflüchte zu machen oder mich zu verstellen wäre eine Erbärmlichkeit. Vielleicht ist ihr Charakter verkannt und verleumdet worden. Kann ich ihr einen größeren Dienst erweisen, als sie mit dem Gerede bekannt zu machen, welches hinter ihrem Rücken verbreitet wird, und ihr so die Gelegenheit zur Rechtfertigung zu bieten? Vielleicht ist sie wirklich selbstsüchtig und verworfen, die Verführerin der Jugend und die Vermittlerin der Unkeuschheit. Verdient sie dann nicht, auf die Größe ihrer Irrtümer und die Schmach ihres Geschäftes aufmerksam gemacht zu werden? Vor dieser Aufgabe zurückzuweichen würde feig und schwach von mir gewesen sein. So weit wenigstens mußte ich meinen Mut ausdehnen.

Ach! Clemenza versteht meine Sprache nicht. Meine Gedanken kann ich nur durch Worte mitteilen, und in meinen Worten wird sie keinen Sinn zu finden vermögen. Doch ist das nicht eine übereilte Ansicht? Die Übersetzung der Schauspiele Zenos, die ich auf ihrer Toilette fand, gehörte wahrscheinlich ihr, und darin lag ein Beweis, daß sie mit meiner Sprache nicht ganz unbekannt war. Seitdem war beinahe ein halbes Jahr verflossen, während dessen sie bei Leuten wohnte, die Englisch sprachen, und folglich konnte sie nicht verfehlt haben, sich darin zu vervollkommnen. Dieser Schluß war zwar etwas zweifelhaft, aber ein Versuch mußte darüber entscheiden.

Bisher war ich nur schlendernd weitergegangen. Ich dachte, ich käme zwischen Sonnenaufgang und Mondschein noch immer zeitig genug zu ihrer Türe, wenn mein Weg auch dreimal länger wäre. Sie waren das freundliche Phantom, das vor mir schwebte und mich zu sich winkte. Welche vollständige Umwälzung war in dem Laufe weniger Sekunden vorgegangen! Denn nur so lange mußten sich meine Gedanken mit Clemenza und den Villars beschäftigten, um in einem halblauten Selbstgespräch über meine Lippen zu kommen. Ich zitterte vor Ungeduld und stürmte ungestüm vorwärts. Ich sah nichts als eine Allee von Catalpas, ohne Laub und mit Eiszapfen behangen, und dahinter ein Dach, aus dem vier Schornsteine emporstiegen. Meine Phantasie eilte meinen Schritten voraus und war geschäftig, mir Gesichter und Reden auszumalen. Ich erreichte nun diesen neuen Gegenstand meines Strebens, ging durch die Allee, bemerkte, daß einige Fenster des Hauses nicht verschlossen waren, zog daraus den Schluß, daß das Haus nicht ohne Bewohner sei, und klopfte schnell und laut an.

Im Inneren schlich jemand zur Türe, öffnete sie mit augenscheinlicher Vorsicht und nur eben weit genug, daß ich das Gesicht sehen konnte. Es war das schüchterne, bleiche, ungewaschene Gesicht eines Mädchens, das man offensichtlich aus irgendeiner der benachbarten Hütten geholt und als Magd gedungen hatte, der es nun oblag, Holz und Wasser zu besorgen und Zuber und Kübel zu scheuern. Sie wartete in ängstlichem Schweigen darauf, daß ich den Zweck meines Kommens verkündigte. Ob Mrs. Villars zu Hause wäre?

Nein, sie sei in die Stadt gegangen.

Ob irgendeine ihrer Töchter zu sprechen wäre? Sie könnte es nicht sagen; sie glaubte – sie dächte – welche ich sprechen wollte; Miss Hetty oder Miss Sally?

»Miss Hetty«, sagte ich und drückte zugleich leise gegen die Türe. Halb widerstrebend wich das Mädchen zurück; ich trat in den Flur, legte die Hand auf den Griff einer Türe, die zu dem Sprechzimmer zu führen schien, und fragte: »Ist Miss Hetty in diesem Zimmer?«

Nein; es wäre niemand darin.

»Nun, so gehen Sie und rufen Sie sie. Sagen Sie ihr, es wäre jemand hier, der sie in einer wichtigen Angelegenheit zu sprechen wünschte. Ich will in diesem Zimmer auf sie warten.« Mit diesen Worten öffnete ich die Türe und trat in das Gemach, während das Mädchen sich entfernte, meinen Auftrag auszuführen.

Das Zimmer war groß und reich möbliert, aber überall zeigten sich Vernachlässigung und Unordnung. Der Teppich lag in Falten und war nicht gekehrt; eine Uhr stand auf dem Tische unter einer Glasglocke, auf der so viel Staub lag, daß man kaum hindurchsehen konnte. Der Zeiger bewegte sich nicht und stand auf vier, statt auf neun Uhr; Kohlen lagen auf dem Kaminherde umhergestreut und eine

Feuerzange mit dem Griffe in der Asche; ein Klavier, geöffnet, an dem einen Ende mit einem Haufen übereinanderliegender Noten, an dem anderen mit mehreren Büchern bedeckt, teils offen, teils aufgeschlagen mit dem Rücken nach oben – zerrissen, zerdrückt, beschmutzt, verstaubt, die Tische schief stehend, die Stühle kreuz und quer untereinandergeschoben –, kurz, kein einziger Gegenstand, welcher nicht Unordnung oder gänzliche Unkenntnis häuslicher Zierde und Sauberkeit verraten hätte.

Meine Muße nutzte ich dazu, diese Gegenstände zu überblicken und auf die nahenden Tritte der Miss Hetty zu lauschen. Einige Minuten verflossen, und es kam niemand. Ein Grund für eine Verzögerung war leicht denkbar, und ich wartete geduldig. Ich öffnete ein Buch, ich berührte das Instrument, ich betrachtete die Vasen auf dem Kaminsims, die Figuren auf den Vorhängen und einen Kupferstich von Apollo und der Sybille, nach Salvator, der über dem Kamin hing. Ich besah meine eigene Gestalt und Kleidung in einem Spiegel und fragte mich, wie meine ländliche Erscheinung von dem oberflächlichen und wollüstigen Geschöpfe betrachtet werden würde, dem ich mich vorzustellen beabsichtigte.

Da wurde der Drücker der Türe leise bewegt, sie öffnete sich, und das bereits beschriebene einfältige Mädchen trat ein. Sie sprach, aber so zitternd, so flüsternd, daß viel Aufmerksamkeit erforderlich war, um ihre Worte zu verstehen: – Miss Hetty wäre nicht zu Hause, sie wäre mit der Mistress in die Stadt gegangen.

Das war eine Auskunft, die keinen Glauben verdiente. Was sollte ich tun? Sie beharrte darauf, die Wahrheit zu sagen. »Nun gut«, sagte ich endlich, »so melden Sie Miss Sally, daß ich sie zu sprechen wünsche. Sie sagt meiner Absicht ebensogut zu.«

Miss Sally wäre auch nicht zu Hause. Sie wäre ebenfalls in die Stadt gegangen. Sie wüßte nicht, wann sie zurückkommen würden; nicht vor der Nacht, vermutete sie. Es wäre in der Tat so, niemand befände sich zu Hause, niemand als sie und Nanny in der Küche, es wäre ganz gewiß so.

»Sagen Sie Nanny, daß sie herkommen soll; ich will ihr meinen Auftrag ausrichten.« Sie entfernte sich, aber entweder empfing Nanny meine Aufforderung nicht, oder sie hielt es nicht für nötig, ihr zu folgen. Es blieb alles still.

Meine Lage war sonderbar und kritisch. Es war unsinnig, sie zu verlängern; aber das Haus zu verlassen, ohne meine Absicht erreicht zu haben, wäre Dummheit und Torheit gewesen. Mich von Clemenzas Anwesenheit in dem Hause zu überzeugen und eine Unterredung mit ihr zu haben lag noch immer in meiner Gewalt. Hatte ich mich nicht mit meiner Unerschrockenheit gebrüstet, wenn man mich nicht zu ihr lassen wollte? Doch hier gab es weder Hindernisse noch Weigerungen. Angenommen, das Mädchen hatte die Wahrheit gesagt, daß die Herrin des Hauses und ihre Töchter abwesend waren und daß Nanny und sie selbst allein das Haus hüteten – um so besser. Meine Absicht traf dann auf keinen Widerstand. Ich brauchte nur die Treppe hinaufzusteigen und von einem Zimmer zum anderen zu gehen, bis ich fand, was ich suchte.

Dieser Plan war gewagt, hatte aber auch die Wahrscheinlichkeit des Gelingens für sich. Ich hielt es für das beste, noch einmal zu versuchen, dem Mädchen eine aufrichtige

Erklärung zu entlocken und sie zu überzeugen, mich zu irgend jemandem zu führen, der sich in dem Hause befand. Ich griff nach der Klingel und läutete heftig. Niemand kam. Ich trat in den Vorsaal, ging bis an den Fuß der Treppe, zu einem Fenster, das nach hinten hinausging. Kein Mensch war zu sehen oder zu hören.

Nochmals dachte ich über die Rechtlichkeit meiner Absichten nach, über die Möglichkeit, daß die Versicherung des Mädchens wahr war, über den Nutzen der Unternehmung und einer möglichen Unterredung mit dem Mädchen. Zu diesen Erwägungen kam noch eine Art von Reiz hinzu, den ich mir nicht leicht zu erklären vermag und der sich keinesfalls rechtfertigen läßt, der Reiz, der eben in der Verwegenheit des von mir beabsichtigten Schrittes lag sowie in den Gefahren, von denen er begleitet sein konnte. Ich dachte mit zorniger Aufregung an die Schranken und Hindernisse, welche Stolz, Laune und eine falsche Ansicht von der Schicklichkeit dem menschlichen Verkehr entgegensetzen. Ich zürnte über den Schein der Rechtschaffenheit, den viele annehmen, und entzückte mich an dem Gedanken, solche Fesseln abzuschütteln, solche Hindernisse in den Staub zu treten. Ich wollte ein menschliches Wesen sehen, um dessen Glück zu befördern. Ich wußte nicht, ob sie von dem Orte, an dem ich mich befand, womöglich keine zwanzig Schritte entfernt war. Der Zweifel mußte beseitigt werden. Wie? Indem ich den Raum untersuchte. Ich schritt augenblicklich zu dieser Untersuchung. Ich erreichte den zweiten Stock. Ich näherte mich einer verschlossenen Türe. Ich klopfte an. Nach einer kurzen Pause sagte eine sanfte Stimme: »Wer ist da?«

Der Ton war ebenso wohlklingend wie der Clemenzas, in anderer Beziehung aber von demselben verschieden. Ich hatte mit dieser Person nichts zu bereden. Ich antwortete nicht, zögerte aber, mich zu entfernen. Jetzt war dieselbe Stimme wieder zu hören: »Was wollen Sie? Weshalb antworten Sie nicht? Kommen Sie herein!« Ich folgte dieser Aufforderung und trat ein.

Es waren Überlegung und Vorsicht, die mich herführten, und nicht Zufall oder Laune. Daher war ich ruhig und fest und wurde nicht etwa durch die Gegenstände, die ich erblickte, in Verlegenheit gesetzt. Meine Neugier machte mich aber zu einem wachsamen Beobachter. Zwei Damen, in wollüstiger Nachlässigkeit gekleidet, wie es allein in einer Situation vollkommenster Zurückgezogenheit angemessen ist, saßen ungezwungen auf einem Sofa.

Beide richteten ihre Blicke auf die Türe. Die eine, welche die jüngere zu sein schien, schrie, kaum daß sie mich gesehen hatte, laut auf, sprang empor und verriet durch die Blicke, welche sie wechselweise auf mich, auf sich selbst und in dem Zimmer umherrichtete, in welchem alles ebenso nachlässig und unordentlich aussah wie unten, ihr Bewußtsein von der Unziemlichkeit dieses Zusammentreffens.

Die andere schrie ebenfalls, aber bei ihr schien dies mehr ein Zeichen der Überraschung als des Schreckens zu sein. In meiner Erscheinung und meinem Äußeren lag wahrscheinlich eine Art von Entschuldigung für mein Eintreten, als ob Einfalt und Irrtum daraus sprächen. Sie hielt es indes für zweckmäßig, ein beleidigtes Gesicht anzunehmen, und sah sehr streng aus, indem sie sagte: »Nun, Bursche, was bedeutet das? Weshalb kommen Sie hierher?«

Die Fragestellerin war von reiferem Alter, doch noch nicht über die Zeit der Anziehungskraft und der Anmut hinaus. Die ganze Schönheit, welche die Natur ihr verliehen, hatte sie noch bewahrt, aber ihr Anteil war nie sehr groß gewesen. Was sie besaß, war durch Kleidung und äußeren Schmuck so verschönert, daß es die größte Macht über die Sinne des Betrachters ausüben mußte. In ebendem Verhältnis aber, wie es berechnet und geeignet war, die zu fangen und zu fesseln, welche nichts als physische Genüsse kannten, in ebendem Verhältnis war es dazu gemacht, bei mir Widerwillen und Ekel zu erregen.

Ich weiß wohl, wie falsch mein Urteil sein konnte. Ich unterstellte ihr Unkeuschheit und erlag vielleicht zu schnell dem Schein, der mein Vorurteil bestätigte. Aber die jüngere flößte mir keineswegs denselben Widerwillen ein, obgleich ich keine Ursache hatte, sie für viel tadelloser zu halten als die andere. Ihre Sittsamkeit war ohne Ziererei und war nicht, wie bei der älteren, damit zufrieden, weitere Neugier zurückzuweisen. Das Bewußtsein, wieviel sie schon gezeigt hatte, erfüllte sie mit Verwirrung, und sie würde entflohen sein, hätte ihre Gefährtin sie nicht halb mit Gewalt zurückgehalten. »Was fehlt dem Mädchen? Es ist kein Grund zur Furcht vorhanden. – Bursche«, fuhr sie fort, »was führt Sie her?«

Ich trat näher und stand dicht vor ihnen. Ich blickte die, die zu mir gesprochen hatte, fest, doch, wie ich glaube, ohne Unverschämtheit oder Zorn an. Ich sprach mit ernstem, glühendem Tone: »Ich komme, um eine Frau zu sprechen, die in diesem Hause gelebt hat und wahrscheinlich noch immer hier wohnt. Ihr Name ist Clemenza Lodi.

Wenn sie hier ist, so fordere ich Sie auf, mich augenblicklich zu ihr zu führen.«

Es kam mir vor, als bemerkte ich bei dem Frauenzimmer einige Unruhe und ein weniger gebieterisches Wesen, als ich den Namen Clemenza nannte. Dies war indes nur vorübergehend und wich bald einem herrischen Blicke. »Was haben Sie mit ihr zu tun? Und weshalb fragen Sie auf solche Weise nach ihr? Haben Sie die Güte, das Zimmer zu verlassen. Ihre Fragen wird man Ihnen unten beantworten, sofern es zweckmäßig erscheint.«

»Ich hatte nicht die Absicht, einzudringen oder Sie zu beleidigen. Es war kein müßiger oder unverschämter Beweggrund, der mich herführte. Ich wartete unten einige Zeit, nachdem ich Sie durch das Dienstmädchen um eine Unterredung hatte bitten lassen. Sie gab mir die Versicherung, Sie wären abwesend, und legte mir so die Notwendigkeit auf, Clemenza Lodi selbst und ohne Führerin aufzusuchen. Ich habe Eile, mich zu entfernen, und bitte daher nur, nach ihrem Zimmer geführt zu werden.«

»Ich weise Sie an, dies Zimmer und das Haus zu verlassen«, entgegnete sie mit entschlossenerem Tone.

»Unmöglich, Madam!« erwiderte ich, indem ich sie noch immer fest ansah. »Das Haus verlassen, ohne sie gesehen zu haben? Ebensogut könnten Sie mir befehlen, mir die Anden auf den Kopf zu setzen! – Oder barfuß nach Peking zu wandern! Unmöglich!«

Es mischte sich jetzt einige Besorgnis in ihren Zorn. »Das ist eine sonderbare Unverschämtheit, ein unverantwortliches Betragen! Hinaus aus meiner Stube! Wollen Sie mich zwingen, die Herren zu rufen?«

»Beunruhigen Sie sich nicht«, sagte ich mit der größten Sanftmut. Es lag in der Tat Mitleid und Sorge in meinem Herzen, und diese müssen Einfluß auf meine Blicke ausgeübt haben. »Beunruhigen Sie sich nicht. Ich kam um einer Wohltat willen, nicht um irgend jemanden zu beleidigen. Ich kam nicht, um mit Ihnen zu streiten oder Sie zu tadeln, sondern nur, um einem Wesen Rat und Hilfe zu bringen, das beider bedarf. Alles, was ich verlange, ist, Clemenza zu sehen. In diesem Zimmer suchte ich, statt Ihrer, sie. Führen Sie mich zu ihr, oder sagen Sie mir wenigstens, wo ich sie finde. Ich werde Sie dann sogleich von meiner Gegenwart befreien.«

»Wollen Sie mich zwingen, die zu rufen, welche diese Unverschämtheit bestrafen werden, wie sie es verdient?«

»Teuerste Madam, ich zwinge Sie zu gar nichts. Ich bitte bloß. Ich würde Sie ersuchen, mich zu diesen Herren zu bringen, wenn ich nicht wüßte, daß nur Frauenzimmer in diesem Hause sind. Sie müssen daher meine Bitte empfangen und sie mir bewilligen. Gestatten Sie mir einen Augenblick der Unterredung mit Clemenza Lodi. Die Einwilligung dazu schadet Ihnen nichts und soll ihr zum Vorteil gereichen. Was haben Sie dagegen vorzubringen?«

»Das ist das sonderbarste Benehmen! Die merkwürdigste Aufführung! Ist dies ein passender Ort, mich mit Ihnen zu streiten? Ich warne Sie vor den Folgen, wenn Sie noch einen Augenblick länger bleiben. Verlassen Sie sich darauf, daß Sie es schmerzlich bereuen sollen.«

»Sie sind hartnäckig«, sagte ich und wendete mich zu der jüngeren, welche unserer Unterredung ängstlich und zitternd verfolgt hatte. Ich ergriff ihre Hand mit dem Ausdrucke der Unterwürfigkeit und der Ehrfurcht. »Hier«, sagte ich, »scheint Reinheit, Unschuld und Milde zu walten. Ich hielt dies Haus für einen Tempel der Wollust. Frauenzimmer erwartete ich wohl hier zu finden, doch nur solche, welche das Geschäft leichtfertiger Vergnügungen trieben; gebildet, vielleicht nicht ohne Talente, schön, geschickt, aber sittenlos, sinnlich und habgierig; doch in diesem Gesichte, in diesem Benehmen erkenne ich Zeichen der Tugend. Ich bin geboren, um getäuscht zu werden, und der Schein der Sittsamkeit ist leicht anzunehmen. Unter diesem Schleier lauert vielleicht ein beflecktes Herz und verderbte Neigungen. Ist dem so?«

Sie antwortete nicht, aber etwas in ihren Blicken schien zu verraten, daß mein günstiges Vorurteil begründet war. Ich bemerkte auch, daß die Unruhe der älteren durch diese Anrede an ihre Gefährtin gesteigert wurde. Plötzlich stieg der Gedanke in mir auf, daß dies Mädchen sich in einer ähnlichen Lage befände wie Clemenza Lodi, daß sie den Charakter ihrer Gefährtin nicht kannte und durch dies Zusammentreffen vor ähnlichen Übeln bewahrt werden konnte.

Diese Vermutung erfüllte mich mit den heftigsten Gefühlen. Clemenza war für einige Zeit vergessen. Ich zollte den Blicken und dem Benehmen der älteren keine Aufmerksamkeit, sondern beschäftigte mich nur damit, die jüngere anzuschauen. Mein Verlangen, die Wahrheit zu erfahren, verlieh meinen Worten Kraft und Nachdruck, indem ich sagte:

»Wo, wer, was sind Sie? Wohnen Sie in diesem Hause? Sind Sie eine Schwester oder Tochter dieser Familie oder lediglich zu Besuch hier? Kennen Sie den Charakter, den Beruf und die Ansichten Ihrer Gesellschafterinnen? Halten Sie dieselben für tugendhaft, oder wissen Sie, daß sie ausschweifend sind? Sprechen Sie! Ich flehe Sie an, sagen Sie es mir!«

Die mädchenhafte Verwirrung, welche sich soeben in den Zügen dieser Lady gezeigt hatte, verschwand jetzt einigermaßen. Sie hob die Augen und blickte wechselweise auf mich und auf ihre Gesellschafterin. Der Ausdruck ernsten Staunens überflog ihre Züge, und sie schien mit Angst zu erwarten, daß ich fortfahren würde zu sprechen. Die Ältere verriet währenddessen die höchste Unruhe, machte mir abermals Vorwürfe über meine Kühnheit, gebot mir, das Zimmer zu verlassen, und machte mich auf die Gefahr längeren Verweilens aufmerksam.

Ich achtete nicht auf ihre Einmischung, sondern bat die Jüngere wieder dringend, mich mit ihrer Lage bekannt zu machen. Sie hatte keine Zeit, mir zu antworten, selbst wenn ihr der Wille dazu nicht mangelte, denn jede Pause, die ich machte, wurde durch die lauten Vorwürfe und Drohungen der anderen ausgefüllt. Ich begann einzusehen, daß meine Versuche zur Erreichung meines Zweckes hier nutzlos sein würden, während ich meine Hauptabsicht noch immer ausführen konnte. Es lag in meiner Macht, die Kenntnis zu offenbaren, die ich durch Sie von Mrs. Villars und ihren Töchtern besaß. Die Mitteilung konnte überflüssig sein, da die, welcher ich sie machte, vielleicht zu der sittenlosen Familie gehörte. Das Gegenteil war indes nicht unwahrscheinlich, und meine Nachrichten konnten daher zu ihrem Heile beitragen.

Ein entschlossenes und sogar ungestümes Wesen brachte die, welche mich beständig unterbrach, zum Schweigen. Was ich zu sagen hatte, drängte ich in wenige Worte zusammen und befleißigte mich dabei der größten Klarheit und Offenheit. Ich hielt noch immer die Hand, welche ich ergriffen hatte, und heftete meine Blicke so fest auf ihr Gesicht, daß ich sie daran hinderte, die Blicke vom Boden zu erheben.

»Ich kenne Sie nicht; ob Sie keusch oder ausschweifend sind, kann ich nicht sagen. In beiden Fällen aber wird das nützlich sein, was ich sagen will. Lassen Sie mich Ihnen getreulich wiederholen, was ich gehört habe. Es sind bloße Gerüchte, und ich wünsche aufrichtig, daß sie keine Wahrheit enthalten. Die Gerüchte selbst unterwerfe ich Ihrem Urteil und hoffe, daß dieses Sie auf die Pfade der Unschuld und der Ehre führen wird.

Mrs. Villars und ihre drei Töchter sind Engländerinnen, welche einige Zeit eines untadelhaften Rufes genossen, zuletzt aber verdächtigt wurden, dem Gewerbe der Prostitution nachzugehen. Dies Geheimnis konnte nicht für alle Zeit verborgen bleiben. Die Elenden, die ihr Haus besuchten, verrieten sie. Einer von ihnen, der unter ihrem Dache starb, nachdem sie bereits auf das Land geflohen waren, offenbarte seinem Verwandten, der an seinem Totenbett wachte, ihren wahren Charakter.

Der Sterbende erwähnte auch einiger Ereignisse, in die ich selbst unmittelbar verwickelt bin. Ich stand in Verbindung mit einem Manne namens Welbeck. In seinem Hause lernte ich ein unglückliches Mädchen kennen, das einige Zeit später zu Mrs. Villars gebracht wurde. Ihr Name war

Clemenza Lodi. In diesem Hause zu wohnen, unter der Aufsicht von Frauen wie Mrs. Villars und deren Töchtern, muß ihrer Unschuld zum Nachteil gereichen, und sie aus dieser Lage zu befreien bin ich nun gekommen.«

Ich wandte mich an die Ältere und fuhr fort: »Bei allem, was heilig ist, beschwöre ich Sie, mir zu sagen, ob Clemenza Lodi unter diesem Dache weilt! Wenn nicht, wohin sie gegangen ist. Dies zu erfahren bin ich hergekommen, und es wäre ebenso nutzlos, mit der Antwort zu zögern, wie sie zu verweigern. Ich werde nicht von hier fortgehen, bis ich nicht eine Antwort erhalten habe.«

Während dieser Anrede war wilder Zorn im Busen der Frau entfacht. Er ergoß sich nun in einem Strom von Schmähworten über mich. Ich wäre ein Feigling, ein Verleumder, ein Dieb. Ich wäre um das Haus geschlichen, bis diejenigen, die durch ihr Geschlecht und ihre Stärke in der Lage seien, es mit mir aufzunehmen, fortgegangen wären. Ich hätte mir durch Betrug Einlaß verschafft. Ich wäre ein Schuft, der sich des tollsten Übermuts und der gröbsten Beleidigungen schuldig gemacht hätte.

Diese Vorwürfe zurückzuweisen oder sie zu erdulden war gleichermaßen nutzlos. Die Befriedigung, die ich suchte, konnte nur erlangt werden, indem ich das Haus durchsuchte. Ohne etwas zu sagen, verließ ich den Raum. Handelte ich gesetzeswidrig, wenn ich von einem Stockwerke zum nächsten und von einem Zimmer zum anderen schritt? Verdiente ich wirklich den Vorwurf der Tollheit und der Unbesonnenheit? Mein Betragen war, wie ich wohl weiß, zweifelhaft und gefährlich und bar jeder Vorsicht, aber meine Absichten waren ohne Zweifel rein. Ich trachtete nach nichts anderem, als ein menschliches Wesen vor Elend und Schande zu bewahren.

Ich erhebe keinen Anspruch auf die Weisheit der Erfahrung und des Alters, auf die Vorzüge der Voraussicht und der Klugheit. Ich wählte den naheliegenden Weg und verfolgte ihn mit ungestümer Hast. Gute Absichten mögen, wenn sie nicht durch Kenntnisse unterstützt werden, mehr Schaden als Nutzen zufügen, und daher müssen wir Kenntnisse erwerben; aber diese werden nicht unversehens und ohne Mühe und Anstrengung gewonnen. Inzwischen dürfen wir nicht untätig sein, weil wir unwissend sind. Unsere guten Vorsätze müssen der Ausführung entgegeneilen, mag nun unser Willen größer oder geringer sein.

Zwölftes Kapitel

Das Haus auf diese Weise zu durchsuchen war so gegen jede Gewohnheit, daß die Frauen, die ich soeben verlassen hatte, wahrscheinlich nicht damit rechneten. Daß ich mich schweigend zurückgezogen hatte, mochten sie dem einschüchternden Einflusse der Vorwürfe und Drohungen zuschreiben. Daher konnte ich meine Nachsuchungen ohne Unterbrechung fortsetzen.

Ich erreichte eines der vorderen Zimmer im dritten Stock. Die Türe war angelehnt. Ich trat auf Zehenspitzen ein. Auf einem niedrigen Schemel neben dem Feuer sitzend, erblickte ich eine weibliche Gestalt, die nachlässig, doch nicht unanständig gekleidet war. Ihr Gesicht konnte ich ihrer Stellung wegen nur halb sehen. Die Farbe desselben war kränklich und blaß und stand im Einklang zu einem schwächlichen, abgemagerten Körper. Ihre Augen waren auf einen Säugling gerichtet, der zu ihren Füßen auf einem Kissen lag. Das Kind war ebenso wie seine Mutter, denn als diese war sie leicht zu erkennen, mager und leichenhaft. Entweder war es tot oder doch wenigstens vom Tode nicht weit entfernt.

Ich erkannte sogleich die Züge Clemenzas, obgleich kein Kontrast in Kleidung, Gestalt und Aussehen größer sein konnte als der zwischen ihrer früheren und ihrer jetzigen Erscheinung. Ihre Rosen waren verblüht, ihre glänzende Schönheit verschwunden. Gleichwohl lag in ihr noch immer etwas, das geeignet war, die zärtlichsten Neigungen zu erwecken. Sie trug Zeichen des untröstlichen Kummers.

Ihre Aufmerksamkeit war ganz auf das Kind gerichtet. Sie hob die Augen nicht eher, als bis ich ganz nahe zu ihr herantrat und gerade vor ihr stand. Als sie mich erblickte, zuckte sie zusammen. Sie sah mich einen Augenblick an, legte dann eine Hand ausgebreitet auf ihre Augen, streckte die andere gegen die Türe aus und winkte schweigend damit, als wollte sie mich auffordern, sie zu verlassen.

Dieser Aufforderung, wie gebieterisch sie auch war, konnte ich nicht genügen. Ich wünschte ihre Aufmerksamkeit zu erregen, wußte aber nicht, durch welche Worte ich es bewirken sollte. Ich schwieg. Nach einem Augenblick nahm sie die Hand von den Augen und blickte mich fest an. Ihre Züge verrieten eine große Aufregung, welche vielleicht aus meiner Ähnlichkeit mit ihrem Bruder entsprang oder aus der Erinnerung an meine Verbindung mit Welbeck.

Meine Lage war mit großer Verlegenheit verbunden. Ich war keineswegs überzeugt, daß sie meine Sprache verstehen würde. Ich wußte nicht, in welchem Lichte mich zu betrachten die List und Falschheit Welbecks sie gelehrt haben mochte. Welchen Vorschlag, der zu ihrer Sicherheit führen konnte, war ich ihr zu machen imstande?

Wieder bedeckte sie ihre Augen und sagte mit matter Stimme: »Gehen Sie! Hinweg!«

Als fühlte sie sich durch diese Anstrengung befriedigt, richtete sie wieder ihre ganze Aufmerksamkeit auf das Kind. Sie beugte sich nieder, nahm es auf ihre Arme und blickte mit der gespanntesten Angst in seine beinahe leblosen Züge. Sie preßte es an ihren Busen, blickte dann wieder auf mich und wiederholte: »Gehen Sie! Gehen Sie! Hinweg!«

Es lag in den Linien ihres Gesichtes, in ihrem Tone, ihren Bewegungen etwas, das mir das Herz durchbohrte. Dazu kam noch meine Kenntnis ihrer Lage, ihrer Freundlosigkeit, ihrer Armut, die Qualen einer unerwiderten Liebe und ihr sterbendes Kind. Ich fühlte, wie meine Stimme stockte, und meine Tränen wollten sich gewaltsam hervordrängen. Ich wendete mich gegen das Fenster und trachtete, meine Fassung wiederzugewinnen.

Was brachte mich her? sagte ich zu mir. Die Schlechtigkeit Welbecks muß ihr gewiß schon längst bekannt sein. Was kann ich ihr von den Villars' sagen, was sie nicht schon weiß oder was ihr von Nutzen sein könnte? Wenn ihre Behandlung gut war, weshalb sollte ich dann ihr Verdienst schmälern? Wenn es anders war, so hat ihre eigene Aufführung ihren wahren Charakter erwiesen. Obgleich sie selbst wollüstig sind, so folgt daraus noch nicht, daß sie bemüht waren, dies Mädchen ebenfalls herabzuwürdigen. Obgleich sie sittenlos sind, mögen sie nicht unmenschlich sein.

Ich kann ihr keine Änderung ihrer Lage zum Besseren vorschlagen. Wäre sie bereit, dies Haus zu verlassen, wohin vermag ich sie dann zu führen? Oh, daß ich reich genug wäre, Nahrung für die Hungrige, Obdach für die Heimatlose und Kleidung für die Entblößte zu gewähren.

Ich wurde diesen fruchtlosen Betrachtungen durch Clemenza entrissen, welche irgendein plötzlicher Einfall bewog, das Kind in sein Bett zu legen und dann auf mich zuzukommen. Die gänzliche Hoffnungslosigkeit, welche ihre Züge vorher verraten hatten, war jetzt in den Ausdruck ängstlicher Neugier verwandelt. »Wo«, sagte sie in ihrem gebrochenen Englisch, »wo ist Signor Welbeck?«

»Ach«, entgegnete ich, »ich weiß es nicht. Ich glaube, diese Frage würde eher an Sie als an mich zu richten sein.«

»Ich weiß, wo er sein; ich fürchte, wo er sein.«

Bei diesen Worten entrangen sich die schmerzlichsten Seufzer ihrer Brust. Sie wendete sich von mir ab, ging zu ihrem Kinde und nahm es wieder auf den Schoß. Dessen bleiche und eingesunkene Wangen wurden schnell von den Tränen seiner Mutter benetzt, die zahlreich ihren Augen entströmten, indem sie sich schweigend über dasselbe beugte.

Dieses Benehmen mußte meine Neugier erwecken, indem es zugleich meinen Gedanken eine neue Richtung gab. Ich begann zu vermuten, daß das, was ich sah, nicht bloß

Angst um ihr Kind, sondern auch um das Schicksal Welbecks verriet. »Wissen Sie, wo Mr. Welbeck ist?« fragte ich. »Lebt er? Ist er in der Nähe? Ist er in Not?«

»Ich weiß nicht, ob er leben. Er sein krank. Er sein in Gefängnis. Sie wollen mich nicht lassen zu ihm gehen. Und –« Hier wurde ihre Aufmerksamkeit sowie die meinige auf das Kind gelenkt, das bisher regungslos gelegen hatte, jetzt aber heftig zu zittern begann. Seine Züge erschienen noch geisterhafter als zuvor. Sein Atem wurde schwer, und jede Anstrengung zu atmen bewirkte einen heftigen Krampfanfall nach dem anderen.

Die Mutter wußte diese Zeichen leicht zu deuten. In ihren Zügen schien derselbe Todeskampf stattzufinden wie in denen des Kindes. Endlich machte ihre Qual sich durch einen gellenden Schrei Luft. Der Todeskampf des Kindes war zu Ende. Die Hoffnung lauschte vergebens auf eine neue Bewegung in dessen Herzen oder Augenlidern. Die Lippen waren geschlossen, der Atem für immer entflohen!

Der Kummer der unglücklichen Mutter war jener gewaltigen, verzweifelten Art, welche unverträglich mit dem Denken ist. Einzelnen, unzusammenhängenden Gesten und gellenden Schreien, welche die Seele zerrissen, folgte eine tiefe Ohnmacht. Ebenso bleich und leblos wie ihr Kind sank sie auf den Boden nieder.

Ich brauche die Qualen nicht zu beschreiben, die ein solcher Auftritt in mir hervorrief. Sie wurden noch schmerzlicher durch die hilflose und unklare Lage, in der ich selbst mich befand. Ich wünschte Trost und Hilfe zu gewähren, aber es fehlten mir dazu alle Mittel. Ich war in Ungewißheit und Zweifel gestürzt. Ich blickte wechselweise auf das

Kind und auf die Mutter. Ich seufzte. Ich weinte. Ich schluchzte sogar. Ich beugte mich nieder und ergriff die leblose Hand der Leidenden. Ich badete sie mit meinen Tränen und rief: »Unglückliches Weib! Unglückliche Mutter! Was kann ich zu deiner Erleichterung tun? Wie kann ich deinen Leiden ihre Schärfe nehmen und dich vor neuen Übeln bewahren?«

In diesem Augenblick wurde die Türe des Zimmers geöffnet, und die jüngere der beiden Damen, die ich unten gesehen hatte, trat ein. Ihre Blicke verrieten die größte Verwirrung und Angst. Ihre Augen richteten sich einen Moment auf die eingesunkenen und traurigen Züge Clemenzas. Sie schauderte über den Anblick, aber sie schwieg. Sie stand bebend und verwirrt mitten in dem Gemache. Ich ließ die Hand fallen, die ich hielt, und trat auf sie zu.

»Sie sind zu rechter Zeit gekommen«, sagte ich. »Ich kenne Sie nicht, aber ich will glauben, daß Sie gut sind. Sie haben vielleicht ein Herz, das nicht frei von Verderbtheit ist, aber es wird doch noch des Mitgefühls für die Leiden anderer fähig sein. Sie haben eine Hand, welche ihren Beistand den Unglücklichen nicht versagen wird. Sehen Sie, da ist ein totes Kind, da ist eine Mutter, welche der Kummer für den Augenblick des Lebens beraubt hat. Sie ist ausgenutzt und betrogen worden, ihres Eigentumes und ihres Rufes beraubt – doch nicht ihrer Unschuld. Sie ist der Rettung würdig. Haben Sie Arme, sie aufzunehmen? Haben Sie Teilnahme, Schutz und Obdach für eine verlorene, verratene und unglückliche Fremde? Ich weiß nicht, was dies für ein Haus ist; ich habe Ursache, es für etwas nicht viel Besseres als ein Bordell zu halten. Ich weiß nicht, welche

Behandlung diese Frau erfahren hat. Wenn ihre Lage und ihre Bedürfnisse ermittelt sind, wollen Sie dann ihren Bedürfnissen abhelfen? Wollen Sie sie vor den Übeln bewahren, welche ihr längeres Verweilen an diesem Orte nach sich ziehen kann?«

Sie geriet über diese Anrede in Verlegenheit und Verwirrung. Endlich sagte sie: »Alles, was sich zugetragen hat, alles, was ich gesehen und gehört habe, ist so unerwartet, so sonderbar, daß ich erstaunt und überrascht bin. Ihr Benehmen kann ich nicht verstehen und ebensowenig Ihre Beweggründe für die Worte, die Sie an mich gerichtet haben. Ich kann Ihnen nur in einer Beziehung antworten. Wenn diese Frau zu leiden hatte, so bin ich ohne Anteil daran. Ich wußte von ihrem Dasein sowie von ihrer Lage bis zu diesem Augenblicke nichts und bin bereit, ihr jeden Schutz und Beistand zu gewähren, den sie mit Recht beanspruchen darf. Ich lebe nicht hier, sondern in der Stadt. Ich bin in diesem Hause nur zufällig zu Besuch.«

»Oh, dann«, rief ich mit funkelnden Augen und dem Tone des Entzückens, »dann sind Sie nicht ausschweifend. Sie kennen die Gewohnheiten dieses Hauses nicht und verabscheuen dieselben? Ich flehe Sie an, mich nicht zu täuschen. Ich muß Ihnen und Ihren Versicherungen glauben, und diese können trügerisch sein.«

Diese Fragen, welche in der Tat eine kindische Einfalt verrieten, erregten ihr Staunen. Sie sah mich an und schien ungewiß zu sein, ob ich im Ernst sprach oder ob ich scherzte. Endlich sagte sie: »Ihre Sprache ist so sonderbar, daß ich nicht zu antworten weiß. Ich will mir keine Mühe geben, den Sinn derselben ausfindig zu machen, sondern überlasse es Ihnen, Vermutungen anzustellen. Wer ist dies Frauenzimmer, und wie kann ich ihr nützlich sein?« Nach einer Pause fuhr sie fort: »Ich kann ihr unmittelbar keinen Beistand leisten und will nicht einen Augenblick länger in diesem Hause bleiben. Hier (dabei gab sie mir eine Karte) ist mein Name und meine Wohnung. Haben Sie mir in Beziehung auf dies Frauenzimmer irgendeinen Vorschlag zu machen, so werde ich bereit sein, ihn in meinem eigenen Hause zu empfangen.« Mit diesen Worten entfernte sie sich.

Ich sah ihr traurig nach, mußte ihr aber darin beistimmen, daß ihr längeres Verweilen ihr selbst mehr nachteilig als Clemenza vorteilhaft sein würde. Sie war kaum gegangen, als die ältere Person eintrat. Ihr Aussehen verriet Wut und Tücke. Diese wurden indes durch die Lage gehemmt, in welcher sie Mutter und Kind fand. Offenbar waren noch nicht alle Gefühle des Weibes in ihrem Busen erloschen. Sie rief die Dienstleute herbei und schien die Anstalten treffen zu wollen, die die Umstände erheischten. Ich sah jetzt ein, wie töricht mein Glaube gewesen war, daß diese Maßregeln vernachlässigt werden würden, und erkannte, daß mein Bleiben der Leidenden von keinem wesentlichen Nutzen sein würde. Dennoch zögerte ich in dem Gemache, bis das Kind mit einem Tuche bedeckt und die noch immer leblose Mutter in ein anstoßendes Zimmer gebracht war. Dann richtete die Person, als hätte sie mich zuvor noch nicht bemerkt, ihre Augen auf mich und rief: »Dieb! Schuft! Was machen Sie noch hier?«

»Ich gehe sogleich«, entgegnete ich, »doch nicht eher, als bis ich meine Dankbarkeit und Freude darüber ausgesprochen habe, daß Sie der Leidenden soviel Sorgfalt widmen. Sie halten mich für unverschämt und schlecht, doch das bin ich nicht, und ich hoffe, daß der Tag kommen wird, an welchem ich Sie von der Rechtlichkeit meiner Absichten überzeugen kann.«

»Hinweg!« unterbrach sie mich in einem noch zornigeren Tone. »Hinweg, den Augenblick, oder ich behandle Sie wie einen Dieb!« Sie zog jetzt die Hand unter ihrem Kleid hervor und zeigte mir eine Pistole. »Sie sollen sehen«, fuhr sie fort, »daß ich mich nicht ungestraft beschimpfen lasse. Verschwinden Sie nicht, so schieße ich Sie nieder wie einen Räuber.«

Dieses Weib besaß ohne Zweifel eine Kraft und Unerschrockenheit, welche eines anderen Geschlechtes würdig gewesen wäre. Ihre Bewegungen und ihr Ton waren voller Entschlossenheit. Sie verrieten einen hochmütigen und heftigen Charakter. Es war klar, daß sie sich durch mein Betragen schwer verletzt fühlte. Und hatte ihr Zorn keinen gerechten Grund? Ich hatte ihr Haus mit grausamen Beschuldigungen überhäuft, die falsch sein konnten. Ich hatte sie auf die Zeugnisse gestützt, die der Zufall mir gewährte, aber bei der Zweifelhaftigkeit menschlicher Handlungen konnten diese Zeugnisse der Wahrheit entbehren.

»Vielleicht«, sagte ich in gemäßigtem Tone, »habe ich Ihnen Unrecht getan und Ihren Charakter verkannt. Sie werden mich nicht minder bereit finden, diese Beleidigung wiedergutzumachen, als sie zuzufügen. Meinem Irrtume lag keine Bosheit zugrunde, und –«

Ich hatte nicht die Zeit, den Satz auszusprechen, als das wütende Weib mir die Pistole dicht an den Kopf hielt und abfeuerte. Ich hatte durchaus keine Ahnung gehabt, daß ihre Wut sie so weit fortreißen würde. Es war eine Art mechanischen Impulses, daß ich die Hand erhob und die Waffe abzuwenden suchte. Ich tat dies mit völliger Ruhe und Fassung, ohne daran zu denken, daß sie weiter an etwas dächte, als mich einzuschüchtern. Dieser Vorsicht dankte ich indes mein Leben. Die Kugel wurde von meiner Stirn gegen mein linkes Ohr abgewendet und streifte dieses so, daß Blut aus der Wunde strömte.

Die Erschütterung, die der Schuß in meinem Gehirn hervorbrachte, betäubte mich für einen Augenblick. Ich taumelte zurück und würde gefallen sein, hätte ich mich nicht gegen die Wand gestützt. Der Anblick meines Blutes brachte sie sogleich zur Vernunft zurück. Ihre Wut verschwand, und an deren Stelle traten Schrecken und Reue. Sie rang die Hände und rief: »Oh, was habe ich getan? Meine rasende Leidenschaft hat mich ins Verderben gestürzt!«

Es bedurfte nicht langer Zeit, um mich die ganze Ausdehnung meiner Verletzung erkennen zu lassen und mir mein Betragen vorzuzeichnen. Für einen Augenblick war ich verwirrt und beunruhigt, bald aber erkannte ich, daß das Ereignis mehr Gutes als Böses bewirken konnte. Es lehrte mich, vorsichtig zu sein, wenn ich mit den Leidenschaften anderer zu ringen hatte, und zeigte mir, daß es eine Grenze gibt, welche das Ungestüm des Zornes zuweilen überschreitet. Statt der Lady Vorwürfe zu machen, redete ich sie so an:

»Beunruhigen Sie sich nicht. Sie haben mir keinen Schaden zugefügt, und ich hoffe, daß Sie aus diesem Ereignis eine Lehre ziehen werden. Ihre Übereilung konnte leicht das Leben eines Menschen rauben, der Ihr Freund ist, und setzte Sie dann der Schande und dem Tode aus oder wenigstens den Qualen ewiger Reue. Lernen Sie daraus, Ihre Leidenschaften zu bezwingen, und besonders, jede mörderische Waffe von sich fernzuhalten, wenn sich Gelegenheiten zeigen, bei denen die Wut die Vernunft zu verdrängen droht.

Ich wiederhole Ihnen, daß meine Absichten bei Betreten dieses Hauses ebenso in Beziehung zu Ihrem eigenen Glücke standen wie zu dem Clemenza Lodis. Wenn ich darin irrte, in Ihnen das Mitglied eines gemeinen und verderblichen Gewerbes zu sehen, so will ich diesen Irrtum beseitigen, doch Heftigkeit und Schmähungen dienen nur dazu, ihn zu bestätigen. Ich bin zu keinem Vorsatze fähig, der nicht wohltätig ist; aber in den Mitteln, die ich anwende, und in den Zeugnissen, nach denen ich handle, bin ich tausend Mißgriffen unterworfen. Bezeichnen Sie mir den Weg, auf dem ich für Sie etwas Gutes bewirken kann, und ich werde ihn mit Freuden verfolgen.«

Als sie fand, daß ihre Furcht in Beziehung auf die Folgen ihrer übereilten Tat grundlos gewesen war, erneuerte sie, obgleich mit geringerer Heftigkeit als zuvor, ihre Schmähungen über meine Einmischung und meine freche Torheit. Ich hörte zu, bis sich der Sturm so ziemlich erschöpft hatte, erklärte dann, daß ich meinen Besuch in dem Hause wiederholen würde, wenn das Wohl Clemenzas es erheischte, und verfolgte endlich meinen Weg zur Stadt.

Dreizehntes Kapitel

Weshalb, fragte ich mich, während ich vorwärts eilte, ist denn mein Geschick so reich an unvorhergesehenen Ereignissen? Wird jeder Mensch, welcher seine Hütte und die Eindrücke seiner Kindheit hinter sich zurückläßt, in eine solche Welt der Begebenheiten und der Gefahren gestürzt, wie sie sich auf meinen Schritten sammelten? Oder verdanke ich den Wechsel und die Mannigfaltigkeit der Auftritte, die ich erlebte, meiner Neigung, mich um die Angelegenheiten anderer zu kümmern und deren Sorgen und Freuden zu meinen eigenen zu machen?

Um meinem abenteuerlichen Sinne nachzugeben, verließ ich die Scheuer, trat ich in den Dienst eines Fremden, begegnete ich unter dem verderblichen Einflusse Welbecks tausend Gefahren meiner Tugend. Später brachte ich mein Leben für Wallace in Gefahr, und jetzt lastet auf mir die Aufgabe, die hilflose Eliza Hadwin und die unglückliche Clemenza Lodi zu beschützen. Meine Wünsche sind glühend, und meine Kräfte sollen bei ihrer Verteidigung nicht untätig bleiben; aber wie schwach sind diese Kräfte!

In den Anerbietungen der unbekannten Dame liegt in der Tat einiger Trost für Clemenza. Ich muß meinen Freund Stevens mit den besonderen Umständen bekannt machen, in denen ich mich befinde, und seinen Rat erbitten, was für das unglückliche Mädchen zu tun ist. Es mag klug sein, sie von ihrem gegenwärtigen Wohnorte zu entfernen und sie unter eine sittsame und menschenfreundliche Aufsicht zu stellen, unter der sie allmählich die Erinnerung an ihr verstorbenes Kind und an ihren Verführer verliert. Die Schranke, die sie von Welbeck trennt, muß so hoch sein wie der Himmel und so unübersteiglich wie die Notwendigkeit.

Aber still! Sprach sie nicht von Welbeck? Sagte sie nicht, daß er im Gefängnis und krank sei? Der Arme! Ich dachte, seine Laufbahn sei zu Ende; die Last der Schuld bedrückte sein Herz nicht mehr; seine Frevel und seine Reue ruhten in einem gemeinschaftlichen und unbekannten Grabe; aber wie es scheint, lebt er noch.

Ist es der Vernunft gemäß, die Hoffnung zu nähren, daß du der Tugend und dem Frieden zurückgegeben werden könntest? Du bist ein verstockter Verbrecher; besäßest du weniger Tugend, so würden deine Gewissensbisse weniger stechend sein. Wärest du taub gegen die Stimme der Pflicht, so würden deine Wanderungen auf den Pfaden der Schuld und der Torheit minder furchtbar an Angst und Qualen sein. Die Zeit kommt vielleicht, wo das Maß deiner Vergehen überfließt und die Torheit deiner Wahl zu sichtbar hervortritt, um deinen eigenen Blicken zu entgehen. Wahrlich, selbst für solche Missetäter, wie du einer bist, liegt eine heilsame Gewalt in den Vorschriften der Wahrheit und den Lehren der Erfahrung.

Aber du bist im Kerker und bist krank. Das ist vielleicht die Krisis deines Geschickes. Armut und Schande waren die Übel, welche du flohst und welche deine Rechtschaffenheit und deinen Seelenfrieden vernichteten. Du hast gefunden, daß der Preis vergeblich bezahlt wurde, daß die schalen, trügerischen Genüsse des Reichtums und der Würde des Kaufes nicht lohnten und daß, so vergänglich und unwesentlich sie auch sind, dennoch Rechtschaffenheit und Fleiß allein zu ihnen führen. Du bist im Kerker und bist krank, und du hast niemanden, der deine Stunden durch Freundschaftsdienste oder Freundlichkeit erheitert, der deinen sinkenden Mut durch guten Rat aufrecht erhält. Für einen Menschen wie dich hat die Welt keine Teilnahme. Die Menschen werden dich bis zu deinem Grabe mit Verwünschungen verfolgen. Ihre Grausamkeit wird gerechtfertigt oder gemildert erscheinen, da sie dich nicht kennen. Sie sind unbekannt mit den Qualen deines Gewissens und der bitteren Vergeltung, welche du dadurch täglich empfängst. Sie sind von ihrem eigenen Unrecht erfüllt und denken nur an jene äußeren Zeichen, die du in dem Verkehr mit ihnen anzunehmen bemüht warst. Nur ich alleine kenne dich und weiß die Ansprüche richtig zu beurteilen, die du auf Teilnahme machen darfst.

Ich habe deine Freundlichkeit genossen, und du verdienst einige Dankbarkeit von mir. Soll ich dich nicht besuchen und dich in deinem Mißgeschick zu trösten bemüht sein? Laß mich wenigstens Gewißheit über deine Lage erlangen und das Werkzeug zur Vergütung des Unrechts sein, das du begangen hast. Laß mich aus dem Anblick deines Elends neue Beweggründe zur Aufrichtigkeit und Rechtschaffenheit schöpfen.

Während ich mit diesen Betrachtungen beschäftigt war, erreichte ich die Stadt. Die Gedanken, welche mich erfüllten, kreisten um Welbeck. Es ist nicht meine Gewohnheit, bis morgen zu verschieben, was heute geschehen kann. Das Geschick der Menschen ist oft von einer einzigen Minute abhängig. Ich will in dem Gefängnis nachfragen, sagte ich zu mir, und da es vielleicht nicht gleichgültig ist, wann ich hinkomme, will ich damit soviel als möglich eilen.

Ich begnügte mich nicht damit zu gehen, sondern lief, so schnell ich konnte, ohne auf die Bemerkungen der Vorübergehenden zu achten.

Nachdem ich nach Welbeck gefragt hatte, wurde ich durch ein finsteres Gemach, welches mit Betten angefüllt war, eine Treppe hinaufgeführt. Ich war noch nie zuvor in einem Gefängnis gewesen. Noch nie hatte ich einen so widerlichen Geruch eingeatmet, noch nie Gesichter gesehen, die so sehr durch Schmutz und Elend entstellt waren. Die Wände und Gänge waren gleich unsauber und ekelhaft. Es schien, als müßte in diesem Hause das Leben jedes Reizes beraubt sein, und dennoch waren die Gesichter, welche man bei der sie umgebenden Dunkelheit erkennen konnte, entweder ohne Ausdruck des Kummers oder sogar durch Lustigkeit verzerrt.

Dies, sagte ich zu mir selbst, indem ich meinem Führer folgte, ist der Aufenthaltsort von Welbeck. Welch ein Kontrast gegen die Ruhe und Pracht, die gemalten Wände, die glänzenden Vorhänge, die vergoldeten Sofas, die Spiegel, welche vom Fußboden bis zur Decke reichten, die prachtvollen Teppiche, die blendendweißen Bett- und Tischtücher in einer früheren Wohnung! Hier dagegen ewiges Getrampel roher Füße. Die Luft ist mit den Ausdünstungen der Krankheit und der Ausschweifung erfüllt. Du bist in einen ungelüfteten Raum eingesperrt und vielleicht gezwungen, deine enge Zelle mit irgendeinem einfältigen Schurken zu teilen. Früher fächelte die Luft durch hohe Fenster zu dir herein. Wohlriechende Kräuter brannten auf deinem Herde. Reichgekleidete Diener zeigten ihre ehrerbietigen Gesichter in deinen Gemächern, gingen mit leisen Schritten über deinen marmornen Fußboden und duldeten nicht, daß die Heiligkeit des Schweigens durch ein Geflüster unterbrochen wurde. Deine Lampe ließ ihr Licht durch eine helle Alabasterhülle schimmern, und Wohlgerüche stiegen aus Porzellanvasen empor. Dies waren früher die Verzierungen deiner Hallen, die Verschönerungen deiner Existenz; doch jetzt – ach!

Wir erreichten ein Gemach im zweiten Stock. Mein Führer klopfte an eine Türe. Niemand antwortete. Wiederholtes Klopfen blieb von dem, welcher sich in der Stube befand, ungehört oder unbeachtet. Endlich öffneten wir und traten miteinander ein.

Der Gefangene lag auf dem Bette, das Gesicht von der Türe abgewendet. Ich trat leise näher und winkte dem Aufseher, sich zu entfernen. Welbeck schlief nicht, sondern war nur in Träumereien versunken. Ich wollte sein Sinnen nicht stören und stand schweigend da, die Augen auf seine Gestalt gerichtet. Er schien keine Ahnung davon zu haben, daß jemand eingetreten war.

Endlich stieß er einen Seufzer aus, änderte seine Lage und erblickte mich in meiner regungslosen Stellung. Erinnern Sie sich daran, unter welchen Umständen wir uns getrennt hatten? Welbeck hatte damals wahrscheinlich den festen Glauben an meinen baldigen Tod mit sich hinweggenommen. Seine Vermutung sollte indes nicht erfüllt werden.

Seine erste Regung war die der Neugier. Diese wich der Demütigung und der Wut. Nachdem er mich einige Zeit betrachtet hatte, wendete er die Blicke ab, und sein mühsames Atmen zeigte mir, daß er gegen die heftigste Anstrengung kämpfte. Er lehnte den Kopf auf das Kissen zurück und versank wieder in sein früheres Sinnen.

Er verschmähte es, eine Silbe des Willkommens oder der Geringschätzung gegen mich auszusprechen, oder er war dazu unfähig.

Als ich Gelegenheit hatte, in sein Gesicht zu sehen, bemerkte ich sein verändertes Wesen. Das Finstere und Boshafte trat mehr hervor. Die Farbe der Gesundheit war von seinen Wangen verschwunden und mit ihr jene weicheren Teile, welche es ihm sonst gestatteten, seine bösen Neigungen unter dem Schleier des Wohlwollens und der Gutmütigkeit zu verbergen. »Ach«, sagte ich, laut genug, um von ihm gehört zu werden, »hier ist ein Denkmal des Unterganges. Verzweiflung und schlimme Leidenschaften sind in dies Herz zu tief eingewurzelt, als daß ich sie herauszuziehen vermag.«

Diese Worte entgingen ihm nicht. Er drehte sich wieder um und richtete finstere Blicke auf mich. In seinen Augen lag etwas, wovor ich schauderte. Es verriet, daß seine Träumereien nicht die des Kummers, sondern des Wahnsinns waren. Ich fuhr mit minder fester Stimme fort:

»Unglückliche Clemenza! Ich habe deinen Auftrag ausgerichtet. Ich habe den besucht, der krank und im Gefängnis ist. Du hattest Ursache zu Angst und Schrecken, sogar größere Ursache, als du dir einbildetest. Wollte Gott, daß du mit dem Bericht, den ich dir geben kann, zufrieden wärest, daß deine irregeleitete Zärtlichkeit einwilligte, ihn seinem Schicksale anheimzugeben, ihn allein sterben zu lassen; doch dahin wird dich meine Beredsamkeit nicht bringen können. Du mußt kommen und selbst Zeugin sein.«

Indem ich so sprach, war ich weit davon entfernt, die Wirkung vorauszusehen, welche meine Worte bei Welbeck hervorbringen würden. Ich hatte nicht die Absicht, bei ihm den Glauben zu erwecken, daß Clemenza in der Nähe war und im Begriffe stand, zu ihm einzutreten; aber vielleicht wären keine anderen Bilder als diese imstande gewesen, ihn aus seiner Lethargie zu erwecken und seine Aufmerksamkeit so zu erregen, wie ich es wünschte. Er fuhr empor und starrte angstvoll nach der Türe.

»Was!« rief er. »Was! Ist sie hier? Ihr Mächte, die ihr Wehe auf meinen Pfad streutet, erspart mir diesen Anblick! Doch von dieser Marter will ich mich selbst erlösen. In dem Augenblicke, in welchem sie erscheint, reiße ich mir die Augen aus und werfe sie ihr vor die Füße.«

Indem er so sprach, blickte er mit gesteigerter Angst nach der Türe. Seine Hände waren gegen den Kopf erhoben, als wollte er seinen wahnsinnigen Vorsatz ausführen. Ich ergriff seinen Arm und bat ihn, seine Schrecken zu besiegen, da Clemenza weit entfernt sei. Sie hätte nicht die Absicht, ihn zu besuchen, und vermöchte es überdies nicht.

»Dann bin ich erlöst. Ich atme wieder. Nein, halten Sie sie fern von einem Gefängnis. Schleppen Sie sie zum Rade oder auf das Blutgerüst, zerfleischen Sie sie durch Schläge, martern Sie sie durch Hunger, erwürgen Sie ihr Kind vor ihren Augen, und werfen Sie es durch ein Loch im Tore den hungrigen Hunden vor; nur – halten Sie sie fern von dem Kerker. Lassen Sie sie diese Pforten nie betreten.«

Hier hielt er inne; seine Augen waren auf den Boden geheftet und seine Gedanken abermals in Träumerei versunken. Ich nahm wieder das Wort:

»Sie ist mit anderem Kummer als dem um das Geschick Welbecks beschäftigt. Sie ist nicht ohne Teilnahme für Sie; sie weiß, daß Sie krank und im Gefängnis sind; und ich kam auf ihren Wunsch her, um Ihnen jeden Dienst zu erweisen, den Ihre Lage heischen könnte. Sie selbst, ach, sie hat Anlaß genug für ihre Tränen, indem sie das Grab ihres Kindes benetzt.«

Er fuhr empor. »Was! Tot? Sagten Sie, daß das Kind tot sei?«

»Es ist tot. Ich selbst war Zeuge seines Todes. Ich sah es in den Armen seiner Mutter sterben, der Mutter, die ich früher unter Ihrem Dache blühend und heiter sah, die aber der Kummer jetzt gebeugt und welk gemacht hat. Ich sah sie in dem Gewande der Armut unter einem verfluchten Dache; verzweifelnd, allein; ungetröstet durch die Teilnahme menschlicher Geschöpfe; nur von denen umgeben, die ihrer Leiden spotten, ihrer Unschuld Schlingen legen und sie der Schande zutreiben. Ich sah sie, sich über das Gesicht ihres sterbenden Kindes beugend.«

Welbeck preßte die Hände an den Kopf und rief: »Fluch über deine Lippen, du höllischer Bote! Singe anderwärts deine abscheulichen Weisen! Verschwinde, wenn du nicht in deinem Herzen Krallen fühlen willst, die mit minder schuldigem Blute als dem deinen gerötet sind.«

Bis zu diesem Augenblicke hatte der Aufruhr in dem Gemüte Welbecks ihn vielleicht daran gehindert, seinen Besucher genau zu erkennen. Jetzt schien er sich plötzlich der Umstände unseres letzten Zusammentreffens zu erinnern.

»Was!« rief er. »Das ist der Schurke, der mich bestohlen hat – der Urheber meiner Armut und der Leiden, die mich seitdem betroffen haben! Der mich ins Gefängnis brachte. Verabscheuenswerter Narr! Sie sind die Ursache des Auftrittes, den Sie beschrieben, und anderer Greuel ohne Zahl und Namen. Alle Verbrechen, zu denen ich seit jener Zusammenkunft getrieben worden bin, wo Sie in einem Anfalle von Wahnsinn mein Eigentum vernichteten, entsprangen Ihrer Tat; Sie waren die Wirkung der Notwendigkeit, die nie bestanden haben würde, hätten Sie Ihre Hand in jenem verhängnisvollen Augenblick zurückgehalten.

Wie dürfen Sie es wagen, bei mir einzudringen? Weshalb bin ich nicht allein? Fliehen Sie! Ersparen Sie meinem Elend wenigstens die Erscheinung, seinen Urheber vor mir zu sehen. Meine Augen verfluchen deinen Anblick! Mein Herz möchte dich in seiner eigenen Bitterkeit ersticken! Hinweg!«

»Ich weiß nicht«, entgegnete ich, »weshalb die Unschuld vor der Raserei eines Wahnsinnigen zittern, weshalb sie sich durch unverdiente Vorwürfe niederbeugen lassen sollte! Weshalb Sie nicht die Irrtümer Ihres Feindes beklagen, an der Beseitigung dieser Irrtümer arbeiten, und –«

»Danke es deinem Schicksal, Jüngling, daß meine Hände durch meinen Zorn entkräftet sind; danke es deinem Geschicke, daß keine Waffe in meiner Nähe ist. Seitdem ich dich zum letzten Male sah, hat sich vieles ereignet, und ich bin ein anderer Mensch geworden. Ich bin nicht mehr unbeständig und feige. Ich habe keinen anderen Grund als Geringschätzung, um mich abzuhalten, durch dein Blut das alles zu sühnen, was du mir angetan hast. Ich verschmähe es, dir das Leben zu nehmen. Geh und laß wenigstens deine Treue gegen das Vertrauen, welches ich in dich gesetzt habe, unverletzt bleiben. Du hast mir schon genug Übles zugefügt, aber wenn du willst, kannst du mir noch mehr zufügen. Du kannst die Geheimnisse verraten, die ich in deinem Busen barg, und mir den Trost rauben, daß meine Schuld unter allen Sterblichen nur einem bekannt ist.«

Diese Vermutung lenkte meine Blicke zurück auf die Vergangenheit. Ich hatte die Erzählung dieses Mannes Ihnen anvertraut. Das Geheimnis, auf welches er so vertrauensvoll baute, bestand nicht mehr. Hatte ich strafbar gehandelt oder nicht?

Aber weshalb sollte ich voller Angst und Zweifel bei der Vergangenheit verweilen? Die Zukunft lag in meiner Gewalt, und der Pfad meiner Pflicht war zu deutlich, um verkannt zu werden. Ich wollte Welbeck die Wahrheit sagen und entschlossen alle Folgen tragen. Ich wollte meinen Freund zu meiner Hilfe herbeirufen und seinen Rat in der mißlichen Lage erbitten, in welche ich mich gebracht hatte. Ich durfte mich nicht auf meine Anstrengungen allein verlassen, diesem Menschen nützlich zu sein, während jemand nahe war, dessen Urteilskraft, Wohlwollen, Menschenkenntnis und Macht, Erleichterung zu gewähren, so viel größer waren als die meinigen.

Unter dem Einflusse dieser Gedanken verließ ich, ohne

etwas zu sagen, das Gemach, verschaffte mir Feder und Papier und schickte an Sie das Billett ab, das uns zusammenführte.

Vierzehntes Kapitel

Mervyns Zuhörer gestatteten sich keine Pause bei der Anhörung dieser Geschichte. Als er geendigt hatte, entstand ein tiefes Schweigen. Die Uhr, welche auf dem Kaminsims stand, hatte schon zweimal geschlagen, ohne daß wir es beachtet hatten. Jetzt schlug sie zum dritten Male. Es war ein Uhr. Unser Gast schien darüber zu erschrecken und sah mit einer Art von trübem Ernst auf die Uhr. Er verriet eine Unruhe, die ich zuvor noch nie in solchem Grade an ihm bemerkt hatte.

Ich war nicht ohne lebhafte Neugier, weitere Umstände als die soeben erzählten zu erfahren; aber ich hielt es für unpassend, die Unterhaltung zu verlängern, nachdem er so viele Anstrengungen zu bestehen gehabt hatte.

»Kommen Sie, mein Freund, und lassen Sie uns zu Bette gehen«, sagte ich. »Es ist Schlafenszeit, und nach so vieler Anstrengung des Geistes und des Körpers müssen Sie der Ruhe bedürfen. Es hat sich während Ihrer Abwesenheit vieles zugetragen, was Sie wissen müssen; aber unsere Unterredung wird am besten bis morgen aufgeschoben. Ich will mit Tagesanbruch auf Ihr Zimmer kommen und Ihnen mancherlei mitteilen.«

»Nein«, sagte er, »gehen Sie meinetwegen noch nicht. Wenn ich mich auf mein Zimmer zurückziehe, so geschieht es nicht, um zu schlafen, sondern um nachzudenken, besonders nach Ihrer Versicherung, daß sich während meiner Abwesenheit etwas zugetragen hat. Unabhängig von jeder Ursache zu Sorge oder Furcht haben meine Gedanken einen Impuls empfangen, den Einsamkeit und Dunkelheit nicht hemmen werden. Es ist unmöglich, zu unserer Sicherheit und Rechtschaffenheit zuviel zu wissen oder es zu früh zu erfahren. Was hat sich zugetragen?«

Ich zögerte nicht, diesen Wunsch zu erfüllen, denn leicht war zu erkennen, daß die Abenteuer dieses Tages nicht aus dem Gedächtnisse zu verbannen sein würden, wie ermüdet auch der Körper sein mochte. Ich erzählte ihm daher den wesentlichen Inhalt meines Gespräches mit Mrs. Althorpe. Er lächelte bei den Teilen meiner Erzählung, die sich auf ihn bezogen; als ich aber die Gesunkenheit und Armut seines Vaters erwähnte, zerfloß er in Tränen.

»Armer Mensch!« rief er aus. »Ich, der ich dich in besseren Tagen kannte, hätte leicht diese Folgen voraussehen können. Ich ahnte dein Sinken und deine Armut in ebender Stunde, in welcher ich dein Dach verließ. Mein Herz sank mir bei dieser Aussicht, aber ich sagte mir, daß es nicht zu ändern sei; und das war ein Linderungsmittel meines Kummers. Doch jetzt, wo dein Verderben entschieden ist, scheint es mir, als wäre ein Teil davon mir zur Last zu legen, da ich dich verließ, als du des Rates eines Sohnes am meisten bedurftest. Du bist unwissend und lasterhaft, aber du bleibst dennoch mein Vater. Ich erkenne, daß die Leiden eines besseren Menschen, als du einer bist, mich minder

…rüben würden. Vielleicht liegt es noch in meiner Macht, dir die Freiheit und deinen guten Namen zurückzugeben, und dennoch – ist das nur ein frommer Wunsch. Du bist über das Alter hinaus, wo Unwissenheit und die schlimmen Gewohnheiten eines Menschen heilbar sind.« Hier hielt er inne, und nach einer finsteren Pause fuhr er fort:

»Ich bin nicht überrascht und betrübt, daß die Nachbarn meinen Charakter verkannten. Die Menschen müssen nach dem urteilen, was sie sehen; sie müssen ihre Schlüsse auf ihr Wissen stützen. Ich sah in den Vorwürfen meiner Nachbarn nie etwas anderes als einen lobenswerten Abscheu vor dem Laster. Sie waren nicht darauf versessen, zu tadeln oder lieber Stoff zur Kritik als zum Lobe zu sammeln. Ich war es nicht, den sie haßten und verachteten. Es war das Phantom, das meinen Namen trug, das nur in ihrer Einbildung bestand und welches all ihres Zornes und all ihrer Feindschaft würdig war.

Was ich in ihren Augen zu sein schien, war ebensosehr ein Gegenstand meiner eigenen Mißbilligung wie der ihrigen. Ihre Vorwürfe bewiesen nur die Richtigkeit ihres Urteiles wie des meinigen. Ich schöpfte daraus neue Beweggründe zur Sittlichkeit. Sie befestigten meine Ausdauer auf dem Pfade, den ich als den besten gewählt hatte; sie erhoben mich höher in meiner Achtung; sie steigerten die Ansprüche, welche die Tadler selbst auf meine Achtung und meine Dankbarkeit hatten.

Sie hielten mich für träge, fahrlässig, aller Kenntnisse sowie alles Wissensdurstes bar, unverschämt und ausschweifend. Sie sagen, ich wäre in der Behandlung meines Vaters undankbar und unmenschlich gewesen. Ich hätte ihm sein

Eigentum gestohlen und ihn in seiner Not verlassen. Deshalb hassen und verachten sie mich. Das ist recht; ich liebe sie wegen dieser Beweise eines richtigen Urteils und der Rechtschaffenheit. Ihr Unwille über das Unrecht ist der beste Beweis für ihre Tugend.

Es ist wahr, daß sie mich falsch beurteilen, aber das rührt von den Umständen unserer aller Lage her. Sie prüften das, was ihrem Blicke bloßgelegt wurde; sie ergriffen, was in ihren Bereich kam. Dem Scheine entgegen zu urteilen, Schlüsse nach dem zu ziehen, was sie nicht wußten, würde sie als unwissend und unvernünftig bezeichnen, würde ihre Entscheidung ohne Wert machen und sie ihrerseits der Geringschätzung und dem Tadel aussetzen.

Es ist wahr, daß mir die Schule verhaßt war, daß ich Gelegenheiten suchte, daraus fortzubleiben, und endlich, nachdem mich der Schulmeister geschlagen hatte, nie wieder zu ihm zu gehen beschloß. Ich liebte es, zu springen, zu laufen, zu schwimmen, Bäume zu erklettern und Felsen zu ersteigen, mich im Gebüsch zu verbergen, durch die Wälder zu schweifen, dem Eindrucke des Augenblicks zu folgen und zu schreien oder zu schweigen, wie die Laune es mir eingab. Das alles liebte ich mehr, als auf demselben Wege hin- und herzuwandeln, stundenlang dazusitzen und auf oder in ein Buch zu sehen, gerade das und soviel zu lesen, gerade so zu stehen oder zu sitzen, wie andere es von mir verlangten. Ich haßte es, nach dem Belieben eines Menschen getadelt, gestraft oder geprügelt zu werden, der, wie es mir schien, bei seinen Belohnungen keinen anderen Führer kannte als Laune, zu seinen Strafen keinen anderen Grund als die Leidenschaft.

Es ist wahr, daß ich Hacke und Spaten so selten und für so kurze Zeit als möglich zur Hand nahm. Ich zog es vor, im Wald umherzuschwärmen oder auf dem Hügel zu liegen, beständig die Szenen zu wechseln, die endlose Mannigfaltigkeit der Gegenstände zu untersuchen, ein Blatt oder einen Stein mit einem anderen zu vergleichen, den Gedankenstrom zu verfolgen, der durch ihre Ähnlichkeit oder Verschiedenheit erweckt wurde, zu prüfen, was es war, das ihm gerade diesen Platz anwies, diese Gestalt, diesen Bau verlieh. Das alles waren mir angenehmere Beschäftigungen als Pflügen oder Dreschen.

Mein Vater war sehr gut imstande, Arbeiter zu bezahlen. Was mein Alter und meine Konstitution mir zu tun gestatteten, konnte ein kräftiger Bursche in der halben Zeit, mit der halben Mühe und ganz ohne meinen Widerwillen vollbringen. Der Bursche war ein gemieteter Diener, und seine Kleidung und Ernährung kosteten beinahe nichts. Wahr ist es, daß meine Dienste meinem Vater selbst diese geringe Ausgabe erspart haben würden, doch meine Beweggründe, solche Anstrengungen zurückzuweisen, waren weder übereilt noch unüberlegt. Sie bestanden in Folgendem:

Mein Körper war zart und schwach. Mich feuchter Kälte oder senkrechten Sonnenstrahlen auszusetzen machte mich unweigerlich krank. Mein Vater war gegen diese Folgen gefühllos, und kein Grad des Fleißes genügte ihm als der, welcher meine Gesundheit zerstörte. Meine Gesundheit war meiner Mutter teurer als mir selbst. Sie war eifriger bemüht, mich vor möglichem Schaden zu bewahren, als die Vernunft gestattete; aber sie war nun einmal so ängstlich, und ich konnte ihr diese Angst nur ersparen, indem ich mich der Arbeit beinahe gänzlich enthielt. Ich dachte, daß ihre Gemütsruhe von einigem Gewicht wäre und daß meiner Mutter vor meinem Vater der Vorzug zu geben sei, wenn ich die Neigung eines Teiles meiner Eltern dem anderen opfern müßte, denn es war meine Mutter, die mich trug; sie pflegte mich, wenn ich krank war, sie wachte mit unwandelbarer Zärtlichkeit über mich, ihr Leben und ihre Ruhe waren mit meinem Leben und meiner Ruhe eins. Ich würde mich für roh und unendlich schlecht gehalten haben, hätte ich sie mit Sorge und Furcht erfüllt, nur um die Stirn eines unverständigen alten Mannes zu glätten, dessen Geiz von mir die Aufopferung meiner Muße und meiner Gesundheit forderte und der anderen Schultern die Last aufbürdete, mich zu pflegen, wenn ich krank war, oder mich zu betrauern, wenn ich sterben sollte.

Ich glaubte zudem, daß es mir geziemte, über den Einfluß meiner Entscheidungen auf mein eigenes Glück nachzudenken und die Vorteile, welche meinem Vater aus meiner Arbeit erwüchsen, gegen die Wohltaten geistiger Übungen, die Freuden des Waldes und des Flusses, heilsamer Empfindungen und ernsten Sinnens abzuwägen. Der Geldgewinn war unbedeutend und nichtswürdig. Er half keinem Bedürfnisse ab. Er erkaufte keinen vernünftigen Genuß. Er beförderte durch die Mittel der Befriedigung nur eine Neigung, von welcher mein Vater nicht frei war. Er nährte die Saat der Verdorbenheit bei ihm und verringerte das ohnehin geringe Glück meiner Mutter.

Ich verweilte nicht lange dabei, Ihnen, meine Freunde, meine Eltern zu schildern und häuslicher Verhältnisse zu erwähnen, als ich Ihnen zuerst meine Geschichte erzählte. Was in keinem Zusammenhang mit Welbeck und mit der Rolle, die ich bei ihm spielte, stand, glaubte ich übergehen zu dürfen. Meine Auslassung beruhte auch noch auf anderen Gründen. Mein Geist ist ebenso kraftlos und schwach wie mein Körper. Ich kann die Leiden derer, die ich liebe, nicht ohne die heftigsten Schmerzen sehen. Ich kann mein Herz nicht durch die Macht der Vernunft oder durch Unterwerfung unter die Notwendigkeit stählen; deshalb wende ich nur zu häufig die feige Ausflucht an, daß ich das zu vergessen strebe, woran ich mich nicht ohne Schmerzen erinnern kann.

Ich sagte Ihnen, mein Vater sei aus Gewohnheit nüchtern und arbeitsam; aber die Gewohnheit war bei ihm nicht gleichmäßig. Es gab Zeiten, zu denen sein stilles, gleichmütiges Wesen einem Dämon der Bosheit und Wut wich. Er suchte den Schnaps nicht, aber er konnte der Aufforderung zu seinem Genusse nicht widerstehen, und eine Menge, die bei anderen gar keine Wirkung tat, machte ihn rasend.

Ich sagte Ihnen, daß ich eine Schwester hatte, welche die Verführungskünste eines Schurken ins Verderben stürzten. Ach, er hatte das Werk ihrer Vernichtung unvollendet gelassen. Die Schläge und Schmähungen eines unnachsichtigen und unerbittlichen Vaters, der sich kein Gewissen daraus machte, sie mit ihrem neugeborenen Kinde aus dem Hause zu werfen, die Verwünschungen und der Hohn unnatürlicher Brüder ließen ihr keine andere Wahl als den Tod. – Doch daran darf ich nicht denken; ich darf nicht an das Unrecht denken, das meine Mutter in der Person ihrer einzigen und geliebten Tochter zu erdulden hatte.

Meine Brüder waren die Ebenbilder meines Vaters, dem sie im Charakter ebenso wie an Gestalt glichen. Meine Mutter liebte ihr eigenes Bild in meiner Schwester und in mir. Diese Tochter wurde ihr durch Selbstmord entrissen und ihre anderen Kinder durch Krankheit. Ich allein blieb ihr, ihre Liebe zu empfangen und ihre Hoffnungen zu erfüllen. Dies allein war ein hinreichender Beweggrund, meine Gesundheit und mein Leben zu schonen, doch der Charakter meines Vaters verlieh mir noch einen viel zwingenderen Wunsch.

Es ist beinahe unglaublich, aber dennoch wahr, daß das einzige Wesen, dessen Gegenwart und Vorstellungen in den Augenblicken auf meinen Vater einigen Einfluß übten, in welchen seine Vernunft verdunkelt schien, ich selbst war. Meine Kräfte waren gering; dennoch bewahrte ich meine Mutter vor rohen Mißhandlungen. In seiner Wut wurde er durch einen einzigen Blick oder einen Ausruf von mir gehemmt. Die Furcht vor meinen Vorwürfen hatte sogar die Folge, daß sie ihm die Kraft verlieh, der Versuchung zu widerstehen. Wenn ich in dem Augenblicke, wo er das Glas zur Lippe führen wollte, in die Taverne eintrat, wog ich die Anforderungen des Anstandes nie ab, sondern entriß seiner Hand das Glas und warf es auf den Boden. Ich ließ mich durch die Anwesenheit anderer nicht abhalten, und ich hörte ihren Tadel meines Mangels an kindlicher Ehrfurcht und Pflicht gleichgültig an. Ich trachtete nicht, mich zu rechtfertigen, indem ich von häuslichen Leiden sprach und für meine Mutter ein Mitleid erweckte, welches, wie ich wußte, ihren Schmerz nur gesteigert haben würde.

Die Welt betrachtete mein Benehmen als unverschämt und wahnsinnig. Meinem Vater einen Genuß zu verweigern, den sie für harmlos hielten und der auch in der Tat für andere Menschen harmlos war, auf solche Weise öffentlich seine geselligen Freuden zu stören und ihn der Demütigung und dem Spott auszusetzen wurde laut verdammt; aber meine Pflicht gegen meine Mutter hielt mich ab, diesen Tadel unter der einzigen Bedingung zu vermeiden, unter welcher ich ihm hätte entgehen können. Jetzt ist es nicht mehr nötig, das zu verhehlen, was im Schoße der Häuslichkeit vorging, und ich würde die Wahrheit vor jeder Zuhörerschaft willig offenbaren.

Zuerst glaubte mein Vater, Schläge und Drohungen würden seinen Mahner einschüchtern. Darin irrte er, und die Entdeckung dieses Irrtums flößte ihm eine unwillkürliche Scheu vor mir ein, welche jenen Exzessen eine Grenze setzte, die jeder anderen Herrschaft trotzten. Daraus schöpfte ich meine Gründe, ein Leben wert zu halten, das für meine Mutter in mancherlei Beziehungen nützlich war.

Meine Lage ist jetzt verändert. Ich befinde mich nicht mehr auf dem Felde, auf welchem das Gesetz sowohl als die Vernunft mir einiges Recht zugestehen mußten. Ich muß jetzt, wenn die Not es erfordert, mein Leben bei der Verfolgung der Mittel zu einer ehrenvollen Existenz auf das Spiel setzen. Ich schonte mich in dem Dienste des Mr. Hadwin niemals und würde in einer rauheren Jahreszeit wahrscheinlich durch meinen Fleiß meine Gesundheit gefährdet haben.

Das waren die Gründe für meine Trägheit – denn daß ich mich von den gewöhnlichen Arbeiten der Farm zurückzog, wurde von den Nachbarn mit diesem Namen belegt; indes wurde in der Tat meine Zeit keineswegs ganz ohne Beschäftigung der Hände hingebracht, aber diese erforderte weniger körperliche Anstrengung oder war eher mit geistiger Tätigkeit verbunden. Ich übte sie entweder in der Einsamkeit meiner Kammer oder in der Tiefe des Waldes aus. Ich war nicht darauf bedacht, sie zu verbergen, suchte aber auch ebensowenig die Aufmerksamkeit darauf zu lenken. Um mich gegen den Tadel meiner Nachbarn gleichgültig zu machen, genügte es, daß er unverdient war.

Ich suchte die Gesellschaft von Personen meines Alters nicht auf, doch nicht aus mürrischer Laune oder Ungeselligkeit, sondern nur, weil alle um mich herum vollkommen von mir verschieden waren. Ihre Neigungen und Beschäftigungen vertrugen sich nicht mit den meinigen. In meinen wenigen Büchern, in meiner Feder, in dem Leben der Pflanzen und Tiere rings um mich her fand ich Gefährten, welche ihre Besuche und ihren Verkehr nach meinem Gefallen und meiner Laune lenken ließen und mit denen mich zu unterhalten ich nie müde wurde.

Mir war es nicht unbekannt, daß meine Nachbarn die Meinung eines verbotenen Umgangs zwischen mir und Betty Lawrence hatten. Ich war nicht böse darüber, daß ich in die Gesellschaft dieses Mädchens geriet. Ihr Umgang unterrichtete mich in dem, was nach dem Glauben vieler nur der lernen kann, welcher die verderbten Orte der Unzucht in großen Städten besucht hat. Die Kenntnis, welche sie durch einen zehnjährigen Aufenthalt in dieser Stadt vermittelst ihres kecken, zudringlichen Charakters erlangt hatte, teilte sie mir mit. Ihr ausschweifender und arglistiger, sittenloser und unverschämter Charakter, erfüllt von den Eindrücken, welche das Stadtleben auf ihren gemeinen, doch tätigen Geist gemacht hatte, lag meinem Studium offen da; und ich studierte ihn.

Ich weiß kaum, wie ich die Beschuldigung eines sträflichen Umgangs mit ihr zurückweisen und den Verkehr, der zwischen uns stattfand, richtig beschreiben soll. Ich behandelte sie immer frei und zuweilen mit Heiterkeit. Ich hatte keine Ursache zur Zurückhaltung. Ich war so geschaffen, daß ein Geschöpf wie dieses keine Macht über meine Sinne erlangen konnte. Die Art der Versuchung, welche mich vielleicht von dem richtigen Pfade zu locken vermocht hätte, war von den Künsten Bettys zu sehr verschieden. Es gab nichts, wodurch sie sich meiner Phantasie hätte bemächtigen können. Ich beobachtete sie, während sie alle ihre Streiche und Schliche anwandte, wie ich bei einem ähnlichen Benehmen das animal salax ignavumque, das den Schweinestall bewohnt, beobachtet haben würde. Ich bemühte mich, meine Beobachtungen ungestört fortsetzen zu können; doch meine Anstrengungen dienten nicht dazu, das Verlangen zu zügeln, sondern meine Abscheu zu unterdrücken. Die Schwierigkeit lag nicht darin, ihr meine Liebkosungen zu versagen, sondern darin, sie nicht zornig zurückzustoßen.

Der Anstand wurde in der Tat nicht sogleich verletzt und alle Grenzen nicht auf einmal überschritten. Zweifelhaftes Entgegenkommen wurde angewendet, und als dies erfolglos blieb, trat an dessen Stelle schamloseres und unmittelbareres Verfahren. Sie war mit der menschlichen Natur zu wenig vertraut, um zu sehen, daß ihr letztes Mittel schlimmer war als das vorgehende; daß sie in ebendem Verhältnis, wie sie die Scham aus dem Gesichte verlor, die Hindernisse ihres Gelingens vervielfältigte.

Betty hatte manche Reize der Person und des Benehmens. Sie hatte blaßrote und glatte Züge. Diesen Eigenschaften fügte sie noch etwas hinzu, doch darf ich nicht sagen, was, denn es ist absonderlich, wie weit ein Weib zu gehen vermag, dem es an Sittsamkeit mangelt. Doch all ihre Künste nutzten ihr in dem Kampfe gegen meine Gleichgültigkeit nicht, und sie schritt zuletzt zu Mitteln, deren Beschreibung in dieser Gesellschaft nicht passend sein würde. Sie hatten nicht die gewünschte Wirkung, wohl aber eine andere, die ihr keineswegs mißfiel. Es trug sich während einer Nacht ein Ereignis zu, aus dem ein scharfsichtiger Beobachter auf das Bestehen einer Intrige schloß. Der Versuch war nutzlos, ihn von seinem Irrtum überzeugen zu wollen, indem ich den Anschein auf eine Weise erklärte, welche mit meiner Unschuld verträglich gewesen wäre. Diese Art der Erklärung setzte bei mir eine Enthaltsamkeit voraus, deren Möglichkeit er leugnete. Die Möglichkeiten formen die meisten Menschen, besonders bei Lastern und Tugenden nach ihrem eigenen Charakter. Eine Versuchung, von welcher dieser Kenner der menschlichen Natur wußte, daß er ihr nicht zu widerstehen vermocht hätte, hielt er auch für einen anderen Menschen als unwiderstehlich, und so erweckte er denn sehr bald unter den Nachbarn den Glauben, das Weib, das den Vater heiratete, habe mit dem Sohne unzüchtigen Umgang gehabt. Obgleich ich nie die Wahrheit dieser Behauptung zugab, hielt ich doch auch das Leugnen für nutzlos, weil niemand meinem Leugnen geglaubt haben würde und weil ich dessen Wahrheit nicht zu beweisen vermochte.«

Fünfzehntes Kapitel

Andere Fragen, welche unser junger Freund noch zu beantworten hatte, mußten wir jetzt, der späten Stunde wegen, bis zum folgenden Tage verschieben. Ich übergehe die Bemerkungen, welche eine solche Geschichte natürlich hervorrufen mußte, mit Stillschweigen und eile zu unserer nächsten Unterredung.

Am nächsten Morgen nach dem Frühstück wurde der Gegenstand unserer Unterhaltung der vergangenen Nacht wiederaufgenommen. Ich sagte ihm, es hätte sich während seiner Abwesenheit in Beziehung auf Mrs. Wentworth und ihren Neffen etwas zugetragen, wodurch ich in hohem Grade beunruhigt worden wäre. »Meine Nachricht«, fuhr ich fort, »erhielt ich von Wortley, und sie besteht in nichts Geringerem, als daß der junge Clavering, der Neffe der Mrs. Wentworth, noch am Leben ist.«

Überraschung, doch keineswegs die Verlegenheit der Schuld, zeigte sich bei dieser Kunde in seinen Zügen. Er blickte mich an, als wünschte er, daß ich fortfahren möchte.

»Die Lady«, sagte ich, »hat kürzlich von Claverings Vater, der in Europa weilt, einen Brief erhalten. Darin schreibt er, daß man seinen Sohn kürzlich in Charleston gesehen habe, und schildert die Mittel, welche er angewandt habe, um seinen Sohn zur Rückkehr nach Hause zu bewegen; Mittel, von deren Gelingen er wohlbegründete Hoffnungen nährte. Was halten Sie davon?«

»Ich kann dies nur als unwahr verwerfen«, entgegnete er nach einer Pause. »Der Korrespondent des Vaters mag getäuscht worden sein. Der Vater ist vielleicht getäuscht, oder er hält es für notwendig, die Tante zu täuschen, oder irgendeine andere Vermutung über die Quelle des Irrtums mag richtig sein; aber ein Irrtum besteht dabei ganz sicher. Clavering lebt nicht. Ich kenne die Stube, in der er starb, und die verdorrte Fichte, unter der er begraben liegt.«

»Wenn sie getäuscht worden ist«, sagte ich, »so wird es doch unmöglich sein, ihren Irrtum zu berichtigen.«

»Ich hoffe, nein. Eine offene Stirn und eine wahre Geschichte werden dazu genügen.«

»Wie denken Sie zu handeln?«

»Sie besuchen und ihr die Wahrheit sagen. Meine Schilderung wird zu genau und bestimmt sein, um noch einen Zweifel zu gestatten.«

»Sie wird nicht auf Sie hören. Sie ist zu sehr gegen Sie eingenommen, um Ihnen auch nur Gehör zu schenken.«

»Sie wird nicht umhinkönnen. Wenn sie mir nicht ihre Türe verschließt oder ihre Ohren mit Baumwolle verstopft, muß sie mich hören. Ihre Vorurteile sind vernünftig, aber sie werden durch die Wahrheit leicht zu beseitigen sein. Weshalb hat sie mich im Verdacht, arglistig zu sein? Weil ich mit Welbeck verbunden zu sein schien und weil ich ihr die Wahrheit verhehlte. Daß sie Böses von mir denkt, ist nicht ihre Schuld, sondern mein Unglück;

zu meinem Glücke aber ein leicht zu beseitigendes Unglück.«

»So wollen Sie also versuchen, sie zu sprechen?«

»Ich werde sie sprechen, und je eher, desto besser. Ich will sie noch heute aufsuchen, diesen Morgen, sobald ich Welbeck gesehen habe, den ich augenblicklich in seinem Gefängnis aufsuchen werde.«

»Es gibt noch andere Verlegenheiten und Gefahren, von denen Sie keine Ahnung haben. Welbeck wird von mehreren Personen verfolgt, die er um große Summen betrog. Diese Personen betrachten Sie als seinen Mitschuldigen, und es ist bereits ein Befehl erlassen worden, Sie zu verhaften, wo man Sie findet.«

»Auf welche Weise«, entgegnete Mervyn gelassen, »soll ich ein Beteiligter an seinen Verbrechen sein?«

»Ich weiß es nicht. Sie lebten bei ihm. Sie entflohen mit ihm. Sie halfen ihm zur Flucht.«

»Sind das Verbrechen?«

»Ich glaube nicht, aber Sie geraten dadurch in Verdacht.«

»Verhaftung und Strafe drohen mir also?«

»Verhaftung vielleicht für einige Zeit. Doch dadurch allein können Sie nicht zur Bestrafung kommen.«

»Das dachte ich mir. Dann habe ich nichts zu fürchten.«

»Sie haben wenigstens Kerker und Schmach zu fürchten.«

»Das ist wahr; doch das kann nicht vermieden werden, indem ich mich verborgen halte – ein Übel, welches noch ungleich mehr zu fürchten ist. Ich werde dies daher nicht zu vermeiden suchen. Je eher mein Betragen der Prüfung unterworfen wird, desto besser ist es. – Wollen Sie mit mir zu Welbeck gehen?«

»Ich gehe mit Ihnen.«

Als wir beim Gefängniswärter nach Welbeck fragten, hörten wir, daß er auf seinem Zimmer und sehr krank sei. Der Gefängnisarzt war gerufen worden, aber der Gefangene hatte gegen ihn ein hartnäckiges und verächtliches Schweigen bewahrt; er hatte weder seinen Zustand angegeben noch Hilfe annehmen wollen.

Wir gingen jetzt allein zu ihm. Seine Wahrnehmung schien merklich abzunehmen, aber dennoch war in seinen Augen eine freudige Erregung über den Anblick Mervyns sichtbar. Er schien auch in mir seinen kürzlichen Besucher zu erkennen und machte keinen Einwurf gegen mein Eintreten.

»Wie befinden Sie sich diesen Morgen?« fragte Arthur, indem er sich an sein Bett setzte und seine Hand ergriff. Der Kranke vermochte kaum zu antworten: »Mir wird bald wohl sein. Ich habe mich danach gesehnt, Sie zu sehen. Ich muß Ihnen einige Worte hinterlassen.« Dann richtete er seine matten Augen auf mich und fuhr fort: »Sie sind sein Freund. Sie wissen alles. Sie mögen bleiben.«

Es folgte eine lange Pause, während der er die Augen schloß und sich dem Vergessen aller Gedanken hingab. Sein Puls war unter meinen Fingern kaum fühlbar. Nach einigen Minuten erholte er sich, richtete die Augen auf Mervyn und sagte mit schwacher, gebrochener Stimme:

»Clemenza! Sie haben sie gesehen. Vor Wochen verließ ich sie in dem verfluchten Hause; indes ist sie nicht schlecht behandelt worden. Vernachlässigt und verlassen wohl – doch nicht mißhandelt. Retten Sie sie, Mervyn. Gewähren Sie ihr Trost. Erwecken Sie Mitleid für sie.

Ich kann nicht erzählen, was sich zugetragen hat. Die Erzählung würde zu lang sein – zu traurig. Doch um Gerechtigkeit gegen die Lebenden zu üben, muß ich Ihnen etwas sagen. Meine Leiden und meine Verbrechen werden mit mir begraben werden. Einige davon, doch nicht alle.

Ich würde jetzt schon viele Meilen weit auf dem Ozean sein, wäre mir nicht eine Zeitung in die Hände gefallen, während ich auf die Einschiffung wartete. Ich erfuhr dadurch, daß mit der Leiche des unglücklichen Watson ein Schatz begraben worden war. Ich war mittellos. Ich war ungerecht genug, den Wunsch zu hegen, mir diesen Schatz anzueignen. In der Hoffnung, daß ich vergessen sei oder unter die Opfer der Pest gerechnet würde, wagte ich unter einer sorglosen Verkleidung zurückzukehren. Ich drang während der Nacht in die Keller der verlassenen Wohnung ein. Ich grub die Gebeine meines Freundes aus und fand den Gürtel mit seinem wertvollen Inhalt, wie ich die genaue Beschreibung davon gelesen hatte.

Ich eilte mit meiner Beute zurück nach Baltimore, aber mein böses Geschick überholte mich endlich. Ich wurde durch die Bevollmächtigten Jamiesons erkannt, verhaftet und hierhergebracht, und hier werde ich nun mein Schicksal erfüllen und die Wut meiner Gläubiger durch den Tod zuschanden machen. Aber zuerst –«

Hier streckte Welbeck seine linke Hand gegen Mervyn aus, und nach einigem Widerstreben zeigte er ihm eine Lederrolle.

»Nehmen Sie das«, sagte er. »Lassen Sie sich in dessen Gebrauch durch Ihre Rechtschaffenheit leiten sowie durch dieselbe öffentliche Anzeige, welche mir den Schlüssel gab, es zu erlangen. Nachdem dies erreicht ist, trennen die Welt und ich uns für immer. Gehen Sie jetzt, denn Ihre Gegenwart kann mir jetzt nichts mehr nützen.«

Wir mochten dieser Aufforderung nicht genügen und blieben noch einige Zeit bei ihm; doch unsere freundliche Absicht nützte nichts. Er versank schnell wieder in Fühllosigkeit. Aus dieser erwachte er nicht wieder, sondern starb am nächsten Tage. Dies war das Geschick Thomas Welbecks in der Blüte seines Alters.

Welches Interesse ich auch dabei hatte, die Fortschritte meines jungen Freundes zu begleiten, so zwang mich doch wieder eine plötzliche und unvorhergesehene Notwendigkeit, die Stadt abermals zu verlassen. Ein Verwandter, dem ich mehrfach verpflichtet war, litt an einer zehrenden Krankheit, und da er sich mit einigem Grunde einbildete, daß sein Ende nicht fern sei, bat er mich um meine Gesellschaft und meinen Beistand, um wenigstens die Schmerzen seiner letzten Stunden zu mildern. Ich war daran interessiert, die Heimlichkeiten aufzuklären, welche Arthurs Benehmen umgaben, und ihn womöglich vor den Übeln zu bewahren, welche ihm, wie ich fürchtete, drohten. Es war indes unmöglich, die Einladung meines Verwandten abzulehnen, da sein Wohnort eine Tagesreise von der Stadt entfernt war. Ich mußte mich mit gelegentlichen Nachrichten durch die Briefe Mervyns oder meiner Frau begnügen.

Inzwischen eilte ich, als ich das Gefängnis verließ, Mervyn die nähere Erklärung des soeben stattgefundenen Auftrittes zu geben. Durch diese außerordentliche Fügung war das Eigentum der Maurices jetzt in rechtlichen Händen. Welbeck hatte, durch selbstsüchtige Beweggründe angetrieben, das getan, was jeder andere für sehr schwierig und gefahrvoll betrachtet haben würde. Wie dieser Versuch entstand oder ausgeführt wurde, hatte er uns nicht mitgeteilt; aber wir wünschten es auch nicht zu wissen. Es genügte, daß die Mittel, einer achtungswerten Familie das Ihrige zurückzugeben, jetzt in unserem Besitze waren.

Nachdem wir nach Hause zurückgekehrt waren, setzte ich Mervyn alle die Einzelheiten über Williams und die Maurices auseinander, die ich kürzlich von Wortley erfahren hatte. Er hörte mit großer Aufmerksamkeit zu, und als ich meine Geschichte beendigt hatte, sagte er: »In diesem engen Raume ist also das Erbteil einer zahlreichen Familie enthalten. Es ihr zurückzugeben ist offenbar Pflicht – aber wie? Wo wohnt sie?«

»Die Frauen von Williams und Watson leben in Baltimore und die Maurices in der Nähe jener Stadt. Die Anzeige, die Welbeck erwähnte und welche in mancher Zeitung zu finden ist, wird uns leiten. Sind wir aber auch überzeugt, daß diese Wechsel oder wenigstens einige derselben in diesem Gürtel enthalten sind?«

Der Gürtel wurde jetzt geöffnet und die Papiere, welche Williams beschrieben hatte, darin gefunden. Es schien nichts zu fehlen. Darüber vermochten wir indes kaum zu urteilen. Die Wechsel, welche Williams' Eigentum waren, mochten vielleicht nicht vollzählig sein, und was konnte die Folge sein, wenn sie ihm übergeben wurden und Welbeck einen davon weggegeben hatte?

Diese Schwierigkeit beseitigte Mervyn, indem er bemerkte, daß die Anzeige, welche die Wechsel beschrieb, uns darüber hinreichend belehren würde. »Wenn wir ausfindig gemacht haben, wo die Maurices und Mrs. Watson leben, dann bleibt weiter nichts zu tun, als sie aufzusuchen und ihren Besorgnissen ein Ende zu machen, soweit dies in meiner Macht liegt.«

»Was! Wollen Sie nach Baltimore gehen?«

»Gewiß. Ist irgend etwas anderes passend? Wie kann ich sonst die sichere Übergabe dieser Papiere bewirken?«

»Sie können sie durch die Post schicken.«

»Aber weshalb sollte ich nicht selbst gehen?«

»Ich vermag es kaum zu sagen, indes könnte Ihr Erscheinen in einer solchen Angelegenheit Sie leicht in Schwierigkeiten verwickeln.«

»Was für Schwierigkeiten? Wenn sie Ihr Eigentum empfangen, müssen sie dann nicht zufrieden sein?«

»Natürlich wird danach gefragt werden, wie Sie in den Besitz dieser Papiere gelangten. Sie waren zuletzt in den Händen Watsons, doch Watson verschwand. Die Umstände seines Verschwindens geben Anlaß zu Verdacht. Dieser Verdacht steht im Zusammenhang mit Welbeck, und Welbecks Verbindung mit Ihnen ist nicht unbekannt.«

»Das sind Mißlichkeiten; aber ich sehe nicht ein, wie ein offenes und gerades Benehmen sie steigern könnte. Treten sie ein, so muß ich sie ertragen.«

»Ich glaube, daß Ihre Entscheidung die richtige ist. Niemand ist in der Verteidigung einer Sache so geschickt wie der, dessen Sache sie ist. Ich vertraue Ihrer Geschicklichkeit und Gewandtheit und lasse Sie Ihren eigenen Weg verfolgen. Ich muß einige Zeit von Ihnen scheiden, aber ich erwarte, pünktlich von allem unterrichtet zu werden, was vorgeht.« Mit dieser Verabredung trennten wir uns, und ich eilte, die beabsichtigte Reise anzutreten.

Sechzehntes Kapitel

Ich freue mich, mein Freund, daß deine gewandte Feder auf ihrer Reise so weit gediehen ist. Was von meiner Geschichte übrigbleibt, ist schnell erzählt. Ich habe eben jetzt einige freie Stunden, welche vielleicht nützlicher angewendet werden könnten, sicher aber auf keine angenehmere oder erfreulichere Weise. Laß mich daher deinen Faden aufnehmen.

Zuerst will ich der Entschlüsse erwähnen, die ich gefaßt hatte, als ich mich von meinem Freunde trennte. Ich hatte verschiedene Zwecke im Auge. Der eine war eine Unterredung mit Mrs. Wentworth; ein zweiter der Besuch jener Erbarmungswürdigen, die ich in dem Hause der Mrs. Villars getroffen hatte. Mein Herz brach, wenn ich an die verzweiflungsvolle Lage von Clemenza dachte, und diese bestimmte mich, meine ersten Bemühungen auf ihre Tröstung zu richten. Zu diesem Zwecke mußte ich die Dame aufsuchen, welche mir ihre Adresse gegeben hatte. Der Name dieser Dame ist Achsa Fielding, und sie wohnte, ihrer Karte nach, in der Walnut-Street 40.

Ich ging ohne Zögern dorthin. Sie war nicht zu Hause. Nachdem ich von ihrem Mädchen erfahren hatte, wann sie zu finden sein würde, ging ich zu Mrs. Wentworth. Auf dem Wege dahin versank ich in tiefes Sinnen, und mit meiner gewöhnlichen Sorglosigkeit in Beziehung auf die Förmlichkeiten trat ich in das Haus und ging nach dem Zimmer, in welchem die frühere Unterredung stattgefunden hatte.

Bei meiner Ankunft begann ich zu ziemlich ungelegener Zeit, darüber nachzudenken, wie ich das Gespräch einleiten, besonders aber, auf welche Weise ich mich vorstellen sollte. Ich hatte Türen geöffnet, ohne ein Zeichen zu geben, und war durch Gänge gekommen, ohne bemerkt zu werden. Das rührte von meiner Gedankenlosigkeit her. Es war niemand zu sehen oder zu hören. Was sollte ich nun zunächst tun? Sollte ich leise zu der Haustür zurückkehren und durch Klopfen einen Diener herbeirufen?

Als ich dazu Anstalt traf, hörte ich in dem Eingang Tritte, und diese vereitelten meine Absicht. Ich stand mitten im Vorsaal, als eine Türe sich öffnete und Mrs. Wentworth selbst heraustrat! Sie hatte offenbar nicht erwartet, hier irgend jemanden zu finden. Als sie die Gestalt eines Mannes erblickte, erschrak sie daher und warf einen hastigen Blick auf mich.

»Sir«, sagte sie in gebieterischem Tone, »wie kamen Sie hierher? Und was wollen Sie?«

Weder Anmaßung noch Demut diktierten mein Benehmen. Ich kam nicht, um Zorn zu erregen oder mich an Kummer zu erfreuen. Ich antwortete daher deutlich, fest und offen:

»Ich kam, um Sie zu sehen, Madam, und mit Ihnen zu sprechen, doch da ich mit anderen Gedanken beschäftigt war, vergaß ich, an der Türe zu klopfen. Ich hatte bei meiner Nachlässigkeit keine böse Absicht, obgleich ich die Schicklichkeit nicht beachtete. Wollen Sie dies verzeihen und sich herablassen, mir Ihre Aufmerksamkeit zu schenken?«

»Bei was? Was haben Sie mir zu sagen? Ich kenne Sie nur als den Mitschuldigen eines Schurken bei dem Versuch, mich zu täuschen. Es gibt nichts, was Ihr Kommen rechtfertigen könnte, und ich ersuche Sie, das Haus mit ebensowenig Umständen zu verlassen, als Sie es betreten haben.«

Ich senkte bei diesem Vorwurfe die Augen, aber ich folgte der Aufforderung nicht. »Sie behandeln mich so, Madam, wie ich es in Ihren Augen verdient zu haben scheine. Der Schein ist mir ungünstig, aber er ist falsch. Ich habe an keinem Plane gegen Ihren Ruf oder Ihr Vermögen teilgenommen. Ich habe Ihnen nichts als die Wahrheit gesagt. Ich kam in keiner selbstsüchtigen oder unlauteren Absicht her. Ich habe keine Gunst zu erbitten, keinen Wunsch auszusprechen, als daß Sie mir gestatten, die Irrtümer aufzuklären, die Sie in Beziehung auf mich genährt haben.

Ich bin arm. Ich bin ohne Ruf und Verwandte. Ich habe nichts, was für meine Nichtigkeit und meine Mittellosigkeit Trost gewähren kann als die Billigung meines eigenen Herzens und die gute Meinung derer, welche mich so kennen, wie ich wirklich bin. Die Guten mögen dahin gebracht werden, mich zu verachten und mich zu verurteilen, ihr Widerwille und Zorn soll mich nicht unglücklich machen; aber es ist mein Vorteil und meine Pflicht, Ihren Irrtum zu berichtigen, wenn ich es kann. Ich sehe voller Achtung auf Ihren Charakter. Sie irrten, indem Sie mich als einen Lügner und einen Betrüger betrachteten, und ich kam, um diesen Irrtum zu beseitigen. Ich kam, um, wenn auch nicht Ihre Achtung zu gewinnen, doch wenigstens Ihren Haß und Ihren Argwohn zu verbannen.

Doch das ist nicht meine einzige Absicht. Sie befinden sich nicht nur in Beziehung auf meinen Charakter im Irrtum, sondern auch in Beziehung auf Ihren Neffen Clavering. Ich sagte Ihnen früher, daß ich ihn sterben sah, daß ich seinem Begräbnisse beiwohnte, aber meine Erzählung war unzusammenhängend und unvollständig, und Sie haben seitdem Nachrichten empfangen, denen Sie Glauben schenken zu müssen meinen und die Ihnen die Versicherung geben, daß er noch am Leben ist. Alles, was ich jetzt erbitte, ist, mir Ihre Aufmerksamkeit zu schenken, indem ich das, was ich weiß, ausführlich erzähle.

Ein Beweis für meine Wahrhaftigkeit oder Unschuld mag in Ihren Augen von keinem Werte sein, aber das Schicksal Ihres Neffen muß Ihnen bekannt werden. Gewißheit darüber kann für Ihr Glück von Wichtigkeit sein und ebenso auch für die Regelung Ihres zukünftigen Benehmens. Mich geduldig anzuhören kann Ihnen keinen Nachteil bringen, wohl aber viel nützen. Wollen Sie mir erlauben fortzufahren?«

Während dieser Anrede war bei meiner Gesellschafterin wenig von einer Abnahme des Unwillens oder des Zornes zu bemerken.

»Ich will Sie anhören«, sagte sie. »Ihre Erfindung kann mich vielleicht unterhalten, wenn sie mich auch nicht befriedigt. Ich bitte Sie aber, Ihre Geschichte kurz sein zu lassen.«

Ich mußte mich mit dieser unfreundlichen Zustimmung begnügen und begann meine Erzählung. Ich beschrieb das Haus meines Vaters. Ich nannte das Jahr, den Monat, den Tag und endlich die Stunde, zu welcher ihr Neffe bei uns erschien. Ich beschrieb ausführlich seine Gestalt, seine Kleidung, den Ton seiner Stimme und wiederholte seine Worte. Seine Bewegungen und Stellungen wußte ich genau wiederzugeben.

Ich war in meiner Geschichte noch nicht weit gekommen, als die Wirkungen, die ich davon erwartet hatte, schon in ihrem Benehmen sichtbar wurden. Ihre Kenntnis von dem Jünglinge, von der Zeit und der Art seines Verschwindens machten es mir unmöglich, ihre Leichtgläubigkeit durch eine so genaue Schilderung zu hintergehen. Jedes Wort, jeder Umstand, den ich erwähnte, bestätigte meine Wahrheit durch die Übereinstimmung mit dem, was sie selbst von ihm wußte.

Ihr Verdacht, ihre zornige Wachsamkeit wichen schnell zu Boden gerichteten Blicken, verstohlenen Tränen und mühsam unterdrückten Seufzern. Inzwischen hielt ich nicht inne, sondern beschrieb die Behandlung, die er von der Zärtlichkeit meiner Mutter empfangen hatte, seine Beschäftigungen, die Anfälle seines Wahnsinns und zuletzt die Umstände seines Todes und seiner Beerdigung.

Dann ging ich zu den Umständen über, die mich zur Stadt brachten, welche mich in den Dienst Welbecks führten und mich zwangen, bei ihr eine so zweideutige Rolle zu spielen. Ich ließ keine Verwicklung ungelöst, keine Frage im voraus unbeantwortet.

»Ich habe jetzt meine Geschichte beendigt«, fuhr ich

fort, »und die Absicht erreicht, in der ich herkam. Ob ich Ihre Zweifel an meiner Rechtschaffenheit beseitigt habe, weiß ich nicht. Ich habe zur Auflösung Ihres Irrtums getan, was ich vermochte, und tat darin meine Pflicht. – Was bleibt nun noch zu tun? Ich bin bereit, alle Fragen zu beantworten, die Sie vielleicht für nötig halten. Haben Sie keine an mich zu richten, so werde ich Ihren früheren Befehl befolgen und Ihr Haus mit ebensowenig Umständen verlassen, als ich es betreten habe.«

»Ihre Geschichte«, entgegnete sie, »ist mir sehr unerwartet. Ich schenke ihr vollen Glauben und bedauere die kränkenden Gedanken, welche früher der Schein in mir gegen Sie erweckte.«

Hier versank Sie in ein trübes Schweigen. »Die Nachrichten«, nahm sie endlich wieder das Wort, »welche ich von einer anderen Seite über diesen unglücklichen Jüngling empfing, überraschen und verwirren mich. Sie sind mit Ihrer Geschichte unvereinbar, aber sie müssen auf irgendein Mißverständnis gestützt sein, welches ich für jetzt nicht aufzuklären vermag. Welbeck, dessen Bekanntschaft für Sie so unglücklich war –«

»Unglücklich! Teure Madam, weshalb unglücklich? Sie hat einen Teil meiner Unkenntnis der Welt, in welcher ich lebe, verbannt. Sie hat mich zu der Lage geführt, in welcher ich mich jetzt befinde. Sie hat mich mit manchem guten Menschen bekannt gemacht. Sie machte mich zum Zeugen oder zum Gegenstande mancher Handlungen der Wohltätigkeit und der Großmut. Meine Bekanntschaft mit Welbeck ist mir sehr nützlich gewesen. Sie hat mich in den Stand gesetzt, anderen nützlich zu sein. Ich blicke auf die Bestimmung meines Schicksals, welche mich zu seiner Türe führte, mit Dankbarkeit und Freude zurück.

Wollte der Himmel«, fuhr ich, den Ton etwas verändernd, fort, »daß die Berührung mit Welbeck für alle anderen ebenso harmlos gewesen wäre wie für mich! Daß keine Verletzung des Vermögens oder des Rufes, der Unschuld oder des Lebens bei anderen größer gewesen wäre als bei mir. Es gibt aber ein Geschöpf, dessen erste Berührung mit ihm in ihrem ersten Ursprung und in ihren Umständen nicht sehr verschieden von der meinigen war, in den Folgen aber ganz anders und sehr traurig ausfiel.

Und doch steigt in diesem Augenblicke ein Gedanke in mir auf, der mir einigen Trost und einige Hoffnung gewährt. Sie, teure Madam, sind reich. Diese weiten Gemächer, diese prachtvollen Bequemlichkeiten gehören Ihnen. Sie haben genug zur Befriedigung Ihrer eigenen Genüsse und noch etwas darüber. Wollen Sie in Ihre schützenden Arme, unter Ihr gastliches Dach ein unglückliches Mädchen nehmen, dem die Arglist eines Welbeck Vermögen, Ruf und Ehre raubte, das jetzt in Armut schmachtet, über den leblosen Resten ihres Kindes weint, von den Werkzeugen des Lasters umgeben ist und an dem Abgrunde der Schande steht?«

»Was soll das sein?« entgegnete die Lady. »Von wem sprechen Sie?«

»Sie sollen sie kennen. Sie sollen ihre Ansprüche an Ihr Mitleid kennenlernen. Ich will Ihnen getreu ihre Geschichte erzählen, soweit sie mir bekannt ist. Sie ist eine Ausländerin, eine Italienerin, ihr Name ist Clemenza Lodi –«

»Clemenza Lodi! Gott im Himmel!« rief Mrs. Wentworth. »Wie – wahrlich – es kann nicht sein. Und dennoch – ist es möglich, daß Sie die Person sind?«

»Ich verstehe Sie nicht, Madam.«

»Eine Freundin hat mir eine sonderbare Geschichte mitgeteilt. Es ist kaum eine Stunde her, daß sie sie mir erzählte. Der Name Clemenza Lodi und ein junger Mann von höchst merkwürdigem Benehmen wurden darin erwähnt. Doch sagen Sie mir, was Sie am Donnerstag morgen gemacht haben.«

»Ich kam aus einiger Entfernung in die Stadt und trat für zehn Minuten in das Haus –«

»Der Mrs. Villars?«

»Derselben. Vielleicht kennen Sie diese Frau und ihren Charakter. Vielleicht können Sie meine jetzige Meinung von derselben bestätigen oder berichtigen. Dort wohnt die unglückliche Clemenza. Von dort wünschte ich sie so bald als möglich fortzubringen.«

»Ich habe von Ihnen und Ihrem Benehmen bei der Gelegenheit gehört.«

»Von mir?« fragte ich hastig. »Kennen Sie jene Frau?« Mit diesen Worten zeigte ich ihr die Karte, die ich empfangen hatte.

»Ich kenne sie sehr gut. Sie ist meine Landsmännin und Freundin.«

»Ihre Freundin? Dann ist sie auch gut, unschuldig und großmütig. Wird sie eine Schwester, eine Beschützerin für Clemenza sein? Wollen Sie ihr zu einer Tat der Barmherzigkeit zureden? Wollen Sie ihr selbst ein Beispiel der Wohltätigkeit sein? Ich bitte Sie, weisen Sie mich zu Miss

Fielding. Ich habe sie schon aufgesucht, doch vergebens, und es ist keine Zeit zu verlieren.«

»Weshalb eilen Sie so? Was möchten Sie tun?«

»Sie augenblicklich aus jenem Hause nehmen – sie hierherbringen – sie unter Ihren Schutz stellen – ihr Mrs. Wentworth zur Ratgeberin geben – zur Freundin – zur Mutter. Soll ich das tun? Soll ich sie herbringen – noch heute – gleich – in dieser Stunde? Geben Sie mir Ihre Einwilligung, und sie soll noch vor Mittag hiersein.«

»Keineswegs«, entgegnete sie eifrig. »Sie sind zu hastig. Eine Angelegenheit von solcher Wichtigkeit kann nicht in einem Nu abgemacht werden. Es müssen vorher noch manche Schwierigkeiten und manche Zweifel beseitigt werden.«

»Überlassen Sie das der Zukunft. Halten Sie Ihre rettende Hand nicht zurück, bis der Kampf für immer beendet ist. Denken Sie an den Abgrund, der bereits geöffnet ist, sie zu verschlingen. Jetzt ist keine Zeit, zu zögern und zu überlegen. Ich will Ihnen ihre Geschichte erzählen, doch nicht jetzt; wir wollen das auf morgen verschieben und sie zuerst vor den drohenden Übeln bewahren. Sie soll sie Ihnen selbst mitteilen. In einer Stunde bringe ich sie Ihnen her, und sie mag Ihnen dann ihren Kummer klagen. Darf ich?«

»Ihr Betragen ist ganz ungewöhnlich. Ich kann kaum sagen, ob diese Einfalt wahr oder erkünstelt ist. Man sollte meinen, Ihr gesunder Verstand müßte Ihnen das Ungeziemende Ihrer Bitte sagen. Ein notorisch entehrtes Mädchen unter meinem Dache aufzunehmen, und noch dazu aus einem schändlichen Hause –«

»Meine teuerste Madam, wie können Sie ohne unwiderstehliches Mitleid an diese Lage denken? Ich sehe, daß Sie ihre vergangenen Leiden und ihre gegenwärtigen Gefahren vollkommen kennen. Sind diese nicht hinreichend, Sie zu ihrer schleunigen Rettung anzutreiben? Kann es ein beklagenswerteres Los geben als das ihrige? Kann irgendein Zustand gefahrvoller sein? Armut ist nicht das einzige Übel, das sie bedrückt oder bedroht. Die Verachtung der Welt, ihre eigenen Vorwürfe, der Tod der Frucht ihres Irrtums und des Zeugen ihrer Schande sind nicht das Schlimmste. Sie ist den Versuchungen der Unzüchtigen ausgesetzt; während sie bei Mrs. Villars bleibt, wächst ihre Schmach, ihr weiteres Sinken wird befördert, ihrer Rückkehr zu Tugend und Ehre treten neue Hindernisse entgegen.«

»Wie kann ich wissen, ob ihr Fall nicht schon vollständig und unverbesserlich ist? Sie ist Mutter, doch nicht Frau. Wie kam sie dahin? Ist ihr Verhältnis zu Welbeck kein Beweis ihrer Schuld?«

»Ach, ich weiß es nicht! Ich glaube nicht, daß sie große Schuld trifft; ich weiß, daß sie unglücklich ist, daß sie beraubt und betrogen wurde. Ihnen ist ihre Geschichte fremd. Ich selbst bin damit nur unvollkommen bekannt.

Doch lassen Sie sich das wenige erzählen, was ich weiß. Vielleicht macht meine Schilderung, daß Sie über sie ebenso denken wie ich.«

Sie wendete gegen diesen Vorschlag nichts ein, und ich erzählte ihr augenblicklich alles, was ich durch meine eigenen Beobachtungen sowie durch Welbeck selbst über das verlassene Mädchen wußte. Als ich meine Erzählung beendigt hatte, fuhr ich so fort:

»Können Sie zögern, die Mittel, die Ihnen zu guten Zwecken verliehen wurden, zur Rettung dieser Leidenden anzuwenden? Nehmen Sie sie in Ihr Haus auf, an Ihren Busen, in Ihr Vertrauen. Wenden Sie die Versuchungen von ihr ab, von denen sie in ihrer jetzigen Lage umringt ist. Führen Sie sie zu jener Reinheit zurück, welche ihre verlassene Lage, ihre Unwissenheit, ihre übel angewendete Dankbarkeit und die Arglist eines gewandten Verführers ihr geraubt haben – wenn sie ihr überhaupt geraubt wurde. Denn wie können wir wissen, unter welchen Umständen ihr Verderben bewirkt wurde? Unter welchem Vorwande, welchen Versprechungen, welchen Vorspiegelungen sie zur Nachgiebigkeit gebracht wurde?«

»Das ist wahr. Ich gestehe meine Unwissenheit ein; aber muß nicht diese Unwissenheit gebannt werden, bevor ich sie zu einem Mitgliede meiner Familie mache?«

»O nein! Sie mag später überwunden werden. Vorher ist es nicht möglich. Wenn ich sie herbringe, schützen Sie sie wenigstens vor künftigen Übeln. Hier können Sie über ihre Aufführung wachen und ihre Gesinnungen zweckmäßig und mit Muße prüfen. Zeigt sie sich Ihrer Barmherzigkeit würdig, mit welchem Rechte dürfen Sie sich dann glücklich preisen, ihr zeitig genug zu Hilfe gekommen zu sein. Zeigt sie sich derselben unwürdig, dann mögen Sie sich von ihr lossagen, wie sie es verdient.«

»Ich muß darüber nachdenken. Morgen –«

»Lassen Sie es mich über Sie gewinnen, sie sofort und ohne Zögern aufzunehmen. Ebendieser Augenblick kann vielleicht gefährlich sein. Heute mögen wir auf einen günstigen Erfolg rechnen dürfen, morgen aber alle unsere Anstrengungen vergeblich sein. Weshalb schwanken, weshalb zögern, wenn so viel Gutes getan werden und kein Nachteil daraus entstehen kann? Es bedarf nur eines Wortes von Ihnen; Sie brauchen nur einen Finger zu rühren. Ihr Haus ist groß. Sie haben Gemächer, die leer, aber gastfreundlich sind. Willigen Sie nur ein, daß Ihre Türe ihr nicht verschlossen sein soll, daß Sie sie mit Freundlichkeit behandeln wollen; sie zu überreden, mich hierher zu begleiten und sich unter Ihre Obhut zu stellen, soll dann meine Aufgabe sein.«

Diese und viele andere Vorstellungen und Gründe blieben erfolglos. Ihre allgemeinen Gesinnungen waren gütig, aber an plötzliche und durchgreifende Entschlüsse war sie nicht gewöhnt. Den Überredungen eines solchen Fürsprechers nachzugeben und in ihr Haus eine Person aufzunehmen, die ihr durchaus fremd und überdies mit Schmach beladen war, war ihr unmöglich.

Ich vermied es endlich, allzu lästig und zudringlich zu werden, und bat sie nur, mir zu sagen, wann ich erwarten dürfte, Miss Fielding in ihrer Wohnung zu treffen. Sie fragte mich, zu welchem Zwecke ich eine Unterredung mit derselben suchte. Ich machte aus meiner Absicht kein Geheimnis.

»Sind Sie wahnsinnig, junger Mann?« rief sie aus. »Mrs. Fielding ist schon außerordentlich unbesonnen gewesen. Aufgrund einer früheren oberflächlichen Bekanntschaft mit Mrs. Villars in Europa ließ sie sich zu einem Besuche bei derselben verlocken. Statt sich vielfache Zeichen von dem wirklichen Charakter dieser Frau, die aus dem eigenen Benehmen derselben und aus dem ihrer Besucher hervorgingen, zur Warnung dienen zu lassen, willigte sie ein, eine Nacht bei ihr zu bleiben. Am nächsten Morgen fand der merkwürdige Auftritt mit Ihnen statt, den sie mir danach beschrieben hat. Sie ist jetzt von dergleichen Unbesonnenheiten abgeschreckt. Und, bitte, welchen wohlwollenden Plan würden Sie ihr denn vorschlagen?«

»Hat Sie Vermögen? Ist sie reich?«

»Sie ist es. Vielleicht zu ihrem Unglück ist sie vollkommen freie Herrin über ihr Vermögen und hat weder einen Vormund noch einen Verwandten, der sie in der Verwendung desselben beschränken könnte.«

»Ist sie tugendhaft? Kennt sie den Wert des Reichtums und eines guten Namens? Wird sie nicht einige wenige Dollar darauf verwenden wollen, ein Mitgeschöpf vor Not, Schande oder Laster zu bewahren? Gewiß wird sie das wollen. Sie wird durch ihre Wohltat nichts wagen. Ich will der Verwalter ihrer Almosen sein. Ich will die elende Fremde mit Nahrung, Kleidung und Wohnung versehen; ich will für alles bezahlen, wenn Miss Fielding dazu von ihrem Überflusse die Mittel gewährt. Clemenza soll Leben und Ehre Ihrer Freundin verdanken, bis ich imstande bin, die erforderliche Summe aus meinen eigenen Mitteln zu beschaffen.«

Während ich so sprach, sah meine Gefährtin mich fest an. »Ich weiß nicht, was ich mit Ihnen anfangen soll. Ihre Sprache und Ihre Ansichten sind die eines Wahnsinnigen. Sind Sie bekannt mit Mrs. Fielding?«

»Ja. Ich habe Sie vor zwei Tagen gesehen, und sie hat mich eingeladen, sie zu besuchen.«

»Und auf diese Bekanntschaft hin wollen Sie ihr Almosenpfleger sein? Der Vermittler ihrer Barmherzigkeit?«

»Ich wünsche ihr Unruhe zu ersparen, ihr die Wohltätigkeit so leicht und bequem als möglich zu machen. Es wird besser sein, wenn sie das Amt selbst versieht. Es wird ihrem Verstande und ihrer Tugend mehr Ehre machen. Aber ich strebe nach ihren Wohltaten nur in der Angelegenheit Clemenzas. Nur für diese wünsche ich jetzt ihr Mitleid und ihre Großmut zu erregen.«

»Und bilden Sie sich ein, daß sie ihr Geld einem Menschen anvertrauen wird, den sie nur so oberflächlich kennt, und das zur Unterstützung einer Person, die sie in einem solchen Hause wie das der Mrs. Villars fand? Das wird sie niemals. Sie erwähnte gegen mich ihres unüberlegten Anerbietens, Sie zu sehen, aber sie ist jetzt vor der Torheit eines solchen Vertrauens gewarnt.

Sie haben mir Geschichten von sich selbst und von dieser Clemenza erzählt. Ich kann nicht sagen, daß ich Ihnen den Glauben verweigere, aber ich kenne die Wege der Welt zu gut, um so leicht unbedingtes Vertrauen zu gewähren. Sie sind ein ungewöhnlicher junger Mann. Sie mögen wirklich rechtschaffen sein. Ein Mensch wie Sie, mit Ihrer Erziehung und Ihrer Gewandtheit, kann vielleicht sein ganzes Leben in einer niederen Hütte zugebracht haben; aber das ist kaum glaublich, wie ich Ihnen sagen muß. Ich glaube die meisten der Dinge, die Sie mir von meinem Neffen erzählten, weil meine Kenntnisse über ihn vor seiner Flucht es mir möglich gemacht hätten, Ihre falschen Angaben zu entdecken; aber es muß neben einer offenen Stirn und einer geläufigen Zunge noch andere Beweise geben, wenn ich Ihren Versicherungen vollen Glauben schenken soll.

Ich habe an Welbeck keine Ansprüche zu machen, durch

welche Sie in Verlegenheit gesetzt werden können. Von der Seite sind Sie gegen jede Belästigung durch mich oder meine Freunde gesichert. Ich habe Sie im Verdacht gehabt, der Mitschuldige eines schändlichen Planes zu sein, und bin jetzt geneigt, Sie davon freizusprechen; doch das ist alles, was Sie von mir erwarten dürfen, bis Ihr Charakter durch andere Mittel als Ihre eigenen Versicherungen vollkommen gerechtfertigt ist. Ich habe jetzt etwas zu erledigen und muß Sie daher bitten, Ihren Besuch zu beendigen.«

Diese Worte waren sehr verschieden von den vorhergehenden. Ich hatte mir durch die Sanftmut ihres Tones und ihres Wesens eingebildet, daß ihre früheren ungünstigen Vorurteile besiegt wären; aber sie schienen plötzlich mit ihrer früheren Gewalt wieder zurückgekehrt zu sein. Ich war über diese unerwartete Veränderung etwas verwirrt. Ich stand eine Minute schweigend und unentschlossen da.

Eben jetzt wurde an die Türe geklopft, und es trat eben die Dame ein, welche ich bei Mrs. Villars gesehen hatte. Ich erblickte ihr Gesicht, indem ich durch das Fenster sah. Mrs. Wentworth warf mir wiederholt bedeutungsvolle Blicke zu, welche meine Entfernung forderten, aber bei solcher Aussicht war das unmöglich.

Sobald sie eintrat, richteten sich ihre Augen auf mich. Es erwachten dabei natürlich gewisse Erinnerungen in ihr und machten sie erröten. Einige Verwirrung herrschte einen Augenblick, war dann aber schnell verschwunden. Sie achtete nicht auf mich, sondern tauschte Begrüßungsworte mit ihrer Freundin.

Währenddessen stand ich in einer nicht wenig peinlichen Lage am Fenster. Ein gewisses Beben, wie ich es noch nie zuvor empfunden hatte und das in einem geheimnisvollen Zusammenhange mit der Besucherin zu stehen schien, machte mich ebenso unfähig, Abschied zu nehmen wie mein Bleiben nutzbar zu machen. Endlich Fassung erringend, näherte ich mich ihr, zeigte ihr die Karte, die sie mir gegeben hatte, und sagte:

»Gemäß Ihrer Erlaubnis war ich vor einer Stunde in Ihrer Wohnung. Ich fand Sie nicht. Ich hoffe, daß Sie mir gestatten werden, nochmals anzufragen. Wann darf ich erwarten, Sie zu Hause zu finden?«

Ihre Augen waren auf den Boden gerichtet. Eine Art indirekter Aufmerksamkeit Mrs. Wentworth gegenüber diente dazu, sie einzuschüchtern. Endlich sagte sie mit unentschlossener Stimme: »Ich werde diesen Abend zu Hause sein.«

»Und diesen Abend«, entgegnete ich, »werde ich kommen, um Sie zu sprechen.« Mit diesen Worten verließ ich das Haus.

Die Zwischenzeit sollte mir lang werden, aber ich mußte sie mit Geduld ertragen. Ich war ungeduldig, nach Baltimore zu gehen, und hoffte, am nächsten Morgen mit Tagesanbruch dahin abreisen zu können. Inzwischen mußte ich notwendig etwas für Clemenza tun.

Nach dem Essen begleitete ich Mrs. Stevens während eines Besuches bei Miss Carlton. Ich wünschte dringend, ein Mädchen kennenzulernen, welches das Mißgeschick in solcher Weise zu ertragen vermochte, wie mein Freund es beschrieben hatte.

Sie kam uns an der Türe ihres Zimmers entgegen. Ihr Ernst wurde durch das freundliche Willkommen nicht gemildert. »Meine Freundin«, flüsterte ich, »wie wahrhaft liebenswürdig ist diese Miss Carlton! Sind das Herz und der Geist dieser Züge würdig?«

»Ja, das sind sie. Ihre Beschäftigung und die Resignation, mit welcher sie das Mißgeschick ihres geliebten Bruders trägt, zeigen, daß sie es sind.«

Meine Augen wurden durch ihr Gesicht und ihre Gestalt gefesselt. Ich fühlte ein unbeschreibliches Verlangen, mit ihr zu sprechen und ihre gute Meinung zu gewinnen.

»Sie müssen diesen jungen Mann kennenlernen, meine teure Miss Carlton«, sagte meine Freundin, auf mich blickend. »Er ist der Freund meines Mannes und spricht ein lebhaftes Verlangen aus, auch der ihrige zu werden. Sie müssen ihn nicht wie einen Fremden behandeln, denn er kennt schon Ihren Charakter und Ihre Lage ebensogut wie die Ihres Bruders.«

Sie blickte wohlwollend auf mich. »Ich nehme diese Freundschaft bereitwillig und dankbar an und werde mich bemühen zu beweisen, daß die gute Meinung nicht übel angewendet ist.«

Es folgte jetzt ein allgemeines Gespräch, durch welches diese junge Frau einen Geist zeigte, der durch Prüfung gekräftigt und durch Sorgen nicht niedergebeugt war. Sie strebte nicht ängstlich danach, ihre Lage, ihren Mangel und ihre Bedürfnisse zu verhehlen. Sie klagte nicht über ihr Mißgeschick, sondern trachtete aus jedem neuen Übel, von dem sie befallen wurde, irgendeine wohltätige Folgerung für sich selbst und irgendeinen Grund des Dankes gegen den Himmel zu schöpfen.

Dies Benehmen machte mich so kühn, endlich nach dem

Grunde für die Haft ihres Bruders und nach der Art seiner Schuld zu fragen.

Sie antwortete offen und ohne Zögern: »Es ist eine Schuld seines Vaters, für welche er während der Lebenszeit unseres Vaters die Bürgschaft übernahm. Die Handlung war großmütig, aber unbesonnen, wie der Ausgang gezeigt hat, indes konnten damals die traurigen Wirkungen nicht vorausgesehen werden.«

»Mein Vater«, fuhr sie fort, »wurde auf Drängen seines Gläubigers zu einer Zeit verhaftet, zu welcher die Ruhe und die Bequemlichkeit seines eigenen Hauses für seine Gesundheit unerläßlich waren. Der Gläubiger war hartnäckig und wollte ihn unter keiner anderen Bedingung freilassen als gegen eine Verschreibung meines Bruders, der sich durch dieselbe verpflichtete, die Schuld nach und nach in einzelnen, mäßigen Terminen zu bezahlen. Alle Termine wurden zwar mit großer Not, aber pünktlich gezahlt, ausgenommen der letzte, zu welchem die Einnahmen meines Bruders nicht hinreichten.«

»Wie groß ist die Schuld?«

»Vierhundert Dollar.«

»Und ist die Lage des Gläubigers der Art, daß der Verlust von vierhundert Dollar für ihn nachteiliger ist als für Ihren Bruder der Verlust der Freiheit?«

Sie entgegnete lächelnd: »Das kommt auf die Sicht der Dinge an. Eine solche Frage möchten Sie und ich vielleicht schnell zugunsten meines Bruders entscheiden, aber läge darin nicht eine Gefahr parteiischer Entscheidung? Das Betragen des Gläubigers ist ein Beweis für seine Entscheidung, und diese läßt sich nicht ändern.«

»Kann sie nicht durch Überredungskünste umgestoßen werden? Ich dächte, die Sache wäre so klar, daß es mir leicht werden müßte, ihn zu überzeugen. Sie sagen, daß er reich und ohne Kinder ist. Sein jährliches Einkommen ist zehnmal so groß wie diese Summe. Ihr Bruder kann die Schuld nicht bezahlen, solange er im Gefängnis ist; wäre er aber in Freiheit, so könnte er sie allmählich und langsam tilgen. Gibt seine Menschlichkeit nicht nach, so wird sein Geiz ihm vielleicht die Einwilligung abringen.«

»Aber es gibt noch eine andere Leidenschaft, deren Überwindung Ihnen vielleicht schwieriger erscheinen wird, und das ist seine Rachsucht. Er fühlt sich ins Unrecht gesetzt und kerkert meinen Bruder ein, nicht um Zahlung zu erzwingen, sondern um Elend zu bewirken. Wenn Sie ihn überzeugen könnten, daß in der Einkerkerung nichts Unangenehmes liegt, dann würden Sie schnell den Sieg erringen; doch ein solcher Versuch könnte nicht in Übereinstimmung mit der Wahrheit gemacht werden. Im Verhältnis zu den Leiden meines Bruders steht seine Genugtuung.«

»Sie entwerfen ein abscheuliches und kaum glaubliches Bild.«

»Und dennoch sieht ein solches beinahe jedem zweiten Manne, dem wir begegnen, ähnlich.«

»Haben Sie eine so schlimme Meinung von den Menschen? Ihre Erfahrungen müssen trauriger Art sein, um solche harte Meinung von Ihren Mitmenschen zu rechtfertigen.«

»Keineswegs. Mein Schicksal ist so gewesen, daß die, welche nur die Oberfläche der Dinge sehen, es unglücklich nennen würden; aber wenn das Gute und das Böse, welches mich traf, gegeneinander abgewogen werden könnte, würde das erstere das Übergewicht gewinnen. Ich habe bei vielen Freundlichkeit und Güte gefunden, aber bei manchen auch Vorurteil und Härte. Meine Ansicht von Farquhar habe ich nicht leichtfertig gefaßt. Ich sah ihn gestern, und der Beweggrund seines Verfahrens gegen meinen Bruder wurde mir klar genug.«

Hier wurde der Gegenstand des Gespräches gewechselt, und die Unterhaltung endete erst, als die Stunde zu meinem Besuche bei Mrs. Fielding gekommen war. Ich verließ deshalb meine beiden Freundinnen.

Ich wurde ohne alle Umstände zu Mrs. Fielding eingeführt. Es waren zwei Damen und ein Herr in ihrer Gesellschaft, wohlgekleidete, ältliche und gesetzte Personen. Ihr Gespräch drehte sich um politische Gegenstände, mit denen ich, wie Sie wissen, nur sehr wenig bekannt bin. Sie sprachen von Flotten und Heeren, von Robespierre und Pitt, von denen ich nur eine Zeitungskenntnis hatte.

Nach kurzer Zeit standen die Damen auf, hüllten sich in ihre Mäntel und verschwanden in Begleitung des Herrn. Nachdem ich so mit Mrs. Fielding allein war, zeigten wir gegenseitig einige Verlegenheit. Mit sichtlichem Zögern, welches indes allmählich verschwand, sagte sie endlich:

»Sie trafen mich neulich in einer Lage, Sir, auf welche ich mit Zittern und Scham zurückblicke und nicht ohne einige Selbstverurteilung. Ich wurde indes ohne irgendeine Schuld in dieselbe versetzt, ausgenommen, mein übereiltes Vertrauen würde eine Schuld genannt. Ich hatte Mrs. Villars in England gekannt, wo sie eines unbefleckten Rufes genoß; und der Anblick meiner Landsmännin in einem fremden

Lande erweckte in mir Gefühle, in deren Befriedigung ich weder Schuld noch Gefahr erblickte. Sie bat mich so dringend und mit solcher Wärme, sie in ihrem Landhause zu besuchen, und forderte mich auf, sogleich in der Chaise Platz zu nehmen, in der sie in die Stadt gekommen war, daß ich unvorsichtig der Einladung folgte.

Sie sind mir fremd, und ich kenne Ihren Charakter nicht. Das wenige, was ich von Ihrem Betragen sah und was ich kürzlich von Mrs. Wentworth über Sie erfuhr, machte keinen ungünstigen Eindruck auf mich; aber meine Rechtfertigung war ich meinem eigenen Rufe schuldig, und ich würde sie ausgesprochen haben, wie auch Ihr Charakter sein möchte.« Hier hielt sie inne.

»Ich kam nicht zu Ihnen, um irgendeine Rechtfertigung zu vernehmen. Ihr Benehmen bei unserem ersten Zusammentreffen schützte Sie hinlänglich gegen jeden Verdacht oder jede nachteilige Vermutung. Was Sie jetzt erwähnten, hatte mir auch Ihre Freundin schon gesagt und meinen vollen Glauben gefunden. Ich wünschte lediglich, Ihre Großmut und Gerechtigkeit für ein Wesen in Anspruch zu nehmen, dessen hilflose und gefährliche Lage Ihre Teilnahme gewinnen dürfte, wie sie Ihren Beistand fordert.«

»Ich verstehe Sie«, sagte sie mit einiger Verlegenheit. »Ich kenne den Anspruch dieser Person.«

»Und wollen Sie ihn erhören?«

»In welcher Weise kann ich ihr nützlich sein?«

»Indem Sie ihr die Mittel zum Lebensunterhalt gewähren.«

»Besitzt sie diese nicht?«

»Sie ist mittellos. Sie hing gänzlich von einem Manne ab,

der jetzt tot ist, der sie verführte und ihr Vermögen vergeudete.«

»Aber sie lebt doch, sie wurde nicht auf die Straße geworfen. Es fehlt ihr nicht an einer Heimat.«

»Aber was ist das für eine Heimat!«

»Vielleicht bleibt sie dort aus freien Stücken.«

»Das kann, das darf nicht sein. Sie bleibt aus Unwissenheit dort oder weil sie nicht fortkann.«

»Aber wie soll sie beredet werden, diesen Ort zu verlassen?«

»Ich will sie überreden. Ich will ihr ihre Lage schildern. Ich will ihr eine neue Wohnung ermitteln.«

»Sie wollen sie überreden, mit Ihnen zu gehen, in einer Wohnung zu leben, die Sie ihr verschaffen, und von Ihrer Güte?«

»Gewiß.«

»Würde diese Veränderung einer vorsichtigen Person angemessen sein? Würde sie ihrem Rufe zuträglich sein? Würde sie ihre Liebe zur Unabhängigkeit beweisen?«

»Meine Absichten sind gut. Ich weiß nicht, weshalb sie Argwohn dagegen haben sollte. Aber ich will nur das Werkzeug dazu sein. Lassen Sie sie einer Person von ihrem eigenen Geschlechte und von unbefleckten Rufe verpflichtet sein. Nehmen Sie sie in Ihr Haus auf. Rufen Sie sie in Ihre Arme. Trösten Sie sie wie eine Schwester.«

»Bevor ich mich überzeugt habe, daß sie es verdient? Und selbst dann – welche Rücksicht zollte ich, jung, unverheiratet, unabhängig, wohlhabend, meinem eigenen Rufe, wenn ich eine Frau, die sich in solcher Lage befand, bei mir aufnähme?«

»Aber Sie brauchen ja nicht selbst zu handeln. Machen Sie mich zu Ihrem Agenten und Almosenpfleger. Nur versorgen Sie sie durch mich mit den nötigen Existenzmitteln.«

»Würden Sie wollen, daß ich verstohlen handelte? Daß ich Zusammenkünfte mit einem jungen Manne hielte und ihm Geld zu einem Zwecke gäbe, den ich vor der Welt verbergen müßte? Ist es würdig, sich zu verstellen und zu heucheln? Und würde nicht ein solches Verfahren noch gefährlichere Vermutungen erwecken, als wenn ich offen und rückhaltlos handelte? Sie werden mir verzeihen, wenn ich Sie darauf aufmerksam mache, daß es für eine Frau in meiner Lage dringend notwendig ist, in ihrem Verkehr mit Männern und Fremden sehr vorsichtig zu sein. Dies ist das zweite Mal, daß ich Sie gesehen habe. Meine Kenntnis von Ihnen ist außerordentlich zweifelhaft und unvollkommen und der Art, daß sie das Benehmen, welches Sie von mir verlangen, in hohem Grade übereilt und unbesonnen machen würde. Sie dürfen es daher nicht von mir erwarten.«

Diese Worte wurden mit einem Ausdruck der Würde und der Festigkeit gesprochen. Ich war nicht blind gegen die Wahrheit, die in ihren Entgegnungen lag. »Ich gestehe«, erwiderte ich, »daß das, was Sie sagten, in mir Zweifel an der Statthaftigkeit meiner Vorschläge erweckt, und dennoch möchte ich ihr so gern einen Dienst erweisen. Können Sie mir dazu nicht den Weg weisen?«

Sie schwieg und sann nach; doch sie schien nicht geneigt zu sein, auf meine Frage zu antworten.

»Ich hatte mein Herz auf das Gelingen dieser Unterredung gesetzt«, fuhr ich fort, »und ich konnte mir kein

Hindernis für einen glücklichen Ausgang vorstellen; aber ich finde, daß meine Unkenntnis von der Welt viel größer ist, als ich dachte. Sie rauben sich selbst das ganze Glück, welches aus einer Handlung entspringt, durch die man andere glücklich macht. Sie opfern das Wesen dem Scheine und sind ängstlicher darauf bedacht, einen ungerechten Argwohn von sich abzuwehren, als ein Mitgeschöpf vor Elend und Schande zu bewahren.

Sie sind reich und haben im Übermaße alle Wohltaten und Bequemlichkeiten des Lebens. Ein geringer Teil von Ihrem Überflusse würde dem Mangel eines Geschöpfes abhelfen, das vielleicht nicht weniger wert ist als Sie selbst. Es ist nicht Geiz oder Widerwille gegen die Mühe, wodurch Ihre Hand zurückgehalten wird. Es ist die Furcht vor dem Hohne und den Unterstellungen der Böswilligkeit oder der Dummheit.

Ich will für jetzt nicht weiter in Sie dringen. Soll Ihr Entschluß weise sein, so darf er nicht übereilt gefaßt werden. Denken Sie ruhig und reichlich über den Gegenstand nach, und entscheiden Sie sich im Verlaufe von drei Tagen. Nach Ablauf dieser Zeit werde ich Sie wieder besuchen.« Mit diesen Worten ging ich, ohne eine Bemerkung oder eine Antwort abzuwarten.

Siebzehntes Kapitel

Ich bestieg am nächsten Morgen mit Tagesanbruch die Landkutsche in Gesellschaft eines gelben Franzosen aus Saint Domingo, seines Violinkastens, eines Affen und zweier Negerinnen. Als wir die Vorstädte hinter uns gelassen hatten, nahm der Franzose seine Violine heraus und unterhielt sich durch sein eigenes Dideldum. Der Affe knabberte dann und wann an einem Apfel, den ihm die beiden Schwarzen aus einem Korbe reichten, während sie mit einfältiger Verwunderung und manchem »La! La!« auf die vorüberziehende Landschaft blickten oder in einem halblauten Kauderwelsch miteinander schnatterten.

Der Mann sah nur selten auf dieser oder jener Seite hinaus und sprach nur, um sich über die Possen des Affen mit einem »Tenez! Dominique! Prenez garde! Diable noir!« zu beschweren.

Was mich betrifft, so waren meine Gedanken auf tausendfache Weise beschäftigt. Ich blickte zuweilen in die Gesichter meiner vier Reisegesellschafter und war bemüht, den Unterschied und die Ähnlichkeit derselben zu erkennen. Ich beachtete genau die Züge, Verhältnisse, Blicke und Bewegungen des Affen, der Kongolesinnen und des kreolischen Galliers. Ich verglich sie miteinander und prüfte jeden einzelnen von ihnen. Ich sah sie aus tausend verschiedenen Gesichtspunkten an und verfolgte, unermüdlich und unersättlich, die Betrachtungen, welche jeder Wechsel des Tones, der Züge, der Haltung erweckte.

Ich sah auf die Landschaft, wie sie allmählich vor mir aufstieg, und fand endlose Beschäftigung dabei, die Gestalt und das Wesen jeder Einfriedung, jeder Farm, jeder Hütte sowie das Aussehen des Himmels und der Erde zu prüfen. Wie groß sind die Freuden von Gesundheit und geistiger Tätigkeit!

Mein Hauptaugenmerk aber galt den Szenen, denen ich entgegenging. Meine Phantasien waren natürlich unbestimmt und ungenügend, und ich fand eine ungemeine Befriedigung darin, die tatsächlichen Geschehnisse und Umstände mit den Bildern zu vergleichen, welche meine schwärmende Einbildungskraft im voraus davon entworfen hatte.

Ich will meine Träume nicht beschreiben. Meine eigentliche Aufgabe ist, die Wahrheit zu erzählen. Ich werde deshalb auch nicht bei den Bildern verweilen, welche der Zustand des Landes, durch das ich kam, hervorrief. Ich will mich darauf beschränken, die Ereignisse zu erwähnen, die mit dem Zwecke meiner Reise in Zusammenhang standen.

Ich erreichte Baltimore am Abend. Ich war nicht so ermüdet, daß ich nicht noch einen Gang durch die Stadt hätte machen können. Ich beabsichtigte für den Augenblick nur, die Neugier eines Fremden zu befriedigen. Meinen Besuch bei Mrs. Watson und ihrem Bruder wollte ich erst am nächsten Morgen machen. Der Abend meiner Ankunft schien mir dazu eine unpassende Zeit zu sein.

Während ich umherschlich, fiel mir indes ein, daß es nicht überflüssig sein würde, den Weg zu ihrer Wohnung schon jetzt ausfindig zu machen. Mein Zweck allgemeiner Neugier konnte in jeder Richtung befriedigt werden, und wenn ich heute ihre Wohnung erfragte, so ersparte ich mir dadurch für morgen die Mühe des Fragens und der Nachforschung.

Wenn ich der Unterredung mit Watsons Frau entgegensah sowie dem Gegenstande, der dabei notwendig zur Sprache kommen mußte, fühlte ich mein Herz erbeben. Sicher, dachte ich, muß ich außerordentliche Umsicht und Gewandtheit zeigen, und wie wenig sagen diese gleichwohl dem Ungestüm und der Offenheit meiner Natur zu!

Wie soll ich mich einführen? Was soll ich ihr sagen? Daß ich gleichsam Zeuge bei der Ermordung ihres Mannes war? Daß ich aus der Hand seines Mörders den Brief empfing, den ich ihr schickte? Daß ich aus derselben Hand die Wechsel erhielt, die in seinem Gürtel waren?

Wie wird sie erschrecken! Welchen Verdacht wird sie hegen? Welche Fragen wird sie an mich richten? Wie sollen sie abgewiesen, umgangen oder beantwortet werden? Es ist reifliche Überlegung erforderlich, bevor ich mich einer solchen Zusammenkunft stelle. Die kommende Nacht muß ich ganz dem Nachsinnen über diesen Gegenstand widmen.

Von diesen Gedanken ging ich zu Erkundigungen nach der Straße über, in welcher Mrs. Watson wohnte. Die Straße ward gefunden und endlich auch das Haus. Ich blieb demselben gegenüber stehen und betrachtete es. Es war ein hölzernes Gebäude von zwei Stockwerken, bescheiden, aber nett. Zur Türe stieg man auf einigen steinernen Stufen empor. Von den zwei unteren Fenstern war der eine Laden geschlossen, der andere aber stand offen. Des späten Abends ungeachtet war weder Licht noch Feuer zu sehen.

Neben dem Hause befand sich ein gestrichener Zaun, durch den ein Tor nach der Rückseite des Hauses führte. Durch den Impuls des Augenblicks geleitet, ging ich über die Straße zu dem Tore, öffnete es und schritt durch den gepflasterten Gang, an welchem auf der einen Seite ein Holzzaun, auf der anderen Seite zwei Fenster des Hauses lagen.

Das erste Fenster war finster, gleich denen der Vorderseite; durch das zweite schimmerte Licht. Ich näherte mich demselben, blickte durch die Scheiben hinein und gewahrte ein sauberes Gemach, in welchem sich Wohnstube, Küche und Kinderstube zu vereinigen schienen. Im Kamin brannte traulich ein Feuer, und darüber hing ein Teekessel. Neben dem Herde saß lächelnd und spielend ein Cherub von einem Knaben, ein schwarzes Mädchen stoßend, das ihm gegenübersaß und dessen unschuldige und regelmäßige Züge nur einer anderen Farbe bedurften, um reizend zu sein. In der Nähe saß auf einem Wiegestuhle, einen schlafenden Säugling auf dem Schoße, eine weibliche Gestalt in einem einfachen, doch netten und kleidsamen Anzuge. Ihre Stellung erlaubte, eine Hälfte ihres Gesichts zu sehen, und bewahrte mich vor der Gefahr, gesehen zu werden. Das Gesicht war voller Milde und Wohlwollen, doch durch tiefen Trübsinn verschleiert. Ihre Augen richteten sich auf das Feuer und waren angefeuchtet durch Tränen der Erinnerung, während sie leise ein kunstloses Schlaflied summte.

Dies Schauspiel übte eine eigentümliche Gewalt über meine Gefühle aus. Während ich die Züge der Mutter betrachtete, ließ ich meine Lage außer acht. Das schwarze Mädchen hatte ihren Platz verlassen, um den Ball zu holen, der nach ihr geworfen worden war; dabei erblickte sie unglücklicherweise mein Gesicht. Mit einem Tone, der halb Staunen, halb Schreck verriet, rief sie aus: »Ach! Sieh da! Ein Mann!«

Ich fühlte mich versucht, schnell zurückzuweichen, doch ein zweiter Gedanke zeigte mir das Unpassende, so plötzlich zu verschwinden und Unruhe hinter mir zurückzulassen. Ich empfand die Notwendigkeit, mich wegen meines Eindringens zu entschuldigen, und eilte zu der Türe, die in ebendas Gemach führte. Ich klopfte. Eine etwas bebende Stimme bat mich einzutreten. Erst als ich die Türe öffnete und das Gemach betrat, erkannte ich vollständig, in welche Verlegenheit ich mich unvorsichtig gestürzt hatte.

Ich konnte kaum den nötigen Mut schöpfen und gab eine verworrene, jedoch bejahende Antwort auf die Frage: »Haben Sie etwas mit mir zu tun, Sir?« Sie bot mir einen Stuhl an, und ich setzte mich. Sie legte das Kind, welches noch nicht erwacht war, in die Arme der Schwarzen, die es küßte und mit großer Befriedigung auf ihren Armen wiegte. Dann nahm sie ihren Sitz wieder ein und sah mich fragend und gleichgültig an.

Nach einer kurzen Pause sagte ich: »Ich wurde nach diesem Hause als der Wohnung des Ephraim Williams gewiesen. Kann ich ihn sprechen, Madam?«

»Er ist jetzt nicht in der Stadt. Wollen Sie mir einen Auftrag an ihn geben, so soll er pünktlich besorgt werden.«

Der Gedanke stieg plötzlich in mir auf, ob weiter etwas erforderlich sei, als die bereits gehörig eingeschlagenen

Wechsel zurückzulassen. So konnten alle peinlichen Erklärungen vermieden werden, und ich hatte Ursache, mir zu dieser willkommenen Abwesenheit Glück zu wünschen. Durch diese Gedanken getrieben, zog ich das Päckchen hervor, übergab es ihr und sagte: »Ich will dies in Ihrem Besitze zurücklassen, indem ich Sie ermahne, es sorgfältig zu verwahren, bis Sie es ihm selbst übergeben können.«

Kaum hatte ich dies gesagt, als neue Gedanken in mir aufstiegen. War es recht, so verstohlen und geheimnisvoll zu handeln? Sollte ich diese Leute über das Schicksal eines Gatten und eines Bruders in Ungewißheit lassen? Welche Unruhe, Vermutungen und Mißverständnisse konnten aus dieser Unwissenheit entspringen? Und mußte sie nicht schon um die Gefahr meiner Sicherheit und meines guten Namens wegen verbannt werden?

Diese Erwägungen machten, daß ich unwillkürlich die Hand ausstreckte, das Päckchen zurückzunehmen. Diese Bewegung, mein ganzes Benehmen und eine trübe Ahnung in ihr selbst erfüllten meine Gefährtin mit Verwirrung und Furcht. Sie blickte wechselweise auf mich und auf das Papier. Ihre Angst wuchs, und sie wurde blaß. Mit einer kräftigen Anstrengung unterdrückte sie ihre Aufregung.

Endlich sagte sie bebend: »Ich will gute Acht haben und es meinem Bruder aushändigen.«

Sie stand auf, legte das Päckchen in ein Schubfach und setzte sich dann wieder.

In diesem Augenblick verlor ich meine Fassung. Ich vermag nicht zu sagen, weshalb meine Verwirrung und meine Unruhe bei dieser Gelegenheit größer waren als bei irgendeiner anderen. Ich war indes unfähig zu sprechen und heftete meine Augen auf den Fußboden. Eine Art elektrischer Sympathie bewegte meine Gefährtin, und Angst und Schrecken sprachen sich deutlich in den verstohlenen Blicken aus, die sie auf mich richtete. Wir schienen einander ohne die Hilfe eines Wortes vollkommen zu verstehen.

Diese Einfältigkeit konnte nicht lange dauern. Ich gewann allmählich meine Fassung und sammelte meine Gedanken. Ich sah sie ernst an und sagte fest: »Sind Sie die Frau von Amos Watson?«

Sie fuhr zusammen. »Ich bin es. Weshalb fragen Sie danach? Wissen Sie irgend etwas von –?« Hier stockte ihre Stimme.

Ich entgegnete schnell: »Ja. Ich bin mit seinem Schicksal vollkommen bekannt.«

»Guter Gott!« rief sie überrascht aus und beugte sich erwartungsvoll vor. »Mein Mann lebt also! Dies Päckchen ist von ihm. Wo ist er? Wann haben Sie ihn gesehen?«

»Es ist schon lange her.«

»Doch wo ist er jetzt? Ist er wohl? Wird er zu mir zurückkehren?«

»Nie.«

»Gerechter Himmel!« – Indem sie aufwärts blickte und die Hände faltete, fügte sie hinzu: »Ich danke Dir wenigstens für sein Leben! – Aber weshalb verläßt er mich? Weshalb will er nicht zurückkehren?«

»Aus einem guten Grunde«, entgegnete ich mit gesteigerter Feierlichkeit, »wird er nie zu Ihnen zurückkehren. Schon längst wurde er ins Grab gesenkt.«

Sie schrie laut auf; im nächsten Augenblick sank sie ohnmächtig zu Boden. Ich war beunruhigt. Die beiden Kinder schrien und rannten erschrocken umher, ohne zu wissen, was sie taten. Ich war von Angst beinahe überwältigt, aber unwillkürlich hob ich die Mutter empor und versuchte, sie ins Leben zurückzurufen.

Ich hatte dazu noch nicht die Zeit gehabt, als mehrere Personen, dem Anschein nach die Nachbarn der Mrs. Watson, durch das Geschrei der Kinder herbeigerufen, hastig eintraten. Sie blickten mit einem Gemisch von Staunen und Argwohn auf mich; aber meine Haltung, welche die eines Helfenden war, mein Gesicht, welches die Freude über ihren Eintritt verriet, rechtfertigten mich, und meine Worte, durch welche ich sie um ihren Beistand bat und ihnen kurz die Ursache der Ohnmacht erklärte, verbannten vollends jeden bösen Gedanken.

Die unglückliche Frau, welche von den Neuangekommenen in ein anstoßendes Schlafgemach getragen wurde, kehrte zur Besinnung zurück. Ich wartete nur darauf. Ich hatte meinen Teil getan. Weitere Nachrichten waren ihr nutzlos, und ich hätte sie in der gegenwärtigen Lage nicht ohne Gefahr für mich selbst geben können. Ich beschloß daher plötzlich, mich zu entfernen, und tat dies unbemerkt, da die allgemeine Aufmerksamkeit anderwärts gefesselt war. Ich kehrte nach meinem Wirtshause zurück und schloß mich auf meinem Zimmer ein. Binnen nur einer halben Stunde hatte sich das Blatt vollkommen unerwartet gewendet. Meine vorsichtigen Pläne waren im Entstehen zunichte gemacht worden. Das, was meiner Meinung nach eine so große Umsicht, so wohlüberlegte Reden verlangt hatte, war getan.

Ich war vor dieser Frau wie aus dem Schoße der Erde

heraufgestiegen. Ich war ebenso schnell verschwunden, hatte aber den überzeugenden Beweis zurückgelassen, daß ich weder ein Gespenst noch ein Dämon sei. Ich werde sie wieder besuchen, sagte ich zu mir. Ich will ihren Bruder sprechen und die ganze Wirkung meiner Mitteilung erfahren. Ich will ihnen alles erzählen, was ich selbst weiß. Unkenntnis würde für sie nicht minder kränkend sein als für mich selbst; aber zuerst muß ich die Maurices sehen.

Achtzehntes Kapitel

Am nächsten Morgen stand ich beizeiten auf und zog mich ohne Säumen an. Ich hatte acht oder zehn Meilen zu gehen, denn so weit von der Stadt entfernt wohnten die Leute, und ich suchte sofort ihre Wohnung auf. Die Menschen, zu denen ich wollte, waren mir nur dem Namen und ihrem Aufenthaltsorte nach bekannt. Es war eine Mutter mit drei Töchtern, denen ich die Mittel nicht allein zum Leben, sondern zum Reichtum überbrachte; Mittel, an deren Wiedererlangung sie ohne Zweifel schon längst verzweifelten und welche zu überbringen unter allen nur denkbaren Boten einer meines Alters und Aussehens am wenigsten geeignet zu sein schien.

Ich langte auf mühsamen Wegen gegen elf Uhr bei dem Hause der Mrs. Maurice an. Es war ein nettes Heim in einem geschmackvollen ländlichen Stil, im Schoße eines Tales liegend, welches viele Reize besitzen mußte, wenn es durch das Grün und die Blumen der kommenden Jahreszeit geschmückt war. Für jetzt zeigte es sich nackt und öde.

Als ich mich durch eine lange Allee dem Hause näherte, bemerkte ich zwei weibliche Gestalten, welche Arm in Arm und langsam auf dem Pfade hin- und hergingen, den ich jetzt verfolgte. Das, sagte ich zu mir, sind Töchter der Familie. Anmutige, wohlgekleidete, adrette Mädchen schienen sie aus dieser Entfernung zu sein. Möchten sie die gute Nachricht verdienen, die ich bringe! Da ich sah, daß sie sich dem Hause zuwendeten, beschleunigte ich meine Schritte, um sie einzuholen und sie zu bitten, mich bei ihrer Mutter einzuführen.

Als ich näher kam, kehrten sie wieder um, und als sie mich erblickten, blieben sie stehen, um meine Botschaft zu erwarten. Ich trat zu ihnen.

Ein einziger Blick, den ich auf jede warf, erweckte die Vermutung, daß sie keine Schwestern waren; zudem fand ich mich getäuscht, indem ich sah, daß keine etwas Einnehmendes hatte. Sie waren Erscheinungen, wie man sie jeden Tag auf Märkten und in den Straßen erblickt, wenn auch weniger durch Kleidung und Kopfputz verschönert. Etwas Hochmütiges, Hochnäsiges tat ihren Reizen noch mehr Abbruch. Diese Fehler beachtete ich indessen nicht.

Ich fragte die, welche die ältere der beiden zu sein schien, nach Mrs. Maurice.

»Sie ist unwohl«, lautete die kalte Antwort.

»Das ist bedauerlich. Kann ich sie nicht sprechen?«

»Nein!« sagte sie mit noch größerem Ernst.

Ich war beinahe in Verlegenheit, was ich weiter sagen

sollte. Es entstand eine Pause. Endlich fragte die Dame: »Was ist es? Sie können mir Ihren Auftrag übergeben.«

»Niemandem als ihr selbst. Wenn sie nicht sehr unwohl ist –«

»Sie ist sehr unwohl«, unterbrach sie mich mürrisch. »Wenn Sie Ihren Auftrag nicht hierlassen können, mögen Sie ihn wieder mit zurücknehmen, denn sie darf nicht beunruhigt werden.«

Das war ein sonderbarer Empfang. Ich schwieg betroffen. Ich wußte nicht, was ich sagen sollte. »Vielleicht«, bemerkte ich endlich, »kann ich zu anderer Zeit –«

»Nein«, fiel sie mit steigender Hitze ein, »zu keiner anderen Zeit. Sie wird wahrscheinlich eher schlimmer als besser. Kommen Sie, Betsy«, sagte sie und nahm den Arm ihrer Gefährtin; sie in das Haus ziehend, machte sie die Türe hinter sich zu und war verschwunden. Ich stand am Fuße der Treppe, überrascht und verwirrt durch eine so unerwartete Behandlung. Ich konnte mich nicht eher entfernen, als bis mein Zweck erfüllt war. Nach einer kurzen Pause schritt ich zur Türe und zog die Klingel. Ein Neger von sehr wenig empfehlendem Äußeren öffnete die Türe und sah mich schweigend an. Auf meine Frage, ob Mrs. Maurice zu sprechen wäre, antwortete er in einer Sprache, die ich nicht verstehen konnte; doch seinen Worten folgten unmittelbar die einer unsichtbaren Person, welche aus dem Inneren des Hauses rief: »Niemand kann Mrs. Maurice sprechen. Komm herein, Cato, und mache die Türe zu.« Diesem Befehle folgte Cato unmittelbar ohne weitere Bemerkung.

Das war ein Dilemma. Ich kam mit zehntausend Pfund in meinen Händen und wollte das Geld aus freiem Antriebe diesen Leuten übergeben; sie aber behandelten mich so. Ich muß einen neuen Weg einschlagen, sagte ich zu mir.

Ich öffnete ohne weiteres Zeichen die Haustüre, und da Cato verschwunden war, trat ich zur Rechten in ein Zimmer, dessen Türe zufällig offenstand. Ich fand hier die beiden Damen, die ich vor dem Hause getroffen hatte. Ich wendete mich jetzt an die jüngere und sagte: »Ich hoffe, daß meine Zudringlichkeit entschuldigt werden wird, wenn ich die Ursache derselben erklärt habe. Ich komme, Madam –«

»Ja«, unterbrach die andere mit einem Gesichte, in welchem die Röte des Unwillens flammte, »ich weiß sehr wohl, von wem Sie kommen und was Sie zu dieser Unverschämtheit treibt; aber Ihr Absender soll sich überzeugen, daß wir nicht so tief gesunken sind, wie er sich einbildet. Cato! Bob!«

»Mein Absender, Madam? Ich sehe, daß Sie sich in einem großen Irrtume befinden. Ich habe keinen Absender. Ich komme von sehr weit her. Ich bringe Nachricht, welche für Ihre Familie von der höchsten Wichtigkeit ist. Ich komme, um Ihnen Gutes zu erzeigen, nicht um Ihnen zu schaden.«

In diesem Augenblick traten Cato und Bob, zwei derbe Neger, in das Zimmer. »Werft diesen Menschen zum Hause hinaus«, gebot die ungestüme Dame, ohne auf meine Worte zu achten. »Hört ihr nicht?« fuhr sie fort, als sie bemerkte, daß beide einander zögernd ansahen.

»Wahrlich, Madam«, sagte ich, »Sie handeln sehr übereilt. Einem Feinde gleich behandeln Sie einen Menschen, der sich als den besten Freund Ihrer Mutter beweisen will.«

»Wollen Sie das Haus verlassen?« schrie sie, vor Zorn außer sich. »Schurken! Weshalb tut ihr nicht, was ich euch befohlen habe?«

Die Schwarzen sahen sich an, als wartete jeder auf das Beispiel des anderen. Ihre gewöhnliche Ehrfurcht vor allen Weißen hielt wahrscheinlich ihre Hände von dem zurück, was sie als einen Frevel betrachteten. Endlich sagte Bob mit weinerlichem und flehendem Tone: »Ach Missis, Massa nicht gehen will für dich, er auch nicht gehen wird für uns.«

Die Lady brach jetzt vor Wut in Tränen aus. Sie streckte unwillkürlich die Hand aus und rief: »Wollen Sie das Haus verlassen?«

»Freiwillig nicht«, entgegnete ich sanft. »Ich komme von zu weit her, um zurückzukehren, ohne mein Anliegen erfüllt zu sehen. Ich bin überzeugt, daß Sie meinen Charakter sowie meine Absichten verkennen. Ich habe Ihrer Mutter eine Botschaft zu überbringen, die großen Einfluß auf ihr Glück sowie auf das ihrer Töchter haben wird. Ich wünschte nur, sie zu sprechen, um ihr eine höchst wichtige Nachricht zu überbringen, eine Nachricht, die auf ihr Vermögen großen Einfluß übt.«

Diese Worte taten eine wunderbare Wirkung. Der Zorn der jungen Dame war verschwunden. »Großer Gott«, rief sie aus, »sind Sie Watson?«

»Nein, ich bin nur Watsons Stellvertreter und komme, um alles zu tun, was Watson tun könnte, wäre er gegenwärtig.«

Sie wünschte jetzt dringend meine Anliegen kennenzulernen.

»Mein Geschäft betrifft Mrs. Maurice. Bekanntmachungen, welche ich gelesen habe, weisen mich an sie und zu diesem Hause; ihr allein werde ich daher meinen Auftrag ausrichten.«

»Vielleicht habe ich Sie verkannt«, sagte sie mit dem Tone der Entschuldigung. »Mrs. Maurice ist meine Mutter. Sie ist wirklich unwohl, aber ich kann in dieser Angelegenheit ihre Stelle vertreten.«

»Das können Sie nicht. Kann ich sie nicht sprechen, so muß ich wieder gehen und werde dann zurückkehren, wenn Sie es erlauben.«

»Nein«, entgegnete sie, »vielleicht ist sie nicht zu krank, um Sie sprechen zu können. Ich will gleich nachsehen, ob ich Sie vorlassen kann.« Mit diesen Worten verließ sie mich für drei Minuten; dann kehrte sie zurück und sagte, daß ihre Mutter mich zu sprechen wünschte.

Ich folgte ihr auf ihre Bitte die Treppe hinauf, trat hier in ein schlecht möbliertes Zimmer und fand in einem Armsessel eine Lady, die schon bei Jahren war, blaß und augenscheinlich krank. Die Züge ihres Gesichtes waren weit entfernt, meine Ehrfurcht zu erwecken. Sie glichen zu sehr denen ihrer Tochter.

Sie blickte mich bei meinem Eintritte fest an und sagte mit scharfem Tone: »Mein Freund, was wollen Sie von mir? Beeilen Sie sich, erzählen Sie Ihre Geschichte, und dann hinweg.«

»Meine Geschichte ist kurz und bald erzählt. Amos Watson war Ihr Agent in Jamaika. Er verkaufte eine Besitzung, welche Ihnen gehörte, und empfing das Geld.«

»Das tat er!« sagte sie und machte einen vergeblichen

Versuch, sich von ihrem Sitze zu erheben, während ihre Augen mit einem Ausdrucke funkelten, der mich verdroß. »Das tat er, der Schurke, und vertat das Geld zu meinem und meiner Töchter Verderben. Doch wenn es Gerechtigkeit auf Erden gibt, so wird es ihm vergolten werden. Ich hoffe, daß ich eines Tages noch das Vergnügen haben werde zu hören, daß er gehängt worden ist. Nun gut, weiter, Freund. Er verkaufte die Besitzung und ...«

»Er verkaufte sie für zehntausend Pfund«, fuhr ich fort, »und setzte diese Summe in Wechsel um. Watson ist tot. Diese Wechsel kamen in meine Hände. Ich erfuhr kürzlich durch die Zeitungen, wer die wirklichen Eigentümer sind, und kam von Philadelphia in keiner anderen Absicht her, als um sie Ihnen zurückzugeben. Hier sind sie«, fuhr ich fort, indem ich sie ihr vollzählig auf den Schoß legte.

Sie ergriff die Papiere und blickte mich und ihre Tochter wechselweise erstaunt an. Sie schien sprachlos zu sein, wurde plötzlich leichenblaß und lehnte den Kopf an die Lehne des Stuhles. Die Tochter schrie laut auf und sprang zum Beistande ihrer Mutter herbei, welche mühsam hervorstieß: »Oh, ich bin krank, todkrank. Bring mich zu Bett.«

Ich war überrascht und erschreckt durch diesen Auftritt. Einige Dienstboten beiderlei Farbe kamen herein und blickten mich verwundert an. Unwillkürlich entfernte ich mich und kehrte nach dem unteren Zimmer zurück, das ich jetzt leer fand.

Ich wußte einen Augenblick nicht, welcher Ursache ich diese Erscheinungen zuschreiben sollte. Endlich fiel mir ein, daß Freude die Quelle des Anfalls gewesen sei, von welchem Mrs. Maurice so plötzlich ergriffen wurde. Die unerwartete Wiedererlangung dessen, was als unwiederbringlich verloren betrachtet wurde, macht auf gewisse Gemüter einen solchen Eindruck.

Ich überlegte, ob ich bleiben oder gehen sollte, als die Tochter eintrat; und nachdem sie ihr Staunen ausgesprochen, mich zu finden, da sie geglaubt hatte, ich sei schon fort, sagte sie mir, daß ihre Mutter mich vor meiner Entfernung noch einmal zu sprechen wünschte. In dieser Aufforderung lag keine Freundlichkeit. Alles war kalt, gereizt, mürrisch. Ich folgte der Aufforderung, ohne ein Wort zu sprechen. Ich fand Mrs. Maurice auf ihrem Armstuhle, ganz wie zuvor. Ohne mich zum Sitzen zu nötigen oder das Schroffe ihrer Blicke und ihres Tones zu mildern, sagte sie: »Bitte, Freund, wie kamen Sie zu diesen Papieren?«

»Ich gebe Ihnen die Versicherung, Madam, daß ich auf ehrliche Weise dazu kam«, antwortete ich ernst und beinahe lächelnd, »wenn aber alles, was Sie vermißten, vorhanden ist, so ist die Art und die Zeit, wie ich dazu gelangte, nur für mich von Wichtigkeit. Fehlt irgend etwas?«

»Ich weiß es nicht. Ich verstehe von dergleichen Dingen nicht viel. Es ist vielleicht weniger. Ich wage sogar zu behaupten, daß es weniger ist. Ich werde das bald erfahren. Ich erwarte jeden Augenblick einen Freund, der es prüfen wird. Ich zweifle nicht, daß Sie gute Auskunft darüber geben können.«

»Ich zweifle auch nicht, daß ich es kann – gegen die, welche ein Recht haben, danach zu fragen. In diesem Falle muß indes die Neugier sehr begründet sein, bevor ich einwillige, sie zu befriedigen.«

»Sie müssen wissen, daß dies ein sehr verdächtiger Fall ist. Watson veruntreute das Geld, soviel ist gewiß, und sicher sind Sie sein Mitschuldiger.«

»Sicher beweist das mein Benehmen in dieser Angelegenheit«, sagte ich. »Was ich Ihnen aus eigenem Antrieb brachte, was ich Ihnen vollständig und ohne eine Bedingung übergab, wurde ganz offenbar durch Watson veruntreut, und ich war bei dem Betruge sein Gehilfe. Zurückzugeben, was nicht gestohlen war, verrät immer den Dieb. Zurückzugeben, was man behalten könnte, ohne Verdacht zu erregen, das ist ohne Zweifel eine große Schurkerei. – Im Ernst aber zu sprechen, Madam, so habe ich genug getan, so weit zu diesem Zwecke herzukommen, und jetzt muß ich Ihnen Lebewohl sagen.«

»Nein, gehen Sie noch nicht. Ich habe Ihnen noch mehr zu sagen. Mein Freund wird gewiß bald hier sein. Da ist er«, fuhr sie fort, als eben jetzt die Klingel ertönte. »Polly, geh hinunter und sieh zu, ob es Mr. Somers ist. Wenn er es ist, bring ihn herauf.« Die Tochter ging.

Ich trat, in meine eigenen Betrachtungen versunken, an das Fenster. Ich fühlte mich getäuscht und niedergeschlagen. Der Auftritt, den ich erlebte, war das unangenehme Gegenteil von alledem, was meine Phantasie mir vorgemalt hatte, als ich hierherkam. Ich glaubte, tugendhafte Mittellosigkeit und Kummer durch mich in Wohlstand und Freude verwandelt zu sehen. Ich erwartete, Tränen der Dankbarkeit und die freundlichsten Artigkeiten zu sehen. Was hatte ich gefunden? Nichts als Schäbigkeit, Einfalt und unwürdigen Verdacht.

Die Tochter blieb viel länger, als die Geduld der Mutter

zu ertragen vermochte. Sie stieß mit dem Absatze gegen den Fußboden. Eine Dienerin kam herein. »Wo ist Polly, Sie Schlampe?« fragte sie. »Ich habe nicht Sie gerufen, Sie Flittchen, sondern meine Tochter.«

»Sie spricht in dem Besuchszimmer mit einem Herrn.«

»Mr. Somers, vermute ich. He, Sie Närrin! Bringe Sie ihm meinen Gruß, Sie Dirne. Sage Sie ihm, er möchte so gut sein heraufzukommen.«

»Es ist nicht Mr. Somers.«

»Nicht? Wer denn, Sie Trampel? Was für'n Gentleman kann irgend etwas mit Polly zu sprechen haben?«

»Ich weiß es nicht, Mam.«

»Wer sagte, daß Sie das sollte, Sie Unverschämte? Sage Sie ihr, ich müßte sie sogleich sprechen.«

Der Auftrag wurde nicht ausgerichtet, oder Polly hielt es nicht für nötig, ihn zu beachten. Volle zehn Minuten gedankenvollen Schweigens von meiner Seite und mürrischen Brummens der Ungeduld von der Seite der alten Dame vergingen, ehe Polly eintrat. Sobald sie erschien, beklagte ihre Mutter sich bitterlich über ihre Unaufmerksamkeit und Vernachlässigung. Doch Polly achtete nicht auf sie, sondern wandte sich zu mir und sagte, unten sei ein Herr, der mich zu sprechen wünsche. Ich eilte hinab und fand einen Fremden von gefälligem Aussehen, und aus seinen Worten entnahm ich sehr bald, daß er der Schwager Watsons und der Gefährte seiner letzten Reise war.

Neunzehntes Kapitel

Meine Augen funkelten vor Freude über dies unerwartete Zusammentreffen, und bereitwillig gestand ich ihm mein Verlangen, ihm alles mitzuteilen, was ich von dem Schicksale seines Schwagers wußte. Er sagte mir, als er am vergangenen Abend spät nach Baltimore zurückgekehrt wäre, hätte er seine Schwester in großer Aufregung und Betrübnis gefunden. Die Ursache dazu hätte sie ihm alsbald mitgeteilt und ihm zugleich das von mir überbrachte Päckchen gegeben.

»Ich überlasse es Ihnen, sich vorzustellen«, fuhr er fort, »wie groß bei dieser Entdeckung meine Überraschung und meine Neugier waren. Natürlich wünschte ich voller Ungeduld, den Überbringer so außerordentlicher Nachrichten zu sehen. Als ich diesen Morgen in den Wirtshäusern nach einem jungen Manne Ihres Aussehens fragte, erfuhr ich endlich Ihre gestrige Ankunft mit der Landkutsche, daß Sie noch gestern abend allein ausgegangen, daß Sie dann wieder nach Hause gekommen, daß Sie heute schon früh wieder ausgegangen wären. Zufällig kam ich Ihnen auf die Spur, und durch mehrere Fragen längs der Straße verfolgte ich Sie endlich bis hierher.

Sie sagten meiner Schwester, ihr Mann sei tot. Sie hinterließen ihr Papiere, welche wahrscheinlich zur Zeit seines Todes in seinem Besitze waren. Ich erfuhr von Miss Maurice, daß die Wechsel, welche ihrer Mutter gehören, soeben zurückgegeben wurden. Ich vermute, daß Sie nichts dagegen haben, dies Geheimnis aufzuklären.«

»Ihnen wünsche ich alles zu enthüllen. Jetzt sowie zu jeder anderen Zeit bin ich dazu bereit; aber je eher dies geschehen kann, desto lieber ist es mir.«

»Hier«, sagte er und blickte umher, »ist dazu nicht der Ort; nicht dreihundert Schritte von dem Tore entfernt ist ein Wirtshaus, wo ich mein Pferd stehenließ, wollen wir dorthin gehen?« Ich war dazu gern bereit, und nachdem wir uns ein besonderes Zimmer hatten geben lassen, teilte ich diesem Manne jeden Umstand meines Lebens mit, der in Beziehung zu Welbeck und Watson stand; meine ausführliche und genaue Erzählung schien jeden Zweifel zu heben, den er noch an meiner Rechtschaffenheit haben mochte.

In Williams fand ich einen einfachen, guten Menschen von vertrauensvoller und freundlicher Gemütsart. Als meine Erzählung beendigt war, sprach er mit Natürlichkeit sein Staunen und seinen Kummer über das Geschick Watsons aus. Auf meine offenen und herzlichen Fragen nach seiner eigenen Lage und der seiner Schwester sagte er mir, sie wäre bis zur Wiedererlangung dieses Besitztumes beklagenswert gewesen. Sie wären vor gänzlichem Untergange, Bettelstab und Schuldgefängnis nur durch die großmütige Nachsicht seiner Gläubiger bewahrt worden, welche durch die verdächtigen Umstände von Watsons Verschwinden keine Zweifel an seiner Redlichkeit hätten aufkommen lassen. Sie selbst hätten die Hoffnung nie aufgegeben, Nachrichten über den Verlorenen zu empfangen.

Ich erzählte, was soeben in dem Hause der Mrs. Maurice vorgefallen war, und bat ihn, mir etwas über die Geschichte und den Charakter dieser Familie mitzuteilen.

»Sie haben Sie gerade so behandelt«, sagte er, »wie jeder, der sie kennt, dies vorhergesagt haben würde. Die Mutter ist eine engherzige, unwissende, bigotte und geizige Frau. Die älteste Tochter, welche Sie sahen, gleicht ihrer Mutter in vielen Dingen. Das Alter dürfte diese Ähnlichkeit noch größer machen. Für jetzt sind Hochmut und mürrische Laune ihre hervorstechenden Eigenschaften.

Die jüngste Tochter hat sowohl im Äußeren wie in der Gemütsart nichts mit ihrer übrigen Familie gemein. Wo diese reizbar sind, ist sie geduldig; wo jene hochmütig sind, ist sie bescheiden; wo jene Geiz oder Habgier zeigen, übt sie Freigebigkeit; für die Unwissenheit und die Trägheit jener besitzt sie Kenntnisse und Tätigkeit. Es ist in der Tat schwer, ein liebenswürdigeres Mädchen zu finden als Miss Fanny Maurice; und dabei hat sie viel zu leiden.

Die älteste Tochter erpreßte die Befriedigung ihrer Bedürfnisse von ihren Eltern immer durch Drohung und Zudringlichkeit; doch die jüngere Schwester konnte nie bewogen werden, dieselben Mittel anzuwenden, und dadurch erwuchsen ihr Übelstände, welche für jedes andere Mädchen, das zu gleichem Range geboren wurde, im höchsten Grade lästig und demütigend gewesen sein würden. Sie aber schöpfte daraus nur neue Veranlassungen, ihre glänzendsten Tugenden zu zeigen – Festigkeit und Wohltätigkeit. Nie murrte sie über den Geiz oder die Tyrannei der Ihrigen. Sie sagte, sie sei ihren Eltern zum größten Danke für das verpflichtet, was sie von ihnen empfangen hätte: das

Leben und eine tugendhafte Erziehung. Was ihre Mutter ihr entzöge, gehörte ihr selbst, und sie wäre daher für die Verwendung desselben nicht verantwortlich. Sie schämte sich nicht, ihre Existenz ihrem eigenen Fleiße zu verdanken, und wäre nur durch den Stolz ihrer Familie – in diesem Falle hält der Stolz dem Geize die Waage – daran gehindert worden, irgendeine einträgliche Beschäftigung zu suchen. Seit der Erschütterung, welche ihr Vermögen durch das Verschwinden Watsons erfahren hatte, ist es ihr indessen gestattet worden, diesen Plan zu verfolgen, und sie gibt jetzt in Baltimore Musikunterricht, um davon zu leben. Niemand aber kann selbst in der höchsten Stellung geachteter und allgemeiner beliebt sein, als sie es ist.«

»Aber wird nicht die Wiedererlangung dieses Geldes eine günstige Änderung ihrer Lage bewirken?«

»Das kann ich kaum sagen; aber ich fühle mich zu dem Glauben geneigt, daß es das nicht wird. Der Charakter ihrer Mutter wird dadurch nicht geändert werden. Ihr Stolz erwacht vielleicht wieder, und sie zwingt Miss Fanny, den Unterricht aufzugeben; aber das wäre eine beklagenswerte Veränderung.«

»Was ist denn also durch die Rückgabe dieses Geldes Gutes bewirkt worden?«

»Wenn Vergnügen etwas Gutes ist, müssen Sie den Maurices viel Gutes erzeigt haben – wenigstens der Mutter und den beiden älteren Töchtern – und in der Tat das einzige Vergnügen, dessen ihre Natur fähig ist. Es ist weniger, als ob Sie sie aus gänzlicher Verarmung befreit hätten, was nicht der Fall ist, denn sie hatten auch außer ihrer Besitzung auf Jamaika genug, um davon zu leben. Aber wie?«

unterbrach sich Williams plötzlich. »Haben Sie denn die Belohnung beansprucht, welche für die Zurückgabe dieser Wechsel ausgesetzt war?«

»Was für eine Belohnung?«

»Nicht weniger als tausend Dollar. Sie wurde öffentlich durch Mrs. Maurice und Mr. Hemmings, dem Testamentsvollstrecker ihres Mannes, zugesichert.«

»Wahrlich«, sagte ich, »der Umstand entging meiner Aufmerksamkeit, und ich wundere mich darüber; aber sollte es zu spät sein, das Versehen wiedergutzumachen?«

»Sie haben also nichts dagegen, die Belohnung anzunehmen?«

»Gewiß nicht. Könnten Sie mich für so ängstlich halten?«

»Ja; doch ich weiß nicht, weshalb. Die Geschichte, die Sie soeben erzählten, ließ mich ein unvernünftiges Zartgefühl in dieser Beziehung erwarten. Manche Menschen halten es für herabwürdigend, wenn wir uns für die Erfüllung unserer Pflicht bezahlen lassen.«

»Dies ist keine solche Bezahlung. Ich hätte ebenso gehandelt, wie ich es tat, wäre auch keine Belohnung ausgesetzt gewesen; aber da Sie mich nun darauf aufmerksam machen, würde ich sie mit Vergnügen empfangen. Ihr Versprechen zu erfüllen ist nur die Pflicht der Maurices. Einem Menschen in meiner Lage muß dies Geld außerordentlich nützlich sein. Wenn diese Menschen arm wären oder großmütig oder achtungswert oder wenn ich selbst schon reich wäre, würde ich weniger dagegen haben, daß sie es mir vorenthielten. Aber wie die Dinge zwischen ihnen und mir stehen, würde es, wie ich glaube, von ihnen sehr unrecht sein, es mir zu verweigern, sowie von mir, es zurückzuweisen.«

»Dieses Unrecht wird von seiten der Maurices begangen werden, wie ich fürchte«, sagte Williams. »Es ist ein Jammer, daß Sie sich zuerst an Mrs. Maurice wandten. Von ihrem Geize kann nichts erwartet werden, es würde ihr denn durch einen Prozeß herausgepreßt.«

»Das ist eine Gewalt, die ich nie anwenden werde.«

»Wären Sie zuerst zu Hemmings gegangen, so hätten Sie, wie ich glaube, auf Zahlung rechnen dürfen. Er ist kein gemeiner Mensch. Er muß wissen, daß tausend Dollar für vierzigtausend zu geben nicht zuviel ist. Vielleicht mag es noch nicht zu spät sein. Ich bin gut mit ihm bekannt; wenn Sie wollen, begleite ich Sie noch heute abend zu ihm, und wir bringen Ihren Anspruch vor.«

Ich nahm das Anerbieten dankbar an, und wir gingen deshalb zu ihm. Ich fand, daß Hemmings im Laufe des Tages bei Mrs. Maurice gewesen war; er hatte durch sie die Sache erfahren und meinen Besuch zu diesem Zwecke erwartet.

Während Williams ihm meinen Anspruch auseinandersetzte, betrachtete er mich mit großer Aufmerksamkeit. Seine strenge, regungslose Stirn gewährte mir wenig Hoffnung auf einen Erfolg, und diese Hoffnungslosigkeit wurde durch sein Schweigen und seine Unruhe bestätigt, als Williams geendigt hatte.

»Gewiß«, sagte er nach einer Pause, »wurde das Versprechen gegeben. Gewiß wurde die Bedingung von der Seite des Mr. Mervyn erfüllt. Gewiß ist auch, daß die Wechsel vollzählig und unbeschädigt sind; aber Mrs. Maurice wird nicht einwilligen, ihren Teil des Vertrages zu erfüllen; Mrs. Maurice ist es aber, welche nach den Worten der Ankündigung die Belohnung zu zahlen hat.«

»Aber Mrs. Maurice kann dazu gerichtlich gezwungen werden, wie Sie wissen«, sagte Williams.

»Vielleicht; aber ich sage Ihnen offen, daß sie ohne Zwang nichts tun wird. Ein Prozeß würde indes in diesem Falle außer der Verzögerung noch andere Übelstände nach sich ziehen. Es wird natürlich einige Neugier über die Geschichte dieser Papiere erweckt. Watson verschwand vor einem Jahr. Wer kann die Frage verhindern: Wo sind die Papiere während dieser ganzen Zeit gewesen? Und wie kam diese Person in den Besitz derselben?«

»Diese Neugier«, sagte ich, »ist sehr natürlich und lobenswert, und ich würde sie mit Vergnügen befriedigen. Verhehlung oder Offenbarung würde indessen meinen gegenwärtigen Anspruch nicht ändern. Ob eine gesetzlich gültige Forderung bezahlt werden muß, hängt nicht davon ab, ob der Bezahler lieber Hammelfleisch oder Roastbeef ißt. Die Wahrheit in dem ersteren Falle steht in keinem Zusammenhange mit der Wahrheit im zweiten Falle. Weit entfernt, die Neugier zu scheuen, wünsche ich im Gegenteil dringend, die Wahrheit öffentlich zu machen.«

»Sie haben recht, ganz gewiß«, sagte Hemmings. »Neugier ist eine natürliche, doch nur eine zufällige Folge dieses Falles. Ich habe keine Ursache zu wünschen, daß daraus für Sie nachteilige Folgen entspringen möchten.«

»Nun, Sir«, sagte Williams, »so glauben Sie also, daß Arthur Mervyn nichts übrigbleibt als der Rechtsweg?«

»Mrs. Maurice wird sicher nur gezwungen zahlen. Mervyn hätte seinen Vorteil besser wahrnehmen sollen. Während seine linke Hand sich ausstreckte, um zu geben, mußte die rechte hingehalten werden, um zu empfangen. Wie es steht, muß er sich mit dem Beistand des Gesetzes begnügen. Ein Anwalt wird die Sache unter der Bedingung führen, bei der Auszahlung die halbe Summe zu empfangen.«

Wir standen jetzt auf, um Abschied zu nehmen, da bat uns Hemmings, noch einen Augenblick zu warten, und sagte: »Nach dem strengen Wortlaut unserer Versprechung sollte die Belohnung durch die Person bezahlt werden, welche die Papiere in Empfang nahm; aber man muß auch zugestehen, daß Ihre Forderung vollkommen begründet ist. Ich habe Geld von dem verstorbenen Mr. Maurice in Händen. Ebendie Wechsel sind jetzt in meinem Besitz. Ich will daher bezahlen, was Ihnen zukommt, und die Folgen dieser Handlung der Gerechtigkeit auf mich nehmen. Ich hatte Sie erwartet. Unterzeichnen Sie diesen Empfangsschein, und hier ist eine Banknote über die Summe.«

Zwanzigstes Kapitel

Diese unerwartete und erfreuliche Entscheidung der Angelegenheit wurde von einer Einladung zum Abendessen begleitet, bei welchem unser Wirt uns mit großer Freundlichkeit und Güte behandelte. Da er erfuhr, daß ich ebenso der Urheber von dem Glück Williams' wie von dem der Mrs.

Maurice war, und der erstere seine Überzeugung von der strengen Redlichkeit meines Benehmens aussprach, legte er alle Zurückhaltung gegen mich beiseite. Er fragte mich nach meinen Aussichten und Wünschen und erklärte sich bereit, mir beizustehen.

Ich sprach ebenso offen und rückhaltlos. »Ich bin arm«, sagte ich. »Das Geld zu der Reise hierher mußte ich von einem Freunde borgen, dem ich auch in anderer Beziehung sehr verpflichtet bin und dem ich meine Erkenntlichkeit nur durch Dankbarkeit und künftige Dienste beweisen kann.

Indem ich hierherkam, erwartete ich davon nichts weiter, als meine Schulden zu vermehren und noch tiefer in Armut zu versinken, aber zum Glück hat der Ausgang mich reich gemacht. Diese Stunde hat mir wenigstens mein Auskommen gesichert.«

»Wie, nennen Sie tausend Dollar ein Auskommen?«

»Mehr als das. Ich nenne es Überfluß. Mein Fleiß wird mir, wenn ich mich der Gesundheit erfreue, den Lebensunterhalt gewähren. Dies Geld betrachte ich als einen Schatz, zuerst, um meine Schulden zu bezahlen, und dann, um während der nächsten drei bis vier Jahre das Notwendigste zu bestreiten, wenn mich Unfälle oder Krankheit treffen sollten.«

Wir trennten uns von meinem neuen Bekannten zu einer späten Stunde, und ich nahm Williams' Einladung an, die Zeit, welche ich in Baltimore weilen würde, unter dem Dache seiner Schwester zuzubringen. Es fanden sich verschiedene Beweggründe zur Verlängerung dieses Aufenthaltes. Was ich von Miss Fanny Maurice gehört hatte, erregte ein lebhaftes Verlangen nach ihrer persönlichen Bekanntschaft. Diese junge Dame war befreundet mit Mrs. Watson, durch deren Vermittlung mein Wunsch leicht Befriedigung empfing.

Ich war nie sehr zurückhaltend, selbst nicht gegen die, welche zu achten ich keine Ursache hatte. Gegen die, welche Anspruch auf meine Bewunderung und Zuneigung hatten, konnte ich nie anders als mitteilend sein. Noch vor dem Ende meiner zweiten Zusammenkunft waren diese beiden Frauenzimmer bekannt mit allen Ereignissen meines Lebens und mit der ganzen Kette meiner Gefühle und Ansichten in Beziehung auf jeden Gegenstand, und besonders in Beziehung auf sie selbst. Jeder Gegenstand, der nicht in Beziehung zu ihnen stand, war im Vergleich ohne Leben und von geringem Interesse.

Ich fand es leicht, ihre Aufmerksamkeit zu gewinnen und sie ihrerseits gesprächig zu machen. So wie ich mich ihnen gegenüber unbedingt und rückhaltlos geöffnet hatte, erteilten auch sie mir bereitwillig Antwort auf meine Fragen. Die erstere erzählte alle Begebenheiten ihrer Jugend und die Umstände, die zu ihrer Verheiratung führten. Sie schilderte den Charakter ihres Mannes und die ganze Reihenfolge der Besorgnisse und Leiden, welche sein Verschwinden nach sich zog. Die letztere verhehlte mir nicht ihre Ansichten über jeden wichtigen Gegenstand und machte mich mit ihrer jetzigen Lage vollständig vertraut.

Dieser Umgang war außerordentlich bezaubernd. Mein Herz schwelgte in einer Art von Rausch. Ich fand mich in mein eigentliches Element versetzt und begann die Entzückungen des Daseins zu kosten. In dem Verkehr mit gleichgestimmten Gemütern fand ich ein Vergnügen, wie ich es bisher noch nicht gekannt hatte.

Die Zeit entfloh schnell, und vierzehn Tage waren dahin, ehe ich wußte, ob nur einer vergangen sei. Ich vergaß die Freunde nicht, die ich verlassen hatte, sondern unterhielt einen regelmäßigen Briefwechsel mit Stevens, dem ich alle einzelnen Umstände mitteilte.

Die Genesung des Verwandten, bei dem mein Freund war, gestattete ihm nach wenigen Tagen zurückzukehren. Das erste, was er tat, war, Carlton zu trösten, den er nicht ohne große Mühe beredete, das Gesetz über insolvente Schuldner zu seinen Gunsten zu nutzen. Carlton hatte keine andere Schuld als an seinen Oheim, und indem er alles, was er besaß, hingab, ausgenommen seine Kleider und die Gerätschaften zur Betreibung seines Geschäftes, erlangte er die vollständige Tilgung seiner Schuld. Im Verein mit seiner Schwester griff er wieder zur Feder, und da er jetzt nicht mehr durch unbezahlbare Schulden niedergedrückt wurde, gewann er auch seine Heiterkeit wieder. Ihr Fleiß genügte, um ihr bescheidenes Auskommen zu bestreiten.

Der Hauptgrund für meine schleunige Rückkehr war meine Besorgnis um Clemenza Lodi. Dieser Grund wurde durch das Eingreifen und das Wohlwollen meines Freundes hinfällig. Er machte dieser unglücklichen Fremden bei Mrs. Villars einen Besuch. Er erhielt leicht Zutritt und fand sie in die tiefste Melancholie versunken. Der kürzliche Verlust ihres Kindes, der Tod Welbecks, den sie bald erfahren hatte, ihre gänzliche Abhängigkeit von denen, bei welchen sie sich befand, die sie aber immer ohne Barbarei und ohne

Verletzung des Anstandes behandelt hatten, waren die Leiden, die ihren Geist niederbeugten.

Mein Freund gewann leicht ihr Vertrauen und ihre Dankbarkeit und bewog sie, unter seinem eigenen Dache Zuflucht zu suchen. Die Zweifel der Mrs. Wentworth sowie die der Mrs. Fielding wurden durch seine Gründe und Bitten beseitigt, und sie übernahmen es, gemeinschaftlich die Sorge für sie zu teilen und ihr Glück zu begründen. Sie ließen sich herab, mit großer Teilnahme nach mir zu fragen, sich für mein Wohl zu interessieren und zu versprechen, mich bei meiner Rückkehr als ihren Freund aufzunehmen und zu behandeln.

Mit einigem Widerstreben sagte ich endlich meinen neuen Freunden Lebewohl und kehrte nach Philadelphia zurück. Ehe ich meine Studien unter der Leitung von Stevens begann, blieb mir nichts weiter zu tun, als mich mit meinen Augen von der Lage Eliza Hadwins zu überzeugen und womöglich meinen Vater aus seinen unglücklichen Verhältnissen zu erlösen.

Meines Vaters Zustand hatte mir die lebhafteste Unruhe bereitet. Ich stellte mir seine Lage vor, durch rohe Neigungen bestürmt, zum Bettler geworden, in ein ungesundes Gefängnis eingesperrt und verurteilt zu einer Gesellschaft, welche seine entarteten Genüsse befördern mußte. Ich entwarf verschiedene Pläne zu seiner Erlösung. Einige hundert Dollar befreiten ihn aus dem Gefängnis, aber wie war dann über ihn zu verfügen? Wie konnte er von seinen bösen Gewohnheiten geheilt werden? Wie war er von lasterhafter Gesellschaft fernzuhalten? Durch welche Mittel, die mit meinen eigenen Bedürfnissen und den Ansprüchen anderer vereinbar waren, konnte ich ihm eine annehmbare Existenz verschaffen?

Ermahnungen und Warnungen waren vergeblich. Nichts als Zwang konnte ihn von den Schauplätzen der Gemeinheit und der Ausschweifung fernhalten. Der Mangel des Geldes konnte kein Hindernis für Vergeudung und Verschwendung sein. Er nahm Zuflucht zum Kredit, solange er ihm gewährt wurde. War dieser erschöpft, so kam er wieder ins Gefängnis; dieselben Mittel, ihn auszulösen, mußten dann wiederholt werden; und auf diese Weise mußte das Geld in die Taschen der unwürdigsten Menschen wandern, der Boten der Trunkenheit und Gotteslästerung, ohne daß daraus für meinen Vater, den Gegenstand meiner Wohltätigkeit, dauernder Vorteil erwuchs.

Ohne mich für das eine oder das andere Verfahren zu entscheiden, beschloß ich, wenigstens seine jetzige Lage zu erfahren. Vielleicht zeigte sich an Ort und Stelle etwas meinem Zwecke Entsprechendes. Ohne Zögern begab ich mich nach dem Dorfe Newtown, stieg an der Türe des Gefängnisses aus dem Wagen und fragte nach meinem Vater.

»Sawny Mervyn suchen Sie?« sagte der Aufseher. »Der arme Kerl! Er kam in einer traurigen Lage her und ist mir seitdem eine große Last gewesen. Nachdem er sich einige Zeit hingeschleppt hatte, war er endlich gütig genug, uns die Schippe zu geben. Es ist gerade eine Woche her, seit er seinen letzten Becher leerte – und starb.«

Ich war durch diese Nachricht sehr erschüttert. Es währte einige Zeit, bis die Vernunft mir zu Hilfe kam und mir zeigte, daß dies im Grunde genommen kein unglückliches Schicksal war. Der Aufseher kannte mein Verhältnis zu dem Verstorbenen nicht und erzählte mir bereitwillig sein Benehmen und die Umstände, welche seine letzten Stunden begleiteten.

Ich wiederhole seine Erzählung nicht. Es kann nichts nützen, die traurige Erinnerung neu zu beleben. Mein Mitleid oder meine Wohltaten konnten ihm nicht mehr zuteil werden, und da das Nachsinnen über ihn selbst von keinem Nutzen sein konnte, war es meine Pflicht, meine Gedanken auf eine andere Bahn zu lenken und hinfort für mein eigenes Glück zu leben sowie für das Glück derer, die im Bereiche meines Einflusses waren.

Ich stand jetzt allein in der Welt, wenn man den Verlust aller Verwandten als Alleinsein betrachtet. Nicht einer meines Blutes oder auch nur meines Namens war in diesem Teile der Welt zu finden. Von den Verwandten meiner Mutter wußte ich nichts. Insofern Freundschaft oder Dienste von ihnen zu fordern waren, existierten sie für mich nicht. Ich war aller jener Wohltaten beraubt, die aus der Verwandtschaft in Beziehung auf Schutz, Rat oder Vermögen entspringen. Mein Erbe bestand in nichts. Nicht ein einziges Andenken oder eine Reliquie in meinem Besitze gewährte ein Erinnerungszeichen an meine Familie. Die Tage meiner Kindheit und meiner ersten Jugend waren traurig und öde verflossen. Die Felder, über welche ich wanderte, das Gemach, in welchem ich geboren wurde, bewahrten keine Spuren der Vergangenheit. Sie waren nun das Eigentum und die Wohnstatt von Fremden, welche sich, wie ich jetzt erfuhr, beeilt hatten, innerhalb und außerhalb der Wohnung alles umzugestalten.

Diese Bilder erfüllten mich mit Traurigkeit, welche indes

in dem Verhältnis verschwand, in welchem ich mich dem Wohnorte meines geliebten Mädchens näherte. Die Abwesenheit hatte das Bild meiner Bess – ich liebte es, sie so zu nennen – meiner Seele noch teurer gemacht. Ich konnte nicht an sie denken, ohne daß mein Herz sanfter wurde, nicht ohne Tränen, in welchen Schmerz und Freude sich auf unerklärliche Weise mischten. Als ich mich dem Hause Curlings näherte, strengte ich meine Augen an, weil ich hoffte, ihre Gestalt durch die Abenddämmerung schimmern zu sehen.

Ich hatte ihr durch einen Brief meine Absicht mitgeteilt. Sie erwartete meine Ankunft zu dieser Stunde und stand mit einem vor Ungeduld klopfenden Herzen am Tore zur Straße. Sobald ich aus dem Wagen sprang, stürzte sie in meine Arme.

Ich fand meine süße Freundin weniger blühend und zufrieden, als ich erwartete. Ungeachtet der elterlichen und schwesterlichen Aufmerksamkeiten, die ihr die Curlings bezeigten, war ihrer Einbildung nach ihre Lage finster und traurig. Ländliche Beschäftigung war ihr lästig und nicht hinreichend, ihre Zeit auszufüllen. Ihr Leben war trübe, eintönig und drückend.

Ich wagte es, ihre Unzufriedenheit zu tadeln, und deutete auf die Vorzüge ihrer Lage. »Woher«, sagte ich, »kann diese Unzufriedenheit rühren?«

»Ich kann es nicht sagen«, entgegnete sie, »ich weiß nicht, was mit mir ist. Ich bin immer sorgen- und gedankenvoll. Vielleicht denke ich zuviel an meinen armen Vater und an Susan, und doch kann es auch das nicht sein, denn ich denke nur selten an sie, vielleicht nicht halb so oft, als ich sollte. Ich denke beinahe an niemanden als an Sie. Statt meine Arbeiten zu machen oder mit Peggy Curling zu lachen und zu scherzen, bin ich gern allein – lese Ihre Briefe wieder und wieder – oder denke, wie Sie eben dann beschäftigt sein mögen und wie glücklich ich sein werde, wenn ich an der Stelle Fanny Maurices wäre.

Aber jetzt ist alles vorüber, dieser Besuch entschädigt mich für alles. Ich wundere mich, wie ich nur jemals mürrisch oder verdrießlich sein konnte. Ich will mich künftig besser betragen, gewiß, und immer ein glückliches Mädchen sein, so wie jetzt.«

Den größeren Teil der folgenden drei Tage brachte ich in der Gesellschaft meiner Freundin zu, auf ihre Erzählung alles dessen lauschend, was sich während meiner Abwesenheit zugetragen hatte, und ihr dagegen alles mitteilend, was mir selbst begegnet war. Daraufhin kehrte ich wieder in die Stadt zurück.

Einundzwanzigstes Kapitel

Ich begann jetzt meinen Lebensplan in Ausführung zu bringen. Ich machte den Anfang mit den eifrigsten medizinischen Studien. Ich benutzte den Rat und den Unterricht meines Freundes, ich begleitete ihn bei seinen Visiten und handelte in allen Fällen, wo es sich tun ließ, als sein Substitut. Ich fand diese Verwendung meiner Zeit viel angenehmer, als ich erwartet hatte. Mein Geist erweiterte sich freudig unter der Aufnahme neuer Ideen. Meine Wißbegier wurde reger und reger, in dem Grade, wie sie Nahrung erhielt, und jeder Tag steigerte meine Zuversicht, daß ich kein ganz unbedeutendes und wertloses Geschöpf sei; daß ich dazu bestimmt wäre, etwas auf diesem Schauplatze der Existenz zu sein, und einst vielleicht die Dankbarkeit und die Huldigungen meiner Mitmenschen beanspruchen dürfte.

Ich wurde indessen keineswegs durch diese Beschäftigung allein in Anspruch genommen. Ich war für den geselligen Verkehr geschaffen. Zu lieben und geliebt zu werden, Herz und Gedanken mit allen Tugendhaften und Liebeswürdigen auszutauschen, mit denen mein gutes Glück mich in Berührung gebracht hatte, hielt ich immer für meinen höchsten Genuß und für meine erste Pflicht.

Carlton und seine Schwester, Mrs. Wentworth und Achsa Fielding waren mir die wertvollste Gesellschaft. Mit ihnen allen unterhielt ich einen häufigen und rückhaltlosen Verkehr, besonders aber mit der letzteren. Diese Lady besaß Würde und Selbständigkeit, einen edlen, erleuchteten Geist und war weitaus gebildeter, als ihre Erziehung es mich hätte erwarten lassen. Sie war umsichtig und behutsam in ihrem Betragen und nicht rasch, jemandem entgegenzukommen oder sein Entgegenkommen anzunehmen. Sie hielt ihre Achtung und ihr Vertrauen zurück, bis sie volle Überzeugung hatte, daß sie verdient wären.

Ich weiß nicht, ob die Behandlung, die sie mir gewährte, mit ihren Regeln vollkommen übereinstimmte. Mein Wesen hatte sie in der Tat, wie sie mir einst sagte, bei keinem anderen gefunden. Gewöhnliche Regeln wurden durch mein Betragen derart mißachtet, daß es keinem, der mich kannte, möglich war, denselben treu zu bleiben. Sie waren vor die Wahl gestellt, entweder meine Ansprüche auf Freundschaft und Vertrauen sogleich anzuerkennen oder sie ganz und gar zurückzuweisen.

Ich war mir dieser Sonderbarkeit nicht bewußt. Der innere unentdeckte Charakter anderer wog für mich nichts bei der Frage, ob sie mit Freimut oder mit Zurückhaltung behandelt werden sollten. Ich war bei jeder Gelegenheit geneigt, jedes Gefühl und jedes Ereignis offen darzulegen. Jeder, der zuhören wollte, fand mich bereit zu sprechen. Jeder Sprechende fand in mir einen willigen Zuhörer. Jedermann erfreute sich meiner Sympathie und Freundlichkeit, ohne sie zu fordern; ich aber forderte jedermanns Güte und Sympathie.

Achsa Fieldings Gesicht verriet, wie ich meinte, ein Gemüt, das es wert war, gekannt und geliebt zu werden. Das erste Mal, als ich ihre Aufmerksamkeit gewann, sagte ich ihr dies. Ich teilte ihr alle meine Urteile und Entschlüsse mit, meine Begriffe von Recht und Unrecht, meine Besorgnisse und Wünsche. Dies alles geschah voller Aufrichtigkeit und Eifer, mit Bewegungen und Blicken, in denen, wie ich fühlte, meine ganze Seele sich aussprechen mußte. Ihr höheres Alter, ihre Gesetztheit, ihre Klugheit verliehen meinem Benehmen eine kindliche Freiheit und Zutraulichkeit, und ich liebte es, sie »Mamma« zu nennen.

Ich verweilte besonders bei der Geschichte meines teuren Landmädchens, ich schilderte ihr ihre Gestalt und ihr Gesicht; ich wiederholte unsere Gespräche und setzte alle meine Pläne auseinander, sie klug, gut und glücklich zu machen. Bei dergleichen Gelegenheiten hörte meine Freundin mich mit der schweigsamsten Aufmerksamkeit an. Ich zeigte ihr die Briefe, die ich empfing, und ließ sie meine Antworten lesen, bevor sie gesiegelt und abgesendet wurden.

Bei solchen Gelegenheiten richtete sie ihre Blicke auf mich, um sie im nächsten Augenblick wieder von mir abzuwenden. Wechselnde Farben spielten auf ihren Wangen, und ihre Augen waren ausdrucksvoller als gewöhnlich.

»Dies und das«, sagte ich, »sind meine Ansichten, was denken Sie nun?«

»Denken!« antwortete sie feierlich und wendete sich zur Seite. »Daß Sie das – sonderbarste aller menschlichen Geschöpfe sind.«

»Aber sagen Sie mir«, fuhr ich fort, indem ich ihre abgewandten Augen suchte, »habe ich recht? Würden Sie das auch tun? Können Sie mir beistehen, mein Mädchen zu vervollkommnen? Ich wünschte, Sie kennten das bezaubernde kleine Geschöpf. Wie würde das Herz in Zärtlichkeit und Dankbarkeit für Sie überfließen! Sie sollte Ihre Tochter sein. Nein – dazu stehen Sie ihr im Alter zu nahe. Eine Schwester; ihre ältere Schwester sollten Sie sein. Das umschließt alle Verwandten, wo es keine anderen gibt. Zärtliche Schwestern würden Sie sein und ich der zärtliche Bruder von Ihnen beiden.«

Meine Augen funkelten, indem ich so sprach. Ich bin in der Beziehung wahrlich ein Weib. Meine Freundin war noch tiefer bewegt. Nach einem kurzen Kampfe brach sie in Tränen aus.

»Gott im Himmel!« rief ich. »Was fehlt Ihnen? Ist Ihnen nicht wohl?«

Ihre Blicke verrieten eine unerklärliche Verwirrung, von welcher sie sich indessen bald erholte. »Es war eine Torheit«, sagte sie, »so ergriffen zu sein. Ich glaube, es fehlte mir etwas; aber es ist vorüber. Aber kommen Sie, Sie bedürfen noch einiger Zeilen, um die Beschreibung der Boa in la Cepide zu vollenden.«

»Richtig. Und ich habe zwanzig Minuten frei. Der arme Franks ist in der Tat sehr krank, aber ich kann ihn erst um neun Uhr besuchen. Bis dahin wollen wir lesen.«

So verging meine Zeit auf den Flügeln des Vergnügens und der Belehrung, wenn auch zuweilen nicht ohne einige Schatten. Ich überraschte mein Herz dann und wann über Seufzern. Das geschah, wenn meine Gedanken sich auf die arme Eliza richteten und die Kluft maßen, die zwischen uns lag. Wir sind zu – zu weit voneinander entfernt! dachte ich.

Der beste Trost bei solchen Gelegenheiten war die Gesellschaft der Mrs. Fielding, ihre Musik, ihre Unterhaltung oder irgendein Buch, das wir miteinander lasen. Eines Abends, als ich eben im Begriffe stand, ihr einen Besuch zu machen, empfing ich den folgenden Brief von meiner Bess:

An A. Mervyn.

Curlings Haus, d. 6. Mai 1794

Wo bleibt der Brief, den Sie mir versprachen, so lange? Wahrlich, Arthur, Sie quälen mich mehr, als ich verdiene, und mehr, als ich es jemals über das Herz bringen könnte, Sie zu quälen. Sie behandeln mich grausam. Das muß ich sagen, auch wenn ich Sie beleidige. Ich schreibe

Ihnen, obgleich Sie das nicht verdienen und obgleich ich glaube, daß ich nicht in der passenden Stimmung dazu bin. Ich täte besser daran, ich ginge auf meine Stube und weinte, weinte über Ihre – Unfreundlichkeit, wollte ich sagen, aber vielleicht ist es nur Vergeßlichkeit. Und was kann gleichwohl unfreundlicher sein als Vergeßlichkeit? Ich weiß, daß ich Sie nie vergessen habe. Der Schlaf selbst, der alle Bilder in Vergessenheit bringt, rückt Sie mir nur näher, zeigt Sie mir nur deutlicher.

Doch wo kann der Brief bleiben? – Oh – daß – still, törichtes Mädchen! Wenn ein Wort der Art Deinen Lippen entschlüpft, wird Arthur zornig auf Dich werden; und dann möchtest Du im Ernst weinen. Dann hättest Du eine Ursache zu Deinen Tränen. Schon mehr als einmal hat er Dir das Herz beinahe mit seinen Vorwürfen gebrochen. So schwer und schwach, wie es jetzt ist, würden neue Vorwürfe es sicher brechen.

Ich will zufrieden sein. Ich will ein ebenso gutes Haus- und Milchmädchen sein, ebenso munter sein, ebenso lustig singen wie Peggy Curling. Weshalb nicht? Ich bin ebenso jung und unschuldig wie sie und erfreue mich einer ebenso guten Gesundheit. Sie hat Vater, Mutter, Bruder; doch ich habe niemanden. Und er, der das alles für mich war und mehr noch, er – hat mich vergessen!

Aber vielleicht stellte sich ihm ein Hindernis in den Weg. Vielleicht ist Oliver früher als gewöhnlich vom Markt fortgefahren, oder Sie verfehlten das Haus, oder vielleicht war irgendein armes Geschöpf krank, und Sie mußten ihm Linderung bringen, mußten den kalten Schweiß von seiner Stirn wischen. Dergleichen trägt sich oft zu, nicht wahr, Arthur? Und etwas der Art hat sich auch jetzt ereignet und war die Ursache, weshalb Sie nicht schrieben.

Wenn dem so ist, soll ich dann über Ihr Schweigen zürnen? O nein! Zu einer solchen Zeit kann und muß die arme Bess vergessen werden. Sie würde Ihre Liebe nicht verdienen, wenn sie über ein Schweigen zürnen könnte, das auf solche Weise veranlaßt wurde.

Ach ja, möchte es so sein! Möchte es nichts Schlimmeres sein als das. Wenn der Kranke – sehen Sie, Arthur, wie meine Hand zittert. Können Sie das Gekritzel lesen? Was bereits schlimm ist, macht meine Furcht noch schlimmer. Ich darf das nicht denken. Und dennoch, wenn es so wäre, wenn mein Freund selbst krank ist, was soll dann aus mir werden? Aus mir, die ich Sie lieben und pflegen sollte, die Ihre Wärterin sein sollte? Für Sie Ihre Krankheit ertragen, wenn ich sie verbannen kann?

Oh! das – will ich aussprechen. – Oh, daß diese Zweifel Sie nie befallen hätten! Weshalb sollte ich denn nicht bei Ihnen sein? Wer kann Sie so lieben und so gut bedienen wie ich? In Krankheit und Gesundheit will ich Sie trösten und Ihnen beistehen. Weshalb wollen Sie sich einer solchen Gefährtin und Gehilfin berauben, wie ich Ihnen eine sein würde?

Teurer Arthur, denken Sie besser darüber nach. Lassen Sie mich diesen traurigen Ort meiden, wo ich in der Tat keine Ruhe finden kann, solange ich so allein bin. Lassen Sie mich zu Ihnen kommen. Ich will alles ertragen, wenn ich Sie sehen kann, und wäre es auch jeden Tag nur einmal. Jeder Boden oder Keller in dem schmutzigsten

Stadtviertel, dem finstersten Hause wird für mich gut genug sein. Mir soll es wie ein Palast vorkommen, wenn ich Sie nur dann und wann sehen kann.

Schlagen Sie es mir nicht ab – stellen Sie mir keine Vernunftgründe vor, die Sie so sehr lieben! Mein Herz hängt an Ihrer Einwilligung. Und dennoch, so teuer mir Ihre Gesellschaft ist, würde ich Sie nicht darum bitten, wenn ich fände, daß daran etwas Unschickliches wäre. Sie sagen, daß es das ist, und sprechen davon auf eine Weise, die ich nicht verstehen kann. Sie sagen, daß Sie sich meinetwillen weigern, aber lassen Sie sich erflehen, es meinetwillen zu genehmigen.

Ihre Feder kann mich nicht so belehren wie Ihre Zunge. Sie schreiben mir lange Briefe und sagen mir in denselben viel, aber mein Herz sinkt, wenn ich mir Ihre Stimme und Ihre Blicke vorstelle und dann daran denke, wieviel Zeit vergehen wird, bevor ich Sie wieder höre und sehe. Ich habe für die Worte und das Papier vor mir keine Gedanken, diese wandern weit darüber hinaus.

Ich denke daran, wie viele Fragen ich an Sie richten möchte, wie viele Zweifel Sie aufklären müßten, wenn Sie mich hören könnten. Wenn Sie nur nahe bei mir wären, aber hier kann ich diese Fragen nicht stellen. Ich weiß zuwenig mit der Feder umzugehen, und auf die eine oder die andere Weise geschieht es immer wieder, daß ich von nichts schreiben kann als von Ihnen oder von mir. Wenn ich das alles gesagt habe, erlahmen meine Finger, und wenn ich Ihnen dann noch schildern möchte, wie dies Gesicht oder jene Erzählung mich ergriffen hat, dann fehlt es mir an den Worten dazu.

So ist es nicht, wenn wir miteinander sprechen. Mit Ihrem Arm um mich geschlungen und mit Ihrem süßen Gesicht dicht an dem meinigen kann ich immerfort plaudern. Dann fließt mir das Herz über die Lippen. Nachdem ich Stunden so zugebracht habe, ist mir doch, als blieben noch tausend Dinge zu erzählen. Dann kann ich Ihnen sagen, was das Buch mir sagte. Ich kann eine Menge Verse auswendig hersagen, wenn ich sie auch nur einmal lesen hörte; aber das kommt daher, weil Sie mir vorlasen.

Dann ist auch hier niemand, der meine Fragen beantworten könnte. Sie tun nie einen Blick in ein Buch. Sie hassen Bücher. Sie halten es für Zeitverschwendung zu lesen. Selbst Peggy, von der Sie doch sagen, daß sie natürlichen Verstand hat, wundert sich, wie ich Vergnügen an einem Buche finden kann. In ihrer scherzenden Weise treibt sie mich immer an, es beiseite zu legen.

Ich achte nicht auf sie, denn ich lese gern, und wenn ich es nicht schon früher gern getan hätte, so würde ich es jetzt tun, seit Sie mir sagten, daß Ihre Liebe niemand gewinnen könnte, der die Bücher nicht liebt. Aber obgleich ich aus diesem Grunde jetzt noch lieber lese als sonst, tue ich es doch nicht mit dem Ernst und verstehe es nicht so gut wie früher, als ich in guter heiterer Stimmung war, immer lustig und guter Dinge.

Wie sehr (bemerkten Sie das nicht?) habe ich mich in der letzten Zeit verändert! – Ich, die ich immer leichten Herzens war, die Seele der Heiterkeit, voller Scherz und Neckerei, ich bin jetzt so ernst wie unsere alte Hauskatze – und nicht halb so klug. Sie hat Witz genug, ihre

Pfoten aus den Kohlen zu halten, während ich – doch gleichviel. Ich sehe, daß das nie zu Ende kommen wird. Für alles so viele Gründe! Immer eine so gewaltige Vorsicht! Arthur, sind die Männer nicht zuweilen zu klug, um glücklich zu sein?

Ich bin sehr ernst geworden. Peggy kann mir zuweilen kein Lächeln abgewinnen, obgleich sie es den ganzen Tag versucht. Aber ich weiß, wie das kommt. Es wäre in der Tat sonderbar, wenn ich nach dem Verlust von Vater und Schwester, in die weite Welt hinausgestoßen ohne Geld und ohne einen Freund, jetzt, da Sie mich verlassen haben – wenn ich da noch lächeln könnte. Nein. Ich werde nie wieder lächeln. Wenigstens solange ich hierbleibe, werde ich es nicht können, glaube ich.

Wenn ein gewisser Jemand duldete, daß ich bei ihm lebte – ihm nahe, meine ich –, so würde vielleicht sein Anblick, wenn er in die Stube träte, oder der Ton seiner Stimme, wenn er fragte: »Wo ist meine Bessi?«, mir wieder ein Lächeln entlocken. Ein solches, wie der bloße Gedanke daran mir jetzt entlockt – aber, das hoffe ich, nicht so flüchtig und nicht so schnell von einer Träne gefolgt. Weiber sind, wie man sagt, zum Leiden geboren, und Tränen wurden ihnen zu ihrem Troste verliehen. – Das alles ist wahr. Lassen Sie es so sein, wie ich wünsche – wollen Sie? Wenn Oliver nicht gute Nachrichten zurückbringt, wenn er keinen Brief von Dir hat oder wenn Dein Brief mir meinen Wunsch versagt – dann weiß ich nicht, was geschehen wird. Willigen Sie ein, wenn Sie Ihr armes Mädchen lieben.

E. H.

Zweiundzwanzigstes Kapitel

Dieser Brief stimmte mich zwar traurig, aber er hinderte mich nicht an dem beabsichtigten Besuche. Meine Freundin bemerkte meine Verstimmung.

»Wie, Arthur, du bist ja heute ganz penseroso. Komm, laß dich durch einen Gesang erheitern. Du sollst deine Lieblingsweise hören.« Sie ging zu dem Instrumente, spielte und sang in lebhaftem Tone:

> »Nun reicht Euch die Hände und tanzt
> In heitrer und bunter Runde,
> Bis die verräterische Sonne
> Unser heimliches Fest entdeckt.«

Ihre Musik war zwar unbeschwert und fröhlich, genügte aber dennoch nicht zu dem beabsichtigten Zwecke. Meine Heiterkeit wollte nicht auf ihr Geheiß zurückkehren. Sie bemerkte meinen Trübsinn wieder und fragte nach der Ursache.

»Mein Mädchen«, sagte ich, »hat mich mit seiner eigenen Traurigkeit angesteckt. Hier ist ein Brief, den ich eben von ihr empfing.« Sie nahm ihn und begann, ihn zu lesen.

Dabei stellte ich mich vor sie und richtete meine Blicke fest auf ihre Züge. Es gibt kein Buch, in welchem ich mit größerem Vergnügen lese als in einem weiblichen Angesicht. Das ist in der Regel mehr von Gedanken erfüllt, noch dazu von besseren als die harten und unbiegsamen Züge des Mannes; und dieses Weibes Gesicht hat seinesgleichen nicht.

Sie las den Brief mit sichtlicher Rührung. Als sie zu Ende war, hob sie ihre Augen nicht vom Papier, sondern schwieg wie in Gedanken vertieft. Nach einiger Zeit bemerkte sie:

»Das Mädchen scheint sich sehr danach zu sehnen, bei Ihnen zu sein.«

»So sehr, als ich es wünsche.« Das Gesicht meiner Freundin verriet einige Unruhe. Sobald ich dies bemerkte, fragte ich: »Weshalb sind Sie so ernst?« Sie schien verwirrt, als hätte sie ihre Unruhe nicht verraten wollen. »Da sehe ich in Ihrem Gesichte schon wieder Zeichen, meine gute Mamma, von etwas, das Sie nicht aussprechen mögen«, sagte ich. »Doch dies ist nicht das erste Mal, daß ich Ihre Unruhe bemerke. Ich gewahrte sie schon früher und wunderte mich darüber. Sie zeigt sich nur, wenn meine Bess erwähnt wird. Irgend etwas in Beziehung auf sie muß es sein, doch was, das vermag ich nicht zu ergründen. Weshalb macht denn ihr Name Sie gedankenvoll, unruhig und niedergeschlagen? Doch – ich muß die Ursache erfahren. Ich fürchte, Sie stimmen mit meinen Ansichten rücksichtlich dieses Mädchens nicht überein und wollen mir doch Ihre Meinung nicht sagen.«

Sie hatte jetzt ihre gewöhnliche Fassung wiedergewonnen, und ohne meine Bemerkung über ihr Aussehen zu beachten, sagte sie: »Weshalb verläßt sie nicht das Land, da Sie beide einer Meinung sind?«

»Ich glaube, dies ist eine Sache der Unmöglichkeit. Mrs. Stevens meint, es zieme sich nicht. Ich bin nicht bewandert in der Etikette und muß mich daher bei Angelegenheiten dieser Art von denen leiten lassen, welche die mir mangelnde Kenntnis besitzen. Aber möchte der Himmel, daß ich wirklich ihr Vater oder ihr Bruder wäre! Dann wären mit einem Male alle Schwierigkeiten beseitigt.«

»Kann das im Ernst Ihr Wunsch sein?«

»Eigentlich nein. Ich glaube, es würde vernünftiger sein zu wünschen, daß die Welt mir auch ohne die Verwandtschaft gestattete, väterlich oder brüderlich zu handeln.«

»Und ist das die einzige Art, wie Sie gegen dies Mädchen zu handeln wünschen?«

»Gewiß die einzige.«

»Sie überraschen mich. Haben Sie mir nicht Ihre Liebe zu ihr gestanden?«

»Ich liebe sie auch. Mir ist nichts auf Erden teurer als meine Bess.«

»Doch die Liebe ist verschiedener Art. Sie wurde von ihrem Vater geliebt –«

»Weniger als von mir. Er war ein guter Mann, aber nicht sehr liebevoll. Überdies hatte er noch eine Tochter, und beide teilten seine Liebe unter sich; sie hat aber keine Schwester, um meine Liebe zu teilen. Auch das Unglück hat sie mir teuer gemacht. Ich bin ihr einziger Trost, ihre einzige Stütze und Hoffnung, und nichts könnte mich bestimmen, sie zu verlassen.«

»Es ist deutlich genug, daß sie ihr Glück von Ihnen erwartet«, sagte meine Freundin mit einem Seufzer.

»Das ist es. Aber weshalb dieser Seufzer? Und dennoch

verstehe ich ihn. Er deutet auf meine Unfähigkeit, ihr Glück zu begründen. Ich mag noch keine genaueren Vorstellungen haben, aber es ist unrecht, deshalb niedergeschlagen zu sein. Ich besitze Jugend, Gesundheit, Mut und zweifle nicht daran, für meinen Lebensunterhalt und den ihrigen sorgen zu können. Aber Sie seufzen wieder, und es ist mir unmöglich, meinen Mut aufrecht zu halten, wenn Sie seufzen. Sagen Sie mir, was das bedeutet.«

»Sie haben teilweise die Ursache erraten. Sie baut auf Sie wegen ihres Glückes, aber ich argwöhne teilweise, daß sie vergebens darauf baut.«

»Vergebens! Ich bitte Sie, mir zu sagen, weshalb Sie das glauben.«

»Sie sagen, Sie lieben sie. Weshalb machen Sie sie dann nicht zu Ihrer Frau?«

»Meine Frau! Ihre Jugend und meine ungesicherte Lage erklären das.«

»Sie ist fünfzehn Jahre alt. Das ist das Alter zarter Innigkeit und ungekünstelter Liebe und geeignet genug zur Heirat. Was Ihre Lage betrifft, so können sie leichter miteinander leben als getrennt. Sie hat keinen falschen Geschmack, keine verderbten Neigungen, welche Befriedigung fordern. Sie ist unter einfachen Gewohnheiten und Verhältnissen aufgewachsen. Überdies kann dieser Einwurf auch auf andere Weise beseitigt werden. Aber sind das alle Ihre Einwände?«

»Ihre Jugend betrachte ich rücksichtlich ihrer Bildung als Einwurf. Sie ist zu sehr zurück, um meine Frau sein zu können. Es fehlt ihr jene Festigkeit des Gemüts, jene Reife des Verstandes, welche zehn Jahre mehr ihr vielleicht geben werden, welche sie aber in diesem Alter nicht besitzen kann.«

»Sie sind ein sehr verständiger Jüngling: So wollen Sie also zehn Jahre auf eine Frau warten?«

»Folgt das daraus? Wenn meine Bess nicht in geringer Zeit zur Ehe geeignet sein wird, folgt daraus, daß ich auf sie warten muß?«

»Ich sprach unter der Voraussetzung, daß Sie sie lieben.«

»Das ist nur allzu wahr; aber meine Liebe wird dadurch befriedigt, als Vater oder als Bruder an ihrem Glück Anteil zu haben. In einigen Jahren, vielleicht schon in einem halben Jahr – denn die heiratslustige Liebe soll oft sehr plötzlich kommen – ändert sich vielleicht meine Gesinnung, und nichts befriedigt mich mehr, als Bess zur Frau zu haben. Aber das erwarte ich nicht.«

»So sind Sie also gegen die Heirat mit diesem Mädchen entschlossen?«

»Natürlich, bis die Liebe erscheint, die ich bis jetzt noch nicht empfinde, die aber ohne Zweifel kommen wird, wenn Bess den Gewinn von noch fünf oder acht Jahren errungen haben wird – sie müßte denn früher durch eine andere erweckt werden.«

»Das alles ist sonderbar, Arthur. Ich habe bisher geglaubt, daß Sie Ihre Bess wirklich liebten, das heißt mit der heiratslustigen Liebe.«

»Ich glaube, das tat ich einst; doch das geschah zu einer Zeit, wo die Heirat untunlich war; als ihr Vater und ihre Schwester noch lebten und als ich noch nicht erfahren hatte, worin weibliche Vortrefflichkeit besteht. Seit mein glückliches Los mich in Berührung mit Frauen gebracht hat, welche weit über Eliza Hadwin stehen, welche so weit über sie erhaben und so sehr von ihr verschieden sind, daß sie sie schwerlich jemals erreichen wird – seitdem, das gestehe ich, erscheint mir nichts minder wahrscheinlich, als daß ich sie jemals so lieben werde.«

»Sind Sie in der Beziehung nicht etwas zu eigensinnig, mein lieber Freund? Sie haben von Ihrer Bess gerühmt, daß sie reich an natürlichen Anlagen sei, daß sie arglose Reinheit des Gemütes und einen richtigen Verstand besitze, der zuweilen eine förmliche Erziehung ersetzt, daß sie voller Milde und Zärtlichkeit sei und von Person ein wahrer Engel an Lieblichkeit.«

»Das alles ist wahr. Ich sah nie so reizende Formen und Züge, ich habe nie ein so junges Geschöpf gefunden, das einen solchen Scharfblick und solche Festigkeit besitzt, aber nichtsdestoweniger ist sie nicht das Wesen, das ich meine Frau nennen möchte; meine Busenfreundin, meine Ratgeberin, meine Freundin; die Mutter, das Muster, die Erzieherin meiner Kinder muß anders beschaffen sein.«

»Aber welches sind die Eigenschaften dieser Begehrenswerten, welche Bess mangeln?«

»Alles, was ihr mangelt. Alter, Fähigkeiten, Kenntnisse, Gestalt, Züge, Haar, Hautfarbe, alles, alles ist dabei verschieden von diesem Mädchen.«

»Und wie müßte denn Ihre Frau beschaffen sein?«

»Mit Worten kann ich sie Ihnen nicht beschreiben – doch ja, ich kann es: Das Wesen, das ich anbeten würde – das klingt eigentümlich, aber ich glaube wirklich, daß das Gefühl, welches ich für meine Frau empfinden würde, eher Anbetung als irgend etwas anderes sein würde. Ich werde nie ein Geschöpf lieben als ein solches, wie ich es mir jetzt vorstelle, und dieses würde meine Anbetung verdienen. Doch dies Geschöpf müßte, meine gute Mamma, das getreue Abbild – von Ihnen sein.«

Dies wurde sehr ernst gesagt und mit einem Ausdruck und einem Wesen, welche meinen Ernst hinlänglich bewiesen. Vielleicht waren meine Ausdrücke unwissentlich feierlich, denn sie erschrak und errötete; aber welcher Art auch die Ursache ihrer Verwirrung gewesen sein mochte, verschwand diese doch schnell, und sie sagte:

»Arme Bess! Das wird eine traurige Nachricht für dich sein!«

»Das verhüte der Himmel«, sagte ich, »welches Gewicht können meine Meinungen für sie haben?«

»Welch sonderbare Frage. Du weißt, daß ihr Herz von Liebe erfüllt ist. Sieh, wie es sich dir in den zärtlichen und unnachahmlichen Zeilen dieses Briefes zeigt. Bezaubert diese süße Ungezwungenheit Sie nicht?«

»Das tut sie, und ich liebe das süße Mädchen über allen Ausdruck; aber meine Liebe ist auf eine unbegreifliche Weise von der Leidenschaft verschieden, welche jedes andere Wesen mir einflößen wird. Sie ist keine Fremde für meine Gedanken. Ich teile ihr jeden, den ich hege, wieder und wieder mit. Ich will sie glücklich machen, ohne mein eigenes Glück zu verscherzen.«

»Würde die Heirat mit ihr eine Verscherzung Ihres eigenen Glückes sein?«

»Nicht unbedingt oder für immer, glaube ich. Ich liebe ihre Gesellschaft. Ihre Abwesenheit für längere Zeit schmerzt mich. Ich kann das Entzücken nicht beschreiben, das ich empfinde, wenn ich sie sehe und höre. Ihre in Lebhaftigkeit strahlenden, im Vergnügen wechselnden Züge zu betrachten, sie in meinen Armen zu halten und auf ihr Geflüster zu hören, das immer musikalisch geläufig, immer lieblich zärtlich oder arglos verständig ist – und das, werden Sie sagen, ist das teuerste Vorrecht der Ehe; und so ist es; und hoch würde ich es schätzen; und dennoch fürchte ich, mein Herz würde sinken, sooft jenes andere Bild in mir aufstiege. Denn es würde sich mir dann wie etwas zeigen, das ich nie besitzen kann.

Das Bild würde ich vielleicht nur selten erblicken. Die Zwischenzeiten wenigstens würden heiter sein. Es läge in meinem Interesse, diese Zwischenzeiten soviel als möglich zu verlängern, und meine Bemühungen zu diesem Zwecke würden ohne Zweifel einigen Erfolg haben. Überdies würde die Bitterkeit dieser Betrachtung dadurch gemildert werden, daß ich zu gleicher Zeit das Glück meines geliebten Mädchens sähe.

Ich müßte auch in Erwägung ziehen, daß ich, wenn ich unverheiratet bliebe, mir dadurch nicht notwendigerweise den Besitz des anderen Gutes sicherte –«

»Aber diese Betrachtungen, mein Freund«, unterbrach sie mich, »sind ebenso dazu geeignet, Sie zur Ehe anzutreiben, wie Sie mit einer bereits geschlossenen Heirat auszusöhnen.«

»Vielleicht sind sie das. Ganz sicher habe ich keine Hoffnung, daß die eingebildete Vortrefflichkeit jemals mein werden wird. Eine solche Glückseligkeit ist nicht das Los der Menschheit und ist am allerwenigsten in meinem Bereiche.«

»Ihr Mißtrauen«, sagte meine Freundin mit schüchterner Stimme, »ist wahrlich beinahe ohne Beispiel, aber Ihr Charakter ist ohne Zweifel ganz eigen. Alles besitzend und alles verleugnend – mit einem Worte, Ihr Bild.«

»Ich verstehe Sie kaum. Glauben Sie, ich könnte je in dem Grade glücklich sein, wie ich es mir denke? Glauben Sie, ich könnte je mit einem getreuen Ebenbilde von – Ihnen selbst – zusammentreffen?«

»Unglücklich würden Sie sein, wenn Sie nicht manche Bessere träfen. Ihre Bess ist in körperlicher Beziehung mir weit überlegen, und am Geiste, mit Rücksicht auf den Unterschied der Jahre, beinahe ebensosehr.«

»Aber das«, entgegnete ich rasch und eifrig, »ist nicht der Gegenstand. Ich brauche eben das vollständige Seitenstück zu Ihnen; weder schlimmer noch besser noch in irgend etwas von Ihnen verschieden. Ebensolche Gestalt, solche Züge, solche Gesichtsfarbe. Ebendiese schmelzende Stimme und, vor allem, dieselben Gewohnheiten des Denkens und Sprechens. In Gedanken, Worten und Taten, in Bewegungen, Blicken und Gestalt muß das seltene und köstliche Wesen, das ich lieben soll, Ihnen gleichen. Ihr –«

»Mach diesen Vergleichen ein Ende«, unterbrach sie mich hastig, »und laß uns zu dem Landmädchen, deiner Bess, zurückkehren.

Sie wünschten einst, mein Freund, daß ich Ihr Mädchen wie eine Schwester behandeln sollte. Wissen Sie, worin die Pflichten einer Schwester bestehen?«

»Sie fordern nicht mehr Güte oder Zuneigung, als Sie bereits für meine Bess empfinden. Sind Sie nicht ihre Schwester?«

»Ich hätte es sein sollen. Ich hätte stolz auf die Verwandtschaft sein sollen, die Sie mir zuweisen, aber ich habe keine meiner Pflichten erfüllt. Ich erröte, wenn ich an die Kälte und Verderbtheit meines Herzens denke. Mit solchen Mitteln, wie ich sie besitze, um das Glück anderer zu begründen, bin ich im höchsten Grade gedankenlos und untätig gewesen. Vielleicht aber ist es noch nicht zu spät. Sind Sie noch immer willens, mir alle Rechte einer älteren Schwester über dieses Mädchen zu übertragen? Und glauben Sie, daß sie einwilligen wird?«

»Ganz gewiß; sie hat es schon getan.«

»Dann ist die erste Pflicht der Freundschaft, sie vom Lande zu holen; sie von Personen, auf deren Freundlichkeit sie keinen natürlichen Anspruch hat, deren Wesen und Charakter von dem ihrigen verschieden sind und bei denen keine Vervollkommnung erwartet werden kann, in das Haus und an den Busen ihrer Schwester zu bringen, für ihren Unterhalt und ihre Erziehung zu sorgen und über ihr Glück zu wachen.

Ich will nicht bloß dem Namen nach eine Schwester sein. Ich will nicht bloß halb ihre Schwester sein. Alle Rechte dieser Verwandtschaft will ich besitzen oder keines. Was Sie betrifft, so haben Sie Ansprüche an das Mädchen zu machen, über die mir zu urteilen gestattet sein muß, wie es einer älteren Schwester zukommt, welche nach dem Verluste aller anderen Verwandten die Stelle des Vaters, der Mutter, des Bruders einnehmen und alle Pflichten derselben erfüllen, alle Rechte derselben besitzen muß.

Sie ist jetzt in ein Alter gelangt, in welchem längeres Verweilen in einem kalten, unfruchtbaren Boden ihr Wachstum hemmen und ihren Blüten schaden muß. Wir müssen eilen, sie in ein besseres Erdreich und in einen sorgsam gepflegten Garten zu verpflanzen. Da ich diese reizende Pflanze so lange vernachlässigt habe, geziemt es mir, sie von jetzt an ganz unter meine Pflege zu nehmen.

Und nun, da es nicht mehr in Ihrer beider Macht liegt, die Gabe zurückzunehmen, da sie ganz mein ist, übertrage ich Ihnen das Amt, sie herzubringen. Ich bewillige es Ihnen als eine Gunst. Wollen Sie gehen?«

»Gehen? Ich fliege«, rief ich im Übermaß der Freude, »auf Flügeln, schneller als der Wind! Nicht einen Augenblick des Zauderns will ich ertragen. Sehen Sie! Eins, zwei, drei – dreißig Minuten nach neun Uhr. Ich werde Curlings Tor mit Tagesanbruch erreichen. Ich setze mein Mädchen in eine Chaise, und um Mittag lege ich sie in die Arme ihrer Schwester. Aber soll ich nicht zuvor auf irgendeine Weise meine Dankbarkeit ausdrücken?«

Meine Sinne waren verwirrt und ich wußte nicht, was ich tat. Ich wollte wie vor meiner Mutter oder meiner Gottheit niederknien, statt dessen aber schloß ich sie in meine Arme und küßte ihre Lippen inbrünstig. Ich blieb nicht, um die Wirkungen dieses Wahnsinns abzuwarten, sondern verließ das Zimmer und das Haus, sprach einen Augenblick bei Stevens vor und hinterließ bei dem Dienstmädchen die Nachricht, daß ich erst am nächsten Morgen zurückkehren würde; denn mein Freund war ausgegangen.

Nie gab es ein leichteres Herz, ein fröhlicheres Gemüt, als ich es jetzt hatte. Die Kälte einer unfreundlichen Nacht, einer rauhen Jahreszeit, alle Anstrengungen durch eine schlechte, kotige Straße wurden hinweggezaubert. Ich hätte reiten können, aber ich konnte keine Verzögerung dulden, selbst nicht so viel, als erforderlich war, ein Pferd zu satteln. Ich hätte mir dadurch Anstrengung erspart und keine Zeit verloren; aber mein Geist war in zu großer Aufregung, um bedachtsam und umsichtig zu überlegen. Ich sah nichts als das Bild meines Mädchens, das durch meine Nachricht glücklich werden würde.

Der Weg wurde mir länger, als meine glühende Phantasie ihn mir geschildert hatte. Ich erreichte das Haus Curlings erst eine Stunde nach Sonnenaufgang. Die Entfernung betrug volle fünfunddreißig Meilen. Als ich mich dem Hause näherte, erblickte ich meine Bess, welche durch einen bedeckten Gang zwischen dem Hause und der Küche schritt. Sie erblickte mich. Sie blieb stehen, erhob ihre Hände und eilte dann in meine Arme.

»Was meint mein Mädchen? Was soll dies mühsame Atmen? Wozu diese Seufzer? Sehen Sie mich an, mein Liebling. Es ist Arthur – er, der Sie mit Vergessenheit, Vernachlässigung und Grausamkeit behandelt hat.«

»Ach, nicht das!« bat sie und barg das Gesicht in die Hände. »Ein einziger Vorwurf, zu meinen eigenen hinzugefügt, würde mich töten. Der törichte, schlechte Brief – ich könnte mir die Finger ausreißen, daß ich ihn schrieb.«

»Aber ich will sie dafür küssen«, sagte ich und zog sie an meine Lippen. »Er sagte mir die Wünsche meines Mädchens. Er machte es mir möglich, diese Wünsche zu erfüllen. Ich bin gekommen, um dich gleich in diesem Augenblick mit in die Stadt zu nehmen.«

»Gott segne mich, Arthur«, sagte sie in süßer Verwirrung, und ihre glühenden Wangen färbten sich noch dunkler. »Wahrlich, ich dachte nicht – ich meinte nur – ich will hierbleiben – ich möchte lieber bleiben –«

»Es ist mir schmerzlich, das zu hören«, sagte ich ernst. »Ich dachte, ich handelte für unser beiderseitiges Glück.«

»Es schmerzt Sie? Sagen Sie das nicht. Ich möchte Ihnen um alle Welt keinen Schmerz bereiten; aber wirklich, wirklich, es ist zu früh. Solch ein Mädchen, wie ich es bin, ist nicht geschaffen, – in Ihrer Stadt zu leben.« Wieder barg sie ihr glühendes Gesicht an meinem Busen.

Süßes Bewußtsein! Himmlische Unschuld! dachte ich. »Mögen Achsas Vermutungen sich als falsch erweisen! – Sie haben meine Absicht verkannt, denn ich will Sie nicht zu dem, worauf Sie anspielen, in die Stadt führen, sondern nur, um Sie zu einer lieben Freundin zu bringen, zu Achsa Fielding, von der Sie schon so viel wissen und wo Sie gegenseitig Ihres Umganges ohne Zwang oder Einmischung genießen werden.«

Ich setzte ihr darauf den Plan auseinander, den meine Freundin entworfen hatte, und erklärte ihr alle daraus entspringenden Folgen. Ich brauche nicht zu erwähnen, daß sie einwilligte. Sie war ganz Entzücken und Dankbarkeit. Die Vorbereitungen zur Abreise waren leicht und schnell getroffen. Ich mietete eine Chaise von einem benachbarten Farmer, und meinem Versprechen getreu legte ich am Mittage desselben Tages das schüchterne und verschämte Mädchen in die Arme ihrer neuen Schwester.

Sie wurde mit der größten Zärtlichkeit empfangen, nicht nur von Mrs. Fielding, sondern auch von allen meinen Freunden. Ihr hingebendes Herz konnte alle seine Gefühle gleichsam in den Busen einer Mutter ausströmen. Sie wurde mit Vertrauen behandelt. Ihrem Mangel an Erfahrung halfen die freundlichsten Vorstellungen und Belehrungen ab. In jeden Plan, den ihre neue Mamma (denn sie nannte sie nie bei einem anderen Namen) zu ihrer Ausbildung entwarf, ging sie mit Gelehrigkeit und Eifer ein, und ihr Benehmen sowie ihre Fortschritte übertrafen die zuversichtlichsten Hoffnungen, welche ich von ihrem Geiste und ihrem Fassungsvermögen gehegt hatte.

Die Anmut, welche eine feine Erziehung und der Umgang mit den besseren Kreisen der Gesellschaft zu verleihen vermögen, besaß mein Mädchen in gewissem Grade durch angeborene Verfeinerung des Geistes und instinktmäßigen Scharfsinn. Alles, was durch Beobachtung und Unterricht erworben werden kann, erwarb sie ohne Schwierigkeit; und nach kurzer Zeit verriet sich die ursprüngliche Lage des Landmädchens nur noch durch ihre Einfachheit und ihr unverdorbenes Gefühl.

»Womit bist du so beschäftigt, Arthur? In der letzten Zeit sehe ich dich immer mit der Feder in der Hand. Komm, ich muß die Früchte all dieser Mühe und all dieses Nachdenkens kennenlernen. Ich bin entschlossen, Bekanntschaft mit Haller und Linnée zu machen. Ich will gleich heute damit anfangen. Die Liebe hat manchen krank gemacht; laß mich versuchen, ob sie mich nicht in diesem Falle zum Arzt machen kann. Aber zuerst sage mir, was all die Schreiberei bedeuten soll?«

»Mrs. Wentworth hat mich auf ein sonderbares Thema gebracht – kein unangenehmes, aber dennoch eines, das ich wahrscheinlich zurückgewiesen haben würde, wenn die Abwesenheit meiner Bess und ihrer Mamma mir die Zeit nicht lästig gemacht hätte. Ich habe ihr öfter als einmal und viel umständlicher als jetzt meine Abenteuer erzählt, aber sie ist damit nicht zufrieden. Sie verlangt eine geschriebene Erzählung zu einem Zwecke, den sie mir später offenbaren will, wie sie sagt.

Zum Glück hat mein Freund Stevens mir mehr als die halbe Mühe erspart. Er hat mir die Gunst erwiesen, vieles von meiner Geschichte mit seiner eigenen Hand zu sammeln. Ich begreife nicht, was ihn zu einer so mühevollen Arbeit bewog; aber er sagt, daß die Abenteuer und das Schicksal, welche so sonderbar wären wie die meinigen, der Vergessenheit nicht wie ein gewöhnliches und alltägliches Dasein überlassen werden sollten. Als er es schrieb, vermutete er überdies, daß es vielleicht zur Sicherung meines Rufes und meines Lebens gereichen könnte, welche durch meine Verbindung mit Welbeck als gefährdet erschienen. Die Zeit hat diese Gefahr beseitigt. Alle Feindschaften und jeder Verdacht sind mit jenem Elenden begraben. Wortley ist durch mein Betragen gewonnen worden und vertraut jetzt meiner Rechtlichkeit ebensosehr, als er sie früher bezweifelte. Ich freue mich dennoch, daß jene Arbeit getan wurde. Sie hat mir manche Mühe erspart. Ich brauchte nur den abgerissenen Faden aufzunehmen und ihn bis zu der Zeit meines gegenwärtigen Glücks fortzuspinnen; und das war eben getan, als Sie diesen Morgen eintraten.

Zu Bett, meine Freundin; es ist spät, und diese zarte Gestalt ist nicht halb so befähigt, Anstrengungen zu ertragen, als man es von einer Jugend erwarten sollte, die auf dem Kornfelde und in der Scheuer zugebracht wurde.«

»Ich komme; doch lassen Sie mich diese Blätter mit mir

nehmen. Ich will sie lesen, damit ich mich, ehe ich einschlafe, überzeuge, ob Sie auch die ganze Wahrheit erzählt haben.«

»Tun Sie das, wenn es Ihnen Vergnügen macht; aber bedenken Sie dabei eines: Mrs. Wentworth verlangte, daß ich es so schreiben sollte, als ob es nicht für sie bestimmt wäre, sondern für die, welche früher von ihr und von mir noch nichts wußten. Das war eine böse Forderung. Ich kann nicht begreifen, was sie dabei beabsichtigt, aber sie handelt nie ohne guten Grund, und so habe ich denn ihr Verlangen erfüllt. Und jetzt gehen Sie und leben Sie wohl.«

Dreiundzwanzigstes Kapitel

Vorwärts, mein Federkiel! Warte auf meine Führung. Belebt durch deines Meisters Geist, ist alles leicht! Ein frohes Entzücken! Ein erhebender Impuls erfaßt ihn, trägt ihn von der Erde empor!

Ich muß, koste es, was es wolle, dieses Aufwärtstragen, dieses Vorwärtsstreben – oder wie soll ich es nennen – zügeln. Doch es gibt Zeiten, und dies ist eine solche, in denen Worte zu arm sind.

Es will nicht gehen – nieder diesen Hügel, hinauf jene steile Anhöhe, durch dies Dickicht, über jene Hecke –, ich habe mich selbst zur Ermüdung gearbeitet, um mich der Ruhe zu versöhnen, auf einem Sofa zu liegen, über einem Buche zu sitzen, zu allem, was meinem Herzen eine Erholung von diesem Klopfen gewähren kann, mich durch Täuschung in einige erträgliche Augenblicke der Vergessenheit zu versenken.

Laß sehen; man sagt mir, es sei Montag abend. Nur noch drei Tage! Wenn ich heute schon so ruhelos bin, wenn mein Herz klopft, daß es seine Hülle zu sprengen droht, wie soll dann morgen mein Zustand sein? Wie am nächsten Tage, wenn die Stunde herannaht, wenn meine Hand die ihrige zum Zeichen der Vereinigung in der Ehe, der endlosen Liebe, der ewigen Übereinstimmung berührt!

Ich muß diesen Tumult unterdrücken. Er macht mich sonst zu allem unfähig. Er reibt alle meine Kräfte auf. Er trocknet selbst mein Leben aus. Doch wer könnte das gedacht haben. So bald! Nicht drei Monate, seitdem ich sie zum ersten Mal erblickte. Nicht drei Wochen seit unserem Liebesgeständnis, und nur drei Tage, um dem Warten ein Ende zu setzen und mir alles zu gewähren.

Ich muß mich zur Ruhe zwingen, zum Schlafe. Ich muß eine Zuflucht vor so überwältigenden Aussichten finden. Alle Übertreibungen sind Todesmartern. Eine Freude wie diese ist zu groß für diese enge Hülle. Ich muß sie von mir werfen; ich muß sie für einige Zeit aussperren, oder diese gebrechlichen Wände werden bersten. Die Feder ist ein Friedensvermittler. Sie hemmt den Flug des Geistes. Sie zeichnet uns einen Pfad vor und zwingt uns, ihm zu folgen. Sie war immer meine Freundin. Oft hat sie meinen Mißmut verbannt, meine stürmischen Leidenschaften zur Ruhe gebracht, meine mürrische Laune gemildert, meine feurige Rachsucht in Mitleid verwandelt.

Vielleicht ist sie mir auch jetzt eine Freundin. Sie mäßige meine ungestümen Wünsche, mildere meinen Rausch, mache mein Glück erträglich, und in der Tat hat sie das alles schon zum Teil bewirkt. Seit den auf diese Weise verwendeten wenigen Minuten fließt mein Blut schon mit weniger vernichtendem Ungestüm. Meine Gedanken fangen an, sich zu ordnen. Und was soll ich jetzt sagen, nun der Sieg errungen ist? Ich muß fortfahren, wie die Feder will, oder ich bekomme einen Rückfall.

Was soll ich sagen? Ich will auf die Schritte zurückblicken, die mich hierherführten. Ich muß alle vorhergehenden Umstände erzählen. Etwas Besseres kann ich nicht tun.

Zuerst also zu Achsa Fielding, zu der Beschreibung dieser Frau.

In der Kürze soviel von ihrer Geschichte wieder zu erzählen, als zu meiner Kenntnis gelangt ist, wird am besten die Bewunderung, ich möchte sagen die Vergötterung erklären, mit der ich sie betrachte, seitdem ich sie kennenlernte.

Nie sah ich eine Frau, auf welche der Ausdruck »lieblich« mit größerem Rechte anzuwenden ist. Und dennoch ist sie von Gestalt zu klein, ihre Gesichtsfarbe ist zu dunkel und beinahe gelb, ihre Augen sind schwarz und von feurigem Glanz, haben aber einen Schnitt, den ich nicht recht zu beschreiben vermag. Er vermindert ihren Glanz, ohne den Zauber des Auges zu vernichten; aber alle ihre körperlichen Mängel werden durch ihr Herz und ihren Geist aufgewogen. Darin liegt das Geheimnis der Gewalt, welche die Seele dessen hinreißt, der sie sieht und hört. Nicht bloß wenn sie singt, ist ihre Stimme musikalisch. Nicht nur wenn die Gelegenheit es erfordert, ist ihre Rede reich und blühend. Sie ist es immer.

Ich hatte mir gelobt, sie zu lieben, ihr zu dienen und sie oft zu besuchen, lange bevor ich mit ihrem vergangenen Leben bekannt war. Ich hatte gelegentlich etwas aus ihren eigenen Äußerungen oder denen anderer aufgeschnappt. Ich wußte sehr bald, daß sie von Geburt eine Engländerin war und erst seit anderthalb Jahren in Amerika weilte; ich wußte, daß sie kaum ihr fünfundzwanzigstes Jahr überschritten hatte und noch durch alle Anmut der Jugend verschönert wurde, daß sie verheiratet gewesen war, aber nicht, ob das Band durch den Tod oder durch Scheidung gelöst worden war; daß sie ein bedeutendes, sogar ein sehr glänzendes Vermögen besaß; doch die Größe desselben sowie alle näheren Umstände blieben mir auch einige Zeit nach unserer Bekanntschaft verborgen.

Eines Abends hatte sie sehr ernst von dem Einflusse gesprochen, den in Großbritannien die Geburt ausübt, und von diesem Einflusse einige Beispiele erzählt. Dabei waren meine Augen fest auf die ihrigen gerichtet. Die Eigentümlichkeit ihres Ausdruckes war mir noch nie zuvor so aufgefallen. Eine unbestimmte Ähnlichkeit mit etwas, das ich an ebendiesem Tage anderwärts gesehen hatte, fiel mir auf, und als sie eine Pause machte, rief ich unwillkürlich aus:

»So wahr ich lebe, meine gute Mamma. Ihre Augen haben mir ein Geheimnis verraten. Es ist mir fast, als sprächen sie zu mir, und ich bin nicht weniger über die Sonderbarkeit der Erzählung als über die Bestimmtheit derselben erstaunt.«

»Und was sagten sie?«

»Vielleicht irrte ich. Ich kann durch eine verstellte Stimme getäuscht worden sein, oder ich habe ein Wort mit einem anderen, verwandten, verwechselt; aber ich will sterben, wenn ich nicht glaubte, daß sie mir sagten, Sie wären – eine Jüdin.«

Bei diesen Worten wurden ihre Züge augenblicklich durch den Ausdruck der Betrübnis und der Verwirrung verschleiert. Sie preßte die Hand auf die Augen, ihre Tränen traten hervor, und sie seufzte schmerzlich. Meine Überraschung über die Wirkung meiner Worte kam meinem Kummer gleich. Ich bat sie dringend, mir zu verzeihen, daß ich ihr unwissentlich und unwillentlich Sorge bereitet hätte.

Nachdem sie wieder einige Fassung gewonnen hatte, sagte sie: »Sie haben mich nicht beleidigt, Arthur. Ihre Vermutung war richtig und natürlich und hätte Ihnen nicht für immer entgehen können. Mit diesem Worte hängen manche Quellen der Qual zusammen, welche die Zeit nicht ausgetrocknet hat und nie austrocknen wird; und je weniger ich an vergangene Ereignisse denke, desto weniger wird meine Gemütsruhe getrübt werden. Ich wünschte, Sie sollten nichts von mir wissen, als was Sie sähen, nichts als die Gegenwart und Zukunft, nur damit sich in unsere Unterhaltung keine Anspielungen einschleichen möchten, welche nutzlos Sorge und Kummer hervorrufen.

Ich erkenne jetzt die Torheit des Wunsches, Sie in Unwissenheit zu erhalten, und werde Sie daher ein für allemal mit dem bekannt machen, was mir widerfahren ist, damit Ihre Fragen und Ihre Vermutungen mit einem Mal befriedigt werden und Ihre Neugier keine Veranlassung findet, meine Gedanken zu dem zurückzuleiten, von dem ich so glühend wünsche, daß es in Vergessenheit begraben bleibe.

Mein Vater war in der Tat ein Jude, und zwar einer der reichsten seiner Nation in London – ein Portugiese von Geburt, aber schon als Knabe nach London gekommen. Er besaß wenige der moralischen oder äußeren Eigenschaften eines Juden; denn ich glaube, es liegt einige Gerechtigkeit in der Schmach, der sie ausgesetzt sind. Er war sparsam, ohne Knauserei, und vorsichtig in seinen Unternehmungen, ohne Wucher. Ich brauche mich nicht zu scheuen, dies zu sagen, denn es war die allgemeine Auffassung.

Mich, das einzige Kind und folglich das Herzblatt meiner Eltern, erzogen sie auf die freigebigste Weise. Meine Erziehung war durchaus englisch. Ich lernte dasselbe und von denselben Lehrern wie meine Nachbarn. Abgesehen davon, daß ich ihre Kirchen nicht besuchte, ihren Glauben nicht teilte und nicht dieselben Speisen aß, sah ich keinen Unterschied zwischen ihnen und mir. Dadurch wurde ich gegen die Verschiedenheit der Religion gleichgültiger, als dies vielleicht hätte geschehen sollen. Diese Verschiedenheit wurde mir nie durch Zwang bemerkbar gemacht. Man gab sich keine Mühe, mich mit Zweifeln und Antipathie zu erfüllen. Diese standen nie, wie ich mich ausdrücken möchte, auf unserer Schwelle. Oft wurden sie erwähnt, aber nur oberflächlich, und dann bald wieder vergessen.

So kam es denn, daß mein Herz sich allzuleicht Eindrücken hingab, die durch eine größere Vorsicht meiner Eltern hätten vermieden werden können. Sie konnten es kaum verhindern, daß meine Gesellschaft ganz englisch war, und meine Jugend, meine Erziehung und meines Vaters Reichtum machten mich zum Gegenstand zahlreicher Huldigungen. Ebendie Ursachen, welche meine eigene Wachsamkeit einlullten, hatten diese Wirkung auch bei anderen. Dieses Versäumnis zu beklagen oder zu loben ist es jetzt zu spät. Gewiß ist, daß dadurch mein Schicksal, und zwar kein glückliches, bestimmt wurde.

Die Frucht dieses Versäumnisses war eine heftige Leidenschaft für einen Mann, der sie mit aller Glut erwiderte. Er war beinahe ebenso jung wie ich, die erst sechzehn Jahre zählte; er wußte ebensowenig wie ich, welche Hindernisse der Unterschied der Geburt uns entgegenstellen konnte. Von seinem Vater, Sir Ralph Fielding, einem geborenen Edelmanne, von hohem Rang, mit vornehmen Verwandten, ließ sich nicht erwarten, daß er seine Einwilligung geben würde, seinen ältesten Sohn in so unreifem Alter mit der Tochter eines Ausländers zu verheiraten, eines Portugiesen, eines Juden, doch diese Hindernisse erkannte meine Unwissenheit nicht, und er übersah sie in dem Ungestüm seiner Leidenschaft.

Aber sonderbarerweise geschah nicht, was die alltägliche Weisheit vorausgesagt hätte. Sir Ralph hatte eine zahlreiche Familie, und ihm gefiel die Aussicht, daß sie noch zunehmen würde; sein väterliches Vermögen war nur gering; das Einkommen von seinem Amte bildete beinahe alles, was er besaß. Der junge Mann war eigensinnig, ungestüm und würde wahrscheinlich auf seine Familie keine Rücksicht genommen haben. Dennoch gab der Vater seine Einwilligung nur unter einer Bedingung – daß ich zur englischen Kirche überträte.

Von mir konnte dagegen kein großer Widerspruch erwartet werden. Bei einem so gedankenlosen Alter, bei einer Erziehung, welche für religiöse Eindrücke so unempfindlich gewesen war, durch die gewaltigste der menschlichen Leidenschaften bestochen, durch die Gesellschaft, in welcher ich mich bewegte, von der Mißachtung unterrichtet, in welcher die jüdische Nation beinahe allgemein stand, ließ sich nicht vermuten, daß ich gegen den Plan etwas einzuwenden haben würde.

Meine Furcht vor der Entscheidung meines Vaters erreichte bald ihr Ende. Er liebte sein Kind zu sehr, um dessen Glück in irgendeinem wesentlichen Punkte entgegenzutreten. Da er bei mir keinen Widerstand, keine Gewissenszweifel fand, hielt er es für albern, statt meiner gewissenhaft zu sein. Da mein Herz meiner Religion bereits abgeschworen hatte, wäre es einfältig gewesen, wegen der förmlichen Abschwörung noch Schwierigkeiten zu machen. Das waren die eingestandenen Gründe meines Vaters, doch die Zeit zeigte, daß er wahrscheinlich auch noch andere hatte, die zwar in Beziehung zu der Beförderung meines Glückes standen, wären sie aber bekannt geworden, die Familie meines Liebhabers zu unbesieglichem Widerstande bewogen haben würden.

Keiner Heirat wurde jemals unter glücklicheren Vorzeichen entgegengesehen. Die zahlreichen Verwandten meines Mannes nahmen mich mit der größten Herzlichkeit unter sich auf. Die Zärtlichkeit meines Vaters wurde durch meinen Religionswechsel nicht verändert, und die Demütigungen, denen ich früher ausgesetzt gewesen, waren jetzt verschwunden; jedes Band wurde fester geknüpft, als ich mich nach dem Ende eines Jahres als Mutter fühlte. Ich bedurfte wahrlich einer Zeit des Glückes, um die mir vorbehaltenen Schläge des Schicksals ertragen zu können. Ein Unglück folgte dem anderen, eines immer größer als das vorhergehende, und so schnell nacheinander, daß ich kaum Zeit behielt zu atmen.

Ich hatte erst eben wieder mein Zimmer verlassen und meine gewöhnliche Gesundheit gewonnen und konnte mit wahrer Inbrunst die neugeborene und köstliche Gabe an meine Brust drücken, als traurige Nachrichten einliefen. Ich befand mich auf dem Landsitze meines Schwiegervaters, als der Bote eintraf.

Eine erschütternde Nachricht war es, und sie wurde mir plötzlich, ohne alle Schonung, mitgeteilt. Ich deutete Ihnen den Tod meines Vaters an. – Ach, mein Freund – die Art seines Todes war entsetzlich. Er war ein stiller, ehrwürdiger alter Mann; indessen hatte meine Mutter schon längst Zeichen der Unruhe an ihm bemerkt. Doch niemand – so sorgfältig hatte er seine Geschäfte geleitet – argwöhnte, welche Zerrüttungen das Mißgeschick in seinem Vermögen angerichtet hatte.

Ich, die ich soviel Ursache hatte, meinen Vater zu lieben – ich überlasse es Ihnen, zu beurteilen, wie mich eine so furchtbare, so unerwartete Katastrophe ergriff. Noch viel weniger konnte ich mir die Ursache seiner Verzweiflung denken; jedoch er hatte seinen Untergang schon vor meiner Verheiratung vorausgesehen; hatte wegen seiner Frau und seiner Tochter beschlossen, ihn so lange als möglich hinauszuschieben, aber dabei den Entschluß gefaßt, den Tag nicht zu überleben, der ihn in Armut stürzte. – So wurde die verzweifelte Tat im voraus beschlossen!

Sein Tod offenbarte den wahren Stand seiner Angelegenheiten. Der Fall großer Handelshäuser in Frankfurt und Lüttich war die Ursache seines Unglückes. So waren denn meine Aussichten zugrunde gerichtet. Der Reichtum, welcher ohne Zweifel der Hauptbeweggrund war, weshalb die Familie meines Mannes seiner Wahl ihre Zustimmung gab, war jetzt plötzlich in Armut verwandelt.

In Glanz und Reichtum aufgewachsen, wie ich es war, in dem Bewußtsein, daß mein Vermögen mein vorzüglichster Schutz gegen die Geringschätzung der Stolzen und der Bigotten war, und mein Hauptanspruch auf die Stellung, zu der ich mich erhoben hatte, und der mich um so mehr entzückte, weil er es mir möglich machte, meinem Manne diese große Verpflichtung aufzuerlegen – welches Unglück hätte da wohl für mich größer sein können, und wieviel Bitterkeit wurde dem Ereignisse noch durch den gewaltsamen Tod meines Vaters hinzugefügt!

Indessen, sosehr auch der Verlust des Vermögens meinen Stolz verletzte, war er doch nicht mein größtes Unglück. Vielleicht war er kaum unter die Übel zu rechnen, da er mir einen Probierstein für die Neigung meines Mannes gewährte, und besonders, weil der Erfolg der Prüfung günstig war. Denn mein Mißgeschick schien nur die Teilnahme zu steigern, welche mein Charakter mir in den Herzen aller, die mich kannten, gewonnen hatte. Die väterlichen Rücksichten des Sir Ralph waren stets zärtlich gewesen, aber diese Zärtlichkeit schien sich jetzt zu verdoppeln.

Neue Ereignisse machten mir diesen Trost noch notwendiger. Meine unglückliche Mutter! – Sie war dem traurigen Auftritte noch näher gewesen; sie hatte niemanden, ihren

Kummer zu lindern; sie war durch lange Gewohnheit noch mehr vom Reichtume abhängig als ihr Kind.

Eine beinahe stumme Melancholie war die erste Wirkung bei meiner Mutter. Nichts konnte ihr Auge oder ihr Ohr erfreuen. Milde Klänge hatte sie einst geliebt, besonders wenn ihr Kind die Spielende war, aber jetzt vernahm sie dieselben nicht länger. Wie habe ich mit strömenden Augen die teure Frau bewacht; wie trachtete ich danach, ihre Blicke zu erhaschen, ihre Aufmerksamkeit zu erregen! – Doch ich darf an diese Dinge nicht denken.

Aber selbst dieser Kummer war gering im Vergleich mit dem, welcher nun kommen sollte. Einem solchen stummen, regungslosen, gleichgültigen Anfalle folgte dann ein anderer der Geschwätzigkeit, beleidigender, unablässiger, wilder Fragen, Klagen und sogar Gewalttaten.

Weshalb führten Sie mich zu diesen traurigen Erinnerungen zurück? Entschuldigen Sie mich für jetzt. Das übrige will ich Ihnen ein andermal erzählen; morgen.«

Am nächsten Morgen setzte meine Freundin, wie vereinbart, ihre Erzählung fort.

»Lassen Sie mich jetzt«, sagte sie, »mit meiner traurigen Geschichte zu Ende kommen, und nie, das verlange ich von Ihnen, dürfen Sie irgend etwas tun, um sie wieder ins Leben zu rufen.

So tief auch meine Trauer über diese Begebenheiten war, blieb ich dennoch nicht ganz ohne Freuden. Mein Mann und mein Kind waren liebevoll und herzlich. In ihren Liebkosungen, in ihrem Wohlergehen fand ich Frieden und hätte ihn auch ferner finden können, wäre nicht – doch wozu Wunden wieder aufreißen, welche die Zeit nur unvollkommen geheilt hat? Aber ich muß Ihnen diese Geschichte erzählen, und je eher ich sie der Vergessenheit übergeben kann, desto besser ist es.

Mein böses Geschick brachte mich in Berührung mit einer Frau, welche in den müßigen und verschwenderischen Kreisen der Gesellschaft nur zu bekannt war. Ihr Charakter war mir nicht unbekannt. Es lag in ihren Zügen und ihrem Wesen nichts, was ungünstige Vorurteile zu widerlegen vermochte. Ich suchte nicht ihren Umgang; ich vermied ihn vielmehr als unangenehm und nachteilig; aber sie ließ sich nicht abschrecken. Auf ihre eigene Einladung machte sie sich oft zu meinem Gaste; sie mischte sich ungerufen in meine Angelegenheiten; sie machte mir freundschaftliche Anerbietungen und gewann endlich, meiner Abneigung ungeachtet, meine Teilnahme und meine Dankbarkeit.

Niemand auf der Welt, so dachte ich, brauchte ich weniger zu fürchten als Mrs. Waring. Ihr Charakter erweckte nicht die geringste Besorgnis im Hinblick auf meine Sicherheit. Sie war über vierzig Jahre alt und keineswegs durch Anmut oder Schönheit ausgezeichnet, nachlässig in ihrer Kleidung, daran gewöhnt, die Spuren ihres Alters noch hervorstechender zu machen, indem sie sich bemühte, sie zu verbergen, Mutter einer zahlreichen Familie, von nur wenig gebildetem Geiste, immer bemüht, den Schein zu wahren, sorgfältig darauf sinnend, sich von meinem Manne fernzuhalten – und er, gleich mir, duldete mehr ihre Gesellschaft, als daß er sie wünschte. Was konnte ich von den Künsten einer solchen Frau fürchten?

Aber ach, sie besaß eine vollendete Gewandtheit, dazu

eine Geduld, welche durch nichts ermüdet wurde, eine Wachsamkeit, der nichts entging, die niedrigste und listigste Gabe des Einschmeichelns. So schlich sie sich in meine Neigung durch beispiellose Ausdauer scheinbarer Freundlichkeit ein; durch zärtliches Vertrauen, durch arglistige Glossen über ihre frühere tadelnswerte Aufführung, durch Selbstvorwürfe und geheuchelte Reue.

Nie gab es so verborgene Intrigen, eine so vollendete Verstellung! Aber dennoch, daß eine solche meinen Mann verführen könnte, der jung, großmütig und ganz gewiß gegen mich nicht gleichgültig war – vor dieser verhängnisvollen Bekanntschaft nicht gleichgültig gegen Weib und Kind! – Und dennoch war dem so!

Ich sah seine Unruhe, seine Kämpfe, ich hörte ihn dies Weib verwünschen, und das um so lauter, da ich, ihre Schliche nicht ahnend, sie miteinander auszusöhnen bemüht war, seinen Unwillen oder seine Antipathie gegen sie zu verbannen suchte. Wie wenig ahnte ich den Kampf, den sein Herz zwischen einer neuen Leidenschaft und den Forderungen des Stolzes bestand; den Kampf des Gewissens und der Menschlichkeit; den Ansprüchen von Frau und Kindern; einer Frau, die schon schweren Kummer zu erdulden hatte und alles, was ihr noch von Glück blieb, auf die Festigkeit seiner Tugend und die Fortdauer seiner Liebe setzte; einer Frau, die in ebender Stunde seiner beabsichtigten Flucht von den Aufregungen eines nahen Ereignisses erfüllt war, das die doppelte Sorgfalt eines Gatten, einer ermutigenden Liebe erheischte –

Gott im Himmel! Zu welchen Leiden sind einige deiner Geschöpfe bestimmt! Ergebung in deine Beschlüsse war bei der letzten und grausamsten Prüfung wahrlich eine harte Aufgabe.

Er war fort. Eine unvermeidliche Verpflichtung, die ihn nach Hamburg rief, wurde vorgeschützt. Aber mich in einer solchen Stunde zu verlassen! Ich wagte es nicht, ihm Vorwürfe oder Vorstellungen zu machen. Seine Schilderung war so glühend! Das Glück eines Freundes hing von seinem pünktlichen Eintreffen ab. Die Unwahrheit seiner Geschichte wurde mir nur zu bald bekannt. Er war mit seiner verabscheuenswerten Geliebten durchgegangen!

Ja! Meine Wachsamkeit konnte leicht hintergangen werden, doch nicht die der anderen. Ein Gläubiger, der von ihm einen Wechsel über dreitausend Pfund hatte, verfolgte ihn und ließ ihn in Harwich verhaften. Er wurde ins Gefängnis geworfen, doch seine Gefährtin – das will ich zu ihrem Lobe sagen – wollte ihn nicht verlassen. Sie bezog eine Wohnung in der Nähe seines Gefängnisses und sah ihn täglich. Hätte sie dies nicht getan und hätte mein körperlicher Zustand es mir gestattet, so wäre dies meine Aufgabe gewesen.

Unwille und Kummer beschleunigten meine Krisis. Ich weinte nicht darüber, daß die zweite Frucht dieser unglücklichen Verbindung das Licht der Welt nicht erblickte. Ich weinte nur darüber, daß diese Stunde der Qual nicht die letzte für die unglückliche Mutter des toten Kindes war.

Ich empfand keinen Zorn; ich hatte nichts als Mitleid für Fielding. Gern hätte ich ihn in meinen Armen zur Tugend zurückgerufen; ich schrieb ihm und flehte ihn bei der Erinnerung an alle unsere sonstigen Freuden um seine Rückkehr an; ich versprach ihm nur Dankbarkeit für seine erneuerte Zuneigung; verlangte nichts, als ihn seiner Familie, der Freiheit, der Ehre zurückgegeben zu sehen.

Aber ach, Fielding hatte ein gutes, doch ein stolzes Herz. Er blickte voller Reue auf seinen Irrtum, voller Selbstverachtung und mit dem verhängnisvollen Glauben, daß er nie wiedergutzumachen sei; die Scham ließ ihn allen meinen Gründen und Bitten widerstehen, und in der Aufregung seiner Gefühle legte er den feierlichen Schwur ab, nach der Wiedererlangung seiner Freiheit Vaterland und Familie für immer zu verlassen. Er trug voller Unwillen das Joch seiner neuen Bekanntschaft, aber er trachtete vergebens, es abzuschütteln. Ihr Benehmen, das stets sanft, nachgebend, zärtlich war, erhielt ihn in ihren Fesseln. Wurde sie auch unter Vorwürfen und mit Geringschätzung von ihm gewiesen, so verließ sie ihn dennoch nicht, sondern wußte ihn durch neue Künste zu besänftigen und seine Zärtlichkeit wiederzugewinnen.

Was meine Bitten nicht vermochten, durfte sein Vater auch nicht zu erreichen hoffen. Er erbot sich, ihn aus dem Gefängnis zu befreien; der Gläubiger erbot sich, die Schuld zu streichen, wenn er zu mir zurückkehrte, aber selbst diese Bedingungen wies er zurück. Alle seine Verwandten und einer, der von Kindheit an sein Busenfreund gewesen war, drangen in ihn, diese Bedingungen anzunehmen; aber sein Stolz, seine Furcht vor meinen wohlverdienten Vorwürfen, die Verdienste und Überredungskünste seiner neuen Gefährtin, deren Opfer in seiner Sache nicht gering gewesen waren, zeigten sich als unübersteigliche Hindernisse.

Ich war weit entfernt, ihm diese Bedingungen aufzwingen zu wollen. Ich wartete nur, bis ich durch gewisse Anordnungen so viel zusammenbringen konnte, um seine Schuld zu bezahlen und ihn in den Stand zu setzen, seinen Schwur zu erfüllen. Meine Ansprüche an seine Zuneigung wären unbegründet gewesen, hätte ich es mit den Mitteln zu seiner Befreiung in meinen Händen dulden können, meinen Gatten nur noch einen Augenblick länger im Gefängnisse zu lassen.

Die Überreste von dem großen Vermögen meines Vaters waren ein jährliches Einkommen von tausend Pfund, das meiner Mutter verschrieben war und nach deren Tode auf mich überging. Die hilflose Lage meiner Mutter stellte dieses Einkommen zu meiner Verfügung. Dadurch wurde ich in den Stand gesetzt, ohne Wissen meines Schwiegervaters oder meines Mannes die Schuldforderung einzulösen und meinen Mann in Freiheit zu setzen. Er brach sogleich in Begleitung seiner Geliebten nach Frankreich auf.

Als ich mich von der Erschütterung dieses Schlages etwas erholt hatte, nahm ich meine Wohnung bei meiner Mutter. Was sie besaß, war, wie Sie vielleicht glauben werden, genug zu einem reichlichen Auskommen; für uns aber, die wir ganz andere Gewohnheiten hatten, war es kaum etwas anderes als Armut. Dies, das Andenken an meinen Vater, der beklagenswerte Zustand meiner Mutter, der sich mit jedem Jahre verschlimmerte, und das letzte Unglück waren die vorzüglichsten Gefährten meiner Gedanken.

Das teure Kind, dessen Lächeln durch den Kummer seiner Mutter nicht getrübt wurde, war in meiner Einsamkeit einiger Trost für mich. Seinem Unterrichte und den Bedürfnissen meiner Mutter widmete ich alle meine Stunden. Ich war zuweilen nicht ohne Hoffnung auf bessere Tage.

Ich war so überzeugt von Fieldings Verdiensten, ich hatte früher so viele Beweise seines glühenden und reichen Geistes empfangen, daß ich darauf vertraute, Zeit und Überlegung würden den Zauber bannen, in dem er jetzt gefangen lag.

Eine Zeitlang wußten wir nicht, was aus ihm geworden war. Fielding hatte, indem er England verließ, jeden Briefwechsel, jeden Verkehr mit seinem Vaterlande abgebrochen. Er trennte sich von seinem Weibe in Rouen und hinterließ keine Spur, auf der sie ihm hätte folgen können, wie sie dies wünschte. Sie kehrte nicht nach England zurück, sondern starb etwa ein Jahr darauf in der Schweiz.

Was mich betraf, so sann ich Tag und Nacht über das mögliche Geschick des geliebten Flüchtlings nach. Sein erzürnter Vater kümmerte sich nicht um ihn. Er hatte ihn von seiner väterlichen Zuneigung ausgeschlossen, hörte auf, Nachforschungen nach ihm anzustellen, und wünschte sogar, nie wieder etwas von ihm zu hören. Mein Knabe nahm in der Liebe des Großvaters die Stelle meines Mannes ein und ebenso auch in den Hoffnungen und Aussichten der übrigen Familie; und seiner Mutter mangelte es an nichts, was ihre teilnehmende und achtungsvolle Liebe gewähren konnte.

Drei lange und schmerzliche Jahre vergingen, ohne daß eine Nachricht zu erlangen war. Ob er lebte oder tot war, wußte niemand zu sagen. Endlich begegnete ein reisender Engländer, welcher die gewöhnliche Tour von Italien aus machte, Fielding in einer Stadt des Veltlin. Sein Wesen, seine Gewohnheiten, seine Sprache waren ganz französisch geworden. Er schien unwillig darüber, einem alten Bekannten zu begegnen; aber da er ihm nicht aus dem Weg gehen konnte, wurde er allmählich mitteilender und erzählte dem Reisenden manche Einzelheiten von seiner gegenwärtigen Lage. – Er hatte einem in der Nähe wohnenden Seigneur Dienste erwiesen und auf dessen Château lange wie ein Bruder gelebt. Er beschloß darauf, Frankreich zu seinem Vaterlande zu machen, und hatte zu diesem Zwecke seinen englischen Namen abgelegt und den seines Beschützers, welcher Perrin hieß, angenommen. Um sich für alle anderen Entbehrungen zu entschädigen, hatte er sich ländlichen Beschäftigungen und den Studien gewidmet.

Er vermied sorgfältig alle Fragen nach mir; doch als mein Name von seinem Freunde genannt wurde, der über alle Vorfälle genau unterrichtet war und der meines allgemeinen Wohlergehens sowie dessen seines Sohnes erwähnte, zeigte er tiefes Gefühl und willigte sogar ein, daß ich mit seiner Lage bekannt gemacht würde.

Ich kann die Wirkung nicht beschreiben, welche diese Nachricht bei mir hervorbrachte. Meine Hoffnungen, ihn zu mir zurückzubringen, wurden plötzlich neu belebt. Ich schrieb ihm einen Brief, in welchem ich ihm mein ganzes Herz ausschüttete; doch seine Antwort enthielt die Bestätigung aller seiner früheren Vorsätze, welche die Zeit nur bei ihm gefestigt hatte. Ein zweiter und ein dritter Brief wurden geschrieben und darin das Anerbieten gemacht, ihm in seine Zurückgezogenheit zu folgen und sein Exil zu teilen; doch alle meine Bemühungen blieben vergeblich. Er sprach feierlich und wiederholt seine Verzichtleistung auf alle Rechte eines Gatten über mich aus und entband mich jeder Verpflichtung als seiner Frau.

Er zeigte bei diesem Briefwechsel weder Härte noch Geringschätzung. Es lag darin eine sonderbare Mischung von Pathos und Gleichgültigkeit, von Zärtlichkeit und Entschlossenheit. Daher bewahrte ich noch fortwährend Hoffnung, welche indessen auch die Zeit nicht zu erfüllen vermochte.

Bei Beginn der Revolution erschien der Name Perrin unter den Abgeordneten zur gesetzgebenden Versammlung, welche aus dem Distrikte waren, in dem er lebte. Es mußte ihm also gelungen sein, alle Rechte eines französischen Bürgers zu erwerben, und die Hoffnung auf seine Rückkehr erlosch beinahe ganz; und seitdem wurde sie vollends vernichtet, da er sich mit Marguerite d'Almont verheiratete, einem jungen Mädchen aus Avignon, das große Vorzüge und ein bedeutendes Vermögen besaß.

Eine Zeit langer Erwartung war jetzt zu Ende und ließ mich in einem beinahe ebenso martervollen Zustand zurück, als der nach unserer Trennung gewesen war. Mein Kummer wurde durch den Tod meiner Mutter gesteigert, und da dies Ereignis mich von dem Zwange befreite, der bisher meine Handlungen bestimmt hatte, beschloß ich, nach Amerika zu gehen.

Mein Sohn war jetzt acht Jahre alt, und da sein Großvater Anspruch darauf machte, seine Erziehung zu leiten, ließ ich mich bereden, mich von ihm zu trennen und ihn nach einer entfernten Schule schicken zu lassen. So war wieder ein Band gelöst, und trotz der wohlgemeinten Bitten meiner Freunde bestand ich auf meinem Plane, den Ozean zu überschiffen.«

Ich konnte bei diesem Teile ihrer Erzählung mein Staunen nicht unterdrücken, daß es Gründe hatte geben können, welche stark genug waren, ihr diesen Plan zu empfehlen.

»Es war sicherlich ein Anfall von Verzweiflung. Einige Monate hätten vielleicht meinen Kummer zu lindern und mich mit meiner Lage auszusöhnen vermocht; aber ich mochte nicht zögern und überlegen. Mein Plan traf bei meinen Freunden auf lebhaften Widerspruch. Als ich während meiner Reise die mich umgebenden und mir durchaus ungewohnten Gefahren erkannte, bereute ich herzlich meinen Entschluß; nun aber glaube ich, Ursache zur Freude über meine Ausdauer zu haben. Ich bin in eine Umgebung und eine Gesellschaft gekommen, welche mir so neu waren, es wurden so viele Ansprüche an meinen Geist und meine Kraft gemacht, daß mein Gemüt von allen seinen früheren Bekümmernissen abgewendet wurde. Es gibt sogar Zeiten, zu denen ich sie gänzlich vergesse und mich lieblichen Träumen hingebe.

Ich habe oft mit Staunen über die Natur meines eigenen Gemütes nachgedacht. Es sind seit meines Vaters gewaltsamem Tode acht Jahre verflossen. Wie wenige Stunden meiner Existenz sind seit jenem Ereignisse mit Heiterkeit gesegnet gewesen! Wie viele Tage und Nächte wurden in ununterbrochener Reihenfolge unter Tränen und Schmerzen zugebracht! Daß ich bei so vielen Ursachen zum Tode und bei einer solchen langsam nagenden Krankheit noch lebe, ist gewiß verwunderlich.

Ich glaube, daß die schlimmsten Feinde der Menschen, wenigstens der von Kummer befallenen Menschen, Einsamkeit und Untätigkeit sind. Dasselbe ewige Einerlei der Gegenstände nährt die Krankheit, und die Wirkungen der

Einsamkeit und der Eintönigkeit des Lebens werden oft für die des Kummers gehalten. Ja, ich bin froh, daß ich nach Amerika kam. Meine Verwandten drängen mich zur Rückkehr, und bis vor kurzer Zeit war ich auch noch dazu geneigt: Aber ich glaube jetzt, daß ich für den Rest meines Lebens bleiben werde, wo ich bin.

Seit ich hierherkam, habe ich mehr gelernt als sonst. Ich liebte die Literatur von jeher, aber nur in der letzten Zeit habe ich den Sinn dafür bekommen, mit Nutzen zu lesen. Ich finde jetzt an geistiger Beschäftigung ein Vergnügen, welches ich nie zuvor daran zu finden geglaubt hätte.

Sie sehen meine Lebensweise. Die Empfehlungsbriefe, welche ich mitbrachte, sicherten mir einen schmeichelhaften Empfang bei den Besten dieses Landes; aber heitere Szenen übten keine Anziehungskraft auf mich aus, und ich zog mich schnell in jene Einsamkeit zurück, in welcher Sie mich gefunden haben. Hier habe ich stets Muße, und da ich die Mittel besitze, sie in lobenswerter Weise auszufüllen, bin ich nicht ohne den Glauben, daß für mich noch heitere Tage kommen werden.«

Ich wagte jetzt die Frage, worin die letzten Nachrichten über ihren Mann bestünden.

»Ich sagte Ihnen, daß er zu Beginn der Revolution ein Kämpfer für das Volk wurde. Durch seinen Eifer und seine Anstrengungen erlangte er einen solchen Einfluß, daß er in die Nationalversammlung gewählt wurde. In dieser Stellung war er ein Anhänger der blutigen Maßnahmen, bis zum Sturze der Monarchie; dann, als es für seine Sicherheit zu spät war, hemmte er seine Laufbahn.«

»Und was ist seitdem aus ihm geworden?«

Sie seufzte tief. »Sie lasen gestern eine Liste der durch Robespierre Proskribierten. Ich unterbrach Sie. Ich hatte dazu guten Grund. Aber dieses Gespräch wird mir zu peinlich; lassen Sie es uns ändern.«

Einige Zeit danach wagte ich meine Frage zu erneuern und erfuhr, daß Fielding unter seinem neuen Namen Perrin d'Almont sich unter den zu Geächteten erklärten Deputierten des Jahres 1793 befand und daß er getötet worden war, als er sich seiner Verhaftung widersetzte. Meine Freundin hatte erfahren, daß seine Frau, Marguerite d'Almont, die sie für eine Frau von großen Verdiensten hielt, der Verfolgung entronnen war und in irgendeinem Teile Amerikas eine Zufluchtsstätte gefunden hatte. Mehrere Versuche, sie ausfindig zu machen, waren vergeblich geblieben. »Ach«, sagte ich, »Sie müssen mir den Auftrag geben, sie zu suchen. Ich will sie auf dem ganzen Kontinent von Penobscot bis Savannah suchen. Ich will nicht einen Winkel undurchforscht lassen.«

Vierundzwanzigstes Kapitel

Niemand wird sich wundern, daß mein Herz einer so unglücklichen und so verdienstvollen Frau seine ganze Sympathie zuwendete; daß ich, wie ich an ihrem Kummer teilgenommen hatte, mit Entzücken die Zeichen des Glückes willkommen hieß, welche jetzt endlich in ihren Zügen zu spielen begannen.

Ich sah sie oft – so oft, als meine Pflichten es gestatteten, und viel öfter, als ich mir irgend jemand anderes zu besuchen erlaubte. Dabei war ich zum Teil selbstsüchtig. So viel Vergnügen, so viel Belehrung gewährte mir ihre Unterhaltung, daß ich daran nie genug bekommen konnte.

Ihre Erfahrung war so viel umfassender als die meinige, so weit davon verschieden, und sie besaß eine so ungemeine Leichtigkeit, alles zu schildern, was sie gesehen und gefühlt hatte, und unbedingte Aufrichtigkeit und Rückhaltlosigkeit waren in dieser Beziehung so vollständig zwischen uns eingeführt, daß ich mir nichts so Lehrreiches und Köstliches denken kann wie ihre Unterhaltung.

Bücher sind kalt und langweilig in ihrer mangelhaften Belehrung auf der einen und ihrer unverschämten Schwatzhaftigkeit auf der anderen Seite. Überdies geben diese alles, was sie zu geben haben, auf einmal, gestatten keine Fragen, bieten keine weiteren Erklärungen und geben sich den Launen unserer Wißbegierde nicht hin. Sie sprechen zu uns, als stünden sie hinter einem Wandschirm. Ihr Ton ist leblos und monoton. Sie reizen unsere Aufmerksamkeit nicht durch die stumme Bedeutsamkeit der Bewegungen und der Blicke. Sie verbreiten über ihre Bedeutung kein Licht durch Tonfall und Pausen.

Wie verschieden davon war die Unterhaltung der Mrs. Fielding! So wechselreich, so sehr der Verschiedenheit der Gelegenheit angepaßt, so nachgebend gegen meine Wißbegierde, so reich an jener Kenntnis des menschlichen Herzens, der Gesellschaft, wie sie in einem anderen Weltteile bestand, reicher in der Mannigfaltigkeit der Gebräuche und der Charaktere, als ich sie jemals zu erblicken vermocht hätte.

Ich sagte, daß meine Beweggründe teilweise selbstsüchtig waren, dies aber nicht, solange ich sah, daß meine Freundin auch ihrerseits Vergnügen an meiner Gesellschaft fand. Nicht etwa, daß ich unmittelbar zu ihrer Belehrung oder ihrem Vergnügen hätte beitragen können, doch die Erweiterung des Herzens, die Ungezwungenheit und der Strom der Gedanken, welche stets durch meine Annäherung hervorgerufen wurden, waren Quellen eines wahren Vergnügens, dessen sie lange beraubt gewesen war und welches durch die Entbehrung für sie einen höheren Wert gewonnen hatte.

Sie lebte sehr gesucht und unabhängig, machte aber von dem Vorrechte ihres Reichtums hauptsächlich dadurch Gebrauch, für die freie Verfügung über ihre Zeit zu sorgen. Sie war schon längst durch die Einförmigkeit und die Prunksucht des Theaters und des Ballsaales übersättigt. Förmlichkeitsbesuche betrachtete sie als eine Strafe, welche indes dazu diente, durch den Kontrast das Entzücken über einen freundschaftlichen und vertrauten Umgang zu erhöhen. Musik liebte sie, suchte sie aber nie an Orten öffentlicher Aufführungen auf noch in der Geschicklichkeit bezahlter Künstler; und Bücher waren nicht ihr geringstes Vergnügen.

Was mich betrifft, so war ich Wachs in ihren Händen. Ohne Absicht oder Mühe nahm ich stets die Form an, die sie mir zu geben wünschte. Mein eigenes Glück wurde eine untergeordnete Leidenschaft und ihre Befriedigung der große Zweck meines Seins. Wenn ich bei ihr war, dachte ich nicht an mich selbst. Ich hatte kaum eine getrennte oder selbständige Existenz, seitdem meine Sinne durch sie beschäftigt wurden, und mein Geist war erfüllt von den Ideen, die der Umgang mit ihr mir mitteilte. Über ihre Blicke und Worte nachzudenken und die Mittel zu überlegen, welche nach meinem Gutdünken oder ihrem Dafürhalten zu ihrem Besten gereichten, darin bestand meine ganze Beschäftigung.

»Was für ein Schicksal haben Sie erdulden müssen!« sagte ich am Ende einer unserer Unterredungen zu ihr. »Aber Gott sei Dank ist der Sturm vorübergegangen, bevor das Alter der Gefühlsempfänglichkeit hinter Ihnen lag und ohne jede Quelle der Glückseligkeit auszutrocknen. Sie sind noch jung, Ihre ganzen Kräfte sind ungeschwächt, Sie sind reich durch die Teilnahme und die Achtung der Welt, ganz unabhängig von den Ansprüchen und den Launen anderer, reich versehen mit jenen Mitteln, sich nützlich zu machen, welche man Geld nennt, weise durch die Erfahrung, welche nur das Mißgeschick verleihen kann. Vergangene Übel und Leiden bilden den Stoff zu unseren gegenwärtigen Freuden, wenn sie uns ohne unsere Schuld trafen und wir sie uns ohne Reue zurückrufen können. Sie erheitern unsere trübsten Augenblicke, indem sie uns zuflüstern: recht getan, und erhöhen unsere Freuden zu beinahe himmlischem Glanz, indem sie uns einen gewaltigen Kontrast gewähren.

Von diesem Augenblicke an will ich aufhören, um Sie zu weinen. Ich will Sie die glücklichste der Frauen nennen. Ich will Ihr Glück mit Ihnen teilen, indem ich der Zeuge desselben bin; doch das wird mich nicht befriedigen. Ich muß auch auf irgendeine Art dazu beitragen. Sagen Sie mir, wie ich Ihnen dienen kann. Was kann ich tun, um Sie glücklicher zu machen? Obgleich ich arm an allem anderen als an Eifer bin, kann ich dazu dennoch vielleicht etwas tun. Was – ich bitte Sie –, was kann ich tun?«

Sie blickte mich mit süßer und feierlicher Bedeutung an. Was es eigentlich war, vermochte ich nicht zu sagen, und dennoch wurde ich sonderbar dadurch ergriffen. Es war ein Blick, sogleich wieder zurückgezogen. Sie gab mir keine Antwort.

»Sie dürfen nicht schweigen; Sie müssen mir sagen, was ich für Sie tun kann. Bisher habe ich noch nichts getan. Alle geleisteten Dienste sind auf Ihrer Seite. Ihre Unterhaltung ist mein Studium gewesen, ein köstliches Studium, aber der Gewinn davon war nur mein. Sagen Sie mir, wie ich mich dankbar erweisen kann; meine Stimme und mein Wesen, glaube ich, belügen selten mein Gefühl.« Damals hätte ich beinahe getan, wozu ich mich nach einem zweiten Gedanken nicht für berechtigt hielt. Ich kann indessen nicht sagen, weshalb. Mein Herz barg nichts als Verehrung und Bewunderung. War sie nicht die Stellvertreterin meiner verlorenen Mutter? Würde ich nicht ihren geliebten Schatten umschlungen haben? Indes waren die beiden Wesen nicht ganz dieselben, oder ich würde mich nicht, wie jetzt, zurückgehalten und nur ihre Hand an meine Lippen gepreßt haben.

»Sagen Sie mir«, wiederholte ich, »was kann ich tun, um Ihnen zu dienen? Ich lese Ihnen jetzt zuweilen etwas vor, und Sie finden daran Gefallen. Ich schreibe für Sie ab, wenn Sie keine Zeit haben. Ich führe die Zügel Ihres Pferdes, wenn Sie ausfahren. Bescheidene Dienste, aber dennoch vielleicht alles, was ein ungebildeter Mensch, wie ich einer bin, für Sie zu tun vermag; allein ich kann noch diensteifriger sein. Ich kann täglich mehrere Stunden lesen statt einer. Ich kann zehnmal soviel schreiben wie jetzt.

Sind Sie nicht meine verlorene und mir zurückgegebene Mamma? Und dennoch nicht ganz sie, denke ich. Etwas von ihr verschieden; etwas besser, glaube ich, wenn das möglich ist. Es kommt mir vor, als möchte ich auf jeden Fall ganz Ihnen gehören. Ich werde ungeduldig und unruhig, bis jede Handlung, jeder Gedanke, jede Minute Ihnen irgend etwas nützen.

Wie!« sagte ich, während ihr Auge noch immer abgewendet war, sie ihre Tränen nur mühsam zurückzuhalten schien und eine Bewegung machte, um aufzustehen: »Wie! Habe ich Sie verletzt? Bin ich zudringlich gewesen? Verzeihen Sie mir, wenn ich Sie beleidigt habe.«

Ihre Augen strömten jetzt ohne Rückhalt über. Sie sagte mühsam: »Ich weine in der letzten Zeit zu leicht; aber meine Tränen sollen Ihnen kein Vorwurf sein. Schmerz hat sie mir oft erpreßt, aber jetzt ist es – die Freude!«

»Was für ein Herz müssen Sie haben!« rief ich aus. »Wenn es solcher Freuden fähig ist, wie muß es dann früher zerrissen worden sein! – Aber Sie sind, wie Sie sagen, über meinen zudringlichen Eifer nicht unwillig. Sie wollen mich in jeder Hinsicht als Ihr Eigentum annehmen. Weisen Sie mich an, machen Sie mir Vorschriften. Es muß etwas geben, worin ich Ihnen von größerem Nutzen sein kann; irgendein Weg, auf dem ich ganz der Ihrige werde –«

»Ganz mein!« wiederholte sie mit bebender Stimme und stand auf. »Verlassen Sie mich, Arthur. Es ist zu spät, als daß Sie noch hierbleiben dürften. Es war unrecht, so lange zu bleiben.«

»Ich habe Unrecht getan; aber weshalb ist es zu spät? Ich kam ja erst vor einem Augenblick! Es ist noch Zwielicht, nicht wahr?«

»Nein, es ist beinahe zwölf Uhr. Sie sind lange vier Stunden hiergewesen; kurze sollte ich vielmehr sagen – aber Sie müssen in der Tat gehen.«

»Was machte mich so achtlos gegen die Zeit? Doch ich will gehen, aber nicht eher, als bis Sie mir verziehen haben.« Ich nahte ihr voller Vertrauen und mit einer Absicht, über die ich, wenn ich darüber nachdenke, nicht wenig erstaunt bin. Aber das Geschöpf, welches Mervyn genannt wird, ist nicht dasselbe in ihrer Gesellschaft wie in der irgendeines anderen Menschen. Worin liegt der Unterschied, und wo rührt er her? Ihre Worte und ihre Blicke erfüllen mich ganz. Meinem Geiste fehlt der Raum für jeden anderen Gegenstand. Doch weshalb frage ich nach dem Unterschiede. Die Überlegenheit ihrer Verdienste und ihrer Anziehungskraft über die aller anderen erklärt hinlänglich meinen Eifer. Wenn ich Gleichgültigkeit fühlte, so gäbe diese den einzigen gerechten Grund zur Verwunderung.

Es war in der Tat zu spät, und ich eilte nach Hause. Stevens wartete mit einiger Besorgnis auf meine Rückkehr. Ich entschuldigte mich wegen meines Ausbleibens und klärte ihn über die Ursache desselben auf. Er hörte mich mit mehr als gewöhnlicher Teilnahme an. Als ich geendigt hatte, sagte er:

»Mervyn, Sie scheinen Ihren gegenwärtigen Zustand nicht zu erkennen. Aus dem, was Sie mir eben erzählten, und aus dem, was Sie mir früher erzählt haben, ist mir eines sehr klar.«

»Und was ist das?«

»Eliza Hadwin – wünschen Sie es – könnten Sie es ertragen –, daß sie die Frau eines anderen würde?«

»In fünf Jahren will ich Ihnen darauf antworten. Dann wird meine Antwort vielleicht sein: Nein; ich wünsche nur, daß sie die meinige werde. – Bis dahin wünsche ich sie nur zu meinem Mündel, meinem Pflegling, meiner Schwester zu haben.«

»Doch das sind weit hinausgeschobene Rücksichten; sie sind Schranken für die Ehe, doch nicht für die Liebe. Würde es Sie nicht kränken und beunruhigen, bei ihr eine Leidenschaft für einen anderen zu bemerken?«

»Das würde es, doch nur ihretwegen, nicht meinetwegen. Es ist sehr gut möglich, daß ich sie in einem angemessenen Alter lieben werde, denn wenn sie auf ihrem gegenwärtigen Wege ausharrt, ist es sehr gut möglich, daß sie dann meiner Liebe würdig sein wird; doch für jetzt habe ich nicht den Wunsch, ihr Glück durch meine Heirat mit ihr zu begründen, obgleich ich mein Leben hingeben würde, sie glücklich zu machen.«

»Lieben Sie keine andere?«

»Nein. Eine gibt es, die würdiger ist als alle anderen; eine, bei der ich wünschte, daß die, welche ich zu meiner Frau mache, ihr in allen Dingen gleiche.«

»Und wer ist dies Muster?«

»Sie wissen, daß ich nur Achsa Fielding meinen kann.«

»Wenn Sie ihr Ebenbild lieben, weshalb dann nicht sie selbst?«

Ich fühlte mein Herz zucken. – »Was für ein Gedanke ist das! Ich liebe sie, wie ich meinen Gott liebe, wie ich die Tugend liebe. Sie in einem andern Sinne zu lieben würde mich zu einem Wahnsinnigen stempeln.«

»Sie wie eine Frau zu lieben scheint Ihnen also Narrheit zu sein?«

»Bei mir wäre es schlimmer als Narrheit. Es wäre Raserei.«

»Und weshalb?«

»Weshalb? Wahrlich, mein Freund, Sie setzen mich in Erstaunen. Ja, Sie machen mich erstarren – denn Ihre Frage scheint den Zweifel vorauszusetzen, ich hätte einen solchen Gedanken schon gehegt.«

»Nein«, sagte er lächelnd, »so anmaßend Sie auch sein mögen, hat sich Ihre Anmaßung doch noch nicht bis zu dieser Höhe verstiegen. Aber obgleich ich Sie eines so abscheulichen Vergehens für unschuldig halte, liegt doch keine Beleidigung in der Frage, weshalb Sie sie nicht lieben und sogar zu Ihrer Frau begehren sollten.«

Achsa Fielding meine Frau! Gott im Himmel! – Schon das bloße Wort stürzte meine Seele in einen unbeschreiblichen Aufruhr. »Nehmen Sie sich in acht, mein Freund«, sagte ich in bittendem Tone. »Sie können, indem Sie einen solchen Gedanken nur anregen, mehr Böses anrichten, als Sie denken.«

»Freilich«, sagte er, »solange Ihnen solche Hindernisse entgegenstehen, so viele ganz unbesiegbare Hindernisse: Sie ist zum Beispiel sechs Jahre älter als Sie.«

»Das ist ein Vorteil. Ihr Alter ist gerade so, wie es sein muß.«

»Aber sie ist bereits Frau und Mutter gewesen.«

»Das ist ebenfalls ein Vorteil. Sie besitzt Weisheit, weil

sie Erfahrung besitzt. Ihre Gefühle sind stärker, weil sie geübt und geläutert worden sind. Ihre erste Ehe war unglücklich. Desto reiner wird das Glück sein, das sie in einer zweiten findet! Wenn ihre zweite Wahl günstig ist, so wird ihre Zärtlichkeit und ihre Dankbarkeit um so größer sein.«

»Aber sie ist eine Ausländerin, durchaus selbständig und reich.«

»Das alles sind Segnungen für sie selbst sowie für den, dem ihre Hand vorbehalten ist, besonders wenn er arm ist wie ich.«

»Aber sie ist häßlich wie ein Nachtgespenst, schwarz wie eine Mohrin, hat das Auge einer Zigeunerin, ist lächerlich, erbärmlich klein, kaum stark genug, um einen Schatten zu werfen, ist unbeholfen wie ein Klotz, steif wie ein Kiesel.«

»Still! Still, Sie Lästerer!« Und ich legte ihm meine Hand auf den Mund: »Habe ich Ihnen nicht gesagt, daß sie an Geist, Gestalt und Verhältnissen genau das Musterbild eines Weibes ist, wie ich es mir zur Frau wünsche?«

»Oho! So liegt also der Widerstand nicht an Ihnen. Wie es scheint, rührt er von ihr her. Sie findet an Ihnen nichts Achtungswertes! Wegen welcher Fehler glauben Sie wohl, daß sie Sie zurückweisen würde?«

»Ich kann es nicht sagen. Daß sie bei der Entscheidung einer solchen Frage nur einen Augenblick schwanken könnte, ist ganz unglaublich. Mich! Mich! Achsa Fielding sollte an mich denken!«

»Das ist in der Tat unglaublich! Sie, der Sie von Person abscheulich häßlich sind, einfältig bis zum Blödsinn, ein Schurke durch Ihre moralischen Eigenschaften, mißgestaltet, elend, dumm und boshaft. Daß eine solche Frau Sie zu ihrem Idol wählen könnte!«

»Ich bitte Sie, mein Freund«, sagte ich ängstlich, »scherzen Sie nicht. Was beabsichtigen Sie durch Ihren Wink?«

»Nun, so will ich denn nicht scherzen, sondern ernsthaft fragen, welche Fehler es sind, die es unglaublich machen, daß diese Frau Sie wählen könnte? Sie sind zwar jünger als sie, aber wer Sie beobachtet und sprechen hört, würde Sie nicht für jünger als dreißig Jahre halten. Sie sind arm. Aber sind das Hindernisse?«

»Ich glaube nicht. Ich hörte sie mit wunderbarer Beredsamkeit gegen die eitlen Unterschiede des Vermögens, der Nationalität und des Ranges eifern. Erst waren sie in ihren Augen von Wichtigkeit; doch die Leiden, die Demütigungen und das Nachdenken manchen Jahres haben sie auf grausame Weise von dieser Torheit geheilt. Ihr Volk hat durch die unmenschliche Antipathie religiöser und politischer Zwietracht zuviel gelitten; sie selbst hat so oft unter der Geringschätzung der Reichen, der Hochgeborenen und der Bigotten gelitten, daß –«

»Nun, worin sollen dann ihre Einwürfe bestehen?«

»Worin – ich weiß es nicht. Der Gedanke war so entzückend; sie meine Frau zu nennen war eine solche Höhe des Segens, daß selbst die entfernteste Aussicht darauf meinen Kopf schwindeln machte.«

»Eine Höhe indessen, zu deren Erreichung Sie nur ihre Einwilligung, ihre Liebe, für notwendig erachten?«

»Ohne Zweifel ist ihre Liebe unerläßlich.«

»Setzen Sie sich nieder, Arthur, und lassen Sie uns diesen Gegenstand nicht länger leichtfertig behandeln. Ich erkenne deutlich die Wichtigkeit dieses Augenblickes für das Glück dieser Frau und das ihrige. Es ist klar, daß Sie sie lieben. Wie könnten Sie das ändern? Sie hat zwar weder eine glänzende Farbe der Haut noch elegante Formen noch einen majestätischen Wuchs; aber dennoch kann es nicht leicht ein bezauberndes Geschöpf geben. Ihr Wesen besitzt jene Anmut und Würde, welche zarten Gefühlen, gebildetem Geschmacke und dem lebendigsten Scharfsinn entspringen. Sie besitzt das Wissen von Männern und Büchern. Ihre Sympathie wird durch die Vernunft geleitet und ihre Mildtätigkeit durch genaue Kenntnis des Gegenstandes. Sie hat das Alter einer Frau, mehr Vermögen, als Sie wünschen können, und einen fleckenlosen Ruf. Wie hätten Sie unterlassen können, sie zu lieben?

Wie konnten Sie diesem Zauber entgehen, Sie, der Sie ihr erwählter Freund sind, der Sie ihre Vergnügungen und ihre Beschäftigungen teilen, Sie, dem sie beinahe ausschließlich ihre Gesellschaft und ihr Vertrauen widmet und dem sie so die stärksten von allen indirekten Beweisen leidenschaftlicher Achtung gewährt – wie konnten Sie, sage ich, bei aller Festigkeit der Liebe, bei dem Erkennen ihrer Vortrefflichkeit diesem Zauber entgehen?

Sie haben nicht an Heirat gedacht. Sie haben ihre Liebe nicht vermutet. Durch die Reinheit Ihres Gemütes, durch die Vergötterung, welche diese Frau Ihnen einflößte, haben Sie sich zu der Einbildung verleiten lassen, daß es kein größeres Entzücken in ihrer Gesellschaft gäbe als das, dessen Sie bisher genossen, und so schöpften Sie nie eine Hoffnung, welche über dies Vorrecht hinausging.

Wie schnell würde diese Ruhe verschwinden und der

wahre Zustand Ihres Herzens Ihnen klar werden, wenn ein Nebenbuhler auf dem Schauplatze erschiene und Ihnen vorgezogen würde: Dann würde das Siegel gelöst, der Zauber gebrochen werden, und Sie würden zu Angst und Qualen erwachen.

Dazu ist aber keine Gefahr vorhanden. Ihre Leidenschaft wird nicht von Ihnen allein gefühlt. Nach der Behandlung, die sie Ihnen zuteil werden läßt und die Sie in Ihrer Verblendung nicht zu würdigen wissen, kann für mich nichts klarer sein, als daß sie Sie liebt.«

Ich sprang empor. Brennende Glut überflutete meinen ganzen Körper. Meine Schläfen begannen ebenso zu hämmern wie mein Herz. Ich war halb wahnsinnig, und mein Delirium war eigentümlich aus Furcht und Hoffnung, Entzücken und Schrecken zusammengesetzt.

»Was haben Sie getan, mein Freund? Sie haben meine Gemütsruhe über den Haufen geworfen. Bis jetzt war das Bild dieser Frau von stiller Wonne umgeben, doch Ihre Worte haben den Schauplatz mit Bangigkeit und Verwirrung erfüllt. Sie haben Wünsche, Träume und Zweifel heraufbeschworen, welche sich der Vernunft zum Trotze, zum Trotze tausendfacher Beweise meiner bemächtigten.

Guter Gott! – Sie sagen, sie liebt – liebt mich! – mich – einen Jungen an Jahren, in bäurischer Unwissenheit aufgewachsen, kaum in die Welt eingetreten, mehr als kindisch, roh und ungebildet, einen einfältigen Drescher, einen Pflugschar-Neuling! Sie, mit ihren glänzenden Gaben, ihren vornehmen Verbindungen, bewandert in den Künsten, begabt mit Anmut, sie sollte mich, mich zum Teilnehmer ihres Vermögens, ihrer Neigung, ihres Lebens machen!

Das kann nicht sein. Und dennoch, wenn es so wäre, wenn Ihre Vermutungen – sich bestätigten – Ach, ich Wahnsinniger! Mich einer solchen Chimäre hinzugeben! Einem solchen Traume nachzuhängen!

Mein Freund! Mein Freund! Ich fühle, daß Sie mir einen nie wiedergutzumachenden Schaden zugefügt haben. Ich werde ihr nicht wieder ins Gesicht blicken können. Ich kann nie wieder ihre Gesellschaft suchen. Diese neuen Gedanken werden mich bestürmen und quälen. Meine Unruhe wird meine Zunge fesseln. Die überströmende Dankbarkeit, die unschuldige Freude, welche von keiner Beleidigung, von keinem Zwange wußte und die mir bisher Ansprüche auf ihre Gunst verliehen, werden aus meinen Zügen, aus meinem Benehmen weichen. Ich werde mich scheuen, sie anzublicken oder die Lippen zu öffnen, damit mein wahnsinniges und unheiliges Streben sich nicht selbst verrät.«

»Nun«, antwortete Stevens, »das ist mir ganz neu. Ich könnte Sie beinahe in meinem Herzen bemitleiden. Das habe ich nicht erwartet, und dennoch hätte ich es bei meiner Kenntnis Ihres Charakters fast voraussehen sollen. Das ist ein notwendiger Teil des Dramas. Einer freudigen Gewißheit muß bei solchen Gelegenheiten immer die Qual der Zweifel und der Besorgnisse vorangehen; der Schluß ist dann in ebendem Verhältnis erfreulich, in welchem der Anfang martervoll war. Gehen Sie zu Bette, mein guter Freund, und denken Sie darüber nach. Die Zeit und noch einige wenige Zusammenkünfte mit Mrs. Fielding werden alles in Ordnung bringen, daran zweifle ich nicht.«

Fünfundzwanzigstes Kapitel

Ich ging auf mein Zimmer, doch wie ganz anders waren die Gefühle, die ich dahin zurückbrachte, als die, mit denen ich es vor wenigen Stunden verlassen hatte. Ich streckte mich auf mein Lager und löschte das Licht; aber der Schwarm neuer Bilder, der auf mich einstürmte, setzte sich sogleich in Bewegung. Alles war rasch, undeutlich, unbestimmt, wechselvoll und ermüdete meine Aufmerksamkeit. Es war mir, als riefe mir eine himmlische Stimme zu: »Schlafe nicht mehr! Mervyn soll nicht mehr schlafen!«

Ein namenloses Entsetzen bemächtigte sich meiner. Womit soll ich es vergleichen? Ich glaube, ein Mensch, der an einem Ast über einem Sturzbach hängt, herabfällt und kämpft und ringt, während er untergeht, um nie wieder aufzutauchen, mag Ähnliches empfinden. Dergestalt war einer meiner Träume, als ich plötzlich den Arm ausstreckte und die Lehne eines Stuhles erfaßte. Dadurch wurde ich zur Vernunft zurückgerufen, oder meine Seele empfing vielmehr dadurch den Impuls, eine andere, gleich wilde Bahn zu verfolgen.

War es die Plötzlichkeit dieser Vision, die mich so verwirrte? War es ein bisher verborgener Irrtum hinsichtlich meiner moralischen Beschaffenheit, den dieser Nachtmahr ans Licht brachte? Alles waren Zeichen eines verstörten Geistes, in die Tiefe des Wahnsinns gestürzt.

Nichts Geringeres hätte so phantastisch auf mich einwirken können. Denn obgleich es mitten in der Nacht war, vermochte ich die Einsamkeit meines Zimmers nicht zu ertragen. Nachdem ich einige Male auf und nieder gegangen war, verließ ich das Zimmer und das Haus. Ich schritt ohne Absicht und hastig vorwärts. Ich ging geradewegs zum Hause der Mrs. Fielding. Ich drückte auf die Klinke, doch die Türe öffnete sich nicht. Sie war ohne Zweifel verschlossen.

Wie kommt das? fragte ich mich und blickte umher. Ich hatte an Stunde und Veranlassung nicht gedacht. An diesen Weg gewöhnt, hatte ich ihn unwillkürlich eingeschlagen. Wie kommt das? wiederholte ich. Verschlossen vor mir! Doch ich will euch schon rufen, dafür stehe ich, und dabei zog ich die Klingel mit großer Heftigkeit. Von oben eilte jemand herab. Ich sah den Schein eines Lichtes durch das Schlüsselloch fallen.

Sonderbar! dachte ich. Ein Licht am Mittag! Die Türe wurde geöffnet, und meine arme Bess erschien, hastig und nachlässig gekleidet. Sie erschrak bei meinem Anblick, doch nur, weil sie mich nicht sogleich erkannte. »Ach, Arthur, Sie sind es? Kommen Sie herein. Mamma verlangt schon seit zwei Stunden nach Ihnen. Ich wollte eben Philip zu Ihnen abschicken, um Sie bitten zu lassen herzukommen.«

»Führen Sie mich zu ihr«, sagte ich.

Sie führte mich in das Empfangzimmer. »Warten Sie hier einen Augenblick; ich will ihr sagen, daß Sie gekommen sind.« Damit trippelte sie davon.

Jetzt hörte ich Schritte. Die Türe öffnete sich, und ein Mann trat herein. Er war groß, elegant und ernst, beinahe finster; etwas in seiner Kleidung, seinem Wesen verriet den Ausländer, den Franzosen.

»Was wollen Sie von meiner Frau?« fragte er sanft. »Sie kann Sie jetzt nicht sogleich sehen und schickte mich, um nach Ihrem Begehr zu fragen.«

»Ihre Frau? Ich will Mrs. Fielding sprechen.«

»Richtig; und Mrs. Fielding ist meine Frau. Dem Himmel sei Dank, ich bin zu rechter Zeit gekommen, sie aufzufinden und sie als die Meine in Anspruch zu nehmen.«

Ich fuhr zurück. Ich schauderte. Meine Glieder bebten, und ich streckte die Hand aus, um irgendeine Stütze zu erfassen und nicht zu Boden zu sinken. Inzwischen verwandelte sich das Gesicht Fieldings in Zorn und Wut. Er nannte mich einen Schurken, hieß mich gehen und zog endlich aus dem Busen einen blitzenden Stahl, den er mir ins Herz stieß. Ich stürzte nieder, und für einige Augenblicke war alles Finsternis und Vergessen! Endlich schien ich zum Leben zurückzukehren. Ich öffnete die Augen. Die Finsternis verschwand, und ich erblickte mich ausgestreckt auf dem Bette meiner Stube. Ich erinnerte mich des verhängnisvollen Stoßes. Ich legte die Hand auf die Brust, auf die Stelle, wo der Dolch eingedrungen war. Es war keine Spur einer Wunde vorhanden. Alles war glatt und unverletzt. Ein Wunder hatte mich wiederhergestellt.

Ich richtete mich empor. Ich untersuchte nochmals meinen Körper. Alles rings um mich herum war still, bis eine Stimme auf der Straße die dritte Stunde ausrief.

Was! sagte ich mir, ist dann das ganze elende Possenspiel, diese mitternächtliche Wanderung, dieses verhängnisvolle Zusammentreffen nichts gewesen als – ein Traum?

Es dürfte zweckmäßig sein, die Erklärung dieses Auftrittes zu geben und zu zeigen, in welcher Zerrüttung sich mein Geist während dieser Nacht befand. Ich empfing diese Aufklärung einige Tage später von Eliza. Sie sagte mir, daß sie in jener Nacht gegen zwei Uhr durch heftiges Klingeln an der Türe aus dem Schlafe aufgeweckt worden sei. Sie erschrak darüber. Sie schlief im Zimmer neben dem von Mrs. Fielding und war ungewiß, ob sie ihre Freundin beunruhigen sollte; doch da sich das Klingeln nicht wiederholte, beschloß sie, nichts zu sagen.

Diesen Bericht ergänzte Mrs. Stevens, indem sie sagte, etwa eine halbe Stunde nachdem ich und ihr Mann zur Ruhe gegangen, wäre es ihr vorgekommen, als hätte sie die Straßentüre öffnen und schließen hören; doch da weiter nichts folgte, hätte sie sich überzeugt gehalten, daß sie sich geirrt. Ich zweifle nicht, daß ich in der fieberhaften Aufregung meines Traumes wirklich aufstand, zum Hause der Mrs. Fielding ging, dort klingelte, um eingelassen zu werden, und dann wieder auf mein Zimmer zurückkehrte.

Diese Verwirrung meines Geistes wurde durch die Rückkehr des Tageslichtes gehoben. Ich gab vernünftigeren, doch kaum weniger trüben und verzweiflungsvollen Betrachtungen Raum. Das Bild Achsas erfüllte meine Phantasie, aber es bescherte mir nichts als Demütigung und Kummer. Die Überzeugung von meinem Unwert zu überwinden, mich zu überreden, daß ich mit der Zärtlichkeit betrachtet würde, welche Stevens ihr zugeschrieben hatte, fühlte ich ebenso unmöglich, als daß die Entdeckung meiner Gedanken nicht ihren Zorn und ihren Verdruß erregen würde.

In diesem Gemütszustande konnte ich sie nicht sehen. Meine Gefühle zu erklären hätte Unwillen und Kummer hervorrufen müssen; sie ihrem forschenden Blicke zu verbergen lag nicht in meiner Gewalt. Aber was mußte sie denken, wenn ich mich von ihrer Gesellschaft zurückzog? Was konnte ich tun, mein Ausbleiben zu rechtfertigen, welchen Ersatz konnte ich für die kostbaren Stunden finden, die ich bis jetzt bei ihr zubrachte?

Heute nachmittag, dachte ich, war sie in das Landhaus der Stedmans in Schuylkill eingeladen. Sie wollte hingehen, und ich sollte sie begleiten. Ich bin nur zur Einsamkeit tauglich. Mein Benehmen in ihrer Gegenwart würde rätselhaft, launisch und mürrisch sein. Ich darf nicht gehen; aber was wird sie von meinem Ausbleiben denken? Nicht zu gehen würde beleidigend und verdächtig sein.

Ich war unentschlossen. Die bestimmte Stunde nahte heran. Ich stand an meinem Stubenfenster, zerrissen durch die verschiedensten Pläne und wechselweise durch widerstreitende Gründe vorwärtsgetrieben und zurückgehalten. Mehrmals ging ich zu der Tür, setzte den Fuß auf die erste Stufe der Treppe, aber ebensooft zögerte ich, überlegte und kehrte wieder in die Stube zurück.

Über dieser Unentschlossenheit verging die Stunde. Es kam kein Bote von Mrs. Fielding, nach der Ursache meines Ausbleibens zu fragen. War sie beleidigt durch mein Versäumnis? War sie durch Krankheit verhindert, selbst zu gehen? Oder hatte sie ihre Absicht geändert? Ich erinnerte mich jetzt an ihre Abschiedsworte bei unserer letzten Unterredung. Ließen diese nicht eine doppelte Auslegung zu? Sie sagte mir, mein Besuch hätte zu lange gedauert, und hieß mich gehen. Ahnte sie meine Anmaßung und wollte mich dafür bestrafen?

Dieser Schreck kam zu allen meinen früheren Besorgnissen hinzu. Es war unmöglich, in dieser Ungewißheit auszuharren. Ich wollte zu ihr gehen; ich wollte vor ihr die ganze Qual meines Herzens ausschütten; ich wollte mich nicht schonen. Sie soll mir keine heftigeren Vorwürfe machen, als ich mir selbst machte. Ich will meinen Urteilsspruch von ihren eigenen Lippen vernehmen und unbedingte Unterwerfung geloben, wenn sie Trennung und Verbannung über mich verhängt.

Ich ging zu ihrem Hause. Das Wohnzimmer und das Sommerhaus waren leer. Ich rief Philip, den Bedienten: Seine Herrin war zu Mr. Stedman gegangen.

»Wie? – Zu Stedman? – In wessen Gesellschaft?«

»Miss Stedman und ihr Bruder kamen mit dem Wagen und überredeten sie mitzufahren.«

Jetzt sank mein Herz in der Tat! Miss Stedmans Bruder! Ein schöner, galanter, munterer junger Mann! Reich an günstigen Aussichten, eben erst aus Europa zurückgekehrt, erfüllt von dem Vertrauen, das man in seinem Alter besitzt, ausgestattet mit allen Vorzügen der Erziehung! Sie ist mit ihm gegangen, obgleich sie sich vorher mit mir verabredet hatte! Armer Arthur, wie wirst du verschmäht!

Diese Kunde erhöhte nur meine Ungeduld. Ich ging fort, kehrte aber am Abend zurück. Ich wartete bis elf Uhr, doch sie kam nicht. Ich weiß nicht genau, was bis zum nächsten Morgen geschah. Der Schlaf floh mich. Als ich ihr Haus verließ, wanderte ich hinaus auf die Felder. Jeder Augenblick steigerte meine Ungeduld. Sie wird wahrscheinlich noch diesen Morgen bei den Stedmans zubringen und vielleicht auch den nächsten Tag, sagte ich zu mir. Weshalb sollte ich auf ihre Rückkehr warten? Weshalb sie nicht dort aufsuchen und mich von diesen marternden Zweifeln befreien? Weshalb nicht jetzt gleich hingehen? Diese Nacht wird für mich ohne Ruhe sein, wo ich sie auch zubringen mag. Ich will gehen; es ist schon beinahe zwölf Uhr, und die Entfernung beträgt über acht Meilen. Ich will bis zum Morgen um das Haus schleichen und dann so früh wie möglich um eine Unterredung bitten.

Ich kannte die Villa des Mr. Stedman sehr gut, da ich schon früher mit Mrs. Fielding dort gewesen war. Ungehindert gelangte ich bis dicht an das Haus und blickte traurig zu jedem Fenster empor. Durch eines derselben schimmerte ein Licht, und ich nahm verschiedene Stellungen ein, um womöglich zu entdecken, wer in diesem Zimmer sei. Einmal kam es mir vor, als sähe ich eine weibliche Gestalt, und meine Phantasie überredete mich leicht, es sei Achsa. Ich setzte mich einige hundert Fuß von dem Hause entfernt auf den Rasen nieder, gerade dem Fenster gegenüber, durch welches das Licht fiel. Ich bewachte es, bis endlich jemand an das Fenster trat, es öffnete und, den Kopf auf den Arm stützend, heraussah.

Der vorhergehende Tag war ungemein schwül gewesen; die Nacht war, wie sie gewöhnlich nach einem solchen Tage zu sein pflegt, und ein reichlich fallender Regen machte sie erquickend, heiter und lieblich. Der Platz, an dem ich mich niedergelassen hatte, wurde vom Mondschein erhellt. Ob sie mich sah oder nicht, kann ich kaum sagen, nicht einmal, ob sie weiter etwas erkannte als eine menschliche Gestalt.

Ohne zu überlegen, was der Anstand gebot, näherte ich mich sogleich dem Hause. Ich bemerkte schnell, daß ihre Aufmerksamkeit erregt wurde. Keiner von uns sprach, bis ich dicht unter dem Fenster stand. Ich öffnete die Lippen, ohne zu wissen, wie ich sie anreden sollte. Sie sprach zuerst und in unruhigem, ängstlichem Tone:

»Wer ist das?«

»Arthur Mervyn; er, der vor zwei Tagen Ihr Freund war.«

»Mervyn! Was bringt Sie zu dieser Stunde hierher? Was gibt es? Was ist vorgefallen? Ist jemand krank?«

»Alle sind wohlauf und gesund.«

»Weshalb sind Sie dann hergekommen, und zu welcher Stunde?«

»Ich wollte Sie nicht stören, ich wollte mich nicht sehen lassen.«

»Gott im Himmel! Wie Sie mich erschreckt haben! Was ist denn nur die Ursache einer so sonderbaren –«

»Beunruhigen Sie sich nicht. Ich dachte in der Nähe des Hauses bis zum Morgen zu lauern, um Sie so bald als möglich zu sprechen.«

»In welcher Absicht?«

»Das will ich Ihnen sagen, wenn wir uns treffen; lassen Sie das um fünf Uhr sein. Die Sonne ist dann aufgegangen, in der Zederngruppe dort. Bis dahin Lebewohl.«

Nachdem ich dies gesagt hatte, vermied ich jede Auseinandersetzung, indem ich um die Ecke des Hauses ging und dem Ufer des Flusses zueilte. Ich umschwärmte die bezeichnete Gruppe der Zedern. Im Schatten der Bäume und durch Gebüsch verborgen standen eine ländliche Bank und ein Tisch. Ein kleiner Hügel hinderte neugierige Blicke daran, vom Hause aus bis hierher zu dringen. Diesen Ort wählte ich für die Schlußszene meines Geschickes.

Jetzt verließ ich diesen Ort und wanderte rauhe, dunkle Pfade entlang, bald verweilend, bald vorwärts eilend, wie es meine umherschweifenden Gedanken mir geboten. Soll ich diese Gedanken beschreiben? Unmöglich! Ich verlor sicherlich zeitweise die Besinnung; nichts als Wahnsinn konnte mich zu solchem Benehmen, auf so hoffnungslose, hilflose, schreckenerfüllte Pfade treiben und im Nu alles in einen Schauplatz der Öde und der Verwirrung verwandeln.

Was fürchtete ich? Was hoffte ich? Was beabsichtigte ich? Ich kann es nicht sagen, meine Ungewißheit sollte mit der Nacht schwinden. Der Punkt, dem sich alle meine stürmischen Gefühle zuwendeten, war die bevorstehende Zusammenkunft mit Achsa. Das war die Grenze der Erwartung und der Angst. Hier sollte mein Geschick entschieden und besiegelt werden.

Ich bahnte mir einen Weg durch das Dickicht und stieg aufwärts, bis ich den Rand eines tiefen Abgrundes erreichte; ich legte mich der Länge nach auf den Felsen nieder, gegen dessen harte und kalte Fläche ich meine nackte, keuchende Brust preßte. Ich lehnte mich über den Rand; heftete meine Augen auf das Wasser in der Tiefe und weinte – reichlich; aber weshalb?

Möge dieser Herzschlag mein letzter sein, wenn ich es zu sagen vermag.

Ich hatte mich so weit vom Hause Stedmans entfernt, daß ich einige Meilen zu gehen hatte, um die bezeichnete Stelle zu erreichen, als das Licht der Sonne mich meiner

Träumerei entriß. Achsa war schon dort. Ich glitt von dem Felsen über ihr herab und stand vor ihr. Wohl durfte sie über mein plötzliches Erscheinen und mein wildes Aussehen erschrecken.

Ich setzte mich, ohne ein Wort zu sprechen, auf eine Bank ihr gegenüber. Ich legte meine Arme auf den Tisch, der zwischen uns stand, stützte den Kopf auf die Hände und blickte zu ihr empor, die Augen fest auf sie gerichtet. Ich schien die Luft oder die Kraft zu sprechen verloren zu haben.

Sie betrachtete mich anfangs mit ängstlicher Neugier; nachdem sie meine Blicke geprüft hatte, wich jede andere Regung einer angstvollen Sorge. »Um Gottes willen – was bedeutet denn das alles? – Weshalb wurde ich hierher gerufen? – Was für Nachrichten, was für fürchterliche Nachrichten bringen Sie mir?«

Ich veränderte weder meine Stellung, noch sprach ich.

»Was«, fuhr sie fort, »konnte all dies Weh hervorrufen? Lassen Sie mich nicht in solcher Spannung, Arthur, diese Blicke und dieses Schweigen betrüben und erschüttern mich zu sehr.«

»Betrüben Sie?« sagte ich endlich. »Ich kam, um Ihnen zu sagen, was ich jetzt, nun ich hier bin, nicht zu sagen vermag –« Hier hielt ich inne.

»Sagen Sie es, ich flehe Sie darum an. Sie scheinen sehr unglücklich zu sein – eine solche Veränderung – seit gestern!«

»Ja! Seit gestern. Da war alles freudige Ruhe, und jetzt ist alles – doch damals kannte ich meine Nichtswürdigkeit, meine Schuld noch nicht –«

»Was für Worte sind das, und von Ihnen, Arthur? Schuld ist für Sie unmöglich. Wenn auf Erden Reinheit zu finden ist, so wohnt sie in Ihrem Herzen. Was haben Sie getan?«

»Ich habe es gewagt – doch wie wenig vermuten Sie die Größe meines Wagnisses, daß ein Mensch, wie ich, seine Blicke so hoch richten sollte!«

Ich stand auf, nahm ihre Hände in meine, wie sie so vor mir saß, blickte ihr ernst in das Gesicht und sagte: »Ich bin nur gekommen, um Ihre Verzeihung zu erflehen; aber zuerst lassen Sie mich sehen, ob ich irgendein Zeichen des Verzeihens erblicke. Ihre Blicke – sie sind freundlich, himmlisch; noch immer teilnahmsvoll. Ich kann ihnen vertrauen, glaube ich, und dennoch« – hier ließ ich ihre Hände und wendete mich ab – »dennoch ist diese Beleidigung zu groß, als daß ich Ihre Vergebung dafür erlangen könnte.«

»Wie über alles Maß diese Worte und dies Benehmen mich betrüben! Lassen Sie mich das Schlimmste wissen; ich kann diese Erwartung nicht ertragen.«

»Warum«, sagte ich, wandte mich schnell um und ergriff wieder ihre Hände, »– daß Mervyn, den Sie ehrten, dem Sie vertrauten, den Sie durch Ihre süßen Blicke beglückten, das tun konnte –«

»Was haben Sie denn getan? Etwas göttlich Liebenswürdiges, heldenmütig Tugendhaftes, davon bin ich überzeugt. Was sonst hätten Sie tun können?«

»Dieser Mervyn bildete sich ein – wagte – wollen Sie ihm verzeihen?«

»Was soll ich Ihnen denn verzeihen? Weshalb sprechen Sie denn nicht? Lassen Sie meine Seele nicht in dieser martervollen Erwartung.«

»Er hat es gewagt – doch denken Sie nicht, daß ich er bin. Blicken Sie mit Milde und Güte auf mich, und bewahren Sie Ihre tötenden Blicke, die Rache dieser Augen, für einen Abwesenden. Also – wie! – Sie weinen? Das ist wenigstens ein günstiges Zeichen! Wenn das Mitleid aus den Augen unseres Richters fließt, dann ist der Augenblick, uns ihm zu nahen. Jetzt, im Vertrauen auf Ihre Verzeihung, will ich es Ihnen sagen; dieser Mervyn war nicht zufrieden mit alledem, was Sie ihm bisher gewährten, sondern hat es gewagt – Sie – zu lieben, ja, sogar an Sie wie an seine Frau zu denken!«

Ihr Auge senkte sich vor dem meinigen, und, ihre Hände freimachend, bedeckte sie damit ihr Gesicht.

»Ich sehe mein Schicksal«, sagte ich mit dem Tone der Verzweiflung. »Zu gut sagte ich die Wirkung dieses Geständnisses voraus; aber ich will gehen – und ohne Ihre Verzeihung.«

Sie enthüllte jetzt ihr Gesicht zum Teil. Die Hand wurde vom Gesichte zurückgezogen und gegen mich ausgestreckt. Sie sah mich an.

»Arthur! Ich verzeihe dir!« – Mit welchem Tone wurde dies ausgesprochen! Mit welchen Blicken! Die Wange, bisher bleich vor Schrecken, war jetzt in einer ganz anderen Regung mit Purpur übergossen, und Entzücken leuchtete aus ihren Augen.

Konnte ich das verkennen? Meine Zweifel ließen mich erbeben, indem ich ihre dargereichte Hand ergriff.

»Wahrlich«, stammelte ich, »ich bin nicht – so gesegnet – ich kann es nicht sein.«

Es bedurfte keiner Worte. Die Hand, die ich hielt, war beredsam genug. Noch immer schwieg sie.

»Gewiß«, sagte ich, »trügen mich meine Sinne. Ein solcher Segen kann mir nicht bestimmt sein. Sagen Sie es mir noch einmal – bringen Sie mein zweifelndes Herz zur Ruhe.«

Sie schmiegte sich jetzt in meine Arme. »Ich habe keine Worte. Lassen Sie Ihr eigenes Herz sich sagen, daß Sie Ihre Achsa –«

Hier rief aus der Ferne die Stimme der Miss Stedman: »Mrs. Fielding, wo sind Sie?«

Meine Freundin fuhr empor und bat mich mit hastiger Stimme zu gehen. »Dies schwatzhafte Mädchen darf Sie nicht sehen«, sagte sie. »Kommen Sie diesen Abend wieder her, als hätte ich Sie darum gebeten, und ich kehre dann mit Ihnen in die Stadt zurück.«

Sie verließ mich in einer Art von Verzückung. Ich war regungslos. Meine Träumerei war zu köstlich – doch ich will nicht versuchen, sie zu schildern. Wenn ich kein Bild meines Zustandes vor dieser Zusammenkunft zu entwerfen vermag, so waren meine Gefühle nach derselben noch weit mehr über den Bereich jeder Beschreibung hinaus.

Getreu dem Befehle meiner Geliebten eilte ich hinweg, jeden Pfad vermeidend, auf dem ich hätte gesehen werden können. Ungesäumt vertraute ich meine Freude meinen Freunden an und brachte dann den Tag in einem Zustande feierlichen, aber verworrenen Entzückens zu. Ich stellte mir die einzelnen Teile meiner Glückseligkeit nicht genau vor. Das Ganze stürmte mit einem Male auf meine Seele ein. Meine Wahrnehmungen waren zu flüchtig und gedrängt, um deutlich und bestimmt sein zu können.

Ich kam am Abend auf das Landhaus von Stedman. Ich fand in dem Tone und in den Blicken meiner Achsa neue

Bestätigungen, daß alles, was sich kürzlich zugetragen hatte, mehr sei als ein Traum. Sie entschuldigte sich, die Stedmans früher als gewöhnlich zu verlassen, und wurde von ihrer Freundin in die Stadt zurückbegleitet. Wir setzten Mrs. Fielding bei ihrem Hause ab, und dahin kehrte ich auf den Flügeln einer ungeduldigen Erwartung zurück, nachdem ich Miss Stedman bis zu ihrer Wohnung begleitet hatte.

Jetzt könnte ich jedes Wort jeder Unterredung wiederholen, die wir seitdem hatten; aber weshalb sollte ich das dem Papiere anvertrauen? Es soll auch in der Tat nicht geschehen. Alles ist von gleichem Werte, aber alles zu fassen bedürfte es mehrerer Bände. Es ist nichts erforderlich, um es noch tiefer in mein Gedächtnis einzugraben, und während ich so die Vergangenheit überblickte, müßte ich die Gegenwart unverantwortlich vernachlässigen. Was der Feder gegeben würde, müßte ihr genommen werden, und das wäre in der Tat – doch ich brauche nicht zu sagen, was es wäre, da es unmöglich ist.

Ich schreibe nur, um die Aufregung zu mildern, welche unsere notwendige Trennung hervorruft; um mich noch so lange zu gedulden, bis unsere Körper ebenso für ewig vereint sein werden, wie unsere Seelen es bereits sind. Diese Zeit – möge sich nichts ereignen, sie zu verhindern – doch es kann sich dazu nichts ereignen. Aber weshalb diese böse Ahnung eben jetzt? Meine Liebe hat mich mit dieser unwürdigen Angst angesteckt, denn auch sie empfindet sie.

Diesen Morgen erzählte ich ihr meinen Traum. Sie erschrak und wurde blaß. Ein trübes Schweigen folgte der

Heiterkeit, die vorher geherrscht hatte. – »Weshalb so niedergeschlagen, meine teure Freundin?«

»Ich hasse Ihren Traum. Es ist ein entsetzlicher Gedanke. Wollte Gott, Sie hätten den Traum nie gehabt!«

»Sie glauben doch wohl nicht an Träume?«

»Ich weiß nicht, woran ich glauben soll; nicht an meine gegenwärtigen Aussichten auf Glück« – und sie weinte. Ich versuchte, sie zu trösten und zu beruhigen. Ich fragte sie, weshalb sie weinte.

»Mein Herz ist mir schwer. Die früheren Täuschungen waren so bitter; die Hoffnungen, welche vernichtet wurden, glichen so sehr den gegenwärtigen, daß sich mir die Furcht eines gleichen Ausganges aufdrängt. Und nun noch Ihr Traum! Wahrlich, ich weiß nicht, was ich tun soll. Ich glaube, ich sollte noch jetzt zurücktreten – sollte wenigstens eine so unwiderrufliche Handlung verschieben.«

Jetzt war ich genötigt, mein ganzes Verzeichnis von Vernunftgründen durchzugehen, um sie dahin zu bringen, ihrem beglückenden Entschlusse treu zu bleiben, binnen einer Woche mein zu sein. Endlich gelang es mir, sie zu überzeugen und sogar ihre Heiterkeit zurückzurufen und ihre Besorgnisse zu beschwichtigen, indem ich bei den Bildern unseres künftigen Glückes weilte.

Unser Haushalt sollte, solange wir in Amerika blieben – in einem bis zwei Jahren wollen wir nach Europa gehen –, so aussehen: Treue, Geschicklichkeit und moralische Reinheit sollen die Ziele unseres häuslichen Daseins sein. Unseren Pflichten wollen wir stets und ohne Mühe nachkommen. – So und so sollten unsere Zerstreuungen und

Unterhaltungen auswärts und im Hause sein: Und wäre das nicht wahres Glück?

»O ja – wenn es so sein kann.«

»Es soll so sein; doch das ist nur ein bescheidener Umriß; es ist zur Vollendung unserer Glückseligkeit noch etwas hinzuzufügen.«

»Und was könnte noch hinzukommen?«

»Was? Kann Achsa das fragen? Sie ist nicht bloß Frau gewesen, sondern –«

Aber weshalb lasse ich mich zu diesem Federgeschwätz hinreißen? Die Stunde, welche sie zu meiner Rückkehr zu ihr festsetzte, ist gekommen, und jetzt hinweg mit dir, mein Kiel. Dort liege, müßig in deinem Lederkästchen, bis ich dich wieder hervorrufe, und das wird so bald nicht sein. Ich glaube, ich schwöre deiner Gesellschaft ab, bis mit meiner Liebe alles in Ordnung ist. Ja, ich will dir abschwören; so laß denn dies deinen letzten Dienst sein, bis Mervyn der glücklichste der Männer geworden ist.

Nachwort
... wirklich erst nach dem Roman zu lesen

Charles Brockden Brown (1771–1810) war der erste amerikanische Autor, der die Schriftstellerei zu seinem Beruf machte; seine Karriere als Journalist dauerte fast zwei Jahrzehnte, von der Veröffentlichung des *Rhapsodist* (1792) bis zu den politischen Pamphleten, die ihn in seinen letzten Jahren beschäftigten, bevor die Schwindsucht allmählich seine Kräfte aufzehrte. Mit der Skizzierung einiger Episoden für seinen »Philadelphia-Roman«, der schließlich im *Arthur Mervyn* seine endgültige Gestalt annahm, begann er bereits 1795. Die ersten neun Kapitel erschienen 1798 während der Sommermonate als Fortsetzungen im *Weekly Magazine*. Der vollständige Roman umfaßte schließlich zwei Bände: Teil I wurde im Frühjahr 1799, Teil II im Sommer 1800 veröffentlicht. In demselben Zeitraum von nur gut zwei Jahren schrieb Brown fünf weitere ungewöhnliche und aufsehenerregende Romane: *Wieland* (September 1798), *Ormond* (Januar 1799), *Edgar Huntley* (Sommer 1799), *Clara Howard* (Sommer 1801), *Jane Talbot* (Herbst 1801).

Brown griff begeistert die damals populären Motive des Schauerromans auf, wie sie mit Horace Walpoles *Castle of Otranto* (1764) und Ann Radcliffes *Mysteries of Udolpho* (1794) bekannt geworden waren. Sein Freund und Verleger

Elihu Hubbard Smith ermutigte ihn, Deutsch zu lernen; seine Lektüre deutscher Romane wird besonders deutlich in *Wieland* und *Ormond*. Ein zentrales Thema für *Wieland* fand Brown in Cajetan Tschinks Roman *Der Geisterseher*, der gerade im *New York Weekly Magazine* (vom 2. Dezember 1795 bis 12. April 1797) als Fortsetzungsroman unter dem Titel *The Victim of Magical Delusion* erschien. Sind die Schrecken des Schauerromans ein wesentliches Element der Brownschen Erzählungen, so konnte er mit der Vorliebe dieses Genres für historisch und geographisch entlegene Schauplätze nichts anfangen. Seine Erzählungen brauchten kein entferntes mittelalterliches Schloß oder ein düsteres Kloster; sie spielen dort, wo er selbst zu Hause war, in Philadelphia und dessen Umgebung. Wie Walpole und Radcliffe bedient er sich der Macht des Mysteriösen und Okkulten, um an unsere verborgenen Ängste zu rühren. Doch bemüht er nicht das Übernatürliche und Phantastische, um Spannung und Vorahnungen zu erwecken, sondern greift auf so seltsame Phänomene wie Schlafwandeln (in *Edgar Huntley*) und Bauchreden (in *Wieland*) zurück. Wie William Godwin in *Caleb Williams* (1794) weiß auch er, daß die Psychologie des Schreckens sich ebensogut aus vertrauteren Quellen speisen kann. Eifersucht, Wollust und Habgier liefern ausreichenden Stoff für schauerliche Verwicklungen und schreckliche Geschehnisse, und diese Leidenschaften kannte man auch im heimatlichen Philadelphia.

Philadelphia und Europa: Handel, Betrug und Politik

Philadelphia, auf der Landzunge zwischen dem Delaware und dem Schuylkill River gelegen, war die Hauptstadt der Vereinigten Kolonien bis 1781 und wurde unter den »Artikeln der Konföderation« (1781–1789) sowie später unter der Konstitution (1790–1800) Hauptstadt der Vereinigten Staaten. Geplant von William Penn und der »Society of Friends«, den Quäkern, wurde die Stadt der »brüderlichen Liebe« als Zufluchtsort für diejenigen gegründet, die, wie die Quäker selbst, von einem »inneren Licht« geleitet wurden und Religionsfreiheit suchten. Die frühen Siedler waren in erster Linie englische oder walisische Quäker sowie Deutsche unterschiedlicher Sekten. Im Gefolge der Schlacht von Germantown (4. Oktober 1777), einem furchtbaren Rückschlag für die Amerikanische Revolution, gelang es den britischen Rotröcken, ihre Besetzung Philadelphias aufrechtzuerhalten, während die Truppen von General Washington vierzig Meilen westlich in Valley Forge überwinterten.

Nach der Vertreibung der Briten entwickelte sich Philadelphia rasch zum politischen und ökonomischen Zentrum der neuen Nation. Während der neunziger Jahre erreichte ein neuer Zustrom von Einwanderern die Stadt. In Browns *Ormond*, wo ebenfalls die Gelbfieber-Epidemie beschrieben wird, versichert Lady Martinette de Beauvais, daß zehntausend Franzosen auf der Flucht vor den Wirren der Französischen Revolution in Philadelphia angekommen seien. Die Zahl mag übertrieben sein, aber Brown hatte tatsächlich einen ungeheuren Zustrom von französischen

Flüchtlingen vor Augen. Die Reedereien unterhielten während dieser Jahre einen regen Handelsverkehr mit Frankreich und Deutschland, trotz der anhaltenden Behinderungen durch die Briten, die nach Frankreich bestimmte amerikanische Schiffe unter dem Vorwand aufhielten, daß sie Nachschub zur Unterstützung der Französischen Revolution an Bord hätten. Ein wichtiges Ereignis in Browns Roman wird durch ein solches Störmanöver verursacht: Der ältere Thetford, ein unredlicher Kaufmann, hofft, Thomas Welbeck um einen beträchtlichen Anteil seines unrechtmäßig erworbenen Vermögens zu bringen und überredet ihn, in Fracht und Schiffe zu investieren. Das investierte Geld hatte Welbeck teils von Wortley geliehen, teils dem Kapital entnommen, das Vincentio Lodi seiner Schwester hinterlassen hatte. Der gerissene Thetford erwirkt eine Vollmacht für seinen Neffen Thomas Thetford, als Supercargo mitzureisen und entweder die Waren in Empfang zu nehmen, falls das Schiff die Reise glücklich vollenden sollte, oder aber die Versicherung einzufordern, falls die Unternehmung scheitern sollte. In der Zwischenzeit verwahrt Welbeck die Wechsel des älteren Thetford und die von Jamieson, dessen Partner. Thetford will Welbeck um seine Investition betrügen, aber Welbeck ändert den Betrag der Wechsel, löst sie sofort ein und hintergeht so Thetford und Jamieson. Thetfords Plan wird endgültig vereitelt, als Schiff und Ladung von den Briten aufgebracht werden. Der Verlust ist nicht durch die Versicherung gedeckt; die Wechsel sind für gut befunden und zu mehr als dem doppelten Wert eingelöst worden. Welbeck hat den Schauplatz seines Betrugs verlassen.

In ihrer kritischen Haltung den korrupten Kaufleuten und den politischen Schranken des freien Handels gegenüber behandeln Browns Romane auch andere lokale Probleme und Ereignisse, die die Abhängigkeit der Amerikaner vom Handel mit Europa zeigen. Damit spielt er auch auf die amerikanische Neigung zur Verdrängung an. Eine natürliche Folge der Amerikanischen Revolution war die Lösung der kolonialen Bindungen. Bei allem Stolz auf die politische Eigenständigkeit fühlten die Amerikaner dennoch eine fortdauernde Abhängigkeit, aber auch eine Entfremdung von ihrem europäischen kulturellen Erbe. Zwar bestätigt Browns *Arthur Mervyn* in seiner detaillierten Schilderung der Gelbfieber-Seuche im Philadelphia des Jahres 1793 typisch amerikanische Erfahrungen, aber wir werden wiederholt daran erinnert, daß 1793 auch das Jahr des »Terreur«, der blutigen Schreckensherrschaft in Frankreich, ist. Die vielen Verwicklungen des Romans werden vorangetrieben durch das komplizierte Zusammenspiel von solchen europäischen Charakteren wie dem üblen Engländer Welbeck, der unglücklichen Clemenza Lodi oder der opportunistischen und ränkeschmiedenden Lucy Villars. Frankreich, wie es in dem Bericht Achsa Fieldings geschildert wird, ist der Ort zerstörter Hoffnungen. So wie William Wordsworths Episode von »Vaudracour and Julia« in *Prelude* eine Allegorie der Französischen Revolution *und* der Liebe des Dichters zu Annette Vallon gestaltet, so läßt auch die Erzählung, die Brown Mrs. Fielding in den Mund legt, sofort durchblicken, wie selbstsüchtige Begierden den allgemeinen Kampf für Freiheit und Glückseligkeit pervertiert hatten. Mrs. Fielding berichtet, wie ihr eigener aristokratischer Ehemann Weib und Kind verlassen und sich mit einer anderen Frau nach Frankreich davongemacht hatte. Als seine Geliebte dann zwölf Monate später stirbt, wird er in die politischen Wirren hineingezogen und unter Robespierres Herrschaft hingerichtet.

Browns Darstellung enthält ständige soziale und politische Querverweise zwischen der Alten und der Neuen Welt. So ist es bezeichnend, daß der Held am Schluß des Romans seinem Glück in der Heirat mit einer jüdischen Erbin aus England entgegensieht und mit ihr eine zweijährige Reise nach Europa plant.

Das Gelbfieber: Die Seuche und die Moral

Browns historischer Stoff ist sogar noch um einiges aktueller, als das Datum des Pestjahres 1793 vermuten läßt, denn der Ausbruch der Seuche erreichte genau zu der Zeit erneut epidemische Ausmaße, als 1798 die ersten neun Kapitel in Fortsetzungen erschienen. Das Gelbfieber, von Moskitos übertragen, die im Marschland der Umgebung Philadelphias brüteten, suchte Sommer für Sommer die Stadt heim. Der Schrecken der Seuche wird mit allen Details der Krankheit erzählt, die für einen Augenzeugenbericht charakteristisch sind. Brown neigt bei der Darstellung von Gefühlen und Leidenschaften sicher zur Übertreibung, doch seine Beschreibungen der Panik, der Massenevakuierung, der verlassenen Straßen und der zurückgelassenen Schwachen und Sterbenden zeichnen sich durch für die Zeit ungewöhnlich naturalistische und reportagehafte Züge aus.

Keiner seiner Zeitgenossen fand den Bericht übertrieben. Die Symptome des Gelbfiebers sind durch zwei Stadien gekennzeichnet: Zunächst rötet sich das Gesicht, die Augen schwellen an, Nase und Lippen werden rot, die Zunge scharlachrot; dann wird der Puls langsam und schwach, die Haut kalt und gelb; infolge innerer Blutungen wird der zunächst helle Auswurf schwarz. Schwarzer Auswurf und verfärbter Urin waren für die Ärzte zu Browns Zeiten die Anzeichen, daß keine Heilungsaussichten mehr bestanden. Auch wenn *Arthur Mervyn* keinen anderen literarischen Wert hätte, der Roman wäre immer noch interessant als detaillierte Wiedergabe des Seuchenjahres. Die Epidemie, die sich im August, September und im Oktober 1793 in Philadelphia ausbreitete, forderte 2500 Opfer unter den dreißigtausend Einwohnern. Die furchtbarsten Einzelheiten des Romans – die hilflosen Kranken wurden ohne Pflege unter den Toten und Sterbenden allein gelassen oder noch lebendig in einen Sarg gelegt – waren keine Fiktion. Die Männer, die mit den Leichenwagen ihre Runde machten, Leichen einsammelten und sie in Särgen fortschafften, haben, schenkt man den zeitgenössischen Gerüchten Glauben, versehentlich mehr als nur ein entkräftetes Opfer der Krankheit, das noch am Leben war, eingesargt. Das behelfsmäßige Krankenhaus, das man auf dem Zirkusplatz am Rande der Stadt errichtet hatte, war bald überfüllt. Die Zustände im Bush-Hill-Herrenhaus, das in ein Nothospital mit 140 Betten umgewandelt worden war, waren unzulänglich und unmenschlich. Das Personal, das man eingestellt hatte, um die Kranken zu pflegen, feierte – nach Browns Bericht – in Räumen, die anscheinend abgetrennt von denen der Seuchenopfer lagen; denn die Pfleger fürchteten die Opfer und mieden sie als Todesbringer.

Obwohl die Ansteckung mit dem Gelbfieber höchst bedrohlich war, hätten viele überleben können, wenn sie medizinische Hilfe erhalten hätten. So erzählt Brown auch als Gegenstück zu den Erlebnissen der verlassenen und vernachlässigten Kranken, wie Arthur Mervyn überlebt, nachdem er sich selbst der Ansteckung ausgesetzt hatte, um Wallace zu retten. Zu schwach zum Gehen, bricht Arthur vor einer Kellertür zusammen, wo Dr. Stevens ihn findet. Stevens nimmt ihn nach Hause, sorgt für ihn und pflegt ihn gesund. Brown verarbeitet hier persönliche Erfahrungen, denn auch er wurde ein Opfer der Gelbfieber-Epidemie von 1798. Im Hause von William Dunlap, der später die erste Biographie Browns schrieb, konnte er kuriert werden. Auf seiner Suche nach Wallace wird Arthur Zeuge des Todeskampfes von Maravegli, der nach Philadelphia zurückgekehrt war, um seine Verlobte aus der Gefahrenzone zu bringen, und dabei selbst von der Seuche ergriffen wurde. Auch hier mischt Brown Wirklichkeit und Fiktion; denn die Erzählung Maraveglis hat ihre tatsächliche Parallele im Fall Joseph Scandellas, eines erkrankten italienischen Arztes, der von Browns engem Freund Elihu Hubbard Smith behandelt wurde. Beide, Scandella und Smith, starben. Und während die ersten Kapitel im *Weekly Magazine* abgedruckt wurden, erlag auch der Verleger James Watters der Krankheit.

Die Gelbfieber-Seuche avanciert bei Brown zu einer vielfältigen Metapher für soziale Krankheit und Verderbnis. Die Seuche herrscht nicht nur zur gleichen Zeit wie der

Terreur in Frankreich, sondern wird auch durch private Habgier gefördert und genährt. Der jüngere Walter Thetford beispielsweise ist so darauf versessen, die Früchte seines Betruges gegenüber Welbeck zu ernten, daß er sich weigert fortzugehen, obwohl die Seuche bereits unter den Bewohnern der Stadt wütet. Als sein Kindermädchen Symptome der Krankheit zeigt, wird sie gegen ihren Willen nach Bush-Hill gebracht, wohin ihr wenig später auch Wallace, der Angestellte Thetfords, folgt. Alle Mitglieder des Haushaltes gehen eines nach dem anderen zugrunde: Thetfords Frau, sein vermeintliches Kind, das er – wie Arthur aus seinem Versteck im Kabinett hatte beobachten können – seiner Frau präsentierte, nachdem sie ihr eigenes verloren hatte. Am Ende stirbt auch Thetford selbst in angsterfülltem Fieberwahn.

Der kranke Arthur versteckt sich im leerstehenden Haus Welbecks, um dem Abtransport nach Bush-Hill zu entgehen. Dort trifft er auf Welbeck, der zurückgekehrt ist, um nach dem Geld zu suchen, das in Vincentio Lodis Buch versteckt ist. Arthur jedoch hat es bereits gefunden und möchte es Clemenza zurückgeben. Da er sich dem Tode nahe glaubt, schreibt er gerade seine Anweisungen nieder, was mit dem Geld weiterhin geschehen soll, als ihn Welbeck überrascht. Die Szene, in der Welbeck dem fieberkranken Arthur droht und schließlich mit ihm zu handeln und ihn zu lenken versucht, führt dem Leser deutlich die Krankheits- und Verderbnis-Metapher in allen Schattierungen vor Augen. Welbeck überlistet sich allerdings selbst, als er Arthur überreden will, daß es sich bei den Banknoten um Falschgeld handelt. Zum Entsetzen Welbecks verbrennt Arthur sie augenblicklich in einer Kerzenflamme. Welbecks zornige Schreie locken Vorübergehende herbei. Er läuft davon, in der Überzeugung, daß Arthur entweder wegen Plünderung eingesperrt oder nach Bush-Hill gebracht wird. Der allerdings entkommt und schleppt sich zur nächsten Straßenecke, an der Dr. Stevens ihn findet.

Trotz der ständigen Betonung von Krankheit und Verderben ist Brown kein Pessimist. Szenen mit geglückten Heilungen folgen auf Bilder des Siechtums und des Todes, Szenen der Opferbereitschaft wechseln mit Zeugnissen der Habgier und des Egoismus ab. Auf dem Höhepunkt der Seuche trifft Arthur Menschen, die ihr Leben riskieren, um Freunden, Nachbarn, sogar Fremden zu helfen. Wenn Brown auch im ersten Teil des Romans den Gemeinplatz vom Schreckbild Stadt und dem Wunschbild Land als Hort bäuerlicher Tugend zu bekräftigen scheint, sammelt doch der zweite Teil Gegenbeweise. Auf dem Land gibt es zwar keine Welbecks und Thetfords, aber die erbarmungslose und selbstsüchtige Gier von Philip Hadwin ist schlimm genug. Auch ist es in der Stadt, wo Arthur die Wohltaten von Estwick, Medlicote und Stevens erfährt. Ebensowenig wie er von einem guten Amerika und einem schlechten Europa oder umgekehrt sprechen kann, kann er die vereinfachende Unterscheidung von Stadt und Land akzeptieren. Das Gute und das Böse der Menschheit existieren in spezifischer Mischung in jedem einzelnen, unabhängig davon, wo er aufgewachsen oder zu Hause ist. Brown zeigt uns statt dessen, wie leicht die Unschuld korrumpiert werden kann, wie leicht die Seuche der Habgier sich ausbreitet. Welbecks

Erzählung seiner eigenen Korruption ist ein solches moralisches Exempel, das Arthur zum ersten Mal hört, als er Welbeck in seinem Arbeitszimmer mit dem ermordeten Amos Watson findet, und ein zweites Mal im Schuldgefängnis, als Arthur Welbeck gesteht, daß er sein Schweigeversprechen gebrochen und die ganze Geschichte Dr. Stevens erzählt hat. Brown verstärkt das Interesse des Lesers, indem er ständig darauf hinweist, daß Arthur, unschuldig den Ränken einer verdorbenen Gesellschaft ausgesetzt, ähnlichen Versuchungen unterliegen könnte.

Und die Versuchungen werden immer größer. Als Arthur erstmals Clemenza Lodi sieht, von der er annimmt, sie sei Welbecks Tochter, beginnt er, sich ein vertrautes Verhältnis mit ihr auszumalen, das »die Liebe nährte, welche mit – einer Heirat endete« (S. 82). Die Wunschvorstellung wird schnell zunichte gemacht, denn Clemenza ist nicht Welbecks Tochter, sondern sein Mündel. Schlimmer noch, Arthur entdeckt eines Nachts, als er sieht, wie sein Wohltäter ihr Schlafzimmer verläßt, daß Welbeck sie zu seiner Geliebten gemacht hat. Auch als Arthur mit Hadwin und seinen beiden Töchtern Susan und Eliza zusammenwohnt, wird er in Versuchung geführt. Susan ist mit Wallace verlobt, und Arthur wird sich bald seiner wachsenden Leidenschaft zu Eliza bewußt. Er will sich zerstreuen und übersetzt Vincentio Lodis Buch. Als sowohl Hadwin wie Susan gestorben sind und Arthur als Elizas einziger Beschützer übriggeblieben ist, scheint das Verlangen unwiderstehlich. Arthur erklärt standhaft, daß er ihr Bruder und nicht ihr Liebhaber sei, und überläßt sie der Obhut der Familie Curling, um sie so nicht weniger vor sich selbst als vor Philip

Hadwin, dem ruchlosen Onkel und Vormund, zu schützen. Arthur wird bald auch zum Beschützer Clemenzas, die Welbeck in Mrs. Villars' Bordell geschickt hatte, als sie sichtbar schwanger wurde.

Viele Abenteuer folgen – Watsons Begräbnis im Keller, der Aufenthalt bei der Familie Hadwin, die Suche nach Wallace, die langsame Genesung vom Gelbfieber, die Rückkehr zum verwüsteten Haushalt der Hadwins. Als Arthur schließlich in Mrs. Villars' übel beleumundetes Haus eindringt, um die unglückliche Clemenza zu retten, wird er Zeuge, wie sie ihr sterbendes Kind umarmt. Hier trifft er Mrs. Fielding, die seine unverschämten Worte sehr wohl als Beleidigung auffassen könnte, wie Mrs. Villars, die sich verleumdet glaubt und ihm als Antwort eine Pistole an den Kopf setzt. Die Kugel streift ihn nur, und Arthur kommt mit dem Leben davon. In diesen Szenen wird Arthurs vermeintliche Unschuld hart auf die Probe gestellt, und die moralische Rechtschaffenheit, mit der er dem Verlangen widersteht, erscheint ein wenig übertrieben und wirkt daher unaufrichtig.

Unaufgelöste Ironien

Warum haben manche Leser Browns Romane psychologisch so verwirrend und unklar gefunden? Das liegt wohl in erster Linie daran, daß er etwas zu ergründen suchte, was ihm darzustellen nicht leichtfiel und was bei den Lesern auf Verständnisschwierigkeiten stoßen mußte: die versteckten Leidenschaften nämlich, die seine eigene Quäker-Erziehung und die puritanische Rechtschaffenheit der ganzen Nation zum Teil bewußt verdrängt hatten. Eine Generation vor Nathaniel Hawthorne (1804–1864) und Edgar Allan Poe (1809–1849), die genau diese Themen aufgreifen sollten, führte Brown jene sexuellen Ideosynkrasien in die amerikanische Literatur ein, die die frommen religiösen Gründer Amerikas durch Pranger und Hexenverbrennungen hatten ausrotten wollen. In weniger als einem Jahrhundert hatte sich die von Quäkern, Mennoniten, Moraviern und Presbyterianern und anderen protestantischen Sekten gegründete »Stadt der brüderlichen Liebe« zu einem großen Seehandelszentrum entwickelt, mit Prostituierten und Seemännern, Kaufleuten und Spekulanten. Frömmigkeit und Religiosität existierten unmittelbar neben Unzucht und Habgier in Browns Philadelphia, und seine Romane untersuchen in anschaulichen Beispielen die Heuchelei sowie die Spannungen der unterschiedlichen Wertsysteme. Seine Figuren sind verstrickt in Intrigen von Mord, Vergewaltigung und Raub, und sie sind Opfer ihrer eigenen ödipalen und inzestuösen Wünsche. Doch aufgrund seiner virtuos gehandhabten Vielzahl von Erzählern entgeht Brown dem Zwang, als Autor selbst urteilen zu müssen. Die einzelnen Charaktere reflektieren ständig über moralische Werte, und es gelingt ihnen so, Handlungen moralisch zu rechtfertigen, die ansonsten unrecht erschienen wären – und umgekehrt.

Während viele der Hauptfiguren seiner Romane wie Arthur Mervyn als eine Art Stellvertreter-Ich, als autobiographische Projektion in fiktionaler Verkleidung zu fungieren scheinen, beunruhigt und verwirrt Browns Erzählweise die

Leser nicht durch die dargestellte sexuelle Triebhaftigkeit, die der Autor unter dem selbstgerechten Äußeren seiner Personen freilegt, sondern eher, weil er als Erzähler selbst nie die Heucheleien als solche anerkennt und bestätigt. Obwohl *Arthur Mervyn* dieselbe Ironie verborgener Sünde enthält, die bei Poe zum unheilvollen Inzest in *The Fall of the House of Usher* oder bei Hawthorne zum Ehebruch in *The Scarlet Letter* führt, scheinen seine Charaktere ihre Sünden auch vor sich selbst zu verbergen. So kann der Schurke Welbeck während seiner Augenblicke der Reue leicht seine Fehltritte rechtfertigen. Arthur Mervyn, dem Titelhelden, fällt es noch viel leichter, sogar in den kompromittierendsten Situationen die höchsten moralischen Prinzipien für sich in Anspruch zu nehmen. Weil Brown es nicht zuläßt, daß der Leser die Doppeldeutigkeit der einander widersprechenden Versionen der »Wahrheit« durchdringen kann, wie sie von seinen verschiedenen Erzählern präsentiert werden, weiß dieser auch nicht, wie er die Ironien der Heuchelei und der selbstgerechten Verworfenheit zu verstehen und aufzulösen hat.

Ironie und Doppeldeutigkeit werden durch die Widersprüche in der Erzählung im zweiten Teil des Romans noch verschärft. So behauptet Mrs. Althorpe, der wahre Grund für Arthurs Abneigung gegenüber Betty Lawrence, der Dienstmagd, die sein Vater zur zweiten Frau genommen hatte, sei Eifersucht gewesen – Arthur, läßt sie wissen, habe einen »ungeziemenden Verkehr mit diesem Mädchen« unterhalten (S. 326). Als Arthur mit dieser Anschuldigung konfrontiert wird, gibt er zu, daß man ihn unter offensichtlich unerlaubten Umständen mit Betty angetroffen habe, die sich zu seinem Zimmer Einlaß verschafft hatte. Obwohl er es für sinnlos hält, seine Unschuld denen gegenüber zu verteidigen, die sich in dieser Situation anders verhalten hätten, besteht Arthur dennoch darauf, daß er ihren Verlockungen nicht nachgegeben und daß gerade seine Weigerung ihren Zorn hervorgerufen habe. Denn sie sei auf Rache erpicht gewesen, seitdem sie seinen Vater geheiratet hatte.

Die Doppeldeutigkeit hat ihren Grund in den unterschiedlichen Zielen der beiden Teile des Romans. Frühere Äußerungen von Brown legen nahe, daß er ursprünglich ein viel einfacheres Ende geplant hatte. Arthur sollte zu Eliza, die wieder im Besitz der Familiengüter war, zurückkehren und sich in häuslichem Glück niederlassen und so die harmonische Ordnung wiederherstellen, die zu Beginn des Romans zerstört worden war, als Arthurs Mutter starb und sein Vater Betty Lawrence geheiratet hatte. Das einzige Problem bei diesem idyllischen Schluß war, daß Arthur schon erklärt hatte, er wäre zum Leben als Bauer körperlich ungeeignet. Brown rettet seinen Helden vor diesem Happy-End, indem er ihn mit Verleumdung belastet. Im ersten Teil fordert Dr. Stevens ihn auf, sich von dem Vorwurf Wortleys zu entlasten, er sei Welbecks Mitverschwörer. Im Anfangskapitel von Teil II erhält Dr. Stevens sogar noch weitere wenig günstige Nachrichten über Arthurs Charakter.

Zunächst hört Stevens Mrs. Althorpes Bericht, daß Arthur in der Nachbarschaft als grober und fauler Tunichtgut bekannt war, der von seiner Mutter verwöhnt wurde und seine Schulbücher und seine Arbeit auf der Farm vernachlässigte. Die Beziehung zu seiner Stiefmutter war ein Skandal, und als er auf und davon ging, stahl er seinem Vater

Geld. Wortley, der nicht weiß, daß Thetford vorhatte, Welbeck um den Versicherungsanspruch aus seiner Investition zu bringen, erfährt lediglich, daß Welbeck der Fälschung schuldig war, hatte er doch drei von Thetfords Banknoten von acht- auf acht*zehn*hundert geändert und dann den gleichen Trick bei Jamieson versucht. Der ältere Thetford und sein Partner Jamieson hatten also einen Betrug geplant, nur um zu entdecken, daß sie selbst betrogen worden waren. Wortley erzählt Stevens auch, daß Welbeck nicht nur vorgeworfen wird, mit den Kapitalbürgschaften durchgebrannt zu sein, sondern daß er auch unter dem Verdacht steht, Amos Watson ermordet zu haben. Doch nicht nur er, auch Arthur Mervyn wird steckbrieflich als sein Komplize gesucht. Und was die Sache noch schlimmer macht: Wortley hat von Mrs. Wentworth gehört, daß ihr Neffe und einziger Erbe Clavering, den Arthur für tot erklärt hatte, wohlauf und lebendig in Charleston lebt, eine Nachricht, die sie von ihrem eigenen Bruder erhalten hatte. Wortley enthüllt weiter, daß es Welbecks Plan war, Mrs. Wentworth davon zu überzeugen, daß Clavering tot sei, um Clemenza bei ihr als Adoptivtochter einzuführen, um einst selbst Mrs. Wentworths Reichtum und Besitz zu erben. Die Lügen, die Arthur Mrs. Wentworth erzählte, bezeugten klar, so Wortley, daß er Welbeck betrügen wollte.

Trotz der Anstrengungen von Stevens, Arthurs Unschuld und Integrität wiederherzustellen, bleibt ein Rest von Schuld. Seine Aufrichtigkeit wird im zweiten Teil des Romans erheblich stärker getrübt als im ersten. Zwar erzählte er die Wahrheit über Claverings Tod, obwohl das Geheimnis von Claverings Doppelgänger in Charleston nie gelöst wird. Doch, so naiv er auch bei seiner Ankunft in der Stadt gewesen sein mag, Arthur hätte seinen Fehler erkennen müssen, als er sich auf Welbecks Machenschaften einließ. Würde er für jedes unrechtmäßige Eindringen und unbefugte Betreten angeklagt, so käme zweifellos ein langes Sündenregister zusammen. Zwar spielte ihm Wallace den Streich und führte ihn in Thetfords Schlafzimmer, doch Arthur hatte es selbst zu verantworten, als er in Mrs. Wentworths Haus eindrang, durch das Fenster von Welbecks leerer Wohnung einstieg und sich seinen Weg in Mrs. Villars' Etablissement bahnte. Diese Szenen sind von zentraler Bedeutung für Browns Darstellung des Verhältnisses von öffentlichen und privaten, offenen und versteckten Plätzen im Kontext seiner Enthüllungen von verdrängten Leidenschaften und gesellschaftlicher Heuchelei; doch Brown verstrickt seinen Helden in eine ungleich feinere, heimtückischere und selbstsüchtigere Sünde. Zunächst nur etwas zu aufdringlich in seinen wohltätigen Handlungen, entpuppt sich Arthur immer mehr als selbstgerechter und übereifriger Grünschnabel. Philip Hadwin, der Onkel, vor dem Eliza sich fürchtet, hat allen Grund anzunehmen, daß Arthur ein Betrüger ist, der es darauf abgesehen hat, sich Haus und Hof durch die Verführung eines fünfzehnjährigen Waisenmädchens anzueignen. Obwohl Eliza das Dokument verbrannt hat, weiß ihr Onkel, daß sein Bruder ein Testament unterzeichnet hat, das ihm die Farm und die Aufsicht über die Kinder übertrug.

Die verlorene Mutter

Im ersten Teil des Romans hebt Brown Arthurs Anhänglichkeit an seine Mutter hervor, beschreibt, wie die Rolle der Mutter von der schlampigen Betty usurpiert wird und wie Arthurs sexuelle Phantasien durch seine Verbindung mit Clemenza und Eliza erregt werden. Im zweiten Teil werden diese Verhältnisse als psychologisches Muster einer erneuten Prüfung unterzogen. Arthur hat nicht gelernt, eine Frau als Ehefrau anzusehen. Statt dessen betrachtet er sein weibliches Gegenüber entweder als Mutter, als Schwester oder als Hure. Immer wenn seine sexuellen Leidenschaften sich regen, werden sie unterdrückt, denn er muß die Reinheit von Mutter oder Schwester vor dem Makel der ödipalen oder inzestuösen Befleckung bewahren. Deshalb empfindet er die Gegenwart Bettys in der Rolle der Mutter unerträglich. Als er das erste Mal Welbecks Haus betritt, träumt er davon, als Sohn adoptiert zu werden, aber dann droht seine Neigung zu Clemenza das Bruderverhältnis zum Inzest zu machen. Das gleiche Muster wiederholt sich im Hause der Hadwins, als er seine Leidenschaft für Eliza zu entdecken beginnt. Er hält seine sexuellen Gelüste dadurch im Zaum, daß er auf seiner Rolle als brüderlicher Beschützer besteht. Und er ist sich des Schmerzes nicht bewußt, den er Eliza zufügt, die ihrerseits nicht verstehen kann, warum er ihre Liebe zurückweist.

Den Sohn bei Achsa zu spielen ist dann allerdings noch grausamer und quälender als den Bruder bei Eliza. Arthur begegnet Achsa Fielding zum ersten Mal im Hause der Lucy Villars. Diese identifiziert er ohne Zögern als Hure, erstere aber flößt ihm »keineswegs denselben Widerwillen ein [...]. Ihre Sittsamkeit war ohne Ziererei« (S. 440). Wenn er auch glaubt, daß sie *keine* Hure in Mrs. Villars' Diensten ist, so ist die Frage, die er ihr stellt, um so beleidigender: »Unter diesem Schleier lauert vielleicht ein beflecktes Herz und verderbte Neigungen. Ist dem so?« (S. 443). Als Mrs. Wentworth ihm nach der Versöhnung ermöglicht, Mrs. Fielding unter günstigeren gesellschaftlichen Umständen zu treffen, erkennt er in ihr sofort seine »verlorene Mamma« (S. 596). Arthur bleibt blind gegenüber den Qualen, die aus seinen psychologischen Spitzfindigkeiten resultieren: »Ihr höheres Alter, ihre Gesetztheit, ihre Klugheit verliehen meinem Benehmen eine kindliche Freiheit und Zutraulichkeit, und ich liebte es, sie ›Mamma‹ zu nennen« (S. 547). Sie »Mamma« zu nennen ist nicht viel freundlicher als seine Frage nach ihren »verderbten Neigungen«. Achsa jedoch findet Gefallen an Arthurs Gesellschaft, vielleicht weil er einer Leitung und der Unterweisung in gesellschaftlichen Manieren so sehr bedarf. Bezeichnenderweise entscheidet Arthur an diesem Punkt, daß Eliza zu unreif und zu ungebildet ist, um jemals eine passende Gefährtin für ihn zu sein. Eliza muß mit der Rolle der Schwester vorliebnehmen. Über welche Qualitäten seine Ehefrau verfügen muß, erkennt Arthur jetzt; es muß eine Frau sein genau *wie* Mrs. Fielding, die zufällig auch genau *wie* seine »verlorene Mamma« ist. Er wird sich an dieser Stelle nicht bewußt darüber, daß Achsa Fielding sehr vermögend ist, während Eliza Hadwin nichts besitzt, nachdem sie sogar den Anspruch auf die Farm ihres Vaters verloren hat. Als Arthur Mrs. Fielding seine Entscheidung mitteilt, daß er nur eine

Frau *wie* sie heiraten könne, muß sie die Augen abwenden und weinen. Weil Arthur unfähig ist, die Frauen anders denn als Mutter oder Schwester wahrzunehmen, muß die Werbung natürlich im Sande verlaufen. Erst Dr. Stevens reißt Arthur aus seiner Täuschung und erklärt unverblümt, daß die Frau, die Arthur zur Gattin begehrt, die Frau, die am meisten *wie* Mrs. Fielding ist, Mrs. Fielding selbst ist.

Arthur muß allerdings eine weitere Prüfung bestehen, bevor er Mrs. Fielding als Frau gewinnen kann. Es ist eine Probe, die keinen Leser überraschen kann, der Browns Beschreibung des schwankenden Liebesglücks aufmerksam gefolgt ist. Die Seuche der Verführung ist, Brown zufolge, ebenso gefährlich wie die Seuche des Gelben Fiebers. Liebende müssen sich vor Ansteckungen durch Verführung hüten. Vom Übel der Verführung wird im Roman immer wieder berichtet. Wahnsinn und Selbstmord sind die häufigen Folgen: Das ist das Schicksal von Arthurs Schwester, nachdem sie vom Schulmeister Colvill verführt wurde, das ist auch das Schicksal von Watsons Schwester, die von Welbeck im Stich gelassen wird. Susan Hadwin wird wahnsinnig und stirbt, als sie erkennt, daß Wallace sie betrogen und verlassen hat. Der einsame Clavering verfällt ebenfalls dem Wahnsinn und selbstmörderischer Verzweiflung. Watsons Schwager tötet sich selbst, als er von der Untreue seiner Frau erfährt, und auch Watsons Vater verliert seinen Verstand. Mrs. Fieldings Mutter verfällt in Wahnsinn, als ihre Tochter verlassen wird. Wahnsinn und Selbstmord folgen demnach als natürliche Konsequenzen der Verführung, dem Verlassen, dem Betrug. Und so wird auch Arthur mit dem Wahnsinn der Eifersucht und des Zweifels konfrontiert, bevor er seine Liebe zu Achsa Fielding erkennen kann.

Nachdem ihm Stevens erzählt hat, daß Achsa ihn liebt, fühlt sich Arthur provoziert. Er nennt Stevens einen Irren, daß er in ihm eine solche »Chimäre« erweckt. Und er erklärt, daß er ihr nicht mehr unter die Augen treten kann, damit sein »wahnsinniges und unheiliges Streben« sich nicht selbst verrät. Er zieht sich in sein Schlafzimmer zurück, immer noch verwirrt von dem »Schwarm neuer Bilder«, als er plötzlich von einer »himmlischen Stimme« geweckt wird, die – Macbeth in seiner Mordschuld Duncan gegenüber wiederholend – erklärt: »Schlafe nicht mehr! Mervyn soll nicht mehr schlafen!« (S. 605). Die Schuld, die Arthur fühlt, ist das direkte Ergebnis seiner ödipalen Phantasien. Nachdem er Achsa mit seiner »verlorenen Mamma« identifiziert hat, ist er in einem viel schlimmeren Dilemma gefangen als dem, das er zu Beginn des Romans geflohen hatte. Er war der mißlichen Lage entkommen, auf Bettys Annäherungsversuche eingehen und der Rivale seines Vaters werden zu müssen. In der Zwischenzeit war freilich sein Vater als heruntergekommener Alkoholiker gestorben. Jetzt hingegen ist er ernsthaft verliebt in seine Ersatzmutter und sieht sich einem anderen Vater-Rivalen gegenüber. Im Traum geht Arthur zum Haus der Achsa Fielding. Die Tür wird ihm von Eliza geöffnet, die »hastig und nachlässig gekleidet« ist und ihm mitteilt: »Mamma verlangt schon seit zwei Stunden nach Ihnen.« Sie führt ihn ins Wohnzimmer, wo er mit keinem anderen als Mr. Fielding konfrontiert wird, der zurückgekehrt ist, um seine Frau zurückzuholen. Von seiner Schuld erschüttert, sühnt Arthur seine Sünde durch eine Umkehrung des Ödipus-Mordes. Nicht er muß den Vater töten, sondern der eigensinnige Sohn wird geopfert. Fielding, das Gesicht von Wut und Zorn verzerrt, zieht sein Messer und sticht den jungen Mann durchs Herz. Arthur sinkt in tiefe Bewußtlosigkeit.

Als er erwacht, ist er erstaunt, daß die Wunde auf wundersame Weise geheilt ist. Wenigstens auf der Traumebene hat er begonnen, sich seiner Schuld zu stellen. Auch ist er nicht völlig überrascht, als er entdeckt, daß er sich in seinem wirren Fieberschlaf schlafwandlerisch erhoben hat und zum Hause der Mrs. Fielding gegangen ist, um dort zu läuten. Jetzt, da er wach ist, will er sie unbedingt besuchen und ihr seine Gefühle erklären. Der Besuch wird jedoch vereitelt, da sie das Haus zu einem Besuch bei Miss Stedman und deren Bruder verlassen hat. Es ist das Bild des Bruders, das Arthur mit Furcht erfüllt. Der zurückgekehrte Vater in seinem Traum war nur ein Phantom. Aber Miss Stedmans Bruder ist ein Rivale aus Fleisch und Blut. »Ein schöner, galanter, munterer junger Mann! Reich an günstigen Aussichten, eben erst aus Europa zurückgekehrt, erfüllt von dem Vertrauen, das man in seinem Alter besitzt, ausgestattet mit allen Vorzügen der Erziehung!« (S. 610).

In seinem Wahn eilt er zur Villa der Stedmans, dringt in den Garten ein, schleicht um das Haus, überrascht Achsa am Fenster und trifft eine Verabredung für den nächsten Morgen. Die Nacht verbringt er am Flußufer, preßt seine »nackte, keuchende Brust« (S. 613) gegen den kalten, harten Stein und vergießt seine Tränen ins fließende Wasser. Als Achsa in der Morgendämmerung zu ihm eilt, teilt er ihr mit, daß er sie hergebeten habe, um ihr seine Schande und Schuld zu gestehen. Sein Verbrechen, enthüllt er nach langem Zögern, sei, daß er es gewagt habe »Sie zu lieben, ja sogar an Sie wie an seine Frau zu denken!« (S. 616) Ganz so wie Achsa es geduldig ertragen hatte, daß er sie »Mamma« nannte, so scheint sie hier die dringende Notwendigkeit dieser rituellen Sühne zu erkennen, seine schuldhafte Wandlung vom Sohn zum Liebhaber. »Arthur! Ich verzeihe dir! – Mit welchem Tone wurde dies ausgesprochen! Mit welchen Blicken! Die Wange, bisher bleich vor Schrecken, war jetzt in einer ganz andern Regung mit Purpur übergossen, und Entzücken leuchtete aus ihren Augen.« (S. 616).

Es war für Brown höchst schwierig, eine Erzählung zu konstruieren, die es Arthur Mervyn ermöglichte, seine eigenen sexuellen Konflikte zu erkennen und zu überwinden. Jeder Leser ist wahrscheinlich ebenso erleichtert wie Achsa Fielding, daß es ihm schließlich gelingt, mit sich selbst ins reine zu kommen. Einige Kritiker haben bemängelt, daß sich Browns Romanhandlungen zu sehr auf Zufall und Geheimnis verlassen; doch darauf kann man zu Recht antworten, daß es genau diese Erzählkonventionen waren, die es ihm ermöglichten, die Psychologie der unterdrückten Leidenschaft darzustellen. Geheimnis und Täuschung sind in der Tat entscheidende Elemente in Browns Technik der Charakterentwicklung. Die Leute sind nie das, was sie zu sein scheinen. Carwin in *Wieland* ist so geschickt darin, die Stimmen anderer nachzuahmen, daß er den armen, verwirrten Wieland dazu bringen kann zu morden. Der Titelheld in *Ormond* ist ein Meister der Verkleidung und benutzt seine schauspielerischen Fähigkeiten dazu, seine

Geliebte Helena Cleves und Constantia Dudley, die Frau, die er verführen will, zu manipulieren. Und in *Edgar Huntley* wird der Erzähler von geistigen Ausfällen bedroht, in denen sein irrationales Selbst den Platz des rationalen Beobachters einnimmt, und – wie Clithero Edny – gibt man ihm zu verstehen, daß er nachts schlafwandelt. Edgars Aufgabe ist es, dem träumenden Clithero bei seinen schlafwandlerischen Besuchen zum Grabe des ermordeten Waldegrave zu folgen. Lange vor Freuds Psychologie des Unbewußten wagte Brown es, die *terra incognita* der Seele zu vermessen, indem er die alten Romanmotive von Geheimnis, Täuschung und Verkleidung völlig neu verwendet. Wie Carwin in *Wieland* benutzt Welbeck die Bauchrednerkunst, und es gelingt ihm für einen Augenblick, Arthur Mervyn die Stimme jenes Mannes hören zu lassen, der seine Schwester zugrunde richtete. Wie Edgar und Clithero in *Edgar Huntley* muß sich auch Arthur ins nächtliche Abenteuer des Somnambulismus stürzen. Und wie der böse Verführer in *Ormond* wird Arthur von der geheimnisvollen Macht der Verkleidung ergriffen. Als er die Kleider von Vincentio Lodi anlegt, fühlt er sich in eine neue Identität, eine neue Persönlichkeit verwandelt. Verwirrt besonders durch seine Ähnlichkeit mit Clavering und Vincentio Lodi, glaubt Arthur, daß seine eigene Identität neu bestimmt wird, weil er die Erscheinung anderer widerspiegelt. Anders als Ormond scheint Arthur niemals völlig Gewalt über seine schauspielerische Fähigkeit zu haben. Er nimmt einfach die Rolle an, die ihm andere auferlegen. So ist er Welbeck und dessen Plänen nur allzu willfährig. Aber seine Fähigkeit, jeden Moment in eine neue Rolle zu schlüpfen, hat auch ihre Vorteile. Er nimmt die Rolle des Ersatz-Sohnes und Protegés an, als Dr. Stevens ihm anbietet, ihm bei seinen medizinischen Studien zu assistieren. Und, wichtiger noch, bereitwillig übernimmt er jedwede Rolle, die Mrs. Fielding von ihm zu spielen verlangt. »Was mich betrifft, so war ich Wachs in ihren Händen« (S. 593), erklärt er. »Ohne Absicht oder Mühe nahm ich stets die Form an, die sie mir zu geben wünschte.« Sein unreifer Kampf der Selbstbestimmung wird so nach außen gewendet und in den Motiven der Verkleidung und der Nachahmung thematisiert. Ganz ähnlich wird seine Unfähigkeit, seinen Lebensweg selbst zu bestimmen, durch das offensichtliche Eingreifen des Schicksals angedeutet, das – wie im traditionellen Roman – seine Schritte durch Zufälle leitet. In seiner allerersten Nacht in Philadelphia wird er von einem Witzbold in ein seltsames Zimmer geführt, wo er sich gezwungen sieht, sich in einem Kabinett zu verstekken. Der Witzbold entpuppt sich als Wallace, Susan Hadwins Verlobter; und das Zimmer gehört Thetford, den Arthur dabei belauscht, wie er den Betrug am »Nabob« Welbeck plant. Durch diese zufällige Zusammenkunft wird Arthur mit einem Netz von Umständen in Kontakt gebracht, die erst im Laufe seiner folgenden Abenteuer für ihn Sinn bekommen. Zufall ist für Brown eine wirksame erzählerische Kurzschrift für höchst komplexe, ineinander verwobene Ereignisse, die, in tiefer individueller Erfahrung erworben und gedeutet, direkt darzustellen weit jenseits der Kunst eines jeden Erzählers liegt.

Verteidigung der Rechte der Frauen

Browns Beschreibung der Geschlechter ist, wie bereits beobachtet, von der moralischen Doppelgesichtigkeit der Epoche des Übergangs gefärbt. Die Beziehung zwischen Männern und Frauen in seinen Romanen, so muß man aber hinzufügen, ist auch von der zeitgenössischen Debatte über die Rechte der Frauen beeinflußt. Brown hielt sich selbst durchaus nicht abseits von dieser Debatte, sondern er stürzte sich selbst in den Kampf mit *Alcuin. A Dialogue* (1798). Er machte dabei großzügigen Gebrauch der Polemik gegen die Ehe in William Godwins *Political Justice* (1793) und von den Argumenten zu Erziehung, Eigentum und politischer Befreiung der Frauen aus Mary Wollstonecrafts *Vindication of the Rights of Women* (1702). Der Dialog, in seiner ehrwürdigen philosophischen Tradition, erlaubt es dem Autor, den logischen Verästelungen einer ganzen Reihe von einander widersprechenden Behauptungen durch eine offene Debatte hindurch nachzugehen. Vielleicht sollte man besser sagen, daß der Autor sich bemüht, die Illusion einer offenen Debatte zu schaffen. In der Praxis wird gewöhnlich einer der Dialogpartner mit größerer logischer Fähigkeit und rhetorischer Brillanz ausgestattet als der andere. Der Dialog wird dann ein verdecktes Mittel, um das Pro und Kontra zugunsten der eigenen Position des Autors auszuspielen.

Brown macht sich dessen sicher auch schuldig, doch er verwirrt die Sache noch durch einen Seitenwechsel: In Teil III und IV unterstützt er gerade die Argumente, die in Teil I und II wenig günstig behandelt worden waren. Unglücklicherweise wurden Teil III und IV erst nach Browns Tod veröffentlicht. Vergleicht man beide Texte, so erkennt man, daß Alcuins Argument in der letzten Hälfte des Dialogs ebenso unterminiert wird, wie Arthurs Glaubwürdigkeit im zweiten Teil des Romans in Zweifel gezogen wird. Alcuin teilt gewisse offensichtliche Eigenschaften mit Arthur: Beide müssen die Rolle eines naiven Landmanns spielen, beide geben zu, wenig von Frauen zu verstehen, und Mrs. Carter, die Dialogpartnerin Alcuins, ist wie Mrs. Fielding eine attraktive und unabhängige Frau.

Nachdem Eliza Arthur vorgeworfen hat, daß er leugnet, auch sie könne durch Erziehung profitieren, unterstützt Arthur schließlich die Idee weiblicher Erziehung. Doch bei seiner Einwilligung zur Fortführung von Elizas Studien tendieren seine – wie übrigens auch Alcuins – Gründe eher zu Rousseau als zu Mary Wollstonecraft. Rousseau befürwortet die Erziehung der Frau, damit sie zu einer angenehmeren Gefährtin des Mannes wird. Wollstonecraft brandmarkt Rousseaus Vorstellungen als bloße Verfeinerung der Lust. Sie sprach sich für eine Erziehung aus, die es der Frau ermöglichte, dem Mann intellektuell ebenbürtig zu sein. Alcuin beginnt den dritten Teil des Dialogs mit der Vision einer Welt, in der völlige geschlechtliche Gleichheit herrscht; Männer und Frauen kleiden sich gleich, erhalten dieselbe Erziehung, arbeiten an denselben Aufgaben. Es gibt keine moralischen Beschränkungen der sexuellen Aktivitäten, keine Fesseln der Ehe. Die Kindererziehung wird Gemeinschaftszentren übertragen. Mrs. Carter verwirft das vorgeschlagene Ideal geschlechtlicher Gleichheit als sexuelle Unverantwortlichkeit. Durch die Leugnung der unbestreitbaren Unterschiede der Geschlechter würde ein solcher Plan sowohl Männer wie Frauen entmenschlichen und erniedrigen.

Gleichwohl war Brown bei der Propagierung der Rechte der Frau liberaler als viele seiner Zeitgenossen. *Arthur Mervyn* enthält einige Fallstudien von Frauen, die unter der Ausbeutung und Grausamkeit selbstsüchtiger Männer leiden, und von solchen, die für ihre Würde und Unabhängigkeit kämpfen. Es gibt Erzählungen sexueller Verführungen: Welbeck scheut sich weder Watsons verheiratete Schwester noch sein eigenes Mündel, Clemenza Lodi, zu verführen. Arthurs Schwester wird vom Schulmeister Colvill verführt. Susan Hadwin wird von ihrem Verlobten Wallace verraten. Achsa Fielding wird von ihrem Mann verlassen, der mit einer anderen auf und davon geht. Zweifellos schildert Brown Frauen – Betty Lawrence, Mrs. Waring, Mrs. Villars –, die die Praktiken sexueller Ausbeutung übernommen und sie zu ihrem eigenen Vorteil zu nutzen gelernt haben. Er zeigt aber andererseits auch Frauengestalten, die in Situationen äußerster Bedrängnis ihre Stärke unter Beweis stellen. Arthur gefällt sich offensichtlich in der Rolle des rechtschaffenen Helden, der den in Not geratenen jungen Damen zu Hilfe eilt. Diesen Part übernimmt er, wenn er den Verlobten von Susan Hadwin in der Stadt sucht, Clemenza Lodi aus dem Bordell rettet und wenn er schließlich der verwaisten Eliza Hadwin hilft, den Klauen ihres Onkels zu entgehen. Als er diese sein Ich bestätigende Haltung auch gegenüber Miss Carlton einzunehmen versucht, deren Bruder wegen einer Schuldverschreibung im Gefängnis sitzt, wird er durch das starke Selbstbewußtsein der jungen Frau verunsichert. Das Modell weiblicher Unabhängigkeit, wie es von Miss Carlton, aber auch von den beiden Witwen Mrs. Maurice und Mrs. Watson verkörpert wird, zeigt, daß Brown finanzielle Unabhängigkeit und Unabhängigkeit der Person und des Charakters nicht miteinander verwechselt. In der Tat sind Mrs. Villars, Mrs. Wentworth und Mrs. Fielding gleichermaßen unabhängig, was ihre finanzielle Situation angeht. Doch Brown geht es vor allem darum, in der Gestalt der Achsa Fielding eine Frau darzustellen, die ihre Unabhängigkeit nicht allein durch ihr Vermögen, sondern in erster Linie durch ihre intellektuellen Fähigkeiten und durch ihre Stärke und Entschlossenheit bei der Überwindung extremer Notlagen erlangt hat.

Daß Browns Anleihen bei Schriften wie *Political Justice* und *Vindication of the Rights of Women* durchaus ernst genommen wurden, mag die Rezeption seiner Romane in England beweisen. William Godwin, Percy Bysshe Shelley und Mary Shelley lasen Browns Romane mit Begeisterung und nahmen bestimmte Charaktere und Situationen zum Vorbild für ihre eigenen Werke. In seinen *Memoirs of Shelley* beschreibt Thomas Love Peacock, bis zu welchem Grade Shelley in die Welt der Brownschen Fiktion eingedrungen war. Obgleich Shelley es mißbilligte, daß Brown »die Zuneigung des Helden von einem einfachen Landmädchen auf eine reiche Jüdin lenkte«, zeigte er sich von der »packenden Beschreibung des Gelbfiebers in Philadelphia« beeindruckt. Anklänge an diese Beschreibung finden sich in Canto X von Shelleys *The Revolt of Islam*, wo er den Wahnsinn, die Panik und den »fürchterlichen und qualvollen Schrecken« schildert, von denen die Menschen ergriffen werden (16–22). Nachdem Shelley den *Wieland* gelesen hatte, suchte er nach einem Sommerdomizil, das dem idyllischen Handlungsort des Romans entsprach. Im Gartenhaus der Byronschen Villa in Este, in der Nähe von Venedig, fand er schließlich das geeignete Refugium für seine Mußestunden. Die Constantia Dudley des *Ormond* »nahm einen sehr hohen, wenn nicht den höchsten Rang in Shelleys Idealvorstellungen vom weiblichen Charakter ein«. Nicht zufällig gab er Claire Claremont, Mary Shelleys Stiefschwester, den Namen Constantia. Ihr widmete er zwei Gedichte, »To Constantia« und »To Constantia, Singing«, in denen er Constantia Dudleys Fähigkeit, ihre »ganze Seele« in ihren Gesang zu legen, und ihren Mut im letzten Kampf mit Ormond auf die junge Frau überträgt. Shelleys Phantasie wurde vor allem durch eine Szene des *Edgar Huntley* in Bann gezogen, in der der schlafwandelnde Clithero unter einen Baum gebeugt ein Grab schaufelt. Und Edgars Sturz in das Höhlenlabyrinth greift Shelley zu Beginn seines Romans *Zastrozzi* auf. In *St. Irvyne*, einem anderen Roman seiner frühen Jahre, nimmt Shelley Carwins und Ormonds unheimliche Fähigkeit zur visionären Schau zum Vorbild für Ginottis telepathischen Blick auf Eloise und Wolfstein.

Browns Beschreibung des Gelbfiebers beeinflußte nicht zuletzt Mary Shelleys Roman *The Last Man*, in dem eine schreckliche Epidemie das gesamte Menschengeschlecht vernichtet. Tatsächlich läßt sie ihren Helden, Verney, auf die Vorbildfunktion von Brown und Defoe hinweisen: »Ich hatte niemals zuvor einen Menschen gesehen, der durch die

Pest getötet worden war. Während alle Gemüter über die Auswirkungen bestürzt waren, verleitete uns das Verlangen nach der Reizung unserer Einbildungskraft dazu, die Erzählung von Defoe und die meisterhaften Schilderungen des Arthur Mervyn zu lesen.« Auch wenn es unpassend erscheinen mag, daß Mary Shelley ihre Protagonisten Bücher über Seuchen lesen läßt, während rings um sie herum eine wirkliche Epidemie wütet, so ist gerade diese Reflexion von Fiktion innerhalb eines fiktionalen Rahmens ein wesentliches Merkmal ihrer Erzählstrategie. Verney und Adrian verkörpern wie Dr. Stevens, Medlicote und Estwick im *Arthur Mervyn* die selbstlose Menschenfreundlichkeit, während Ryland und der falsche Methodist ebenso selbstsüchtig und rücksichtslos sind wie Thetford, der das Kindermädchen und Wallace verstößt und zuletzt seine gesamte Familie opfert. In *Frankenstein* bildet sich das Monster selbst, indem es in Plutarchs *Bioi Paralleloi* (120), Miltons *Paradise Lost* (1667), Volneys *Les Ruines* (1791) und Goethes *Werther* liest. Mary Shelley greift Motive und Themen dieser Texte in ihrer Erzählung auf. Victors Seelenqualen – angefangen mit der Vision seiner toten Mutter bis zum Tode seiner Braut, mit dem sich die schreckliche Prophezeiung des Monsters erfüllt (»Ich werde in deiner Hochzeitsnacht bei dir sein«) – erinnern an das Geständnis, das Carwin Clara Wieland macht: »Catherine starb durch Gewalt. Sicher hatten mich meine bösen Sterne nicht zur Ursache ihres Todes bestimmt; und doch, hatte ich nicht zu übereilt eine Maschine in Gang gesetzt, über deren Fortschritte ich keine Gewalt besaß und die, wie die Erfahrung mich gelehrt hatte, über unerschöpfliche Kräfte verfügte?«

Bevor Mary Shelley sich für Browns Romane begeisterte, hatte sie bereits ihr Vater entdeckt und in ihnen nützliche Variationen seiner eigenen Themen und Problemstellungen gefunden. Brown profitierte von Godwin und Godwin seinerseits von Brown, so etwa in *St. Leon* (1799) und *Mandeville* (1817). Im Vorwort zu dem letztgenannten Roman bekennt Godwin: »Jeder Schriftsteller, zumindest in den letzten zweitausend Jahren, nimmt Anregungen von einem Autor auf, der vor ihm lebte [...] und ich behaupte nicht, eine Ausnahme von dieser Regel zu sein. Den ersten Anstoß, mit einem günstigen Blick den hier behandelten Gegenstand zu betrachten, gab eine Geschichte mit dem Titel ›Wieland‹, von einer Person von außerordentlichem Geiste geschrieben, die, wie ich glaube, in der Provinz Pennsylvania in den Vereinigten Staaten von Amerika geboren wurde und dort starb und die sich C.B. Brown nennt.« Der Kreis gegenseitiger Beeinflussung schloß sich, als nach Godwin auch Mary Shelley, die einzige Tochter von Wollstonecraft und Godwin, und schließlich auch Percy Bysshe Shelley in Brown einen verwandten Geist entdeckten.

Auch Sir Walter Scott lobte Brown und suchte ihm nachzueifern. Als Archibald Constable eine Edition zeitgenössischer Romane in einer einheitlichen Gestalt ins Auge faßte, empfahl Scott, daß die Reihe auch Werke von Godwin und Brown enthalten sollte. Obschon er John Gibson Lockhart gegenüber einräumte, daß Brown sogar noch höher einzuschätzen sei als Godwin, fühlte Scott doch, daß seine Romane »weder eine erbauliche noch volkstümliche Literatur« darstellten. Prägnant faßte Scott

Browns Erzähltechnik zusammen: »Die unbestimmte Art und Weise, mit der jeder Gegenstand behandelt wird, zielt darauf ab, den Geist fortwährend auf die Folter der Ungewißheit zu spannen.« Scott weist darauf hin, daß Browns Technik, die Ungewißheit durch sich widersprechende Aussagen aufrechtzuerhalten, auf Dauer ermüdend sein müsse. Nichtsdestoweniger machte sich Scott die »unbestimmte Art und Weise« Brownscher Erzählkunst in seinem *Guy Mannering* (1815) zu eigen. Daß Colonel Mannering seine Tochter der Obhut seines Freundes »Arthur Mervyn, Esq. of Mervyn-Hall« anvertraut, ist ein Beleg für diese Rezeption. Und wenn Vanbeest Brown Julia Mannering preist, sind die Anklänge an Arthur Mervyns Portrait von Eliza Hadwin unüberhörbar. Doch nicht genug damit, daß zu den Figuren von *Guy Mannering* ein Arthur Mervyn und ein Brown gehören, die Zigeuner, die Henry Bertram kidnappen und plündernd über das Land ziehen, wiederholen auch die Taten der Indianer aus Browns *Edgar Huntley*.

Wenngleich der unmittelbare Einfluß von Brown auf die amerikanische Literatur begrenzt ist, so darf er dennoch nicht unterschätzt werden, da sein Werk durch zwei der bekanntesten amerikanischen Schriftsteller der nachfolgenden Generation vermittelt wurde: Nathaniel Hawthorne (1804–1864) und Edgar Allan Poe (1809–1849). Ohne Zweifel zeichnen sich *The Scarlet Letter* und *The House of the Seven Gables* durch größere erzählerische Souveränität aus, aber Hawthornes Beschäftigung mit dem Motiv der verdrängten Schuld und sein Blick auf eine an Boden verlierende puritanische Moral verweisen zweifellos auf die

Themen, mit denen sich Brown bereits ein halbes Jahrhundert zuvor in seinem Erzählwerk auseinandergesetzt hatte. Und auch Poe griff in seinen *Tales of the Grotesque and Arabesque* auf eine Reihe Brownscher Motive zurück. Das Flüstern von Carwin, das Clara Wieland verfolgt und quält, findet in Poes *William Wilson* im Flüstern des Doppelgängers seine Entsprechung. Das unterirdische Gefängnis des Edgar Huntley (Kapitel XVI) lieferte einige Details für Poes *The Pit and the Pendulum*. Und weitere Analogien lassen sich anführen: So wie Mrs. Lorimer und ihr niederträchtiger Zwilling Wiatte »durch eine Sympathie miteinander verbunden sind, deren Wirkung unabhängig von dem sinnlichen Verkehre« ist, so stehen auch Dr. Templeton und Bedloe in Poes *A Tale of the Ragged Mountains* in einer telepathischen Beziehung zueinander. Dr. Templeton und Oldeb haben wie der Dr. Sarsefield des *Edgar Huntley* turbulente Abenteuer in Benares überstanden und sind mit den Waffen eines gefallenen Offiziers zurückgekehrt. In *The Facts in the Case of M. Valdemar* gestaltet Poe das Motiv des aus dem Schlaf erwachenden Nachtwandlers, das Brown im *Edgar Huntley* wie auch im *Arthur Mervyn* bereits entwickelt hatte.

Browns Beitrag zur Entwicklung des Romans liegt in erster Linie in seiner Mischung von Lokalgeschichte und individueller Psychologie begründet. Die Charaktere und grundlegenden Handlungsmuster für seine Erzählungen konnte Brown einer Reihe von Schauerromanen wie Godwins *Caleb Williams* (1794) und Ann Radcliffes *The Mysteries of Udolpho* (1794) entnehmen. In der überraschenden Neuheit seiner Erzählweise ging er jedoch über seine

Quellen und damit zugleich über die Leseerwartung seiner Zeitgenossen hinaus. Radcliffe bemühte sich, den erzählerischen Kunstgriff, innere, d.h. geistige Vorgänge in den Phänomenen und der Atmosphäre der Außenwelt zu spiegeln, zu verfeinern. Sie benötigte jedoch einen entlegenen Schauplatz in Italien, um die Geheimnisse des Seelenlebens und deren Offenbarung erzählerisch zu gestalten. Godwin übernahm eine Reihe von Ideen aus seiner Schrift *Political Justice* in seine Romane, aber er zog es vor, den unmittelbaren geschichtlichen Horizont, also die Revolution, die unübersehbar sein politisches Denken bestimmte, aus seinen Romanen auszublenden. So sind seine großen Erzählwerke weit in die Vergangenheit zurückverlegt: *Caleb Williams* spielt im 18. Jahrhundert, *Mandeville* im 17. Jahrhundert und *St. Leon* im 16. Jahrhundert. Brown dagegen siedelt seine Erzählungen in der Gegenwart seiner Zeitgenossen an und verarbeitet aktuelle Ereignisse und unmittelbare Schilderungen vom Leben in Neuengland.

In Browns »Philadelphia-Roman« begleitet der amerikanische Leser den Protagonisten Arthur Mervyn durch Straßen in der Stadt und Pfade auf dem Land, mit denen er sogleich vertraut war; zugleich aber stolpert er durch eine Seelenlandschaft, geprägt von naiver Selbstgerechtigkeit, schuldhaftem Selbstzweifel und Vorwürfen, mit der er lieber nichts zu tun hatte. Browns »unbestimmte Art und Weise, den Geist fortwährend auf die Folter der Ungewißheit zu spannen«, wie Scott es beschrieb, machte es dem Leser jedenfalls schwer, sich eines moralischen Urteils zu enthalten. Schließlich erzählt Arthur seine Geschichte, weil wiederholt seine moralische Integrität in Zweifel gezogen wird – in Buch I von Wortley und in Buch II von Mrs. Althorpe. Die Ironie, die aus der Gegenüberstellung von sich widersprechenden Zeugnissen und Aussagen resultiert, liegt darin begründet, daß die Anschuldigungen von Wortley und Mrs. Althorpe niemals wirklich widerlegt werden. Mrs. Wentworth mag ihre Meinung über Arthur ändern, Mrs. Maurice jedoch läßt sich nicht von ihrem einmal gefällten Urteil abbringen. Welbeck sieht in Arthur ein jugendliches Abbild seiner selbst und unterstellt ihm, daß er letztendlich auch mit ihm, dem älteren Beschützer, sein böses Spiel treibt. Und nicht zuletzt Arthur selbst ist sich bisweilen seiner eigenen Motive nicht sicher.

Da Brown den Leser nicht von »der Folter der Ungewißheit« befreit, werden die ironischen Widersprüche nicht gelöst. Wenn wir wie Shelley darüber enttäuscht sind, daß Arthur anstelle der liebenswerten und einfachen Eliza Hadwin die wohlhabende Achsa Fielding heiratet, dann sehen wir uns versucht, all jenen Figuren des Romans beizupflichten, die den jungen Helden als verschlagenen Opportunisten betrachten. Wir sollten in ihm jedoch eher einen naiven Opportunisten sehen, einen Menschen also, der instinktiv ein altruistisches Motiv für ein eigennütziges Ziel entdeckt. Wie die meisten Menschen hält sich auch Arthur nicht lange bei seinen Irrtümern und Fehlern auf. So schlecht er auch sein mag, so ist er doch aus einem besseren Holz geschnitzt als Welbeck, Thetford oder Wallace. Dr. Stevens und seine Frau bewundern ihn und schenken ihm selbst dann noch ihr Vertrauen, als sie über Arthurs Versäumnisse und Fehler unterrichtet werden. Und Achsa Fielding, die er bei ihrem ersten Zusammentreffen beleidigt und der er anschließend ungeschickt den Hof macht, lernt ihn lieben. Mag uns der Held im Laufe des Romans auch manchmal als Besserwisser, Schmeichler oder Schnorrer erscheinen, so bestimmt doch letztlich die Wertschätzung seiner menschlichen Qualitäten unser Urteil. Wie die Protagonisten der Picaro-Literatur lernt und wächst auch Arthur mit seinen Abenteuern.

Daß aber bis zum Ende des Romans offenbleibt, ob der junge Mann eine »einfache und treue Seele« oder ein gerissener Scharlatan ist, gewährt dem Leser nicht nur eine ebenso spannende wie unterhaltsame Lektüre, sondern weist Charles Brockden Brown auch als einen Meister der Täuschung und des ironischen Spiels aus.

Editorische Notiz

Der vorliegenden Ausgabe liegt die 1859 bei Christian Ernst Kollmann in Leipzig erschienene anonyme Übersetzung des Romans zugrunde. Sie wurde anhand der von Sydney J. Krause und S. W. Reid herausgegebenen textkritischen *Bicentennial Edition* der Werke Charles Brockden Browns (Kent State University Press 1980) mit dem amerikanischen Original verglichen und, soweit nötig, überarbeitet. Fehlende Passagen, vergessene Sätze und offensichtliche Übersetzungsfehler waren zu korrigieren. Die Kapiteleinteilung wurde ebenso wie die Schreibung der Orts- und Eigennamen an die maßgebliche kritische Ausgabe angeglichen. Orthographie und Zeichensetzung wurden um einer besseren Lesbarkeit willen modernisiert. Dagegen blieben die stilistischen Charakteristika des Übersetzers und die zeitbedingten Eigenheiten in der grammatikalischen Gestalt des Textes, wie etwa der unorthodoxe Gebrauch der verschiedenen Konjunktivformen, weitestgehend erhalten, um die historische Authentizität und die sprachliche Originalität der Übertragung zu wahren.

*Bitte beachten Sie auch
die folgenden Seiten*

Amerikanische Literatur im Diogenes Verlag

● Woody Allen
Werkausgabe seiner Drehbücher mit zahlreichen Szenenfotos:
Was Sie schon immer über Sex wissen wollten, aber nie zu fragen wagten. Deutsch von Walle Bengs. Mit 10 Fotos
Der Stadtneurotiker. ›Annie Hall‹. Drehbuch von Woody Allen und Marshall Brickman. Deutsch von Eckhard Henscheid und Sieglinde Rahm. Mit 19 Fotos
Manhattan. Drehbuch von Woody Allen und Marshall Brickman. Deutsch von Hellmuth Karasek und Armgard Seegers. Mit 20 Fotos
Zelig. Deutsch von Armgard Seegers. Mit 16 Fotos
Hannah und ihre Schwestern. Deutsch von Walle Bengs. Mit 22 Fotos
Verbrechen und andere Kleinigkeiten
Deutsch von Willi Winkler. Mit 11 Fotos
Schatten und Nebel. Deutsch von Ilse Bezzenberger und Jürgen Neu. Mit 14 Fotos
Ehemänner und Ehefrauen. Deutsch von Jürgen Neu. Mit 19 Fotos
Bullets over Broadway. Deutsch von Jürgen Neu. Mit 19 Fotos

● Ray Bradbury
Der illustrierte Mann. Erzählungen. Deutsch von Peter Naujack
Fahrenheit 451. Roman. Deutsch von Fritz Güttinger
Die Mars-Chroniken. Roman in Erzählungen. Deutsch von Thomas Schlück
Die goldenen Äpfel der Sonne. Erzählungen. Deutsch von Margarete Bormann
Medizin für Melancholie. Erzählungen. Deutsch von Margarete Bormann
Das Böse kommt auf leisen Sohlen. Roman. Deutsch von Norbert Wölfl
Löwenzahnwein. Roman. Deutsch von Alexander Schmitz
Das Kind von morgen. Erzählungen. Deutsch von Christa Hotz und Hans-Joachim Hartstein
Die Mechanismen der Freude. Erzählungen. Deutsch von Peter Naujack
Familientreffen. Erzählungen. Deutsch von Jürgen Bauer
Der Tod ist ein einsames Geschäft. Roman. Deutsch von Jürgen Bauer
Der Tod kommt schnell in Mexico. Erzählungen. Deutsch von Walle Bengs
Die Laurel & Hardy-Liebesgeschichte und andere Erzählungen. Deutsch von Otto Bayer und Jürgen Bauer
Friedhof für Verrückte. Roman. Deutsch von Gerald Jung
Halloween. Roman. Deutsch von Dirk van Gunsteren
Lange nach Mitternacht. Erzählungen. Deutsch von Christa Schuenke

● Harold Brodkey
Erste Liebe und andere Sorgen. Erzählungen. Deutsch von Elizabeth Gilbert

● Rosellen Brown
Davor und danach. Vormals: *Mein Lieber Sohn.* Roman. Deutsch von Monika Elwenspoek und Otto Bayer

● Truman Capote
Ich bin schwul. Ich bin süchtig. Ich bin ein Genie. Ein intimes Gespräch mit Lawrence Grobel. Mit einem Vorwort von James A. Michener. Deutsch von Thomas Lindquist. Mit 15 Fotos

● Frank Capra
Autobiographie. Deutsch von Sylvia Höfer. Mit zahlreichen Abbildungen sowie einem Nachwort von Norbert Grob

● David Carkeet
Die ganze Katastrophe. Deutsch von Dirk van Gunsteren

● Robert Carter
Der Bestseller. Roman. Deutsch von Dirk van Gunsteren

● Raymond Chandler
Gefahr ist mein Geschäft und andere Detektivstories. Deutsch von Hans Wollschläger
Der große Schlaf. Roman. Deutsch von Gunar Ortlepp
Die kleine Schwester. Roman. Deutsch von Walter E. Richartz
Der lange Abschied. Roman. Deutsch von Hans Wollschläger

Das hohe Fenster. Roman. Deutsch von Urs Widmer
Die simple Kunst des Mordes. Briefe, Essays, Notizen, eine Geschichte und ein Romanfragment. Herausgegeben von Dorothy Gardiner und Kathrine Sorley Walker. Deutsch von Hans Wollschläger
Die Tote im See. Roman. Deutsch von Hellmuth Karasek
Lebwohl, mein Liebling. Roman. Deutsch von Wulf Teichmann
Playback. Roman. Deutsch von Wulf Teichmann
Mord im Regen. Frühe Stories. Deutsch von Hans Wollschläger. Vorwort von Philip Durham
Erpresser schießen nicht und andere Detektivstories. Deutsch von Hans Wollschläger. Mit einem Vorwort des Verfassers
Der König in Gelb und andere Detektivstories. Deutsch von Hans Wollschläger
Englischer Sommer. Drei Geschichten und Parodien, Aufsätze, Skizzen und Notizen aus dem Nachlaß. Mit Zeichnungen von Edward Gorey, einer Erinnerung von John Houseman und einem Vorwort von Patricia Highsmith. Deutsch von Wulf Teichmann, Hans Wollschläger u.a.
Meistererzählungen. Deutsch von Hans Wollschläger

● **James Fenimore Cooper**
Der letzte Mohikaner. Ein Bericht über das Jahr 1757. Mit Anmerkungen und Nachwort Deutsch von L. Tafel

● **Stephen Crane**
Die rote Tapferkeitsmedaille. Roman. Deutsch von Eduard Klein und Klaus Marschke. Mit einem Nachwort von Stanley J. Kunitz und Howard Haycraft
Meistererzählungen. Herausgegeben, deutsch und mit einem Nachwort von Walter E. Richartz

● **Emily Dickinson**
Guten Morgen, Mitternacht. Gedichte und Briefe. Zweisprachig. Ausgewählt, aus dem Amerikanischen übertragen sowie mit einem Nachwort versehen von Lola Gruenthal.

● **Ralph Waldo Emerson**
Essays. Erste Reihe. Herausgegeben, Deutsch übersetzt und mit einem ausführlichen Anhang von Harald Kiczka

Natur. Herausgegeben und übersetzt von Harald Kiczka. Mit einem Nachruf auf Emerson von Herman Grimm
Repräsentanten der Menschheit. Plato, Swedenborg, Montaigne, Shakespeare, Napoleon, Goethe. Sieben Essays. Deutsch von Karl Federn. Mit einem Nachwort von Egon Friedell
Von der Schönheit des Guten. Betrachtungen und Beobachtungen. Ausgewählt, übertragen und mit einem Vorwort von Egon Friedell. Mit einem Nachwort von Wolfgang Lorenz

● **William Faulkner**
Brandstifter. Erzählungen. Deutsch von Elisabeth Schnack
Eine Rose für Emily. Erzählungen. Deutsch von Elisabeth Schnack
Rotes Laub. Erzählungen. Deutsch von Elisabeth Schnack
Sieg im Gebirge. Erzählungen. Deutsch von Elisabeth Schnack
Schwarze Musik. Erzählungen. Deutsch von Elisabeth Schnack
Die Freistatt. Roman. Deutsch von Hans Wollschläger. Mit einem Vorwort von André Malraux
Die Unbesiegten. Roman. Deutsch von Erich Franzen
Als ich im Sterben lag. Roman. Deutsch von Albert Hess und Peter Schünemann
Schall und Wahn. Roman. Mit einer Genealogie der Familie Compson. Deutsch von Helmut M. Braem und Elisabeth Kaiser
Go down, Moses. Chronik einer Familie. Deutsch von Hermann Stresau und Elisabeth Schnack
Der große Wald. Vier Jagdgeschichten. Deutsch von Elisabeth Schnack
Griff in den Staub. Roman. Deutsch von Harry Kahn
Der Springer greift an. Kriminalgeschichten. Deutsch von Elisabeth Schnack
Soldatenlohn. Roman. Deutsch von Susanna Rademacher
Moskitos. Roman. Deutsch von Richard K. Flesch
Wendemarke. Roman. Deutsch von Georg Goyert
Wilde Palmen und Der Strom. Doppelroman. Deutsch von Helmut M. Braem und Elisabeth Kaiser
Die Spitzbuben. Roman. Deutsch von Elisabeth Schnack
Eine Legende. Roman. Deutsch von Kurt Heinrich Hansen

Requiem für eine Nonne. Roman in Szenen. Deutsch von Robert Schnorr
Das Dorf. Roman. Deutsch von Helmut M. Braem und Elisabeth Kaiser
Die Stadt. Roman. Deutsch von Elisabeth Schnack
Das Haus. Roman. Deutsch von Elisabeth Schnack
New Orleans. Skizzen und Erzählungen. Deutsch von Arno Schmidt. Mit einem Vorwort von Carvel Collins
Frankie und Johnny. Uncollected Stories. Deutsch von Elisabeth Schnack, Walter E. Richartz, Harry Rowohlt und Hans Wollschläger
Meistererzählungen. Übersetzt, ausgewählt und mit einem Nachwort von Elisabeth Schnack
Briefe. Nach der von Joseph Blotner editierten amerikanischen Erstausgabe von 1977, herausgegeben und übersetzt von Elisabeth Schnack und Fritz Senn

Außerdem erschienen:

Über William Faulkner
Aufsätze und Rezensionen von Malcolm Cowley bis Siegfried Lenz. Essays und Zeichnungen von sowie ein Interview mit William Faulkner. Chronik und Bibliographie. Herausgegeben von Gerd Haffmans

William Faulkner. Sein Leben. Sein Werk. Von Stephen B. Oates. Deutsch von Matthias Müller. Mit vielen Fotos, Werkverzeichnis, Chronologie und Register

● **F. Scott Fitzgerald**
Der große Gatsby. Roman. Deutsch von Walter Schürenberg
Der letzte Taikun. Roman. Deutsch von Walter Schürenberg
Pat Hobby's Hollywood-Stories. Erzählungen. Deutsch und mit Anmerkungen von Harry Rowohlt
Der Rest von Glück. Erzählungen. Deutsch von Walter Schürenberg
Ein Diamant – so groß wie das Ritz. Erzählungen. Deutsch von Walter Schürenberg, Anna von Cramer-Klett, Elga Abramowitz und Walter E. Richartz
Der gefangene Schatten. Erzählungen. Deutsch von Walter Schürenberg, Anna von Cramer-Klett, Elga Abramowitz und Walter E. Richartz
Die letzte Schöne des Südens. Erzählungen. Deutsch von Walter Schürenberg, Elga Abramowitz und Walter E. Richartz

Wiedersehen mit Babylon. Erzählungen. Deutsch von Walter Schürenberg, Elga Abramowitz und Walter E. Richartz
Zärtlich ist die Nacht. Roman. Deutsch von Walter E. Richartz und Hanna Neves
Das Liebesschiff. Erzählungen. Deutsch von Christa Hotz und Alexander Schmitz
Der ungedeckte Scheck. Erzählungen. Deutsch von Christa Hotz und Alexander Schmitz
Die Schönen und Verdammten. Roman. Deutsch von Hans-Christian Oeser. Mit einem Nachwort von Kyra Stromberg
Meistererzählungen. Ausgewählt und mit einem Nachwort von Elisabeth Schnack. Deutsch von Walter Schürenberg, Anna von Cramer-Klett und Elga Abramowitz

● **Henry Louis Gates**
Farbige Zeiten. Eine Jugend in Amerika. Mit einem Vorwort von Matthias Matussek. Deutsch von Christiane Buchner

● **Hannah Green**
Bevor du liebst. Roman. Deutsch von Annette Keinhorst

● **Dashiell Hammett**
Fliegenpapier und andere Detektivstories. Deutsch von Harry Rowohlt, Helmut Kossodo, Helmut Degner, Peter Naujack und Elizabeth Gilbert. Mit einem Vorwort von Lillian Hellman
Der Malteser Falke. Roman. Deutsch von Peter Naujack
Das große Umlegen und andere Detektivstories. Deutsch von Hellmuth Karasek, Walter E. Richartz und Wulf Teichmann
Rote Ernte. Roman. Deutsch von Gunar Ortlepp
Der Fluch des Hauses Dain. Roman. Deutsch von Wulf Teichmann
Der gläserne Schlüssel. Roman. Deutsch von Hans Wollschläger
Der dünne Mann. Roman. Deutsch von Tom Knoth
Fracht für China und andere Detektivstories. Deutsch von Antje Friedrichs, Elizabeth Gilbert und Walter E. Richartz
Das Haus in der Turk Street und andere Detektivstories. Deutsch von Wulf Teichmann
Das Dingsbums Küken und andere Detektivstories. Deutsch von Wulf Teichmann. Mit einem Nachwort von Steven Marcus

Meistererzählungen. Ausgewählt von William Matheson. Deutsch von Wulf Teichmann, Walter E. Richartz, Hellmuth Karasek und Elizabeth Gilbert

Außerdem erschienen:

Dashiell Hammett
Eine Biographie von Diane Johnson. Deutsch von Nikolaus Stingl. Mit zahlreichen Abbildungen

● **O. Henry**
Meistererzählungen. Deutsch von Christine Hoeppner, Wolfgang Kreiter, Rudolf Löwe und Charlotte Schulze. Mit einem Nachwort von Heinrich Böll

● **Patricia Highsmith**
Der talentierte Mr. Ripley. Roman. Deutsch von Barbara Bortfeldt
Ripley Under Ground. Roman. Deutsch von Anne Uhde
Ripley's Game oder Der amerikanische Freund. Roman. Deutsch von Anne Uhde
Der Junge, der Ripley folgte. Roman. Deutsch von Anne Uhde
Ripley Under Water. Roman. Deutsch von Otto Bayer
Venedig kann sehr kalt sein. Roman. Deutsch von Anne Uhde
Das Zittern des Fälschers. Roman. Deutsch von Anne Uhde
Lösegeld für einen Hund. Roman. Deutsch von Anne Uhde
Der Stümper. Roman. Deutsch von Barbara Bortfeldt
Zwei Fremde im Zug. Roman. Deutsch von Anne Uhde
Der Geschichtenerzähler. Roman. Deutsch von Anne Uhde
Der süße Wahn. Roman. Deutsch von Christian Spiel
Die zwei Gesichter des Januars. Roman. Deutsch von Anne Uhde
Kleine Geschichten für Weiberfeinde. Eine weibliche Typenlehre in siebzehn Beispielen. Deutsch von Walter E. Richartz. Zeichnungen von Roland Topor
Kleine Mordgeschichten für Tierfreunde. Deutsch von Anne Uhde
Der Schrei der Eule. Roman. Deutsch von Gisela Stege
Tiefe Wasser. Roman. Deutsch von Eva Gärtner und Anne Uhde
Die gläserne Zelle. Roman. Deutsch von Gisela Stege und Anne Uhde
Ediths Tagebuch. Roman. Deutsch von Anne Uhde
Der Schneckenforscher. Elf Geschichten. Deutsch von Anne Uhde. Mit einem Vorwort von Graham Greene
Leise, leise im Wind. Zwölf Geschichten. Deutsch von Anne Uhde
Ein Spiel für die Lebenden. Roman. Deutsch von Anne Uhde
Keiner von uns. Elf Geschichten. Deutsch von Anne Uhde
Leute, die an die Tür klopfen. Roman. Deutsch von Anne Uhde
Nixen auf dem Golfplatz. Erzählungen. Deutsch von Anne Uhde
Suspense oder Wie man einen Thriller schreibt. Deutsch von Anne Uhde
Elsie's Lebenslust. Roman. Deutsch von Otto Bayer
Geschichten von natürlichen und unnatürlichen Katastrophen. Deutsch von Otto Bayer
Meistererzählungen. Deutsch von Anne Uhde, Walter E. Richartz und Wulf Teichmann
Carol. Roman einer ungewöhnlichen Liebe Deutsch von Kyra Stromberg
›Small g‹ – eine Sommeridylle. Roman. Deutsch von Christiane Buchner
Drei Katzengeschichten. Roman. Deutsch von Anne Uhde.
Zeichnungen

Außerdem erschienen:

Patricia Highsmith – Leben und Werk. Mit Bibliographie, Filmographie und zahlreichen Fotos. Herausgegeben von Franz Cavigelli und Fritz Senn. Erweiterte und aktualisierte Neuausgabe 1996

● **Carol Hill**
Amanda. The Eleven Million Mile High Dancer. Roman. Deutsch von Manfred Ohl und Hans Sartorius

● **John Irving**
Das Hotel New Hampshire. Roman. Deutsch von Hans Hermann
Laßt die Bären los! Roman. Deutsch von Michael Walter
Eine Mittelgewichts-Ehe. Roman. Deutsch von Nikolaus Stingl
Gottes Werk und Teufels Beitrag. Roman. Deutsch von Thomas Lindquist
Die wilde Geschichte vom Wassertrinker. Roman. Deutsch von Edith Nerke und Jürgen Bauer
Owen Meany. Roman. Deutsch von Edith Nerke und Jürgen Bauer

Rettungsversuch für Piggy Sneed. Sechs Erzählungen und ein Essay. Deutsch von Dirk van Gunsteren
Zirkuskind. Roman. Deutsch von Irene Rumler
Die imaginäre Freundin. Vom Ringen und Schreiben. Deutsch von Irene Rumler. Mit zahlreichen Fotos
Witwe für ein Jahr. Roman. Deutsch von Irene Rumler

● **Shirley Jackson**
Wir haben schon immer im Schloß gelebt. Roman. Deutsch von Anna Leube und Anette Grube
Der Gehängte. Roman. Deutsch von Anna Leube und Anette Grube
Spuk im Hill House. Roman. Deutsch von Wolfgang Krege

● **Donna Leon**
Venezianisches Finale. Commissario Brunettis erster Fall. Roman. Deutsch von Monika Elwenspoek
Endstation Venedig. Commissario Brunettis zweiter Fall. Roman. Deutsch von Monika Elwenspoek
Venezianische Scharade. Commissario Brunettis dritter Fall. Roman. Deutsch von Monika Elwenspoek
Vendetta. Commissario Brunettis vierter Fall. Roman. Deutsch von Monika Elwenspoek
Acqua alta. Commissario Brunettis fünfter Fall. Roman. Deutsch von Monika Elwenspoek
Sanft entschlafen. Commissario Brunettis sechster Fall. Roman. Deutsch von Monika Elwenspoek
Latin Lover. Von Männern und Frauen. Deutsch von Monika Elwenspoek

● **Michael Lewin**
Der stumme Handlungsreisende. Roman. Deutsch von Michaela Link
Anruf vom Panther. Roman. Deutsch von Michaela Link
Wer viel fragt. Roman. Deutsch von Michaela Link

● **Jack London**
Südsee-Abenteuer. Erzählungen. Deutsch von Christine Hoeppener
Der Seewolf. Roman. Deutsch von Christine Hoeppener
Der Ruf der Wildnis. Roman. Deutsch von Günter Löffler
Wolfsblut. Roman. Deutsch von Günter Löffler
Meistererzählungen. Deutsch von Erwin Magnus. Mit einem Vorwort von Herbert Eisenreich

● **Alison Lurie**
Affären. Eine transatlantische Liebesgeschichte. Deutsch von Otto Bayer
Liebe und Freundschaft. Roman. Deutsch von Otto Bayer
Varna oder Imaginäre Freunde. Roman. Deutsch von Otto Bayer
Ein ganz privater kleiner Krieg. Roman. Deutsch von Hermann Stiehl
Die Wahrheit über Lorin Jones. Roman. Deutsch von Otto Bayer
Nowhere City. Roman. Deutsch von Otto Bayer
Von Kindern und Leuten. Roman. Deutsch von Otto Bayer
Frauen und Phantome. Erzählungen. Deutsch von Otto Bayer

● **Carson McCullers**
Die Ballade vom traurigen Café. Novelle. Deutsch von Elisabeth Schnack
Uhr ohne Zeiger. Roman. Deutsch von Elisabeth Schnack
Das Herz ist ein einsamer Jäger. Roman. Deutsch von Susanna Rademacher
Frankie. Roman. Deutsch von Richard Moering
Spiegelbild im goldnen Auge. Roman. Deutsch von Richard Moering
Wunderkind. Erzählungen. Deutsch von Elisabeth Schnack
Madame Zilensky und der König von Finnland. Erzählungen. Deutsch von Elisabeth Schnack
Meistererzählungen. Ausgewählt von Anton Friedrich. Deutsch von Elisabeth Schnack

● **Ross Macdonald**
Durchgebrannt. Roman. Deutsch von Helmut Degner
Geld kostet zuviel. Roman. Deutsch von Günter Eichel
Die Kehrseite des Dollars. Roman. Deutsch von Günter Eichel
Der Untergrundmann. Roman. Deutsch von Hubert Deymann
Dornröschen war ein schönes Kind... Roman. Deutsch von Wulf Teichmann
Unter Wasser stirbt man nicht! Roman. Deutsch von Hubert Deymann
Ein Grinsen aus Elfenbein. Roman. Deutsch von Charlotte Hamberger

Die Küste der Barbaren. Roman. Deutsch von Marianne Lipcowitz
Der Fall Galton. Roman. Deutsch von Egon Lothar Wensk
Gänsehaut. Roman. Deutsch von Gretel Friedmann
Der blaue Hammer. Roman. Deutsch von Peter Naujack
Der Drahtzieher. Sämtliche Detektivstories um Lew Archer I. Mit einem Vorwort des Autors. Deutsch von Hubert Deymann und Peter Naujack
Einer lügt immer. Detektivstories um Lew Archer II. Deutsch von Hubert Deymann
Sanftes Unheil. Roman. Deutsch von Monika Schoenenberger
Der Mörder im Spiegel. Roman. Deutsch von Dietlind Bindheim
Blue City. Roman. Deutsch von Christina Sieg-Welti und Christa Hotz

● **Herman Melville**
Moby-Dick. Roman. Deutsch von Thesi Mutzenbecher und Ernst Schnabel. Mit einem Essay von W. Somerset Maugham
Billy Budd. Novelle. Deutsch von Richard Moering. Mit einem Essay von Albert Camus
Meistererzählungen. Deutsch von Günther Steinig. Mit einem Nachwort von Hans-Rüdiger Schwab

● **Margaret Millar**
Die Feindin. Roman. Deutsch von Elizabeth Gilbert
Liebe Mutter, es geht mir gut… Roman. Deutsch von Elizabeth Gilbert
Ein Fremder liegt in meinem Grab. Roman. Deutsch von Elizabeth Gilbert
Die Süßholzraspler. Roman. Deutsch von Georg Kahn-Ackermann und Susanne Feigl
Von hier an wird's gefährlich. Roman. Deutsch von Fritz Güttinger
Fragt morgen nach mir. Roman. Deutsch von Anne Uhde
Der Mord von Miranda. Roman. Deutsch von Hans Hermann
Das eiserne Tor. Roman. Deutsch von Karin Reese und Michel Bodmer
Nymphen gehören ins Meer! Roman. Deutsch von Otto Bayer
Fast wie ein Engel. Roman. Deutsch von Luise Däbritz
Die lauschenden Wände. Roman. Deutsch von Karin Polz
Banshee die Todesfee. Roman. Deutsch von Renate Orth-Guttmann
Kannibalen-Herz. Roman. Deutsch von Jobst-Christian Rojahn
Gesetze sind wie Spinnennetze. Roman. Deutsch von Jobst-Christian Rojahn
Blinde Augen sehen mehr. Roman. Deutsch von Renate Orth-Guttmann
Wie du mir. Roman. Deutsch von Renate Orth-Guttmann
Letzter Auftritt von Rose. Roman. Deutsch von Nikolaus Stingl
Stiller Trost. Roman. Deutsch von Klaus Schomburg
Umgarnt. Roman. Deutsch von Monika Elwenspoek
Da waren's nur noch neun. Roman. Deutsch von Ilse Bezzenberger
Es liegt in der Familie. Roman. Deutsch von Klaus Schomburg

● **Edgar Allan Poe**
Werkausgabe in Einzelbänden, herausgegeben von Theodor Etzel. Deutsch von Gisela Etzel, Wolf Durian u.a.
Der Untergang des Hauses Usher und andere Geschichten von Schönheit, Liebe und Wiederkunft
Die schwarze Katze und andere Verbrechergeschichten
Die Maske des Roten Todes und andere phantastische Fahrten
Der Teufel im Glockenstuhl und andere Scherz- und Spottgeschichten
Die denkwürdigen Erlebnisse des Arthur Gordon Pym. Roman. Mit einem Nachwort von Jörg Drews
Meistererzählungen. Ausgewählt und mit einem Nachwort von Mary Hottinger

● **Patrick Quentin**
Das Mädchenopfer. Roman. Deutsch von Peter Naujack.
Fatal Woman. Roman. Deutsch von Jobst-Christian Rojahn

● **Henry Slesar**
Erlesene Verbrechen und makellose Morde. Geschichten. Auswahl und Einleitung von Alfred Hitchcock. Deutsch von Günter Eichel und Peter Naujack. Mit Zeichnungen von Tomi Ungerer
Ein Bündel Geschichten für lüsterne Leser. Sechzehn Kriminalgeschichten. Deutsch von Günter Eichel. Mit einer Einleitung von Alfred Hitchcock und vielen Zeichnungen von Tomi Ungerer
Aktion Löwenbrücke. Roman. Deutsch von Günter Eichel

Das graue distinguierte Leichentuch. Roman. Deutsch von Paul Baudisch und Thomas Bodmer
Vorhang auf, wir spielen Mord! Roman. Deutsch von Thomas Schlück
Ruby Martinson. Vierzehn Geschichten um den größten erfolglosen Verbrecher der Welt, erzählt von einem Freunde. Deutsch von Helmut Degner
Hinter der Tür. Roman. Deutsch von Thomas Schlück
Schlimme Geschichten für schlaue Leser. Deutsch von Thomas Schlück
Coole Geschichten für clevere Leser. Deutsch von Thomas Schlück
Fiese Geschichten für fixe Leser. Deutsch von Thomas Schlück
Böse Geschichten für brave Leser. Deutsch von Christa Hotz und Thomas Schlück
Die siebte Maske. Roman. Deutsch von Alexandra und Gerhard Baumrucker
Frisch gewagt ist halb gemordet. Geschichten. Deutsch von Barbara Rojahn-Deyk und Jobst-Christian Rojahn
Das Morden ist des Mörders Lust. Sechzehn Kriminalgeschichten. Deutsch von Barbara Rojahn-Deyk und Jobst-Christian Rojahn
Meistererzählungen. Deutsch von Thomas Schlück und Günter Eichel
Mord in der Schnulzenklinik. Roman. Deutsch von Jobst-Christian Rojahn
Rache ist süß. Geschichten. Deutsch von Ingrid Altrichter
Das Phantom der Seifenoper. Geschichten. Deutsch von Edith Nerke, Barbara Rojahn-Deyk und Jobst-Christian Rojahn
Teuflische Geschichten für tapfere Leser. Deutsch von Jürgen Bürger
Listige Geschichten für arglose Leser. Deutsch von Irene Holicki und Barbara Rojahn-Deyk
Eine Mordschance. Geschichten. Deutsch von Jobst-Christian Rojahn
Rategeschichten für kluge Köpfe. Deutsch von Jobst-Christian Rojahn

● **Jason Starr**
Top Job. Roman. Deutsch von Bernhard Robben

● **Jim Thompson**
Der Mörder in mir. Kriminalroman. Deutsch von Ute Tanner und Ulrike Wasel
Getaway. Kriminalroman. Deutsch von Günther Panske und Klaus Timmermann
Gefährliche Stadt. Kriminalroman. Deutsch von Ute Tanner und Werner Rehbein
Zwölfhundertachtzig schwarze Seelen. Kriminalroman. Deutsch von E. R. von Schwarze und Andre Simonoviescz. Mit einem Nachwort von Wolfram Knorr
After Dark, My Sweet. Roman. Deutsch von Andre Simonoviescz
Eine klasse Frau. Roman. Deutsch von Andre Simonoviescz
Revanche. Roman. Deutsch von Andre Simonoviescz
Muttersöhnchen. Roman. Deutsch von Andre Simonoviescz
Kill-off. Roman. Deutsch von Andre Simonoviescz
Es war bloß Mord. Roman. Deutsch von Thomas Stegers
Kein ganzer Mann. Roman. Deutsch von Thomas Stegers
Der King-Clan. Roman. Deutsch von Michael Georgi
Ein Satansweib. Roman. Deutsch von Andre Simonoviescz

● **Henry David Thoreau**
Walden oder Leben in den Wäldern. Deutsch von Emma Emmerich und Tatjana Fischer. Mit Anmerkungen, Chronik und Register. Vorwort von Walter E. Richartz
Über die Pflicht zum Ungehorsam gegen den Staat und andere Essays. Herausgegeben, Deutsch und mit einem Nachwort von Walter E. Richartz

● **Mark Twain**
Tom Sawyers Abenteuer. Roman. Deutsch von Lore Krüger. Mit einem Nachwort von Jack D. Zipes
Huckleberry Finns Abenteuer. Roman. Deutsch von Lore Krüger. Mit einem Essay von T. S. Eliot
Kannibalismus auf der Eisenbahn und andere Erzählungen. Deutsch von Günther Klotz
Die Million-Pfund-Note. Skizzen und Erzählungen I. Deutsch von Ana Maria Brock und Otto Wilck
Durch Dick und Dünn. Deutsch von Otto Wilck
Leben auf dem Mississippi. Deutsch von Otto Wilck
Die Arglosen im Ausland. Deutsch von Ana Maria Brock
Bummel durch Europa. Deutsch von Ana Maria Brock
Ein Yankee aus Connecticut an König Artus' Hof. Roman. Deutsch von Lore Krüger
Meistererzählungen. Vorwort N.O. Scarpi. Auswahl und Bearbeitung von Marie-Louise Bischof und Ruth Binde

Adams Tagebuch / Die romantische Geschichte der Eskimomaid. Eine klassische und eine moderne Liebesgeschichte. Deutsch von Marie-Louise Bischof und Ruth Binde

● **Nathanael West**
Schreiben Sie Miss Lonelyhearts. Roman. Deutsch von Fritz Güttinger. Mit einer Einleitung von Alan Ross
Tag der Heuschrecke. Ein Hollywood-Roman. Deutsch von Fritz Güttinger

● **Valerie Wilson Wesley**
Ein Engel über deinem Grab. Roman. Deutsch von Gertraude Krueger
In Teufels Küche. Roman. Deutsch von Gertraude Krueger
Todesblues. Roman. Deutsch von Gertraude Krueger

● **Walt Whitman**
Grashalme. Nachdichtung von Hans Reisiger. Mit einem Essay von Gustav Landauer

● **Cornell Woolrich**
Der schwarze Vorhang. Roman. Deutsch von Signe Rüttgers
Der schwarze Engel. Roman. Deutsch von Harald Beck und Claus Melchior
Der schwarze Pfad. Roman. Deutsch von Daisy Remus

Das Fenster zum Hof und vier weitere Kriminalstories. Deutsch von Jürgen Bauer und Edith Nerke
Walzer in die Dunkelheit. Roman. Deutsch von Jobst-Christian Rojahn
Die Nacht hat tausend Augen. Roman. Deutsch von Irene Holicki
Ich heiratete einen Toten. Roman. Deutsch von Matthias Müller
Im Dunkel der Nacht. Kriminalstories. Deutsch von Signe Rüttgers
Rendezvous in Schwarz. Roman. Deutsch von Matthias Müller. Mit einem Nachwort von Wolfram Knorr
Die wilde Braut. Roman. Deutsch von Jürgen Bürger

● **Die schönsten Liebesgeschichten aus Amerika**
Von Edgar Allan Poe bis Ernset Hemingway. Ausgewählt von John G. Machaffy

● **Meistererzählungen aus Amerika**
Geschichten von Edgar Allan Poe bis John Irving. Herausgegeben von Gerd Haffmans. Mit einleitenden Essays von Edgar Allan Poe und Ring Lardner, Zeittafel, bio-bibliographischen Notizen und Literaturhinweisen

Ralph Waldo Emerson
im Diogenes Verlag

»Zu Lebzeiten als Prophet verehrt, bei seinem Tod von ganz Amerika betrauert, war Emersons Einfluß auch in Deutschland groß. Seine Theorie der Natur, des Lebendigen, der Schöpfung ist kein System der Naturwissenschaft, sondern der Versuch, alles Sichtbare in einfache Kategorien zu bringen und den Menschen in den Mittelpunkt zu stellen. Die Souveränität der Persönlichkeit, der unabhängige Mensch war sein Anliegen. Emerson zu interpretieren ist müßig. Wer *Natur* liest, wird zu den Urfragen des Lebens hingeführt, in einer Sprache, die schwierige geistige Zusammenhänge durchsichtig macht.«
Österreichischer Rundfunk, Wien

Essays
Herausgegeben, aus dem
Amerikanischen übersetzt und mit einem ausführlichen
Anhang von Harald Kiczka

Natur
Herausgegeben und übersetzt
von Harald Kiczka. Mit einem Nachruf auf
Emerson von Herman Grimm

Repräsentanten der Menschheit
Plato, Swedenborg, Montaigne, Shakespeare,
Napoleon, Goethe. Sieben Essays. Deutsch von Karl Federn
Mit einem Nachwort von Egon Friedell

Von der Schönheit des Guten
Betrachtungen und Beobachtungen. Ausgewählt,
übertragen und mit einem Vorwort von Egon Friedell. Mit einem
Nachwort von Wolfgang Lorenz

H. D. Thoreau im Diogenes Verlag

Über die Pflicht zum Ungehorsam gegen den Staat

und andere Essays
Herausgegeben, aus dem Amerikanischen
und mit einem Nachwort von
Walter E. Richartz

»Henry David Thoreau, jüngerer Freund des einflußreichen Emerson, Literat und Naturliebhaber in Concord bei Boston, hat schon 1849 verkündet, der Bürger habe ein Recht, ja sogar die Pflicht zur *civil disobedience* gegen den Staat, wenn die regierende Mehrheit Gesetze beschließt und Taten billigt, die der Bürger in seinem Gewissen für ein schweres Unrecht hält. In seinem berühmt gewordenen Essay *Über die Pflicht zum Ungehorsam gegen den Staat* stellt er Kernfragen der Demokratie.«
Der Spiegel, Hamburg

Walden oder Leben in den Wäldern

Deutsch von Emma Emmerich
und Tatjana Fischer. Mit Anmerkungen,
Chronik und Register. Vorwort von
Walter E. Richartz

Sechs Jahre nach dem *Kommunistischen Manifest* lieferte Henry David Thoreau unter dem täuschend gemütvollen Titel *Leben in den Wäldern* ein Alternativprogramm zu Marx und Engels, das als zweite klassische Protestform des 19. Jahrhunderts bis heute fortwirkt. Egon Friedell nannte ihn einen neuen Franz von Assisi, die Literaturgeschichte vergleicht ihn mit Montaigne – Thoreau wollte nur »Muße zum wirklichen Leben«.

»Die amerikanische Literatur, so kühn und großartig sie ist, hat kein schöneres und tieferes Buch aufzuweisen.« *Hermann Hesse*

Ludwig Marcuse
Amerikanisches Philosophieren
Pragmatisten, Polytheisten, Tragiker

»Die entscheidenden Impulse amerikanischen Philosophierens im zwanzigsten Jahrhundert werden allenthalben mit dem Namen ›Pragmatismus‹ etikettiert; er ist eher verdeckend als offenbarend. Unter der Decke der berühmten Benennung leben mindestens drei recht unabhängige Tendenzen, die sich in drei Denkern manifestieren: Charles S. Peirce, der die Methode dieses Denkens bestimmt und den Namen geschaffen hat; William James, der diese Richtung popularisiert und weltberühmt gemacht hat; John Dewey, der die Konsequenzen für Erziehung und Politik gezogen und aus dem Pragmatismus so etwas wie eine amerikanische Weltanschauung gebildet hat. Die drei waren verbunden in der gemeinsamen Methode, keine Wahrheiten – auch keine philosophischen – anzuerkennen, die nicht prüfbar sind; Wissenschaft und Philosophie sind eins, und jede Wahrheit ist eine Vorläufigkeit.« *Ludwig Marcuse*

»Ludwig Marcuse ist nach Schopenhauer und Nietzsche der beste Schreiber unter den deutschen Philosophen, was seinem Ruf so schlecht bekommen ist wie dem der beiden großen Vorgänger. Sein gewolltes Unvermögen, Philosophie zu begreifen als Ideengeschichte, seine wilde Entschlossenheit, sie zu deuten als eine Folge von Gedanken, die von einzelnen Menschen gedacht worden, in die die Lebensumstände dieser Menschen mit eingeflossen waren, schlägt sich am bemerkenswertesten nieder in drei wirklich philosophischen Studien: *Amerikanisches Philosophieren*, *Meine Geschichte der Philosophie* (detebe 20301) und vor allem *Philosophie des Glücks* (detebe 20021).«
Rudolf Walter Leonhardt/Die Zeit, Hamburg